KB166675

파반느

PAVANE

VOL. 2

초판 1쇄 인쇄일 | 2021년 3월 05일
초판 1쇄 발행일 | 2021년 3월 15일

지은이 | 얍스
펴낸이 | 박성면
펴낸곳 | (주)동아

출판등록 | 제406-39601002510020070000071호
주소 | 경기도 파주시 문발로 115, 세종대학교출판부 206호
전화 | (031)8071-5201
팩스 | (031)8071-5204
E-mail | bear6370@hanmail.net

정가 | 12,800원

ISBN 979-11-6302-459-0 (04810)
979-11-6302-457-6 (set)

© 얍스, 2021

※이 책은 (주)동아와 저작자의 계약에 의해 출판된 것이므로, 무단 전재 및 유포, 공유를 금합니다.

VOL. 2

파반느

DONG A ROMANCE STORY

얍스 장편소설

동아

Contents

vol 2. 누구의 고통인가

vol 3. 누구의 기도인가

vol 2. 누구의 고통인가

Track. The moment you find out

이런 경우를 전혀 예측하지 못했다고 할 수 있는가? 발칙하다는 건지 실망스럽다는 건지 모를 눈빛이 얼굴을 뜯어내는 와중에도 새희는 생각했다. 이윽고 머릿속을 파고드는 좀 더 진실된 생각. 언젠가 도래할 이 순간을 나는 마냥 두려워하기만 했던가?

이진은 경직된 새희를 파헤치듯 보다가 새희의 뒤에 선 김언혁에게 시선을 넘겼다. 매서운 공기가 뺨 끝을 베었다. 이진은 조용했다. 조용히 김언혁과 눈빛을 겹치다가 다시 또 새희를 응시했다. 무언가가 온몸을 힘주어 누르고 있는 기분이었다.

김언혁이 어떤 얼굴을 하고 있는지 알 수 없어서 새희의 표정은 갈수록 확신 없이 굳어 가고 있었다. 이 상황에서도 이진이 아닌 그를 신경 쓰고 있는 자신이 조금 지긋지긋할 정도였다.

그때였다. 풋. 웃음소리가 팽팽한 분위기를 깨뜨렸다. 이진은 주름 하나 없이 매끈한 입술을 크게 벌려 웃기 시작했다. 쾌활한 웃음소리에 골이 아파 왔다. 새희는 돌연 표정이 뒤바뀐 이진을 황망하게 바라보았다.

"애인이란 말이 그렇게 기분이 나빴어?"

이진은 웃음을 갈무리하며 김언혁을 장난스럽게 흘겼다. 이진의 태도 변화를 이해할 수 없어 새희는 애꿏은 입술만 학대했다. 귀신같이 눈치가 빠른 그는 언제나 그랬던 것처럼, 그러나 전혀 그래서는 안 되는 이 상황에서도 새희의 입술 사이를 손가락으로 벌리고 들어왔다. 새희는 화들짝 놀라며 그의 손목을 잡았으나 그는 되레 문제 될 거 있느냐는 식으로 당당하기 짝이 없었다.

"김언혁 집으로 갈 거죠?"

이진은 신경도 쓰지 않고 새희에게 물었다. 대화의 흐름이 자연스럽게 이어진다는 것에 괴리를 느꼈으나 새희는 떨떠름히 고개를 끄덕였다.

"내가 데려다줄게요."

"안 돼."

그때까지 말이 없던 김언혁이 제지하고 나섰다. 이 사이로 그의 손가락이 빠져나갔다. 이진은 억울하다는 듯 쏘아붙였다.

"뭐야, 기막혀. 내가 괴롭히기라도 할 것 같니? 어차피 넌 인천으로 곧장 가야 하잖아. 지금 몇 시인 줄은 알아? 내가 궁금한 게 많아서 그래. 안전하게 데려다준다고 약속해."

"안 된다고 했어."

"흐응, 그래?"

이진이 팔짱을 끼고 입술에 걸린 웃음기를 지웠다. 그 뒤 진중하게 새희와 눈을 맞췄다.

"새희 씨, 나는 당신하고 대화하고 싶은데 이 남자가 허락을 안 해 주네요. 당신은 어때요?"

"……."

"나한테 묻고 싶은 것들 없어요?"

이진의 직설적이고 총명한 눈동자가 새희를 물끄러미 비췄다. 처음이었다. 이진이 그렇게 자신을 아무 치장 없이, 올곧게 바라본 건. 그래서였을까. 새희는 그녀가 말했던 대로 어떠한 의문들이 차오르는 느낌에 강렬하게 휩싸였다.

어쩌면 진작에 물었어야 할, 그러나 물을 수 없어 묻어 놓아야 했던, 이해하기를 포기해야 했던 의문들이…….

"있어요."

새희는 의지를 표명하듯 제법 단단해진 눈으로 김언혁을 바라보았다. 김언혁은 흔치 않게 기분 나빠 보이는 기색을 여과 없이 드러내고 있었다. 어지간히도 싫은 듯했다. 새희가 끈질기게 보자 그는 결국 한숨을 흘렸다. 그의 의사가 꺾였다는 것을 안 이진은 충격을 금치 못하며 혀를 내둘렀다.

"세상에, 눈앞에서 보니까 정말이지…… 뭐, 좋아. 가요."

이진은 눈짓하며 앞장서서 현관으로 나갔다. 새희는 돌덩이처럼 딱딱해졌던 몸에 힘을 풀며 그 뒤를 따랐다. 손에 쥔 악보가 미세하게 떨렸다.

삶의 변화구. 이진을 만나면서부터 새희의 삶은 전혀 다른 각도로 변모했다. 이 순간은 어쩌면 또 다른 전환점일까. 아니면 다가올 지옥을 앞당기는 초석일까.

떨리는 어깨 위의 머리카락을 부드럽게 건드리는 손길을 느꼈다. 굳이 돌아보지 않아도 장난을 거는 그의 손짓임을 알 수 있었다. 새희는 희미하게 웃으며 그를 보았다.

그래, 그 어떤 것이라도 감당할 수 있었다. 이젠 그럴 수 있었다.

* * *

김언혁은 한 손으로 차 문을 잡고 선 채 조수석에 탄 새희를 내려다보았다. 비스듬히 떨어지는 눈빛이 살 속을 비집었다. 이진이 그만하고 차 문을 닫으라고 이미 몇 차례 소리친 뒤였지만 그는 아예 귀가 먹은 것처럼 집요하게 새희의 반응을 관찰하고 있었다.

그는 지금이라도 새희가 불편함을 느끼고 내리기를 기다리는 것 같았다. 아니 그랬으면 좋겠다고 대놓고 바라고 있었다.

새희는 웃지도 울지도 못하는 인상으로 고집스레 버티고 선 그를 회유하려고 노력했다. 그러다 무심결에 눈에 들어온 그의 셔츠 단추가 하나씩 밀려 끼워진 걸 알아보았다. 아무래도 자신이 급하게 채우느라 실수한 모양이었다.

"셔츠 단추가……."

"괜찮아."

손가락을 가져다 대자 그가 그 손을 잡으며 말했다. 불시에 짙은 눈빛이 깊숙하게 침투했다. 순간적으로 귀가 멍해지고 감각이 둔해졌다. 그의 고개가 차 안으로 들어왔다. 입술을 벌리며 들어온 그의 혀가 입속을 적셨다. 의자에 파묻히듯 몸이 눌렸다.

혼미해지는 시야로 모호한 표정을 하고 있는 이진이 스쳤다. 눈을 감을 뻔했던 새희는 퍼뜩 그의 어깨를 밀었다. 김언혁은 밀려나지 않고 새희의 아랫입술을 만지작거리며 턱에 입술을 비볐다. 영원히 엉겨 붙어 있을 것 같던 그는 새희가 "이따가, 이따가……." 기어들어 가듯 속삭인 뒤에야 마지못해 장신을 느릿하게 일으켰다.

차 문을 닫아 주면서 그는 손가락으로 귀를 톡톡 치며 신호를 보냈다. 전화하라는 뜻이었다. 새희는 응, 하고 대답하며 손을 흔들었다.

"출발 한번 하기가 하늘의 별 따기네."

겨우겨우 문이 닫힌 뒤 이진은 핸들을 돌리며 들으라는 듯 혀를 찼다. 새희는 민망해서 침묵했다.

"일부러 날 의식해서 그런 게 아니라는 걸 알아서 더 놀라운 걸요."

다름 아닌 저 김언혁이 말야…… 이진의 중얼거림이 피아노의 가장 낮은 음처럼 가슴을 울렸다. 새희는 멀어지는 그를 마지막까지 눈에 담기 위해 창에 바짝 붙었다. 이진은 그런 새희를 보며 피식 웃었다.

부드럽게 움직이는 차 안으로 정적이 내려앉았다. 곧이어 이진은 클래식을 틀었다. 그노시엔느였다. 김언혁의 눈앞에서 은석과 키스를 한 날 들었던 음악이었다. 그 기억이 떠올라 괜히 입술이 가려운 느낌이었다. 새희는 차창 밖으로 도피하듯 시선을 돌렸다.

지나다니는 사람들의 머리 위로 아침 햇살이 반짝이며 떨어지고 있었다. 슬프고 잔혹하고 아름다웠던 밤을 지나 맞는 아침. 난간으로 밀어 붙여졌던 몸은 욱신거렸지만, 이상하게 머리가 상쾌했다. 상쾌하다 못해 어느 때보다 명민하게 돌아가고 있는 것 같았다.

"자, 그럼 누가 먼저 시작할까요?"

이진의 여유로운 기색에 새희는 조심스럽게 말문을 열었다.

"알고 있었나요?"

묻고 있지만, 어느 정도 확신하고 있었다. 이진의 태도는 그와 저 사이의 관계를 전혀 몰랐던 사람의 것이라기엔 태연한 걸 넘어 당돌하기까지 했으므로.

"음, 질문을 좀 더 정확하게 해 보는 건 어때요? 언제부터 알고 있었나요? 이쪽이 더 낫지 않나?"

이진의 반쯤 올라간 입술과 색채가 또렷한 눈빛은 명백한 긍정이었다. 새희는 마른침을 삼켰다.

"그 사람이…… 말해 줬나요?"

들장미처럼 화려한 빛을 발하던 얼굴이 단숨에 확 구겨졌다.

"김언혁이 그런 걸 일일이 나에게 중계해 줄 남자처럼 보여요?"

이진은 어쩐지 그 말에 분개할 사연이 많은 듯 후, 깊은 한숨을 내쉬었다.

"볼 때마다 눈으로 핥아먹고 있던데. 굳이 그 눈빛을 감추려고 하지도 않으니 알아챌 수밖에 없었죠."

"……."

"물론 내 방 밑에서 둘이 붙어먹고 있을 줄은 몰랐지만 말예요."

신랄하게 말하는 것에 비해 이진은 그다지 공격적인 기세가 아니었다.

"으음. 아닌가? 결혼식 날 새벽에, 가정부가 당신 방을 들락거리는 게 좀 수상쩍긴 했는데. 어쩌면 그냥 기우로 넘기고 싶어서 깊게 파고들지 않은 건지도 모르죠."

그때를 반추하는 건지 이진의 눈빛이 조금 흐려졌다. 금세 안개를 걷어 내듯 쨍하게 밝아졌지만 말이다.

"새희 씨, 내가 그 남자를 스물두 살 때부터 봐 왔어요. 한때 그 오만무도한 눈빛에 내 목을 걸고 싶을 만큼 애달았었다구요. 내 목에 걸린 것들이 어떤 의미인지, 그토록 일찍 깨닫고 철저히 쌓아 왔으면서도."

"……."

"그렇게 온 마음을 불살랐는데 어떻게 그 남자 정신이 팔려 있는 걸 못 알아보겠어요?"

새희는 침착하게 들었다. 그러나 무릎 위에서 초조하게 떨리는 손등으로 이진의 눈길이 스치듯 꽂혔다.

"나, 아직도 김언혁 좋아해요."

직접적인 고백에 새희의 얼굴은 숨길 수 없는 동요로 흔들렸다.

"사실은 이걸 확인하고 싶었던 거죠?"

모르겠다. 나는 확인하고 싶었던 걸까?

"김언혁을 처음 봤을 때 충격은 평생 잊지 못할 거예요."

이진은 코끝을 살짝 찡그렸다. 담배를 피우고 싶은 듯했으나 피우지 않고 이어 말했다.

"이제 와선 누구의 연주회였는지도 모르겠어. 뭐, 꽤 높은 인사의 자제였겠죠. 공연을 마치고 예의상 인사를 전하러 대기실에 들렀는데 그곳에 끝내주게 생긴 남자가 있었죠. 눈이 마주치는 순간 전율했어요. 거기 있던 모든 여자가 나와 같은 얼굴을 하고 있었다는 건 한참 뒤에 알았죠. 명함을 주려고 허둥거리다 브로치를 떨어뜨렸어요. 맙소사, 그런 애 같은 실수라니."

키득거리는 이진의 얼굴이 해사했다.

"기대도 안 했는데 그가 브로치를 주워 주었죠. 매끈한 허리가 내려갔다 올라오는 그 짧은 순간 동안 침을 몇 번이나 삼켰던지. 브로치를 확인한 김언혁이 내게 건네주며 말한 첫마디가 그거였어요."

이진은 살짝 격앙됐는지 숨을 크게 들이쉬었다가 뱉었다.

"당신과 잘 어울리는군요."

내가 절대 버리지 못할 한마디죠. 이진의 눈 위로 감격이 피어났다.

"그 브로치는, 우리 아버지가 날 위해 주문 제작한 선물이었어요. 원래는 황금빛 보석으로 장식한 체스 말 '퀸'이 돋을새김 되어 있죠. 딸을 위해 직접 공들인 애정 넘치는 선물 같아 보이지만 속뜻은 네가 아무리 날고 기어도 '킹'이 될 수 없다는 압박을 주기 위해 제작된 거예요. 그걸 안 내가 멋대로 모양을 킹으로 바꿔 제작해서 보란 듯이 착용하곤 했지만요."

이따금 이진의 허리가 줄이 묶인 것처럼 꼿꼿하게 보인 이유는, 그만큼 강한 압박으로 숱하게 꺾여야 했기에 그런 것이라는 생각이 들었다. 스스로 묶어 세우지 않고서는 금세 무너져 내릴 수밖에 없는 환경에서 투쟁해야 했기 때문에.

"우습지 않아요? 체스판에서 가장 멋지게 휘두를 수 있는 건 퀸인데도, 결국 킹을 위한 싸움밖에 되지 못한다는 게."

체념한 듯하면서도 결단코 좌절시킬 수 없게끔 하겠다는, 의지가 돋보이는 얼굴이었다.

"첫눈에 나를 왕좌에 끌어다 놓은 기분이 들게 하는 눈빛으로, 심장 떨리게 말해 놓고는 너무할 정도로 차갑게 내게서 뒤도는데……."

이진의 목소리가 달아올랐다.

"어떻게 매혹되지 않을 수 있겠어요."

새희는 그들의 매력적인 첫 만남에 조금 절망을 느꼈다.

"하지만…… 그건 딱 그때까지만."

새희의 고개가 어리둥절하게 들리는 것을 보며 이진은 웃었다.

"더 이상 난 사랑에 어떤 것도 내걸고 싶지 않거든요."

"……."

"아주 작은 질투 한 점까지도."

아, 그건 조금 실패했나? 이진은 어깨를 으쓱하며 중얼거렸다.

"그럼 그때 헤어진 건가요?"

새희가 불쑥 묻자 이진은 잠깐 눈을 크게 떴다가 이내 크게 웃었다. 참으로 말도 안 되는 소리라도 들었다는 듯.

"내가 내 입으로 그를 애인이라고 소개한 적이 있던가요?"

아까 장난치니까 표정 굳는 거 못 봤어요? 덧붙이는 말에 새희는 혼란스럽게 그간 이진과 언혁이 자아내던 분위기와 나누던 대화를 더듬어 보았다.

"오해하게끔 굴긴 했지만, 이 지경이 되어서도 그 오해를 계속 품고 있었다니. 순진하다고 해야 할지, 어리석다고 해야 할지."

여전히 머릿속이 산란해 보이는 새희를 이진은 야릇하게 훑어보았다.

"자기가 김언혁 취향일 게 뻔히 보이긴 했지만, 솔직히 상황이 이렇게까지 심각해질 줄은 몰랐어요."

심각한 상태의 주체는 그인 걸까, 아니면 이진인 걸까. 그것도 아니면 우리 모두를 말하는 것일까.

"김언혁 어머니 사정 알아요?"

새희는 멈칫했다가 고개를 조심스럽게 끄덕였다.

"매스컴에서는 일절 다루지 못하게 막아 놨지만, 알 만한 사람들끼리는 다 아는 사실이죠."

그의 어머니를 생각하면 날카로운 면도날이 가슴을 저미는 것 같았다. 이 같은 심정을 그 또한 느끼고 있다는 생각이 뒤를 이으면 통증이 더 심해지곤 했다.

"김언혁의 외조부…… 그분이 우리 아버지보다 더한 분이시죠. 여자는 잘 가꿔 남자 내조만 잘하도록 내보내면 된다는 개떡 같은 지론을 공식 석상에서도 자랑스럽게 설파하시는. 딸 두 명이 그 몫을 해내지 못하자 가차 없이 내버린 건 이쪽에선 꽤 유명한 일화예요."

양양에서 보았던 여인의 슬픈 얼굴이 이진의 경멸 어린 음성 위로 지나갔다.

"그래 놓고 본인이 들어앉힌 막내아들은 뭐가 그리 맘에 안 드는지 회사 내에서도 사사건건 부딪쳐서 둘 사이가 썩 좋지 않다는 건 공공연하게 퍼진 소문 아닌 소문이에요. 얼마 전에 대표 자리에 탐탁지 않은 아들의 자식을 앉히긴 했지만 실제로 그분이 원한 사람은 따로 있었어요. 이쯤 되면 누군지 말 안 해도 알겠죠?"

'JS 그룹 취임 파티가 있거든요. 이번에 대표 자리 꿰찬 남자가 저랑 친분이 깊어서. 꽤 오래 붙잡혀 있을 듯해요.'

친절하게 공고해 주던 이진의 얼굴이 뒤이어 떠올랐다.

"자리가 사람을 만든다는데 그 빡대가리는 어쩜 그렇게 억지로 앉혀 놔도 빈티가 철철 흐르는지…… 여하튼, 그래요. 그분은 결혼 생활에 실패한 딸은 외면해도 그 딸의 아들인 김언혁만큼은 탐을 냈어요. 누가 탐내지 않겠어요? 워낙 걸출하니 진즉에 후계자 후보로 눈독 들였지만, 김언혁이 보란 듯이 무시하고 예술가의 길을 걸어갔죠. 그가 세상에서 제일 싫어하는 인간 첫 번째가 제 아버지, 다음이 제 외할아버지인걸."

"……."

"아무리 그래도 그렇지, 취임식엔 올 줄 알았는데. 혹시 그날 같이 있었어요?"

그날은…… 얼굴이 부어터지도록 주한에게 얻어맞은 날이다. 김언혁의 집에 살기로 마음먹었던 날이기도 하고. 죽으려고 결심했다가 그를 위해 살기로 다짐했던 날이기도 했다.

"김언혁이 데뷔 이후부터 인터뷰를 극도로 꺼려 왔던 이유가 바로 이런 배경 때문이죠. 자신의 출생과 집안이 입에 오르내리는 걸 죽도록 혐오하니까. 태생이 현란하니 어쩔 수 없는데 말야. 한때 기자들 사이에선 김언혁 목소리를 실으려면 무대 위로 들이닥치는 수밖에 없다는 말까지 나돌 정도였어요."

"……."

"그런 남자였는데 분명……."

이진이 새삼 신기하다는 듯 하, 한숨처럼 웃었다. 그러다 돌연 정면을 보고 있던 고개를 새희를 향해 휙 돌렸다.

"근데 새희 씨, 너무 재미있게 듣고 있는 거 아니에요?"

불쑥 짓궂게 물어서 경청하고 있던 새희는 머리꼭지를 덜걱거리며 뜨끔한 티를 냈다.

"난, 은석 씨에 대해서 제일 먼저 물을 줄 알았는데."

새희의 안색이 눈에 띄게 창백해졌다. 이진은 새희의 속내를 속속들이 밝힐 것처럼 목소리 톤을 높였다.

"자, 새희 씨 한 번 맞춰 봐요."

"……."

"은석 씨는 당신과 김언혁 사이를 알고 있을 것 같아요, 모르고 있을 것 같아요?"

"……."

"모를 거라 생각해서 이러고 있다면 너무나 안일한 거고, 그게 아니라면…… 각오했다는 뜻이겠죠?"

새희는 곧바로 대답하지 않았으나 이진은 이미 답을 알고 있는 듯했다. 이진의 눈이 현미경처럼 속을 들여다보고 그 안의 치부를 수집했다. 이미 뜯겨 나간 살점이 나뒹구는 장면을 보는 기분이었다. 진작 잘려져 나갔으니 그 이상의 고통은 느낄 수 없었다.

"은석 씨는 지금 당신이 본가에 있는 줄 알아요."

머릿속 사고 기관이 일순 정지된 것 같았다. 본가에 있는 줄 안다니, 어떻게 그럴 수 있지? 번민하던 새희의 눈에 어떤 후회도 하지 않을 것처럼 당당하게 쳐든 이진의 갸름한 턱 끝이 들어왔다.

설마.

"그렇게 안다고 생각하니 한결 마음이 편하지 않아요?"

새희는 경악이 나올 것 같아서 재빨리 입술을 깨물었다.

"은석 씨가 출장을 가자마자 한 일이 당신한테 감시자를 붙인 거였어요. 나는 그때 이미 당신이 김언혁과 밀회를 나누고 있다는 걸 눈치채서 어떻게든 대처해야 한다고 생각했죠. 기다렸다는 듯이 김언혁이 자기를 집으로 데려가는 바람에 꽤 급했거든. 은석 씨 감시자들을 매수해서 내가 말하는 대로 보고하게 시켰어요. 김언혁은 아주 작정하고 내 연락을 씹어 대니 혼자 얼마나 고군분투했는지 알아요?"

감시자. 그래, 감시자. 은석은 카페 안에서도 선주를 감시용으로 새희에게 붙여 놓았다. 너무 긴 세월 염탐하는 시선에 노출된 채로 지낸 탓에 어느새 무뎌져 버렸던 건가. 자신이 그동안 얼마나 무방비하게 얼굴을 내보이며 그와 함께 돌아다니고 있었는지 되새기자 가슴 한편이 싸하게 식어 버렸다.

"그래서 예정보다 이르게 은석 씨가 출국했다는 소식을 들었을 땐 깜짝 놀랐죠. 역시나 김언혁은 죽어라 내 전화를 안 받고, 메시지도 보지 않더군요. 나쁜 놈! 뭐, 천만다행으로 당신이 그날 집에 왔고, 운 좋게 유야무야 넘어갔지만. 아, 그래도 당신의 놀란 얼굴은 정말이지 얄미웠어요."

아찔했던 과거들이 몇 겹의 위험을 두른 채로 새로이 떠올랐다. 새희는 저도 모르게 덜컥한 감정이 녹아든 한숨을 내쉬었다.

"딱히 당신들을 지켜 주고 싶었던 건 아니에요. 그저 난 예감했거든. 당신이 김언혁과 붙어먹고 있다는 걸 은석 씨가 알면…… 내 생각보다 일이 더 복잡하고 심각하게 꼬여 버릴지도 모르겠다는."

새희는 그 느낌을 누구보다 잘 알고 있었다. 그러나 그걸 알면서도 뛰어든 것이다. 불꽃에 기꺼이 몸을 내던지는 부나방처럼.

"내 눈에는 말예요. 은석 씨는 불처럼 보여요. 꺼지기 직전의 불. 오직 단 한 번의 비장한 불꽃을 남겨 둔."

예쁘지만 어디까지 타오를지 모르니 무섭죠. 이진은 골치 아프다는 듯 검지로 눈썹 사이를 짓눌렀다.

"사실 처음엔 그렇게 고뇌 안 했어요. 김언혁이 집에 당신을 데려갔다는 보고를 들었을 땐 놀라긴 했지만, 어지간히 맘에 들었나 보나 했죠. 그런데……."

이진은 문득 어떤 장면을 생각하는 건지 묘한 표정이 되었다.
"점점 내가 감당할 수 없는 지경으로 가닿더군요."
"……."
"이번에 은석 씨 출장을 보낸 건 회장님 지시예요."
새희는 그 순간 자신이 앉은 가죽 시트가 땅으로 꺼져 버리는 듯한 감각을 느꼈다. 턱이 바들바들 떨렸다.
"회, 회장님이…… 알고 계시나요?"
"응. 아세요."
"언제부터……."
"얼마 안 됐어요. 신주한 장례식 날이었으니까."
너무 많은 충격이 한꺼번에 쏟아져서 몸이 부서지는 것 같았다. 새희는 천천히 호흡했다. 이진은 새희가 안정을 찾을 때까지 기다려 주지 않고 이어 말했다.
"은석 씨가 장례식 동안 당신을 찾지 않고 얌전히 있어 줘서 얼마나 다행이에요? 하기야, 회장님도 대단하시지. 발인이 끝나기도 전에 그래도 형제 되는 아들을 비행기 태워 보내 버리다니. 순순히 간 은석 씨도 제정신은 아닌 것 같지만요."
"상대가 누구인지도 아시나요?"
"알죠. 상대가 누구인지 아니까 함부로 건들지 못하고 있는 거 아니겠어요?"
새희는 완전히 패닉 상태가 되었다. 그 모습을 본 이진이 진정하라며 한 손으로 새희의 내떨리는 어깨를 차분히 눌러 세웠다.
"걱정 마요, 새희 씨. 이참에 당신을 아예 은석 씨한테서 뿌리째 뽑아 버릴 기회라고 생각하고 계시는걸요."

아니, 아니다…… 회장님은 언제나 그런 기회를 누구보다 절실히 바라 왔지만, 결국 끝에 가선 포기하지 못하는 은석을 위해 새희를 더욱더 깊은 무저갱으로 처박아 버릴 위인이었다.

새희는 낯설지 않은 공포에 이를 악물었다. 자신은 괜찮았다. 그처럼 인격을 처참히 도려내는 고통이야 얼마든 당해 낼 수 있다. 하지만 혹시 그 사람을 흠집 낸다면…….

"물론 은석 씨가 당신을 빼앗긴 채로도 정상적인 생활이 가능하다는 가정하에 이루어지는 생각이긴 하지만……."

우리도 그건 확신할 수가 없더군요. 서서히 새희의 떨림이 멎어 들자 이진이 서행하던 차를 다시 속도 높여 주행했다. 잠시 침묵이 이어졌다. 이윽고 다시 이진이 입을 열었다.

"은석 씨는 아무리 기다려도 자신이 오지 않는 우리의 신혼집에서 견디다 못해 당신이 본가로 돌아간 줄 알아요. 거기에서 아주 애타고 서럽게 자신이 찾아 주길 바라는 꼴로 있다고 믿고 있죠."

이진의 거짓 보고는 진실로 은석이 바라는 새희의 모습 그 자체였다. 은석은 그 보고를 들으며 분명 만족하고 있으리라. 그리고 더욱 새희를 외롭고 비참하게 만들기 위해 쉽게 돌아가지 않겠다고 다짐하고 있으리라…….

"이만하면 꽤 그럴듯한 시나리오죠?"

그러나 이진의 목소리는 자신만만하지 못했다. 이진도 어느 시기에 느낀 것이다. 이 연극이 들킬 날이 머지않았다는 걸. 그리고 들키고 나면 이 연극에 얽힌 누구 하나도 안전하게 퇴장할 수 없을 거라는 걸 말이다.

"이제 내 차례인가요?"

어느덧 그의 펜트하우스 부근이었다. 새희는 불에 끓는 쇳덩이가 얹힌 것처럼 고통스러운 마음으로 이진의 질문을 기다렸다.

"은석 씨가 개를 무서워하는 이유가 뭐예요?"

그녀의 성격대로 에두르지 않고 직설적인 질문이 날아왔다. 새희는 미처 대비하지 못한 사람처럼 당황한 숨을 들이켰다.

"아무리 생각해도 이상해서. 단지 무서워하는 게 아닌 것 같았어. 그렇게까지 슬프고 괴로운 인간의 얼굴은 처음 봤거든."

차는 정문 펜스 앞에서 정차했다. 차를 세우자마자 이진은 담배를 꺼내려다가 아차, 제 습관을 탓하며 고개를 젓고 아쉬운 손을 정돈했다. 이내 쭉 뻗은 목이 우아하게 이쪽을 향했다.

"둘만의 과거에 얽힌 깊은 사연 같은데 천천히 말해 줄래요? 듣고 싶어."

새희는 이진이 모조리 토해 내길 바란다는 걸 알아차렸다. 아내로서 마땅히 알아 두고 싶은 건지, 단순한 호기심에 의한 건지는 모르겠지만, 그녀가 알고 싶어 한다면 새희는 거부하지 않고 알려 주는 게 지당했다. 너무나 슬프고 괴로운 사연일지라도…….

"보육원에 봉사 활동으로 방문하던 부부가 있었어요."

입가의 주름까지 따스해 보이는 사람들이었다.

"은석이가, 병으로 일찍 잃은 아들과 닮았다며 애틋하게 여기더니 자주 오기 시작했어요."

굳게 닫힌 은석의 마음이 흔들리지 않을 수가 없게끔 그들은 은석을 진실로 사랑할 준비를 마친 태도였다. 그때 은석은 아이였다. 아무리 독하게 가시를 세워 보려 해도 쓰다듬어 주는 손에 멍든 몸을 내미는 애정이 고픈 어린아이였다. 새희는 어느 새부턴가 그들이 오길 기다리는 은석을 알았다.

"은석이를 입양하고 싶어 했는데…… 제가 가지 말라고 매달렸어요."

'부모도 형제도 필요 없다고 했잖아! 나랑 약속했잖아!'

'무슨 짓이든 해. 무슨 짓이든 해서…… 나한테 돌아와.'

어리다는 건 때로는 우리 생애 얼마나 잔혹한 짓을 남기는가.

그들은 은석이 보육원에서 학대를 당한다는 걸 눈치챈 사람들이었다. 홀로 남겨질 새희를 위해 따라가지 않겠다고 말하는 은석을 껴안아 주며 얼마나 힘들었을까, 아가…… 진심으로 눈물짓기까지 하는, 몹시도 선한 사람들.

그런 사람들을 버리라고 했다. 혼자 있기 싫어서. 혼자서 원장님의 매질을 당하고 싶지 않아서. 혼자서 건더기 없는 묽은 국과 딱딱한 밥을 먹기 싫어서. 혼자서 울고 싶지 않아서. 혼자 남고 싶지 않아서.

"그 부부가 키우는 노견이 있었어요."

보육원의 아이들을 즐겁게 해 주기 위해 부부는 개를 데리고 오곤 했다. 부드러운 황갈색 털과 까맣고 순종적인 눈. 짖는 소리에 힘이 빠져 있던, 사랑스러운 늙은 개. 부부에게 개는 사랑하는 반려견이자 소중한 가족이었다.

"은석이는 파양 당하기 위해……."

그 개를 죽였다. 아니, 죽이려는 척만 하려고 했다. 그런데 죽어 버렸다…….

'희야, 난 너만 있으면 돼…… 너도 그런 거지?'

은석은 새희와의 약속을 지키기 위해 자신도 감당하지 못할 짓을 저질러 하루 만에 파양 당했다. 그것이 얼마나 은석의 생을 난자하는 격통으로 남을지 그때는 몰랐다. 아니, 모르고 싶었다.

은석에게 직접 개를 죽이라고 명령한 건 아니었다. 그러나 무슨 짓이든 해서 돌아오라고 했을 때, 눈물로 얼룩져 무섭게 반들거리던 새희의 눈은 어쩌면 그 이상의 짓도 하게끔 독촉한 것일지도 몰랐다. 아니, 분명 그랬을 것이다.

그러니까 은석이 개를 죽이도록 만든 건 새희였다. 개를 죽인 트라우마를 벗어나지 못하고 있는 은석을 버리고 간 것도 새희였다.

새희는 어느새 눈이 붉어진 채로 고개를 숙이고 있었다. 뒷말을 굳이 하지 않아도 이진은 이 과거의 결말을 어렵지 않게 유추할 수 있었다.

"외로움만큼 사람을 추악하게 끌어내리는 감정도 없죠."

이진은 담담하게 말했다. 새희는 서둘러 감정을 추슬렀다.

"날 봐요, 새희 씨."

명령 같은, 그러나 명령이라기엔 퍽 달래는 듯한 나직한 목소리가 수그러진 고개를 들게 했다.

"당신이 은석 씨와 얼마나 애틋한 과거를 가졌든, 현재에 김언혁에게 얼마나 간절하든 나하고는 아무런 상관없는 일이에요."

냉정한 말에 새희는 상처받지 않았다.

"당신이 아이를 못 가진다는 건, 회장님께 들어서 알고 있었어요."

그다음 말은 새희를 상처 주기에 충분했지만 말이다.

"회장님도 참, 그런 건 좀 일찍 알려 주시지. 그랬다면 내가 첫 만남에 족보 타령은 안 해도 됐을 거 아니에요."

아이 얘기가 나오자 텅 비어 버린 새희의 눈동자를 이진은 드물게도 진심으로 안타까운 눈으로 응시했다.

"나는…… 당신이 단순히 불임인 줄 알았어요."

새희의 눈이 다시 젖어 들었다. 흐르게 하지 않기 위해 새희는 필사적으로 참았다.

"가끔은 말보다 눈빛으로 사연이 짐작될 때가 있죠."

그렇구나. 들켜 버렸나 보다. 새희가 아이를 가졌다가 잃은 적이 있다는 걸. 언제 들킨 건지도 알 것 같았다. 아마도 이진의 아이를 가진 걸 축하해 주지 못했을 때가 아닐까…….

"사과는 하지 않을게요. 그러기로 했으니까."

새희도 그편이 나았다. 사과를 받으면 더 무력하게 슬퍼질 것 같았으므로.

약속한 것처럼 이진과 새희는 입을 다물었다. 차 안에 적막하게 흐르는 클래식만이 귓속에서 낙엽처럼 서걱거렸다. 새희는 잠시 그 음률에 몸을 맡기고 지나온 과거로 인해 메말라 버린 숨을 흘려보냈다.

절대 안온할 수 없는 이 자리에서 새희는 모순적이게도 홀가분함을 느꼈다. 그 기분에 과히 홀려 버린 건지 새희는 오랜 고민을 거치지 않고 물었다.

"은석이를 사랑하나요?"

이진은 황당한 듯 눈매를 찡그렸다. 몇 초간 침묵이 이어지다 이윽고 이진은 커다랗게 웃었다.

"그런 게 중요한가요?"

유쾌한 웃음 끝에 나온 말은 냉철하기 짝이 없었다.

"내가 은석 씨를 사랑하느냐 마느냐보다 중요한 건, 우리에게 당장 닥쳐들 미래 아니겠어요?"

여유가 넘쳐 보이던 이진의 얼굴에 곧바로 수심이 깊어졌다.

"김언혁이 무슨 짓을 저지르기 전에, 내가 조만간 당신의 존재를 은석 씨한테서 정리할 거예요."

새희의 눈동자가 커졌다. 심장이 난동을 부리며 뛰었다.

"사실 모르겠어요. 은석 씨가 어떻게 나올지. 김언혁은 또 무슨 생각을 하고 있는지……."

"……."

"은석 씨가 한국에 오면, 늘 그런대로 당신을 불러서 식사 자리를 마련하겠죠. 그날이 우리 셋이 함께하는 마지막 식사가 될 거예요, 아마도."

그녀의 목소리가 너무도 낮아져서일까. 새희는 그것이 마치 전쟁 전의 최후통첩처럼 들려왔다.

"내가 새희 씨를 데리고 간다고 하면 굳이 막지 않을 테죠. 김언혁은 못 오게 할 거예요. 시한폭탄이라 함부로 대동할 수가 없어. 그러니까 자기가 한 번만 애써 줘요. 내 말은 들은 척도 안 하니까."

미치겠다는 듯, 이진은 미간에 힘을 주었다가 이내 체념하듯 픽 웃었다.

"어쩌다가 김언혁이 이런 놀이 같지도 않은 놀이에 진심이 되어서는…… 정말 인생은 한 치 앞도 알 수 없다니까."

그러더니 이진은 돌연 정색을 하고 새희를 직시했다.

"새희 씨, 어떻게 되든 나는 이 결혼을 지킬 거예요. 아이는 무사히 출산할 거고, 명주를 차지하겠죠. 그것만은 절대 변치 않을 내 미래예요."

대단할 정도로 확신에 가득 차서 오만하게 느껴지지도 않았다. 포부이면서도 경고였다. 만약 이것들을 망가트린다면 너를 결단코 벌주고 말겠다는 경고. 이진은 경고에도 겁을 먹지 않고 초연한 얼굴인 새희를 물끄러미 응시하다 물었다.

"새희 씨, 내가 미워요?"

언젠가 이 질문을 한 적이 있으리라. 그땐 대답하지 못했었지. 생긋 웃는 이진의 새빨간 장미 같은 얼굴을 새희는 조금은 편하게 혹은 조금은 야속하게 바라보았다. 바라보다가 대답했다.

"네……."

이진이 처음 보았던 그때의 아름답고 강인한 얼굴로 웃었다.

"나도 당신이 미워요."

우리는 계속 서로를 미워하면 되는 거야. 만발하는 것만 같은 화려한 미소를 보자 불가해하게도 자신도 따라 웃고 싶었다. 그러나 새희는 웃지 않았다. 서로를 향해 활짝 웃는, 그런 사이는 평생이 가도 이진과 될 수 없을 터였다.

그때, 어둡게 흐르던 곡이 마무리되고 다음 트랙으로 넘어갔다. 선율이 익숙했다. 어디서 들었던가. 아, 그가 이름을 알려 주지 않았던 곡이었다. 새희의 생이 즉시 마감되어도 좋았던 순간에, 사랑이 발목으로 휘감기던 곡…… 이 곡을 치며 그가 새희를 어떤 눈으로 바라보았던가.

새희는 가만히 음악을 듣다가 이진에게 곡의 이름을 물었다. 이진은 대답했다.

"주트 뵈(je te veux)."

주트 뵈. 이진을 따라 슬쩍 허공에 발음해 본 새희는 이어 무슨 뜻이냐고 물었다. 이진은 바로 대답해 주지 않았다. 이진이 침묵하는 동안 나부끼는 바람에 흔들리는 꽃잎처럼 달콤하게 움직이던 그의 손가락들을 생각했다.

얼마 후, 그녀의 눈빛이 선율을 타고 고요하게 흘러왔다.

"너를 갖고 싶어."

* * *

새희는 이진의 차에서 내렸다. 자신을 뱉어 내자마자 빠르게 떠나가는 은회색 외제 차를 새희는 멀거니 바라보다 가열하게 울어 대는 휴대폰을 꺼내 들었다. 별 하나 없는 밤에 새벽이 섞인 듯한 목소리를 들으며 정문을 들어섰다.

눈에 익은 장정한 체격의 경비원과 눈인사를 하고 아파트로 들어갔다. 비밀번호를 누르고 현관문을 열어 집 안으로 들어갈 때까지 전화는 계속되었다. 그는 이진과 무슨 이야기를 나눴는지 캐묻지 않았다. 단지 한마디만 덧붙였을 뿐이다.

- 괴롭혔으면 일러.

이진은 괴롭히지 않았으니 새희는 괴롭지 않았다고 말했다. "음……." 그의 말버릇이 고막으로 쏟아졌다. 그가 새희의 목소리 상태를 점검하고 있는 것이 보이지 않아도 느껴졌다. 새희가 미소 지을 수밖에 없는 이유였다.

기어코 그는 콘서트장에 도착할 때까지 통화를 했다. 길고 길었지만, 찰나처럼 느껴지는 전화를 끊고 나니 졸음이 밀려왔다. 부들부들한 러그의 감촉이 손가락에 감겼다. 자석처럼 뺨이 그곳으로 끌려갔다.

눈을 깜빡거리는 속도가 급속하게 더뎌졌다. 그러고 보니 그는 한숨도 자지 못했다는 사실을 깨달았다. 그의 컨디션이 걱정되었다. 염려가 신경 모서리를 태우다가 찰나에 의식이 날아갔다.

잠에서 깬 건 초인종이 울렸을 때였다. 새희는 벼락이라도 맞은 것처럼 전신을 펄떡이며 일어났다. 누구지? 이 집에서 초인종이 울린 적은 그가 요리에 실패하는 바람에 셰프가 음식을 가져왔던 날뿐이다.

그사이 그의 요리 실력은 작품이라 불리어도 손색없을 만큼 발전했다. 그 정도로 오래된 일이라는 뜻이다. 새희는 경계하듯 슬금슬금 다가가 인터폰 앞에 섰다.

"안에 없어요?"

기억 속에 존재하는 목소리였다. 인터폰을 켜자 양양에서 마주 보았던 생기발랄한 생김새의 얼굴이 나타났다. 표정이 초조해 보였다. 새희는 의아하게 현관문을 열었다.

"안녕하세요!"

나라였다. 문이 열리자 언제 마음 졸였냐는 양 성큼성큼 중문을 거치고 들어왔다. 곧장 건네오는 활달한 인사에 새희는 얼떨떨하게 마주 인사했다.

"딱딱하게 왜 그래요, 초면도 아니면서! 와아, 대박. 김언혁 집 안에 처음 들어와 봐."

나라는 마치 지금이 절호의 기회라는 듯, 부리나케 집 안을 탐방하기 시작했다. 온 방문을 열어젖히며 관람하는 나라의 분주한 뒤꽁무니를 새희의 눈이 당혹스럽게 좇았다.

"방마다 피아노가 있네? 와, 이 퍼즐 좀 봐! 침대는 왜 또 여기 있어?"

흔치 않은 점을 발견할 때마다 입에서 중계가 끊이질 않았다. 목소리 톤이 얇고 높아 꼭 새가 지저귀는 것 같았다. 마침내 정찰을 끝낸 나라가 뿌듯한 미소를 얇은 입술에 걸었다. 이어 못 박힌 듯 서 있는 새희에게 쪼르르 다가왔다. 그리고 또랑또랑 눈망울을 빛내며 말했다.

"신기해. 여기에 있는 어떤 가구나 물건보다 당신이 이 집에 오래 있었던 것 같아요."

반응하기 곤란한 말이었지만 딱히 이렇다 할 대답을 원한 게 아닌 듯 나라는 갑자기 친근하게 새희의 몸에 팔짱을 껴 왔다. 이런 식의 접촉이 영 어색한 새희는 말없이 진땀만 흘렸다. 나라는 그것을 알면서도 짐짓 모른 체하고 더욱 몸을 치대며 칭얼거렸다.

"내 명함은 버렸어요? 나 연락 무지 기다렸는데. 친해지고 싶어서."

나라의 명함은 분명 주머니에 소중하게 넣어 보관했으나 어느 틈에 소리 소문도 없이 사라져 버렸다. 그러나 명함 위에 적힌 번호는 받아 본 즉시 외워 두었기 때문에 사실상 명함은 의미가 없다고 봐도 무방했다. 물론 새희는 그 사실을 넉살 좋게 말하지 못했다.

나라는 자꾸만 눈길을 피하려는 새희를 부러 서운하게 흘기며 잡은 팔을 당겨 앞으로 걸었다. 덩달아 발을 내딛게 된 새희의 표정이 당황을 금치 못했다.

"뭐, 오늘부터 친해지면 되겠네요. 얼른 가요!"

"어디를요?"

"어디긴요, 김언혁 콘서트 보러 가야죠."

아. 그의 콘서트…….

기회를 놓쳤다고만 생각했는데, 그는 또 자신을 무대 위에서 기다려 줄 생각인가 보다. 그제야 새희의 얼굴이 부드럽게 풀렸다.

"위대한 피아니스트께서 친히 날 기사로 임명해 주셨거든요. 당신 태우라고 차도 빌려줬어요."

나라가 차 키를 흔들어 보이며 걸음을 잡아끌었다. 새희는 순순히 가다가 문득 아! 소리를 내며 우뚝 발걸음을 멈췄다.

"왜요?"

나라가 놀라서 쳐다보았다.

"옷을 갈아입고 싶어서……."

지금 입은 옷은 은석의 취향대로 옷장에 구비되어 있던, 웬만해선 시야에 걸리지 않는 평범한 옷이었다. 기념하기 좋은 날이니까, 오늘만큼은 눈에 띄어도 좋을 것 같았다. 아니 그의 눈에 띄고 싶었다.

분명 어제도 이와 같은 심정으로 옷을 골랐었지. 바로 어제 일인데도 머나먼 과거처럼 느껴졌다. 문득 그가 찢은 원피스가 아쉬웠다. 제일 마음에 들었는데. 그러나 이미 망가진 것에 미련 둘 이유는 없었다.

"같이 골라 줄게요. 나, 이래 봬도 센스 좋으니까."

나라의 눈은 어느새 즐거운 빛으로 반짝거리고 있었다. 새희는 친구처럼 살갑게 대해 주는 나라를 향해 저도 모르게 웃었다. 그러자 나라가 신기한 걸 본 사람처럼 멈칫하고 빤히 보다가 이내 다정하게 마주 웃었다.

"그렇게만 웃어 주면 뭘 입어도 어여쁘겠어요."

* * *

이 옷, 저 옷 새희의 상체에 갖다 대며 세심히 고르던 나라가 최후로 결심하고 밀어붙인 옷은 저 멀리서부터 시선을 사로잡을 듯한 커다란 리본이 달린 블라우스였다.

아무리 눈에 띄기로 마음먹었다지만 조금은 과한 게 아닌가 싶어 저어하는 새희에게 나라는 온갖 아양을 부리며 입어 보라고 권유했다. 그 성화에 못 이겨 슬쩍 갈아입자 나라는 세상의 존재하는 모든 칭찬은 다 쏟아부으며 기어코 새희를 웃게 했다.

결국, 새희는 그 옷을 입은 채로 나라와 집을 나섰다. 차에 타자마자 나라는 쉴 새 없이 감탄했다. 시트가 어쩜 이렇게 쿠션감이 좋으냐며 의자를 뒤로 넘겼다 올렸다 장난치다가 허리를 삐끗한 건지 비명을 질러 새희는 잠시 나라의 허리를 열심히 주물러 주어야 했다.

곡소리를 내며 이윽고 운전하기 시작한 나라의 옆에서 새희는 따가운 햇살이 가슴을 찌르는 것처럼 어딘지 모르게 불편한 몸을 뒤척이며 안전벨트를 세게 쥐었다.

"어디 아파요? 헉, 혹시 나 때문인가?"

갈수록 안색이 흐려지는 새희를 흘끗 본 나라가 짐작되는 게 많은 얼굴로 물었다. 새희는 그때까지도 손톱으로 못살게 굴던 안전벨트를 스르륵 놓아주었다.

"아니요, 아니에요. 그냥 좀 긴장이 돼서……."

"긴장이요? 왜요?"

나라는 설마 자신이 생각하는 사람을 걱정하는 건 아니겠지요? 하는 의심쩍은 눈빛을 보냈다. 그런 쓸데없는 걱정은 제발 집어치우라는 듯한 표정에 새희는 어쩐지 발동해서 말을 쏟아 냈다.

"한숨도 못 자고 갔어요. 피아노를 치다 졸기라도 하면……."

나라는 가볍게 웃음을 터뜨렸다. 그 뒤 이유를 설명하듯 친절한 어조로 말했다.

"전속 조율사가 인터뷰에서 그랬어요. 김언혁은 공연 중에 피아노 줄이 끊어져도 망가진 음정에 맞춰 새롭게 작품을 창조할 남자라고. 옛날에 공연장에 오다 가벼운 접촉 사고가 난 적도 있었는데, 그날 전문가들이 연주에 미스 터치가 한 번도 없었다고 감탄했죠. 그때 김언혁 나이가 열아홉이었다구요. 그런 뼛속부터 완벽주의자인 남자가 잠 좀 못 잔 게 대수겠어요?"

새희는 제가 모르는 그의 일화들을 듣는 일이 자신의 몇 안 되는 행복한 기억을 더듬는 일만큼 기분이 좋았다. 어느새 그와 관련된 화제를 벗어난 것도 같았지만 새희는 내색 없이 기꺼운 태도로 들었다. 나라는 목소리뿐만 아니라 쓰는 표정과 손짓들도 새의 날갯짓처럼 바지런했다. 그래서 귀여웠다. 웃음에 헤프게 되는 건 그 때문이었다.

나라의 친구의 동생의 남자 친구가 군대에서 탈영할 뻔한 얘기까지 이입해서 듣는 사이 차는 인천으로 들어섰다. 곧 그를 볼 수 있었다. 무대 위에서 연주하는 그를.

쭉 뻗은 도로를 시원하게 달리는 차 안에서 끊이질 않는 나라의 농담에 새희는 웃었다. 그 웃음에 지나치도록 두근거리는 숨을 실어 보냈다.

차창 밖으로 대로변에 줄지은 상점들이 지나쳐 갔다. 가게 앞으로 흐드러지게 진열된 색색의 꽃들이 눈에 들어온 건 그때였다. 새희는 문득 창으로 고개를 붙이며 다소 급하게 말했다.

"잠깐만……."

"응? 왜요?"

새희는 손가락으로 지나쳐 간 창밖의 꽃집을 가리켰다.

"꽃다발을 사고 싶어요."

그 순간, 나라의 표정이 한껏 이상해졌으나 새희는 눈치채지 못했다. 차를 멈춰 세운 나라는 왠지 망설이는 기색으로 입술을 뗄 듯 말 듯 하다가 이윽고 조금 심술궂게 웃으며 말했다.

"좋아요. 나도 어떻게 나올지 궁금하니까."

장난을 꾸미는 어린아이 같은 얼굴을 새희는 영문을 몰라 의아하게 바라보았다.

* * *

연보랏빛 라일락꽃을 묶은 소담한 꽃다발을 든 채로 새희는 나라와 콘서트홀로 서둘러 걸음을 놀렸다. 꽃집에서 시간을 너무 허비한 탓이었다. 안내원은 나라가 표를 내밀기 전에 새희의 얼굴을 확인하더니 벌떡 일어나 좌석까지 친절하고 신속하게 안내했다.

새희의 좌석은 무대와 무척이나 가까운 특등석이었다. 와인색 벨벳 의자에 겸연쩍게 앉으며 돌아본 관객석은 인파로 꽉 차 있었다.

새희는 괜스레 블라우스에 달린 리본을 만지작거리다가 덕분에 좋은 데 앉는다면서 신이 난 나라를 보며 억지로 웃었다. 무릎 위의 꽃에서 피어오르는 새콤하고 단 향기에 머리가 어지러웠다. 천장에서 내리쏘는 빛줄기가 강렬해서 눈꺼풀이 아플 정도였다.

웅성대는 소리에 간간이 섞인 그의 이름을 들을 때마다 제 이름이 호명된 것처럼 흠칫흠칫 어깨가 떨렸다. 바로 뒤에서 고고한 목소리가 귓바퀴를 따갑게 쓸었다.

"그래서 그 스캔들은 정말 루머인 건가?"

"그야 더 두고 볼 일이겠지. 다시 연주 재개한 거 보면 루머인 것 같기도 하고. 워낙 소문만 무성한 남자잖아."

새희는 순간이지만 저들의 입술이 날개를 달고 날아가 버렸으면 좋겠다고 생각했다. 애써 신경을 끄고 비어 있는 무대를 바라보았다. 덩그러니 놓여 있는 피아노가 유난히 거대하고 웅장해 보였다.

저것을 손안에 든 구슬처럼 순조롭게 다루어 원하는 울림을 낼 그였다. 이 수많은 사람들이 오로지 그를 보기 위해 온 것이다. 대단하다는 감상이 초라한 생각을 끌고 왔다.

"내가 여기 있어도 되는 걸까?"

이렇게나 그와 가까운 자리에, 다른 누구도 아닌 나라는 사람이…… 혼잣말처럼 중얼거린 말을 들은 건지 나라가 새희를 쳐다보았다.

"당연하지."

나라의 확고한 긍정에 일순 목이 막히는 듯해서 새희는 떨리는 입꼬리를 끌어 올렸다.

곧이어 사위는 엄숙해졌다. 직전까지 떠들었다는 게 거짓말인 것처럼 완벽한 정적 속에서 새희는 긴장하며 무대 측면을 응시했다. 그러다 심장이 떨려서 꽃을 내려다보았다. 숨소리마저 억누르듯 장내는 조용했지만, 사람들의 흥분감이 공기의 밀도처럼 빽빽하게 느껴졌다.

새희는 어깨를 쓸어내리며 다시금 꼿꼿이 고개를 들었다. 일초 속에 은닉된 억겁의 시간을 몇 차례 견뎌 낸 끝에 불빛을 받아 번쩍이는 구두 앞코가 나타났다.

박수갈채가 귀가 쨍하도록 퍼부어졌다. 그의 등장만으로 발끝에서부터 전율이 올라왔다. 너무도 직선적이라 육감적이기까지 한 걸음걸이로 단숨에 무대 중앙까지 가로지른 그가 각도를 맞춘 것처럼 정확하게 턱을 들고 시선을 어딘가로 고정했다.

"……."

눈이 마주친 게 맞을까. 새희의 눈동자가 흘러내릴 듯이 떨렸다. 그는 환한 빛 가운데에 서서 새희가 있는 부근을 직시하고 있었다. 새벽녘 새희의 아래에 파묻혀 흐트러졌던 머리칼은 한 치의 느슨함도 용납하지 않는 듯 넘겨 올린 채였다.

절대적인 무언가로 압도하는 듯한 눈빛. 날카로운 콧대. 욕망을 이끄는 입술. 그리하여 치명적인 파멸로 이르게 할 얼굴. 사랑이 눈물 자국을 남기며 거쳐 갔을 얼굴…… 그 얼굴을 새희는 이미 아주 오래전에 매혹되어 버린 자의 눈길로 바라보았다.

이윽고 그는 빠르지 않게, 그러나 느리지도 않게 관객들에게 고개를 숙이며 인사했다. 내려갔던 그의 고개가 들어 올려진 순간, 새희는 몹시도 자연스러워서 그냥 넘길 뻔한 점을 하나 찾아냈다. 그의 셔츠 단추가 새희가 실수한 그대로 하나씩 밀려 끼워져 있었다.

새희의 뺨이 달아올랐다. 그러나 그의 태도가 워낙 당당해 원래 그런 디자인인 양 위화감이 들지 않았다. 새희는 그의 태연함을 넘은 뻔뻔함에 결국 백기를 들 듯 소리 없이 웃었다.

마치 그 미소를 본 것처럼 그의 눈빛이 감미로워진 것도 같았다. 이윽고 그가 피아노로 다가가 앉았다. 새희는 손목을 돌리며 턱을 미끈하게 젖히는 그를 태양처럼 바라보았다.

그의 손가락이 턱 끝을 쓸었다가 마침내 건반으로 부드러이 떨어졌다. 첫 음이 놓인 순간, 누군가 한숨을 탄성처럼 내쉬었다. 견디다 견디다 내뱉는 듯한 그 느낌을 알 것도 같아서 새희는 그와 다를 거 없이 말라오는 입안에서 감탄을 죽였다.

첫 곡은 슈만의 〈유모레스크(op.20)〉였다. 섬세한 화성이 느리게 쌓였다. 책장과 책장 사이를 넘어가듯 유려하게 흘러가는 음이 점점 빨라졌다. 경쾌하면서도 안타깝게 튀어 오르다 다시금 도입부의 세세한 선율로 돌아간다. 유동적인 음처럼 그의 손이 건반 위에서 자유롭게 나다녔다.

장조에서 단조로 넘어가는 짧은 순간, 아예 사라지듯 줄어들었던 템포가 서서히 깨어나며 마치 벗어나려는 것처럼 왼손과 오른손의 운율이 엇갈렸다. 페달을 밟는 몸짓이 무척이나 강렬하고 애절해서 무릎을 꿇는 환영이 비치는 듯했다. 도저히 감탄을 여며 둘 수 없는, 심장을 쐐기처럼 꿰뚫어 버리는 표현력이었다.

수많은 관객이 존재하지만, 존재하지 않는 것처럼 그의 음악만이, 그가 연주하는 언어만이 오로지 이 공간을 장악하고 있었다. 새희는 그에게 귀속되어 버리는 감각을 사람들과 공유하고 있다는 사실이 살짝 서글퍼졌다. 그러나 그를 독차지하는 일 또한 수많은 이들을 서글프게 하는 것일 터였다.

김언혁은 아름답기에 냉혹한 기교로 마디마디를 물결처럼 풀어내다가 드디어 마지막 음을 내려놓았다. 길쭉한 손가락 전체가 건반을 바스러뜨릴 듯 눌렀다. 세상의 모든 경전의 무게가 얹힌 듯한 강건한 어깨를 바라보며 새희는 마지막 음의 여운이 채 가시기도 전에 짝짝…… 몽롱한 눈으로 손뼉을 쳤다.

그것이 얼마나 매너 없는 행위였는지는 화들짝 놀란 나라가 어깨를 매만지고서야 깨달았다. 새희는 뒤늦게 아연실색했다. 그와 단둘이 있을 때, 새희가 연주를 하고 나면 그는 곧잘 박수를 쳐 주곤 했다. 반대로 새희는 그의 연주를 들은 뒤에 그가 장난스럽게 박수를 쳐 달라고 보채야 쑥스럽게 손뼉을 치는 정도였다. 그랬건만 하필이면 관객들이 이렇게나 많은 자리에서 이런 실수를…….

도취해야 할 여운을 깨뜨렸다는 자각이 들자 죄책감이 들어 견딜 수가 없었다. 새희는 안절부절못하며 황급히 내린 두 손을 꼭 말아 쥐었다.

그 순간이었다. 아직 건반에서 손을 떼지 않은 그가 무언가 생각하듯 가만히 있다가 피식 웃었다. 그의 웃음은 아주 짧게 머물렀다 자취를 감췄지만, 관객들은 마치 웃어도 된다는 허락을 받은 것처럼 다 같이 연주자를 따라 크게 웃었다. 이어 타이밍이 어긋났던 박수갈채가 시원하게 터졌다.

"머리털 나고 김언혁 웃는 거 처음 봐……."

박수 소리 사이로 나라의 넋 나간 혼잣말이 들렸다. 뺨으로 열이 오르는 것 같았다. 의자에서 일어난 그가 인사한 뒤 쇄도하는 눈길을 한 몸에 받으며 걸어가 무대 측면으로 사라졌다. 피아노를 한쪽 손으로 잡고 설 때 장난기 가득한 눈이 이쪽을 향했던 것도 착각 중 하나일까?

나라는 떠들 틈이 생기자 냉큼 붙어 속닥거렸다.

"죽인다, 진짜. 괜히 평론가들이 손끝으로 관능을 연주하네, 마네 하는 건 아니긴 해, 그치? 아까 손 이렇게 교차해서 칠 때, 그땐 진짜 숨 멎는 줄 알았어. 어쩜 잠적한 동안 더 무르익은 것 같아."

나라와 말을 놓기로 한 건 꽃집에서부터였다. 말을 놓은 지 한 시간도 채 안 되었다는 사실을 깜빡하게 될 만큼 허물없는 말투로 순수하게 감탄하는 나라에게 새희도 격하게 동감했다. 새희는 고개만 열렬히 끄덕거리다가 참지 못하고 작은 목소리로 고백했다.

"나도 숨 멎는 줄 알았어……."

잠시 후, 그가 다시 등장했다. 두 번째 곡을 치기 직전, 그가 아랫입술을 손끝으로 쓸었다. 익숙하기 이를 데 없는 그 손짓에 새희는 그가 무슨 곡을 연주할지 단박에 알아차렸다.

연주가 시작되자 가슴이 소란스러워졌다. 아무래도 그가 이 곡으로 하여금 심어 놓은 문장들이 춤을 추고 있는 모양이었다. 마음의 모서리를 무너뜨리는 뜨겁고, 격렬한 춤을.

1악장에서 2악장, 그리고 3악장으로 넘어가는 경계마다 지난 일들이 가쁘게 떠올랐다. 춤을 추던 문장들이 수십 개의 종이 되어 심장 고동에 맞춰 흔들렸다. 흔들리는 소리가 쿵, 쿵, 쿵, 몸을 반으로 가르듯 커다랬다. 감정들이 온몸으로 밀려오는 소리였다. 아,

도리 없이 기억에 포위되었다.

'그대가 내 삶의 음이고, 은밀히 귀 기울이는 사람입니다.'

신이 훔쳐보았다면, 반드시 질투하였을 그 순간을…….

긴 손가락이 건반을 휩쓸어 올리며 선율의 호흡을 따르지 않고 본인의 흐름으로 창조했다. 그의 얼굴이 기울어지며 입술이 약동했다. 열정을 쏟아 연주하고 있는데도 무언가를 참고 있는 느낌이었다. 인내하며 손끝으로 떨어뜨리는 음이 구원을 바라는 자의 목소리로 변형되었다.

제발 사랑해 주소서…… 저토록 온화한데 이토록 슬프게 들려온다. 이미 떠난 이에게 부치는 편지 속 마지막 구절처럼.

새희는 라일락 꽃다발을 아스러뜨릴 듯이 세게 쥐었다. 그와 숨을 나누어 마시고 싶은 욕구가 가슴 속에서 북받쳐 올랐다. 매끄럽고 서늘한 피부 위에 가슴을 뭉개며 입술을 진득하게 비비고 싶다. 깊어서, 너무 깊어서 새까맣게 타오르는 눈빛에 제 영혼을 담그고 산산조각이 되어 뜨겁게 절정에 이르고 싶다.

새희는 파르르 떨려 오는 눈을 감았다가 시간이 흐른 뒤에 떴다. 우레와도 같은 박수 소리가 터져 나오고 있었다. 한발 늦게 그 환호에 합류했다.

박수를 치며 그와 눈을 마주쳤다. 지금은 마주쳤다고 확신할 수 있었다. 그래서 있는 힘껏 웃었다. 부디 그가 이 미소에 얼마나 깊은 감격을 넣어 놓았는지 알아보길 바라며…….

이후 예정된 곡들의 연주가 모두 끝나자 기립 박수가 끊이질 않았다. 그는 앙코르로 쇼팽의 두 곡을 연주했다. 그러고도 끝이 보이지 않는 연호에 그가 재차 건반을 어루만졌다. 어린아이에게도 익숙한 도입부가 울려 퍼졌다. 브람스의 자장가였다.

새희는 홀로 자장가를 치다 그에게 들켰던 기억에 사로잡혔다. 이젠 자장가를 들어도 엄마의 노랫소리가 아닌 장송곡인 줄 알았다며 놀리던 그의 얼굴이 먼저 떠올랐다. 새희는 그날을 생각하며 부드럽게 웃었다.

잘 자라, 내 아기. 내 귀여운 아기. 아름다운 장미꽃 너를 둘러 피었네…….

입속으로 따라 부르다 한순간 미묘하게 달라진 멜로디 때문에 멈칫했다. 너무도 자연스럽게 다른 곡을 삽입해 연주하고 있다는 걸 알아챈 사람들이 웃기 시작했다.

happy birthday to you…… 생일 축하 멜로디가 간지럽게 흘렀다. 사람들은 웃으면서도 의아한 기색이었다.

도대체 누구를 위한 축하인가? 다른 관객들과 마찬가지로 의문스러운 나라의 눈길이 달라붙은 걸 알면서도 새희는 그에게서 한시도 시선을 돌릴 수 없었다.

김언혁은 누군가의 탄생을 축복하고 있었다. 여기 있는 모든 사람들이 그가 축복하는 주인공의 정체를 궁금해하거나 추측해 보며 부러워하고 있었다.

새희의 미소 끝이 젖어 들었다. 물기가 범람하는 얼굴로 새희는 환하게 웃었다. 그가 새희의 생일 선물로 준비해 둔 과분한 순간에 보답하기 위해 할 수 있는 한 활짝…….

아, 어쩌면…….

태어나길 잘한 걸지도.

* * *

나라의 걸음은 쫓아가기 벅찰 정도로 다급했다. 잠깐 숨을 고르느라 걸음을 멈춘 새희의 팔을 끌어당기며 나라가 재촉했다.

"빨리! 오빠가 금방 쫓아낼 게 분명해서 늦게 가면 놓칠 거야."

"뭘 놓쳐?"

"칙칙한 눈에 모처럼 복지를 누리게 해 줄 기회지."

어쩐지 믿음직스럽게 씨익 웃어 보인 나라와 기어코 달리듯 걸어 대기실 문 앞에 당도했다. 나라는 큼큼, 목을 가다듬은 뒤 조신한 손짓으로 문을 노크했다. 대답이 없자 나라는 귀를 문에 바짝 갖다 붙였다. 뭔가를 감지한 건지 곧이어 노크할 때와는 사뭇 다른 기세로 "들어가요!" 하고 소리치며 문을 열고 들어갔다.

넓은 대기실 안에는 사람들이 많아 시끌시끌했다. 안에 있는 사람은 죄다 남자였다. 그리고 반은 외국인이었다. 하나같이 키가 크고 겸양의 미덕 같은 건 필요 없을 만치 거만한 생김새와 분위기였다. 그 안에서 독특한 행색이라 예술가로 보이는 타입과 건실한 사업가 같은 타입으로 나뉘었다. 확실한 건, 전부 살아가며 만나기 흔하지 않은 부류의 사람이라는 것이었다.

새희는 생각지도 못한 풍경에 기가 죽어 몸을 움츠렸다. 소심하게 곁눈질한 나라의 눈동자는 전에 없이 초롱초롱했다. 그때가 되어서야 새희는 나라의 눈에 복지를 내려 주는 대상의 정체를 깨달았다.

그들은 새희와 나라의 존재를 즉각 알아채지 못할 만큼 이야기에 몰두하고 있었다. 외국 말이라 새희는 당최 알아들을 수 없었다. 그들은 자유분방하게 자리한 듯 보이면서도 누군가를 에워싼 채였고 예감이지만 화제 또한 누군가로 인해 돌아가고 있는 것 같았다.

그 '누군가'인 김언혁은 소파에 앉아 다리를 꼬고 휴대폰을 들여다보고 있었다. 팔걸이에 팔꿈치를 괴고 관자놀이를 손가락으로 휘돌리는 얼굴이 장시간의 콘서트를 막 마쳤다고 할 수 없을 만큼 나른하고 따분해 보였다.

방방 뛰듯 걷는 나라의 뒤로 새희는 최대한 땅끝을 바라보며 걸었다. 목 안이 뜨끈하게 조여왔다. 뒷짐 지어 숨겨 놓은 꽃이 바르르 떨리고 있었다.

누군가 나라를 발견하고 소리를 내는 순간, 김언혁도 고개를 들었다. 새희를 본 그가 귀에 대려던 휴대폰을 내려놓았다.

"데리러 갈 참이었는데."

김언혁은 지루하게 늘어뜨렸던 상체를 일으키며 소파에서 일어났다. 새희에게 다가오는 동작은 담백하고 기민했다. 그의 손이 간지럽히듯 뺨을 쓸었다.

"재밌게 봤어?"

주변의 남자들이 눈을 휘둥그렇게 뜨고 이쪽을 보고 있었다. 뜨악했다는 표정이 맞을 것이다. 이전에 새희를 진찰했던 의사한테서 목격한 반응이라 낯설지 않았다. 그렇다 하더라도 새희는 평소처럼 굴 수가 없어서 뺨을 붉힌 채로 말없이 고개만 끄덕였다. 그러다 손에 쥔 꽃이 생각나 더듬더듬 내밀었다.

"축하의 의미로 주고 싶어서……."

꽃을 본 그가 오른쪽 눈썹을 들어 올렸다. 왜인지 주변에 있던 사람들이 더 놀란 기색이었다. 놀란 것도 잠시 그의 눈치를 흥미진진하게 살피는 것도 같았다. 옷 위로도 근육의 윤곽이 두껍게 도드라진 남자의 옆에 딱 붙어 선 나라도 같은 표정을 하고 있었다. 알 수 없는 관람 태도에 새희는 한껏 긴장할 수밖에 없었다.

김언혁은 꽃다발을 받을 것처럼 손을 내밀다가 멈추고는, 받아줄 듯 말 듯 하며 어김없이 또 새희의 애간장을 녹였다. 새희의 눈은 시야를 짓궂게 노니는 그의 손을 조마조마하게 따라다녔다.

"고마워."

이윽고 꽃다발을 받아 든 그가 낮고 진하게 말했다. 고개를 숙여 꽃잎에 코끝을 대며 향기를 맡는 그를 보자 비로소 너끈히 안심했다. 희한하게도 주변의 반응은 경악스럽게 변해 있었지만 말이다.

"Wer ist diese Frau?"

눈동자가 숲처럼 녹색인 남자가 모두를 대표해서 나서듯 비장한 얼굴로 그에게 물었다. 새희가 누구냐고 묻는 느낌이었다. 김언혁은 새희의 눈꼬리를 손끝으로 느긋하게 비볐다.

"Sie wird zu meiner Familie gehören."

그가 그렇게 뜻 모를 대답을 한 순간, 저들끼리 활발하게 오가던 남자들의 말소리가 뚝 끊겼다. 그대로 침묵이었다. 잠시 후, 환호인지 경악인지 모를 탄성을 내지르며 남자들이 달려들어 새희를 둘러쌌다. 그럴 걸 예상이라도 한 건지 그가 한숨을 내쉬며 새희를 막아서듯 품 안으로 당겼다.

뭐라고 쏟아지는 말의 반은 외국어, 반은 한국말이었다. 다닥다닥 붙어 오는 시선들이 무엇 때문인지 엄청난 열기를 띠고 있었다. 대기실은 그가 던진 발언에 건잡을 수 없이 요란해졌다. 그의 옷깃을 꽉 부여잡은 새희의 손이 떨리는 것을 본 김언혁은 짜증스럽게 내뱉었다.

"입 다물어."

음성은 듣기에 혹독할 정도로 차가웠으나 그리 효과가 좋지 못했다. 그들은 벌떼처럼 귀가 따가울 만치 윙윙거렸다. 새희는 두 손으로 귀를 막고 싶었지만, 그의 지인들 앞이라 차마 그러지 못했다. 그것을 지켜보던 김언혁의 눈빛이 한층 더 피로해졌다.

"성나라."

몇 걸음 떨어진 지척에서 이 난리를 구경하고 있던 나라는 김언혁의 부름에 눈매를 찡그렸다. 그는 말없이 계속 쳐다볼 뿐이었다. 나라는 불만스럽게 입술을 실룩이며 이내 이쪽으로 다가왔다. 나라는 그녀의 두 배가 넘는 체격의 남자들 틈을 수월하게 비집고 들어왔다. 그러곤 영어를 유창하게 구사했다. 아마도 그들이 요구하는 새희에 대한 자세하고 적극적인 설명을 대신 해 주고 있는 모양이었다.

나라가 뭐라고 말하고 있는지는 몰라도 그녀의 차근차근 이어지는 설명에 들끓던 소란이 잠재워졌다. 분위기가 한층 가라앉자 그가 말했다.

"그만하고 다 나가. 시끄러워."

통보하듯 내리 뱉는 어조였다. 아쉬운 듯 미적거리던 남자들은 김언혁과 눈을 마주치고는 더는 번장댈 수 없다는 걸 인정하듯 온갖 휘파람과 찬사를 보내며 떠들썩하게 대기실을 나갔다.

새희는 드디어 파리지옥 같았던 눈들에서 벗어난 것에 한숨을 내쉬며 그의 품에서도 빠져나오려고 했다. 그의 한쪽 팔이 허리를 감싸 당기지만 않았어도 그럴 수 있었을 테다. 그러나 새희는 다시 그에게 껴안기듯 상체가 당겨졌다. 그는 한쪽 손은 새희의 허리에, 다른 쪽 손은 새희가 준 꽃다발을 쥔 채 새희를 물끄러미 내려다보았다.

온 마음이 뒤채는 눈빛이었다. 기립 박수를 받으며 무대 위에서 인사하던 남자. 잠 한숨 자지 않고, 부러 엉성한 꼴을 해도 찬란하게 빛났던…….

그런 그가 단 한 사람을 위해서 앙코르를 울렸다. 이날의 기억은 영원토록 새희의 몸 전체에 박혀 있으리라. 기념비적이었던 감동이 또다시 뭉클하게 샘솟았다. 숨이 쌓일 때마다 몸 안에서 그가 짙어지는 것 같았다.

새희는 대뜸 그의 목을 손가락으로 만졌다. 곧고 반드러운 선을 따라 쓸어 올리자 날렵한 턱이 손끝에 닿았다. 그는 어디까지 올라갈까 기대되는 얼굴로 잠자코 새희의 손길을 즐겼다.

"저기 미안한데…… 나 아직 있거든?"

덩그러니 서서 그 모습을 지켜보고 있던 나라가 황당하게 외쳤다. 진실로 나라의 존재를 잠시간 망각하고 있었던 새희는 새빨개진 얼굴로 손을 거두었다. 김언혁의 눈은 허둥지둥 도망간 새희의 손을 내밀하게 추격했다. 그 뒤 나라를 조용히 응시했다. 여태 안 가고 뭐 하고 있었느냐는 듯한 눈빛에 허! 나라는 헛웃음을 터뜨렸다.

"하여간 난 아주 성가시고 귀찮은 일에만 부리는 종이지, 종!"

"수고했어."

"아악!"

부러 진짜 종처럼 대하듯 구는 김언혁에게 나라가 치를 떨었다. 그러다 새삼 그의 손에 들린 꽃을 묘한 표정으로 응시하며 은근슬쩍 물었다.

"근데 아까 독일 말이라 못 알아들었는데 뭐라 한 거야?"

"종은 알 필요 없는 말이지."

나라는 끓어오르는 욕을 깊은 한숨으로 대신했다. 더 있어 봤자 막심한 스트레스만 얻고 가리라는 것을 누구보다 빠르게 인정하며 주머니에서 차 키를 꺼내 그에게 던졌다. 예고 없는 투척에도 그는 던질 걸 알았던 것처럼 능란하게 손바닥을 펼쳐 그것을 받아 냈다. 그게 더 얄미워 나라는 그를 죽일 듯이 쏘아보았다.

"내 임무는 끝난 것 같으니까 이만 사라져 줄게."

눈을 즐겁게 만들어 주는 그의 지인들도 쫓겨났으니 더 있어 봤자 이득도 없이 먼지보다 못한 취급만 받을 게 뻔했다. 말해 무엇하겠는가. 지금도 둘만 있고 싶어 죽겠으니 빨리 꺼지라고 온몸으로 시위하는 수준이었다.

사실상 사촌이긴 해도 김언혁과 그다지 친하게 교류하며 지냈던 것도 아니다. 까놓고 남보다 조금 더 가까운, 아니 가깝다고 하기에도 멋쩍다. 상대할 때면 거대한 콘크리트 벽이 가로막고 있는 것처럼 막막하고 버겁게 느껴지는데 가깝기는 무슨…….

그래서 난데없이 기사 노릇을 부탁한 것은 의외였다. 사정은 몰라도 어제는 새희에게 물을 먹어 나라도 그 근방을 뒤지며 시간만 날렸다. 집에 없는 것 같다고 연락했을 때 그가 내보인 반응을 돌이키면 지금도 소름이 돋는다. 순간적으로 김언혁이 새희를 죽이는 게 아닐까 싶은 미친 생각이 들 정도였으니.

그래 놓고 오늘은 또 저렇게 예뻐 죽고 있다니. 꽃다발을 싫어한다고 공식적으로 밝히기도 한 남자가 내숭까지 부리면서 말이다. 양양에 데려왔을 때도 기절초풍하는 줄 알았는데 이젠 아예 집에 들여다 놓고…….

김언혁의 사람을 나누는 기준은 극단적이었다. 그의 어머니와 그의 어머니를 고통으로 몰아넣었던 존재. 그 외엔 과연 생명체로 보는 게 맞는가 싶을 정도로 무감했다. 나라도, 의준도, 그를 건너갔던 여자들도 마지막에 속했다.

나라의 엄마를 흔치 않게 아끼는 이유는 어머니를 유일하게 '걱정하는' 혈육이기 때문이었다. 아버지와 이혼하며 모든 지위와 재산을 빼앗긴 엄마를, 이혼 후에도 엄마의 삶을 망치려고 저주스럽게 괴롭히던 아버지에게서 당시 아무 힘이 없었던 나라와 의준 대신 보호해 준 사람도 그였다.

김언혁은 어릴 때부터 그랬다. 피아니스트의 길을 간 것 또한 눈부신 재능을 가지고 태어나서가 아니라 그의 어머니가 그가 치는 피아노 연주에 불면의 고통을 덜 수 있었기 때문이라고 했다. 얼마나 갸륵하면서도 성실하고 애틋한가. 엄마는 김언혁을 볼 때마다 꼭 그런 눈을 하고는 아픈 그의 어머니 대신 몹시도 가슴 아파했다.

그러나 나라는 생각이 달랐다. 그 한결같은 애정은 어딘가 의무적인 느낌이 있었던 것이다. 사랑하는 게 아니라 사랑해 주기로 스스로 결정하고 이행하는 듯한. 애정이 그리도 강박적이고 이기적이어도 되는 걸까.

죽기를 갈망하는 그의 어머니를 억지로 살려 놓는 그의 모습이 언젠가부터 형벌을 내리는 것처럼 가혹해 보였다. 그의 어머니에게도, 그 자신에게도.

그래서 아무것도 모르는 얼굴로, 절대 들어설 수 없는 그의 영역 안으로 들어간 새희가 신기했다. 저렇게 가녀리고 슬픈 얼굴을 가진 여자라니. 하필이면…….

"안녕. 잘 가."

새희는 부서질 듯이 인사해 왔다. 그새 김언혁의 손은 새희의 뺨을 훑어 내리고 있었다. 그 손길이 새희는 익숙한 듯 감격스러워 보였다.

첫눈에 시선을 잡아끄는 외모를 가져 놓고도 내면은 자학으로 망가진 여자. 대체로 저런 타입은 둘 중에 하나다. 상대가 어떠한 조치를 하기도 전에 완전히 망가지거나 그 상대도 같이 바닥까지 망가뜨리거나…….

'내 가족이 될 여자야.'

그에겐 모르는 척 물었지만, 나라는 독일어도 웬만큼은 알아들을 수 있었다. 그건, 그가 살아온 생에 반역을 저지르겠다는 말과도 같았다.

나라도 새희가 어떤 사정을 가졌는지 대충은 알고 있었다. 보통 사람이라면 사랑은커녕 다가가는 것조차 엄두도 못 낼 저주스러운 상황에 놓여 있는 여자와 그는 가족이 되겠다고 했다.

가족이 된다는 건 단지 불같은 사랑만 하겠다는 뜻이 아니다. 새희가 가진 기이하고 불우한 배경을 부서뜨리면서까지 제 옆으로 가져오겠다는 선언인 것이다. 저들은 어디까지 갈 작정인 걸까.

"응. 안녕. 다음에 또 봐."

나라는 자신이 웃자 가슴이 아릴 만치 순하게 따라 웃는 새희를 향해 손을 흔들었다. 어찌 됐든 부디 저 미소 하나만은 오래도록 남을 수 있기를 기도했다. 잘 살다가도 문득문득 떠오를 것 같은 예쁜 미소였으니까.

* * *

"너무 친해진 것 같은데."

김언혁은 영 탐탁지 않은 얼굴이었다. 그 얼굴에서 심통이 사라진 건, 새희의 상의에 달린 커다란 리본을 발견했을 때였다. 그는 흥미가 당긴다는 듯 손가락을 리본에 꿰어 치근거렸다.

"달고 다니기 무겁지 않나?"

별거 아닌 장난스러운 말에 가슴이 요란하게 뛰었다. 대기실

거울에 비친 피부색이 과연 볼만하게 달라졌다. 새희는 그가 놀리는 대로 멍하니 있다가 별안간 뺨을 붙잡혀 혀가 통째로 목구멍을 채우는 키스를 받아야 했다.

콘서트홀에서 나오자 하늘은 태양을 쫓아낸 뒤였다. 그의 눈동자 같은 밤하늘을 올려다보는 사이 도어맨에게 차 키를 넘겨준 그가 다가왔다. 공연장 직원은 당황한 얼굴로 한참을 엉거주춤하다가 운전석으로 올라탔다.

나라가 운전해 온 차가 도어맨만 태운 채로 앞서 떠나갔다. 혹시 그가 저 차를 직원에게 준 건 아닐까? 다가오는 유난히 경쾌한 얼굴을 보며 그런 엉뚱한 생각을 하다 새희는 뒤이어 그가 문을 열어 준 눈에 익은 미끈한 차에 올라탔다.

그의 차는 근방의 호텔로 갔다. 이미 체크인이 되어 있는 듯, 곧장 엘리베이터에 탄 뒤 룸으로 직행하는 그의 구둣발 소리가 날카로웠다. 문을 열자마자 그의 단단한 몸이 덮쳐들었다.

새희는 아! 작게 비명을 지르며 밀어붙여 오는 그의 각진 어깨를 붙잡았다. 욕망으로 타오른 눈동자가 내리꽂혔다. 입속으로 휘감겨 오는 그의 혀에 호흡을 뜯어먹혔다. 하관 전체가 빠질 듯이 빨리며 가쁘고 괴로운 신음이 흘러내렸다. 대체 그는 언제부터 이 흥분을 감내하고 있었던 걸까.

눈꺼풀에 혀를 누르며 속눈썹 사이사이까지 입술로 짓이기던 그가 한 팔로 새희를 들었다. 덕분에 새희는 허공에 떠오른 채로 침대까지 단숨에 이동했다. 곧바로 발뒤꿈치까지 발라먹을 것 같던 그의 기세는 희한하게도 시트로 새희의 몸을 떨어뜨리고 나자 잠잠해졌다.

새희는 이 틈에 모자랐던 숨을 채우며 자신을 가두어 놓고 다른 곳에 관심을 빼앗긴 그를 올려다보았다. 그가 또 새희의 리본에 손장난을 치고 있었다. 맥이 빠졌다. 그는 정말이지 이 리본이 맘에 드는 모양이었다.

“이 옷이 그렇게 예쁜가요?”

새희가 색색거리며 물었다.

“네가 예뻐.”

그렇게 말한 김언혁이 손을 당기자 리본이 스르륵 풀어졌다. 새희는 멍하게 그의 입술에 그림처럼 걸린 미소를 바라보았다. 바라보다 참을 수 없어 그의 목을 당겨 키스했다.

그의 입술을 입술로 덧그리며 혀를 집어넣자 그는 강렬하게 화답했다. 새희의 혀를 빨아 대며 그가 블라우스 밑단을 잡아 위로 올렸다. 벗기는 움직임이 물살처럼 부드러웠다.

가슴에서 둥둥 울리는 소리를 그도 듣고 있을까. 얼마나 고양되어 있는지, 얼마나 살아 있음에 기뻐하고 있는지 당신은 알까. 뺨과 턱에 정신없이 떨어지는 입맞춤 속에서 가느다랗게 떨며 새희는 고백했다.

“당신도, 당신도…….”

이미 알고 있겠지만, 그래도.

“아름다워…….”

표현하기엔 턱없이 부족한 말을 내뱉자 그가 미처 몰랐던 사실은 안 것처럼 한쪽 눈썹을 천연덕스럽게 들어 올렸다. 새희는 그의 목을 부둥켜안았다. 털이 있는 동물처럼 마구 얼굴을 비비자 그가 낮게 웃었다. 그의 웃음소리를 십자가로 만들어 가슴에 박아 두고 싶었다.

눈을 깜빡거리자 눈꼬리 옆으로 눈물이 흘러내렸다. 웃어 마땅한데 눈물이 계속 나서 시야가 얼룩졌다. 그 탓에 김언혁의 얼굴이 흐려져서 새희는 손등으로 눈을 비비며 그의 턱에 입을 맞추었다. 그는 그 입술 속에 혀를 집어넣으며 새희의 치마를 다리 밑으로 미끄러뜨렸다.

* * *

"흐읏……."

욕조 난간을 움켜쥔 새희의 손등이 하얗게 도드라졌다. 분명 그를 욕실로 끌고 온 건, 아니 욕실로 가자고 부탁한 건 자신이었던 것 같은데 그 과정에서 이미 삽입이 이루어진 뒤라 벌써 몸은 달아오를 대로 달아올라 있었다.

버거운 크기의 성기가 안을 부술 듯이 찧었다. 뒤에서 박아 대는 그의 숨소리가 귓불에 뜨겁게 맺혔다. 팔 안쪽으로 들어와 가슴을 움켜쥔 손이 동그랗게 부푼 유두를 쥐었다. 손끝으로 비트는 움직임이 이로 잘근거리는 감각과도 비슷했다. 고통을 얹은 쾌감이 그곳에서부터 선명하게 차올랐다.

순간, 그가 허리를 강하게 쳐올리며 안에서 기립한 것이 꿈틀거렸다. 욕조를 잡은 손바닥이 주륵, 미끄러졌다. 콘돔을 씌우지 않아 안에서 정액이 쏟아지는 것이 여실히 느껴졌다. 발바닥에 무언가 물컹한 것이 밟혔다. 거품을 묻혀 놓은 스펀지였다. 새희는 부질없는 그것의 옆으로 주저앉았다. 타일 바닥에 엉킨 다리가 여운으로 부르르 떨렸다.

"흐르고 있잖아."

정수리 위로 책임을 가하는 목소리가 떨어졌다. 새희는 고개를 들었다. 목소리만큼이나 그의 얼굴이 차가웠다. 열로 이지러진 두 눈으로 귀두 끝에서 흘러내리는 정액이 보였다. 금방 사정한 것이라곤 믿을 수 없이 빳빳하게 올라붙은 성기가 새희의 애액으로 젖어 번들거렸다.

그는 분명 삽입할 때 흐느끼는 새희의 귓가에 흘리지 말고 다 삼키라고 했었다. 수치심보다 그의 말을 어기면 안 된다는 생각이 먼저였다. 무릎을 꿇듯이 앉아 있던 새희는 다리를 넓게 벌렸다. 그는 새희가 이어 무슨 행동을 할지 아는 것 같았지만, 안다고 해서 배려해 주지 않았다.

때문에 새희는 스스로 그의 성기에 묻은 정액을 손에 묻혀 음부 안으로 밀어 넣었다. 이미 얼룩덜룩한 안을 손가락으로 헤집으며 정액을 들여 넣는 꼴이 얼마나 비참하고 무참한지. 저절로 눈물이 비 오듯 내렸다. 그 난잡하고 수치스러운 광경을 그는 끝까지 고고히 주시했다.

절대 새희가 있는 아래로 내려올 일 따윈 없는 사람처럼, 오연하게 일어선 채로.

"아, 안아 주세요……."

물기 고인 어리광이 흘러나왔다. 갑자기 그가 너무 먼 사람처럼 보인 탓이었다. 그의 옆에 있을 때마다 늘 그런 느낌은 자연히 동반했었지만, 이제는 그마저도 못 견뎌서 그에게 볼썽사나운 어리광을 부리게 되었다.

저렇게 시린 눈 말고, 뜨겁고 격렬한, 차라리 죽여 버리고 싶다는 눈빛으로 나를 휘저어 주었으면 좋겠다. 그게 좋아. 그걸 원해. 비정상적인 욕구들이 머리 위에서 활기차게 날뛰었다. 새희는 젖어서 흔들리는 눈으로 그를 애걸하듯 올려다보았다.

열렬하고 저릿한 눈빛을 눈에 넣듯 오래도록 보기만 하던 그가 욕조에 걸터앉았다. 탄탄하게 뻗은 골격 아래 섬세하게 빚어진 근육이 매끈하게 젖어 빛났다. 한 폭의 명화처럼 앉아 있는 그에게 속수무책으로 압도되어 새희는 넋을 놓을 수밖에 없었다.

"이리 와."

일어나기 위해 무릎을 세우는 새희에게 그가 덧붙였다.

"기어서."

타일 바닥을 짚고 있던 손바닥이 멈칫했다. 망설임은 전혀 길지 않았다. 고작해야 두세 걸음 떨어진 거리를 새희는 네 발로 순순히 기어갔다. 그의 발을 사이에 두고 고개를 들어 올리자 발기한 페니스가 존재를 각인시키듯 꺼떡거렸다. 생생하게 살아 움직이는 그것을 새희는 두려운 듯, 갈망하듯 바라보았다.

억지로 밀어 넣었던 정액이 애액과 섞여 아래에서 주르르 새어 나오는 느낌이 들었다. 음란하면서도 왠지 허무한 그 감각에 진저리치며 새희는 단단한 허벅지를 두 손으로 잡았다.

그의 의중을 살피듯 쳐다보자 그는 아, 하고 입을 벌려 보였다. 노골적인 설명에 새희의 눈시울이 발개졌다. 한 번도 욕망을 분출하지 못했던 것처럼 공격적으로 솟아 있는 물건을 위에서부터 삼켜 내려갔다. 반쯤 머금었을 때 이미 입안은 포화 상태가 되어 숨소리에 고통이 배었다. 지치지 않고 주욱 들이마시듯 힘 있게 빨아 들이며 하강했다.

"음……."

김언혁이 신음했다. 새희는 구토감을 참으며 목구멍까지 성기를 괴로이 채워 넣었다. 삼키느라 우스꽝스럽게 부푼 뺨을 그의 손가락이 더듬었다. 새희는 열띤 눈으로 그를 보며 천천히 오르내리기 시작했다. 워낙 굵다랬기에 단지 턱만 움직여서는 제대로 빨아 당길 수 없었다. 새희의 상반신이 격한 운동을 하듯 거세게 흔들렸다.

혀와 입천장, 목구멍과 점막까지 죄다 쑤셨다가 빠져나가는 성기 때문에 눈알이 터져나갈 것 같았다. 벌어진 입안에서 타액이 질질 샜다. 푸하, 힘겹게 뱉어 냈다가 정신없이 다시 또 삼키는 속도가 노력해도 점차 더뎌졌다. 뿌리까지 머금기 위해 빠듯하게 내려가던 새희의 얼굴이 지친 나머지 그 상태로 멈췄다. 그가 손가락으로 쿡, 찌른 뺨이 귀두가 튀어나와 볼록했다.

새희는 다시 죽기 살기로 성기를 끝까지 입속에 처넣어 빨아올렸다. 그가 목 안을 울리며 고개를 뒤로 젖혔다. 그의 숨이 거칠어질수록 새희는 흥분했다. 조금만 더 하면 사정할 수 있으리라.

새희는 일련의 경험으로 자신이 그의 사정하는 얼굴을 꽤 많이,

아니 매우 좋아한다는 걸 자각했다. 그 얼굴이 흔치 않아서이기도 했고, 무척이나 아름다워서이기도 했다. 길게 트인 눈매가 나른하게 감기며 턱 끝은 단단해지는, 무어라고 표현하기 어려운, 이상야릇한 그 얼굴을…….

그러나 기대하며 펠라티오에 박차를 가하던 새희의 머리채를 그가 옭아매듯 움켜쥐었다. 목이 뒤로 꺾이며 성기가 입술 밖으로 불시에 튕겨 나갔다.

"올라와."

짐승이 이를 가는 듯한 음성에 심장이 욱신거렸다. 머리채를 잡았던 손에 힘이 실리며 그대로 새희를 일으켜 세웠다. 쥐어 잡힌 두피가 화끈거렸다. 그 아픔을 달콤하다고 느끼는 자신이 제정신이 아닌 건 분명한 사실 중 하나였다.

새희는 한 손을 내려 그의 것을 잡았다. 사정 직전에 가로막힌 페니스는 뜨거웠다. 머리칼에서 등줄기로 미끄러진 그의 손바닥 또한 뜨거웠다. 어찌나 뜨거운지 온 마음에 화상을 입을 것 같았다.

새희는 입술을 꼭 깨물며 천천히 돌아 그의 것을 입구에 맞춰 비볐다. 젖은 살이 부닥치며 질척거렸다. 새희의 손길대로 단단한 끄트머리가 흐물흐물한 속살을 비집으며 갉작댔다.

새희는 하아, 크게 숨을 내쉬며 앉듯이 엉덩이를 밀어 내렸다. 그 과정을 일임하듯 손 놓고 있는 그 때문에 하나부터 열까지 스스로 해야만 했다. 그러나 한없이 서툴고 어설퍼 성기 끝은 들어갈 듯 말 듯 하며 입구 주변을 비껴갔다. 스치듯 닿은 부분만이 열감이 쏠려 형편없이 젖어 들 뿐이었다. 또 한 번 아슬아슬하게 스쳐 간 아래가 물을 흘리자 새희는 흐느끼듯 신음했다.

"넣어 주세요. 밑이 젖어서…… 너무……."

쾌락으로 엉망이 된 음성이 수증기처럼 뿌옇게 서렸다. 돌아본 그의 표정이 잘 보이지 않았다.

"제발. 혼자서는 못 하겠어요……."

새희는 애원하다 선을 넘을 듯 말 듯한 자신의 쾌감에 못 이겨 그의 얼굴로 돌진했다. 그의 것인 게 신기할 만큼 부드러운 입술을 문지르며 천박한 말을 혀끝에 담아 밀어 넣었다. 옛날의 자신이었다면 엄두도 못 냈을 건방진 짓임을 깨달은 건, 그가 진정하라고 새희의 머리통을 매정하게 뜯어냈을 때였다.

"투정 부려도 좋다고 한 적 없는데."

혼탁해진 정신으로 위압적인 문장 속 단어 하나를 끄집어 올렸다. 투정…… 그래, 투정이었다. 이것보다 더한 가학적인 지시도 잘만 버텨 놓고, 겨우 이 정도에 새희는 투정을 부리고 있는 것이었다.

그가 버릇을 잘못 들였다는 것처럼 새희를 서늘하게 주시했다. 그 서늘함 아래로 명멸하는 불꽃이 보였다. 새희를 착각하게 했고, 절망하게 했고, 종국에는 희열하게 했던 저 새파란 불꽃. 저것의 의미를 이제는 안다.

어이없게도 이 순간 갑자기 모든 것이 실감이 났다. 첫 만남, 첫 키스, 첫 섹스…… 무수한 처음의 기억들과 마지막이 되리라 의심치 않았던 감정들. 그와 걸었던 바닷가. 그가 쳐 준 곡의 이름. 그가 선물해 준 순간.

지긋지긋한 불신과 무섭도록 강렬한 배덕과 충동을 넘고서, 이 남자가 내게 왔다. 삶의 종신형을 살고 있던 내게 왔다.

새희는 이성을 잃고 그의 목에 매달렸다. 과분해서 고양된 음성으로 넣어 달라고 안달했다. 사실은 다른 말을 하고 싶었으나 그 말은 꼭꼭 참아 두었다. 가능하다면 그 말은 가장 아름다운 순간에 가장 사랑스럽게 속삭이고 싶었기 때문에.

김언혁은 새희의 안달에도 고압적인 태도를 유지했다. 품에서 새희의 얼굴을 떼어 낸 그가 턱 끝을 움켜쥐었다. 그리고 눈이 마주친 삼 초였다. 그 삼 초간 새희의 영혼이 반응했던 것처럼 그의 내부에서도 커다란 반란이 일어난 듯했다. 그의 눈빛이 뒤바뀌었다.

그가 번쩍 들어 올린 새희의 몸으로 페니스가 작살처럼 내리꽂혔다. 새희는 우는 듯한 교성을 내지르며 그의 목을 감싸 안았다. 그가 찍어 올릴 때마다 드나드는 곳에서 급속히 불길이 일었다. 욕조에 걸쳤던 몸을 일으킨 그가 새희의 무게를 완전히 받아 안고 공중으로 쳐올렸다. 허우적거리는 새희의 귓속으로 그의 혀가 들어왔다.

"흐읏, 아. 아!"

"하아……."

푹, 푹, 푹, 안을 메우며 들어가는 소리가 질척이며 핥는 소리와 뒤엉켰다. 귓불을 타고 내려온 혀가 입술을 찾았다. 혀는 입술 밖에서 음란하게 얽혔다. 모조리 약탈하고 있으면서도, 끝없이 갈급한 것처럼 그의 목울대가 꿈틀거렸다.

그의 품에 안겨 들썩인 지 꽤 시간이 지났는데도 그는 조금도 지치지 않은 기색으로 외려 더욱 강하고 집요하게 허리를 쳐올렸다. 열중한 그의 얼굴은 정염으로 살벌했다. 새희는 바들바들 떨며 그에게 더욱 달라붙기 위해 힘껏 매달렸다.

안쓰러울 만치 붉어진 몸이 또 한 번의 절정을 목전에 두고 바르작거렸다. 그의 허리에 감긴 새희의 발목이 하느작거렸다. 가파르게 사나워진 숨결이 타액처럼 흘러들어 왔다. 이윽고 안을 채운 것이 부풀어 오르며 정액을 토해 냈다. 익숙지 않은 감각을 느끼며 고개를 축 늘어뜨리는 그 순간, 그가 새희의 귀를 물어뜯었다. 새희는 비명을 터뜨리며 그의 등을 끌어안았다.

"후……."

그가 짓씹은 곳으로 숨결을 쏟아 냈다. 깨물린 귀가 뜨끈뜨끈하게 아파 왔다. 김언혁은 품에서 고꾸라지다시피 늘어진 새희를 추어올리며 고쳐 안았다. 반동에 훅 젖혀진 얼굴로 그의 입술이 다가왔다.

"아팠어?"

온 세상의 겨울을 녹일 듯이 부드러운 목소리였다. 새희는 가물가물한 눈동자로 그의 표정을 더듬었다. 천천히 고개를 저으며 말했다.

"아니, 아니……."

김언혁은 그럴 줄 알았다는 듯이, 고개를 기울여 새희의 입술을 먹었다. 다정하게 맞댔던 키스에 욕망이 실려 격해지는 건 순식간이었다. 내뿜은 뒤 잠잠했던 그의 것이 금세 힘을 받으며 약동했다.

새희는 당황하지 않았다. 이제부터 시작이었다.

* * *

따듯한 물줄기 속에서 둘은 한 몸처럼 달라붙어 키스했다. 그는 새희의 연한 피부에 성기를 문지르며 사정을 늦추듯 쾌감을 조절했다.

등허리로 마찰하던 것은 팔 밑에서, 빰 위에서, 목 안에서, 끝내 다리 사이로 들어와 마구잡이로 들락거렸다. 마치 영역을 표시하는 짐승 같은 그 집착적인 행위에 어떠한 의도가 느껴지는 듯도 해서 새희의 가슴은 불순하게 두근댔다.

과연 씻은 게 맞는 건가 싶은 열기가 흐르는 두 개의 몸이 얼크러진 채로 욕실 밖으로 나왔다. 새희는 그의 머리칼을 꼭 쥐고서 탄탄하면서도 늘씬한 허리에 감긴 다리에 힘을 실었다. 물에 젖어 반짝이는 입술은 한 시도 떨어질 수 없는 것처럼 서로의 것에 먹혀 있었다.

시트 위로 부드럽게 떨어진 나신으로 그의 입술이 파고들었다. 유두를 깨물었다가 유륜 전체를 혀로 휘돌리며 한 손으론 음모 아래를 쓰다듬는다. 건반을 쳤던 손가락이 내밀한 살 속을 누르며 연주했다. 그곳에서도 그가 원하는 울림을 얻어 냈다.

새희는 허리를 휘며 할딱거렸다. 그러자 그가 얼굴을 위로 올려 신음하는 입술에 대고 놓치기 아깝다는 듯, 음습하게 속삭였다.

"내 혀 위에서 신음해……."

이어 밀려들어 오는 혀가 맺혀 있던 신음을 가져갔다. 천천히 진행되던 것이 그때부터 다시 거칠어지기 시작했다. 불거진 그의 목울대가 또 꿈틀댔다. 과격하게 내달려도 욕망이 채워지지 않는 것처럼 그는 여전히 목말라 보였다. 그 갈망하는 모습이 감히 바랄 수도 없을 만큼 색정적이라 새희는 몽롱한 눈으로 그를 올려다보았다.

새희의 두 손에 깍지를 낀 채 그의 고개는 점점 밑으로 향했다. 다가올 쾌감에 새희는 미리 눈을 감았다. 낮은 숨이 음부에 간질간질하게 닿았다. 새희는 감은 눈을 아찔하게 떨었다.

그 부근에 입술을 꾹 눌렀다가 혀를 내어 깊숙이 안으로 미끄러뜨리는 혀 놀림이 미칠 정도로 능란했다. 몸 안에서 피어오른 열기가 의식을 잠식하고 감각을 지배했다. 새희의 허리가 간헐적으로 띄워졌다 내려갔다 하길 반복하며 그가 주는 쾌감을 동적으로 표현했다.

"아, 하아, 하……."

제 몸 안의 형체가 있는 것들은 죄다 용해되어 버릴 것 같았다. 좀 덜 느끼고 싶다는 부끄러운 생각이 들 만큼, 그의 혀가 선사하는 감각이 지나치게 황홀했다.

새희는 가늘게 뜬 눈으로 자신의 아래쪽을 점거한 높은 콧날과 까만 머리칼을 바라보았다. 음부에 파묻힌 입술은 보이지 않았다. 보이지 않게 얼마나 음탕하게 움직이고 있는지, 그것은 오로지 새희만 알 수 있었다. 부드러운 물살을 탄 것처럼 아랫배가 오르내렸다. 얼마 후 짜릿한 감각이 휘몰아치며 새희는 입술을 벌리고 교성을 질렀다.

잠깐 초점이 사라졌던 눈동자로 쾌락의 증거를 묻히고 올라오는 그의 입술이 보였다. 풀려나 자유로운 손가락들로 그의 얼굴을 감쌌다. 맞닿은 입술이 축축하면서도 따뜻했다. 혀를 내어 훑자 그의 손바닥이 목 뒤로 들어왔다. 그 손은 거꾸로 올라가 머리채를 움켜쥐었다. 열띤 한숨이 혀끝처럼 뒤섞였다.

압사되듯 그에게 무겁게 깔린 채로 키스했다. 갈수록 키스를 하는 게 아닌 당한다고 표현하는 게 맞을 만큼 새희는 그의 기세에 따라가기 급급해졌다. 그러다 그의 혀를 놓칠라치면 그는 벌주듯 머리카락을 당기며 아랫입술을 아프게 깨물었다. 깨무는 범위는 턱에서 뺨, 코끝까지 영역을 넓히다 이윽고 새희의 뺨에 정착했다.

이로 물었다가 코를 비비며 짓궂게 굴던 그가 무어라고 말했다. 추측하건대 귀엽다고 중얼거린 것 같았다. 그 자신은 그런 말을 중얼거린 걸 모르는 것 같았지만. 알아들은 새희만 나중에 하염없이 그 말을 곱씹게 될 터였다. 매 밤 그랬듯이.

"으응……."

퍼부어 대는 키스와 함께 다리 사이에 닿아 있는 그의 것이 딱딱하게 비벼졌다. 새희의 다리는 너무도 쉽게 벌어졌다. 그가 어깨 위에 새희의 발목을 올리고 고개를 돌려 그 발목을 길게 핥아 내렸다.

그의 것은 체모 위에서 놀리듯 마찰하고 있었다. 그러다 곧 들어올 줄 알았으나 그는 새희의 머리 위쪽으로 손을 짚었다. 시야에 다시 들어온 그의 손가락에 면적이 꽤 넓은 검은색 끈이 감겨 있었다. 새희의 블라우스에 달려있던 벨벳 재질의 리본이었다.

그것이 눈가로 다가왔을 때, 새희는 온순하게 눈꺼풀을 닫았다. 살짝 조일 정도로 타이트하게 묶인 리본이 시야를 차단했다. 눈을 뜨자 어둠이 새희를 맞이했다. 그의 타이에 묶여 섹스했던 기억이 자동으로 떠오를 수밖에 없었다.

그날의 기억은 좀 더 짙은 긴장감과 약간의 두려움을 몰고 왔다. 그때를 반추하자 어쩐지 눈물이 날 것도 같았지만, 의연하게 입술을 꼭 깨물며 참아 냈다. 그리고 기다렸다. 아득하고 강렬하게 아래로 꽉 메워질 그의 것을.

도어 벨이 울린 건 그때였다. 새희는 물고 있던 입술을 경직하며 놓았다. 잘못 들은 게 아닌가 싶었지만, 벨은 계속 울리고 있었다.

올 사람은 아무도 생각나지 않았다가 바로 몇몇이 떠올랐다. 문득 떠오른 사람들 말고도 평범한 경우와 곤란한 경우로 나누어 올 수 있는 사람들을 고려해 보았다. 이를테면 이 호텔 직원이라든가, 무척이나 열성적이었던 관객 중 한 명이라든가. 그러나 그럴 경우는 확률이 높지 않은 걸 알았다. 알아서 새희는 긴장하며 숨죽였다.

마찬가지로 도어 벨을 듣고 멈칫했던 그가 새희의 발목을 시트위로 내려놓으며 자리에서 일어났다. 그가 가고 나자 침대 위에는 황망하게 굳은 사람만이 남았다. 암흑 속에서도 강인했던 그의 존재가 멀어지자마자 공허함이 급속히 밀려왔다. 그 뒤로 두려움이 몸집을 우악스럽게 불렸다.

얼마 후 문이 열리는 소리가 났다. 그러나 아무런 대화 소리도 들리지 않았다. 정말이지 아무 소리도. 그것이 너무도 수상하고 무서웠다. 문은 계속해서 열려 있는 건지 닫히는 소리 또한 들리지 않았다. 도대체 그가 어떤 상황을 마주하고 있는 건지 알 수가 없었다.

새희는 몸을 일으켰다. 리본을 풀기 위해 매듭에 손을 댔다. 그 순간, 발소리가 가까워졌다. 다가오는 기척에 신경을 한껏 곤두세웠다. 침대 맡에 선 듯한 그가 매듭을 붙잡은 채로 굳은 손을 부드럽게 매만지며 아래로 내렸다.

"누, 누구였어요……?"

그대로 멀어지려는 그의 손을 새희가 허겁지겁 붙잡으며 물었다. 그는 대답이 없었다. 그의 손이 힘을 주어 떨어져 나갔다. 새희는 허망하게 그의 얼굴이 있을 곳을 올려다보았다.

그가 맞는 거겠지? 설마 그가 아니라면…… 아니야. 그럴 리는 없다. 새희는 부정하며 가늘게 떨리는 목소리로 부탁했다.

"목소리를 들려줘요."

당신이란 걸 확인시켜 줘요. 그가 보고 있을 걸 생각하며 손을 뻗었다. 다행스럽게도 그 손을 내치지 않고 잡아 주었다. 새희는 공포 속에서 처음으로 희미하게 웃었다.

그러나 이내 그가 엄청난 힘으로 새희의 몸을 쓰러뜨리며 덮쳐들었다. 침대가 거세게 뒤흔들렸다. 몸 위를 장악한 그가 다른 쪽 손도 잡아 정수리 위로 결박했다. 새희의 머릿속이 새하얘졌다. 버둥거리며 저항했다.

“자, 잠깐만. 잠깐만! 이거, 이거 벗을래요. 이거 벗겨 줘요……! 응?”

당장이라도 시야를 가린 리본을 풀고 이곳에 그와 자신밖에 없다는 걸 확인하고 싶었다. 새희는 울먹거리며 애원했다. 그러나 그는 가볍게 저항을 무시하며 다리 사이로 자리를 잡았다. 그가 문가로 가기 전의 자세로 되돌아왔다. 고분고분하기 짝이 없던 전과 달리 새희는 그의 어깨 위에 걸친 발목을 세게 바동거렸다.

김언혁은, 김언혁이길 바라는 남자는 손목을 결박한 손 중 하나를 내려 새희의 얼굴 옆을 짚고서 성기를 깊숙이 밀어 넣었다. 서러운 마음을 배반하고 습한 내부는 들어오는 것을 바짝 집어삼켰다.

드세지는 몸놀림에 새희는 비명을 지르며 고개를 저어 댔다. 맞붙었다가 떨어질 때마다 뜨거운 열기가 머리부터 발끝까지 태우려는 듯이 끓어올랐다. 그는 소름 끼치도록 조용했다. 숨소리 하나조차 흘리는 법이 없었다. 그야말로 몰래 이 짓을 하러 들어온 침입자처럼…….

그일 것이다. 분명 그일 것이다. 이토록 커다랗고 단단한 것으로 날카로우면서도 격렬한 전율을 일으키는 남자는 그일 수밖에 없다. 마땅히 이성은 그렇게 냉정히 판단하고 있었지만, 보이는 건 깜깜한 어둠뿐인 상태에선 이성은 제대로 작용하지 못했다. 새희의 상상이 발휘하여 만들어 낸 끔찍한 장면들이 부정을 비웃으며 혼란을 연속하여 가중했다.

“제발, 아무 말이라도…….”

해 줘요. 모욕이라도 좋으니. 도망칠 수 없는 쾌감과 두려움

속에서 새희는 흐느꼈다. 휘어진 발가락 끝이 시트에 문질러졌다. 머리 뒤로 넘어간 다리를 그가 꽉 틀어잡고 그의 몸에 붙여 일자로 세웠다. 위로 뻗은 종아리로 자극이 전류처럼 튀어 근육이 욱신거렸다. 그는 민감하게 달아오른 몸을 부서뜨릴 듯이 채워 넣고 사납게 허리를 흔들었다.

어떻게 이렇게까지 조용할 수 있단 말인가. 새희는 엉엉 울고 싶은 심정으로 그가 잡아맨 손목을 있는 힘을 다해 바르작거렸다. 그리한들 새희를 제압하는 일은 그의 한 손으로도 충분하다는 사실만 다시 확인받을 뿐이었다.

자세를 바꾸려는 건지 그가 새희의 다리를 놓으며 몸을 숙였다. 그 틈을 놓치지 않고 새희는 팔을 들었다. 그가 제지하기 전에 급급하게 변명을 쏟아 냈다.

"아, 안 댈게요. 손 안 댈게요. 약속해요……."

반응 없는 그에게 보란 듯이 천천히, 손을 앞으로 내뻗었다. 손가락 끝에 조각조각 섬세하게 나뉜 근육이 걸렸다. 목 안으로 침이 넘어갔다. 새희의 목적은 그것이 아니었다.

좀 더 아래로, 오른편으로…… 이쯤이지 않나. 엉망으로 흠뻑 젖어 흔들리면서도 새희는 포기하지 않고 꿋꿋이 그의 몸을 만져 나갔다. 중간에 박아 넣는 혹독한 움직임에 손이 한 번 미끄러지며 터져 나오려는 울음과 싸워야 했지만, 결단코 손길을 거두지 않았다. 그리고 마침내 원하던 감촉을 발견했다. 비스듬한 방향으로 길게 그어진, 유달리 거칠고 울퉁불퉁한 감촉…….

이 흉터는 그의 신체에 보존된 과거였다. 그 어느 것보다도 그라는 가장 확실한 증거였다. 새희는 그제야 안심하며 숨을 내려놓았다. 그라는 것을 확신하자 쾌감이 스위치가 눌린 것처럼 극치로 올랐다.

"당신이 맞아……."

탄복하듯 중얼거리며 그의 것을 욱죄었다. 맞다고 인정하는 그의 거친 숨결이 어깨 위로 떨어졌다. 새희는 그 숨을 달큼하게 받아 마시며 그의 가슴팍을 손으로 쓸어 올렸다. 팽창한 근육을 가로질러 너른 어깨와 목선을 더듬었다. 어떻게 이런 피부를 가진 자를 그가 아니라고 의심할 수 있었을까. 안심한 순간부턴 의심한 과거가 더없이 우스워졌다.

"네 몸 위에선 나만 움직여야지."

네가 한 상상은 당치도 않다고 말하는 한마디에 여린 숨이 터져 나왔다. 으응, 기껍게 울며 새희는 고개를 절실히 끄덕였다. 그가 허리를 추어올리며 손아귀에서 약간 흐트러진 새희의 손목을 고쳐 눌렀다. 억세면서도 교만한 그 힘에 새희는 어떤 거역의 몸짓도 없이 복종했다.

"이렇게 귀여우니까 다들 정신을 못 차리잖아."

하늘로 날아오를 것처럼 허리를 가쁘게 띄우던 새희는 삽시간에 얼어붙었다. 그가 방금…… 뭐라고 했지?

"아, 내가 제일 좋아하는 표정이야."

설마 하는 마음이었지만 점차 턱이 부들부들 떨렸다. 입꼬리가 경련하며 가슴이 덜컥 주저앉았다. 무시무시한 말을 태연히 뱉어놓고, 그는 그저 계속 허리를 강도 높게 쳐올릴 따름이었다.

장난일 게 분명했다. 매우 짓궂고 끔찍스러운 장난. 그는 어느 시간엔 누구보다 잔인해지는 사람이니까…… 그래, 그러니까 새희에게 정신적인 충격을 주기 위해 한 거짓말일 것이다. 그래야만 했다. 그렇지 않으면…….

"거, 거짓말. 아무도 없잖아요……."

"응. 아무도 없어."

흥얼거리듯 긍정한 부정은 외려 진실을 우롱하는 것처럼 들렸다. 거짓말이 아니라는 생각이 조속히 굳어 갔다. 문이 열렸을 때 그와 함께 들어선 사람의 그림자가 이 순간에도 새희를 조용하게 덮고 있는 것 같았다. 수십 개의 눈이 침대 밖에서 자신을 내려다보고 있는 역겹고 난잡한 그림이 그려졌다. 새희는 경악하며 격하게 도리질 치기 시작했다.

"시, 싫어! 싫어. 내보내요. 내보내요! 제발."

"나만 있다니까."

"싫어, 싫어! 아읏……!"

싫다고 비명을 지르는 중간에 그의 것이 푹, 박혀 들었다. 몸부림을 치면서도 느끼며 열이 오르는 자신이 경멸스러웠다.

"그만, 그만 해요. 나, 이거 풀어 줘요. 이거 풀어 줘. 그만, 이제 그만 할래요!"

두서없이 내지르며 극렬히 요동쳤지만, 새희의 몸은 그의 허리 짓에 가냘프게 파닥거리는 게 다였다. 그에겐 재미난 자극으로, 구경꾼들에겐 눈요깃거리로 전락하고 있으리라. 이보다 더할 수 없는 수치와 절망에 눈에 감긴 리본 밑으로 쉼 없이 눈물이 흘러내렸다.

"아직 남았어."

무자비한 그는 남은 시련이 더 있음을 알려 주었다. 그리도 상냥한 목소리로 말이다.

"안 돼요……."

경악할 힘마저 박탈 났다. 새희의 안 된다는 말을 비웃듯 도어 벨이 울렸다. 오한이 든 사람처럼 몸이 떨렸다. 그의 것이 천천히 빠져나가는 것에 마지막 남은 희망마저 짓밟혔다. 새희의 손목을 누르던 손이 떨어졌다. 새희는 자유를 되찾은 손으로 일어서는 그의 팔목, 아니 손목인가. 어디가 되었든 그의 신체일부분을 간곡히 붙잡았다.

"가지 마."

김언혁이 물끄러미 내려다보는 것이 느껴졌다. 그 눈길이 새희의 머릿속을 엉망으로 뒤집었다.

결국, 이번에도 못 버티는구나…… 나약한 자신을 받아들이자 하나의 주문이 수면으로 떠올랐다. 새희는 그 주문을 외웠다.

"언혁아……."

생애 처음 불러 보는 그의 이름은 서러운 맛이 났다.

"언혁아, 가지 마……."

세이프 워드로 지정해 놓기엔 너무도 찬란한 이름이 혀끝에서 눈물과 섞여 반짝거렸다.

주문을 외자 마법처럼 두 눈이 시야를 찾았다. 그가 풀어 준 리본을 손에 감고서 새희를 바라보고 있었다. 그와 자신을 제외한 사람은 이 공간엔 없었다. 모든 것이 그의 농락이었지만 그렇기에 허물어지듯 안도했다. 그제야 마음 놓고 아이처럼 엉엉 우는 새희를 김언혁은 눈매를 휘며 안아 주었다.

"놀랐어?"

너무나도 어여쁘고 사랑스럽다는 듯이…….

* * *

도어 벨의 정체는 룸서비스였다. 나신에 가운을 걸치고 나간 그가 트레이를 끌고 왔다. 새희는 공기가 다 빠져나간 풍선 같은 몸을 시트에 늘어뜨린 채로 발가락만 까딱까딱했다. 그 발을 그가 부드럽게 움켜쥐며 당겨 거리낌 없이 입속에 넣었다. 야릇한 간지러움에 취해 비트는 몸을 그가 안아 들어 무릎 위에 앉혔다.

적당하게 배를 채운 뒤에, 새희는 머리 뒤로 닿는 그의 단단한 가슴에 늘어지듯 몸을 기댔다. 그는 새희의 허벅지를 어루만지며 스카치를 마셨다. 글라스를 기울일 때마다 안에 든 얼음이 잘그락거렸다.

새희가 빤히 보자 그가 입가에 유리잔을 붙여 주었다. 새희는 고개를 저으며 대신 그의 목에 입술을 눌렀다. 술보다 그의 맥박이 더 독하고 더 향기롭게 느껴졌다. 살살 깨물었다가 뱉으며 그를 흘끔 살폈다.

제 맘대로 꼬물거리는 새끼 고양이를 내버려 두듯, 그는 이대로 목을 물어뜯어 피 칠갑을 내도 간지러운 티도 내지 않을 것처럼 가만히 새희를 지켜보기만 했다. 그에 새희는 조금 더 힘 있게 탄력 있는 살을 물었다. 질근질근 씹으며 잠시간 빨아들이고 탁 놓자 발갛게 자국이 났다.

예뻤다. 불식간에 몹시도 대단한 일을 벌인 기분이 들었다. 새희는 제가 흠집 낸 그곳에 뺨을 대어 보았다. 두근두근, 맥박이 진하게 뛰었다. 이 순간이 선명한 운율로 살아 숨 쉬고 있었다.

"파도치는 바다야, 노래해 주렴. 커다란 어둠을 멀리멀리 쫓아 주렴……."

입술에서 노래가 흘러나왔다. 자신이 노래하고 있다는 건 그가 그 노랫소리를 듣기 위해 귀를 바짝 댔을 때에야 깨달았다. 그가 기억을 더듬는지 길쭉한 눈을 가느스름하게 떴다.

"들은 적 있어."

"저번에……."

그가 야밤을 가르고 새희의 방으로 찾아왔던 날, 잠들어 버린 그의 귀에 부어 주었던 기억을 되살리며 이야기했다.

"그래, 그 전부터 느꼈던 건데……."

그가 짐짓 턱을 들고 새희를 쳐다보았다. 눅진하게 누르는 눈길에 입술을 넌지시 사리물었다.

"음치야. 확실히."

머릿속에 든 종이 뎅, 울리는 듯했다. 음치? 두 번 곱씹자 수긍이 빨랐다. 그렇구나. 나는 음치였구나. 아무도 자신의 노래에 대해서 평가를 해 준 적 없으니 잘하는지 못하는지도 몰랐다. 음치인 줄도 모르고 그동안 잘도 노래를 부르고 다녔다고 생각하니 새삼 부끄럽기 짝이 없었다.

새희를 음치라고 말해 놓고, 노랫소리가 끊기자 그는 계속 부르라고 보채며 꼭 닫힌 새희의 입술을 손가락으로 끄집어 내렸다. 뒤집힌 아랫입술에 꽂힌 눈이 문득 짙어지더니 그가 충동을 굳이 거스르지 않고 입술을 부딪쳐 왔다.

어떤 계기로 시작하든, 키스는 늘 문란했고 결국엔 계기를 잊어버릴 만치 길어졌다. 끈적하게 혀를 얽으면서도 그는 계속 노래를 부르라고 종용했다. 새희는 하는 수 없이 그의 혀를 빨며 다음 가사를 마저 노래했다.

파도치는 바다야, 노래해 주렴. 멀고 먼 아침을 데려와 주렴…….

노래가 끝나도 끝나지 않던 키스는 작은 입맞춤으로 변모해 턱 밑으로 점점이 내려갔다. 그가 물고 씹은 흔적들로 도배된 젖가슴에 그의 입술이 덧씌우듯 내리 덮였다.

그악스럽지 않고 부드럽게 무른 살 위를 머금었다. 따듯한 숨을 내쉬는 새희의 코앞으로 그의 목덜미가 보였다. 손끝을 세워 만지다가 불쑥 뜨거운 것이 치밀어 올라 와락 목을 끌어안았다.

김언혁은 교만하면서도 약간은 장난스러운 눈빛을 하고서 고개를 들어 올렸다. 그와의 간격이 조금도 느껴지지 않았다. 그의 일부가 되길 소망했던 나날들이 아스라이 지나쳐 갔다. 목구멍까지 차오른 감동이 넘칠 듯이 찰랑거렸다. 새희는 충동적으로 속삭였다.

"언혁아."

세이프 워드의 의미로서가 아닌, 그냥 이름으로 부르자 느낌이

색달랐다. 이 이름이 가진 무게와 명성이 가슴 속을 파고들었다. 무겁고 과분했다. 그러나 벅차고 아름다웠다.

"응."

그는 특별한 내색 없이 대답했다. 그저 이름이 불렸으니 대꾸한다는 식으로. 새희가 그의 이름을 달라고 조르면 단숨에 줘 버릴 것처럼…….

잊으려고 해도 잊을 수 없는 순간들이 늘어 가는 것이 두려웠다. 가지려고 해도 가질 수 없는 사람임을 새겨 두는 것이 서글펐다. 그래서 수없이 잊으려 했고, 포기하려 했던 그였다. 그랬던 그의 뺨을 보드랍게 어루만졌다.

영원히 고귀하고 야만적일 남자.

"언혁아, 언혁아……."

그 이름에 사랑을 쏟아부었다. 제가 가진 모든 사랑을…….

* * *

이진에게 전화가 걸려 온 건 이틀 뒤였다.

- 어디예요, 새희 씨?

이 번호로 전화가 온 것이 놀라웠지만, 알고자 마음먹으면 얼마든지 더한 것도 알아낼 수 있는 사람이라 생각하며 차분하게 답했다.

"호텔이에요."

- 오늘은 서울에서 공연이죠? 거기 주변 호텔이면…… 응,

어딘지 알겠어. 김언혁은 리허설 하러 일찍 갔을 테고, 자기는 시간 맞춰 공연장에 가기로 했나 봐?

"네."

은석이 나를 찾는구나. 은근하게 김언혁의 위치를 확인하는 이진의 목소리에 새희는 확신했다. 이미 그의 위치를 다 알고서 전화했다는 생각이 든 건 뒤이은 확신이었다. 방금 막 씻은 머리카락에서 물기가 뚝뚝 떨어졌다.

오전의 밝은 햇살이 창문을 타고 들어와 등 뒤로 고스란히 들이쳤다. 한밤 속에서 열렬하게 뒤얽혔던 감각이 그 빛살에 차츰 옅어졌다. 가슴이 수런거렸다. 불안감이나 두려움보다 마지막이 될 거라는 비장함으로 새희의 눈빛은 천천히 결연해졌다.

- 10분 뒤에 정문 앞으로 나와요.

"네. 그럴게요."

- 김언혁은 몰라야 해요.

명심해요, 반드시 그 남자는 몰라야 해. 이진은 몇 번이고 강조했다. 우아하고 또렷한 목소리 끝이 살짝 떨렸다. 그렇게 하겠다고 재차 대답하는 새희의 음울한 목소리는 침착했다. 아이러니하게도 그녀와 심정이 뒤바뀐 것 같았다.

전화를 끊고, 새희는 휴대폰을 든 채로 깊은 상념에 잠겼다. 액정에 떠오른 시각이 화면이 잠기며 곧 사라졌다. 식사를 끝내고 오면 그의 공연 시작까지 시간이 꽤 아슬아슬할 것 같다. 혹시라도 늦어 그가 비어 있는 새희의 객석을 보게 될 것을 생각했다. 새희는 고민하다 메시지를 남겼다.

그 뒤 휴대폰을 내려놓고 가운을 벗었다. 가운이 몸의 능선을 따라 스르르 미끄러지자 드러난 알몸은 격정적인 정사의 흔적으로 붉었다. 그런 스스로의 몸이 흔치 않게 사랑스러웠다.

새희는 머리를 말리고, 옷을 갈아입고, 신발을 신었다. 단정하게 준비하고 정문 앞으로 나갔다. 극광으로 빛나는 은회색 차가 보였다. 새희는 걸음을 내디뎠다.

마지막이다. 그 말만을 하염없이 되풀이하며.

* * *

호텔 고층에 위치한 레스토랑의 프라이빗 룸으로 들어갈 때까지 이진은 아무 말도 하지 않았다. 차 안에서도, 엘리베이터에서도, 심지어 테이블에 앉고 난 뒤에도 이진은 침묵했다. 늘 가면처럼 쓰고 있던 우아한 조소도 찾을 수 없었다.

그녀의 침묵을 타고 심란함과 복잡함이 실려 왔다. 약속에 늦는 남편을 기다리는 아내가 지을 만한 얼굴은 아니었다. 애초에 그 남편의 여자까지 수용한 아내이니 그런 예사로운 얼굴은 평생을 가도 어울리지 않을 테지만.

"늦네요."

이진이 마침내 입을 열었다. 장밋빛 입술이 서늘해 보였다. 평소의 여유와 매혹을 되찾았으나 좀 더 날 선 태도였다.

"약속에 일부러 늦는 사람은 저마다 목적이 있길 마련인데, 은석 씨 목적은 뭘까요?"

새희도, 이진도 그 답을 알고 있었다. 답을 아는 질문을 하는 이유는 그 답을 가슴에 뾰족하게 찔러 넣기 위함이었다.

"콘서트는 어땠어요? 웬일로 인터뷰도 해 주고 있는 모양이던데."

그로 화제를 전환하자 몇 마디가 가볍게 오고 갔다. 전혀 그럴 상황이 아닌데, 어쩌다 진지하게 읊기 시작한 감상평에 진심이 가득해졌다. 어린아이를 보는 듯한 눈빛을 뒤늦게 알아차리고 새희는 줄줄 쏟아 내던 찬양을 뚝 그쳤다. 이진이 웃었다.

"말 되게 잘하네?"

부드러운 조롱을 웃음 뒤에 보탰다.

"벌써 소문 돌기 시작했더군요. 김언혁에게 결혼할 애인이 있다고."

새희는 자신 없이 눈을 내리깔았다. 그러나 뺨으로는 열이 올랐다.

"얼마 전에 난 스캔들이야 뭐, 딱 봐도 덮어씌우기 용이었고. 조만간 김언혁 결혼 기사가 새로 나도 놀라지 않을게요."

너무도 허상 같은 말이라 들으면서 느껴지는 것이 없었다. 단지 조금 목이 뻣뻣해졌을 뿐이다.

결혼. 제 생에선 일어날 일 없을 사건이라고 단정하며 살아왔기에 거리가 먼 단어였다. 보통 사람들에게 결혼은 어떤 의미일까. 생애 가장 특별하고 중대한 날? 행복하면서도 슬픈 날? 사랑의 결실을 맺는 날?

이미 그 생각을 산산조각으로 부서뜨린 결혼을 눈앞에서 목격한 적이 있어서일까. 새희에게 결혼은 그다지 좋은 의미로 뜻매김 되어 있지 않았다.

이진은 새희의 표정 뒤의 어두운 속내를 읽은 것처럼 입꼬리를 틀어 올렸다. 그 순간, 새희의 등 뒤로 향한 두 눈동자가 작게 흔들렸다.

"왔어요?"

은석을 맞이하는 이진의 입가에 미소가 한 박자 늦게 도착했다. 은석이 새희의 옆자리에 착석한 이후부터, 테이블 위는 불편한 정적이 맴돌았다. 꼭 누군가 벌을 받는 듯한 분위기였다. 그러나 누가 벌을 받고 있는 건지, 벌을 주고 있는 사람은 또 누군지 알 수 없었다.

룸으로 들어왔을 때 한 번 올려다보았던 은석의 얼굴은 기억하는 얼굴과 별다른 차이점을 발견하지 못했다. 번번이 새희를 고통 속에 잠들게 했던 그 예쁘고 세밀한 얼굴 그대로였다.

오랜 공백을 두고 다시 만난 것이었지만, 특별히 다른 감정이 들지 않았다. 그립지도, 애틋하지도, 심지어 슬프지도 않았다. 만약 그걸 확인하느라고 온 것이었다면 무척이나 허무했을 만큼.

은석이 앉자 나비넥타이를 맨 직원이 음식을 가지고 왔다. 농어 요리와 얇게 썬 거위의 간 요리에 대한 설명을 간략히 마치고 직원은 의례적인 미소를 지으며 돌아갔다.

차라리 그 직원이 계속 떠드는 편이 나았을 것이다. 은석과 이진은 식사를 시작했다. 새희는 음식에 손을 대지 못하고 가만히 바라보기만 했다. 이름난 셰프가 정성껏 요리했을 음식에서 풍겨 오는 냄새가 맡고 있기 힘겨울 정도로 역겨웠다.

지금쯤이면 그는 자신의 메시지를 확인했을까? 이진의 차에 탈 때까지만 해도 답신은 없었다. 그가 보고 싶었다. 숱하게 견뎌 온 시간이었다. 그 시간을 저항하려고 들썩이는 무릎을 억지로 손바닥으로 눌러야 했다.

"그 남자는?"

그때, 불쑥 묻는 음성이 맑으면서 건조했다. 막 젓가락이 빠져나온 이진의 입술이 "응?" 하고 되물었다.

"당신 애인."

새희와 이진의 얼굴이 동시에 딱딱해졌다.

"아…… 오늘 공연 있거든. 왜요, 그 남자가 보고 싶어요?"

이진은 능청스럽게 받아쳤지만, 새희는 그녀의 미간이 당황으로 찌푸려졌던 걸 보았다. 이진의 대답을 듣기는 한 건지, 애초에 궁금해서 물은 것도 아니었다는 듯 은석의 시선은 이제 새희를 향했다. 무릎 위에 있는 새희의 손을 그가 지그시 바라보았다. 은석이 물었다.

"왜 안 먹어?"

"속이 안 좋아."

"죽으로 시켜 줄까?"

"아니……."

친절이 무시보다 불편했다. 새희는 일부러 자신을 쳐다보는 은석을 쳐다보지 않고 테이블보를 응시했다. 그러다 결국 집요한 눈길에 항복하듯 은석과 눈을 마주했다. 부드러운 갈색 위로 어른거리는 잿빛의 물그림자. 그 눈을 보자 심장이 조금 욱신거렸다.

너는 아무것도 모른다. 정말 아무것도…….

"은석 씨."

새희는 몹시도 결연해서 깊게 들리는 목소리에 이진을 돌아보았다. 곧은 자세로 앉아 있는 이진의 눈빛에 결심이 뚜렷하게 섰다. 이진이 뱉을 말이 무엇인지는 몰라도 그것이 어떻게든 이 자리의 매듭을, 이 관계의 끝을 맺으리라는 것을 알아차렸다.

갑자기 몸이 떨렸다. 파국에 대한 두려움처럼, 혹은 지리멸렬한 서사의 해방감처럼. 그것도 아니면 감히 예측할 수 없는 미래에 대한 예감처럼…….

"은석 씨, 내가……."

그러나 이진은 채 말을 잇지 못하고 두 눈을 커다랗게 떴다. 이어 그녀의 안색이 파르라니 굳었다. 믿을 수 없다는 듯 눈동자가 주체 없이 흔들거렸다.

"너…… 어떻게……."

굳이 뒤돌아보지 않아도 향기가 코끝으로 익숙하게 넘어 들어왔다. 천 개의 바람이 불어와도 그 속에서 그의 향기를 좇을 수 있었다. 새희는 가까스로 테이블에 가까이 선 장신을 올려다보았다. 이른 새벽, 새희의 몸을 옭아맸던 지배자의 얼굴이 태연하게 경악스러운 시선들을 받아 냈다.

김언혁은 턱시도 차림에, 머리를 왁스로 넘긴 채였고, 얼굴엔 메이크업을 받은 상태였다. 그럴 리 없겠지만 꼭 무대 위에서 뛰쳐 나온 사람 같았다.

그의 눈빛을 읽을 수 없었다. 읽을 수 없는 눈은 이진도, 새희도 아닌 새희의 옆에 앉은 은석을 내려다보고 있었다.

"여기 올 시간이 났나 봐? 리허설은 물론 완벽했겠지?"

이진은 끔찍한 충격이 드리웠던 표정을 노련하게 지우고 빙글거렸다. 가히 흠잡을 수 없이 말끔하게 전환한 그 얼굴은 김언혁의 눈이 은석을 찍어 내듯 내려다보고 있는 시간이 길어질수록 서서히 자연스러움을 잃었다.

그가 마침내 이진에게 시선을 돌렸을 때, 그녀의 얼굴은 불안감으로 뒤덮여 있었다. 그 얼굴에 쐐기를 박듯 그가 말했다.

"아니. 네가 망쳤지."

"……."

이진이 젓가락을 내려놓으며 머리칼을 쓸어 올렸다. 고아한 손짓에 떨림이 묻어났다. 엄지로 입술을 꾹 누르며 긴장을 삼켜 보는 태도가 그녀와 어울리지 않았다.

김언혁은 여전히 앉지 않고 테이블 끝에 서서 모두를 내려다보고 있었다. 그가 오면서부터 계절이 넘어간 것처럼 흐르는 공기가 칼로 도려내듯 시렸다. 이진이 살얼음판 같은 정적을 가르고 입을 열었다.

"일단 왔으니 앉지 그래."

덤덤한 권유는 사실상 부탁이었다. 그는 비어 있는 이진의 옆자리로 턱짓하며 삐딱하게 말했다.

"거기가 내 자리인가?"

이진은 어금니를 사리물었다.

"적어도, 지금은."

두 사람은 대립하듯 팽팽하게 시선을 겨누었다. 각기 종이 다른 맹수처럼 서로를 위협하는 눈길이었다. 그들의 옆에 있는 것만으로도 새희는 목덜미가 오싹해지며 식은땀이 났다. 찰나에 첨예해진 분위기 속에서 먼저 꼬리를 내린 건 이진이었다.

"부탁이야."

그 짧은 한마디가 절박했다. 김언혁이 고개를 살짝 움직여 새희를 보았다. 그가 이 자리에 오고 처음 눈이 마주친 것이었다. 섬뜩하면서도 짜릿한 느낌에 눈가가 떨렸다. 이윽고 그는 의자에 앉았다. 이진의 옆이자 새희와 마주 보는 자리였다.

김언혁은 착석한 뒤, 태연하게 스테이크를 주문했다. 그의 스테이크가 나올 동안 입을 여는 사람은 아무도 없었다. 차라리 세 사람이 있을 때의 불편한 정적이 그리울 만큼, 차원이 다른 긴장감이 몸을 에워쌌다.

이진은 발레리나 같은 목을 빳빳하게 세운 채로 이 상황을 타개할 방도를 찾듯이 고뇌하고 있었다. 그러나 그런 방도 따윈 없었다. 그저 이 순간을 견뎌 내는 수밖에는. 그걸 알기에 저토록 무능하게 굳어 있는 것이었다.

새희는 흔들리는 눈으로 조금도 흔들리지 않는 눈인 그를 바라보았다. 그가 어떻게 이곳을 알고 온 건지, 메시지는 본 건지, 자신에게 화가 난 건지, 실망한 건지, 확신할 수 있는 건 하나도 없는데도…….

새희는 그냥 막연히 그가 눈앞에 보이니 좋았다. 제가 생각하기에도 그런 자신이 단순하다 못해 바보 같고 한심했지만, 그래도 좋았다. 좋아서 하염없이 그를 바라보게 되었다.

얼마 후, 직원이 스테이크를 가지고 왔다. 긴 손가락이 나이프를 쥐었다. 그는 먹음직스러운 고깃덩이에 칼끝을 부드럽게 쑤셔 넣었다. 그릇 위에서 움직이는 손가짐이 고상했다. 잘린 살코기에서 육즙과 함께 핏물이 흘러나와 접시로 고였다.

"주이진."

얼음 파편 같은 목소리에 이진의 턱 끝이 경련하듯 들렸다.

"몰래 내 뒤통수칠 궁리하느라고 머리 꽤나 굴렸겠는걸."

"……그런 거 아니야."

"아니, 그런 게 맞아."

"아니라고 했어. 그게 아니라 네가……!"

"아니, 맞아."

"……."

"앞에선 감정을 다그쳐서 입단속 시키고 뒤에서는 네 입맛대로 조종할 계획이었겠지. 영리하게 네 손은 털끝 하나 더럽히지 않고."

그는 말하면서도 우아하게 칼을 세워 고기를 잘랐다.

"딱, 네가 쓰는 닳고 닳은 방식이잖아."

이진의 얼굴이 하얗게 질렸다. 그는 자른 고기 조각에 포크를 내리꽂은 뒤, 입가로 가져갔다. 천천히 씹으며 음미하는 얼굴은 무감정했나. 그가 뱉은 말에 타격을 입고 요동치는 이진과는 일말의 상관도 없는 사람처럼.

이 테이블에서 식사를 이어 가고 있는 사람은 그뿐이었다. 새희는 이런 와중에도 그를 보며 참으로 완벽한 얼굴이라는 생각을 했다. 음식을 집어 입으로 가져가는 손짓, 씹는 턱의 움직임, 나이프에 둔 시선의 위치까지…….

사랑을 나눌 때면 야만적이지만, 사소한 일상에서의 그는 고귀하게 살아왔다는 것을 방증하듯 품위로 무장되어 있었다. 절대 깨뜨릴 수 없는 견고한 방어막, 그것이 바로 그의 품위였고 김언혁 그 자체였다.

별거 아닌 그의 움직임에 두 눈을 집채만 한 파도에 담가 놓은 듯이 시각이 쓸려 가고 있었다. 그는 새희를 보고 있지 않았다. 새희를 보고 있지 않을 때의 그는 저토록 냉엄하게 보인다는 것과 더불어 저런 모습이 그의 본모습이라는 것을 새희는 어렵지 않게 깨달을 수 있었다.

그 사실에 뭐라 형언할 수 없는 기분이 된 두 눈에 언뜻 익숙한 잔흔이 스쳤다. 새희는 잘못 본 걸 다시 확인하듯 눈가를 좁히며 그의 목을 쳐다보았다. 옷깃 위의 매끈한 살갗 위로 조금 옅어졌지만, 알아볼 수 있을 만큼 발갛게 자국이 나 있다.

새희가 만든 것이었다. 새희는 멀거니 그 자국을 바라보다 그곳에 담겨 있는 다정한 감촉과 벅찬 감정에 피할 새 없이 움켜잡혔다. 삽시간에 가슴속으로 뜨거운 감정이 번지며 눈시울이 달아올랐다.

'언혁아. 언혁아…….'

감미로운 이름에 취해 속삭이던 자신의 목소리.

'응.'

그 이름을 기꺼이 내어 줄 수 있다는 듯 대답하던 그의 목소리. 새희의 눈은 어느새 그를 갈구하듯 촉촉해졌다. 마치 그 시선을 느낀 것처럼 그가 고개를 들어 새희를 주시했다. 아니, 아니다. 새희의 시선은 전부터 느꼈을 게 틀림없거늘 이제야 자비를 베풀듯 바라봐 주는 것이다.

아무래도 좋았다. 그와 눈이 마주치자 새희는 사로잡힌 기억의 여운을 재빠르게 잊고 눈앞의 그에게 몰입했다. 그것은 옷을 갈아입는 것처럼 단순하게 변화되는 일이었다. 그가 쳐다보는 것만으로도, 새희의 감정은 알아서 통제되고 범람했다. 감정을 넘어 거리감과 기분까지. 그는 이미 아주 오래전에 새희를 부서뜨리고 재조립했던 것이다.

그 순간이었다.

"하하!"

새희는 숨을 집어삼켰다. 그가 갑자기 미친 듯이 웃기 시작했다. 웃음소리가 너무나 시원하고 즐거워서 하마터면 새희는 따라 웃을 뻔했다. 그는 테이블에 이마를 박을 듯이 고개를 숙이고는 웃음을 쉽게 갈무리하지 못하고 큭큭 댔다.

그러다 눈을 반짝거리며 고개를 들었다. 능선을 그린 눈매가 얼핏 천진난만한 소년 같기도 해서 더욱더 거짓말처럼 느껴졌다. 그보다 더 믿기지 않는 건 그의 눈빛이었다. 그는 새희가 세이프 워드를 말한 뒤의 눈빛을 하고 있었다. 그러니까 사랑스러워 미치겠다는 눈빛을 하고 있던 것이다.

짹그랑!

갑작스러운 날카로운 파편 음에 새희는 눈을 질끈 감았다 떴다. 그 소리에 환상이 깨진 것처럼 현실로 끌려왔다. 척척하고 따듯하게 채워졌던 머릿속이 세척된 것 같았다. 그를 제외한 것들은 흑백으로 보이는 듯했던 고장 난 시야도.

새희는 발밑을 보았다. 유리컵의 잔해들이 새희의 의자 밑까지 침범해 나뒹굴고 있었다. 새희는 천천히 고개를 들어 유리컵을 깨뜨린 주범인 은석을 쳐다보았다. 한참 전부터 고개가 고정되어 있었던 것처럼 은석의 얼굴은 새희를 향해 꺾여져 있었다. 그 얼굴을 본 순간, 가슴이 내려앉았다. 새희는 그제야 알아차렸다.

"……어떻게……."

김언혁이 나타난 이후, 단 한 번도 은석을 쳐다보지 않았다는 걸…….

"어떻게 네가……."

악몽 속에서 앓는 듯한 목소리가 흘러나왔다. 은석의 얼굴만큼 새희의 얼굴도 창백해졌다. 처참한 충격과 공포, 배신감과 좌절…… 온갖 고통스러운 감정들이 은석을 전쟁처럼 휩쓸었다.

두 번 의심할 필요도 없었을 것이다. 그가 웃었던 이유와 은석이 알아챌 수밖에 없었던 이유는 동일했을 테니까. 사랑에 빠져 익사하는 여자의 눈빛. 누군가에게는 잔혹하고 누군가에게는 사랑스러운 모습이었을, 자신은 인식하지 못한 자신의 모습을 그들은 알아볼 수밖에 없었음을.

"어떻게 네가 그럴 수 있어……."

기어이 이 순간이 왔구나. 아무것도 몰랐던 은석이 모든 것을 알았다. 들킬까 염려했던 극적인 순간들이 아닌, 이토록 허무하고도 사소한 순간으로…….

이진은 최악의 사태를 직면한 것처럼 팔꿈치를 괴고 두 손으로 절망스럽게 머리를 쥐어 잡고 있었다. 새희는 바들바들 떨며 고개를 떨어뜨렸다. 차마 은석의 무너지는 얼굴을 보고 있을 수 없었다. 너무 많이 봐 왔던 얼굴이었다. 수없이 가책으로 가슴에 쌓였던 얼굴이었다.

김언혁이 자리에서 일어난 건 그때였다. 그는 냅킨으로 입가를 정돈한 뒤 새희에게 다가왔다. 새희의 팔뚝을 부드럽게 잡고서 일으켰다. 얼결에 그의 힘에 일어나게 된 새희의 손목을 은석이 탁, 잡았다.

새희의 가슴이 조여들고 숨이 불규칙해졌다. 그 손을 내려다본 김언혁의 눈동자에 칼이 섰다. 그는 새희를 옥죈 은석의 손목을 뜯어내 테이블 위로 내동댕이치며 결박했다. 그리고 눈 깜짝할 새에 그의 자리에 있던 칼을 가져와 잡아맨 손목으로 돌진했다.

유리컵이 깨지는 소리를 듣고 새것으로 준비해 오던 직원이 그 광경을 보고 비명을 질렀다. 새희는 눈앞에서 일어나고 있는 비현실적인 일이 너무도 끔찍해서 목소리도 내지 못하고 쓰러지듯 바닥에 주저앉았다.

"김언혁!"

이진이 테이블을 쾅, 치고 일어나며 비명을 질렀다. 순식간에 룸 안은 아비규환이었다. 칼끝은 정확히 동맥 위에서 멈추었다. 성긴 호흡은 이진과 새희의 것이었다. 은석은 한쪽 손목을 칼 앞에 내놓고도 핏발 선 눈으로 그를 올려다볼 뿐이었다.

"손목보단 그 눈이 좋겠어."

그는 진심으로 구미가 당긴다는 듯, 은석의 눈을 보며 속삭였다. 은석은 증오스럽게 그를 노려보았다.

"희의 주인은 나야."

"그래, 아침까지 네 희가 내 침대에 있었던 건 아나?"

은석의 눈빛에서 불꽃이 튀었으나 안색은 점점 더 하얗게 질려가고 있었다.

"더러운 새끼……."

"결혼을 셋이서 한 파렴치한 남편한테 들을 소린 아닌 것 같은데."

"희가 당신을 진심으로 사랑하는 것 같아? 희는 내가 사랑해주지 않아서 당신의 수작에 넘어간 것뿐이야. 희가 진정 원하는 건 당신이 아니라 나야. 난 알아. 왜냐면 희의 모든 건 내가 만들었으니까. 그 외로움과 가난한 욕망까지 전부."

김언혁은 처음으로 입매를 굳혔다. 그의 칼끝이 하얀 손목을 파고 들어갔다. 얇은 피부를 찢고 핏방울이 솟아올랐다. "이런……." 그가 마치 힘 조절을 실패한 것처럼 탄식했다.

"미친 새끼야, 그만해!"

이진이 공포스럽게 소리쳤다. 어느새 몰려온 직원들이 어찌할 바를 모르고 눈치만 살폈다. 그는 삐딱하게 고개를 기울였다. 여차하면 정말로 동맥을 끊어 버릴 것처럼 그의 눈빛에 살기가 흘렀다. 독소를 지닌 눈빛을 은석에게 겨누다가 그는 문득 바닥에 뭉그러져 있는 새희를 보았다.

정신이 나간 채로 있던 새희의 눈동자 속으로 그 눈빛이 번져 들어왔다. 난폭하고 잔혹하고 위험한, 그래서 아름다운 눈. 그 눈에 새희는 홀린 듯이 젖은 목소리를 뱉어 냈다.

"나, 나가자……."

"……."

"언혁아, 우리 여기서 나가자……."

그 충성스럽다 싶은 애처로운 목소리에 은석의 얼굴이 처참하게 부서졌다. 은석의 두 눈동자가 격하고 슬프게 요동쳤다. 김언혁은 그 극적인 얼굴을 감상하듯 느른히 바라보았다. 그리고 무심하게 조롱했다.

"저렇게 깜찍할 때마다 안아 줄 수 있긴 하나?"

그는 이윽고 전의를 상실한 듯한 은석의 손목에서 칼을 거두어들였다. 그리고 칼끝으로 이진을 가리켰다.

"잘 봐. 저기 네 애를 밴 마누라가 떨고 있잖아."

이어 그는 바닥에 칼을 내던지고 새희를 껴안으며 일으켜 세웠다. 김언혁은 새희의 손목을 잡아끌었다. 핏기가 가신 구경꾼들이 절로 길을 비켜섰다. 룸 밖으로 나설 때였다.

"희야."

곧 죽을 것 같은 목소리가 발걸음을 붙들었다.

"희야……."

새희는 돌아보지 않았다. 돌아보지 않고 걸어 나갔다. 이를 악무는 얼굴에 김언혁의 눈길이 꽂힌 것도 같았다.

* * *

김언혁은 조수석에 새희를 쑤셔 넣었다. 우악스러운 기세와 달리 안전벨트를 매어 주는 손길은 꼼꼼하고 세심했다. 무시무시한 얼굴로 보닛을 돌아 건너온 그가 운전석에 올라타자 차체가 흔들렸다. 그에 온 세상이 흔들린 것처럼 정신이 아득해졌다.

차 문을 거칠게 닫은 그는 시동을 걸고 사람의 머리채처럼 움켜잡은 핸들을 꺾었다. 끼이익, 차가 반 바퀴를 돌며 후진해 호텔을 난폭하게 벗어났다.

차는 한낮의 도로를 질주했다. 그는 제어하지 않고 속도를 올렸다. 차창 밖의 풍경들이 형체를 알아볼 수 없을 만큼 빠르게 스쳐 갔다. 점점 더 빠르게. 앞차들을 아슬아슬하게 추월하며 과속하는 운전에 간담이 싸해졌다.

속도계의 숫자가 미친 듯이 불어났다. 그의 턱이 단단해지며 눈빛은 이채를 띠었다. 시끄럽게 울려 대는 다른 차들의 욕설 같은 경적에도 그는 가속을 멈추지 않았다.

"왜 혼자서 여기까지 왔지?"

잠긴 음성이 목덜미를 지졌다. 새희가 뭐라고 대답하기도 전에 그는 쏘아붙였다.

"늦을지도 모른다는 네 메시지 하나에 전화만 수십 통 걸었어. 공연이고 뭐고 정신 나간 새끼처럼 뛰쳐나갔다고! 알아?"

새희는 벌벌 떠는 손으로 주머니에서 휴대폰을 꺼냈다. 부재중 전화 기록이 34통이나 찍혀 있었다.

"왜 혼자서 여기까지 왔지?"

그는 다시 시작하자는 듯, 차분하게 어조를 달리했다. 그러나 그의 눈은 흥분으로 초점을 상실한 채였다. 피아노 줄이 끊어져도 망가진 음정에 맞춰 새롭게 작품을 창조했다는 남자의 얼굴이 아니었다.

초조하고, 불안하고, 안달이 난…… 그의 얼굴에 지옥이 있었다. 그로서는 겪을 이유도, 필요도 없는 지옥이었다. 공포로 틀어 막힌 목구멍에서 소리가 나오지 않았다. 너무나도 무서워서 정신이 나간 버린 듯했다.

새희가 입술만 떨며 섣불리 말을 꺼내지 못하자 광기로 장악된 눈빛이 번뜩였다.

"왜 혼자서 여기까지 왔냐고 묻잖아!"

그가 쏟아 내는 격분에 질식할 것 같았다. 겁을 먹은 새희의 눈에 눈물이 고여 들었다. 목숨을 내놓은 운전보다 그의 광적인 눈빛이 비할 바 없이 위협적이었다. 새희는 겨우겨우 목소리를 흘렸다.

"마지막…… 마지막이라고 해서."

어쩌다가 이렇게 된 거지? 돌이켜 봐도 이해가 가지 않았다. 그저 그가 모르게 은석과 결말을 내고 싶었다. 늘 그를 성가시게 하며 시간을 빼앗았으니까…….

이진의 부탁 때문이 아니라 제가 가진 마음을, 단 한 번도 솔직해질 수 없었던 자신의 마음을 마지막엔 고백하고 싶었기 때문에 그 자리에 나간 것이었다. 새희는 오늘 은석에게 말할 생각이었다.

나는 이제 너를 그리워하지 않는다고, 너 때문에 아파하지도 않는다고. 네가 아닌 다른 사람을 너무나도 사랑하고 있다고…….

그러나 그것이 그를 이토록 미쳐 버리게 할 줄 알았다면 가지 않았을 거다. 그를 이런 지옥에 내버려진 얼굴을 하게 할 줄 알았다면 죽어도…….

"마지막?"

김언혁의 목소리가 음산하게 갈라졌다. 목덜미를 덮어 오는 광기에 새희의 뺨이 와들와들 떨렸다.

"마지막이라고 그 새끼 얼굴을 마주 보며 추억 팔이라도 하고 싶었던 건가?"

새희는 고개를 저었다. 눈물이 무참하게 흘러내렸다. 그의 오해는 점점 불어나 하나의 소설이 되듯 격정적으로 악화되었다. 새희는 미쳐 버릴 것 같아서 흠뻑 젖은 얼굴을 흔들어 댔다.

"아니, 아니야. 끝내고 싶어서. 당신 모르게 제대로 끝내고 싶어서……."

"나 모르게 너에게 일어나는 일은 없어야 해. 너는 내 사람이니까. 그렇게 된 지는 한참 됐지. 그런데 이제 와서 끝내고 싶었다는 건, 그 새끼를 몰래 만나고 싶었다는 이유밖에 더 안 돼."

"아니야! 절대로 그런 게……."

"그 식당에서 걸어 나올 때 네 얼굴이 어땠는지 알아?!"

눈에 핏대를 세운 그가 다시 또 그 얼굴을 떠올리는 듯 주체를 못하고 분노를 내갈겼다. 너무도 위태로워 보이는 얼굴이라 보고 있는데도 믿어지지 않았다. 이토록 그를 광분하게 만든 발화점이 바로 자신의 얼굴이었다는 걸 알았다.

그의 손은 미친 것처럼 떨리고 있었다. 그 지경이 되어서야 새희는 깨달을 수 있었다. 그를 점령한 건 단순한 분노가 아니었다. 두려움이었다. 어쩌면 그것까지 넘어선 공포일지도 모른다는 생각이 들었다.

차선을 변경하며 위험천만하게 내달리던 차는 기적적으로 무사히 콘서트홀에 도착했다. 급정거에 몸이 반으로 접혔다 펼쳐진 새희는 시트를 붙잡고 할딱거렸다.

그가 안전벨트를 풀고 새희의 것도 풀었다. 그다음 무지막지한 힘으로 새희를 무릎 위로 당겨 왔다. 그리고 바지 지퍼를 열었다. 새희는 질겁했다. 얼핏 보았던 시각은 이미 공연 시간이 지나쳐 있었다.

"안 돼요. 시간이, 공연 시간이……."

젖어 애원하는 입술로 그의 입술이 덮쳐들었다. 혀가 폭력적으로 뒤얽히며 그가 새희의 치마 속 팬티를 잡아 내렸다. 훅 드러난 맨살로 아래를 거침없이 마찰하자 처량한 신음이 튀어나왔다.

"나를 달래. 너밖에 못 하는 일이니까."

불온한 흥분이 날뛰는 눈동자를 코앞에 두고 새희는 저도 모르게 턱을 떨어뜨렸다. 그러자 김언혁의 손이 뒷머리를 움켜쥐고 억지로 고개를 끄집어 올렸다.

"눈 돌리지 마!"

히스테릭한 음성이 숨통을 비틀었다. 새희는 말없이 입술만 빼끔대며 떨어댔다. 막다른 곳에 내몰린 사람처럼 그는 급박하게 새희의 입술을 먹어 치웠다. 발기한 그의 것이 입구를 녹일 듯이 비벼 댔다. 부지불식간에 쾌락을 극점으로 끌어 올리는 율동에 아래가 점차 축축해졌다. 그는 젖은 것을 확인하자마자 안으로 찔러 넣었다.

새희는 거대한 쇠창살에 꽂히는 느낌에 어금니를 사리물며 파들거렸다. 그는 아무것도 보이지도, 들리지도 않는 것처럼 허리를 무자비하게 쳐올렸다. 새희는 고통스러운 신음을 터뜨리며 고개를 젖혔다. 그의 뜨거운 숨이 새희의 이마에 고였다.

"으응, 흣! 아!"

"하아, 헉……."

솟아오르는 몸을 쓸어안으며 그가 고개 각도를 바꿔 입술을 짓이겼다. 새희의 혀를 빼무는 그의 눈빛이 맥을 못 추릴 정도로 잔혹하면서도 헤아릴 수 없을 만치 울적해 보였다.

화가 난 그가 숨도 못 쉬게 무서웠으나 동시에 가슴 한편이 무너져 내리는 건 그 때문이었다. 그를 망치고 있다는 끔찍한 기분이 가슴에 통증처럼 번지고 지나갔다.

부정하고 싶어 흐느끼던 새희는 김언혁의 뺨을 움켜잡고 있는 힘을 다해 혀를 섞었다. 덤벼들 듯 적극적인 태도에 그가 멈칫했다가 이윽고 사정없이 새희를 탐했다. 아래로 꽉 물린 성기가 힘을 싣고 더 깊은 곳으로 부딪쳤다.

매끄러운 뺨을 더듬으며 외눈으로 차창 밖을 보았다. 그의 차를 알아본 공연 관계자들이 이쪽으로 걸어오고 있었다. 빈 무대를 바라보며 그를 기다리고 있을 수많은 관객의 얼굴이 떠올랐다. 기대감으로 반짝거리는 그 얼굴들이 단숨에 실망과 질타로 탈바꿈했다.

새희의 눈빛이 지옥으로 곤두박질쳤다. 그의 뺨을 쥐고 있던 손이 힘을 잃고 미끄러졌다. 그는 그 손을 붙잡아 다시 그의 얼굴을 만지게 했다.

"나를 봐야지."

짙고 탁한 목소리에, 형형한 눈빛에 모든 것을 망각할 수 있었다. 어쩌면 그것은 불행인지도 몰랐다. 이토록 달콤한 불행이라니. 절망과 환희가 번갈아 심장을 쥐어짰다.

잠깐 세상이 멈춘 것처럼 서로의 눈동자 속을 파고들었다. 이윽고 누가 먼저랄 것도 없이 입술을 갈라 먹었다. 새희는 필사적으로 그의 것을 꽉 조였다 풀며 맞물린 감각을 증폭시켰다. 그는 새희의 골반을 틀어쥐고 차체가 요동칠 만큼 격하게 찍어 올렸다.

"아, 아, 아!"

쾌감이 선명하게 관통했다. 이윽고 새희는 그의 혀를 쏟아 내며 절정에 몸부림쳤다. 직후 그의 것도 몸통을 부풀리며 새희의 안에 진하게 사정했다.

"하아, 하아……."

밀폐된 차 안을 메운 열기와 비릿한 냄새로 인해 숨을 들이쉴 때마다 관계의 여운이 짙어졌다. 새희는 그의 가슴팍에 얼굴을 기댄 채로 격렬한 숨결을 가다듬었다. 무슨 일이 일어난 건지 되뇌기엔 정신은 분해되어 흩날리고 있었다.

그가 손을 뻗어 글러브 박스를 열고 물티슈를 꺼냈다. 허벅지 힘으로 새희를 들어 올린 뒤, 아래를 닦아 주는 그의 얼굴이 신이 빚은 가장 우미하고 퇴폐적인 걸작 같았다. 그 얼굴을 보는데 갑자기 눈물이 후드득 쏟아졌다. 속옷까지 입혀 준 그가 서럽게 우는 새희를 응시했다.

"미안, 미안해요. 나, 나는……."

흐르는 눈물이 그의 바지를 적셨다. 그는 새희의 눈물을 닦아 주지 않고 가만히 쳐다보았다.

그때, 똑똑, 밖에서 차창을 두드렸다. 놀라서 그쪽을 바라보는 새희의 턱을 그가 잡아 쥐고 다시 돌려 그를 보게 했다. 그를 찾는 다급한 목소리를 내버려 둔 채, 새희의 눈물을 관찰하는 눈빛은 고문자처럼 집요했다.

꼭 눈물의 근원지를 거슬러 올라가는 것처럼, 그는 무언가 탐색하는 느낌이었다. 눈물을 타고 시신경으로 들어가 뇌를 뒤지고 싶은 것 같았다. 그곳에 기록된 그의 심기를 거슬리는 것들은 전부 말살하고 싶은 것이다.

한참 그렇게 보기만 하던 그가 불현듯 새희의 뺨을 손가락으로 꼬집었다.

"괜찮아."

새희가 무슨 짓을 해도 용서해 줄 듯한 평상시의 나른한 어조였다. 이어 뺨을 꼬집은 손가락을 펼쳐 손바닥으로 떨어지는 눈물을 받아 냈다. 무너져 내렸던 하늘이 다시 건설된 것 같았다. 새희는 안심하며 펑펑 눈물을 쏟아 냈다. 자신의 극렬한 감정을 어쩔 줄 모르던 남자와는 다른 사람인 것처럼 그는 새희의 뺨을 부드럽고 상냥하게 쓰다듬으며 눈가에 입술을 눌렀다.

"다음번엔 그러면 안 돼."

타이르는 음성이 낮았다. 새희는 고개를 마구 끄덕였다. 차창을 두드리는 소리와 긴박한 목소리는 고갯짓에 귓가로 닿지 못하고 부서져 내렸다. 그는 새희의 젖은 속눈썹을 핥으며 중얼거렸다.

"나도 날 제어하는 방법을 모르겠으니까."

얼마든지 또 그럴 수 있다는 뜻을 내포한 말을 그는 그렇게 다정하게 속삭였다.

* * *

무려 40분을 지각한 김언혁은 마이크를 잡고 무례를 사과하며 고개를 숙였다. 피해 보상을 엄중히 약속하는 얼굴이 날카롭고 위압적이었다. 그보다 더 숙연할 수 없을 만큼 예의를 갖췄는데도 불구하고 발아래 둔 무언가를 보듯 교만해 보이는 건 세상으로 나올 때 지배자의 면모를 지니고 태어났기 때문이었다.

그의 사과에도 싸늘한 반응이었던 관객들은 연주가 시작되자 기다렸다는 듯 눈빛을 풀고 넋을 놓았다. 경이로운 기교와 특유의 음색에 관객석은 너무도 쉽게 황홀경을 헤맸다. 어쩌면 처음부터 사과 따윈 집어치우고 건반을 누르는 쪽이 나았던 건지도 모른다.

그에게 심신을 내맡기고 매몰되는 관객들 속에서 오직 새희의 혼만이 비껴 나 정처 없이 표류했다. 혀끝을 베고 간 끔찍스러운 눈물의 맛이 뇌를 주물렀다. 통증처럼 번지고 갔던 기분이 온몸으로 전이된 것처럼 되살아났다.

새희는 어느새 첫 곡을 끝내고 의자에서 일어선 김언혁을 향해 사람들과 함께 박수를 보냈다.

무대 위의 그와 눈이 마주쳤다. 한 여자의 계획을 묵사발 내고, 한 남자의 손목에 칼을 대고, 차 안에서 자신을 미치광이처럼 안았던 그는 그 일들에 어떠한 타격도 입지 않고, 되레 그런 일이 있었냐고 조소할 것처럼 완벽한 연주를 선보였다.

다행이었다. 정말이지 다행이었다.

'나도 날 제어하는 방법을 모르겠으니까.'

새희는 비대해지는 불안감을 애써 모른 체했다. 모른 체하며 온 힘을 다해 웃었다. 아무 일도 없던 것처럼, 예쁘게.

* * *

엄마를 사랑하는 게 아니었다.

은석을 사랑하는 게 아니었다.

그러나 그를 사랑한 것만큼은 후회하지 않을 것이다. 내 삶이 폐허가 될지라도, 그 사랑만은 죽은 땅 위의 비석으로 세워 놓겠다.

내 삶의 흔적은 그것으로 충분했다.

* * *

"안 돼!"

비명을 지르며 번쩍 뜬 두 눈으로 빛이 칼처럼 쏟아졌다. 새희는 물에서 빠져나온 사람처럼 가슴을 움켜쥐고 헐떡거렸다. 심각하게 굳은 얼굴로 내려다보고 있는 김언혁이 보였다. 그는 새희의 양어깨를 감싸 쥐고 있었다.

들썩거리던 가슴이 천천히 본래의 박동을 되찾았다. 그가 있는 현실이었다. 이쪽이 현실이었다. 그의 얼굴을 보며 현실임을 절실하게 되뇌었다. 그는 식은땀으로 흥건히 젖은 새희의 이마를 손바닥으로 보드랍게 쓸었다.

"무서운 꿈이라도 꿨나?"

고개를 끄덕이자 고여 있던 눈물이 눈꼬리를 타고 흘러내렸다. 긴 손가락이 눈물을 걷어 갔다. 그가 침대에서 일어나 부엌으로 갔다. 멍해 있던 새희는 힘들여 상반신을 일으켜 앉았다. 머릿속만 큼이나 몸이 물먹은 솜처럼 무거웠다. 그가 잠깐 자리를 비운 새에 쓸쓸해지는 자신이 막막했다. 막막하면서도 꽤 마음에 들었다.

잠시 후 김언혁은 김이 모락모락 나는 머그잔을 들고 나타났다. 건네는 잔을 두 손으로 받고서 내용물을 확인했다. 따듯한 녹차였다.

"뜨거워."

주의하라고 고막에 밀어 넣는 나직한 음성에 후후, 불어 가며 조심스럽게 잔을 들이켰다. 은은한 향의 액체가 목을 타고 내려가 굳은 몸 안으로 훈풍을 불어넣었다. 한결 나았다. 고맙다고 말하는 입술을 그가 고개 숙여 빨았다.

"어떤 괴물이 나왔지? 혼내 주러 가야겠어."

그는 결코 가볍지 않은 눈빛으로 웃지도 않고 그렇게 말했다. 코끝을 뺨에 비비는 그에게 새희는 작게 속삭였다.

"기억 안 나……."

사실은 기억이 생생했지만, 말하지 않을 것이다. 새희는 남아 있는 녹차를 마시기 위해 입술을 오므리고 잔 속에 바람을 불었다. 그가 옆에서 새희를 따라 같이 후후, 불어 주었다. 덕분에 빠른 속도로 적당히 식은 것을 한 모금에 남김없이 다 마셨다.

대견하다는 듯 그가 새희의 뺨을 짧게 깨물었다가 빨았다. 사랑스럽다고 말해 주는 것보다 배로 느껴지게 해 주는 그 행동에 눈시울이 시큰해졌다. 그가 빈 잔을 갖다 치우고 올 동안 새희는 울 것 같은 마음을 재빨리 분해했다.

김언혁이 불을 끄고 침대로 돌아왔다. 어둠이 새의 날개처럼 포근하게 내려앉았다. 목 밑으로 들어와 등을 감싸 안아 당기는 손길이 단단했다. 그 어떤 것도 이 시간을 부수지 못할 것 같았다. 새희는 좋아서, 너무 좋아서 울고 싶어지는 그의 향기를 가득 들이마시며 눈을 감았다.

눈을 감아도 잠이 오지 않았다. 잠들려는 노력조차 하지 않았다는 것이 맞았다. 그의 품 안에서 노닐듯 꼼질대다 문득 그의 수면을 방해할까 싶어 움직임을 멈추고 잠든 척 평온한 숨소리를 연기했다.

꼿꼿하게 연기하던 새희의 코끝을 별안간 손가락이 꾹 눌렀다. 새희는 눈꺼풀을 들어 올렸다. 잠든 줄 알았던 그가 콧등으로 부드럽게 손가락을 튕겼다. 어둠 속에서도 입체적인 윤곽에 맥박이 팔딱거렸다.

"자지 말까?"

그는 다 아는 듯이 물었다. 다시 악몽을 꿀까 잠들지 못하는 새희의 마음을 다 안다는 듯이…… 새희는 웃으며 입술로 미끄러진 그의 손가락을 혀를 내어 쓰다듬었다. 가만히 새희의 혀가 주는 감촉을 즐기던 그가 읊조렸다.

"이번에도 악몽을 꾸면……."

그의 입술이 이마 위에 살며시 닿았다가 떨어졌다.

"내 꿈을 줄게."

불가능한 말이었는데도 그가 말하니 얼마든지 가능한 일처럼 들려왔다.

"내 꿈속엔 예쁜 것만 나오거든."

새희는 웃었다. 그가 말하는 예쁜 것에 자신이 포함될 수 있었으면 좋겠다고 생각했다.

"괜찮아."

혀끝에 닿는 그의 손가락이 달았다. 괜찮다고 말하는 새희의 눈꼬리에 맺힌 눈물이 반짝거렸다. 그곳으로 그의 입술이 내려왔다. 새희는 매달리듯 속삭였다.

"몇 번이고…… 몇 번이고 나를 깨워 줘."

악몽을 깨고 나면…….

"당신이 있을 테니까."

울부짖던 은석의 얼굴을 잊는 방법은 단 하나. 당신이 있는 현실로 돌아오는 것.

'희야…….'

목을 조르던 그 목소리도 잊기 위해 새희는 눈가에서 떨어지는 입술을 다급히 찾았다. 따듯하고 매끄러운 입술을 벌려 혀를 넣었다. 그는 새희의 몸속에 깃든 불길한 기운을 가져가려는 듯 강한 힘으로 빨아 들였다.

이 감촉이 지나치게 간절하고 소중했다. 결국, 욕망을 담은 그의 손이 옷 안으로 들어와 맨살을 어루만졌을 때, 새희는 환희에 찬 것처럼 신음했다.

* * *

차창 밖의 날씨가 우중충했다. 한바탕 쏟아질 것 같았다.

"비가 올 것 같아요."

차창을 보다 운전석을 돌아보자 어깨 위에서 대기 중이었던 그의 검지에 뺨을 쿡 찔렸다. 그대로 웃는 입술을 건드리고 떨어진 손이 무릎 위의 손가락 사이를 파고들어 깍지를 끼웠다.

그의 차를 타고 대전으로 내려가는 길이었다. 내일 공연을 마지막으로 그의 국내 투어는 마무리될 예정이었다. 오늘 공연이 끝나고 나면 새희는 그와 전국에서 맵기로 유명하다는 낙지 요리를 먹으러 간 뒤, 그에게 수영을 배우기로 했다.

그 계획은 잠이 덜 깨 흐리멍덩한 새희를 앞에 두고 스리슬쩍 성사된 감이 없지 않아 있었지만, 계획을 세우며 유난히 즐거운 눈빛인 그를 보고 있자 아무렴 어떤가 싶어졌으므로 흔쾌히 응했다. 물론 팔다리를 지느러미로 만들어 주겠다는 바라지도 않은 그의 강인한 포부 때문에 조금 안색이 파리해졌긴 했지만 말이다.

새희는 마주 잡은 손을 기분 좋게 바라보다가 고개를 들어 그를 보았다. 그가 턱 끝을 까딱했다. 새희는 눈을 반달로 휘며 그의 볼에 입술을 대었다. 그가 얼굴을 새희 쪽으로 밀며 입술이 더 진하게 눌리도록 했다.

이른 아침이라 그런지 도로가 한산했다. 새희는 조금 용기를 내어 그의 잘생긴 귓바퀴에도 입술을 붙였다 뗐다. 기습에 그가 웃음을 흘렸다. 새희는 그 웃음의 부스러기를 눈 안으로 집어넣었다. 몸에 생기가 도는 기분이었다. 심장이 두근두근 세차게 뛰었다.

그는 마주 잡은 손등을 끌어 올려 입술을 문질렀다. 이번에는 새희가 소리 내어 웃음을 터뜨렸다. 그는 새희가 그를 보았던 눈빛으로 새희를 바라보았다. 완전무결한 순간이라는 생각이 들었다. 이보다 더 충족되는 순간은 없을 것 같았다. 감히 바라지도 않으리라. 증오와 슬픔으로 얼룩진 은석의 얼굴이 스치듯 떠올랐으나 바로 지워 버렸다.

차는 빈 도로를 시원하게 달려 나갔다. 새희는 물속에서 팔다리가 제멋대로 활개 치다 고꾸라져 수영을 가르쳐 주던 그를 당황시키는 모습을 상상해 보았다. 그건 그거대로 즐거운 일이라는 생각이 들었다. 그을음 같은 검은 구름을 내다보며 새희는 어린아이처럼 부풀어 오른 얼굴을 했다.

그는 빨리 도착하고 싶은 건지 속도를 높였다. 그때까지도 새희는 태평한 표정으로 창문에 입김을 불고 그의 이름을 끄적이고 있었다. 그 표정이 깨어진 건, 속도가 평범하게 빠른 수준을 지나쳤을 때였다.

며칠 전의 일이 떠올라 새희는 얼굴을 굳히고 그를 쳐다보았다. 그의 눈은 백미러를 향해 있었다. 그에 새희는 뒤를 돌아보았다. 검은 차 한 대가 추격하듯 쫓아오고 있는 것이 보였다. 새희의 얼굴에 핏기가 가셨다.

"손잡이 잡아."

검은 차는 차선을 무시하며 엄청난 속도로 쫓아왔다. 새희는 그의 말대로 차 문의 손잡이를 세게 틀어잡았다. 비명을 지르고 싶은 것을 혼신의 힘을 다해 참았다.

김언혁은 차가운 눈으로 백미러를 주시하며 핸들을 꺾었다. 끼이익, 바퀴가 마찰음을 내며 급회전했다. 새희의 몸이 쏠리며 처박혔다. 차창에 이마를 부딪치자 "괜찮아?" 와중에도 묻는 음성이 들렸다. 새희는 파랗게 질린 채로 고개를 끄덕였다.

뒤따라오던 차는 그가 방향을 바꿔 돌진하기 시작하자 놀란 듯 급히 후진했다. 그는 그다지 흥분한 기색 없이 역주행하며 추격자를 몰아붙였다.

필사적으로 후진하던 차는 그 뒤를 주행하고 있던 승용차와 부딪치며 핑그르르 돌았다. 한숨조차 내쉬지 않은 그는 다시 핸들을 끌어당겨 차 머리의 방향을 바꿨다. 그리고 새희를 응시했다.

"무, 무서워요……."

겪은 적 없는 공포로 패닉이 된 새희를 달래듯 그가 뺨을 만졌다. 그가 방심한 건 그 때문이었다.

쾅!

그 순간, 새로이 뒤에서 나타난 검은 차가 옆구리를 들이받았다. 에어백이 터지며 시야가 명멸했다. 커다란 충격에 새희는 가까스로 정신을 차리고 그를 보았다. 눈이 마주치자마자 그가 "다친 데는?" 하고 물었다. 묻는 그의 이마로 피가 흘러내리고 있었다. 심장이 내려앉았다.

울음을 터뜨리는 순간, 차를 둘러싼 남자들이 조수석 차 문을 뜯어내 새희를 강제로 끌어냈다. 새희는 고함을 지르며 저항했다. 아무리 악을 쓰고 몸부림쳐도 질질 끌려가는 나약한 몸뚱어리가 미친 듯이 원망스러웠다.

새희는 울부짖으며 뒤돌아보았다. 운전석 차 문을 열고 그의 다리가 뻗어 나왔다. 새희의 팔목을 붙들고 있던 남자 두 명이 눈짓하더니 한 남자가 그에게로 다가갔다. 남자는 재킷 안쪽으로 손을 집어넣어 무언가를 꺼냈다. 칼이었다. 새희의 눈이 뒤집혔다.

"그 사람 건들지 마! 하지 마! 하지 마!"

새희는 초인적인 힘으로 남자를 뿌리치고 달려갔다. 그러나 몇 발자국 가지 못하고 뒷덜미가 억세게 움켜잡혔다. 고통스럽게 꺾인 고개 옆으로 남자가 험악한 목소리를 떨어뜨렸다.

"손가락 잘리게 하고 싶지 않으면 얌전히 따라갑시다."

그건 새희를 향한 말이 아니었다. 그렇기에 절망하며 흐느낄 수밖에 없었다. 비명을 지르던 목소리로 빌기 시작했다.

제발, 제발 그러지 마세요. 제발요. 제발.

남자는 처절한 애원에도 표정 없이 그를 들이받았던 차의 문을 열어젖혀 새희를 조수석에 내던졌다. 그 뒤 민첩하게 운전석에 올라탄 남자가 꺼진 시동을 다시 걸고 액셀을 밟았다.

옆면이 움푹 들어간 그의 차를 쏜살같이 지나쳐 간다. 새희는 엉엉 울며 차창 너머 그를 절박하게 돌아보았다. 쿵! 소리와 함께 굵은 비명이 들린 건 그때였다. 보닛에 칼을 든 남자의 머리통을 처박고서 새희를 태운 차를 주시하는 그의 눈이 시퍼런 흉기처럼 빛났다.

* * *

끌려가는 차 안에서 새희는 울지 않고 이를 악물었다. 도로를 달리던 차는 어느 순간 으슥하고 어두운 숲길로 들어섰다. 조금도 무섭지 않았다. 이대로 자신을 죽여서 숲에 버려 주면 좋겠다고 생각했다.

그러나 남자는 새희를 죽이지 않고 한참 숲길을 달리다 다시 도로로 빠져나왔다. 목적지가 정해져 있다는 사실이 확연했다. 그 사실은 추격하는 차를 본 순간 알아차린 것이었다. 차는 눈에 익은 길로 들어섰다. 결국, 고통스러운 울음이 새희의 목 안을 그었다.

곧이어 차가 정차했다. 차 문을 열고 밖으로 나간 남자가 조수석 문을 열어 두 손에 얼굴을 파묻고 있는 새희를 끄집어 냈다. 새희는 눈물범벅이 된 얼굴을 들어 올려 도착한 장소를 확인했다.

지긋지긋하게 익숙한 곳.

은석의 본가였다.

Track. After you knew everything

남자는 값비싼 인질처럼 새희를 틀어쥐고 뚜벅뚜벅 걸어갔다. 새희는 눈에 들어오는 모든 풍경에 욕지기를 느꼈다. 마지막을 고했었던, 자신의 아픈 유년이 묻어 있는 길을 지나 현관 앞에 섰다. 그 앞을 지키고 있던 경호원들이 군인처럼 각이 잡힌 몸짓으로 비켜섰다.

"데려왔습니다."

새희를 거실 한복판에 던지듯 밀어 넣고 남자는 임무를 완수했다는 듯 거실에 서 있는 사람에게 고개를 숙인 뒤 집 밖으로 나갔다. 새희는 발끝으로 떨어지는 자신의 눈물 자국을 바라보다 그 시야로 침입한 예쁘고 길쭉한 발을 발견하고 치를 떨었다.

고개를 들라는 압박을 가하는 눈길을 더 무시하지 못하고 턱을 천천히 들었다. 들고 나선, 조금 더 늦게 들 것을 후회했다.

"언제부터야."

감정이, 영혼이 송두리째 무너진 은석의 얼굴이 묻는다.

"언제부터야."

토씨 하나 틀리지 않고 똑같이 묻는 가라앉은 목소리와 가난한 눈빛에서 날생선 같은 비릿함을 느꼈다. 토막 나고 눈알이 터져 흐르는…… 부패한 지 오래된 생선의 그것을.

은석을 둘러싼 황폐한 공기가 새희를 좌절시켰다. 피해 갈 수 없었다. 피해 갈 수 없음을 받아들여야 했다. 새희는 눈물로 젖은 입술을 짓씹다 말했다.

"얼마 안 됐어."

"……."

"네가 출장 간 사이에…… 어쩌다가 그렇게 됐어."

손끝을 떨며 거짓말하는 새희를 빤히 보던 은석이 "그래?" 하며 휘파람처럼 흩날려갈 듯한 목소리로 중얼거렸다. 그러고 잠시 말이 없었다.

"데려와."

명령이 떨어지자 방 안에서 얼굴이 피투성이가 된 두 남자가 무릎이 꿇린 채로 경호원에게 머리채가 잡혀 질질 끌려 나왔다. 새희의 얼굴이 사색이 되었다. 남자 중 한 명은 새희를 저주하듯 원망스럽게 노려보고 있었다.

운전기사였다. 나머지 한 명의 정체도 짐작할 수 있었다. 이진에게 매수되었다는, 은석이 붙여 놓은 감시자. 감시자는 눈 뜰 힘도 없는지 목이 꺾여 희미한 신음만 흘려대고 있었다. 은석은 쓰러질 것처럼 창백해진 새희를 보며 말했다.

"아까 말한 거 다시 처음부터 말해."

기사는 공포와 분통이 가득 찬 얼굴로 울분을 토하기 시작했다.

"5월, 5월부터였습니다. 그 남자가 저한테 돈을 주면서 모른 척하라고 협, 협박했습니다! 그때가 처음이 아닙니다. 그전에도 밤에 카페에서 그 남자가 나오는 걸 목격하곤 했습니다."

그만해…….

"한 번은 하도 나오지 않아서 제가 카페에 들어간 적도 있습니다. 그, 그 남자를 기다리고 있던 건지 표정이 밝아졌다가 어두워졌지요. 그 안에서 둘이 자주 만났습니다."

제발 그만해…….

"도련님이 출장을 가셨을 적엔 카페에 가지도 않고 그 남자랑 몇 날 며칠을 같이 보낸 것 같았습니다. 그 후로 저는 밤에 돌려보내다가 종국엔 올 필요 없다고…… 그렇게 기사 일을 쉰 지가 몇 달입니다."

제발, 부탁이야…….

"흐흑, 저는, 아내가 병상에 누워 있고, 막내딸이 이제 중학생입니다. 제발, 제발……."

새희의 죄목을 낱낱이 열거한 기사가 고개를 조아리며 손바닥을 마주 비볐다. 결국 살기 위한 몸부림이었다. 서로가 서로에게 억울할 것도, 미안할 것도 없는 일이다. 모든 것이 까발려지고 나자 새희는 도리어 차분해졌다. 단지 몸에 피멍이 든 것만 같은 고통만 현실과 괴리되어 몰려올 뿐이었다.

은석은 기사의 눈물 콧물 범벅이 된 애걸에는 눈길 한 번 주지 않고 망연자실한 새희의 얼굴을 코앞에서 내려다보았다. 기사의 이야기가 정녕 맞는지 확인하는 것처럼. 지금이라도 거짓이라고 반박하길 바라는 것처럼…….

선연하게 스며드는 은석의 눈빛이 격렬한 고통을 만들었다. 새희는 다시 소리 내어 울기 시작했다. 이 순간이 누구에게 가장 고통스러운 순간일지 가늠할 수 없었다.

"왜 그랬어?"

한숨 같은 물음이었다. 비누 냄새가 나던 목소리가 잿더미 속 시체들에서 나는 죽음의 냄새로 변해 있었다.

"왜 그랬어."

피폐한 목소리의 음조가 한층 낮아졌다.

"왜 그랬어!"

이윽고 은석이 억누르고 있던 감정을 폭발시키며 새희의 어깨를 붙잡고 흔들었다. 은석의 표정이 갈기갈기 찢어졌다. 그토록 연약하게 사람의 얼굴이 찢어질 수 있다니. 새희는 골이 어지러울 정도로 흔들리면서도 아무 말도 하지 못하고 울어 댔다.

왜 그랬냐니. 너무 외로웠으니까, 너무 괴로웠으니까, 너무 아팠으니까. 하지만 그것들은 어쩌면 핑계일지도 모른다는 걸 알고 있다. 외로움도, 괴로움도, 아픔도 사실은 그를 사랑하기 위한 수많은 변명 중 하나였음을…….

은석은 끝까지 입을 열지 않는 새희의 어깨에 고개를 파묻고 숨을 크게 들이쉬었다 내쉬었다. 은석의 호흡에 새희의 몸이 흔들렸다. 마치 은석의 통증이 전이해 오는 것처럼 그 부근이 너무도 쓰라렸다.

그는 그대로 새희를 팔목을 잡아 불안정한 걸음걸이로 방으로 끌고 들어갔다. 문을 부서질 정도로 세게 닫은 뒤 은석은 새희의 몸을 껴안고 바닥에 주저앉았다.

은석의 지구는 이미 무너져 내린 것 같았다. 은석이 살아 있다는 생각이 들지 않았다. 절명한 영혼이 인두겁을 쓰고 있는 것 같았다. 자신을 부서질 듯 세게 안고서 부들부들 떠는 은석의 뒷머리를 쓸어 주고 싶다가도 이대로 죽여 버리고 싶었다. 그편이 은석에게 더 나으리라는 생각이 떠나가질 않았다.

"이상하다고 생각한 적도 있었어."

어깨를 짓누르던 얼굴이 멀어졌다. 마주친 은석의 눈이 젖어 있었다.

"언젠가부터 나를 보는 네 얼굴이 지나치게 아파 보였어."

나뭇잎 위의 이슬처럼 은석의 뺨 위로 청초하게 흐르는 눈물이 심장을 칼로 베듯 아팠다.

"그 아픔도 어느 순간 사라져서 보이지 않았을 때…… 그때 넌 나를 버렸던 거야. 네 속에서, 완전히. 또 한 번."

새희는 두 손으로 얼굴을 가렸다. 그러자 은석이 그 손을 내팽개치고 다시 물었다.

"왜 그랬어?"

기어이 그 답을 듣고야 말겠다는 듯…… 새희는 울음을 멈추지 못하고 흐느꼈다. 더 이상 망가질 곳도 없는 은석이 망가지고 있는 걸 볼 수가 없어서 눈을 감고 싶었다. 그러나 은석은 새희가 눈을 감는 것조차 용납하지 않았다.

"왜 그랬어, 희야. 제발…… 말해. 제발 말해. 말해. 말하라고!"

"네가 결혼했잖아!"

서로의 비명이 총탄처럼 튀어 나가 충돌했다. 이성을 관장하는 부분이 부서진 것 같았다. 제 속의 무덤에 묻혀 있던 원망과 슬픔이 은석의 폭발에 휩쓸려 터져 나왔다. 가슴을 흉지게 했던 모든 장면들이 뇌를 짓밟았다. 새희는 갑자기 격해져서 대적하듯 은석에게 쏟아 냈다.

"너, 넌 날 버리고 결혼했어. 다른 여자와 내 눈앞에서 약혼하고, 결혼하고…… 그 신혼집에 나를 구겨 놨어!"

헌 신발처럼. 다시는 신을 일 없을 거면서 버리지 못해서 처박아 놓기만 했어!

"나는, 나는 너무 외로웠어…… 살고 싶지 않았어……."

그게 외로운 것이라는 것도 몰랐던 나를, 그런 나를 그 남자가 꺼내어 갔어. 나를 예뻐해 줬어. 소중하고 사랑스러운 것으로 취급해 줬어…….

은석은 새희의 갑작스러운 격정적인 원망에도 눈 하나 깜짝하지 않았다. 오히려 비웃듯 눈가를 일그러뜨렸다.

"너는 단 한 번도 나한테 매달리지 않았어."

속눈썹이 은석의 눈빛에 타 사라져 버릴 것 같았다.

"처음으로 매달리는 척이라도 했던 순간이 언제였는 줄 알아?"

"……."

"그 여자랑 자러 갈 때야."

'가지 마…….'

새희는 그날, 가지 말라는 목소리를 쥐어짜 내자 돌아와 사랑스럽게 자신을 바라보았던 은석의 눈빛이 그보다 더할 수 없는 진심에서 우러나온 모습이었다는 걸 그 말을 듣고 나서야 알았다.

그러나 알았다고 해서 이해할 수 있는 건 아니었다. 은석의 비틀릴 대로 비틀린 욕구가 안쓰러우면서도 징그러웠다. 그 욕구가 자신 때문에 생겨나 은석을 잡아먹었다는 걸 인정하고 싶지 않았다. 인정하고 싶지 않아 격렬하게 도리질했다.

"단 한 번만이라도 네가 내게 용서를 빌면서 함께 도망치자고 매달리길 바랐어. 너무 괴롭다고, 네가 날 봐 주지 않아 외롭다고, 제발 사랑해 달라고…… 말하기를 매일 밤 빌었어."

아이처럼 우는 은석을 바라보며 새희는 생각했다.

"결혼식 전날 나는 표를 끊어 놨었어……."

어쩌면 아주 예전에, 속마음 한 자락이라도 이렇게 나눴다면 우리는…….

"이제, 이제 어쩔 수 없어. 넌 이미 결혼했어. 네 아내는 너의 아이까지 가졌어. 더는 안 돼. 우린 더는 안 돼……."

은석의 눈이 그 순간 반짝였다. 등줄기에 소름이 돋았다. 그것이 너무나 비정상적인 빛이었기 때문이다.

"아기 때문에 그래?"

새희는 잘못 들은 줄 알아서 멍하니 되물었다.

"……뭐?"

"아기는 지우면 그만이야."

커다래졌던 새희의 동공이 색채를 잃으며 흐릿해졌다. 다문 입이 파르르 경련했다. 제 속에서 불이 끓는 것 같았다. 충격보다 더한 무언가가 뒤통수를 강타했다.

무엇이었던가. 분노? 실망? 슬픔? 아니, 다르다. 뱉은 말을 후회하지 않는다는 듯, 가만히 자신을 쳐다보고 있는 은석을 바라보자 그것이 무엇인지 알 수 있었다.

"어떻게……."

죄책감이었다.

"어떻게 그런 말을 할 수가 있어……."

아기가 빠져나가던 감각을 기억한다. 내 속의 생명이 그리도 허무하고 쉽게 사라져 버리던 감각…… 아무것도 할 수 없어 배를 움켜쥐고 울 수밖에 없었던, 생애 가장 지우고 싶은 기억.

팔다리가 묶여 수술대 위에 눕혀지며 마취 기운에 눈이 감기는 마지막 순간까지 미안하다고 수없이 되뇌었다. 하필이면 내 안에 찾아오게 해서 미안하다고, 정말 미안하다고…….

"어떻게 그런 말을 할 수가 있어!"

새희는 은석의 어깨를 내려치며 울었다. 은석은 정신이 나가서 발작하는 새희를 껴안았다. 그 손길이 구역질 나서 손을 휘둘렀다. 그 손에 뺨을 몇 대나 맞으면서도 은석은 포기하지 않고 새희의 허리를 끌어당겼다.

결국, 은석의 힘에 이기지 못하고 새희는 헐떡거리며 몸이 뒤로 휘청 넘어갔다. 은석의 팔이 얼굴 옆을 짚었다. 새희는 아름다워서 끔찍한 얼굴을 올려다보며 피눈물을 흘렸다.

"어떻게 그런 말을 할 수 있냐니."

"……."

"너는 어떻게 그런 짓을 할 수가 있었어?"

"나는……"

"왜 한 번도 네 선택지에는 내가 없었어?"

은석의 눈물이 뺨으로 툭툭 떨어져 내렸다. 새희는 그가 가둔 시야에서 벗어나고 싶어 버둥거렸다. 그러나 참을 수 없게도, 은석의 입술이 내려와 닿았다. 새희의 눈동자가 경직했다. 부드러웠다고 기억하는 입술의 감촉이 사포처럼 가칠가칠했다.

새희는 얼굴을 돌리며 거부했지만, 피할 수 없이 은석의 입술이 비벼졌다. 지저분하고 깊게 얽히는 게 아니라 그저 닿고 싶어서 안달이 난 것처럼 닿아 오는 그 감촉이 구토물보다 불결하게 느껴졌다. 동시에 은석의 손이 윗옷 안으로 들어왔다.

"하지 마! 하지 마!"

아침에 언혁이 채워 주었던 단추들이 은석의 손에 툭, 툭, 차례대로 풀려 나가다 어느결에 확 뜯어진다. 그게 꼭 그의 존재가 뜯겨져 나가는 것처럼 서러워서 새희는 슬픈 비명을 질렀다.

블라우스를 잡아 벌린 은석의 손이 멈칫했다. 이어 이너 웨어를 들추는 손이 사시나무처럼 떨렸다. 그 안을 수놓은 부정의 흔적들을 은석이 하나하나 확인했다. 하나하나 확인하며 안색이 시체처럼 창백해진다.

"그 남자의 아기도 갖고 싶었어?"

은석은 새희에게 가장 상처가 될 잔악한 말을 골라 물었다.

"그래서 그 남자와 잔 거야. 그렇지?"

"아니, 아니야. 나는 그 사람을……."

"사랑한다고 하면 죽여 버릴 거야."

불현듯 은석이 오한이 일도록 차가운 눈으로 바짝 붙어 속삭였다. 증오 어린 숨이 뒤엉켰다. 새희는 눈에 가시를 세우고 답했다.

"사랑해……."

은석의 눈 속의 영혼이 또 한 번 망가진다.

그때였다. 부르르, 부르르, 새희의 몸속에서 진동이 났다. 새희의 얼굴이 돌변하여 무너졌다. 찰나 상황을 파악하지 못했던 은석은 이윽고 빠르게 새희의 몸을 더듬었다. 새희는 격하게 반항했지만 아무 의미 없는 짓이었다.

바지 주머니에서 휴대폰을 찾아낸 그는 배신감으로 얼룩진 눈빛으로 새희를 보다가 망설이지 않고 벽에다 휴대폰을 내던졌다.

"안 돼!"

새희는 벌떡 일어나 벽으로 기어갔다. 그가 전화한 것일 텐데. 받아야만 하는데…… 손쓸 새 없이 박살 나 버린 휴대폰을 집어 들었다. 깨진 액정을 아무리 터치해도 기기는 반응하지 않았다. 자신의 장기가 망가진 것 같은 기분이었다.

은석은 오열하는 새희의 손에서 휴대폰을 뺏어 창문 밖으로 던져 버렸다. 같이 추락하려는 것처럼 창가로 뛰어드는 새희의 허리를 은석이 뒤에서 끌어안았다.

“나를 버려. 나를 버려, 제발!”

“네가 가면 밖에 있는 저 남자들은 죽어. 너와 그 남자와 관련된 사람은 전부.”

비수 같은 협박이 목덜미를 도려냈다. 그래도 새희는 몸부림을 멈추지 않았다.

“그 남자가 제일 아끼는 게 뭔지 알아.”

순간, 새희는 그대로 얼었다.

“어제 양평에 가서 보고 왔거든.”

새희는 목이 부러진 사람처럼 뻣뻣한 동작으로 등 뒤의 은석을 돌아보았다.

“왜?”

섬뜩하리만치 고요한 눈을 목도했다.

“이미 한번 살아 있는 걸 죽여 본 내가 못 할 것 같아?”

은석은 그 자신의 상처를 벌리면서까지 새희의 목을 단두대에 집어넣었다. 순수한 살의는 그저 위세를 떠는 것이라고 믿고 싶어 하는 새희의 마음을 난도질했다.

“그 남자의 인생을 망가뜨리고 싶으면 가.”

나처럼. 은석의 눈이 이어 말했다.

그 순간, 어디선가 들려오는 굉음에 집 안이 뒤흔들렸다. 돌아가십시오! 안 돼! 막아! 굵직한 목소리 끝에 신음이 실리고, 벽을 무너뜨리는 듯한 굉렬한 소리에 천장과 바닥이 지진이라도 난 것처럼 진동했다.

은석은 이 상황을 예상한 건지 별 충격 없이 새희를 바라볼 뿐이었다. 그저 이제 시행할 때가 되었다는 듯,

"모두 다 죽고 싶을 만큼 불행해져서 너를 만난 걸 후회하게 하고 싶다면 가."

새희를 벽랑에서 밀었다.

쿵!

사람이 쓰러지는 소리와 이어 거실을 가로지르는 발소리가 맹렬한 속도로 가까워졌다. 닥치는 대로 방문을 열고 있는지 발소리는 집 안 곳곳을 활보했다. 누군가를 격하게 찾고 있다는 사실이 명확했다. 눈물이 뺨을 베며 추락했다. 후들거리던 다리가 풀썩 꺾였다.

그라는 걸 알 수 있었다. 새희를 저렇게 급박하게 찾으러 올 사람은 이 세상에 그밖에 존재하지 않았다. 그런데도 새희는 아무 소리도 낼 수 없었다. 사람을 죽이겠다는 협박을 하며 아무렇지 않은 얼굴의 은석이 새희의 목구멍을 틀어막고 있었다.

"희야, 네가 생각하는 것보다 나는……."

이윽고 문밖에 서슬 퍼런 인기척이 드리웠다.

"그 남자가 싫어."

새희는 초점이 나간 눈으로 문가를 바라보았다.

"그래서 무슨 짓이든 할 수 있을 것 같아."

그가 잠긴 문고리를 찰칵, 찰칵 비틀었다. 찰나의 정적이 지나갔다. 곧바로 문이 엄청난 충격으로 뒤흔들렸다. 그가 문을 때려 부수고 있는 것 같았다. 기어이 울음이 목을 찢고 나왔다.

새희가 우는 소리를 들은 건지 잠깐 폭력을 멈췄던 그가 이내 비교할 수 없이 무지막지한 힘으로 문을 들이받았다.

마침내 문이 날아가듯 거세게 열렸다. 피 묻은 문고리가 바닥을 나뒹굴었다. 젖혀진 문틈으로 김언혁은 거침없이 걸어 들어왔다. 울며 주저앉아 있던 새희와 그의 눈이 맞부딪쳤다. 그의 얼굴 반면은 피로 젖어 있었다. 새희는 그의 손가락들을 서둘러 확인했다. 다행히도 열 손가락 다 붙어 있었으나 손에서도 피가 뚝뚝 떨어졌다.

새희의 얼굴부터 확인한 김언혁이 시선을 내려 뜯겨 나간 상의를 보았다. 그의 눈이 새희를 떠나 뒤에 있는 은석에게 향했다. 은석에게 걸어가는 몸놀림은 표범처럼 날렵했다. 그는 가차 없이 은석의 턱을 주먹으로 쳐올렸다. 그가 휘청거리는 은석의 머리채를 움켜잡고서 얼굴을 무릎으로 가격하려는 순간, 은석이 몸을 뒤틀며 그의 복부에 발을 꽂아 넣었다.

동시에 두 몸이 뒤로 밀려났다. 입가가 터진 은석이 몸을 추스르기 전에 김언혁은 다시 한 번 은석의 뒷덜미를 잡아 무릎으로 찍어 올렸다. 가까스로 고개를 돌린 은석의 턱이 그의 무릎에 부닥쳤다. 섬뜩한 타격음에 소름이 돋았다. 은석의 입속에서 왈칵 피가 터졌다. 그는 은석의 머리카락을 쥐고 뒤로 확 꺾었다.

"아무리 삣겨서 돌아 버렸어도 무식하게 차를 박으면 쓰나. 애가 다칠 뻔했잖아."

"희는…… 내 거야."

은석은 아이가 떼를 쓰듯 말했다. 김언혁은 비웃지 않고 쥐고 있는 머리채를 모욕적으로 흔들었다.

"네 거인 적이 있었긴 해?"

은석의 눈이 조악한 감정으로 타올랐다. 언뜻 새빨갛게 보일 정도로 선명한 감정…… 그것은 질투였다. 열패감이었다. 절망이었다. 슬픔이었다.

눈이 돈 은석이 갑작스럽게 언혁에게 달려들었다. 들이받는 힘에 얽힌 두 개의 몸이 벽으로 돌진하다 퍽 부딪쳤다. 격렬한 몸싸움에 테이블이 밀리고, 그 위에 있던 물건들이 바닥으로 와장창 떨어지며 깨졌다.

그는 가볍게 보일 정도로 민첩하게 팔꿈치로 은석의 관자놀이를 내려찍었다. 바닥으로 나가떨어진 은석의 몸에 구둣발을 사정없이 퍼부었다. 지켜보는 사람에게도 그 고통이 생생하게 느껴질 만큼 잔악한 폭력을 당하면서도 은석은 신음 한번 내지 않았다.

그의 구둣발이 물러서고 나자 은석은 피가 섞인 기침을 토해내며 후들거리는 팔로 바닥을 짚고 섰다. 김언혁은 은석이 일어날 준비를 마치자마자 구둣발로 어깨를 지르밟아 자세를 무너뜨렸다.

재차 바닥으로 내동댕이쳐진 은석의 호흡 소리가 당장 죽어 버릴 것처럼 가빴다. 그는 도발하듯 구두코로 은석의 턱을 들었다. 씨근거리며 강제로 젖혀진 은석의 얼굴 전면에서도 어느새 피가 철철 흐르고 있었다. 얼마나 참혹한지 교통사고 현장에서 막 발견된 얼굴 같았다. 김언혁은 그 모습이 맘에 든다는 듯 입꼬리를 비틀었다.

"보기 좋은데."

"몇 번 잤다고…… 헉, 변하는 건 없어……."

"몇 번이라고 하면 서운하지. 네가 마누라랑 뒹군 것보다 몇 배로 붙어먹었거든."

"더러운 입…… 다물어."

"우리 첫 씹이 너희 첫날밤과 날짜가 같은데. 그것까지 들었나?"

은석의 긴 속눈썹이 흉기에 찔린 것처럼 경련했다. 그는 거기까지 감상하고 불시에 은석의 뺨을 발로 후려 찼다. 옆으로 나동그라지는 은석의 머리 뒤로 한 발 내디디며 그가 음산한 목소리를 떨어뜨렸다.

"일어나. 아직 안 끝났어."

은석을 저급하게 도발하던 분위기는 일시에 냉각됐다. 은석은 꿈틀거리다가 고개를 돌려 어딘가를 찾듯 두리번거렸다. 피 때문에 잘 보이지 않는지 은석이 눈매를 일그러뜨렸다. 고통이 휘도는 눈동자는 마침내 목표를 찾아내고 빤히 응시했다.

"희야."

눈앞에서 펼쳐지는 무자비한 폭력에 벌벌 떨고만 있던 새희가 그 눈을 차마 피하지 못하고 바라보았다. 은석은 새희의 이름을 아프게 불렀다. 이어 그보다 더 아픈 목소리를 흘렸다.

"나 아파……."

원장님의 매질에 혹사당하고 새희에게 응석을 부리던 어린 은석의 얼굴이 그 얼굴 위로 겹쳤다. 무슨 표정을 하고 그 눈빛을 견뎠는지 모르겠다.

정신을 차렸을 때, 김언혁의 손은 갓이 깨진 스탠드를 거꾸로 쥐고 있었다. 그가 그것을 번쩍 들어 은석의 머리로 내려치려는 순간이었다. 새희는 저도 모르게 비명을 질렀다. 그가 멈칫했다. 스탠드를 든 채로 그는 새희를 돌아보았다.

그 순간 죽은 사람처럼 누워 있던 은석이 웃기 시작했다. 중간중간 쇳소리 섞인 기침을 뱉어 내면서도 은석은 웃는 걸 멈추지 않았다.

"희는…… 날 평생 지울 수 없어……."

낙인 같은 그 말이 화살처럼 날아들어 가슴을 뚫고 갔다.

"내가 알았는데…… 당신한테 돌아갈 것 같아?"

어쩌면 그 고통을 느낀 건 자신뿐만이 아니었을지도 모른다. 새희를 쳐다보는 김언혁의 눈에 위태로운 소용돌이가 휘몰아쳤다. 생소한 눈이었다. 가파르게 흔들리는 새희의 내면을 내다보는 것처럼 김언혁은 시선을 깊이 박아 넣었다.

그렇게 새희를 똑바로 주시한 채로 그가 두 번 머뭇거리지 않고 스탠드를 은석의 머리통에 내려쳤다. 은석이 처음으로 신음을 내며 몸을 크게 펄떡였다. 마치 그 일격에 정말로 죽어 버린 것처럼 은석은 바닥에서 움직이지 않았다.

김언혁은 받침대가 휘어 버린 스탠드를 아무 데나 던졌다. 이어 흐느낌도 내지 못하고 경련하고 있는 새희에게 천천히 다가왔다. 그가 주저앉은 새희의 앞에 선 채 잠시 말없이 내려다보았다. 그의 구두코에 새희의 눈물이 뚝뚝 떨어졌다.

그는 잔뜩 겁을 먹은 동물을 위협하지 않으려는 것처럼 천천히, 아주 천천히 새희의 시야로 들어오게끔 한쪽 무릎을 접고 앉았다. 그의 눈동자 속에 무언가로부터 어그러진 여자가 울고 있었다.

그가 한 손을 들어 새희의 눈물 젖은 눈가를 부드럽게 매만졌다. 새희는 그 손이 아닌, 바닥으로 늘어뜨린 그의 다른 손을 보았다. 이 방문을 열고 들어오기 위해 한 치의 망설임도 없이 고문과도 같은 고통을 자진해서 겪어 낸 피아니스트의 손을…….

그 손을 보자 모든 것이 실감이 났다. 절대 인정하고 싶지 않아 부정하고 부정했던 단 하나의 진실.

"미안해요, 미안해요……."

내가 그를 망치고 있다…… 새희가 펑펑 울자 그의 피 묻은 눈가가 거짓말처럼 장난스럽게 휘어졌다.

"괜찮아."

어쩌다가 당신을 여기까지 끌고 오게 한 걸까. 내가 아니었으면, 나만 아니었으면 당신의 인생에 이런 끔찍하고 지저분한 순간은 절대로 남지 않았을 텐데.

"미안해요, 미안해요……."

고해하듯 수차례 쏟아 내는 말에, 그제야 그는 그 말이 단순히 미안하다는 의미의 말이 아니라는 걸 알아차린 듯했다. 눈가를 쓸어내리던 손이 굳었다. 단단한 그의 눈빛이 부서져 내리는 환각을 보았다. 그게 환각이 아닐까 봐 새희는 고개를 저으며 이 자리의, 이 관계의 매듭을 지을 말을 골랐다.

여기까지 해요…….

하지만 그 말은 끝끝내 턱 끝에 걸려 나오지 않았다. 어쩌면 나는 이렇게 지독할까. 나를 위해 어디까지 내걸었는지 모를, 나를 구원해 준 남자를 이 순간 거부하다니.

하지만 알고 있다.

'희야, 네가 생각하는 것보다 나는…….'

'그 남자가 싫어.'

'그래서 무슨 짓이든 할 수 있을 것 같아.'

'그 남자의 인생을 망가뜨리고 싶으면 가.'

'나처럼.'

그렇기에 진정 그를 떠나가게 해 주어야 한다는 걸…….

"미안, 흑, 미안해요. 미안해요. 미안해요……."

새희는 눈물을 쏟아 내며 그를 거부했다. 눈물에 가려 그가 어떤 얼굴을 하고 있는지 보이지 않았다. 그의 손이 새희의 얼굴에서 떨어져 나갔다. 단지 그 작은 접촉이 사라진 것만으로도 심장이 쿵, 내려앉을 만큼 공허했다.

그가 가고 나면 이 공허함이 자신을 집어삼킬 것이다. 살아 있어도 살아 있지 않은, 예전의 자신으로 되돌아갈 것이다. 그러나 그렇다 한들, 그를 붙잡을 수는 없다.

우느라 격렬하게 흔들리는 새희의 어깨를 그가 불현듯 세게 움켜잡았다. 어깨뼈가 욱신거릴 정도의 힘이었다. 새희는 눈을 피하느라고 떨어뜨렸던 고개를 들었다. 그의 눈빛이 시리게 파고들었다.

그가 무슨 말을 원하는지 알았다. 데리고 가 달라고 말하기를 종용하는 눈이었다. 제발 이 지옥에서 나를 꺼내어 달라고 빌기를 바라는…… 언제나 새희를 살고 싶게 만들었던 눈이었다.

새희는 그 눈을 외면하기 위해 죽을힘을 다해야 했다. 끝내 고개를 젓는 새희의 모습에 그의 얼굴이 굳어졌다. 뒤이어 새희가 아닌 타인을 보는 것만 같은 표정이 된다. 지독하게 낯설고도 차가운. 금방이라도 일어나 새희를 무심하게 지나쳐 갈 듯한…….

"그거 아나?"

표정처럼 낯선 음성이 부유했다.

"넌 나를 너무 쉽게 포기해."

그가 뇌까렸다. 그의 눈에 떠오른 절망을 본 새희의 눈이 휘둥그레졌다. 이윽고 전신을 뒤채는 슬픔에 숨이 막혀 오기 시작했다. 어깨를 붙들고 있던 그의 손이 추락했다. 저가 밀어내 놓고, 새희는 마치 그에게 버림받는 것처럼 서럽게 울었다.

김언혁은 피 묻은 손으로 머리칼을 쓸어 올렸다. 그 손짓에 이 상황에 대한 분노와 실망 그리고 피로까지 읽혔다. 그대로 그는 칼같이 허리를 세우며 일어났다. 그는 진심으로 자신을 거부하는 여자에게 늘어질 성정의 남자가 아니었다.

냉정히 일어선 그가 떠나는 모습을 볼 수가 없을 것 같았으나 그게 마지막 그의 모습이 될 것도 같아서 새희는 어찌할 바를 모르고 눈물만 흘려댔다. 그러나 그길로 새희를 남겨 두고 단숨에 멀어질 것 같았던 그가 어째서인지 못이 박힌 것처럼 움직이지 않았다.

그렇게 멈춰 있다 다시 아까처럼 천천히, 아주 천천히 새희의 눈높이를 따라 앉았다. 짙은 눈길이 새희의 눈동자 속으로 미끄러졌다. 이윽고 그는 너무도 부드러운 목소리를 건넸다.

"정말 안 갈래?"

말 안 듣는 아이를 꾀듯, 혹은 아이가 바짓가랑이에 매달리듯…… 나른하면서도 우울한 목소리가 새희의 가슴에 칼집을 냈다. 다른 남자를 택하는 순간까지도 그는 결국 새희에게 무르다. 이토록 당신의 인생을 휘두른 나를 사랑스럽게 바라보는 것을 그만두지 못한다…….

그때였다. 바깥에서 둔중한 발소리가 들려오더니 다른 경호원들이 집 안으로 들이닥쳤다. 그에게 당한 사람이 수두룩하다는 걸 인지한 건지 머릿수가 배로 늘었다. 몇몇이 상태가 심각한 은석을 일으키고 나머지는 그를 향해 달려들었다. 그들의 손에 쇠파이프가 들려 있었다. 새희는 경기를 일으키며 그를 온몸으로 보호하듯 껴안았다.

"안 돼, 안 돼! 나, 나를 때려요. 나를 때려……."

새희는 그들을 향해 애타게 빌었다. 그의 뜨거운 숨결이 목으로 흩어졌다. 숨결 말고도 닿는 그의 몸이 뜨거웠다. 그는 좀 전에 차 사고를 당하고 문고리를 부수고 사람을 폭행했다. 병원에 가야 했다. 다친 그의 손에 흉이라도 남을까 봐 새희는 미쳐 버릴 것 같았다.

경호원들은 새희의 철석같은 방어에 곤란한 눈짓을 주고받더니 은석을 응시했다. 경호원의 팔에 의지하며 은석은 몸을 일으켜 세우고 겨우겨우 눈을 들어 올렸다. 엉켜 있는 두 사람을 본 은석이 입술을 떨었다.

"희야, 이리 와……."

성대에 쇳물이 끓는 듯한 목소리였다. 새희는 빨개진 눈으로 바들바들 떨면서도 요구했다.

"이, 이 사람 그냥 가게 해 줘. 제발……."

"그럼…… 나한테 올 거야?"

새희는 고개를 끄덕였다. 은석이 경호원들을 향해 힘겹게 턱짓했다. 그를 둘러싼 남자들이 한 발자국씩 뒤로 물러났다. 새희는 그를 안고 있던 팔을 풀었다. 스르륵 미끄러지는 팔목을 그의 손이 급하게 붙들었다. 하지만 새희는 눈물을 흘리며 그 손에서 빠져나와 은석에게 갔다. 은석은 부축해 달라는 듯 팔을 뻗었다.

"이만 나가 주시죠."

은석의 팔을 쥔 채로 새희는 등 뒤의 그를 상상하며 눈물을 쏟아 냈다. 그가 꿈쩍하지 않는 건지 몇 번이나 경호원은 나가 달라는 말을 반복했다.

한참 뒤에 그가 일어서는 기척이 느껴졌다. 그리고 또 한참 뒤, 뻔뻔하기 짝이 없게도, 혹시나 하는 마음으로 새희가 절박하게 고개를 돌렸을 때 그는 보이지 않았다.

그렇게 그가 이 집에서 나갔다.

* * *

새희는 수술실에서 의사의 바늘이 은석의 머리를 꿰매는 고통스러운 광경을 바로 곁에서 지켜보아야 했다. 그 이후로도 몇 번의 정밀 검사가 더 진행되었다.

입원을 권하는 의사의 소견을 깨끗이 무시하고 은석은 새희의 손을 잡고 다시 집으로 돌아왔다. 그사이 집 안은 깔끔하게 청소되어 있었다. 은석이 피떡으로 만들어 놓은 두 남자도 온 데간 데 보이지 않았다.

"눕고 싶어."

졸린 목소리에 은석의 방으로 가려고 하자 그가 고개를 젓는다. 새희는 그런 은석을 말없이 바라보다 자신이 지냈던 방으로 향했다. 새희는 은석의 등을 팔로 감싸며 침대에 천천히 눕혀 주었다. 작은 움직임에도 욱신거리는지 은석의 인상이 설핏 구겨졌다.

머리엔 붕대를 두른 채로 얼굴을 보고 있으면 인상이 찡그려질 만큼 심각하게 부어 터져 있는데도 흉측하지 않고 가련한 꽃 같다. 시들 때를 지나 말라 버린 꽃. 손끝으로 만지면 꽃잎들이 맥을 못 추고 바스러질 것만 같은 꽃.

은석을 눕혀 준 뒤 새희는 침대 맡에서 일어났다. 등으로 처연하면서도 지악한 눈길이 꽂혀 들었다. 손목이 잡힌 건 예상한 일이었다. 저항할 힘도, 그래야 하는 이유도 사라졌기에 은석이 잡아끄는 대로 새희는 다시 풀썩 침대에 앉았다.

폐허가 된 네 개의 눈이 섞이지 못하고 떠다녔다. 서로가 가진 어둠에 압사되는 느낌이 들었다. 들어선 침묵은 끔찍하고 참담했다. 억지로 새희를 잡아다 놓고도 은석의 표정은 전부 다 상실한 사람처럼 가난했다. 저 표정이 익숙했다. 은석의 눈에 비친 자신이 짓고 있는 표정이었기 때문이다.

"돌아오면…… 네가 나를 기다리고 있을 줄 알았는데."

침울하게 식은 목소리가 찢어진 입술에서 흘러나왔다.

"네가 떠나자고 매달리면…… 베니스에 가서 살자고 생각했어.

곳곳에서 물결이 일렁이는 소리가 들려오는 아름다운 도시에서…… 솟아오른 종탑을 꼭 보여 주고 싶었어. 거기서 너랑 나 아이스크림도 먹고, 보트도 타고, 밤에는 강을 보면서……."

의미 없는 희망을 주절거리다 말을 멈추더니 무언가 치밀어 오르는지 턱을 떤다. 이윽고 후회로 잠긴 음성을 내뱉었다.

"믿고 싶어서 믿었어."

이진이 지어 낸 시나리오를 의심 없이 믿은 이유는 그것이 은석이 영원토록 바라 온 소망이었기 때문이리라. 때때로 사람들은 기대감을 깨뜨리고 싶지 않아 진위를 확인하는 것을 미루고는 한다. 그렇게 미루다, 미루다…… 기대와 다른 진실을 맞닥뜨리고 절망하는 것이다.

은석이 자신을 깨끗하게 지워 냈다고 생각한 것도 일종의 기대였다. 기대와 다른 진실을 맞닥뜨리고 절망하고 있는 사람은 은석뿐만이 아니었다.

"궁금한 게 있어."

그럼에도 은석은 또 기대하고 싶은 것 같았다.

"결혼식이 며칠 남지 않았을 때…… 네가 밥도 안 먹고 몰래 약을 버려서 열이 떨어지지 않았던 날."

기억을 더듬을 필요도 없이 그날 열기가 휘돌던 몸과 은석의 눈빛, 자신이 가졌던 생각까지 테이프를 감아 본 것처럼 선명하게 되살아났다. 그러고 보니 그날과 구도가 반대였다. 지푸라기에 매달리듯 눈빛이 애잔하게 반짝거리는 은석의 얼굴에 자신의 얼굴이 포개어졌다.

'은석아. 우리…….'

"나한테 무슨 말을 하고 싶어 했잖아."

'우리…….'

"무슨 말을 하려던 거였어?"

도망가자. 결코 내뱉을 수 없었던 너절한 속마음. 그 속마음이 사실은 은석이 가장 원하는 것이었다니 이토록 삶의 마디마디마다 신의 잔인함이 스며 있었던 것이다.

은석의 젖은 눈을 새희는 불쌍하게 바라보았다. 새희의 손목을 붙든 하얀 손이 애달프게 떨렸다. 어깨가 넓고 곧은 몸 선을 가진 장신의 남자가 아이처럼 작아 보였다. 금방이라도 한 줌의 재가 되어 휘날려 갈 듯했다. 새희는 그 수렁 같은 가여움을 외면했다.

"기억 안 나."

은석의 눈물이 뺨을 타고 흘러내렸다. 소리 없이 우는 은석의 떨림이 손목을 통해 전해졌다. 은석이 우는 동안 서로를 기만하고 상처 주고 그리워했던 세월이 머리 위로 지나갔다.

누구의 잘못도 아니었다. 살아가며 절대 놓쳐서는 안 되는 타이밍, 우리는 그 타이밍을 떠내려 보냈다. 그렇게 놓친 순간들이 쌓이고 쌓여 이와 같은 엔딩에 도착하게 된 것뿐이다.

다시 돌아간다면 은석의 가슴에 안겨 안간힘을 다해 매달릴 수 있을까. 그럴 수만 있다면 지금 나는 뭐든 내놓을 수 있는 걸까. 심장에 뿌리째 박힌 김언혁을 뜯어낼 수 있단 말인가. 애초에 나는 지금 후회를 하고 있긴 한 걸까.

그렇게 생각하자 새희는 자신의 슬픔조차 모호한 것 같아서 울음보다 비웃음이 나올 듯했다. 다만 확실한 건 하나였다.

"약속해 줘."

새희는 반대편 손을 들어 손목에 얽힌 은석의 손등 위를 만졌다.

"네 옆에 있을 테니까…… 그 사람 가만히 놔둬."

은석을 더 아프게 할 말임을 알지만, 모른 척하고 말한다.

"그 사람…… 다치게 하지 마. 더 이상."

새희의 눈에서도 눈물이 흘러내렸다. 새희는 자꾸만 그의 피가 아른거려서, 그의 눈 위로 떠오른 절망이 욱신거려서 사고가 잠식되었다.

은석의 머리를 꿰뚫는 날카로운 바늘을 보면서도, 자신이 썼던 침대에 은석을 눕히면서도, 심지어는 은석과의 과거를 떠올리면서도 한순간도 그의 생각을 중단하지 못했다. 일찌감치 그의 것이 된 몸과 마음이었으므로 제 힘으론 제어되지 않았다.

그것이 사무치도록 기뻤던 때는 눈을 뜨면 그가 보이던 날들이었다. 새희의 인생에 더는 오지 않을 날들. 비로소 잊어야만 하는 날들. 그러나 절대로 잊을 수 없을 날들…….

"그 남자는 이 집을 나가면서 널 지웠어."

이때껏 은석이 내뱉은 어떠한 말보다 새희는 그 말에 서글프게 울었다. 그런 새희를 보는 은석의 눈빛은 비참해졌다가 원망스러워졌다가 종국에는 표독스러워졌다.

"널 두 번은 붙잡지 않을 남자야. 불행을 자처할 타입은 아니니까."

듣고 싶지 않아 은석의 손을 뿌리치자마자 다시 단단하게 휘감겨 왔다.

"지금쯤 후회하고 있겠지. 너 때문에 시간을 낭비한 거로 모자라 몸은 상하고 기분까지 망쳤을 테니. 아마 너와 보낸 시간을 쓰레기통에 갖다 버리고 싶을 거야. 더 생각하면 짜증만 나니 인생에 얼룩 하나 묻은 셈 치겠지."

신랄한 공격에 가슴이 종잇장처럼 구겨졌다. 부정할 수 없어서 한 음절 한 음절씩 짓쳐들어오는 말에 속수무책으로 파손되었다.

어깨를 한껏 움츠리고 우는 새희를 보며 은석의 눈에서 독기가 조금 빠져나갔다. 그가 별안간 손목을 세게 잡아당겼다. 새희는 은석의 품으로 속절없이 쓰러졌다. 토닥이듯 가슴에 누인 머리를 쓰다듬는 손길은 완전하게 다정하지 못해서 딱딱하게 느껴졌다.

"날 기분 나쁘게 하지 마, 희야."

은석을 기분 나쁘게 하지 않으려면 제 속에서 그를 비워야 했다. 불가능한 일이었다. 그러니 새희는 언제까지나 은석을 기분 나쁘게 할 터였다. 기분 나쁜 은석이 제 가슴을 헤집는 것도 계속될 것이다.

남은 나날 동안 평생 그래야 하는 걸까? 미워하다가 슬퍼하고, 원망하다가 불쌍해하고…… 숨이 막혀 왔다. 까딱하면 그냥 죽여 달라고 말해 버릴 것만 같아서 새희는 입술을 짓깨물었다.

"죽고 싶어?"

속내를 읽은 것처럼 은석은 뒷덜미가 오싹하게 물었다. 새희는 대답하지 않았다. 머리카락 사이로 파고든 은석의 손가락이 두피를 어루만졌다.

분명 뛰고 있을 텐데 은석의 희미한 심장 소리는 산 사람의 것 같지 않아 섬뜩하게 느껴졌다. 오늘 은석이 죽음 같은 상황을 몇 번이나 겪었기 때문일까? 나의 심장 소리도 이만큼 희미해졌을까…….

"죽으려면 한참 전에 죽었어야지."

내가 다시 널 찾아내기 전에. 속삭이는 목소리가 파충류의 혀처럼 서늘하게 귀에 닿았다.

"그랬으면 나도 미련 없이 널 따라 죽을 수 있었잖아."

이 구질구질하고 척박한 삶을 버리고 너를 따라…… 은석의 목소리 끝이 다시금 젖었다. 상처투성이 둘이 만나 사랑으로 봉합되었으면 좋았을 텐데 너랑 나, 결국 서로를 찌르는 상처 그 자체가 되었구나.

"사랑한다고 말해 줘."

은석은 구걸하듯 말했다. 새희는 사랑한다고 말하고 싶은 상대를 떠올렸다. 그에게로 흐르지 못하는 눈물이 은석의 가슴을 적셨다. 은석은 새희의 침묵을 비통하게 해석했다. 그 말을 지금 듣지 못하면 큰일이라도 날 것처럼 사정했다.

"사랑한다고 말해 줘……."

"목소리가 안 나와."

사랑하지 않는다고 말하면 은석의 심장이 그대로 멎어 버릴까 봐 새희는 돌려 거부했다. 그러나 사랑하지 않는다고 말한 것이나 다름없었다.

은석은 뼈마디가 으스러지도록 새희를 꽉 껴안았다. 그렇게 몸에 힘을 주면 무척이나 고통스러울 텐데도 손가락 사이로 빠져나가는 모래알을 붙잡듯 몸짓은 절실하기 그지없다.

"어떻게 하면 나와?"

목소리가 어찌나 슬픈지 그 슬픔이 폐부를 깊숙하게 찌르는 듯했다.

"그 남자를 떠올리면…… 나와?"

얼굴을 마주 보고 있지 않아서 다행이다. 저 목소리를 내고 있을 얼굴은 상상만으로도 치명상을 입을 만큼 처량할 게 분명했으니까.

"그럼 한 번만…… 한 번만 허락해 줄게."

"……."

"그러니까…… 사랑한다고 말해 줘."

은석의 손이 부드럽게 머리를 젖혔다. 끝까지 보고 싶지 않았던 얼굴을 마주했다. 보육원 바닥을 굴러다니던 빈곤한 아이의 얼굴이 재촉하고 있었다. 그 얼굴에 고통을 느끼면서도 사랑한다는 말은 나오지 않았다.

은석은 그 자신을 괴롭게 할 조건을 허락하면서까지 포기하지 않았다. 사랑한다는 말을 듣는다고 무언가 바뀌지 않을 거라는 건 은석도 당연히 알고 있었다. 은석은 그냥 듣고 싶은 것이었다. 그 고집이 너무도 애석하고 남루했다.

은석의 얼굴 위로 다른 특정한 이목구비를 불러내는 일은 허무할 만큼 쉬웠다. 새희에겐 세상에서 가장 쉬운 일이었다.

눈썹은 좀 더 짙고, 눈동자는 심연처럼 까맣고, 콧대는 활강하듯 깎였으며, 입술은 매끄러운…….

'그거 아나?'

'넌 나를 너무 쉽게 포기해.'

"사랑해."

가지 마.

"사랑해. 사랑해……."

가지 마. 가지 마…….

사실은 얼마나 그렇게 말하고 싶었던가. 새희는 은석의 가슴에 얼굴을 묻고 사랑한다는 말을 되뇌었다. 은석의 가슴이 자신의 울음 때문인지 어떤 이유 때문인지 격하게 진동했다.

'정말 안 갈래?'

마지막에 보았던 그의 울적한 표정이 눈물 위로 덮쳐 왔다.

* * *

눈을 감고 뜰 때마다 은석의 얼굴이 보였다. 그 얼굴을 가만히 보고 있을 때도 있었고 격렬하게 밀어낼 때도 있었고 무심하게 외면할 때도 있었다.

은석은 거부하는 것보다 외면하는 것을 참지 못했다. 새희가 반응하지 않으면 억지로 반응을 끄집어내기 위해 집요하게 달려들었다.

입술이 닿아 오면 물어뜯었고, 가슴에 안겨 오면 머리칼을 쥐어뜯었다. 언혁이 만든 상처는 점점 옅어져 갔으나 새희의 저항에 은석의 연한 피부엔 새로운 멍이 생겨나기 일쑤였다.

그렇게 죽을 듯이 몸부림치다가도 문득 생기 없는 눈으로 허공을 보고 있으면 은석은 덜컥 공포에 질린 얼굴로 벌벌 떨고는 했다. 희야, 희야…… 잡히지 않는 무언가를 붙잡으려고 애쓰는 목소리가 쏟아져도 텅 빈 눈은 구멍이 난 것처럼 채워지지 않았다.

김언혁을 거부했을 때 자신의 생은 막을 내린 것 같았다. 어둡고 무거운 막에 뒤덮인 채로 순간들이 썩어 가고 있었다. 썩은 순간을 붙들고 안달하는 은석이 한심스러웠다. 은석을 미워할 기력조차 바닥나고 있었다. 은석만 보이는 시간이 지겨웠다. 너무 지겨워서 죽어 버리고 싶었다.

그런 생각을 할 때면 은석은 귀신같이 알아채고는 백지장이 된 얼굴로 새희의 몸을 꽉 안고는 했다. 절대 죽음으로 도피하지 못하게 하려는 듯. 어차피 죽어 있는 거나 다름없는데 말이다.

"희야."

새희는 언제 감았는지 모를 눈을 떴다. 바닥에 자빠져 있을 줄 알았건만 침대였다. 은석이 옮겼을지 어쨌을지 생각하다 그만뒀다. 질긴 시선을 피해 돌아눕자 턱이 하얀 손에 움켜잡혔다. 강제로 눈을 맞추게 하더니 평연한 목소리로 말한다.

"아침 먹자."

은석은 의사 표현을 하지 않는 새희를 안고 부엌으로 내려갔다. 은석이 오는 것을 본 가정부들이 부리나케 부엌을 빠져나갔다. 은석은 의자에 새희를 앉히고 옆자리에 앉았다. 식탁 위에 마련해 놓은 국과 밥을 멀거니 쳐다보았다. 먹지 않으면 먹여 주겠다는 말에 새희는 마지못해 수저를 들었다.

모든 게 무의미하다는 걸 은석이 하루빨리 받아들이기를 바랐다. 같이 밥을 먹는 것도, 이야기를 나누는 것도, 잠을 자는 것도 정해진 자리가 아닌 곳에 끼워 넣은 퍼즐 조각처럼 억지스러웠다.

보는 이도 입맛 떨어지게 숟가락으로 밥을 들쑤시던 새희는 순간적으로 앞자리에 비친 인영에 흠칫했다. 눈꺼풀이 당혹스럽게 날갯짓했다. 깜빡임에 환영이 쓸려 나갔다. 경직됐던 가슴이 탁 풀렸다. 새희는 내내 마음 한구석에 찝찝하게 얹혀 있던 의문을 뱉었다.

"회장님은 어디 계셔?"

전보다 확연히 야윈 듯한 얼굴이 새희를 향했다. 메마른 눈길로 오래 보다가 무감정한 음성으로 답했다.

"내 뒤치다꺼리하고 있겠지."

"주이진 씨는?"

은석은 젓가락을 내리꽂아 도미 눈알을 터뜨렸다.

"둘은 한패니까 같이 바쁘겠지."

한패라…… 선을 긋는 말이었다. 새희의 밀회를 숨겨 준 사람들은 죄다 은석의 적으로 전락했다. 정작 밀회를 저지른 새희와는 함께 아침을 먹고 있으면서. 그야말로 모순이었다. 은석을 이해할 수가 없었다.

그냥 나를 버리면 좋을 텐데. 왜 아집을 버리지 못하는 걸까. 도대체 이따위 순간들이 다 뭐라고. 가엽다는 생각이 들 것만 같아서 파르르 떨리는 눈으로 또 다른 인영이 비쳤다. 새희는 딱딱하게 굳었다. 피 묻은 가죽점퍼, 두꺼운 하관, 비린 눈빛…… 주한이었다.

그 또한 환영인 걸 뻔히 알면서도 몸서리가 쳐졌다. 이 공간에서 고문처럼 치렀던 기억들이 새희의 숨통을 졸라맸다. 온갖 수모를 당연하게 버텼던 그 시기. 그 정도 모욕과 무시쯤이야 아픈 티도 내지 말아야 한다고 스스로를 자학하고 또 자학했던…….

갑자기 신물이 났다. 새희는 한 술갈 뜨려던 것을 내려놓았다. 은석은 수저를 놓는 소리를 듣자마자 일어나려고 들썩이는 새희의 어깨를 살며시 움켜쥐었다.

"먹어."

내려 앉히는 악력을 뿌리치고 도망쳤다. 그저 이 순간을 면피하려고 했던 발걸음이 한순간 긴박해졌다. 빠르게 걷던 새희의 발이 뛰기 시작했다. 새희는 현관으로 달음박질했다. 문고리를 잡고 열어젖히려는 순간, 한달음에 쫓아온 은석의 팔이 허리에 휘감겼다.

그대로 들어 올려진 새희의 몸이 발버둥 쳤다. 은석은 짐짝처럼 든 새희를 다시 부엌으로 데려왔다. 의자에 내려놓으며 수저를 쥐여 주는 얼굴이 아무 일도 없었다는 듯이 희멀겠다.

"먹어."

새희는 완강하게 거부하며 숟가락을 집어 던졌다. 날아가 냉장고를 맞히고 바닥으로 떨어지는 그것을 은석은 주우러 가지 않았다. 대신 자신의 것으로 새희의 밥을 퍼 올렸다. 입가로 들이미는 숟가락과 새희는 사투를 벌였다. 그러나 어김없이 먼저 지치는 사람은 새희였다.

씨근거리며 몸부림이 잦아든 새희의 다물린 입을 기어이 숟가락이 벌리고 들어왔다. 새희의 눈에서 패배감 짙은 눈물이 흘러내렸다. 입안을 쑤신 숟가락이 이를 긁으며 빠져나갔다.

은석은 태연하게 다음 숟갈을 떴다. 새희가 씹기를 기다리며 말끄러미 바라보는 은석의 눈동자가 이렇다 할 감정 없이 고요했다. 새희는 입안에 든 것을 천천히 이로 짓이겼다.

은석이 미웠다.

"내가 아침을 먹든 말든…… 신경도 안 썼잖아."

미워서 가슴을 찢고 싶다.

"얼마나 회장님을 두려워했는지, 신주한을 불편해했는지…… 다 알면서도 내버려 뒀잖아."

그토록 나를 고립시켰던 이유가 단지 너에게 매달리도록 하기 위함이었다니.

"너랑 있는 거 싫어."

은석의 손이 떨리는 것을 보면서도 새희는 멈추지 않았다.

"너무 싫은데…… 그 사람을 위해서 있는 거야."

오로지 그 이유 하나 때문에 너와 있는 걸 견디는 것이라고, 이 끔찍한 시간을 감내하는 것이라고…….

그 무정한 뜻을 알아들은 은석의 얼굴이 얼음처럼 차가워졌다. 쩡, 갈라지는 소리를 내며 균열이 일 것 같은, 차가우면서도 연약한 그 얼굴이 문득 다른 얼굴을 불러냈다. 새희의 눈물이 불러낸 얼굴이었다. 제 속에서 일분일초마다 떠다니는 그 얼굴이 갑자기 눈 위로 덮쳐 오자 숨이 쉬어지지 않는 기분이었다.

그를 겹쳐 보고 있다는 것을 알아챈 은석의 눈에 분노가 서렸다. 곧 두려움이 될 분노였다. 새희는 눈물을 닦아 내며 은석의 손에서 숟가락을 낚아챘다. 터지려는 울음 대신 밥알을 밀어 넣었다. 은석을 더 상처 주고 싶었지만, 그 상처로 인해 혹여 불똥이라도 튈까 용암처럼 흐르는 울분에 빗장을 걸었다.

새희가 밥그릇을 비울 때까지 은석은 교도관처럼 냉엄하게 감시했다. 막막하고 싸늘한 분위기에서 기어이 한 그릇을 싹 다 비웠다. 한 단계 해결했다는 듯, 한숨을 내쉰 은석이 팔목을 잡고 일으켜 주는데 욱, 헛구역질이 나왔다.

황급히 손바닥으로 입을 틀어막고 화장실로 달려갔으나 미처 도착하기 전에 바닥에 죄다 게워 냈다. 목구멍이 따가울 만치 다 토해 내자 기운이 쭉 빠져나갔다. 시야가 흐릿해졌다. 다리가 풀썩 꺾이기 전에, 쫓아온 은석이 새희의 몸을 안아 들었다.

툭, 시든 꽃이 꺾이듯 고개를 은석의 가슴에 떨어뜨렸다. 부드럽고 깨끗한 은석의 체향이 악취처럼 코를 찔렀다. 아, 은석의 냄새가 아니라 구토물에서 흘러오는 냄새였을지도. 자신이 방금 토했다는 사실은 망각 되고 은석을 향한 미움만이 돛을 달고 나아갔다.

"희야……."

망연자실한 음성을 마구 비웃어 주려고 했다. 그런데 이상하게도 눈물이 멈추지 않았다.

* * *

바닷바람에 머리카락이 휘날렸다. 눈앞을 가리는 머리카락을 헤치며 달렸다. 더 빨리, 더 빨리 달려야 했다. 그러나 다급한 마음과 달리 모래에 발이 푹푹 빠져들어 속도가 더뎠다. 애가 타서 눈물이 났다.

앞서 걸어가는 몸이 아스라이 멀어져 갔다. 강하고 단단해 보이며 미끈한 선을 지닌 몸이었다. 그 몸으로 노을빛이 길게 비추어 들었다. 검은 머리카락이 황금빛에 물들어 찬란한 빛깔로 나부꼈다.

아름다운 만큼 슬픈 광경이었다. 어느새 밀려 들어온 파도가 발목에서 찰랑거렸다. 물에 잠겨 걸음을 내딛는 것이 더욱 어려워졌다. 새희는 손을 뻗었다. 손끝으로 형체를 더듬으며 소리쳤다.

'가지 마!'

성대가 터져 나가도록 소리를 지르는데 들리지 않는 모양이다.

'가지 마, 제발!'

아니면 들리는데도 멈추고 싶지 않은 걸까.

'가지 마요, 제발…….'

드디어 그 몸이 멈춰 섰다. 가슴이 북받쳐 올랐다. 새희를 뒤돌아볼 것처럼 돌아가던 고개는 바다를 향해 고정되었다. 그는 바닷속을 응시하고 있었다. 깊은 눈매가, 매끈한 콧날이 황혼에 젖어 반짝였다.

이렇게 사력을 다해 달리는데도 거리가 도무지 좁혀지지 않아 새희가 울상을 짓는 순간, 그가 바닷속으로 걸어 들어갔다. 깜짝 놀라 발을 헛디디는 바람에 새희는 다리가 꼬이며 넘어졌다. 엎드린 손발로 물이 차올랐다. 새희는 허겁지겁 고개를 들어 올렸다.

그는 벌써 가슴께까지 물에 잠길 정도로 깊이 걸어 들어간 뒤였다.

새희는 망설이지 않고 물살을 헤치며 그를 좇아갔다. 코와 입으로 파도가 거세게 들이쳤다. 숨 쉬는 것이 힘들어지고 몸은 찬기가 돌았다. 그러나 느껴지지 않았다. 그를 붙잡아야 했다. 오로지 그 생각만으로 물살에 휩쓸리는 몸을 다잡으며 그를 향해 나아갔다.

'……아.'

입을 벌리자 바닷물이 쏟아져 들어왔다. 목구멍까지 물이 차 음성이 뭉개졌다. 그래도 포기할 수 없었다. 그와 점점 가까워지고 있었다.

"……아!"

정수리가 수면 위로 오르락내리락했다. 물속으로 부름이 흩어졌다. 조금만 더, 조금만 더 가면 된다.

"언혁아!"

눈앞의 팔을 움켜잡았다. 물살에 삼켜졌던 몸을 겨우 끌어당겨 얼굴을 확인했다. 그러나 그가 아니라 은석이었다. 새희는 후회한다는 듯이 처절하게 울고 있는 은석의 얼굴을 보고 소스라치게 놀라 손을 놓았다. 그 뒤 무언가 불길한 기운을 느끼고 해변가를 돌아보았다.

그곳에 그가 있었다. 아주 먼 거리였음에도 그가 짓고 있는 표정이 또렷했다.

배신감에 가득 찬, 너무도 슬프고 괴로운 얼굴이었다.

* * *

"일어나, 일어나란 말야!"

고함과 흔들림에 의식이 현실로 끌려왔다. 물속이 아니었다. 꽤 시간이 흐른 뒤에야 젖은 눈에 초점이 돌아왔다. 은석이 어깨를 미친 듯이 흔들어대며 울고 있었다.

"일부러 이러는 거야? 나 미치라고?"

어찌나 세게 흔드는지 두통이 일었다. 새희는 몸 위에 앉다시피 한 은석의 몸을 밀며 말했다.

"그만, 그만해…… 어지러워."

창백하도록 흰 얼굴에 눈물이 흥건했다. 은석은 사지에 내몰린 사람처럼 형편없이 떨고 있었다. 단순히 새희가 그가 나오는 꿈을 꾼 것이 이유라기엔 상태가 지나쳤다.

"새벽마다, 너 새벽마다 이랬어. 알아? 새벽마다 그 남자 이름 부르면서 울었다고……."

은석이 죽여 버리고 싶다는 눈으로 그 이유를 설명했다.

"일부러 안 깨웠어. 고통스러워 보였거든. 그 남자가 널 버리고 가는 꿈이라면 그 꿈속에서 버림받아 죽어 버리라고 생각했어!"

악에 받쳐 토로하고 있다는 것이 느껴졌다. 새희는 자꾸만 물속에 있던 그와 은석을 혼동한 자신이, 그걸 알아채고 돌아보았을 때 눈에 들어왔던 그의 표정이 잊히지 않아서 정신을 흘려놓고 있었다.

분명 그를 구하려고 했는데, 그를 배신하는 행위가 되어 있었다. 끔찍한 꿈이었다. 그보다 더 끔찍한 꿈은 없을 것이었다.

"근데 네 목소리가……."

은석은 감당할 수 없었다고 말하듯 손으로 눈가를 감쌌다.

"네 목소리가 너무 불쌍해서……."

이윽고 새희의 어깨에 얼굴을 파묻고 은석이 절규하며 울었다. 그 울음소리를 듣는데 덩달아 울음이 터졌다. 주체할 수 없는 그리움이 밀려왔다.

그가 보고 싶었다. 악몽을 꾸고 깨어난 새희에게 기꺼이 자신의 꿈을 선물해 주겠다는 그가. 애정이 담긴 장난 어린 손짓. 계절을 착각하게 해 주는 부드러운 눈빛. 그의 입속으로 삼켜질 듯한 키스. 강렬하고 척척한 향기. 새벽에 잠긴 목소리. 그 사무치는 모든 것이…….

"은석아……."

새희는 잠옷을 축축이 적시고 있는 은석의 목을 조심스럽게 만졌다.

"인터넷…… 인터넷 좀 하게 해 줘…… 한 번이면 돼."

사진 속에 갇혀 있는 그라도 좋으니…….

"보고 싶어…… 보고 싶어서 심장에 물이 차는 것 같아……."

새희는 손바닥에 닿는 피부를 쓸어내리며 애원했다. 고통스럽고 고독한 울음이 제 몸에 스며드는 동안 은석을 하염없이 쓰다듬었다. 언젠가 이런 괴로운 순간도 생애 장식 하나로 박제될까…… 새희는 은석과 함께 몸을 출렁이며 울었다.

울음이 잦아들고 은석은 고개를 들었다. 마주치는 눈빛은 새희의 눈빛과는 어긋나는 방향으로 번뜩이고 있었다. 그 눈빛에 은석이 잔인한 답을 하리라는 것을 예감했다.

"싫어."

간절한 새희를 비웃듯 딱 잘라 내뱉었다. 그리고 은석의 손이 잠옷을 찢었다. 새희는 그 손을 보며 입술을 사리물었다. 꿈보다 저항해야 할 현실이었다.

* * *

은석은 새희를 안지 못했다. 덜덜거리는 손으로 잠옷을 찢어 놓고, 거부하는 새희의 격렬한 몸짓이 제풀에 지쳐 잦아들어도 한참을 야속하게 내려다보다가 고작해야 뺨에 떨리는 입술을 대고 있는 게 다였다.

그러기를 벌써 며칠 째였다. 아무리 기를 써도 은석은 새희의 벗은 몸에 깨끗이 지워지지 않은 그의 흔적을 실수로라도 만지지 못했다. 아주 불온하고 불결한 것처럼 대하는 눈을 숨길 줄도 몰랐다. 그러므로 귀결점은 늘 동일했다.

그것이 완벽히 사라지는 날, 그날엔 은석은 자신을 안을 수 있을까? 자신의 몸을 열면 은석의 눈 속으로 펼쳐지던 저열한 상상들이 멈추어질까? 그때까지 자신이 살아 있긴 할까?

엉망으로 잠옷을 잡아 찢어 맨살이 드러난 새희의 몸 위로 은석이 이불을 끌어당겼다. 아이같이 색색거리던 숨소리가 잠잠해졌다.

폭력 같은 침묵이 찾아왔다.

새희의 베개에 은석이 머리를 뉘었다. 은석의 손이 뛰는 건지 의심스러운 심장을 가로질러 새희의 상반신을 옭아매고 껴안았다. 바투 끌어 안겨지며 머리칼에 은석의 입술이 비벼졌다.

"노래 불러 줘."

산전수전 다 겪은 듯한 죽어 가는 목소리였다. 노래를 불러 달라고 말하는 것이 아니라 살려 달라고 말하는 것 같았다. 새희는 거부하듯 돌아누웠다. 새벽빛이 도둑처럼 몰래 기어들어 온 창가를 응시했다. 저 창문을 타고 그가 넘어와 주는 건 꿈에도 바라지 않았다.

그는 지금 무엇을 하고 있을까? 잠들어 있을까. 피아노를 치고 있을까. 병원에는 다녀왔을까. 콘서트는 어떻게 됐을까. 은석의 말처럼 날 만난 걸 후회하고 있을까. 시간들을 쓰레기통에 갖다 버리고 싶을까…….

"파도치는 바다야, 노래해 주렴. 커다란 어둠을 멀리 멀리 좇아 주렴……."

새희는 노래하지 않았다. 은석의 노랫소리가 목덜미에서 흩어졌다. 예쁘고 촉촉한 목소리였다. 차라리 은석의 울음소리를 듣고 있는 게 나을 만큼 가슴 아픈 목소리였다. 그러나 새희는 아무 말도 하지 않고 눈을 감았다.

그렇게 새벽이 지나갔다. 깨어나도 그가 보이지 않는 새벽이 또…….

* * *

불구덩이에 온몸을 담근 것 같았다. 새희는 열 기운에 흐린 눈을 들어 올렸다. 은석의 이목구비가 거꾸로였다. 인형처럼 세밀한 생김새가 원래대로 돌아오기까지 시간은 한참 걸렸다.

은석은 물수건을 가져와 새희의 온몸을 구석구석 닦아 주었다. 병 수발을 드는 표정이 근래 본 표정 중 가장 싱그러웠다. 새희가 얌전해진 채로 그의 손짓에 몸을 내맡긴 게 흡족스러운 듯했다.

그러나 축 늘어진 와중에도 새희가 때마다 먹는 것을 거부하고 약을 게워 내기 시작하자 그 표정은 가파르게 불안정해졌다. 새희의 상태는 하루가 다르게 악화되었다. 은석이 강제로 목 안으로 털어 넣은 약을 새희는 별 노력 없이 토해 낼 수 있었다. 제 몸이 나아지기를 완고하게 거부하고 있는 것이다.

언젠가 자신이 아픈 게 좋다고 말했던 은석은 전혀 즐거워 보이지 않았다. 안색이 초조하고 초췌했다. 몸이 병든 새희를 따라 은석의 마음에도 병이 든 것 같았다.

며칠 밤이 흐른 건지, 지금이 낮인지도 밤인지도 가늠할 수 없을 만큼 새희는 계속 아팠다. 이 아픔이 찾아온 게 다행이었다. 적어도 은석과 지리멸렬한 일상을 보내지 않고 시체처럼 누워만 있어도 되었으니까. 그 모습을 보며 은석이 얼마나 메말라 가든, 눈물을 흘려보내든…… 그런 건 신경 쓰고 싶지 않았다.

열감에 흐릿해진 시야로 문득 책을 읽고 있는 그가 보여 새희의 눈빛이 풍파를 만난 듯이 흔들렸다. 은석임을 깨닫는 데 걸린 시간은 야속할 정도로 짧았다. 땀으로 젖은 이마를 쓸어 주는 은석의 손이 차가웠다. 불행으로 점철된 얼굴을 새희는 물끄러미 올려다보았다. 은석은 반사적으로 반응하듯 물었다.

"토하고 싶어?"

넌 정말 나만 지켜보고 있었구나…… 숨이 턱 막혀 왔다. 은석의 속에 자리 잡은 감정은 사랑도 증오도 아닌 다른 무엇 같았다. 이 세상에 현존한 적 없던, 그 누구도 설명하지 못할 복잡다단한 감정. 너무 깊고 너무 어두웠다.

그런데도 지독히 순수하게 느껴지기도 하는 이유는 생의 어느 지점에서 결핍된 채로 뒤틀려 버렸기 때문인 걸까.

"너…… 가……."

새희는 생살을 비틀 듯 고통스럽게 목소리를 짜냈다. 제발 가라는 뜻을 은석은 알아들은 게 분명했다. 그러나 알아듣고도 새희의 곁을 떠나지 않았다.

새희는 착잡하게 눈을 감았다. 곧 있으면 은석이 들고 오는 죽 그릇과 혈투를 벌여야 했다. 약을 머금은 입술이 부딪쳐 오면 그 약을 삼키게 될 터였다. 그리고 또 목구멍이 할퀴어지듯 토하게 되겠지…….

역시나 기운이 모조리 빨려 나가는 그 과정을 거친 뒤 새희는 지쳐 의식이 날아갔다. 혼미하게 오가는 의식 사이로 얼마 후 큰 소리가 드문드문 들려왔다. 분노와 실망에 찬 고성이 집안을 쩌렁쩌렁 울렸다. 정신이 온전치 않았음에도 나쁜 기억을 되새기게 만드는 그 권위적인 음성에 새희의 발끝이 굳었다.

학습된 두려움으로 심장이 쿵쿵거렸다.

은석의 기척이 방 안에서 느껴지지 않았다. 계단을 험악하게 오르는 소리가 들렸다. 숨죽인 얼굴 위로 얼마 안 가 그림자가 드리웠다. 맹렬한 모래바람을 몰고 온 것처럼 내려다보는 시선에 얼굴이 뜨겁게 버석거렸다.

"기어이 네가 이 사달을 냈구나."

이 순간, 은석의 아버지가 얼마나 혐오스러운 표정을 짓고 있을지 가물가물한 눈으로도 선명하게 보였다.

"되바라진 것. 이래서 출신은 못 속이지. 본디 경박하고 추한 너를 이 집에 데려온 게 잘못이었다. 의뭉스럽게 은석이를 조종할 때부터 알아봤지. 결국 네가 내 아들을 이 지경으로 타락시킬 거라는 걸!"

억울해서 반박하고 싶었으나 목소리가 나오지 않았다.

"괜한 꿈에 들뜨지 말 거라. 장관의 아들이라고 해서 천박한 너를 어떻게 해 줄 수 있을 것 같더냐? 어차피 그 아들은 아비와 사이가 진작 틀어져서 맘만 먹으면 망가뜨리는 건 문제도 아니다. 그 정신 나간 어미도 장관한텐 눈엣가시라 그쪽에서도 조용히 처리하고 싶은 걸 아들의 눈치를 보느라 미루던 꼴이었지. 그 아들이 제 목숨처럼 아끼는 어미 말이다. 그래, 그걸 내가 가만 놔둘 성싶으냐?"

새희의 가슴이 거칠게 들썩거렸다. 당장이라도 무릎을 꿇고 빌고 싶었다. 새희는 힘이 들어가지 않는 고개를 저으며 그러지 말아 달라고 소리 내어 부탁했다. 그 희미한 목소리가 과연 회장님의 귀에 들어갔을지 알 수 없었다.

"애초에 그 아들도 너 같은 물건한테 진심은 아니었을 테지. 새아기 말을 따라 시간을 두고 지켜본 게 실수였다. 어찌하면 좋을까 고민 중이야. 은석이도 고민 중이더군."

눈물이 뜨겁게 흘러내렸다. 예리하면서도 유약한 여인의 얼굴이 떠올랐다. 그 얼굴을 보던 그의 검은 눈빛도 뒤를 이어 떠올랐다.

"은석이에게서 도망칠 생각 하지 말 거라. 은석이가 널 버리는 건 용납해도 네가 은석이를 버리는 건 가당치도 않은 일이다. 감히 너 따위가…… 기막혀서 말도 나오지 않는군."

가슴이 까맣게 타들어 갔다. 뺨을 연달아 후려 맞은 것 같은 기분이었다. 위압적인 말로 새희의 목을 졸라 놓고서, 회장님은 새희가 대답을 하지 않자 초조한 듯이 알았느냐고 몇 번이나 물었다. 입속에 총구를 처박고서 듣고자 하는 대답을 요구하는 것이나 마찬가지였다.

새희는 끝내 울며 그러겠다고 말했다. 이를 갈다가 문을 박차고 나가는 회장님의 뒷모습으로 새희의 의식은 완전히 끊겼다. 아니, 회장님이 나가고 은석이 방으로 들어오는 모습까지 보고 나서…….

* * *

"아가씨, 아가씨."

낯선 목소리였다. 새희는 혹시나 하는 기대감으로 눈꺼풀을 고단하게 들어 올렸다.

"아휴, 어떡해. 야윈 것 좀 봐……."

기대가 무참하게 본가에서 일하는 가정부였다. 은석이 시켰을까. 새희는 멍하니 수더분해 보이는 얼굴을 올려다보았다. 가정부는 새희의 상체를 용을 쓰며 일으켜 세웠다. 억지로 몸을 일으키자 머리가 핑그르르 돌았다. 가정부의 몸에서 음식 냄새가 났다. 따듯하고 안온한 냄새였다. 새희는 잠시 가만히 그 냄새를 들이마셨다.

"죽 좀 먹어 봐요, 아가씨. 그래도 먹어야 살지. 살아야 뭐라도 해 보지. 이렇게 누워만 있으면 어떡해."

너무도 다정한 말이었다. 그래서 눈물이 주르르 흘러나왔다. 새희가 울자 가정부는 지나치게 당황하며 어쩔 줄 모르다가 앞치마에 손을 닦고 얼굴을 부드럽게 쓸어 주었다. 그 손도 따듯하고 안온했다.

이런 체온의 손을 가진 사람의 아이는 무척이나 행복할 것 같았다. 잠들 때면 하루도 빠짐없이 아이의 얼굴을 만져 줄 것 같았다. 아이의 얼굴도 엄마처럼 따듯할 것 같았다. 그 아이가 자라서 따듯한 어른이 되고 똑같이 따듯한 아이를 만들 것 같았다.

가정부는 바닥에 놓았던 트레이의 죽 그릇을 들어 한 숟갈 크게 떴다. 그리고 얼른 손에 쥐라고 새희를 향해 내밀었다. 적당히 식혀 온 건지 김이 피어오르지 않았다. 새희는 살고 싶지 않다는 눈으로 그것을 응시했다. 가정부가 안쓰러운 눈길로 말했다.

"삶은 살고 싶은 날보다 죽고 싶은 날들의 연속이에요. 어쩌다 운이 좋아 행복한 날들만 계속되어도 시련처럼 불행이 찾아와요. 아가씨, 그렇다고 죽으면 안 돼요. 평생을 불행과 투쟁을 벌여야 할지라도 죽으면 안 돼. 죽으면 괜찮아진다는 말은 안 죽어 본 사람들이 지어낸 거짓말이야. 살아야 돼요. 살아가다 보면 그래도 죽지 않아 다행이라고 생각되는 순간들이 선물처럼 온다니까."

새희가 정말 죽기라도 할까 봐 설득하는 모습이 과할 만치 적극적이었다. 새희는 뜬구름 잡듯 희망으로 범벅된 그녀의 말을 믿지 않았으나 쳐다보는 눈동자에 서린 강경한 의지에 힘겹게 목소리를 냈다.

"정말요?"

"그럼요. 아가씨는 특히 이렇게 시련이 길었으니까 나중엔 선물 같은 날들이 아주 길게 이어질 거예요."

"그럴까요?"

하지만 아주머니, 아닐 거예요. 왜냐면 나의 선물 같은 나날들은 이미 지나쳐 갔거든요. 나에게 행복은 사건이 아니라 그 사람 자체였으니까. 그 사람을 떠나보냈으니 이제 내게 남은 건 불행뿐이에요.

"그렇다니까요. 그러니까…… 어머, 아가씨! 아가씨, 일어나 봐요, 아가씨!"

* * *

의식이 끊기는 것도 이제 지겨웠다. 새희는 손에 닿는 축축하고 부드러운 감촉에도 눈을 뜨지 않았다. 오래도록 느끼고만 있었다. 머리끝까지 차오른 불에 달군 송곳 같은 공기를 입 밖으로 색색 내쉬었다.

방 안은 몹시도 조용했지만, 누군가의 서글픈 아우성이 녹아 있는 것 같았다. 그 순간, 손바닥에 닿아 있는 감촉이 물고기의 지느러미처럼 움직였다.

"하고 싶은 걸 말해 봐."

도저히 못 견디겠다는 듯 은석은 새희의 손바닥에 얼굴을 파묻은 채 말했다.

"다 들어줄 테니까 말해 봐……."

그러나 그 두 손 두 발 다 들었다는 어조 속에서도 그와 관련된 것은 허락지 않을 거라는 무섭도록 확고한 의지를 느꼈다. 새희는 곰곰이 생각해 보았다. 하고 싶은 것. 하고 싶은 게 있긴 한가.

하지만 이제 이렇게 누워서 죽음만을 바라는 것도 지긋지긋했다. 새희는 그를 걷어 내고 그나마 나은 제 기억을 거슬러 가다 문득 어느 장면 속에서 웃고 있는 자신을 발견했다.

"카페……."

은석의 입술이 손가락을 쓸었다.

"카페에 가서 일하고 싶어……."

은석은 잠시간 말이 없다가 이윽고 고개를 끄덕였다. 새희는 그제야 눈을 떠 은석을 느릿하게 바라보았다.

"알겠으니까 빨리 나아."

은석의 눈빛이 바닥이 보이지 않을 만큼 깊이깊이 가라앉았다.

"빨리 나아, 희야……."

* * *

새희는 고분고분하게 은석이 떠 주는 죽을 받아먹고, 약도 토해 내지 않았다.

은석은 잠은 자는 건지 열 오른 새희의 몸을 밤낮으로 보살피기 바빴다. 지극정성으로 돌보는 은석의 얼굴이 감은 눈 위로도 둥둥 떠다녔다. 은석의 냄새가 늘 코끝에서 맴돌았다. 가슴 아픈 노랫소리도 이따금씩 들려왔다.

은석의 고통을 달래 주기 위해 불러 주었던 노래가 어떠한 것보다 새희를 고통스럽게 했다. 신이 내리는 하나의 벌 같기도 했다. 이리될 줄 몰랐느냐고. 너는 정녕 몰랐느냐고 응징하는 신의 벌 같기도…….

차츰 열이 내려가기 시작했다. 눅눅한 안개가 끼어 있는 것 같던 시야도 명료해졌다. 새희는 무겁게 늘어진 몸에서 기운을 짜냈다. 침대에서 몸을 일으키자 재빠르게 다가오는 은석의 손을 내치고 홀로 욕실로 들어갔다. 걱정했으나 다행히도 은석은 따라오지 않았다.

거울 속의 자신은 도저히 눈 뜨고는 못 볼 수준의 참담한 꼴이었다. 창백한 뺨은 손끝으로 만지자 마른 잎처럼 퍼석했다. 새희는 상의를 잡고 위로 들추었다. 죽어 있는 눈동자가 목 밑으로 내려갔다. 그가 남겨 놓은 기록들이 증발되어 있었다. 그가 사랑해 줬다는 유일한 증거를 상실했다.

새희는 따듯한 물 아래에서 오래도록 머리를 감으며 샤워했다.

어설픈 손으로 머리를 감겨 주던 은석의 손이 생각났다가 곧바로 아주 능숙하게 젖은 머리를 다루던 그의 손이 뇌리를 덮어 왔다.

그리도 오래된 일이었던가. 마치 전생의 일을 떠올리는 것처럼 아련하고 불분명한 기분에 휩싸였다. 이미 떠나간 순간이 무척이나 행복했었다는 걸 새삼 곱씹게 되는 건 행복했던 만큼 지금이 가혹해지는 일이었다. 새희는 시끄러운 물줄기 속에서 한참 동안 그리운 울음을 죽였다.

그때, 욕실 문이 벌컥 열렸다. 너무 오래 있었던 모양이다. 은석은 성큼성큼 걸어와 무릎을 쪼그리고 앉아 있는 새희를 안고 나갔다. 몸이 비벼진 탓에 덩달아 젖은 은석은 내색 없이 수건을 가져와 새희의 몸을 닦아 주었다.

물기는 부드럽게 닦여 나갔다. 알몸을 드러내 놓고 있는데 별로 수치스럽지 않았다. 그 몸을 보는 은석의 눈빛은 사람의 나체를 보고 있는 눈이라기엔 믿을 수 없을 만치 이렇다 할 감정이 없었기 때문이다.

"왜?"

저도 모르게 빤히 보고 있었던 건지 은석이 눈길을 느끼고 물어왔다. 턱을 갸웃하며 눈매를 드는 얼굴이 떡하니 사람을 감금하다시피 한 자와는 전혀 무관할 것처럼 청초하다. 한때는 자신에게 단 하나의 의미였던 얼굴.

새희는 냉연하게 고개를 저으며 은석의 손에서 수건을 가져가 가슴골에 흐르는 물방울을 닦았다. 그 부근으로 은석의 시선이 닿은 것 같았다. 아무렇지 않게 물기를 훔쳐 내고 고개를 드는데 은석의 입술이 다가오고 있었다. 새희가 질색하며 피하기 전에 입술이 먼저 닿았다.

반응을 살피듯 조심스럽게 닿은 채로 서로의 시선 끝이 부딪쳤다. 새희는 그야말로 죽은 듯이 가만히 있었다. 종일 넘치도록 맡았던 청량한 향이 입속을 채우며 몸 안으로 흘러 들어왔다. 기분이 좋지 않았다.

은석은 조금 더 그대로 있다가 이윽고 물러났다. 멀어진 얼굴은 숨길 수 없이 음울했다.

"피아노 때문에 가는 거면 실망할 텐데."

새희의 얼굴이 떨렸다. 은석의 입매가 비뚤어졌다.

"가도 피아노는 없을 거야."

"……그래도 가고 싶어."

"왜? 일하는 사람들 때문에?"

비아냥거리는 말투라 새희는 원망스럽게 쳐다보았다. 속속들이 발각되었기에 내심 짐작은 하고 있었지만, 확인 사살을 당한 기분이었다. 그를 잃은 것에 낙담하느라 피아노까지 상실했다는 건 미처 신경 쓸 여력이 없었다.

은석은 새희가 잠시나마 만끽했던 것들은 모조리 깨부수기로 작정한 것 같았다. 이만하면 마음먹은 대로 훌륭하게 처리했으니 남은 건 새희의 마음이었다. 그를 제 손으로 떠나보내 놓고도 속으로는 애달프게 이름을 불러 젖히는 새희의 마음을…….

"나 말고 네가 의지할 수 있는 사람은 아무도 없어."

"……."

"너랑 난 우리가 세상인 세상 속에서만 살면 돼."

"그 세상은…… 너와 내가 깬 지 오래야."

"깨진 채로 살자."

"난 싫어."

"그럼 네 세상이 되어 줄 만한 것들은 모조리 없애면 되겠네."

그렇게 되는 것이 당연하다는 듯 의연하게 말하는 은석을 새희는 경멸했다. 심장 박동수가 급격하게 떨어지는 것 같았다. 기껏 나아졌던 몸 안에서 소용돌이치는 악한 기운을 느꼈다.

은석은 심상치 않은 새희의 반응을 빤히 보더니 문득 피곤한 태도로 맨 어깨에 이마를 툭, 기댔다. 뒤이어 새어 나오는 음성은 가증스러울 만치 연약했다.

"나머지는 전부 네가 원하는 대로 해 줄게."

"……."

"그냥 우리 사이에 아무도 못 들어오게 하면 돼."

"……."

"옛날처럼……."

* * *

혼자 가고 싶다는 말에 들은 척도 안 하고 따라붙을 줄 알았지만, 뜻밖에도 은석은 새희가 나가는 모습을 가만히 지켜보기만 했다. 혹시라도 마음을 바꾸고 쫓아올까 봐 새희는 정원을 서둘러 가로질렀다.

대문을 나가자 처음 보는 우직하고 마른 인상의 운전기사가 차 문을 열어 주었다. 차에 올라타고도 새희는 강박적으로 뒤돌아보았다. 경호원들 사이에 서서 이쪽을 알 수 없는 눈으로 보고 있는 은석이 시야에서 훌쩍 멀어졌다.

어쩐지 수상하고 불길했으나 모처럼 숨이 쉬어지는 기분이었다. 새희는 시트에 몸을 늘어트린 채 룸미러로 기사를 흘끗 보았다. 기사는 전방을 주시하며 운전에만 골몰하고 있었다.

새희를 저주할 것처럼 노려보던 그 기사는 어떻게 됐을까. 병상에 누워 있다는 아내와 딸들에게 진심으로 미안했다. 그들이 아빠를 남은 시간 동안 미워해야 할 이유를 만들어 주고 싶지 않았다. 그렇게 사정하자 은석은 무심한 눈으로 말했다. 너만 내 옆에 있다면 아무 일도 일어나지 않을 거라고.

기사의 원망하는 눈빛보다 은석의 그 말이 끈끈한 저주가 되어 깊숙이 들러붙었다. 저주를 이행하는 은석의 얼굴이 즐거워 보이기라도 했다면 체념이라도 했을 테지만 똑같이 저주를 받고 있는 얼굴이라 마주 보는 고통이 배가 되는 것이었다.

어느덧 차창 너머 카페가 보였다. 정차하자마자 새희가 튕겨 나가듯 차 문을 열고 내렸다. 유리문 앞으로 가는 걸음이 내떨렸다. 차가운 감촉에 손을 얹고 천천히 밀었다. 커피 향이 그리움과 섞여 코끝으로 밀려 들어왔다.

새희의 눈은 자동으로 어느 곳을 향했다. 카페 문을 열고 열두 걸음, 오른쪽 대각선 방향으로 몸을 틀어 작은 높이의 단상을 오르면…….

그러나 새희를 맞아 주던 피아노는 보이지 않았다. 그곳은 애당초 아무것도 없었던 것처럼 덩그러니 비어 있었다. 다 알고 왔는데도 망치로 어딘가를 흠씬 두들겨 맞은 것 같았다. 강타당한 마음속에 커다랗고 진한 멍이 들고 있었다. 정말로 잃었구나. 나는 또 다 잃어버린 거구나…….

"새희 누나……?"

얼빠진 목소리가 귓가를 스쳤다. 새희는 멀거니 소리가 난 쪽을 응시했다. 테이블 앞에 엉거주춤 선 채로 트레이를 들고 있던 가람이 놀란 표정으로 한걸음에 달려왔다.

"어떻게 된 거야? 여기 와도 돼?"

걱정으로 범벅된 목소리가 쏟아졌다. 얼마 만에 본 건지 모를 가람의 얼굴은 기억하는 그대로였다. 가람의 뒤로 다람쥐처럼 생긴 귀여운 여자애가 눈을 동그랗게 뜨고 이쪽을 궁금하다는 듯이 흘낏거리고 있었다. 새로 채용한 아르바이트생인 모양이었다. 가람과 인상이 비슷했다. 두 사람 다 청춘 속을 거니는, 누구라도 느낄 법한 생기와 정열이 눈빛에서 타오르고 있었다.

"살이 왜 이렇게 빠졌어."

연민을 넘어선 안타까운 감정이 느껴지는 눈길에 새희는 한쪽 어깨 밑으로 흘러내린 옷을 잡아 올렸다. 은석이 사이즈에 맞춰 사 놓았던 옷들이 한 치수 큰 걸 입은 것처럼 헐렁했다. 구태여 체중계에 올라가 보지 않아도 앙상하게 마른 손목이 눈에 띄지 않을 수 없었다.

새희는 눈치만 보다 슬금슬금 다가와 가람의 등에 가까이 붙어

기웃거리는 여자애를 무심코 뚫어지게 응시했다. 가람은 새희의 표정을 보더니 여자애를 응시했다.

"야, 너 가라. 이제."

"뭐? 왜?"

"너 오전 근무잖아. 시간 다 됐어."

"언제는 정 없이 땡 치면 가냐고 했잖아."

"누나 일해야 하니까 가라고."

여자애는 치사하고 서운한지 입술을 댓 발 내밀었다. 신경질적으로 입고 있던 앞치마를 벗고는 가람의 가슴팍에 퍽, 소리가 나도록 그것을 던진다.

"연습장에 수두룩하게 그려 놓은 여자가 누군가 했더니. 거봐, 실제로 있는 사람 맞잖아? 상상 속 인물은 무슨."

코웃음 친 여자애의 얼굴이 언뜻 시무룩했다. 가람은 받아 든 앞치마를 새희에게 내밀며 "아, 그거 비밀인데." 하고 대수롭지 않게 느물거렸다.

여자애는 이글거리는 눈으로 가람과 새희를 번갈아 보다가 토라진 모습을 남기고 카페를 나갔다. 성난 걸음은 꼭 쫓아와 잡아 주길 바라는 느낌이었지만, 가람은 새희의 앞치마 매듭을 말없이 매어 줄 뿐이었다.

"새희……?"

가람의 것보다 한층 황망한 음성이 고개를 잡아 끌었다. 화장실에서 나오다 새희를 발견한 선주가 굳은 얼굴로 서 있었다. 그간 선주에게도 무슨 일이든 있었을 게 지극히 당연했다. 그러나 서로 공유할 수 없는 사이였다.

새희는 잘 지냈느냐고 묻고 싶었지만, 그것조차 물어서는 곤란한 말일까 고민했다. 선주가 앞치마에 손을 닦으며 걸어왔다. 예의 마주해 왔던 사연 있어 보이는 미소가 어느새 입술에 아스라이 번져 있었다.

"잘 지냈어?"

해도 되는 말이었구나. 새희는 네, 라는 대답이 애를 써도 나오지 않아 대신 고개를 두어 번 주억거렸다. 선주는 다 아는 눈빛으로 새희를 찬찬히 훑어보았다. 그 뒤 가람과 마찬가지로 살이 너무 빠졌다며 야윈 손목을 붙잡고 진심으로 걱정했다.

카페로 들어가기 전, 어쩌면 이 안에 선주와 가람이 없을 수도 있겠다고 생각했다. 은석의 눈으로 지정되었음에도 불구하고 피아노를, 더불어 김언혁의 존재를 끝까지 발설하지 않은 사람들이었다.

말하자면 은석을 배신한 것이었다. 운전기사와 감시자처럼 선주를 처벌했을지도 모른다고, 그렇다면 자신을 끔찍이도 미워하고 있으리라 내심 단념했다. 그래서 이렇게 멀쩡하게, 전처럼 부드러운 얼굴로 두 사람이 자신을 대해 준다는 게 얼마나 고맙고 뭉클한 일인지 이들은 영영 모르길 바랐다. 이런 부담스러운 마음은 제 속에 묻어 두는 편이 좋았다.

살짝 버벅거리던 몸은 금세 감을 되찾아 새희는 수월하게 주문을 받고 커피를 만들었다. 선주는 창고에 다녀오겠다며 자리를 비웠다. 손님 수가 많지 않아 분위기가 여유로웠다. 가람은 스팀기 스틱을 돌려 따뜻하게 거품 낸 우유를 새희 앞에 내려놓았다.

"헤어졌어?"

역시나 가람은 에두르지 않고 물어 왔다. 속으로 상상만 하며 눈치를 보는 것보단 차라리 그쪽이 나았다. 새희는 고맙다는 듯 눈짓하고 컵을 들며 말했다.

"응."

언제쯤 의연해질 수 있을까. 하얀 우유 속에 슬픔을 녹였다. 사실 헤어졌다는 의미가 잘 와닿지는 않았다. 그냥 그 사람이 뜯겨져 나간 고통을 뼈저리게 체감하고 있을 뿐이다. 숨을 들이쉴 때마다, 또 내쉴 때마다. 일 초를 나누고, 또 그 경각을 쪼개어…….

"다신 안 만날 거야?"

새희는 우유를 한 모금 마신 뒤 컵을 내려놓았다. 가람이 그렇게 물으니 다시 만나려고 마음만 먹으면 만날 수 있는 사람처럼 느껴지기도 해서 웃음이 나올 것 같았다. 하지만 웃지 않았다. 터무니없는 말이라는 것을 모르지 않기에.

"응."

김언혁을 따라가지 않은 것을 후회하지 않는다. 그를 당장 죽어도 좋을 만큼 사랑하나 그를 망치는 기분은 두 번 다시 느끼고 싶지 않을 만큼 충격적이며 공포스러웠다. 매끄러운 그의 생애 저라는 비극적인 요소를 더는 남겨 두지 않을 것이다.

은석에게 들키기 전까진 오기로라도 그의 곁에 남으려고 작심했지만, 그리하여 진정한 행복과 기쁨과 안온을 만끽했지만, 지독하게 이기적인 자신의 욕망 때문에 그의 완벽을 꺾고 싶지 않았다.

그가 전과 같이 무결하려면 새희를 도려내야 했다. 은석의 말마따나 쓸데없는 감정으로 시간 낭비한 걸 후회하며 본래의 고결함을 문제없이 되찾아야 했다. 그가 원래 살던 눈이 부신 세상 속으로 돌아가야 했다. 진창 같은 새희의 삶에 발을 빠진 채로 끝까지 뒤엉키는 게 아니라.

급습하듯 덮쳐 오는 격한 감정을 겨우겨우 억누르며 새희는 일하는 데에 집중했다. 가람은 눈치껏 그 이후로는 질문하지 않았다. 일이 끝나면 은석에게 돌아가야 한다는 사실을 망각하고 싶어 더욱 분주하게 눈과 손을 움직였다.

그렇게 커피를 만드는 일에 정신을 팔아넘겼을 때였다. 새희는 주문을 받고 손님 뒤로 유리문이 열리는 것을 대강 살피며 작업대로 갔다.

그러나 언뜻 눈동자 위를 태우고 간 잔상 같은 형상이 발목을 휘어잡았다. 새희는 손으로 잔을 집은 그대로 얼어붙었다.

그럴 리가 없다는 걸 알면서도, 잘못 보았다는 걸 알면서도, 정말로 환상을 보았을까 봐 아니, 어쩌면 그게 환상이 아닐까 봐…… 어느 쪽이든 겁이 나 다시 확인할 수 없었다. 그 지옥 같기도 하고 천국 같기도 한 순간 속에서 새희는 정지되어 있었다.

하지만 필사적으로 보지 않으려 해도 누군가 카운터로 걸어오고 있다는 건, 시야각으로 확보되는 현실이었다. 새희가 고개를 들어 제대로 마주 보기 이전에 들어오는 사람의 얼굴을 본 가람이 옆에서 놀란 숨소리를 냈다.

정확히 카운터 앞에 선 그 몸을 쳐다보아야만 하는 시간이 도래했다. 쳐다보기 전에 이미 심장이 흘러오는 향기를 반기며 터져 나갈 듯 뛰어 대고 있어서 죽고 싶었다. 아니, 살고 싶었다.

새희는 떨군 목을 부들부들 떨며 들어 올렸다. 두 눈이 마주친 순간 다리가 휘청 무너져 내릴 것처럼 흔들렸다.

"주문 안 받습니까?"

그래서는 안 되는데…… 그였다.

김언혁이었다.

사랑하는 남자였다.

* * *

"음?"

김언혁은 고개를 삐딱하게 기울였다. 가게 안의 손님들이 그를 보며 시선으로 웅성거렸다. 김언혁에 대해 알든 모르든, 그는 주위를 삽시간에 소란스럽게 만들 수밖에 없는 외양의 소유자였다.

새희는 정신을 놓고 있다가 퍼뜩 포스기 앞으로 갔다. 그는 해독할 수 없는 눈으로 새희의 얼굴을 주시하고 있었다. 뇌가 다 타서 증발할 것만 같았다. 새희는 벅찬 건지 두려운 건지 헤아리지 못할 심정으로 그를 바라보다가 이윽고 목소리를 더듬더듬 쥐어짜 냈다.

"뭐, 뭘로…… 주문……."

음성이 볼품없이 흐트러졌다. 그는 고민하며 "음……." 익히 아는 버릇대로 목 안을 울리며 포스기 밑에 부착된 메뉴판이 아닌 새희를 뚫어지게 응시했다. 무심한 듯, 장난스러운 듯 사람의 심장을 잡아 뜯는 태도로.

"제일 오래 걸리는 게 뭡니까?"

새희는 갑자기 울음이 터질 듯해서 그의 눈을 피하며 말했다.

"다…… 빠르게 됩니다."

"눈."

그 순간, 명령하는 어조가 몸에 밴 습관처럼 턱을 들어 올리게 했다. 시선이 휘감겼다.

"눈을 보고 말해 줘야지."

정신이 아득한 저편으로 빨려 들어가는 듯했다. 그가 손이라도 까딱하면 상황을 잊고 단숨에 품에 뛰어들 것만 같아서 새희는 포스기를 잡고 떨리는 숨을 토해 냈다. 밀도 높은 호흡을 연신 가다듬고 자신이 가장 좋아하는 음료를 말했다. 그는 "아기들 입맛 말고." 하며 새희의 추천을 심술궂게 튕겨 냈다.

혹시 꿈을 꾸고 있는 게 아닐까? 꿈이 아닌데 어째서 그는 저런 눈빛으로 새희를 바라보고 있는 걸까. 그를 버리고 다른 남자에게 돌아간 여자를 보는 눈빛이어야 하건만 어째서 러그 위에서 뒹굴다 한순간 새희를 내려다볼 때의 눈빛인 걸까.

"화장실은 어딥니까?"

김언혁은 느닷없이 물었다. 그는 카페의 위치를 속속들이 꿰고 있었다. 묻는 저의가 빤했다. 가슴이 두근거리는 것을 통제할 수 없었다. 알면서도 태연하게 묻는 그에게 새희도 내색하지 않고 손가락으로 가리켜 알려 주었다.

그는 정말로 처음 안 것처럼 새희의 손끝을 유심히 바라보더니 이내 그길로 걸어갔다. 새희는 현혹하듯 유유히 멀어지는 그를 좇던 눈을 간신히 떨구고 미친 듯이 떨리는 허벅지를 붙잡았다.

안 돼. 참아야 한다. 참을 것이다. 참을 수 있다…….

극렬한 욕구를 간신히 참아 내며 다가오는 여자의 주문을 받았다. 뭐라고 말하는 여자의 입이 취한 것도 아닌데 여러 개로 보이기 시작했다. 시야에 부옇게 김이 서리며 콧등이 시큰거렸다. 그래도 따라가지 않을 것이다. 새희는 헛것처럼 서 있는 자신을 엄하게 채찍질했다.

그러나 일 분도 채 되지 않아 결의를 묵살하고 욕망에 굴복하듯 발이 돌아갔다. 후회할 짓이라고 생각하면서도 한 번 둑이 터진 마음은 속절없이 무너져 내려 발걸음이 성급해졌다. 그가 뒤돌았을 때부터 차올랐던 눈물이 뺨을 그어 내렸다. 새희는 무언가를 헤치듯 달려갔다.

때마침 창고에서 돌아오던 선주와 눈이 마주쳤으나 아랑곳하지 않고 달려갔다. 왈칵 밀려드는 감정에 강풍처럼 휘말리며 화장실 문을 열어젖혔다. 그 순간 제 맘속에 있는 어둡고 무거운 커튼이 확 걷혀진 것 같았다.

김언혁은 새희가 좇아올 것을 알고 마치 기다리고 있었다는 듯이 두 팔을 마주 낀 채 젖혀진 문 뒤에 서 있었다. 살짝 늦었다고 꾸짖는 표정을 하고는 부러 놀리는 음성으로 말했다.

"남자 화장실입니다."

새희는 울며 웃었다.

"알아요……."

더 이상의 말은 필요 없었다. 새희는 발꿈치를 들어 그의 목을 두 팔로 감싸 안으며 뛰어들었다. 돌진하는 힘에 그는 조금도 휘청대지 않고 더욱 단단하고 강하게 새희를 껴안았다.

그의 향수병을 하나라도 훔치지 않은 걸 후회했을 만큼 그리워했던 냄새를 다급하게 들이마셨다. 닿아 있는 부분 부분마다 애타게 비벼대며 그의 머리카락을 움켜잡았다가 어루만지기를 반복했다. 이토록 다부지게 부둥켜안고 있는데도 빈틈이라도 생길까 봐 매달린 팔에 그악스럽게 힘을 더했다.

"나를 바람맞힌 거 치곤 열렬한데?"

짓궂게 말한 그는 이내 펑펑 우는 새희의 머리에 얼굴을 묻고 이제야 좀 살겠다는 듯 하아…… 숨을 크게 들이마셨다가 내쉬었다. 두피 사이로 들어온 손이 부스러뜨릴 듯이 세게 잡아당겼다. 그의 목에 짓눌린 코뼈가 뭉개질 것 같았다. 필사적인 두 개의 심장 소리가 겹쳐졌다.

새희는 영영 이 순간에 박제되고 싶었다. 죽어도 여한이 없었다. 그리고 확실하게 깨달았다. 나는 이 사람을 잊을 수도, 극복할 수도, 묻을 수도 없을 거라는 걸. 결국 그렇게 폐허가 된 모습으로 뼈가 되고 재가 되어 물속으로 가라앉을 거라는 걸…….

"보고 싶었어요. 보고 싶었어요……."

사랑해요, 사랑해요…….

보고 싶었다는 말을 하고 있었으나 사랑한다고 말하고 있는 것 같았다. 그가 새희의 머리를 손으로 과격하게 떼어 냈다.

열애가 끓는 두 눈이 서로를 황급히 뜯어보았다. 새희는 그제야 한층 날카로이 깎인 턱 선과 불면과 피로가 쌓인 깊게 팬 눈자위를 가슴이 찢겨 나가는 마음으로 확인했다.

전에 없이 수척하고 피폐한 얼굴이었다. 고통스러운 시간을 보냈다고 방증하는 그 얼굴에 눈물이 줄줄 샜다. 그는 마찬가지로 새희의 얼굴을 바라보며 턱이 불거지도록 입매를 굳혔다. 새희의 야윈 뺨을 손가락으로 매만지며 그가 살기 돋친 표정을 했다.

마주 보고 내뿜는 감정이 너무도 깊고 질척거려 숨을 앗아 가는 듯했다. 새희는 그의 눈썹에서부터 턱 끝으로 손가락을 쓸어내렸다.

그때, 그가 당장 지구가 두 동강 난다는 소식을 막 들은 사람처럼 다급하게 입술을 겹쳤다. 새희의 목구멍을 핥아 올리며 혀를 질근질근 깨무는 움직임이 현기증이 날 만큼 집요했다.

고개 각도가 이쪽저쪽으로 음란하게 꺾였다. 그는 새희의 혀를 집어 문 채로도 계속해서 코끝으로 숨을 빨아 들였다. 짐승이 물어뜯듯 키스한 탓에 새희의 입술이 뜯어져 피가 났다. 그는 그 피도 쪽쪽 마시며 둔기 같은 혀로 입속을 난탕질했다.

흡입하던 힘이 어찌나 강했는지 입술이 떨어질 땐 고개가 용수철처럼 뒤로 튕겨 나갔다. 그의 손이 받치고 있어 다행이었다. 새희는 혼탁한 한숨을 토하며 그의 뺨에 입술을 비비적거렸다.

"보고…… 싶었어요……."

새희는 고장 난 라디오처럼 쉼 없이 중얼거렸다. 그는 입술을 붙인 채로 뺨의 방향을 틀었다. 입술이 입술로 미끄러졌다. 맞댄 입술 사이로 그가 불쑥 손가락을 집어넣었다. 그의 손가락을 중간에 두고 입술을 뭉근하게 비볐다. 새희의 입꼬리가 올라갔다. 얼마 만에 웃어 보는 건지 몰랐다.

다시는 못 볼 줄 알았다. 다시 보는 날이 온다면 그건 그가 완전히 자신을 망각하고 곁에 다른 사람을 세웠을 때일 줄 알았다. 은석은 새희를 철저하게 단념시키고 상처 위로 또 상흔을 남기기 위해서라도 그 모습을 보여 주고야 말았을 테니까.

그때까지도 보고 싶다는 말을 염불하듯 되뇌고 있던 새희의 머리 위로 불현듯 저주에 흠뻑 젖은 은석의 얼굴이 철퇴처럼 내리찍혔다. 뒤이어 회장님의 얼굴이 톱니 달린 가위가 되어 그 자리를 후벼 팠다.

현실과 분리되어 도취하고 있던 감각이 싸늘하게 제자리를 되찾았다. 기어이 이렇게 될 바엔 차라리 자각하는 때가 늦기를 바랐지만, 그 서슬 퍼런 얼굴들이 뇌를 장악한 이상 한시도 더 그와 뻔뻔하게 버틸 수 없었다.

새희는 그의 목에 두른 팔을 허겁지겁 풀었다. 그의 허리에 감고 있던 다리도 바닥으로 착지시켰다. 하지만 그는 급작스럽게 벗어나려고 하는 새희를 수갑보다 더 갑갑하게 틀어쥐고 놓아주지 않았다.

"아, 아니야. 아니야. 아니에요……."

잘못 말했다는 듯이, 잘못 들어왔다는 듯이, 잘못 만났다는 듯이…… 새희는 일어난 모든 일을 부정하며 그를 밀어냈다. 칠흑처럼 검은 눈동자가 사납고 강렬한 빛으로 회오리쳤다. 그는 날카로운 목소리를 고막에 찍었다.

"뒷문으로 나가면 대기 중인 차가 있을 거야. 그걸 타고 공항으로 가."

무슨 말인가. 그는 지금 대체 무슨 말을 하는가, 새희는 안 된다고 고개를 저으며 강철 같은 그의 가슴을 떠밀었다. 그는 움켜쥔 새희의 머리카락을 뒤로 당겨 눈을 맞추었다.

"정리하고 뒤따라갈 테니 먼저 가 있어. 착하지, 음?"

정리…… 거부하면서도 아무도 모르게 실낱같이 생겨났던 희망이 일시에 꺼졌다. 말 안 듣는 아이를 달래는 듯한 말투가 초조하고 막막했다. 그 자신도 황량한 사막 한가운데에서 그 말을 외치는 것 같았다. 그는 지금 열세에 몰려 다발로 몰아치는 공격을 상대 중인 것이다.

그의 옆이 아닌 곳으로 새희를 혼자 빼돌린다는 것 자체가 그와는 어울리지 않는 방식이었다. 그의 아버지든 누구든 그를 보호해 주지 않는다. 회장님의 서슬 퍼런 기세는 단순한 경고용이 아니었다. 어찌 되든 결국 그렇게 될 거라는 운명의 예고였던 것이다. 새희는 지나온 생에 회한이 서렸다.

"난 안 가. 안 가요…… 못 가요."

그런데도 그는 어떻게 알고서, 새희를 보러 또 여기까지 왔다는 사실이 감동적이었고 감동적인 만큼 슬퍼서 몸서리가 쳐졌다. 차라리 그가 자신을 잊는 편이 나았다. 가슴에 총상을 입은 것처럼 구멍이 나더라도 그편이 나았다.

"나, 나는 괜찮아…… 이대로 살아도 괜찮아. 당신이 내게 선물해 준 기억만으로도 나는…….”

새희는 그를 설득하는 건지 자신을 설득하는 건지 모를 말을 정신없이 속삭였다. 그는 차에 부닥치고 피투성이가 되었는데도 괜찮다고 말하는 사람을 보듯 눈빛이 아득하게 침잠했다. 새희를 옭아매고 있던 손이 그제야 스르르 떨어져 나갔다. 그의 눈이 극단적인 빛으로 반짝거렸다. 직후 나직한 중얼거림이 귓속으로 떨어졌다.

“강제하지 않으면 오지 않겠다는 거로군.”

그 순간이었다. 바깥이 의식하지 못한 새에 요란스러웠다. 새희는 기시감을 일으키는 불길함에 심장이 뚝 떨어졌다. 한순간 안색이 굳으며 사고가 마비되었다.

새희는 주먹을 쥐고 바르르 떨며 마지막으로 김언혁을 올려다보았다. 그의 얼굴은 무슨 상념에 잠긴 건지 폭풍 전야처럼 고요했다. 새희는 사랑하는 얼굴을 한없이 짧은 시간 동안 눈으로 마구 훑은 뒤 문을 열었다.

경호원들은 이미 한참 전에 포위하고 있었던 것처럼 입구를 에워싸고 있었다. 그들을 헤치고 지나가자 신기하고 괴이한 광경을 흘낏거리는 사람들 사이에 태연히 자리에 앉아 있는 은석이 보였다.

해당화를 닮은 분홍색 니트가 그리도 잘 어울릴 수가 없는 하얀 얼굴은 새희를 건조하게 주시했다. 네가 날고뛰어 봤자 어차피 끝은 이러했을 거라고 조소하고 있는 눈빛이 은석에게 가고 있는 다리를 자르고 싶게 했다.

그때, 또렷하게 느껴지는 눈길 하나를 느꼈다. 구석에서 휴대폰을 손에 꼭 쥔 채 선주가 새희를 안타깝게 바라보고 있었다. 그녀의 표정엔 여러 가지 감정이 복잡하게 잔재해 있었다.

새희는 이 순간 왜 은석이 순순히 자신을 카페에 혼자 보내줬는지, 김언혁을 만난 것을 직접 눈으로 보고도 저토록 담담한 건지 알았다.

'나 말고 네가 의지할 수 있는 사람은 아무도 없어.'

그 말을 본보기 삼는 일을 이다지도 잔인하게 사실적으로 보여 주는 은석이다. 우습고도 서러운 건, 정말로 은석의 의도대로 새희가 커다랗게 충격을 받았다는 것이었다.

은석은 이 순간을 마련해 놓고 오래도록 기다려 온 것 같았다. 선주는 죄책감이 가득 담긴 얼굴로 끝내 새희의 시선을 피했다. 결국 밀고자가 되기로 택한 선주를 새희는 원망하지 않았다. 은석이 붙여 놓은 인연을 은석이 칼질했다. 겨우 그뿐인 사실이었다.

새희는 은석의 앞에 섰다. 은석은 천천히 일어나 손을 뻗어 새희의 눈가를 어루만졌다.

"울지 마, 희야."

애증 어린 목소리로 속삭이며 은석은 새희의 뒤편에 시선을 주었다.

"결국 다 이렇게 될 거였잖아."

새희는 은석의 손에 끌려 나가면서도 한사코 미련스럽게 또 뒤돌아보았다. 은석에게 놀아난 것이나 마찬가지인데도 김언혁의 얼굴엔 감정의 풍파가 일어나지 않았다. 숨이 조여 올 정도로 차갑기만 했다.

* * *

카페 안에선 느긋하게 보일 정도로 침착했던 은석은 새희를 차에 던져 넣자마자 불안한 얼굴로 달려들었다. 뒷머리를 쥐고 당겨 안는 몸짓이 꼭 버리고 떠난 새끼가 수천 킬로미터의 길을 좇아 겨우 찾아낸 어미에게 달라붙는 것처럼 절박했다.

은석은 무언가를 확인하듯 콧날을 새희의 목에 묻고 숨을 들이마셨다. 김언혁이 했던 행동이었다. 은석의 숨에 기껏 묻혀 놓은 그의 냄새가 다 빨려 들어가는 것만 같아 그만두게 하고 싶었다. 하지만 새희는 동상처럼 움직이지 않았다. 반항하려고 무반응인 것이 아니라 진실로 움직일 만한 작은 기운조차 솟지 않았다.

은석은 그 상태로 기사에게 출발하라고 말했다. 최대한 빨리 가라고 덧붙이는 음성은 낡은 궤짝이 낼만 한 소리 같이 쉬어 있었다.

"널 보러 올 것 같았어."

머리카락에 감긴 손이 등으로 주르르 내려갔다. 차가운 손이 목덜미를 선득하게 쓸었다.

"명심해. 넌 네 의지로 나한테 온 거야."

그 남자 앞에서 몇 번이나. 잘 벼린 칼날처럼 날카롭지만, 사실을 직시하는 말이었다. 그에 새희의 가슴이 뭉텅뭉텅 썰려 나갔다.

"혹시라도 네가 그 남자와 도망칠까 싶었는데 그래도 넌 가지

앉았어. 그 문을 열고 내 눈을 보면서 걸어왔어."

"……."

"겁이 나서가 아니라, 두려워서가 아니라 그냥 내게 오고 싶어서 온 거야."

"……."

"그 남자를 내가 다치게 할까 봐 걱정돼서 그런 게 아니라…… 그러니까 그만큼 사랑해서가 아니야. 그렇지, 희야…… 제발 말 좀 해……."

아교를 발라 붙인 것처럼 굳어 버린 입술로 은석의 눈물이 스며들었다. 새희는 턱을 간지럽히는 은석의 암갈색 머리칼 뒤로 너무도 빨리 스쳐 가는 풍경을 바라보았다. 조금만 더 천천히 가 주면 좋을 텐데. 기사는 은석의 지시를 슬플 정도로 착실하게 이행했다.

휘날려 가는 배경 속 점이라도 되고 싶었다. 이 허상 같은 순간에 멈춰 있다는 사실이 환멸스러웠다. 아무것도 아닌, 낡고 닳은 이 순간에 갇혀 있다는 사실이.

은석은 무생물처럼 반응하지 않는 새희를 화가 나 견딜 수 없다는 얼굴로 응시했다. 그 얼굴에 얽힌 사건 사고들이 문득 색을 잃듯 전부 희미해졌다. 어쩜 그리도 나는 열렬할 수 있었을까. 은석의 말대로 결국 이렇게 될 것을, 아등바등하지 말고 차에 한 번 뛰어들기라도 해 볼 것을…….

그거 하나만이 후회가 되었다. 그 후회하는 마음도 과연 간절한가, 의문스러워졌다. 어떤 것도 분간할 수 없는 무기력함이 새희를 껍질처럼 둘러싼 채로 썩게 하고 있었다.

퇴색되는 사고가 그대로 눈빛으로 읽히는 건지 은석의 동공이 파삭 소리를 내며 바스러질 것 같았다. 은석은 도착한 차에서 새희를 유괴범처럼 한시가 급한 몸놀림으로 안아 들고 집 안으로 뛰듯이 걸어 들어갔다. 눈 깜짝할 새에 침대 위였다. 새희의 니트를 악센 손이 잡아당겼다. 올이 주욱 늘어지며 맨살이 무방비하게 드러났다.

사람의 몸에도 자정 능력이 있다는 것이 은석에겐 다행일 것 같았다. 불온한 기록을 지워 내고 겉으로 만큼은 다시 순결해진 몸을 은석의 눈은 그래도 꼼꼼히 청소하듯 훑었다.

냉기가 흐르는 손이 아랫배를 쓰다듬었다. 문득 은석의 손이 언제부터 이렇게 차가웠던가 생각하다 깨달았다. 비단 손뿐만이 아니라 은석의 생 자체가 어느 순간 꽁꽁 얼어 버린 것이다. 은석의 영혼 속에 숨 쉬는 계절은 시린 겨울 하나였다. 절대 봄이 오지 않는 겨울.

은석의 손이 브래지어 후크를 풀었다. 이어 휑해진 가슴으로 눈길이 내려앉았다. 저 예쁜 눈동자는 흥분한 게 맞긴 한 걸까. 어째서 무덤을 보는 듯한 눈빛으로 느껴지는 걸까. 젖은 눈시울이 미세하게 떨렸다. 차에서 내릴 때만 해도 곧장 강간할 기세였던 은석은 막상 옷을 벗겨 놓고는 뭘 하려는지 망각한 사람처럼 머뭇거렸다.

이윽고 느리게 은석의 입술이 가슴 위로 닿았다. 손과 달리 입술은 따듯한 온도를 지니고 있었다. 그렇게 한참, 움직이지 않는 따듯하고 메마른 감촉을 느꼈다. 가슴골로 축축한 것이 흐르는 걸 알아챈 건 새희가 무심코 천장을 올려다보고 있을 때였다.

은석은 울고 있었다. 그 이상을 행하지 못하는 자신을 기어이 마주하고 좌절하고 있었다. 새희는 제 가슴에 파묻혀 우는 은석의 뒷머리를 만져 주었다. 손가락 사이사이에 감겨드는 머리카락이 여린 꽃잎처럼 부드러웠다. 꽃대가 꺾였을지라도 이 부드러움만은 영원하리라. 이 부질없는 부드러움만은…….

"은석아, 넌 나를 안지 못해."

"……."

"우린 서로를 안지 못해……."

치기 어린 눈으로 어디에 어떻게 넣어야 하는지도 몰라 헤매다 그저 분노를 발산하는 형식으로 은석이 자신을 처음 가졌을 때…… 그때부터 우리의 벗은 몸 사이엔 일종의 저주가 내려진 것이다.

진실로 서로를 안고 싶을 땐 절대 안을 수 없는, 그런 고통스러운 관계로 전락했다는 걸 은석은 이렇게 모든 게 망가진 시점이 되어서야 받아들이고 있는 것이다. 받아들이면서도 받아들일 수 없어 괴로워하며…….

"……상관없어."

한참 뒤에, 은석은 고개를 들어 히스테릭한 눈으로 속삭였다. 굉음을 일으키고 있는 그 눈을 보며 새희는 담담하게 진실을 말했다.

"우리는 서로의 인생에 악역일 뿐이야."

"그래도 상관없어."

고집스러운 표정 속에 또 자라지 못한 아이의 얼굴이 보였다.

"그래도 너랑 있을래……."

새희는 눈을 감았다. 영원히 뜨고 싶지 않다고 생각하며.

* * *

그렇게 며칠이 흘러갔다. 새희는 더는 저항하지 않았다. 아프지도 않았다. 은석이 바라는 대로 순응하며 잘 지내고 있는데 이상하게도 은석은 전보다 자주 울었다. 울다가 새희에게 원하는 것을 말하라고 비명을 지르듯이 격렬하게 요구했다. 희로애락을 도난당한 얼굴이 무섭고 끔찍하다는 듯 제발 뭐든 원해 보라며 빌었다.

새희는 멀뚱히 그 모습을 관망하다가 결국 제풀에 지쳐 나가떨어진 은석과 다시 태연하게 밥을 먹고, 목욕을 하고, 잠을 잤다. 아무도 이해하지 못할 일을 아무렇지 않게 행했다. 그리하여 확실하게 깨달은 사실이 있었다. 인간이란 기본적인 욕구만 채워 주면 생을 어떻게든 지속할 수 있다는 것.

아무리 슬프고 괴로워도 그 슬픔과 괴로움만으로는 사람은 죽을 수 없다. 새희는 그 질긴 생명에 역겨움을 느꼈다. 차라리 길 가다 운 나쁘게 밟혀 죽는 개미의 삶의 훨씬 유의미하지 않은가. 내게도 무심코 죽음이 드리우는 순간이 한 번쯤은 있어야 하지 않나…….

은석이 허락했어도 새희는 카페에 가지 않았다. 가고 싶은 생각이 들지 않았기 때문이다. 책 속의 인물처럼 그저 전개되는 대로 하루하루를 넘기고 있었다. 새희의 생을 써 내려가고 있는 저자는 은석이었다. 은석이 원하는 결말대로 진행되고 있는데 왜 은석이 가장 억울한 얼굴을 하고 있는지는 알 수 없었다. 알 수 없는 척하는 게 아니라 정말이지 은석을 알 수 없었다.

어느 날이었다. 은석은 비 오는 창밖을 내다보고 있는 새희의 뺨에 키스하며 뒤에서 껴안았다. "매일 비가 오면 좋겠어." 하고 중얼거리며 새희는 창문을 그어 내리는 빗방울을 손끝으로 두드렸다.

그다지 의미가 부여되지 않은 행동이었는데 은석의 표정이 갑작스럽게 심각해지며 예의 하루 일과대로 즉시 히스테릭하게 감정을 쏟아 냈다. 이해되지 않았지만 이해할 필요도 없었기에 새희는 가만히 폭언을 받아 냈고 은석은 그다음 일과대로 역시 무너져 내렸다. 어항 속 수초처럼 흔들리는 얼굴이 꺾으려 든 적도 없는데 꺾여 있었다.

그날 새벽, 잠결에 그 슬픈 목소리를 들었던 것 같다.

"피아노…… 치고 싶어?"

대답하지 않았지만, 뺨이 움찔대는 것을 은석은 본 듯했다. 은석의 손은 그 반응이 소중하다는 듯 한동안 쓰다듬었다.

은석이 도끼로 내려찍기 전에 피아노는 계단 옆에 놓여 있었다. 세월이 세월인 만큼 이제는 빈 곳인 게 익숙한 공허한 시야에 어색하게도 피아노가 있어서 새희는 우뚝 멈춰 섰다.

손등으로 눈알을 터뜨릴 듯이 세게 비비고 다시 보았다. 정말로 피아노가 있었다. 새희는 어느 날 밤의 흐린 기억을 떠올렸다. 그토록 간절하게 바랄 땐, 눈앞에서 무참히 망가뜨려 놓고는 잠투정 같은 반응 하나에 피아노가 다시 이 집으로 들어올 수 있었다.

기쁨이 떠나간 몸이었기에 기뻐하지 못했다. 새희는 고개를 두리번거리며 은석을 찾았다. 보이지 않았으나 집 안에 있다는 건 확실했다. 어쩌면 준비해 놓고도 정작 치는 모습은 꼴도 보기 싫어 자리를 피한 것일지도.

새희는 이산가족 상봉하듯 맞아 주지 못하는 피아노에 진심으로 미안했다. 너무 많은 일에 한꺼번에 치명상을 입어서 피아노가 눈앞에 있는 데도 집중이 되질 않았다. 아니, 혹은…… 너무나도 집중할까 염려하는 것이었다.

멀찍이 떨어져 보던 새희는 이윽고 조심스럽게 다가갔다. 뚜껑을 열지 않은 몸체를 손가락으로 찬찬히 쓰다듬었다. 간절하지 않은 척, 원하지 않는 척…… 나에게 그런 연기 실력이 있었다면 사랑해 마지않는 것들을 언제까지나 잘 지킬 수 있었을까?

새희는 피아노 주위를 한 바퀴 돌며 불필요한 상념을 정리했다. 이어 덮개를 열고 뒤로 잡아 뺀 의자에 앉았다. 극명한 대비를 이루는 흰 건반과 검은 건반이 눈가를 살살 간지럽혔다.

금지된 물가에 몰래 손가락을 넣어 보듯 새희는 건반을 조심스럽게 건드렸다. 고운 음이 났다. 지난한 폭력 같은 생과는 무관하게 울려 퍼지는 아름다운 음이었다. 반듯하게 힘을 준 손끝이 떨려 오기 시작했다.

'끝난 겁니까?'

모든 일의 시작은 거기서부터였다. 피우던 담배를 뱉어 내며 궁금하다는 듯 다가오던 남자. 그 남자를 사랑하게 되며 생애 봄날이 왔고 그 남자가 떠나가며 피었던 꽃잎이 다 져 버렸다.

나는 그렇게 겨울의 얼굴을 하고서 봄으로 감겨든 당신을 잃고 사계절이 죽은 삶을 산다. 태양 빛이 스며들지 않는 암흑 속을 전전한다. 먹어도 소화되지 않고 씻어 내도 깨끗해지지 않고 눈을 감아도 감아지지 않는, 존재하지만 존재하지 않는 사람이 되어 헛것 같은 삶을 죽지 못해 산다.

건반 위로 몇 방울씩 떨어지던 눈물은 곧 강을 만들었다. 그 강 속으로 잠수하자 훈장처럼 깊이 박힌 기억들이 흘러왔다. 억지로 잠들게 했던 감각들을 단숨에 깨우는 기억들이.

'자작곡?'

'쳐 봐도 됩니까?'

'마무리만 지으면 될 것 같은데. 완성은 언제쯤으로 예상하고 있어요?'

'정확해지려면 앞으로 하루도 거르지 않고 조르면 되려나.'

새희는 눈물로 젖은 건반을 눌렀다. 눈을 감으며 홀로 끄적이던 외로운 음들을 불러왔다. 헛것 같은 삶 속에서도 아직 해야 할 일이 남아 있었다.

당신이 처음으로 탐냈던 나의 것. 그것만은 당신한테 주어야지. 비록 내 손으론 평생 건네주지 못한다고 하더라도, 결국 끝에 가선 당신의 손에 들어갈 수 있게 완성해 놓아야지. 내가 당신을 사랑했다는 사실이 당신에게도 조금은 쓸모 있을 수 있도록…….

그를 상징하는 색을 골라 음을 엮는다. 강렬하고 짙으며 뜨겁고 감미롭기도 한, 합치면 따듯한 검정이 되는 선율을 갈망을 담아 상승시킨다. 호흡의 패턴은 숨을 참았다가 내쉬듯, 갈급하게. 섬세히 세공된 악센트를 필요한 구간에 힘차게 내리찍으며, 마침내 거친 고음을 던진다.

폭풍이 휘몰아치는 클라이맥스. 튀어 오른 손가락으로 반음계를 쫙 휩쓸어 올린다. 검정은 아득해지며 긴장한 리듬을 풀어 헤친다. 놀랄 만큼 부드러워진 음 속에 감히 말할 수 없는 감정을 담아 마지막으로 향한다. 어느 밤 꾸었던 꿈처럼 바닷속으로 그를 따라 들어가는 물살을 가르는 멜로디로…….

새희는 탈수증세가 올 때까지 울어대며 악착같이 후반부를 작곡했다. 마지막 한 구절만을 비워 놓은 채. 이 끝은 어떻게 장식해야 할까. 그와 자신의 결말처럼 파멸하는 화음으로? 아니면 영원히 사랑하겠다고 맹세하는 애절한 화음으로? 그것도 아니면…….

눈물로 몇 날 며칠 밤을 지새우며, 그 모습을 태어나 본 눈빛 중 가장 우울한 눈으로 바라보는 은석을 방치한 채로 새희는 결국 마지막 구절을 채워 넣었다.

그렇게 완성했다.

나의 파반느를. 그리고 당신의 파반느를…….

* * *

"새희 씨."

피아노가 시선에 닿는 벽 한구석에서 끌어당긴 무릎 사이에 얼굴을 파묻고 있던 새희는 고개를 들었다. 언제 들어온 건지 거실 한복판에서 이진이 입꼬리를 올리며 새희를 쳐다보고 있었다. 생각지도 못한 사람이었다. 조금 살이 빠진 듯하지만, 그녀는 건강해 보였다. 풍성하게 웨이브 진 머리카락과 윤기 흐르는 피부는 거대한 파란에도 거뜬히 아름다움을 지켜 냈다.

이진이 다가왔다. 입고 있는 회갈색 트렌치코트가 이진의 걸음대로 작게 휘날렸다. 밖은 추운가. 새희는 헐렁하게 기울어진 티셔츠를 공연히 어깨 위로 한 번 잡아 올렸다. 날이 갈수록 티셔츠의 품이 커지고 있었다.

"잘 지냈냐고 물으면 나 진짜 나쁜 년이겠죠?"

새희의 옆에 거리낌 없이 무릎을 접고 앉으며 묻는 이진의 눈빛이 짓궂지 않고 쓸쓸했다. 이진은 무언가 말하고 싶은데 말하지 못해 답답하다는 표정이기도 했고, 일이 이렇게 되어서 미안하다는 표정이기도 했고, 어쩔 수 없었다고 변명하는 표정이기도 했다. 새희는 여러 개의 표정을 띤 예쁘고 찬란한 얼굴을 바라보며 물었다.

"잘 지냈나요?"

이진이 하하…… 힘없이 웃었다. 새희는 무례도 모르고 이진의 배를 바라보았다. 그 뒤로 시간이 꽤 흐른 것 같은데 여전히 티가 나지 않았다. 이진은 새희가 보는 곳으로 손을 올렸다.

"왜요? 어떻게 되기라도 했을까 봐?"

이진은 한없이 사랑스럽고 소중하다는 듯, 부드럽고 따듯하게 배를 어루만졌다.

"기대에 부응하지 못해 미안하지만, 잘 자라고 있어요."

아기는 지우면 그만이라는, 천벌을 받고도 남을 폭언을 아무렇게나 내뱉은 은석 때문에 혹시나 했는데 다행이었다.

잘 자라고 있을 이진의 배 속의 아기가 제가 낳을 아기도 아닌데 기특했다. 아기는 세상 어디보다 안전한 모체에서 손꼽아 기다리고 있는 것이다. 모질고 거친 세상을 홀로 투항하며 자신을 지켜 주고 있는 엄마를 만날 날을…….

"이 아기를 지키기 위해서 얼마나 열심히 피신했는데, 그동안."

새희는 물끄러미 이진을 바라보았다. 이진은 가만히 시선을 섞다가 말했다.

"나 이혼 안 해요, 새희 씨."

이미 몇 번씩이나 들어온 이진의 맹세가 파르라니 빛났다.

"은석 씨는 이혼하고 싶어 하지만, 우리 결혼은 깨지지 않을 거예요. 회장님이 다 넘어가 줘도 그건 안 된다고 확실히 못 박았거든. 결혼이란 게 무 자르듯 쉽게 정리되는 거였으면 애초에 막장으로 시작할 필요도 없었지. 은석 씨는 날 어떻게든 처리하고 싶어 환장할 지경이겠지만, 내가 만만하게 제거할 수 있는 사람은 아니잖아요?"

새희는 이진이 힘 있는 집안의 자제라서 다행이라고 생각했다. 진심으로 그렇게 생각했다. 이진은 그러한 새희의 눈빛을 알아들은 건지 피식 웃었다.

"이 모든 사달의 원인을 나라고 생각하는 거겠죠? 내가 그를 애인으로 속이고 당신한테 소개해 줬으니."

그렇게 생각하더라도 은석이 가장 증오하는 사람은 이진이 아니라 새희였다. 이제 와서 원인과 배경 같은 건 중요치 않았다. 은석이 아닌 다른 사람을 사랑하게 된 것. 그 결과가 은석을 잔혹한 짓도 서슴지 않고 행할 수 있도록 만든 것이었다.

"상황이 좀 웃기긴 하네요. 아내는 남편 때문에 신혼집에서 피신하고, 아버지는 아들 때문에 본인 집에서 쫓겨나고…… 뭐, 회장님은 쫓겨났다기보단 당신과 이제 대놓고 붙어먹고 있는 은석 씨 꼴을 보기 싫어서 스스로 거처를 옮긴 게 맞지만."

이진은 독한 어조로 말을 뱉고 새희의 얼굴을 진찰하듯 살폈다. 찬찬히 훑어보는 눈길이 어디까지 들여다보든, 새희는 멍한 기분으로 무릎에 턱을 괴고 있었다.

자꾸만 시선이 먼 곳으로 날아갔다. 피아노가 있는 곳을 보다가도 아무것도 없는 허공으로 배회하던 시선이 이진에게 어쩌다 다시 돌아갔을 때, 그녀의 얼굴은 충격을 받은 것처럼 굳어져 있었다.

"새희 씨……."

죽은 삶을 사는 자의 민낯을 본 자는 저렇게 충격을 받을 수밖에 없는 걸까.

"이제 그만 정신 차려요……."

이진은 앙상한 어깨를 붙잡으며 간곡한 목소리로 말했다.

"김언혁, 연기됐던 마지막 공연도 엊그제 환상적으로 끝마쳤어요. 이제 곧 출국해서 해외 공연도 무사히 진행할 거예요. 그 남자는…… 완벽하게 돌아왔어요. 제자리에."

그렇구나. 다행이다. 정말 다행인데…….

이진이 점차 흐릿해 보였다. 이진은 새희의 눈물을 보더니 한층 착잡한 얼굴로 어깨를 쥐고 있는 손을 등으로 미끄러뜨려 토닥토닥 두드렸다. 어떤 위악도 느껴지지 않는 손짓이었다. 정말로 연민하여 흘러나온 행동인 것 같았다.

새희는 그 동정에 잠깐 기대어 바들바들 떨었다. 마음 깊이 축하할 일이었지만, 아주 잠시 정도는 슬퍼하고 싶었다. 드디어 그가 새희를 말끔히 정리 정돈 했다는 것에 대하여 아주 잠시 정도는…….

"부, 부탁이 있어요……."

이진은 몸살이 난 사람처럼 발발 떠는 새희를 안쓰럽게 내려다보며 고개를 갸웃했다. 새희는 자리에서 일어나 피아노로 갔다. 의자를 들어 그 안의 수납공간에서 종이 뭉치를 꺼냈다.

급한 대로 아무 종이나 찾아서 휘갈기느라 음표들이 기어 다니고 그려 넣은 오선지의 선 보폭이 제멋대로였지만 그는 알아볼 것이었다. 이것만큼 악필로 쓴 파반느의 절반이 그의 집에 있었다. 새희는 눈물에 젖기라도 할까, 종이를 쥔 손을 제 몸에서 멀찍이 떨어뜨리고 이진에게 서둘러 가져갔다.

"이거 그 사람한테 꼭 전해 줘요. 당장은 말고…… 나중에, 나중에 그 사람이 사는 게 지루해 보일 때…… 그때 꼭 전해 줘요."

"새희 씨……."

"부탁할게요……."

이진은 아마도 은석의 요청으로 김언혁의 소식을 전해 주러 온 것이겠지만, 찾아와 준 것이 눈물겹게 고마웠다. 이진이 아니었다면 이것을 어떻게 그에게 전달할지 막연할 뿐이었는데 운이 좋았다. 운이 좋았다. 새희는 운이 좋았다…….

“응. 알았어요. 내가 꼭 전해 줄게요.”

이진은 약속하듯 고개를 믿음직스럽게 끄덕였다. 새희는 고맙다고 말하며 웃어 주고 싶었지만, 도저히 입꼬리가 올라가지 않았다. 이진은 억지 쓰지 말라는 듯 대신 부드러운 미소를 보여 주었다.

이내 그 미소가 사라진 얼굴이 어쩐지 무척이나 막막해졌다. 이진은 무슨 말을 하고 싶은 것 같았다. 그러나 입을 여는 대신 새희의 초췌한 뺨과 그사이 또 옷이 흘러내려 뼈대가 보이는 어깨와 말라비틀어진 허벅지를 차례대로 응시했다. 하려던 말은 접어 놓고 이진은 문득 물었다.

“새희 씨, 후회하지 않아요?”

주어가 될 수 있는 것들이 너무도 많았다. 그러나 그 모든 것을 합하면 결국 김언혁을 사랑한 것을 후회하지 않느냐는 질문이 되었다. 새희는 그 질문만큼은 한순간의 지체도 없이 대답할 수 있었다.

“네…….”

이번엔 가뿐히 미소까지 지을 수 있었다.

그렇군요…… 이진은 어딘지 모르게 괴롭고 먹먹한 목소리로 새희의 답을 받아들이고 한숨을 내쉬었다. 그리고 제자리에서 일어나며 새희에게 손을 내밀었다.

새희는 그 손을 잡아 이진이 일으켜 주는 대로 일어났다. 이진은 여전히 하고 싶은 말을 참는 얼굴을 하다 결국 삼키기로 결정했는지 표정을 정돈했다. 그만 나가려는 듯 뒤도는 이진의 등이 그대로 훌쩍 멀어지지 않고 가다가 멈추었다. 늘씬한 뒷모습이 정지되어 있다가 이내 새희를 향해 다시 돌았다.

"이런 말 정말 뻔뻔하게 들리겠지만……."

이진의 눈이 슬프게 휘어졌다.

"당신이 괜찮아졌으면 좋겠어요."

이진은 진심이었다.

"물론 다시 돌아가도 난 이 결혼을 할 거고, 내 목적을 위해서라면 이보다 더한 짓도 얼마든지 저지를 수 있지만……."

"……."

"그래도 당신이 괜찮아졌으면 좋겠어."

덧없는 진심이었다.

* * *

이진이 가고 나자 은석은 기다렸다는 듯, 부엌에서 과일을 들고 새희에게 왔다. 새희는 소파에 앉아 은석이 직접 과도로 껍질을 깎아 주는 속살이 뽀얀 사과를 먹었다.

은석은 사과를 베어 무는 새희의 얼굴을 읽으려고 시도하는 것 같았다. 김언혁이 새희를 진정 지워 버렸다는 소식을 듣고 어떤 심경인지 알고 싶어 하는 태도가 호기심으로 잠자리의 날개를 다 떼어 버리는 아이보다 순수하게 잔인했다. 정작 은석은 날개가 떼어진 잠자리가 불쌍하다며 우는 아이였는데 말이다.

새희는 입안에 든 사과를 삼키고 은석의 눈을 보며 말했다.

"은석아, 나 목욕하고 싶어."

"응."

은석은 곧바로 같이 욕실에 들어갈 것처럼 소파에서 일어났다. 새희는 황급히 은석의 손목을 잡아 다시 앉혔다.

"아니…… 혼자 하고 싶어. 깨끗하게."

"……."

"다 씻어 내고 싶어."

은석은 그 말이 무슨 의미인지 곰곰이 생각해 보는 듯했다. 새희는 조금 홀가분한 얼굴을 만들고 은석을 또렷하게 응시했다. 형사처럼 집요하게 파헤치던 시선이 홀연히 흔들렸다. 서서히 은석의 눈에 기대가 차올랐다. 새희는 살짝 웃었다.

그에 은석은 경기를 일으키듯 새희를 와락 껴안았다. 희야, 희야. 예쁜 이름도 아닌데 환희에 차서 불러대며 커다란 강아지처럼 새희의 어깨에 얼굴을 마구마구 비벼댔다. 그새 또 우는 건지 옷이 축축해지는 것이 느껴졌다. 새희는 은석의 등을 마주 안고 도닥거렸다. 은석은 그 하나하나의 몸짓이 너무도 감격스럽다는 듯 황송하게 떨었다.

"씻고 올게……."

"응……."

은석은 겨우 새희를 놓아주었다가 다시 또 다부지게 부둥켜안고 한참을 떨었다. 새희는 그 품에서 낑낑거리다 이윽고 벗어난 뒤 욕실로 걸어갔다. 등 뒤로 따라붙는 눈동자가 얼마나 측은한 빛을 하고 있을지 안 봐도 훤했다.

욕실에 들어온 새희가 가장 먼저 한 짓은 소리 없이 문을 잠근 것이었다. 두 번째로는 은석이 오해하도록 물을 트는 것이었다. 그리고 세 번째로 새희는 눈을 감았다. 일 초, 이 초, 삼 초…… 삼 초 뒤에 눈을 떴다. 삼 초면 충분했다. 내 삶을 보내 주는 시간은.

죽음을 준비하는 새희의 손은 어느 때보다도 침착했다. 점점 목이 조여 오기 시작했다. 숨을 쉴 수 없는 고통의 강도가 높아지며 생리적인 눈물이 뿌옇게 차올랐다. 죽음이 다가오는 느낌이 무섭지 않고 반가웠다. 의식이 차츰 희미해지는데 웃음이 나올 것 같았다.

이렇게 간단하고 쉬운 것을…… 왜 그리도 나는 바보 같이 꾸역꾸역 살았을까. 그냥 죽으면 될 것을.

죽으려고 했으나 죽지 않고 견뎌 냈던 어리석은 순간들이 주마등처럼 스쳐 갔다. 빠르게 지나가다 날 위해 살라던 김언혁의 얼굴이 갑자기 강렬하게 덮쳐 와 새희는 가슴이 덜컥했다.

어떡하지, 그가 살라고 했는데. 그를 위해 살기로 약속했는데…… 하지만 상관없겠지. 그는 날 망각하는 데 성공했으니까. 이제 괜찮겠지. 내가 죽어도 당신에게 해가 되진 않겠지…….

"어…… 억."

드디어 벗어나는 것이다. 이 지옥 같은 현실에서…….

"희야!"

그러나 신은 아직도 나를 데려가지 않고 싶은가 보다.

과격한 파열음과 함께 문을 박차고 들어온 은석이 허겁지겁 타월을 풀어내고 새희를 껴안았다. 은석의 공포스러운 울음이 욕실에 울려 퍼졌다. 새희는 본능적으로 급격하게 산소를 들이마시며 울고 있는 은석의 얼굴을 실망스럽게 응시했다.

실패했다. 또 살아야 하는구나…….

* * *

자살 기도가 무위로 돌아간 이후, 은석은 이미 미쳐 있던 사람이 그 이상으로 미친다면 어떻게 될 수 있는지 몸소 보여 주고 있었다. 새희는 옆으로 새우처럼 오그리고 누워 있던 몸이 불편해서 꼼지락댔다. 수갑에 묶인 손목과 발목이 사슬에 걸려 달그락거렸다.

그때, 은석이 방문을 열고 들어왔다. 침대로 다가오는 은석의 손에 수건이 쥐어져 있었다. 따듯하게 데워 온 수건이 피멍이 든 목에 그보다 조심스러울 수 없게 문질러졌다. 새희는 집중하는 듯한, 그러나 온 고통을 눌러 참고 있는 은석의 얼굴을 물끄러미 누운 채로 올려다보았다.

고독하고 괴로운 감정들이 커다랗게 부풀어 올라 스치기만 해도 터질 것 같은 얼굴이었다. 다시는 기대하지 않겠다고 다짐하며 피 같은 것을 흘려보낸 얼굴이기도 했다. 부질없고 너절한 희망 같은 것을. 이를테면 목을 매러 욕실에 들어가기 전 은석의 눈에 떠올랐던 미약하게 움튼 환희 같은 것 말이다.

은석의 얼굴로 창가의 햇빛이 투과되어 그러잖아도 하얀 피부가 투명하고 싸늘하게 반사되었다. 너무 창백하게 하얘서 실제인지 착란인지 분간되지 않는 무언가를 보고 있는 것 같았다.

어쩌면 빚 때문이 아니라 은석의 이목구비가 제 속에서 점점 새하얗게 휘발되어 가는 것일지도 몰랐다. 새희는 하나씩 잊어 가기로 마음먹었으므로.

그러나 잊는다는 건, 새겨지는 것보다 수백 수천 배의 어려움이 따르는 일이었다. 이 또한 부질없고 너절한 희망 같은 것이었다. 잊을 수 있다는 것. 그것이 얼마나 축복 같은 일인지. 떨어지지 않는 열병처럼 불행을 앓고 있는 자신에겐 축복이 찾아올 틈새가 존재할 수가 없거늘.

새희는 불행한 입술을 열었다.

"은석아."

목을 쓸던 수건이 멈칫했다.

"미안해."

미안하다는 말에 은석의 눈빛으로 시련이 가파르게 넘나들었다. 미안하다는 말 하나에 우리는 얼마나 많은 시련을 끌어 올릴 수 있나…….

"가혹한 일을 하게 해서, 내게 돌아오게 해서 미안해."

따듯하고 다정한 사람들 품에서 마땅히 행복을 누릴 수 있었던 네 어린 삶을, 한낱 이기적인 외로움으로 네 손으로 망쳐 놓게 해서.

"그렇게 돌아온 너를 버리고 가서 미안해."

나 하나만을 바랐던 네게서 혼자 내버려 두고 뒤돌아보지 않고 도망쳐서.

"미안하다고 하지 마."

은석은 듣기 싫다는 듯, 날카롭게 내뱉었다. 새희는 반복했다.

"미안해."

"나는…… 미안하다는 말을 듣고 싶은 게 아니야."

그러니까 나는 너에게 미안하다는 말만 할 것이다.

"미안해."

은석이 수건을 쥐지 않은 손으로 듣기 버겁다는 듯 새희의 입술을 덮었다. 그래도 새희는 사과하는 것을 그만두지 않았다. 떠는 손 위로 금방 눈물이 쏟아질 것 같았다.

화장실 문을 부수듯이 열고 들어왔던 은석의 얼굴이 어떠했나. 아마도 은석은 평생 그 순간을 잊지 못할 것이다. 보면 안 될 것을 본 자의 얼굴. 그 순간 새희는 정신적으로 은석을 죽인 것이었다. 자살로 하여금 타살을 일으킨 것이다.

미안하다고 말하니 그동안 미안하다고 생각했던 순간들이 촛농처럼 굳는 것 같았다. 제 속에서 뜨겁게 살갗을 태웠던 해묵은 감정들이 해소된 게 아니라 그대로 응결되어 온도를 잃었다. 새희는 더 이상 죄책감을 느끼지 않았다. 미안하지 않았다. 그래도 미안하다고 말했다.

"나는 수년을 기다렸는데……."

새희의 미안하다는 말을 가로지르고 은석의 결핍된 목소리가 추락했다.

"너는 단 몇 개월 만에 나를 버릴 수 있었어."

"……미안해."

"거짓말. 넌 미안하지 않아."

입가에서 손이 치워졌다. 내려다보는 은석의 눈빛이 새희를 심판했다. 빈껍데기 같은 얼굴을 추적하는 눈길이 암담했다. 영원으로 이어질 어둠 속에 물이 차올랐다. 한 사람을 익사시키고도 남을 깊은 물에 빰이 침수되었다.

"날 버리고 보육원을 떠난 것도, 그 남자를 나 모르게 만난 것도, 날 두고 죽으려고 한 것도…… 넌 하나도 미안하지 않아."

"……."

"그 남자가 널 잊고 제자리를 찾았단 소식을 들으면 체념해야지. 내가 널 기다린 세월 동안 네가 한 선택은 오로지 체념뿐이었잖아."

"……."

"그런데 왜…… 죽으려고 해? 내가 있는데."

목을 맨 사람은 자신인데 그 충격에서 벗어나지 못하고 있는 사람은 은석이었다.

"나는 그냥 네가 이해가 안 돼…… 어떻게……."

은석은 우울한 심연 속으로 빨려 들어가고 있었다.

"어떻게 내가 아닌 사람과도…… 그런 사랑이 가능해?"

새희는 각막이 칼날에 베이는 것처럼 아팠으나 눈가만 찡그렸을 뿐 눈물은 나오지 않았다. 은석은 어깨를 들썩이며 한 손으로 입가를 틀어막았다. 오열이 서럽고 원망스러운 목소리를 비집고 튀어나왔다.

"매 순간…… 일분일초마다 네가 그 남자를 얼마나 사랑하는지 느껴져…… 이게 얼마나…… 얼마나 고통스러운 일인지 알아? 희야, 알고 그러는 거야? 말해 봐. 알고 그러는 거야?"

은석은 정말로 미쳐 보였다. 미쳐 버린 눈으로 얼른 말하라는 듯 다그쳤다가 또 정말로 새희가 말할까 봐 겁난다는 듯이 머리카락을 쥐어뜯으며 고개를 발작하듯 내저었다.

새희는 그 광기 어린 광경을 멍한 눈으로 응시했다. 은석은 진정이 안 되는지 가슴을 쥐고 씨근거렸다. 점차 호흡이 거칠어졌다. 과호흡이 오는 과정이었다. 은석의 눈알에 핏줄이 서며 뺨이 부들거렸다. 은석은 필사적인 몸짓으로 새희의 품으로 달라붙었다.

콧날이 분주하게 미끄러진 곳은 다리였다. 새희는 불안한 눈으로 화상 자국에 얼굴을 묻고 가파르게 호흡하는 은석을 바라보았다. 비닐봉지 대신으로 새희의 죽은 살갗에 기록된 살 내음을 들이켜는 은석은 확실히 어딘가 결핍된, 비정상적인 인간이었다.

"나를 사랑해 줘……."

사랑을 요구하는 목소리가 화상 자국을 타고 몸속으로 독처럼 퍼져 왔다. 새희는 반사적으로 움찔거린 손목, 발목이 조여 와서 작게 앓는 소리를 냈다. 물론 이것이 없었다 하더라도 은석을 달래 주듯 쓰다듬어 주거나 하지는 않았으리라. 이제 나에겐 그럴 몫이 없다. 그래야만 하는 빚도 없다.

"미안해, 은석아."

네가 끝까지 내게 미안하다고 하지 않아서 얼마나 다행인지.

"미안해……."

그래, 은석아. 우리 서로 끝까지 용서하지 말자. 끝까지 죽일 듯이 미워하자…….

* * *

은석은 수갑을 풀어주었고 TV도, 인터넷도 허락했다. 다만 새희에게 죽지 않겠다는 다짐을 강박적으로 받아 냈다.

한 번만 더 자살 기도를 하면 죽은 것을 꼭 후회하게 만들어 줄 거라고, 지옥에서도 애통하게 빌게 해 줄 거라며 애원인지 협박인지 모를 말을 바들바들 떨며 연신 내뱉었다. 새희는 그런 은석이 애잔한 게 아니라 희한했다.

그럼에도 불구하고, 이 지경까지 치달았는데도 은석은 새희와 살아가고 싶은 모양이었다. 차라리 은석이 새희의 목을 조르며 그렇게 죽고 싶으면 죽여 주겠다고 난리를 피우는 쪽이 더 이해가 갈 것 같았다.

왜 살고 싶을까? 설핏 들었던 잠에서 깨어나자마자 새희는 손목에 연결된 링거 줄을 잡아당기며 생각했다. 살아야 하는 이유보다 죽고 싶은 이유가 천 가지는 더 많을 듯한데, 왜 살고 싶을까?

영양 수액이 삶의 의욕을 거세당한 몸으로 낭비되었다. 마른 나뭇가지 같은 손목을 들고 가볍게 휘젓자 링거 줄이 달랑거렸다. 잠들기 전 새희의 손등에 주사를 찔러 넣었던 의사는 영양실조라고 말하며 잘 챙겨 먹고, 잘 자야 한다고 강조했다. 무척이나 간단한 처방이었지만 불가능한 대책을 선고받은 것처럼 옆에서 듣던 은석은 근심스럽게 침묵했다.

목덜미에 묻힌 은석의 입술이 조용하게 호흡했다. 새희는 허리를 감은 팔목을 소리 없이 옮기고 몸을 일으켰다. 잠이 든 얼굴이 무표정인데도 울고 있는 것처럼 보였다. 나쁜 꿈을 꾸는 듯, 고운 미간이 살짝 찌푸려졌다. 은석의 좋은 꿈에도, 나쁜 꿈에도 자신이 나올 것 같았다.

막 잠이 들려던 차에 은석은 누군가와 통화를 하고 있었는데 어느 틈에 누워 잠이 든 걸까. 그러고 보면 잠든 은석의 얼굴을 보는 것이 참으로 오랜만이었다.

문득 은석이 정상적인 생활을 하고 있지 않다는 것이 자각되었다. 회장님의 가슴이 천 갈래 만 갈래 찢겨 나가고 있으리라. 그만큼 자신을 갈가리 찢어 버리고 싶으리라.

새희는 링거 대를 끌고 방을 나가 힘겨운 자세로 계단을 아슬아슬하게 내려갔다. 전부터 새희를 유독 살뜰하게 챙겨 주는 가정부가 이쪽을 보고선 한달음에 달려오더니 손을 거들었다. 거실을 가로질러 소파로 갈 때까지 뒤꽁무니를 졸졸 따라오던 그녀는 새희가 무심코 멈춰 서서 빤히 보자 기다렸다는 듯 물었다.

"뭐 좀 드릴까요?"

새희는 고개를 저었다. 고립시킬 땐 언제고 은석이 이 한 사람만 말동무처럼 붙여 놓았다는 게 어이없을뿐더러 우습기까지 했다.

소파에 앉자 벽을 커다랗게 채운 텔레비전이 눈에 들어왔다. 까만 화면에 동상처럼 앉아 있는 자신이 비쳤다. 은석은 허락해 주었지만, 외려 새희는 그의 소식을 전해 들을 수 있는 수단들을 일부러 피하고 있었다. 얼마 전까지는 그렇게라도 눈에 담고 싶어 애끓었지만, 이제 그 깊은 그리움을 묻어 두고 싶었다.

그가 지워 낸 것처럼, 새희는 절대 그를 지울 수 없겠지만 지워

낸 척이라도 해야 했다. 한 번 죽을 시도를 하고 나니 은석에 관한 모든 것은 대담해졌으나 반대로 그에 관한 것은 한층 예민하게 되었다. 혹시나 제 몸에서 자신도 모르는 그에 관한 흔적이라도 나올까 두려웠다. 죽었다 살아난 새희에게 남은 두려움은 이제 그것밖에 없었다.

새희는 리모컨을 잡아 쥔 채로 망설였다. 화면의 자신과 눈싸움을 이어 가다 이윽고 텔레비전의 전원을 켰다. 뉴스 채널에 맞춰져 있었는지 곧바로 앵커가 튀어나왔다. 톤이 낮고 발음이 또박또박한 목소리가 회사 횡령에 관련된 뉴스를 전했다.

무념무상하게 듣고 있던 새희는 채널을 돌리기 위해 리모컨을 다시 쥐었다. 때마침 앵커가 조금은 긴급한 느낌으로 다음 뉴스를 전했다.

[다음 속보입니다. 오늘 밤 경기도 양평 별장에서 화재가 일어나 안에 있던 여성 한 명이 숨진 채 발견됐습니다. 사건 사고 소식 유희진 기자가 전합니다.]

이어지는 장면에 새희가 아는 배경이 펼쳐졌다. 새희의 심장이 일순 멎었다. 기자의 목소리가 들려왔다.

[경기도 양평의 한 별장에서 불이 난 건, 오늘 새벽 0시 20분쯤. 잿더미 속에서 여성 1명이 숨진 채 발견됐는데 김석재 법무부 장관의 아내로 추정됩니다. 소방당국은 건물 바깥에서부터 불이 시작된 것으로 보고 방화로 추정하고 있습니다. 경찰은 현장에서 방화범으로 추정되는 24살 이 모 씨를 붙잡아 조사하고 있습니다. 별장은 현재 1인 요양원으로 운영되어 20명의 의료진들이 일하고

있었으며 직원들이 모두 퇴근한 뒤여서 추가적인 인명 피해는 없었습니다. 김석재 법무부 장관은 이와 관련해 참담함을 이루 말할 수 없다 밝히고 있으며…….]

새희는 화면 속 화재 현장을 망연하게 바라보았다. 머리끈을 자랑하듯 보여 주던 천진으로 무장한 여인의 얼굴이 스쳐 지나갔다. 다음으로는 문가에 서서 그 모습을 무심하게 지켜보던 그의 얼굴이, 그다음으로는…….

'진작 놔줬어야 했을까?'

공허한 세월에 이미 오래전에 면역이 된, 정서가 훼손되어 버린 얼굴이…… 그럴 리가 없었다.

"약속했잖아……."

그럴 리가 없다.

"약속했잖아! 약속했잖아!"

마지막 한 자락의 바람이 헛것처럼 무너졌다. 그가 살려 놓았던 자신의 감정들을 모조리 앗아 가도 좋으니 그 사람만큼은 완전무결한 자신을 지킬 수 있게 해 달라고 간절히 빌었다. 바란 것은 오직 그뿐이었다. 그것 하나만 들어준다면 그토록 고통스러운 세월도 다시금 견딜 수 있다고…… 오직 그 이유로 그를 거부했다.

그렇게 한 번의 무참한 거부를 당하고도 새희를 또다시 태연하고 짓궂은 얼굴로 구원하러 온 그를 또 한 번 거부했다. 그를 다치지 않게 하기 위해서. 그의 본래 생을 돌려주기 위해서. 그랬는데 그 사람의 가장 소중한 것이 망가졌다. 결국 그 사람을 다치게 했다…….

새희의 몸이 부들부들 떨렸다. 혼돈과 충격으로 휘감긴 눈 속에 순간 이채가 서렸다.

'희야, 네가 생각하는 것보다 나는…….'

'그 남자가 싫어.'

'그래서 무슨 짓이든 할 수 있을 것 같아.'

그저 죽고 싶을 만큼 괴로워 보인다고 생각했던 표정들이 악독한 각오를 다지는 발판이었음을 일이 벌어지고 나서야 멍청하게 깨닫는다. 은석은 정말로 그럴 수 있는 인간이었다. 피아노처럼 그를 망가뜨리는데 어떠한 죄책감도 느끼지 않았을 은석을 눈앞에 선명하게 그릴 수 있었다.

새희는 팔뚝에 꽂힌 주삿바늘을 마구잡이로 뽑아 버렸다. 링거대가 바닥으로 쓰러지며 발등을 후려쳤다. 아픔은 분노 앞에 무용했다. 새희는 커다란 폭풍 같은 울분에 단숨에 집어 삼켜졌다. 화면에 나오는 까맣게 남은 잿더미가 제 가슴 속을 거멓게 팼다. 분노와 환멸로 인한 눈물이 솟구쳤다.

새희는 두 손으로 얼굴을 잡아 뜯듯 쓸어내렸다가 고개를 번쩍 들고 벽장으로 돌진했다. 전시해 놓은 유리 공예 장식품을 텔레비전에 내던졌다. 와장창! 텔레비전에 부딪치고 떨어진 장식품이 산산조각이 났다.

소란에 밖에 있던 경호원들이 달려왔다. 새희는 분을 이기지 못하고 벽장을 잡고 쓰러뜨렸다. 안에 있던 것들이 투신하듯 떨어져 요란한 파열음을 내며 박살이 났다. 이것으론 모자랐다. 낯설면서도 낯설지 않은 파괴 욕구가 들끓었다. 제 속에 다른 인격이 나타난 것 같았다. 그러나 이 또한 자신이었다. 억누르고, 억누르고, 억눌렀던 자신이었다.

계단에서 내려오고 있는 은석을 발견한 건 그 순간이었다. 새희는 놀랍도록 차가워졌다. 은석은 이해할 수 없는 눈으로 새희를 보더니 이어 계단을 빠르게 내려왔다. 은석이 가까이 다가오는 동안 새희의 뇌리에선 폭란이 일어났다. 그 어떤 것도 자신을 통제할 수 없었다.

은석은 지척에서 언제라도 제압할 기세로 새희를 둘러싼 경호원들에게 눈짓을 보냈다. 경호원들은 일제히 물러섰다. 눈짓 하나로 다수의 사람을 다루는 게 너무나 능숙해 보였다.

김언혁의 차를 들이박을 때도, 선주를 다룰 때도, 그 사람의 어머니를 처리할 때도 전부 저런 눈짓으로 가뿐히 명령했을 테지. 애초에 나의 기도 같은 건 너에게 통하지도 않았을 테지. 나의 사랑을 얻는 것보다 그 사람에게 고통을 주는 데 주목했을 테지.

너는 언젠가 그 사람에게 보복하기 위해서 나를 인질 삼아 데리고 있던 것뿐이다. 네 사랑도, 증오도 한낱 복수심에 명분으로 이용됐을 뿐이야!

다발적으로 극단적인 사고가 폭발하며 새희의 이성은 완벽하게 휘발되었다. 그것의 진위 따윈 중요치 않았다. 은석이 약속을 어기고 그 사람의 생애 지워지지 않을 상처를 남겼다는 것만이 새희를 미쳐 버리게 하는 진실이었다. 누가 짓밟는 것처럼 머리가 지끈지끈 아파 왔다. 한 번도 내 본 적 없던 싸늘한 음성이 입 밖으로 튀어 나갔다.

"너는…… 쓰레기야."

은석은 아무런 표정도 짓지 않았다. 사실은 무슨 표정을 짓고 있는지 눈에 들어오지 않았다. 새희의 시야는 새빨갛게 달아오르고 있었으므로.

"사랑해 달라니. 제정신이야?"

숨죽인 어둠으로부터 경멸이 치밀어 올랐다.

"너 같은 쓰레기를 사랑할 수 있을 리가 없잖아."

흐린 시야 속 은석의 얼굴이 섬약하게 뭉그러졌다. 어찌나 가증스러운지 당장 저 예쁜 얼굴을 손톱으로 그어 버려 흉터를 남기고 싶었다.

"매달리길 기다렸다고? 나는 하루하루 매달리는 삶을 살았어. 네가 날 다시 찾아 줬을 때부터 매 순간 날 외면하는 네 그림자에 매달렸어! 나, 나 여기 있다고. 은석아, 나 여기 있다고, 나 살아 숨 쉬고 있다고. 용서가 안 되어도 좋으니 내 눈을 한 번만 살아 있는 것처럼 쳐다봐 달라고……."

너무 격해져서 말을 하는 게 아니라 토악질을 하는 것 같았다. 새희는 학대당한 과거를 게워 내고 있었다.

"너는 단지 나에게 상처를 준 게 아니야. 내 생을 박탈했어. 나는 네 방치에 내 삶을 빼앗긴 거야……."

"희야……."

"내 이름 부르지 마!"

애틋하게 부르는 음성에 소름이 끼쳤다. 은석의 얼굴이 좀 전에 던진 유리 장식품처럼 깨어지는 것도 더는 희열도 무엇도 느껴지지 않고 소름 끼칠 뿐이었다.

"아기……."

언급하는 것만으로도 목이 메어 숨을 쉴 수가 없었다.

"아기를 낳으면 그대로 창밖으로 던질 것 같았어. 너뿐만 아니라 이 집에 사는 모든 사람들이 그럴 것 같았어. 왜냐면 내 아기는 충분히 그래도 되는 것으로 취급됐을 테니까."

나처럼…….

"나는 그때 너를 용서하려고 애쓰고 있었어."

은석도 북받쳐 오르는 감정에 잠겨 반박하듯 내뱉었다. 이렇게 바닥까지 솔직해졌는데도 서로를 이해할 수 없었다. 죽을 때까지 서로를 원망하며 억울해할 것이었다. 그러니까 누구 하난 죽어야 끝날 것이다.

은석의 눈이 번뜩였다.

"맞아, 난 창밖으로 던졌을 거야. 너와 나 사이엔 아무것도 필요 없어. 부모도, 형제도, 아기도! 나는 너만 있으면 됐어. 너도 그걸 원했었잖아. 원했으면서 왜 아기랑 도망쳤어. 왜 아기랑 둘이서 도망쳤냐고!"

은석에겐 새희의 죄였고 새희에겐 은석의 죄였다. 누구의 죄질이 더 무겁고 간악한가, 그런 걸 심판하는 자는 우리가 아니었다.

새희는 속죄하듯 살아온 세월을 주장할 수 있었다. 그것을 속죄가 아닌 기만이라고 은석이 반증할 수도 있었다. 그러나 더는 그런 건 중요치 않았다. 이제 이 지긋지긋한 죄의 굴레에서 심판받고 싶지 않았다.

"……희야."

은석은 새희의 정적인 얼굴에서 무언가 심상치 않은 기운을 느낀 건지 불안하게 이름을 불렀다. 새희는 허리를 숙여 유리 조각 하나를 바닥에서 집어 들었다. 부서질 듯 요동치는 은석의 눈동자를 직시했다.

그대로 새희는 날카로운 것으로 오른 다리를 찍었다. 살이 찢기는 고통을 고스란히 느끼며 조각을 깊숙이 살 속에 집어넣었다. 화상 자국이 벌어져 시뻘건 피가 쏟아져 나왔다.

새희는 이 자리에 기록된 은석과 했던 수많은 약속들을 도려냈다. 이제 단순한 흉터로 남을 것이었다. 그저 옛날에 학대를 당했고, 그리하여 많이 아팠다고 기억할 딱 그 정도의 흉터로…….

은석은 황급히 새희의 손에서 유리 조각을 빼어 멀리 던지고 피가 철철 나는 다리를 살폈다. 새희는 안절부절못하는 정수리를 짜증스럽게 내려다보았다.

"비켜. 나갈 거니까."

"의사, 의사 부를 테니까 앉아……. 얼른 앉아, 희야."

새희가 소파에 앉지 않고 버티자 은석은 앉으라고! 소리를 지르며 팔뚝을 끌어당겼다. 새희는 앉지 않기 위해 저항하다 은석의 뺨을 연달아 올려붙였다.

은석은 뺨이 발갛게 달아오른 채로 혹여나 상처에 닿을까 몸을 바짝 붙이지 못하고 초조하게 굴었다. 상처 때문인지 분노 때문인지 몸이 뜨거워지고 있었다. 새희는 성가시게 막아서는 은석을 밀쳐 내며 악을 썼다.

"비켜, 제발 비켜! 지긋지긋해. 너 정말 지긋지긋해! 알아? 너랑 있으면 죽고 싶어져. 내가 죽어야 하는 사람으로 느껴져. 그런 네가 정말 싫어. 너무 싫어!"

결렬하게 무너지는 은석의 얼굴 뒤로 거실을 가로질러 오는 사람들이 보였다. 싸늘하고 딱딱하게 굳은 얼굴이 경호원을 대동한 채로 거리를 좁혀 오고 있었다. 신 회장이었다. 새희는 눈을 치떴다. 은석은 인기척을 감지하지도 못하는 건지 정신없는 얼굴로 새희의 팔을 붙잡은 채 의사에게 전화를 걸었다.

혐오와 멸시가 팽배하는 시선이 핀셋처럼 새희를 찔렀다. 새희는 잠자코 그 시선을 받아 냈다. 신 회장은 한 손을 들어 두 손가락을 까딱했다. 그러자 경호원들이 이쪽으로 다가섰다. 이를 악물며 주먹을 꽉 말아 쥐었으나 그들이 둘러싼 건 새희가 아니었다.

은석은 갑작스럽게 양쪽 팔목을 붙드는 경호원들을 둘러보며 휴대폰을 바닥에 떨어뜨렸다. 그제야 신 회장을 돌아보는 얼굴이 차갑게 경직되었다.

"뭐 하는 거야."

신 회장은 묵묵부답이었다. 그러나 표정 속엔 언뜻 보면 굴욕감과도 같은, 비장한 결심이 자리 잡고 있었다. 낌새를 감지한 은석의 얼굴이 급속도로 불안정해졌다. 은석이 비명을 지르듯 소리쳤다.

"뭐 하는 거냐고!"

새희는 그때까지도 제 팔목을 붙들고 있던 은석의 손을 뜯어냈다. 다시 잡기 위해 뻗어 오는 손을 경호원들이 제지했다. 이거 놔! 놓으라고! 발광하는 은석에게 경호원이 한 사람 더 붙었다.

신 회장은 이마에 심줄이 돋아난 채로 새희를 당장이라도 죽일 듯이 노려보았다. 버릇이 든 몸은 어쩔 수 없이 떨려 왔지만, 마음은 전처럼 산란하지 않았다. 새희는 그의 결단을 읽을 수 있었다.

비로소 새희를 버리려는 것이었다. 존재한다는 사실만으로 은석을 갉아먹고 있던 새희를, 하지만 차라리 갉아먹게 두더라도 어떻게든 은석을 다스릴 수단으로 처리하지 못하고 남겨 두었던 새희를 마침내 폐기 처분 하기로 마음먹은 것이다.

더는 그 수단으로도 이용하지 못할 걸 알았기 때문인 걸까? 아니면 그냥 더 이상은 두고 보기 힘들어진 것일 수도. 아무래도 좋았다. 이제 버려지고 싶어 안달 난 건 자신이었다. 이 집에서 어떠한 고통도 버틸 이유가 없었다.

새희는 울부짖는 은석을 천천히 지나치고 장승처럼 서 있는 신 회장의 옆도 지나쳤다. 등지고 걸어가는 새희의 뒤통수로 눈길이 탄환처럼 꽂혀 왔다.

"배은망덕한 년……."

살기 어린 폭언에도 새희는 눈에 힘을 주고 걸어갔다.

"은석이를 저렇게 만들어 놓고…… 그 집에서 처 맞다 죽을 명이었던 불쌍한 것을 데려다 부족함 없이 태정가에서 자라게 해 줬더니 뒤로는 추잡한 짓을 벌였지. 나를 기만하고 은석이를 기만한 너를 찢어 죽여도 시원찮아!"

새희는 입술이 벌벌 떨렸지만 계속 걸었다.

"네 어미의 유골을 거기 버리길 잘했지!"

그 순간 발이 굳었다. 커다란 돌덩이가 어깨를 내리찍은 것 같은 충격이었다. 새희는 삽시간에 나락으로 곤두박질쳐진 낯빛으로 뒤돌아보았다. 신 회장은 더욱 흉포하고 잔인한 언어를 내갈겼다.

“죽어서도 편치 못했을 거다. 더러운 딸년을 가진 어미의 뼛가루가 흩날리기엔 제격인 장소였을 테지.”

희야, 엄마는 죽으면 땅에 묻히고 싶어. 따뜻하고 아늑한 흙 속으로 들어가고 싶어…… 망막과 고막이 잘려 나가는 것 같았다. 하얗게 질린 채로 새희를 보고 있는 은석이 보였다. 은석의 입이 뭐라고 중얼거리고 있었다.

그만해…… 그만해, 제발…… 새희는 부들부들 떨던 고개를 치켜들었다. 총칼 없이도 사람의 혀는 사람을 난자할 수 있었다. 새희 또한 그럴 수 있는 혀를 가지고 있었다.

“네 아들이 정신병자인 게 왜 나 때문이야.”

신 회장은 제 귀를 의심하는 얼굴로 눈을 부릅뜬 채 굳었다.

“네 아들이 저렇게 된 건 나 때문이 아니라 너 때문이야. 이 모든 게 너 때문이야.”

어쩌면 은석의 죄도, 새희의 죄도 아닌…… 모든 게 아이를 버린 부모의 죄였음을.

“추한 피는…… 너한테서부터 시작된 거야.”

신 회장은 꼿꼿이 서서 새희를 주시하고 있었지만, 굵직한 몸체가 꼭 휘청거리는 것처럼 보였다. 이윽고 그는 눈가를 경련하며 성큼성큼 다가와 손을 번쩍 들었다. 은석이 하지 말라고 고함을 질렀을 때,

“이, 정신 나간……!”

짝! 뺨이 후려쳐지며 새희의 고개가 꺾일 듯이 돌아갔다. 새희는 불이 난 것처럼 뜨겁게 욱신거리는 뺨을 다시 원위치로 되돌리고 여전히 노기로 떨고 있는 신 회장을 똑바로 응시하며 씹어뱉었다.

"다시는…… 내 눈앞에 나타나지 마."

역겨우니까…… 새희는 뒤돌아 주저 없이 현관으로 나갔다. 아무도 말리지 않았다. 말리는 사람이 있었더라도 그 사람의 눈을 찔러서라도 나가고야 말았을 것이다.

새희는 가야 할 곳이 있었다. 지금 당장 세상에서 가장 울적할 그 사람에게 가야 했다. 홀로 앉아 태연하게 슬픔을 관조하고 있을 그 사람에게…….

"희야, 안 돼…… 가지 마, 가지 마!"

그렇게 은석의 처절한 절규를 남겨 두고 새희는 그 집에서 나갔다. 마침내 그 지옥 같은 곳에서…….

* * *

새희는 달렸다. 달리다 보니 맨발이란 것을 깨달았다. 벌어진 상처에서 흘러내린 피가 발등을 적시고 있었다. 몸이 비틀거리고 자꾸만 눈이 감겨 왔으나 악착같이 견디며 달렸다.

머뭇거리는 동안 그는 슬픔에 압사되고 있으리라. 그가 다시 권태와 오만을 되찾았어도 이런 슬픔을 홀로 견딜 수 있을 리가 없다. 어머니에 대해 설명하며 도륙된 것처럼 탈색된 눈빛을 했던 그가 떠올라 새희는 자꾸만 눈물이 흘러내렸다.

"가야 해. 얼른 가야 해……."

대로변으로 나가 택시를 잡았다. 새희는 그의 펜트하우스 주소를 말했다. 가는 중에 돈이 없다는 걸 깨달았다.

"아, 아저씨. 저 돈이 없어요. 돈이 없는데…… 가서 드릴게요. 내려서…… 내려서……."

기사는 새희의 꼬락서니를 보고 대충 급한 상황을 이해한 것처럼 고개를 끄덕였다. 새희는 고개를 연신 꾸벅댔다. 가는 동안 지혈하듯 상처를 꾹 붙들고 기도했다. 그 사람이 너무 슬퍼하고 있지 않기를. 너무 괴로워하고 있지 않기를…….

고통에 마비될 것 같은 정신을 채찍질하다 어느새 도착한 것을 확인했다. 새희는 벼락같이 차 문을 열며 간절히 속삭였다.

"잠깐만 기다려 주세요. 죄송해요. 잠깐만, 잠깐이면 돼요……."

택시에서 내리자마자 정문 펜스를 넘어 정신없이 뛰었다. 눈물이 앞을 가려 손등으로 거듭 훔쳐 내며 번호를 누르고 아파트로 들어갔다. 엘리베이터에 오르고 복도를 가로질러 현관 앞에 서자 어찌할 수 없이 울음이 터져 나왔다.

비밀번호를 누르다 새희는 문득 그가 집이 아닌 장례식장에 있을 거라는 생각에 뒤늦게 이르렀다. 번호를 누르던 손가락을 멈추고 절망스럽게 두 손으로 얼굴을 가렸다. 바보처럼, 택시 기사에게 휴대폰을 빌려 그에게 전화라도 해 볼 것을…….

아니, 지금이라도 늦지 않았다. 새희는 허겁지겁 돌아온 길을 다시 달음박질하려 했다. 그런데 그 순간, 안쪽에서 문이 열렸다. 몇 발자국 멀어졌던 새희는 믿을 수 없는 눈으로 문을 열고 나오는 남자를 쳐다보았다. 눈이 마주친 그는 태연하게 고개를 까딱였다.

"안녕."

"괘, 괜찮……."

괜찮아? 라는 말을 차마 끝맺지 못했다. 그러나 그는 알아들었다는 듯 대답했다.

"아니."

김언혁의 눈이 휘어지며 안아 달라는 듯 두 팔을 벌렸다. 새희는 울음을 터뜨리며 그의 목을 껴안았다. 새희의 울음소리가 복도에 울려 퍼졌다. 그는 새희를 부서지도록 껴안고 콧날을 목에 짓뭉갠 채 탁한 음성으로 확인했다.

"나한테 온 거야?"

"응……."

내가, 내가 이제 지켜 줄게. 아무 것도 당신을 건드리지 못하도록 내가…….

새희는 끊임없이 속삭였고 그는 아마 웃었던 것 같다. 아니…… 무너졌던 것 같다.

* * *

장례식을 치르는 동안 김언혁은 울지 않았다. 새희는 그를 대신하여 울어 주듯 목 놓아 울었다. 태어난 이래 가장 오래도록 울었던 것 같다. 그의 부친은 묵묵히 자리를 지켰으나 그와는 눈 한 번 마주치는 법이 없었다.

차갑고 날카롭게 생긴 그보다는 조금 더 어둡고 묵직한 인상으로 어쩌다 눈길이 부딪칠 때면 뼈와 살이 뜯어 먹히는 것 같았다. 그 눈빛 하나만큼은 그의 부친이라는 사실을 더없이 확실하게 증명했다.

조문객들을 엄격하게 통제하는 장례식장 주변으로 기자들은 발인 날까지 고집스럽게 진을 치고 있었다. 고인의 죽음은 갑작스러운 듯하면서도 암암리에 수상쩍은 뒷말이 돌았을 것이었다. 누구의 사주를 받고 방화를 일으켰다는 건 자명했다. 그 이상으로 깊이 파헤치지 않을 것도 자명했다.

김언혁의 어머니는 화장되었다. 마지막으로 유골을 바라보는 그의 눈빛은 담담했다. 통증을 모두 흘려보낸 것처럼. 장례 절차마다 통곡하던 나라의 어머니는 종지부에 새로운 슬픔이 올라오는 듯 꺼이꺼이 오열했고 나라와 의준은 그녀를 부축하며 함께 눈가를 붉혔다.

마찬가지로 울고 있던 새희는 문득 엄마를 생각했다. 어떤 죽음은 눈물로 얼룩지고 어떤 죽음은 흔적조차 남지 않는다. 생은 그토록 길고 길건만 죽음을 붙들고 슬퍼할 수 있는 날은 고작해야 며칠뿐이다. 허무하고도 쓸쓸한 초상 속에서 우리 엄마의 죽음에 눈물 흘려 준 사람은 누구였을까…….

김언혁은 우는 새희의 뺨을 쓰다듬으며 눈물을 가져갔다. 아파 보이지 않기에 아파 보이는 그를 올려다보며 새희는 자책과 암울함을 느꼈다.

어머니가 이 세상에서 사라졌다는 것. 그 소식을 처음 접했을 때 그의 심경을 짐작하려고 하면 정말이지 죽고 싶을 정도로 가슴이 아팠다. 새희는 그의 뺨에 젖은 얼굴을 기대며 속으로 사죄했다.

미안하다고. 정말 미안하다고…….

* * *

"읏, 하아!"

그의 것이 빠르게 치고 들었다. 새희는 러그에 얼굴을 파묻고 할딱거렸다. 김언혁은 허리를 쳐올리며 고개를 박고 있는 새희의 몸을 끌어당겨 뒤집었다. 육욕에 젖은 두 눈이 관통해 왔다.

가슴이 저릿하며 솜털이 곤두섰다. 탄력 있는 피부에서 뿜어 나오는 열기가 몸을 끈적거리게 감쌌다. 애원하듯 팔을 뻗자 그가 단숨에 그 손을 자신의 목에 감게 했다. 거칠게 움직일 때마다 등 뒤로 부드러운 털이 문질러졌다.

앓듯이 신음하는 입술로 혀가 파고들었다. 새희는 마주 혀를 섞으며 허벅지를 바짝 조였다. 그가 나직한 한숨 소리를 내며 눈을 빛냈다. 교합되는 감각에 원색적으로 도취된 눈. 새희는 그 눈에 흥분해서 더욱 갈망하게 되었다.

"손가락도 넣어 줄 테니까 쪽쪽 빨아 당기는 거야, 밑에처럼……."

입안에서 굴러다니는 혓바닥 사이로 그의 손가락이 침범했다. 새희는 풀린 눈으로 야릇한 살갗을 소리 내어 열성적으로 빨았다. 조금씩 더 버겁게 짓뭉개는 그의 손가락과 혀 놀림에 시야가 흥건해졌다.

숨이 막혀 오자 버릇처럼 쾌감이 증식했다. 커다란 성기가 징처럼 때려 박혔다. 그의 단단한 흉곽과 갈라진 복근, 날 것의 흉터까지 눈에 들어오는 모든 것이 고조되는 자극이었다.

순간, 입속을 유린하고 있던 손과 혀가 동시에 뽑혀 나갔다. 그가 새희의 타액이 진득하게 묻은 손가락을 혓바닥 위에 올리고 문질렀다. 새희가 했던 것처럼 쭉쭉 소리 나게 빠는 모습이 포르노보다 음탕했다.

그의 목을 감은 팔이 덜덜거렸다. 그가 얼굴을 돌려 그 팔을 혀로 쓰다듬으며 보일 듯 말 듯 입꼬리를 올렸다. 새희의 심장이 북처럼 둥둥 울렸다.

몸도, 마음도 꼼짝없이 휩쓸려 가는 새희를 김언혁은 뚫어지게 주시하며 허리 짓에 피치를 가했다. 벌어져 흔들리는 다리가 그의 허리에 안착했다. 그의 눈빛이 기척 없이 절박해져 있었다. 사람을 익사시키는 그 눈은 요 몇 주간 하루도 빠짐없이 목격한 것이었다.

가쁘고 저릿한 숨을 내쉬며 새희는 그의 목을 안타깝게 매만졌다. 격정적이고 집요하게 밀려 들어오는 커다란 성기에 발끝이 오므라들었다. 그는 사정을 늦추고 싶어 하는 것 같았지만 그렇다고 늦추기 위해 힘을 조절하는 짓은 하지 않았다. 누구의 것인지 구별할 수 없는 심장 소리와 격한 호흡이 귓속을 뜨겁게 메웠다.

잠시 후 그가 안쪽으로 성기를 콱 들이박고서 움직임을 멈췄다. 이미 정액으로 듬뿍 채워진 곳으로 미지근한 것이 쏟아지는 것이 느껴졌다. 새희는 하아…… 긴 숨을 내쉬며 그의 목에서 팔을 풀었다. 그는 턱을 치켜들며 손바닥으로 땀에 젖은 머리칼을 쓸어 올렸다.

새희는 해일과도 같은 그의 관능에 불식간에 흠뻑 적셔졌다. 그는 훔쳐보는 새희를 보고 엉큼하다는 듯 눈매를 좁혔다. 그 장난스러운 표정마저 아스라한 욕망을 깊은 곳에서부터 끌어당겼다.

왜 이렇게 안타까워 미칠 것 같을까. 매 순간이 어쩌면 이렇게…….

"키, 키스하자…… 계속, 계속……."

새희는 애타게 속삭이며 다시 그의 목을 껴안고 입술을 비볐다. 따뜻한 혀를 혀로 누르며 그의 타액을 열렬히 넘겨 받았다. 그는 성에 차지 않을 혀 놀림을 가만히 받아 주다 한순간 주도권을 장악했다.

반쯤 눈매를 감고서 점막을 빨아 들일 듯 휘감아 당기며 혀뿌리까지 샅샅이 핥아 올린다. 그와 골백번 혀를 섞어도 새희는 어설프게 흉내조차 낼 수 없는 질펀한 키스였다.

"으, 으응……."

침에 고인 신음까지 받아 삼킨 그가 다시 커다랗게 부푼 성기를 음모 위에 마찰했다. 고개 각도를 바꿔 혀를 깊이 넣은 뒤 성기를 다시 또 안으로 박아 넣는다. 퇴폐적인 얼굴에 역광처럼 황혼이 드리우고 있었다. 새희는 하루가 저물고 있다는 사실이 안타까워서 감당키 버거운 것을 더욱 필사적으로 조였다.

장례식이 끝난 이후, 몇 주가 흘러갔다. 그 몇 주 동안 새희는 내내 그와 뒹굴었고 뒹굴다 배가 고프면 밥을 먹었고 먹고 난 뒤엔 또 뒹굴었다. 아무것도 생각하지 않아도 되는 나날들이었다. 함께 있을 수 있다는 것에 얼마나 뭉클해지고 절박해질 수 있는지…….

새희는 그의 벗은 몸에 매달릴 때면 이대로 흡착되어 그의 피와 살이 되고 싶다는 욕망 때문에 정신을 차릴 수가 없었다. 그러나 그러다가도 문득, 통제를 이탈한 채 새희에게 몰두하고 있는 까만 눈을 선명하게 자각할 때마다 자신도 알 수 없는 눈물이 흘러내렸다.

죽도록 행복한데도 왜 죽어야 할 것 같은 기분에 사로잡히게 되는 걸까. 그는 그런 정체 모를 압박감에 휩싸인 새희의 얼굴을 볼 때마다 무섭도록 굳은 얼굴로 새겨 두곤 했다.

"너는 나만 생각하면 돼."

뜯어고치겠다는 듯 타이르는 말투가 아니라 강제하는 어조였다. 지금 또 그런 얼굴을 하고 있나 보다. 새희는 비굴해 보일 만큼 다급하게 고개를 끄덕였다. 그의 말을 강박적으로 되뇌었다. 당신만 생각하면 된다. 당신만, 당신만…….

언제 시작했는지 모를 섹스가 끝난 건 방 안이 어둑해졌을 때였다. 끈적거리는 피부에서 음란한 냄새가 진동했다. 새희는 러그 위에서 색색거리며 몸을 웅크리고 있었다. 잇자국으로 도배된 등을 그가 혀로 쓸어 올리자 몸이 바르르 떨렸다.

그는 척추뼈를 따라 혀를 미끄러뜨리며 간지럽히다가 뭉근한 몸짓으로 일어나 부엌으로 갔다. 새희는 손등으로 흐릿한 눈을 비비며 늪에 빠진 듯한 몸을 일으켜 앉았다. 따듯한 물을 가져온 그가 옆에 앉아 입가에 컵을 기울여 주었다.

꼴깍꼴깍 마시고 그를 쳐다보는데 어두운 눈이 새희의 목을 응시하고 있었다. 피멍이 보기 흉하게 빠지고 있었다. 낮에 그가 붕대를 갈아 준 오른 다리로도 시선이 옮겨 갔다. 강아지풀을 삼킨 것처럼 목 안이 간질거렸다. 새희는 별안간 한 손으로 목을 잡고 눈가를 찡그렸다. 김언혁은 곧바로 심각한 표정을 하곤 재빨리 물었다.

"왜 그래."

가슴이 저릿할 만큼 너무 심각해서 새희는 더 연기하지 못하고 스르르 입꼬리를 올렸다. 그는 속은 것을 깨닫자마자 눈에 힘을 풀고 입술 사이로 바람을 내보냈다. 새희의 콧방울을 툭 건드는 손길이 부드러웠다.

"장난쳤어?"

"응……."

괘씸한데…… 그가 혼내듯 뺨을 힘껏 깨물었다. 새희에겐 벌이 아니라 사랑이었다. 그는 깨문 곳을 핥아 주다 갑자기 새희를 껴안고 풀썩 러그 위로 쓰러졌다. 너무나 가까이 있는 그의 얼굴에 심장을 조이는 다정함이 번져 있었다. 매끈한 이마에서 날카로운 콧대로 떨어지는 선이 극도의 설렘을 몰고 왔다.

새희는 참을 수 없어서 그의 입술에 입술을 갖다 대고 비볐다. 그가 소리 내어 웃었다. 그는 웃는데 새희는 울고 싶었다. 늘 그랬다. 언제나 이토록 가슴 벅차 울고 싶었던 것 같다.

"언혁아."

"응."

미안해…… 새희는 반사적으로 튀어나오려는 말을 입안 살을 짓씹으며 인내했다. 미안하다는 말을 그가 듣기 싫어할 것임을 안다. 알고 있기에 그의 어머니를 잃게 해서 미안하다는 말은 평생이 가도 못 할 것이었다.

새희는 대신 그가 좋아할 말을 생각했다. 생각해 보니 그 말 빼곤 전부 다 좋아해 줄 것 같았다. 그는 새희가 일단 뭘 하든 좋아해 주는 사람이었으니까.

"내일은…… 아이스크림 먹자."

정말이지 맥 빠지는 말이었을 텐데 그는 좋은 생각이라는 듯 고개를 가볍게 끄덕였다.

"응."

"피아노도 치자."

당신을 위해서 완성한 파반느. 아직 이진의 손에서 전달되기 전이여서 다행이었다. 제 손으로 먼저 들려줄 수 있었다. 그것만으로도 새희는 불운하지 않다고 말할 수 있었다.

"그리고?"

졸음이 밀려오는 눈가를 그가 귀엽다는 듯 손가락으로 문질렀다. 새희는 수마를 느끼며 의식이 넘어갈 때까지 소망을 입술 끝에 매달았다.

"그리고……."

함께 있자.

계속 함께…….

* * *

"짜잔!"

새희는 눈을 뜨자마자 보이는 나라의 얼굴에 기쁘게 놀랐다. 집이 왜 이렇게 따듯하냐고 꿍얼거리며 나라는 동그란 단추가 많이 달린 귀여운 코트를 재빨리 벗었다. 이어 침대 맡에 걸터앉아 새희의 팔을 우악스럽지 않게 잡고 천천히 일으켰다.

창밖을 보니 해가 중천까지 솟아 있었다. 새희는 습관적으로 김언혁을 눈으로 찾았다. 나라가 손가락으로 방을 가리켰다.

"오빠는 방에서 통화 중. 아이스크림 먹고 싶다고 했다면서? 종류별로 다 골라 왔어. 여기 줄 서서 사 가는 데야."

새희는 부스스한 머리가 쑥스러워 얼른 손으로 빗어 내리며 나라가 종이봉투에서 꺼내는 아이스크림 통을 호기심 있게 쳐다보았다.

나라와 아이스크림을 먹으며 진지하게 맛 평가를 나누고 있는데 김언혁이 차가운 얼굴로 방에서 나왔다. 고개를 돌려 스푼을 입에 물고 있는 새희를 발견한 그의 눈빛이 돌연 흥미로워졌다. 그는 곧장 다가와 옆에 붙어 맛이 궁금하다며 새희의 턱을 쥐고 입속에 혀를 넣었다. 그는 달다고 인상을 쓰면서도 새희의 입안을 혀로 꼼꼼히 수색했다.

"나는 왜 계속 이 모습을 봐야 하는 거지……?"

나라는 썩어 들어가는 안면으로 입맛이 떨어진 것처럼 떨떠름하게 스푼을 놓았다. 아랑곳하지 않고 새희의 뺨까지 핥아 올린 그가 이제 그만 용건이 끝나지 않았냐는 듯이 나라를 지루하게 주시했다. 나라는 샐쭉하게 눈을 치뜨더니 맹하게 눈치만 보고 있는 새희에게 팔짱을 끼며 좀 더 있다 가겠다고 칭얼거렸다.

"아이스크림 아직 다 안 먹었거든? 다 먹을 때까지만 새희랑 놀다 갈 거야. 나 그래도 되지, 새희야?"

새희가 고개를 끄덕이는 것을 보며 나라가 의기양양하게 턱을 쳐들었다. 그러나 김언혁의 눈길은 아까보다 훨씬 날카로워졌다. 나라는 살기가 없어도 살벌하게 느껴지는 기운에 기가 죽어 어깨를 움츠리며 말했다.

"아, 왜…… 알았어. 가면 될 거 아냐."

"왜 멋대로 말을 놓지?"

"뭐? 아니, 그럼 나보다 어린데 말도 못 놔?"

"너보다 두 살 많아."

그 순간 나라의 얼굴에 이루 말할 수 없는 거대한 충격이 내리 덮쳤다. 그러고 보니 나라에게 나이를 말한 적은 없었던 것 같다. 그저 갑자기 나라가 친근하게 말을 놓자고 해서 그러자고 했을 뿐…… 나라는 팔을 풀고 허둥거리며 사과했다.

"아, 아니…… 미안해요. 나는 당연히 나보다 어릴 줄 알고. 아니, 솔직히 갓 고등학교를 졸업했다고 해도 믿을 얼굴이라…… 그래서 속으로 도둑놈이라고 진짜 욕했는데…… 미안해요, 언니."

"괜찮은데…… 말 편하게 해도 돼."

하지만 나라는 여전히 충격인 건지 손으로 이마를 짚으며 고개를 절레절레 흔들었다. 김언혁은 안색이 급변한 나라에게 태연하게 말했다.

"궁합도 안 봐도 되지."

"언제부터 여섯 살 차이가 궁합 볼 일이 없었다고. 말 지어내지 마."

나라는 어처구니가 없어 콧방귀를 뀌었다. 그러자 새희가 반박하듯 말했다.

"아닌데. 궁합 안 봐도 돼……."

"……."

나라는 흡사 교육 당한 신도를 보는 듯한 찝찝한 눈길로 마뜩잖게 입을 다물다 이윽고 한숨을 내쉬며 자리에서 일어났다. 심통 난 동작으로 코트를 껴입고 멀어져 가는 나라를 아무도 붙잡지 않았다. 어쩐지 측은한 걸음걸이로 현관으로 향하던 나라는 문득 발걸음을 멈추고 뒤돌았다. 그녀의 눈빛이 달라져 있었다.

"다음 주에 출국이지?"

모친상으로 한 달 연기되었던 그의 해외 공연 스케줄이 어느새 성큼 다가왔다. 그가 부정하지 않았으므로 응당 그렇다는 뜻이었다.

"언니도 같이 가는 거야?"

김언혁은 질문한 나라를 쳐다보지 않고 새희의 눈을 똑바로 주시하며 대답했다.

"응."

* * *

압축된 긴장을 폭탄을 터뜨리듯 한꺼번에 내보내서일까, 새희는 다시 또 열이 오르기 시작했다. 색색거리는 숨이 가쁘게 퍼졌다. 김언혁은 물수건으로 식은땀이 고인 이마를 꾹꾹 눌러 주면서도 열을 가져가 주려는 듯 뜨듯한 피부 곳곳을 입술로 빨아 들였다.

그 정성 어린 보살핌에도 새희는 쉬이 낫지 않았다. 김언혁이 끓여 온 죽의 고소한 냄새가 코끝에 스친 순간 구역질이 올라와 그가 손수 토를 받아 주었다. 예고 없이 수면에 빠져들었다가 깰 때마다 그늘진 표정을 한 그가 보였다.

새희는 언제 주삿바늘에 꿰뚫렸는지 모를 무거운 손목을 겨우 들어 김언혁의 뺨을 만졌다. 그는 그 손바닥에 입술을 문지르며 뭐라고 말했다. 그러나 시야가 가물거려 입 모양을 읽어 낼 수 없었다.

중간중간 뜬 눈으로 의준의 얼굴도 보였고, 나라의 얼굴도 보였다. 김언혁은 그들과 대화를 나누면서도, 또 다른 누군가와 전화를 하면서도 물수건을 놓지 않고 새희의 몸을 극진히 돌보았다.

새희는 하필이면 그의 출국을 앞둔 이 시점에 눈치 없이 아픈 자신이 너무나도 한심스러웠다. 손바닥을 닦아 주고 있는 그에게 손을 뻗자 그는 기민하게 알아채고 어깨를 기울여 주었다. 새희는 그의 목을 팔로 감아 당겨 귓가에 무어라고 속삭였다. 김언혁은 열에 찌들어 늘어지는 음성을 진중하게 들어주었다.

말을 끝내고 새희는 그의 뺨에 할딱이며 뜨거운 입술을 눌렀다.

그는 새희를 다시금 반듯하게 눕혀 주고 자신이 그랬던 것처럼 똑같이 뺨에 입술을 눌렀다. 괜찮다고 말해 주는 것이었다. 아파도 괜찮다고…….

"완전 잠자는 숲속의 공주님이네."

나라의 목소리였다. 또 잠들었던 건가…… 새희는 둔중한 눈꺼풀을 열었다. 침대 곁에 서서 내려다보고 있는 나라와 새희의 이마를 부드럽게 만져 주고 있는 그가 눈동자에 흐릿하게 비쳤다.

"당장 내일 한 시 출국인데 어쩔 거야? 이 몸으론 비행기 절대 못 타."

그는 고민하듯 꼼지락거리는 새희의 입술을 한참 동안 손끝으로 간지럽혔다. 그 후 짤막하게 동의했다.

"못 타지."

"거봐, 내 말이 맞지? 처음부터 오빠 혼자 가서 해외 투어 끝내고 돌아와야 한다고 내가 그랬잖아."

"그렇게 길게는 못 떨어져 있어."

"왜? 여기에 사람 붙여 놓고 제대로 간호하는 게 낫지. 나도 이달까지는 시간 넉넉해. 불안해하면 내가 내내 옆에서 달래 줄게."

"아니. 내가 안 된다는 거야."

그의 목소리가 음습하면서도 울적했다. 나라는 잠깐 침묵하다가 이윽고 긴 한숨을 내쉬었다. 새희는 걱정스럽게 자신을 바라보는 두 사람에게 울고 싶을 만큼 미안함과 참담함을 느꼈다. 나라와 몇 마디 더 나누다 언혁은 또 전화를 받으며 잠깐 자리를 피했다.

그가 앉았던 자리로 나라가 털썩 앉았다. 안쓰러운 시선이 파리한 얼굴 위를 맴돌았다. 그가 놓고 간 물수건으로 턱 밑을 쓸어 주는 나라와 눈이 마주쳤다. 나라는 깨어 있는지 확인하듯 손을 흔들어 보였다. 새희는 미약하게 고갯짓했다. 나라가 입꼬리를 씩 올렸다.

"김언혁 병 수발들게 하는 기분은 어때? 끝내주게 짜릿하지?"

일부러 밝은 톤으로 농 같은 말을 거는 나라에게 새희도 힘겹게 웃어 보였다. 분홍색 립글로스가 발린 촉촉한 입술이 쉴 새 없이 조잘거렸다. 그 또랑또랑한 목소리가 어떤 음악보다 듣기 편안했다.

"나한테만 얘기해 봐. 실은 김언혁이 엄청 스트레스 주는 거지?"

새희는 결단코 아니라고 고개를 도리도리 저었다. 나라는 거짓말 말라는 듯 애교스럽게 눈을 흘겼다.

"심인성 질환이라는 게 괜히 있는 게 아니거든. 내가 보기엔 언니는 몸이 아니라 마음이 아픈 것 같아. 그래서 빨리 안 낫는 거라니까."

연신 고개를 저으면서도 가슴 한편으로는 뜨끔했다. 마음이 아픈 것 같아…… 지워지지 않을 말이었다. 마음이 아픈 것도 티가 나는 걸까? 그렇다면 그도 자신의 마음이 아프다는 걸 눈치채고 있을까?

"정말 이상해. 볼 때마다 애틋해진단 말야. 빨리 건강해지면 좋겠어. 꼭 오빠 때문이 아니라도……."

나라의 눈빛이 한순간 진솔해지며 무거워졌다.

"나는 언니가 진심으로 마음에 들거든. 앞으로 더 좋아질 것 같고."

진심이라는 것은 통하길 마련이다. 그의 부탁 아닌 부탁으로 나라가 새희의 일상에 불쑥불쑥 난입하게 된 건 빤한 사실이지만, 단지 그뿐인 태도였다면 새희도 나라가 지금껏 만난 어떤 타인보다 이토록 편하지 않았으리라. 새희는 진실한 목소리를 부은 성대에서 쥐어짰다.

"나, 나도……."

나라는 그날 밤, 그가 내준 방에서 잤다. 새희는 새벽 내도록 자신을 내려다보는 짙은 눈길을 느꼈다. 난제에 골몰하는 듯한 심란한 시선에 얼굴이 근질거렸다. 그가 어떤 결정을 내려도 새희는 이만큼 그를 골치를 아프게 했다는 기억에 언제든 한도 끝도 없이 우울해질 것 같았다.

이른 아침, 거실을 누비는 뱀 같은 기척을 듣고서 눈을 들어 올렸다. 중무장한 느낌으로 칠흑색 코트를 입은 그가 눈에 들어왔다. 새희는 움칠거렸다. 그 미세한 움직임을 감지한 그가 벼락같이 새희를 쳐다보았다. 그는 보폭 큰 걸음으로 단숨에 거리를 좁히며 다가와 허리를 숙이고 새희의 머리칼을 넘겨 주었다.

"더 자."

그리고 뒤도는 그의 뒷모습에 새희는 이상하리만치 목이 메어 왔다. 그는 혼자 가는 쪽을 선택한 듯했다. 영영 헤어지는 것도 아닌데 갑작스레 오열이 터질 것 같았다. 새희는 절실한 힘으로 손을 뻗었다. 손끝에 그의 코트가 닿지 못했으나 마치 손길을 느낀 것처럼 그가 다시 새희를 돌아보았다.

"언혁아……."

부르자 그는 언제 멀어졌었냐는 듯, 눈을 한 번 깜빡이기도 전에 눈앞에 도착해 있었다.

"서재에 들어가면 책상 위에 휴대폰 있어. 좀 더 자고 나중에 성나라한테 가져다 달라고 해. 알았지?"

"으, 응……."

"가지 말까?"

새희는 직감적으로 이 순간 고개를 끄덕이면 그가 모든 것을 취소하고 제 옆에 있어 줄 것임을 확신할 수 있었다. 그는 얼음 송곳처럼 날카롭고 차가우면서도 동시에 눈물 나게 다정한 사람이니까. 새희는 그 다정함에 매달리고 싶은 마음을 꾹 참고 "아니……."라고 속삭였다.

그가 모자라서 자신은 메말라 죽어도 좋으니, 그는 더 이상 아무것도 망치지 않았으면 좋겠다. 그의 어머니가 죽은 이후로 새희의 머릿속을 차지한 생각은 오직 그 하나였다.

새희는 울렁거리는 가슴을 무시하며 예쁜, 아니 예쁘길 바라는 미소를 입술 끝에 애써 걸었다. 그가 그곳에 혀를 내어 핥았다. 새희는 슬픈 마음이 들키지 않길 기도하며 인사말을 속삭였다.

"안녕…… 잘 다녀 와."

왜 아플까. 나는 왜 아플까, 지금…… 아프지만 않으면 그를 발 벗고 따라나섰을 텐데. 일부러 아프기 위해 노력한 적이 있어서 혹시 괘씸하여 신이 벌을 내리고 있는 건 아닐까?

김언혁은 말없이 새희의 얼굴을 바라보았다. 못 볼 기간을 염두에 두고 눈동자 속에 들여 놓는 것처럼, 오래오래…….

눈꼬리로 그의 시선이 뭉개졌다. 꾹 참았건만 결국 눈물이 고이고 말았다. 김언혁은 긴 손가락으로 눈물을 가져가며 서러움을 감추지 못하는 새희의 입술 앞으로 매끈한 얼굴을 드밀었다.

"뽀뽀."

울리는 것도, 웃음 짓게 하는 것도 그는 어쩜 이리 능숙한지…… 새희는 웃는 입술을 그의 입술에 비볐다. 그가 "혀에도." 하며 혀를 내밀어서 혀끝에도 좀 더 진한 웃음을 띤 입술을 맞댔다.

자연스럽게 길고 긴 키스로 변모해 시간 가는 줄 모르게 혀를 얽다 그가 한숨을 내쉬며 고개를 들었다. 그는 마지막으로 새희의 뺨을 깨문 뒤 허리를 세웠다. 그리고 억지로 발길을 뜯어내듯 눈썹을 일그러뜨리며 돌아서는 그 얼굴을 본 그 순간 새희는 마침내 깨달았다. 그가 정말 새희와 함께 가고 싶어 했다는 것을…….

* * *

새희는 눈을 번쩍 떴다. 몸이 놀라울 만치 가뿐했다. 힘이 들어가지 않던 손을 쥐었다 폈다 했다. 동작이 늘어지지 않고 개운했다.

새희는 서둘러 이불을 치우고 일어나 서재로 갔다. 먼지 한 점 없이 청결히 관리되어 빼곡하게 책들이 들어차 있는 서가 중앙으로 위압감 있는 원목 책상이 놓여 있었다. 그 위로 휴대폰과 현금 다발이 두둑한 지갑이 올려져 있었다.

가슴이 뛰었다. 새희는 여권과 지갑 안 현금 몇 장을 챙기고 어떠한 예감으로 책상 서랍을 벌컥 열어 보았다. 기대한 대로 여권이 꺼내어 주길 기다린 것처럼 서랍 한 편에 얌전히 누워 있었다.

아프기 전날, 새희는 그와 함께 여권을 만들러 갔었다. 그때까지만 해도 그와 함께 비행기를 탄다는 것에 그도, 자신도 한 치의 의심도 하지 않았기에 이것을 이렇게 쓸모없이 처박아 두게 될 줄 몰랐다.

새희는 화면을 켜서 시각을 확인했다. 오전 열 시. 새희는 끝까지 아쉬움을 내보이던 그의 표정을 떠올렸다. 서재를 나가 나라가 있는 방문을 조심스럽게 열었다. 나라는 쿨쿨 코까지 골며 깊이 잠들어 있었다. 소리 없이 닫아 주고 새희는 일단 욕실에 들어가 깨끗이 씻었다. 머리를 말리고 옷을 갈아입을 때까지 나라의 방은 조용했다. 차마 깨울 수 없었다.

아프다는 이유 하나만으로 계획이 어그러진 것이었다. 이제 그 이유가 말끔하게 사라졌다. 고민하는 시간은 짧았다. 새희는 일어난 나라가 기절초풍할 것을 대비해 메모를 남긴 뒤, 현관문을 열었다.

"어디 가십니까?"

저도 모르게 웃음꽃이 활짝 핀 얼굴로 복도로 나가자 갑자기 어디선가 나타난 덩치 큰 남자가 불쑥 물어 왔다. 새희는 가까스로 비명을 지르지 않고 남자를 쳐다볼 수 있었다. 새희는 눈치로 남자가 김언혁의 사람임을 알았다. 놀랐던 가슴은 금방 안정을 찾았다. 새희는 말했다.

"그 사람한테 가려고요."

"예?"

남자는 이해가 안 된다는 듯이 눈썹을 구겼다. 새희는 마음이 조급했다. 한시라도 빨리 그에게 가고 싶었다. 그를 깜짝 놀라게 해 주고 싶었다. 기뻐하며 입매를 시원하게 올려 웃는 그의 얼굴이 보고 싶어 가슴이 짓무를 지경이었다.

"아프시다고……."

"열이 내려서요. 원래 같이 가기로 했는데 제가 아파서 그 사람 혼자 가게 된 거라…… 제가 가면 기뻐할 거예요. 정말이에요."

남자는 혼란스러운 인상을 했다. 새희는 휴대폰을 꺼내 드는 그를 보고 튀어 오르며 두꺼운 팔뚝을 붙잡았다. 남자는 새희가 갑작스레 닿은 것에 놀랐는지 흠칫하며 몸을 뒤로 물러섰다. 마찬가지로 당황한 새희가 횡설수설했다.

"아, 깜짝 놀라게 해 주고 싶어서…… 연락은 이따 하면 안 될까요?"

"그럼 지금 공항으로 가실 겁니까? 태워다 드리죠."

그렇게라도 하지 않으면 못 가게 막을 것 같아 새희는 고개를 끄덕였다. 차 안에서 새희는 자꾸만 발이 붕붕 떠서 곤혹스러웠다. 남자는 룸미러로 새희를 흘끗흘끗 살피며 정말로 괜찮은 거냐고 물었다. 새희는 괜찮다고 말하며 실없는 웃음까지 흘려댔다.

어떠한 통보도, 준비도 없이 달랑 여권만 챙긴 채 가는 것이었지만 새희는 확신할 수 있었다. 그는 분명 공항에 나타난 새희를 보고 부드럽고 다정하게 웃어 줄 것이었다. 김언혁은 그런 사람이었다. 새희가 무슨 짓을 저지르든, 재지 않고 무조건 사랑스럽게 해석해 줄…….

"엄청 기뻐할 거예요……."

새희는 차에서 내리는 순간까지 남자에게 꼭꼭 그에게 알리지 말 것을 강조하며 부탁했다. 남자는 새희의 불같은 기세에 알겠다고 거듭 말하다 결국 새끼손가락을 걸고 약속을 해야 했다.

아직 체크인 카운터 오픈 시간은 30분이 넘게 남아 있었다. 캐리어를 끌고 북적이는 사람들이 하나같이 행복해 보였다. 새희는 출국장 앞을 두리번거리며 그를 애타게 찾았다. 이렇게 사람이 많을 줄 몰랐기에 그를 찾는 데 꽤 애먹을 것 같단 생각이 들었다.

그러나 그런 걱정을 한 것이 무섭게 출국장 밖 제법 멀찍이 떨어진 흡연부스 앞에서 담배를 피우고 있는 김언혁이 시야의 모서리에 잡혔다. 삐딱하게 서서 담배를 물고 휴대폰 화면을 내려다보는 모습은 뭇 사람들의 시선을 끄는 흡인력이 있었다. 지나가다 멈춰 서서 그를 구경하는 무리가 연이어 생겨나는 것이 조금도 이상하지 않았다. 사랑에 빠져도 충분한 순간이 늘 그를 감돌고 있었다.

새희는 샘솟는 감정의 물결에 휩쓸리며 몸에 부딪치는 사람들을 헤치고 그를 향해 걸어갔다. 그때, 재킷 안에 든 휴대폰이 부르르 울렸다. 새희는 멈칫했다. 그는 여전히 휴대폰 화면을 보고 있을 뿐, 귓가에 가져가지 않았다.

새희는 망설이다 휴대폰을 꺼내 화면을 확인했다. 모르는 번호가 공격적으로 빛을 뿜고 있었다. 더럭 불안해졌으나 받지 않으면 후회할 거라는 예감이 들었다. 이 예감 또한 확신에 가까웠다. 급격히 온도가 내려간 손으로 통화 버튼을 누르고 휴대폰을 귀에 붙였다. 아무 말도 하지 않고 잠시간 듣고만 있었다.

- 희야.

숨이 불규칙해지며 가슴이 굳었다.

- 이제 안 아파?

"……."

-이제 죽고 싶지 않아?

너무 고요해서 도리어 공포감을 주는 음성이었다.

- 응? 목소리 좀 들려줘…….

가혹스러운 벌을 받고 있는 것처럼 말끄트머리가 갈라졌다. 새희는 정신을 차렸다.

"나한테 전화하지 마."

- 머리가 깨지는 것처럼 아파…… 숨 쉴 때마다 유리 조각이 찌르는 것 같아.

"끊어."

- 내가 죽는다고 해도 넌 돌아오지 않을 거지?

측은하지도, 놀랍지도 않고 화가 났다. 은석의 죽음은 더는 자신에게 어떤 힘도 쓸 수 없었다. 새희는 차갑게 말했다.

"그래."

- 응…….

그럴 줄 알았다는 듯 은석은 쉽게 수긍했다. 그 순순한 반응이 두려웠다. 새희는 어쩐지 불길하고도 불안한 기분에 숨이 떨렸다.

- 사랑해.

벼랑으로 추락하는 고백이었다. 이토록 처연하고 섬뜩한 고백이라니…… 사랑한다는 말을 들어도 가슴에 파문이 일지 않았다. 사랑한다는 말을 하며 느껴지는 태도가 섬찟할 뿐이었다.

- 그 남자가 죽으면?

새희는 일순 호흡마저 망각했다.

- 그 남자가 죽으면 어디로 돌아갈 거야?

"미친 소리 하지 마……."

- 왜?

새희는 황급히 두 눈에 그를 담았다. 그는 무사했다. 아까와 같은 위치에서 아까와 같은 모습을 하고 있었다. 손이 덜덜거렸다. 고개가 미친 듯이 주변을 살피느라 돌아갔다. 그 순간 은석이 태연하게 말했다.

- 나는 정신병자잖아.

그리고 새희는 반대 방향에서 전속력으로 달려오고 있는 차를 발견했다. 속도가 너무 빨라 눈 깜짝할 새에 커브를 돌며 가까워졌다. 스피커에서 튀어나오는 굉음 같은 엔진 소리가 귀를 멀게 했다.

은석은 운전석 차창을 열어 휴대폰을 내던졌다. 은석의 목표는 하나였다. 새희는 김언혁을 속히 돌아보았다. 그는 누군가에게 전화를 걸고 있었다. 손에 쥐고 있는 휴대폰이 진동했다.

아마도 그때였을 것이다. 이 파란 같은 운명의 종지부를 자각한 건.

'김언혁입니다.'

'은새희입니다.'

'어이?'

'아니요, 아이…….'

운명이 시작되었을 때…… 어쩌면 느끼지 않았던가. 이러한 파멸의 끝을.

새희가 모든 운명을 받아들이는 데에 걸린 시간은 일 초였다. 그러니까 단 일 초 만에 일어난 일이었다. 새희가 도로의 중앙으로 뛰어나간 것과, 은석이 갑자기 튀어나온 새희를 보고 급브레이크를 밟은 것, 그리고 두 팔을 벌린 채…… 돌아본 그와 눈이 마주쳤던 것.

김언혁은 아주 빠르게 사태를 파악했지만, 이번엔 너무 늦었다. 그가 방심한 건 언제나 새희 때문이었다. 그이기에 방심도 사랑의 방증이었다. 아, 그는 얼마나 나 때문에 방심했던가. 그러므로 그는 나를 얼마나 사랑했던가…….

새희는 희미하게 웃었다. 그 미소가 그의 생을 얼마나 잔인하게 난도질할 줄도 모르고 덧없이 웃어 버렸다. 단단하고 무정한 겉면이 비현실적으로 일그러졌다. 그의 발이 지옥을 다급하게 가로질렀고, 찰나 그의 눈이 속삭였던 말은…….

쾅! 차머리에 치인 몸통이 돌고래처럼 튀어 올랐다. 또다시 쾅! 보닛에 낙하한 몸이 충격으로 유리창을 와장창 깨뜨리고 바닥으로 굴러떨어졌다. 사람들의 비명 소리가 아득하게 울렸다. 그 속에 희야! 희야! 처절하게 우는 소리가 들려왔다.

잠시 멈춘 것 같았던 시간이 느리게, 아니 어쩌면 아주 빠르게 흘러갔다. 그리고 누군가 새희의 몸을 안아 들었다.

"새희야……."

무너지고, 격해지고, 아파하는 목소리가 이름을 불렀다. 장기와 피부가 파열된 듯한 고통이 절절 끓는데도 이상하게 새희를 안고 있는 사람이 더 고통스러워 보였다. 그 사람이 그라는 사실에 아픔이 뜨겁게 느껴지기 시작했다. 이렇게 아픈데도 정신은 말짱해서 그에 대한 사랑이 죽음보다 선명하게 부서진 몸을 감쌌다.

새희는 떨고 있는 그의 뺨을 만지고 싶었으나 팔이 움직이지 않았다. 조용하지만 울부짖는 것만 같은 그의 눈동자가 폐허가 되어 있었다. 새희는 그 파괴된 눈동자 속에서 고통과 슬픔 뒤에 가려진 배신감까지 읽을 수 있었다.

알고 있었다. 그는 절대 고마워하지 않으리라. 그를 위해 죽은 것에 절대 고마워하지 않으리라…….

그래도 다행이다. 그를 위해 죽을 수 있어서.

'이를 어쩐다.'

'나는 당신이 웃는 순간부터 사는 게 재밌어졌는데.'

'그러니까 내 재미를 위해서 당신이 참아 줘요.'

'날 위해 살아.'

새희를 생에 붙잡아 두었던 목소리가 점점 희미해져 갔다. 이만하면 괜찮은 생이었던 것 같다고 생각했다. 그를 만나 사랑했으니 이만하면 후회 없는 삶이었다.

아…… 그 순간 깨달았다. 사랑한다는 말을 하지 못했다. 그것 하나만은 너무나도 후회가 될 것 같았다.

사랑해…….

재빨리 속삭였지만, 과연 목소리가 되었을지 알 수 없어 서글펐다.

'날 위해 살아.'

죽는 순간이 다정하고 부드럽게 새희를 덮었다.

* * *

"데려와요, 얼른!"

이진은 전화를 끊고 이마를 감싸 쥐었다. 손이 떨려 부엌으로 가 차를 내렸다. 부드러운 허브 향을 맡으며 홈바에 떨려 오는 몸을 기댔다. 간만에 들른 신혼집은 깔끔하게 청소되어 있었다. 신혼집이라고 칭하기가 미안할 만큼 남편도, 부인도 내내 집을 비워 놓고 있었지만 말이다.

허브 차를 마시며 살짝 부풀어 오른 배를 어루만졌다. 아이는 잘 자라고 있었다. 그래, 아이는 잘 자라고 있으니 하나의 목표는 제대로 달성한 셈이다. 비록 아이의 아버지가 진심으로 모체까지 죽이려고 계획했던 사실도 알았지만, 결과적으로 아이는 무탈하게 지켜 냈다.

이진은 직전에 전화로 들은 경악스러운 소식을 차분하게 되새겼다. 신은석이 은새희를 차로 쳤다니. 결국, 그토록 비극적인 결말을 위하여 그들은 그 긴 세월 서로를 놓지 못했던가…….

하필이면 신 회장이 대검에 소환된 터라 어쩐지 불길한 느낌에 이진이 은석의 행방을 추적하고 나섰지만, 너무 늦은 뒤였다. 너무 늦어 버린 건 이뿐만이 아니다.

모든 일이 엉망이 되고 있었다. 신 회장은 전 대통령 비자금 조성 문제와 주가 조작 의혹으로 불구속 기소 되었다. 너무도 갑작스럽게 불붙은 일이었다. 누가 작정하고 파고들어 수면 위로 끄집어 올린 것이다.

그러나 일개 기자나 검사가 함부로 파헤치기엔 사안이 극히 중대하고 타이밍이 절묘했다. 애당초 손써 보기도 전에 언론에 먼저 터진 것이 얼마나 엄밀하게 진행되었는지 알 수 있는 부분이었다. 어지간한 뒷배가 없는 이상, 시도할 엄두도 내지 못할 일이다. 기어코 손을 잡았다는 뜻이겠지. 설마하니, 이렇게까지 할 줄 몰랐건만…….

“김언혁…….”

고고한 이름을 짓씹었다. 그리 예뻐 죽던 것을 도둑맞아 놓고도 과히 조용해서 이상하다는 생각은 했으나, 드디어 질린 것으로 판단했다. 김언혁을 첫사랑 삼아 실패해 본 여자로서, 그가 얼마나 사랑이라는 감정을 가혹하게 잘라 내는지 뼛속 깊이 체득하고 있었다.

김언혁을 사랑한 여자, 그중 그와 직접적으로 살을 섞은 많지 않은 여자들의 마지막은 하나같이 비련을 넘어선 절명이었다. 마음의 일부를 스스로 가위질한 자신이 아니고서야 미치지 않고는 감당할 수 없는 남자였다. 그래서 새희도 미치는 결말이 날 것이라 일찍이 예측했다.

그러나 예측을 뒤엎고 미쳐 버린 건 그였다. 그날, 레스토랑에서 하하! 시원하게 웃으며 새희를 눈에 집어넣을 듯이 쳐다보던 김언혁의 환한 얼굴은 죽을 때까지 잊지 못할 것이다.

때문에 전과 다를 거 없이 스케줄을 태연히 이행하는 것이 수상했으나 그 성격에 이쯤하고 질리는 것도 이상할 것 없다 싶어 그러려니 하고 깊이 캐지 않았다. 비록 그 눈빛과 턱선은 본 것 중 가장 황폐해 보였지만. 꼭 마지막 보았던 새희의 얼굴처럼…….

수상한 감을 믿었어야 했다. 지나고 나서야 후회하는 게 인생이라 했던가? 한 번도 그 한심한 말에 동감해 본 적 없거늘, 요즘 따라 이진은 스스로 결정한 선택들에 대하여 무상하게 돌이켜 보게 되었다.

'새희 씨, 후회하지 않아요?'

무덤에서 사는 듯한 얼굴로도 당신은 네…… 라며 웃었지. 이진은 새희가 진실로 무사하길 바라는 눈으로 보았던 배를 두 손으로 어루만졌다.

그 순간, 현관문을 열리고 가드들이 은석을 데려왔다. 가드에게 팔뚝이 붙잡힌 몸은 자살하려고 뛰어내렸다 나무에 걸려 실패한 것처럼 축 늘어진 채였다. 눈물이 흥건한 얼굴은 충격에서 빠져나오지 못하고 있었다. 짐작한 것보다 더 심각한 상태였다.

"내가, 내가 희를 차로 쳤어. 희 몸이 부서졌어, 내가 부서뜨렸어……."

이진은 정신이 완전히 나가 버린 은석에게 다가갔다.

"은석 씨……."

"내가 잘못했어. 희야, 내가 잘못했어…… 나는…… 나는……."

하염없이 중얼거리는 예쁜 입술이 빈사를 헤매고 있었다. 눈 뜨고 보고 있기 힘들 정도로 불쌍한 꼴이었다. 여기까지 끌려오며 얼마나 몸부림쳤던 건지 머리칼은 엉망으로 헝클어졌고 얼굴은 이리저리 찢겨서 피가 나고 있다.

은석은 더는 반항해야겠다는 생각조차 불가능한지 그저 눈물만 흘려댔다. 이진과 눈빛을 교환한 가드들이 집 밖으로 나갔다. 이진은 은석의 가련한 얼굴을 저도 모르게 매만졌다. 자신을 진심으로 죽이려고 했던 남편인데 동정심이 들었다. 어쩌면 예상한 결말이었음에도 불구하고…… 이진은 쓰린 목을 가다듬었다.

"은석 씨, 정신 차려요. 이런다고 변하는 건 없어. 이제 그만 새희 씨를 놓아줘요. 당신들은 너무 오래전에 돌아올 수 없는 강을 건넜던 거야."

"잘못했어……."

"은석 씨."

"내가 잘못했어, 내가 잘못했어……."

"은석 씨!"

사고 현장에 망령처럼 처박힌 의식을 끌고 오기 위해 이진은 은석의 어깨를 붙잡고 흔들었다. 그러다 가슴이 덜컥했다. 은석의 경련하는 눈동자만 보고 있는 것인데 새희의 몸이 차에 부딪치고 튀어 올랐다 추락하는 형상이 눈앞에 그려지는 듯했다. 그만큼 당시의 공포를 생생하게 되감고 있는 눈빛이 이진의 사고까지 백지화했다. 갑자기 무섭도록 날카로운 예감이 가슴께를 스쳤다.

"희가 죽으면 어떡하지?"

은석은 이 트라우마를 벗어나지 못할 것이다. 영원토록, 몹시도 고통스럽게.

"희가 죽으면…… 어떡하지?"

어쩌면 절대 벗어나선 안 되는 것이었다. 은석의 고개가 목이 베인 것처럼 푹 떨구어졌다. 그 밑으로 눈물이 후드득 떨어졌다. 이진은 힘이 전혀 들어가 있지 않아 더 무겁게 느껴지는 몸을 어떻게든 일으켰다.

겨우겨우 소파로 데려가 같이 쓰러지듯 앉았다. 목 뒤에 둘렀던 은석의 팔을 빼내는데 눈이 마주쳤다. 야위고 피폐한 눈에 가슴이 턱 막혔다. 뜨거운 모래가 목구멍으로 퍼부어지는 듯했다. 은석은 부질없이 말했다.

"이혼해."

이제 와서 이혼해 봤자 바뀌는 것도 없을 텐데. 이진은 눈물이 마를 틈 없는 희고 고운 얼굴을 착잡하게 응시했다. 은석은 끝에 이르러서야 모든 것을 절절하게 후회하고 있지만, 딱히 달라지는 건 없을 것이다.

신 회장은 증거 불충분으로 곧 풀려날 게 자명했다. 설사 징역형을 선고받는다고 하더라도 태정은 굳건할 것이었다. 이 사태를 일으킨 김언혁도 분명히 결과는 큰 반향 없이 마무리될 걸 알고 있을 터였다. 태정이 그리도 만만하게 무너질 왕국이었다면, 이진도 굳이 은석을 고르지 않았을 것이며 김언혁도 공들여 공격을 준비하지 않았을 것이다. 따라서 원상 복구되기까지는 시일이 얼마 걸리지 않으리라.

결국, 돌이킬 수 없이 망가진 건…… 이진은 은석의 처량한 눈매를 손끝으로 위로하듯 쓰다듬었다.

불쌍한 내 남편…….

"차 한 잔 가져다줄게요."

아예 사고가 정지된 것처럼 영혼이 나가 있는 은석의 뺨을 쓸어내린 뒤 이진은 부엌으로 갔다. 은석이 불쌍한 만큼, 그보다 불쌍한 새희가 순간마다 떠올라 난감할 지경이었다. 전화로 전해 들은 그 현장의 상황을 떨쳐 내고 싶은데도 은석을 보고 있을수록 실제로 겪은 것처럼 그 충격이 고스란히 전이해 오는 듯했다.

일단 은석을 진정시키고 병원에 실려 간 새희를 확인하러 가야 했다. 아니, 그 전에 기사를 막아야겠지. 그리고. 그리고 또 뭘 해야 하지…….

침착하게 서둘러 해야 할 일을 생각하며 이진이 허브 차를 한 잔 따르고 부엌을 나설 때였다. 쿵! 바깥에서 거대한 몸체가 연달아 쓰러지는 소리와 함께 도어락을 익숙하게 여는 소리가 들렸다. 이진의 표정이 새파래졌다. 은석과 이진을 제외하고 이 집의 비밀번호를 아는 사람은…….

쨍그랑! 이진이 들고 있던 유리잔이 바닥에서 깨지는 동시에 김언혁이 순간적으로 인간이 아닌 어떠한 것으로 보일 만큼 소름 끼치는 기운을 두르고 걸어 들어왔다. 김언혁의 눈은 즉각 소파에 있는 은석의 위치를 확인한 후 주방으로 향했다.

그가 가는 길에 이진이 있었으나 그는 오직 단 하나의 목적을 이루기 위함으로 온 것 같은, 선뜩한 본능만이 남은 야만스러운 얼굴로 그녀를 인지하지 못하고 지나쳤다. 칼꽂이에서 칼을 꺼내 드는 그를 본 이진의 동공이 팽창했다.

김언혁은 그의 목적을 눈치채고 경악하며 팔을 붙드는 이진을 너무도 쉽게 밀어내고 은석에게 야차처럼 걸어갔다. 여전히 죽은 듯이 늘어져 있는 은석은 눈앞에 선 김언혁을 그제야 순순히 올려다보았다. 오히려 처벌을 기다렸다는 듯한 눈으로. 김언혁이 손목을 치켜들었다.

"안 돼!"

이진의 창날 같은 비명은 칼끝이 은석의 눈알을 뚫고 푹 들어가는 것을 보며 더듬더듬 소리를 잃었다. 은석의 얼굴이 파르르 경련했다. 김언혁은 칼을 더 깊숙이 찔러 넣으며 반사적으로 떨리는 은석의 목을 고정하듯 쥐어 눌렀다.

칼날의 거의 반이 눈 속에 묻힌 채로 그는 그것을 한 바퀴 돌렸다. 살을 헤집는 소리와 시각적 고문과도 같은 고통스러운 광경에 이진은 결국 눈을 질끈 감았다. 구역질이 나올 듯해서 입가를 손으로 틀어막았다. 부들부들 떨다가 눈을 떴을 때, 김언혁은 아직도 칼 손잡이를 잡은 채 은석을 내려다보고 있었다.

이윽고 그가 쑤셔 박았던 것을 마구잡이로 빼냈다. 뻥 뚫린 것처럼 검게 팬 곳에서 피가 분수처럼 콸콸 쏟아져 나왔다. 김언혁은 피 묻은 칼끝으로 은석의 성한 눈을 가리키며 말했다.

"나머지 한쪽은……."

김언혁의 목소리에 불길이 넘실거렸다.

"새희가 못 일어났을 때야."

은석은 순식간에 눈알이 뜯겨 나간 고통에 꺽꺽대면서도 돌아서는 그의 등에 대고 처절하게 말했다.

"지금…… 지금 도려내."

김언혁은 은석을 벌레 보듯 주시했다.

"희가 없는 세상은 보고 싶지 않아……."

은석은 제발 죽여 달라는 듯 비는 목소리로 부탁했다.

"아니. 넌 봐야 해."

그 꼴사나운 모습을 보며 그는 입매를 비틀었다.

"내 옆에서 얼마나 예쁘게 웃는지 봐야지."

김언혁은 말을 마치고 칼을 든 채 문가로 걸어갔다. 전화로 구급차를 부르고 있던 이진은 그와 눈을 마주쳤다. 읽을 수 없는 눈이 약간이지만 부푼 게 티가 나는 배를 쳐다보았다.

이진은 본능적으로 위험을 감지하고 배를 감쌌다. 온몸이 미친 듯이 떨려 왔다. 그대로 그가 저 칼을 쑤셔 박아도 이상치 않은 분위기였다. 정말이지 그런 미친 분위기였으므로 이진은 태어나 가장 큰 공포에 휩싸인 채로 바들바들 떨었다.

떨면서도 지키고야 말겠다는 듯 그를 앙칼지게 노려보았다. 김언혁은 사람 피를 말려 죽일 듯이 말없이 보다가 이내 배려 없이 칼을 아무 데나 던져 버리고 집을 나갔다.

그가 나가고 나서야 이진은 그 자리에 털썩 주저앉았다. 휴대폰에서 흘러나오는 구급 대원의 음성이 환청 같았다. 소파 밑에 고이는 피 웅덩이가 정신을 앗아 갔다. 무슨 일이 일어났는지 실감이 나지 않았다.

* * *

여기가 어디지? 김언혁은 걸으며 생각했다. 여기까지 온 과정도, 저지른 일도 기억나지 않았다. 기억나는 건 자신의 품에서 바들거리며 죽어 가던, 심장이 쥐어뜯기던 감촉이다. 셔츠에 묻은 피가 신은석의 피만이 아니라는 것을 자각할 때마다 숨통이 비틀어졌다.

바지가 진동했다. 전화를 받았다.

- 오빠, 오빠…….

성나라가 울어 댔다.

- 방금 의사가 그러는데…… 뇌를 심하게 다쳐서 코마 치료를 해야 된대. 현재로서는 희망적이라고 할 수가 없다고…… 그래도 최선을 다하겠다고…….

심장이 거대한 이빨에 물어뜯기는 감각이 다시금 발발했다.

- 근데, 근데 오빠. 언니 말야…….

이보다 더한 재앙이 있다는 식으로 뜸을 들인다.

- 아기…… 가졌었대. 알고 있었어? 흐흑, 언니, 어떡해. 불쌍해서 어떡해…….

김언혁의 손이 미끄러지며 휴대폰이 내동댕이쳐졌다. 그것을 주우려고 허리를 굽히는 찰나 무릎이 바닥으로 처박혔다.

Side track. Meine Liebe

'은새희입니다.'

예쁘면서도 불행한 이름이라고 생각했다.

* * *

"이번엔 얼마나 있다 갈 거야?"

김언혁은 후, 담배 연기를 짙게 뱉었다. 음울한 피아노 소리가 고막을 물고 늘어졌다. 대답 없이 담배를 빨아 들이며 빤히 보자 주이진은 눈가를 은근하게 휘었다. 허벅지를 더듬을 것 같은 손으로 그를 따라 담배를 무는 모습이 눈에 거슬리지 않았다.

한 번 마음을 박살 낸 이후부턴 자신의 얼굴과 몸을 눈으로 뜯어먹는 것 이외에는 적당하게 떠보듯 굴어도 절대 선을 넘지 않는다. 만나는 데 부담은 없었으나 딱히 큰 흥미는 없었다. 몇 번쯤 시간을 때우기에 나쁘지 않은 정도. 지금처럼 미련 묻은 눈이 따라붙은 경우는 간편하게 써먹기에 그만이다.

"나 결혼해."

바텐더가 술잔을 앞에 내려놓을 때였다. 주이진은 "고마워요." 하고 친절하게 웃은 뒤, 뒷말을 이었다.

"상대는 태정가 장남. 워낙 말 많은 도련님이니까 알지?"

물에 빠져 죽은 정부의 아들이라 했던가. 회장이 징그럽게 아끼는 것에 비해선 얼굴을 드러내는 자리엔 일절 등장한 적이 없어 외려 더 뒷말이 파다했다.

둘 중 하나다. 함부로 내놓기엔 걸리는 게 있다든가, 치밀하게 발판을 다지며 주목시킬 날을 고대하고 있다든가. 어느 쪽일까…… 둘 다일 수도 있을 테지. 호기심은 피어오르다 말았다.

"근데 질 나쁜 태생보다 더 걸리는 게 있어서 말야."

담배를 입술에 건 채 주이진은 백에서 사진 한 장을 꺼내 스탠드 위에 놓았다. 연기가 사진 속 여자를 핥으며 퍼졌다.

"알아보니 신은석하고 한날한시에 태정가에 입성했던걸. 이름은 은새희. 나이는 신은석하고 동갑이고 같은 고아원 출신. 태정가 인형이라고 암암리엔 유명 인사야. 냄새 맡고 눈독 들인 늙은 변태들을 신 회장이 칼같이 응징했다는 후문도 있던데."

건물 밖에서 줌을 당겨 찍은 건지 사진을 찍히고 있다고는 꿈에도 모르는 듯한 무미건조한 표정이었다. 아니 원래부터가 그런 표정으로만 줄곧 살아온 건지도.

목에 건 앞치마 끈이 언뜻 다른 용도로 맨 그것같이 보였다. 작은 얼굴에 들어선 섬세한 이목구비의 색채가 극명했다. 그러나 단 한 번도 스스로를 들여다본 적 없을 게 분명한 무성의한 미색이었다.

"죽이지? 이 얼굴이면 차라리 연예인을 하지. 아깝게스리……."

아니, 연예인이 됐다면 팬을 자처한 음습한 스토커한테 협박 편지나 받다 결국 소리 소문 없이 사라졌을 테다. 카드를 건네받고 있는 건지 뻗은 팔목에 소매 안으로 보이는 손목이 쥐면 바스러질 것처럼 가늘었다.

손가락이 짧네. 언혁은 담배를 빨며 생각했다. 어느 틈에 사진 속 여자를 샅샅이 까발리듯 집중하고 있었다. 의식한 순간 주이진이 의미심장하게 입술 끝을 올렸다.

"네 취향이지?"

취향이기 전에 누군가의 손때가 너무 많이 묻어 있다. 아무리 귀여워도 남의 것을 뺏는 건 적성에 맞지 않는다. 그렇게 생각하면서도 눈을 못 떼고 있었지만 말이다. 그러나 언혁은 시치미 뗐다.

"글쎄."

"아닌 척은. 곧 올 테니까 자세히 살펴봐."

꼴리면 꾀어서 치워 달라는 소리군. 꽤 직접적인 의도였다.

주이진은 모히토를 들이켜며 여전히 웃는 입술로 말했다.

"어떤 여자인지 감이 안 잡혀. 카페에서 일할 때 빼고는 종일 집 안에 처박혀 있는 것 같던데. 이 이상 알 수 있는 정보가 없더라구. 말로는 인형이라지만, 계속 인형일지 아닐지는 두고 봐야 아는 거고…… 뭐, 실제로 한 번 봤을 땐 정말 인간 취급 못 받는 인형처럼 보였지만, 확실히 해야지."

그때, 주이진의 눈이 어디를 향했다. 이어 자연스럽게 손을 흔든다.

"진짜 혼자 보냈네? 이리 와요, 새희 씨."

인간 취급 못 받는 인형이라…… 조금 흥미가 일어 일부러 돌아보지 않았다. 저기 온다. 봐 봐. 속삭이는 목소리가 기대감을 높였다. 이왕이면 아주 불행한 얼굴을 하고 있길 바랐다. 그래야지 이 음험한 기대가 충족될 것 같으니.

울분으로 내리치는 피아노 소리가 간만에 팽팽해진 심장 리듬에 반주로 연주되었다. 아직 감상하기 전인데도 피부 깊숙이 나른한 열기가 차올랐다. 그때, 주이진이 보란 듯이 상체를 제 쪽으로 기울였다.

"내가 아닌 널 보고 있어."

김언혁은 그 순간, 스툴을 돌렸다. 눈이 마주쳤을 때 여자는 전기라도 감전된 것처럼 몸을 떨더니 한순간 다가오던 직원과 부딪치며 바닥으로 넘어졌다.

충격적인 것을 목격한 눈으로 완벽하게 자신에게 빨려 든 얼굴이 눈 속에 파묻혀도 구별할 수 없을 만치 새하얬다. 씹어 삼키는 게 가능할 것 같은 가는 머리칼은 부스스하게 턱 밑으로 흘러내렸고, 갸름한 턱은 한 손에 잡히고도 남을 것이었다. 사진보다는 예리한 인상이었으나 어떤 것도 베지 못할 듯한 유약한 느낌은 오랜 학대에 의한 흔적이었다.

놀라서 움직이지도 못하는 순진한 태도가 갈증을 일으켰다. 순진한 태도 아래 어떠한 본능적 두려움까지 엿보았다. 김언혁은 진심으로 술잔이 발등에 깨지지 않아서 아쉽다고 생각했다. 아마도 그 생각을 알아챈 듯, 갈수록 여자의 떨림이 진해지고 있었다.

주이진이 여자와 스툴에 돌아올 때까지 여자를 저열한 짓거리로 몰아붙여 애원하게 하는 상상 속에 빠져 있었다. 여자는 앉고 난 뒤부턴 언혁의 일거수일투족에 신경을 곤두세우면서도 눈에 띄지 않으려고 한심할 정도로 애썼다. 저럴 바엔 그냥 제대로 쳐다보는 게 나을 텐데 한사코 회피하려는 것에 약간 심술이 돋았다.

때마침 주이진의 손이 여자의 어깨를 잡아 자신 쪽으로 잡아 돌렸다. 놓치지 않고 여자의 겁 많은 시선 속으로 날카로이 파고들어갔다.

“이쪽은 신은석 씨 오래된 애인. 알지? 새희 씨.”

“네가 하도 떠들어 대서 잘 알지.”

여자는 하염없이 곤란해하면서도 한 번 직시하게 되자 구석구석 자신을 눈으로 조사했다. 사실은 무척이나 쳐다보고 싶었다는 것처럼. 뒤이어 휴대폰이 없다는 사실을 알게 되자 여자가 살아온 방치된 삶에 단순히 궁금증이 짙어졌다.

“그럼 전화해 본 적 없습니까?”

"전화기로만……."

"신기하네."

바둑알처럼 까만 눈이 멍하니 김언혁의 눈에 붙들렸다. 도망치던 것도 망각하고 완전히 자신에게 감겨 오는 무력한 모습이 기대한 것 이상으로 깜찍했다. 그러나 어째서인지 묘하게 신경에 거슬리기도 했다. 섬세한 곡선을 지닌 이마 옆으로 부드럽게 흐르는 머리칼을 만져 보고 싶은 건지 뜯어 버리고 싶은 건지 불명확했다.

"김언혁입니다."

예의를 갖추고 자신을 소개하자 여자는 어쩔 줄 모르고 허둥대더니 이윽고 따라 말했다.

"은새희입니다."

"어이?"

"아니요, 아이……."

예쁘면서도 불행한 이름이라고 생각했다. 전염성 높아 보이는 불행이 독으로 작용할 예쁜 얼굴과 맞물려 실낱같은 희망도 찾아볼 수 없는 나락으로 끌고 갈 운명이다. 이미 그 나락을 기는 듯한 얼굴이니 거기서 더 불행해지는 것은 한숨이 나올 만큼 쉬울 것이다.

행복은 차치하고 평범한 수준의 안락도 포기하는 쪽이 현명했다. 무기력하고 무능하게 미완성되어서 절대로 닥쳐드는 고난을 막아 낼 수 없으리라. 저 시린 체념에 잡아먹힌 눈과 창백한 피부, 슬픈 입술을 가지고서는…….

"은새희."

이름을 혀 위에 굴리자 흔들리는 눈으로 바라본다. 김언혁이 하나 간과한 것은 그 눈이었다. 일순, 구해 주고 싶었을 만큼 심각하게 귀여운 그 눈.

* * *

- 한국 들어왔다며?

성의준은 피곤에 찌든 음성으로 말했다. 눕다시피 몸을 쭉 기댄 건지 의자가 삐걱, 우는 소리가 났다. 휴대폰을 어깨와 턱 사이에 끼운 채 언혁은 물그릇과 사료 그릇을 풀숲에 놓았다. 혀끝으로 아무리 불러 젖혀도 털 달린 까만 머리통이 나타나지 않는다. 2년이면 죽을 만도 한가. 김언혁은 실망스럽게 어깨를 펴고 한 손으로 휴대폰을 고쳐 쥐었다.

"아닌데?"

- 뭘 아니야. 국제 전화로 넘어가질 않는데. 이모님 뵈러 들른 게 아니라 아예 들어온 거냐?

"음……."

산책로를 거닐며 군데군데 눈으로 진득하게 살폈다. 한 바퀴 돌 때까지 헤어졌던 친구는 보이지 않았고 성의준은 재미없는 말을 떠들었다. 듣는 둥 마는 둥 하며 식사 자리를 마련한 곳으로 돌아오자 얼마 떨어지지 않은 곳에서 이쪽을 경계심 가득 노려보고 있는 고양이가 보였다.

까만 털에 노란 눈. 새끼였을 때 모습처럼 꼬리가 뭉툭했다. 김언혁과 통성명을 마쳤던 녀석이 맞았다. 2년 만에 조우한 친구가 놀라지 않게 언혁은 적당한 거리를 확보하며 걸음을 물렸다. 슬금슬금 다가와 그릇 주변을 맴돌던 고양이는 이윽고 허기에 넘어가 코를 파묻고 식사를 시작했다. 제법 굶은 듯 사료를 씹는 소리가 급했다.

- ……대표이사로 조만간 문정태가 오르겠더군. 미성년자랑 요트 위에서 난교 파티 연 꼴통 새끼밖에 그 자리에 올릴 인물이 없다는 게 늙은이 속도 말이 아니겠…… 씨발, 너 내 말 안 듣고 있지?

"응."

- 이런 개 같은…… 끊어.

"부탁할 게 있는데."

- 미친 새끼, 너 이렇게 분위기 잡고 길고양이 끼니를 책임져 달라든가, 퍼즐 회사에 대신 문의해 달라든가 또 엿 같은 장난치려는 거지?

"내 유서."

- ……뭐?

벙 찐 음성이 통화 중 가장 들을 만했다. 놀라서 허리를 곧추세운 건지 또 의자가 듣기 싫게 울었다. 김언혁은 최대한 걸리적거리지 않게 신중한 걸음으로 고양이와의 거리를 서서히 좁혔다. 순간 예민한 머리꼭지가 획 들렸다. 서로 굳은 채 조용히 시선을 부딪쳤다. 배가 어느 정도 차자 한결 관대해졌는지 고양이는 꼬리만 살랑거릴 뿐 도망치지 않았다.

언혁은 한층 친밀한 걸음걸이로 다가가 곁에 무릎을 접고 앉았다. 고양이는 분홍색 혀를 내밀어 물을 할짝거리며 언혁을 시큰둥하게 올려다보았다. 만지고 싶어 근질거리는 손을 들자 흠칫거리더니 훌쩍 뛰어올랐다. 그러나 멀리 가지 않고 흘낏거리다 금세 돌아와 고민하듯 한참 가만있더니 이내 허락했다는 듯, 머리통을 언혁의 무릎에 비볐다.

추억을 기억하지 못하는 건 서운했으나 전처럼 살가워진 건 반가웠다. 언혁은 내키는 대로 부드러운 털을 손바닥으로 쓰다듬었다.

- 무슨 소리야? 유서라니.

성의준은 열을 냈다. 통화 중이었단 걸 깜빡했다.

- 죽으려고?

긁어 주면 환장하는 부위를 살살 공략하자 언제 내외했냐는 양 곧바로 배를 까뒤집는다. 방금 사료를 가득 채워 넣어 볼록해진 배를 간지럽혔다. 좋으면서도 싫다는 듯 손가락을 발톱으로 붙잡고 앙증맞게 깨문다.

그렇게 골골대다가 느닷없이 아옹! 하고 앙칼지게 울며 손가락에 이빨을 깊이 넣었다. 언혁은 핏방울이 돋아난 손가락을 확인하며 서운함을 티 냈다.

"아야."

- 야! 잠깐, 이 울음소리. 너 또 고양이랑 노닥거리고 있지?

열불이 난다는 듯 소리치는 것도 이제 귀가 아파서 짜증스러웠다. 김언혁은 손수건을 꺼내 깨물린 곳을 닦았다.

"화장 말고 땅에 묻어. 태워지는 건 별로거든."

- ……이모님 때문에 그래?

김언혁의 눈매가 차가워졌다. 모친은 죽는 순간까지 저가 누구인지 알아보지 못할 것이다. 그것에 가슴 시린 시절은 지나친 지 오래다. 정신 분열로 현실을 도피한 건 본인한테 만큼은 잘된 일이었다. 그러나 쉽게 죽지 못하게 될 건 생각지도 못했겠지.

그마저도 이제 곧 마침표를 찍을 것이다. 한 번 더 모친이 죽으려 들면 말리지 않을 생각이다. 모친이 죽는 그날, 언혁도 죽을 계획이었다.

- 이게 지금 전화로 할 소리냐? 병원이나 집에 한 번 들러. 우리 집 주소 알지?

"아니."

- …….

메시지로 찍어 보내겠다며 욕설을 한껏 뱉은 뒤 전화가 거칠게 끊겼다. 김언혁은 한 번 세게 깨물고 눈치를 보듯 더욱 애교스럽게 구는 고양이의 발을 잡아 뒤집었다. 젤리는 기억하던 대로 포도색이었다. 독일에서 챙겨 주던 새끼 고양이는 분홍색이었지.

그 색이 어쩐지 뇌리에서 다른 것과 겹쳐졌다. 흠뻑 젖은 줄도 모르고 자신을 말갛게 보던 얼굴에 달린 입술이 그와 같은 색이었다. 입술을 끌어 올리자 자연히 그 위의 고운 음영을 머금던 코와 부드러운 그늘을 만들던 긴 속눈썹이 차례차례 머릿속을 점령했다. 시선을 피할 때마다 턱을 움켜쥐고 당기고 싶은 충동을 짓이기느라고 어제 그 룸에서 담배를 몇 갑이나 태웠는지 모를 일이다.

은새희…… 김언혁은 그 불행한 이름을 머릿속에서 곱씹으며 잡고 있는 고양이의 발바닥을 입에 넣으려고 했다. 역시나 기겁한 녀석이 버둥거리며 저 멀리 폴짝 뛰어갔다.

김언혁은 섭섭한 눈길로 고양이의 발자취를 눈으로 밟으며 다시 또 어제 일을 떠올렸다. 떠올리려고 떠올리는 게 아니라 급습하듯 사고에 끼어들었다. 그 외로운 얼굴을 낱낱이 뜯어보고 싶다는 충동이 어제에서 그치지 않고 오늘까지 이어졌다. 그렇다면야.

김언혁은 주저 없이 전화를 걸었다.

- 자기, 무슨 일?

은근하게 기뻐하는 목소리가 듣자마자 따분해졌다.

"그 사진 나한테 보내."

- 뭐? 다짜고짜 무슨 사진?

그러나 눈치 좋은 주이진은 무엇을 말하는지 바로 알아채고 허탈하다는 듯, 혹은 재미있다는 듯 웃었다. 언혁은 덧붙여 요구했다.

"일한다는 카페 이름도."

* * *

김언혁은 불 꺼진 카페 앞에서 담배를 태웠다. 월요일 휴무라고 적어 놓은 안내문을 손등으로 툭 쳤다. 기껏 찾아왔더니 맥이 빠진다. 그러나 그 이상 미적거리지 않고 돌아섰다. 돌아서면서 생각했다. 은새희와의 연은 여기까지일 것이라고. 자신에게 두 번이란 세상에 존재하지 않는 숫자였으니 말이다.

그 생각이 철회된 건 거실 침대에 늘어지게 누워 토끼와 새끼 고양이가 사이좋게 풀을 뜯어 먹는 영상을 보고 있을 때였다. 주이진은 뜬금없이 접때 보냈던 사진 말고 은새희의 다른 사진 몇 장을 보냈다. 언혁은 무심하게 손끝으로 액정을 더듬으며 대강 훑었다.

그 전 사진과 똑같은 차림에 똑같은 장소에 심지어 똑같은 표정이었다. 마지막 한 장만이 달랐다. 어린 여자애의 머리를 땋아 주는 데에 몹시도 골몰하고 있다. 어찌나 심각한지 보는 언혁의 미간도 덩달아 찌푸려졌다.

언혁은 금세 발라당 뒤집어진 토끼로 화면을 전환했다. 그러나 의식하지 못한 새 손을 움직여 다시 그 사진을 띄우고 감상하고 있었다.

"음……."

한참 동안 사진 속 쓸데없이 진지한 얼굴을 보며 시간을 때우다 두 발을 침대 밑으로 짚었다. 어쩐지 목이 탔다. 느릿하게 일어나 목을 축이러 부엌에 갔다. 냉수를 들이켜면서도 한 손엔 휴대폰을 치켜들고 있었다.

그 밤, 카페로 걸음 한 건 순전히 변덕이었다. 카페 앞에 차를 대고 문을 열고 내렸다. 조명이 켜져 있으니 안이 훤히 보였다. 유리문을 기척 없이 열고 들어섰다. 그 순간 김언혁의 발을 굳게 만든 건 고막을 잡아끄는 악기 소리였다.

피아노? 김언혁은 고개를 오른쪽 대각선으로 틀었다. 열두 걸음 정도 떨어진 곳에 작은 단상 위로 흰색 피아노가 있었다. 카페 밖에서는 보이지 않는 위치였다. 피아노를 연주하고 있는 가냘픈 등이

하느작거렸다.

김언혁은 들려오는 음에 곧바로 집중했다. 금시초문의 멜로디는 틀림없이 자작곡일 터였다. 짙은 색으로 칠한 수채화처럼 차분하게 낮은음이 퍼석한 감각을 끌어 모았다. 빠져드는 찰나 전환된 옥타브에 흡입하듯 숨을 들이켰다. 달리는 도입부가 지나자 곡절은 녹아내릴 만치 부드러워졌다. 설탕물 속을 갈퀴 없는 발로 헤엄치는 듯했다.

그러다 절정으로 향하는 격정에 아드레날린이 솟구치듯 흥분이 뻗었다. 마디와 마디 사이의 변주가 생소할 만치 도전적인데도 비율 좋게 섞여 들었다. 정돈되지 않았지만 그래서 더 파급력을 일으키는 연주였다. 연주자의 여린 등이 음을 따라 흐르듯 소용돌이쳤다. 저 가느다란 몸에서 내뿜는 열기에 뇌가 뜨거워졌다.

김언혁의 등줄기가 뻣뻣하게 굳었다. 그곳으로 전율 같은 소름이 올라왔다. 불거진 손마디는 얕게 진동하고 있었다. 입안의 혀가 몽롱하게 꿈틀거렸다. 아랫도리마저 선 것 같았다. 이만한 흥분은 몇 년 만인지 모르겠다.

언혁은 헐겁게 신경을 풀고 진심으로 이 자리의 단 한 명의 관객이 되어 연주를 음미했다. 그러나 정신없이 도취하던 중 허무하게 노래가 토막 났다. 말 그대로 토막이었다. 아쉬운 걸 넘어 짜증이 날 정도였다. 순간 인기척을 감지한 듯 은새희의 고개가 돌았다. 언혁은 담배와 함께 초조한 음성을 뱉었다.

"끝난 겁니까?"

은새희는 튀어나올 듯이 커다래진 눈으로 자신을 응시했다.

언혁은 다가가 악보부터 살폈다. 지렁이인지 음표인지 모를 것들이 삐뚤빼뚤한 오선에 널브러져 있었다. 황당했던 끝부분 이후로는 종이가 비어 있다. 아직 미완성인 것이다.

다그쳐도 지금은 뒷부분을 못 듣겠군. 허무한 심정으로 숙였던 허리를 일으키고 보지도 않고 활보했던 카페 곳곳을 눈으로 찍었다. 실내 장식만 봐도 사장의 수수한 성격이 알 만했다. 굳이 산책하듯 유유히 둘러본 이유는 뺨에 달라붙은 혼란이 질척하게 묻은 눈길이 재밌어서였다.

"쳐 봐도 됩니까?"

돌아와 직선으로 묻자 은새희는 눈을 발발대다가 이윽고 참수되듯 고개를 떨어뜨리며 수긍했다. 옆에 앉자 도망치려기에 손목을 잡았다가 놓았다. 가까이 붙으니 콧속으로 보드라운 체향이 밀려 들어왔다. 아기 발바닥에서나 날 듯한 향이었다.

정신이 이완되는 냄새를 들이마시며 악보를 다시 보았다. 악보를 읽을 때마다 마치 자신의 치부를 보여 주는 것처럼 안달하면서도 안달하지 않으려고 꿋꿋한 척하는 태도가 더 짓궂게 굴고 싶은 욕구를 끌어당겼다. 플랫인 걸 알아봤지만 일부러 모르겠는 척 가리키자 과연 기대한 대로 빨갛게 익은 볼로 어물거렸다.

건반 위에 손끝을 올리자 잊고 있던 기운이 피부를 휘감았다. 경건한 자세로 피아노를 치는 건 2년 만이었다. 버릇처럼 건반을 두들길 때 빼고는 곁에 있어도 무시하고 살았으니 말이다.

모친의 상태가 악화된 이후부터 덮쳐 든 권태로 인해 피아노는 애물단지로 탈바꿈했다. 비단 피아노에 관해서만이 아니라 삶에 대한 태도 자체가 현격히 지루해졌다. 자살은 우발적인 다짐이 아니라 계획된 미래였다. 그 어떤 변수가 몰아닥쳐도 바뀌지 않을, 철저하며 확고한.

"하아……."

연주를 끝마쳤을 땐, 목숨이 아찔한 운동이라도 한 것처럼, 혹은 죽이는 섹스라도 한 것처럼 황홀했다. 들려오는 습한 숨소리가 자신의 것 같았다. 언혁은 떨리는 손가락을 한 번 쥐었다 폈다. 참지 못하고 뒷부분을 채근하듯 조르자 작곡가는 정색인지 울고 싶은 표정인지 판단하기 어려운 얼굴로 쩔쩔맸다.

"곡은 취미 삼아 쓰는 것뿐이에요. 그러니까 앞으로는 여기에……."

"피아노 친다는 소리는 못 들었는데."

딱히 협박은 아니었지만 다를 바 없는 낮은 목소리를 내자 아니나 다를까 핏기가 가신다. 이를 거나며 안절부절못하는 목소리가 순간적으로 잡아당겨 겁먹은 눈알을 씹어 먹고 싶을 정도였다.

이만큼 누군가의 곡이 탐난 적은 전무하다고 봐도 무방했다. 제 곡을 쳐 달라고 바짓가랑이에 매달리다시피 했던 베를린 필의 수석 지휘자 겸 작곡가의 곡도 단칼에 거절한 자신이다.

어쩔까. 언혁은 심사숙고하는 척 굴었지만 사실 결론은 연주를 끝냈을 때 이미 내린 뒤였다.

"그럼 나도 비밀로 하고 오죠."

죽을 때 죽더라도 은새희의 파반느를 연주해 보고 싶었다. 그러나 욕구는 딱 거기까지, 치밀하게 준비한 죽음보다 끌리는 정도는 아니었다.

그때까지는.

* * *

"뒷자리는 좋은 데로 알아봐."

성의준은 데스크 위에 올려놓은 유서를 펼쳐 찡그린 얼굴로 읽어 내려갔다. 정독하고 난 뒤의 표정은 한층 숙연하게 뒤바뀌었다. 한쪽 팔꿈치를 팔걸이에 짚고 검지와 중지로 볼펜을 돌리다 다소 불만스럽게 눈썹을 치켜든다.

"너 죽고 나면 대신 발표하라고 나 주는 거냐?"

"자랑스럽게 생각해. 너는 내 자살의 의문을 밝혀 낼 유일한 증인이야."

"지랄…… 평소엔 한국 들어와도 코빼기도 안 비추면서. 이런 미친 부탁을 왜 나한테 하는 거야? 진짜로 이걸 매스컴에 드러내겠다고?"

"그럼. 녹음 파일도 같이 올려."

"무슨 파일?"

"지금 녹음하고 있거든."

"……."

데구루루…… 성의준의 손에서 떨어진 펜이 바닥을 굴렀다. 얼굴색이 걸친 의사 가운과 비슷해진다. 걸걸한 욕을 입에 달고 사는 주제에 대외적인 이미지를 중요시하는 샌님이라 여간 헉하고 있는 게 아닐 거다. 잠시간 그 당황으로 일그러진 표정을 눈으로 즐기다가 가볍게 어깨를 들썩였다.

“장난이야.”

“이런, 씨발. 재미없으니까 이딴 장난 좀 그만 쳐!”

성의준이 머리칼을 쓸어 올리며 안도의 한숨을 내쉬더니 의심이 안 가셨는지 휴대폰을 내놓아 보라며 닦달한다. 언혁은 휴대폰 화면을 켜서 내밀었다. 꼼꼼히 확인을 마친 의준은 작은 동물들이 한데 모여 사이좋게 누워 자고 있는 배경 화면을 보고 질색하며 눈썹을 팔자로 그었다.

“징그럽게…… 그렇게 좋아하는데 대체 왜 안 키우냐?”

“내가 먼저 죽을 테니까.”

예상외의 답에 의준은 약간 떨떠름하게 눈빛을 굳혔다. 이런 이야기가 거북하다는 기색으로 턱을 쓸며 “이해할 수가 없어.” 한숨 쉬듯 중얼거린다. 이어 무언가를 골똘히 생각하듯 잠깐 침묵한다. 침묵 끝에 심란한 목소리를 뱉었다.

“네 유서가 공개되는 날엔 이모부도, JS도 태풍이 불겠군…….”

권력을 몰랐던 자는 몰락을 쉬이 받아들이지만, 권력자는 절대 순순히 침몰하지 않는다. 돌풍은 일으켰을 때만 회오리칠 뿐, 금세 사람들은 충격을 잊으며 그들이 재기하는 동안 저 살기 바쁘거나 바쁘지 않아도 어떠한 조치도 취하지 않을 것이다.

언혁은 제가 세운 계획이지만 냉정하게 그 후를 계산했다. 그러니 몇 가지의 더 확실한 충격 요소를 준비해 놓는 게 좋을 것이다. 때맞춰 장관이란 작자가 비서와 추잡하게 뒹굴어 주니

고마울 지경이다.

머리로는 아비와 외조부를 잔혹하게 말살하며 눈으로는 액정을 샅샅이 핥았다. 성의준은 또 동물 보냐? 물으며 고개를 쭉 들이밀었다. 화면에 떠오른 동물이 아닌 사람을 보고 눈을 큼지막하게 뜨고 누구냐고 묻는다. 대답할 필요성은 없었다. 이 자리에 더 있을 이유도.

언혁은 칼같이 의자에서 일어났다. 온 김에 진찰이나 받고 가라는 말은 가뿐히 흘렸다.

* * *

곡을 조른다는 이유로 카페를 찾는 빈도수는 점차 늘었다. 그 이유는 점점 명목상 갖다 붙였다고 비웃어도 될 만큼 언혁은 곡에 대한 것보다 은새희에 대해 탐구하는 데 미처 인식하지 못할 만큼 시간과 감각을 할애했다.

만나지 않을 때도 꿈에서 다리를 벌리고 할딱대며 젖꼭지를 뜯어 달라고 애원한 탓에 현실과 혼동하여 정말로 해 버린 줄 알고 부스스한 머리로 진지하게 돌이켜 보기도 했다.

그 사이에 주이진의 약혼식이 거행되었다. 그건 그렇다 치고, 김언혁이 발견한 흥미로운 사실은 따로 있었다. 처음 번뜩였던 직감이 사실화되었다.

무지한 곡을 한 번 듣고 흡수하며 자신의 손가락을 서툴지만, 무리 없이 따라오는 손놀림. 은새희는 방치된 천재였다.

잘만 가르쳤다면 클래식계의 획을 그을 섬세하고 서정적인 타건의 연주자가 되었을 거다.

인간 이하의 취급을 받는 동안에도 이 감각이 둔화되지 않았다는 건 기적에 가까웠다. 그렇기에 비극이기도 했다. 가난하고 불행하길 타고난 예술가는 죽고 나서야 그 가치를 인정받는 일이 대부분이었으므로.

"오랜만이군요."

어느덧 제법 자신이 찾아오는 게 익숙한, 그럼에도 여전히 긴장을 버리지 못하는 얼굴이 언혁을 소심하게 맞았다. 하얗고 갸름한 볼이 옆에 앉자 곧바로 옅은 분홍을 띠었다. 깨물면 분유 맛이 날 것 같다.

기어이 신분증을 직접 확인하기까지 했는데 남이 대신 먹은 나이를 훔친 것처럼 몇 번을 뜯어봐도 믿기지 않는다. 그래서 안 믿기로 했다. 어김없이 사 온 디저트 상자 곽을 손가락으로 벌리고 과자를 집어 아기를 먹였다. 꼭꼭 씹어 먹을 때마다 동그랗게 부푼 볼이 움직거렸다.

"달아요……."

먹이는 보람이 있는 촉촉하게 열띤 반응이다. 충동적인 기세로 자신에게 내미는 과자를 입으로 받아먹으니 목까지 빨개져서 당황한다. 더 다그쳐서 눈물을 쏙 빼고 싶은 걸 참느라 목이 뻐근했다. 슬며시 닿아 오는 두 눈동자가 평소보다 수줍으면서도 진솔했다.

피아노를 쳐 달라는 것이다. 어려울 것도 없는 부탁인데 저토록 간절하면 고약한 장난을 치고 싶어진다. 그러나 왜인지 들어주고 싶은 마음이 앞질러 하나의 곡을 골라 연주를 시작했다.

"무슨 곡인가요?"

못 참고 묻는 음성이 달콤하기 그지없다. 언혁은 말했다.

"슈만 환상곡 마지막 악장입니다."

쏟아지는 눈빛이 뺨을 간지럽혔다.

"이 곡을 클라라한테 보내면서 슈만은……."

이렇게 말했죠. 일부러 팔을 스치며 건반을 누군가의 살결처럼 희롱했다.

"그대가 내 삶의 음이고 은밀히 귀 기울이는 사람입니다."

예고 없이 고개를 돌렸다. 완전히 매몰되어 보고 있던 순진한 눈에 시선을 찔러 넣자 어딘가가 무너진 사람처럼 조금씩 얼굴이 젖어 들더니 이윽고 보고 있는 것만으로도 야릇해지는 상태에 다다른다.

"어제는……."

그리도 애절할 수 없을 만큼의 목소리로.

"아팠나요?"

어제 당신이 보고파 미칠 뻔했다는 말을.

커다란 눈동자 속으로 암초처럼 깔린 어둠에 멱살이 잡혀 끌려가는 기분이었다. 충동적인 듯했으나 이성적인 판단을 마치고 입술을 집어삼킨 것이었다. 아닌가? 김언혁은 혀를 들여 넣으며 자신을 의심했다.

은새희는 날개 잡힌 새처럼 파닥거리며 언혁을 밀어냈다. 금방 기절할 것처럼 거세게 흔들리는 눈동자를 보고 있으니

다시 목덜미를 붙들고서 혀를 씹어 발기고 싶었다. 그렇게 하고 싶은 건 혀뿐만이 아니다. 강렬하게 치미는 욕구를 그 순간 확실하게 자각했다.

"나랑 자고 싶나요?"

제발 아니라고 말해 달라는 눈빛으로 그러나 실은 이미 알고 있다는 눈빛으로 묻는 얼굴이 곧 부서질 듯했다. "그렇다면?" 하고 낙인을 찍자 혼자 머릿속으로 불륜을 저지르고 재판장에 끌려가기라도 한 듯 송구해지고 참담해진다. 혼자 감상하기 미안할 만큼 재밌는 광경이었다.

"당신한텐 애인이…… 주이진 씨가 있잖아요."

예상은 했기로서니 관계를 그럴 만하게 오해하고 있었다. 언혁은 굳이 정정하지 않았다. 정정하지 않는 쪽이 넘어오게 만드는 데 더 복잡하고 짜릿할 것이었으므로.

"나는, 저는, 그럴 생각 없어요. 은석이 모르게 그런 짓은……."

그렇게 부도덕한 짓은 결단코 상상도 해 본 적 없다고 말하는 눈꽃 같은 얼굴을 깔아뭉개고 싶다. 동시에 한없이 다정하게 어르고 싶기도 했다. 어느 쪽이 더 끌리는지 구태여 가늠하지 않았다.

나가라고 소리치는 안타까울 정도로 바들거리는 모습을 감상하며 언혁은 담배 한 대를 태우고 가게를 나갔다. 밤중인데도 제법 부드러워진 공기가 코트 깃에 감겨 왔다. 차에 올라타며 은새희가 안에서 울고 있을지, 화내고 있을지 나른하게 짐작했다. 그러다 떠오른 가여운 목소리 위로 억압하듯 그림자 졌던 이름을 혀 위에 올렸다.

“은석이…….”

주이진의 남편 될 사람이자 은새희를 망쳐 놓은 질 낮은 태생…… 핸들에 손을 얹고 생각에 잠겼다. 이 관계를 들키고 나면 매우 성가셔질 것이다.

어쩐다…… 그래도 안고 싶은걸.

그럼 안아야지.

* * *

손을 쓰지 않아도 은새희는 일사천리로 무너져 갔다. 알아서 사랑스럽게 허물어지는 은새희를 곁에서 관람하는 중간중간 끓어오르는 피를 무던히도 절제했다.

마지막으로 쐐기를 박듯 눈앞에서 아내와 섹스를 하러 가는 신은석의 뒷모습에 마침내 은새희는 굴복했다. 굴복인지 체념인지 완전히 무언가를 놓아 버린 얼굴이 기대한 대로 귀여우면서도 어딘가를 갉작이듯 미묘한 불쾌함도 동반했다.

그러나 그 모든 것들을 뒤엎는 흥분에 덮어 두고 심취했다. 제 성벽을 제대로 이해 못 할, 이쪽에 관해선 문외한과 다름없었기에 차근차근 알려 주며 나아가려 했지만 정신을 차렸을 땐 발가락부터 먹어 치우고 있었다.

목구멍까지 자신의 성기를 불룩하게 채우고 올려다보는 젖은 눈빛이 괴롭고 서러워 보였다. 처음 겪는 고통과 쾌락에 흐트러지는 얼굴 위로 발갛게 꽃이 폈다. 꺾지 않고서는 못 배길 순진한 타락이다.

신음하는 유려한 입술은 더 이상 정액을 삼키지도 씹지도 못해 그대로 발려 있었다. 비뚤어진 성욕을 발산하며 초심자라는 것도 중간중간 망각할 만큼 극한으로 몰아붙였다. 못 버틸 줄 알았더니 세이프 워드를 끝까지 외치지 않는 게 깜찍하고 기특했다. 콘돔을 몇 번이나 갈아치우며 새벽이 깊어 가는 줄 모르게 뼛속까지 은새희를 들이마셨다.

섹스가 끝난 뒤, 기절하다시피 잠이 든 은새희를 씻기고 침대에 눕혀 주며 그대로 조용히 나가려고 했다. 그러나 자신은 이불 속으로 들어가 곯아떨어진 몸을 안아 들고 있었다. 은은한 조명이 부드럽게 감긴 얼굴을 구경하는 시간이 값어치 있게 느껴졌다.

안고 싶다는 충동이 안아야겠다는 결심이 되었을 때, 일어날 뒷일이 뭐든 책임지겠다고 생각했다.

애초에 여자를 가볍게 안지 않는 주의였다. 고르고 골라 제 입맛대로 길들이는 데만 기본적으로 몇 년이 걸린다. 그러다 상대가 말라비틀어져서 떨어져 나가거나, 혹은 제 말을 어겨 내버리는 게 다반사지만, 관계가 지속만 된다면 성실하게 아껴 주고 선 안에서 최선을 다했다.

그런데도 이상하게 소문은 더없이 난잡하게 나곤 했다. 딱히 상관없어 방관한 게 꼬리에 꼬리를 물어 자신은 듣도 보도 못한 악쟁이에 호색한이 되어 있었다.

"아팠습니까?"

김언혁은 슬며시 일어나 꼼지락거리는 얼굴을 내려다보며 물었다. 은새희는 이렇게나 자신과 가깝고 친밀한 시간이 두려우면서도 황홀하다는 듯 멍해 있었다. 연민이든 사랑이든 뭐든 퍼부어 주고 싶은 결핍된 얼굴이었다.

문득 웃는 얼굴이 궁금해졌다. 어떻게 웃을까. 입꼬리를 만지작거리다 젖꼭지를 쓰다듬었다. 손끝에 감기는 감촉이 부드럽고 따뜻했다. 다른 한 손으로는 작은 얼굴에 배열된 곱고 슬픈 이목구비를 어루만졌다. 그 속을 휘도는 열기 어린 감정들마저 닿아오는 듯했다.

그때, 불현듯 가느다란 손이 언혁의 뺨 근처를 배회했다.

"어, 얼굴을……."

얼마나 용기를 냈는지 알 수 있게끔 발발 떨고 있었다.

"만져 봐도 되나요?"

그때, 김언혁은 발견했다. 여자의 헤아릴 수 없는 깊이의 고통을. 단순히 짓밟히며 살아온 수준이 아닌, 아주 오랜 과거로부터 감정이 거세되어 자신의 우울함도 파악하지 못하게 되어 버린 시체보다 못한 여자의 삶을.

"얼굴만?"

되묻는 목소리에 고개를 끄덕이더니 금세 의기소침해지는 새희의 손바닥에 언혁은 뺨을 밀착했다. 입술을 살결에 미끄러뜨리자 은새희는 어딘가 바늘에 찔린 것처럼 눈물을 흘렸다. 이 통증이 너무도 기쁘다는 듯, 혹은 너무도 무섭다는 듯.

그 순간, 언혁은 껄끄러움의 이유를 알았다. 이 여자의 눈 위로 자신은 누군가를 겹쳐 보고 있었다.

어머니였다.

* * *

"개새끼들! 개자식들! 호로자식들!"

김언혁은 무심한 눈으로 손목, 발목이 억제대로 묶인 채 침대 위에서 날뛰는 모친을 응시했다.

"욕 잘하네."

"씨발, 씨발, 씹, 씹, 씨발!"

"진정제 투여하세요."

간호사들이 일제히 몸부림을 제압하며 그중 한 명이 팔뚝에 주사를 꽂았다. 길길이 뛰어오르던 뼈밖에 남지 않은 앙상한 몸은 얼마 안 가 쥐 죽은 듯이 얌전해졌다. 한동안 조용하더니 또 이렇게 찾아온 아들이 반갑다는 듯 발작이다.

간호사의 머리핀을 뜯어 난동을 부리는 모습을 발견했을 때, 드디어 오늘이 날이라고 생각했다. 유서도 맡겼고, 다른 증거품도 장만했으니 오늘이어도 나쁘지 않았다.

그러나 두고 보지 못했다. 분명 그대로 놔뒀다면 심장 박동이 급박히 치솟다가 알아서 위험한 지경까지 다다랐을 텐데. 다 집어치우고 관 속에서 늘어지게 잠이나 자고 싶었던 자신이 결정을 번복했다는 게 스스로도 의문이었다.

아니, 죽을 생각은 진작 사라졌다는 게 맞았다. 리사이틀 일정까지 잡았으니 적어도 투어가 끝날 때까진 꼼짝없이 살아야 했다. 분명 자신이 세운 계획인데 타인의 것처럼 낯설었다. 나사 하나 빠진 정신머리로 살고 있는 듯했다. 그 상태를 은밀하게 즐기고 있다는 것도 부정할 수 없었다.

손목과 발목을 압박한 것을 차례차례 풀어주며 언혁은 곁에 선 죄지은 얼굴의 간호사에게 머리핀을 내밀었다.

"당신 겁니까?"

"네…… 정말 죄송합니다. 갑자기 달려 드셔서 미처……."

"안 다쳐서 다행이군요."

"네? 아, 네……."

여자는 볼을 빨갛게 익히며 눈알을 굴리다가 고개를 땅에 처박을 듯이 숙이고 방을 나갔다. 문 닫히는 소리를 들으며 언혁은 모친의 손목을 잡아 들었다. 이쪽저쪽으로 흔들자 손바닥이 매가리 없이 휙휙 넘어갔다. 가슴 속에 옅게 퍼지는 저릿함을 조소했다. 이 애처로운 자학의 결과에 넘어간 세월이 수십 년이다.

'네 아비랑 똑같아! 징그러운 자식! 소름 돋는 눈 치워! 나를 제발 죽여! 죽이란 말야!'

'감기 들리니까 젖은 옷부터 갈아입어요.'

'언혁아, 언혁아…… 내 아들, 사랑하는 내 아들. 엄마 좀 죽여 줘. 응? 엄마 죽여 줘. 엄마 죽어도 되잖아. 죽을 때도 됐잖아……'

모친은 불쌍한 여자였다. 억지로 맺어진 결혼에 억지로 끊긴 커리어, 억지로 낳은 아들. 모든 것이 억지였는데 삶마저 억지로 매어지고 있다. 바닷속으로 뛰어들던 얼굴이 퍼붓던 저주를, 지긋지긋하다는 듯 제 옆구리에 칼을 찔러 넣던 눈빛을 단 하루도 잊은 적 없다.

그러나 인간 대 인간으로 삶이 불쌍한 것과 별개로 아들에겐 형편없는 엄마였다. 언혁은 남편에게 쥐어짜일 때마다 자신을 향해 퍼부어지던 방치와 폭언을 떠올렸다.

그럼에도 불구하고 사랑해서 지금껏 보호하고 있다고 믿는 주변 사람처럼 자신도 모친을 사랑한다고 생각한다. 그러나 그 사랑으로 하여금 학대에 대한 벌을 주고 있는 것도 맞았다. 진심으로 지켜주고 싶은 것도 사실이고 고통을 주고 싶은 것도 사실이다. 이게 사랑인지 분노인지 판단하는 건 죽고 난 뒤에 신이 판단할 일이다.

'그래도 한 번도 미워한 적 없어요.'

"미워한 적 없다라……."

뇌는 문득 애틋하게 반짝이던 목소리를 끌고 왔다. 잠금장치를 덧대 놓은 창틀을 헤집고 비쳐 드는 햇살에 시선 끝이 감겼다. 제 침대에서 쏟아지던 햇살을 평온하게 받아 마시던 얼굴을 못 본 지 이 주가 되어 간다. 금단현상처럼 그 얼굴과 목소리와 체향에 사고가 갉아 먹히고 있었다.

모친의 상태가 좋지 않다는 연락을 받고 양평을 내려오기 전날, 신은석이 돌아왔다며 자신을 밀어내던 전화를 타고 넘어오는 목소리가 마지막이었다. 의도한 건 아니지만 버림받았다 생각하고 축 처져 있을 게 뻔했다.

어쩔까. 실제로도 괘씸하긴 했다. 휴대폰에 서러운 눈물 자국

하나 남기지 않는 것도 약속했다. 조금만 더 애태워 볼까. 이러다 자신이 먼저 못 참고 신혼집 문짝을 뜯으러 갈 지경이지만 그건 그거대로 즐거운 일이었다. 어쩌다 이렇게까지 몰입하게 됐는지 시기가 불분명했다.

굳이 말하자면,

"귀여우니까……."

나를 보는 눈이 시시각각 애틋해지는 게. 꼭, 삶의 이유가 나밖에 없는 것 같아서.

* * *

"바다에 가고 싶어요."

그 한마디에 양양으로 갔다. 양양에서 언혁을 반겨 준 두 얼굴은 은새희를 노골적으로 궁금해했다. 성나라는 눈에 성가실 정도라 시야에서 멀리 치우고 바다 내음 나는 음식들을 예쁜 입술에 먹였다.

매운 걸 못 삼키는 얼굴이 무척 취향이라 날 잡고 먹여야겠다고 기약 없이 다짐했다. 생의 끝이 자연스럽게 늘어지고 있다는 걸 눈치채지 못하고 있었다. 삶의 권태가 무뎌지는 걸 넘어 형체가 희미해지는 중이라는 사실마저도.

은새희의 배가 부른 걸 확인하고 가게를 나갔다. 해안가에 선 채 일렁이는 바닷물을 바라보자 6년 전의 기억이 시야를 뭉갰다. 철썩거리는 파도 소리가 모친의 찢어지는 비명 같았다.

덩달아 시무룩해진 은새희로 기분을 전환하며 손가락을 부드럽게 얽고 해변을 걸었다. 바닷바람에 휘날리는 가는 머리카락을 걷어 줄 때마다 까만 눈 속이 파도보다 출렁거렸다. 그 눈이 깃털처럼 심장을 간지럽혔다.

"바다는 처음 보는 겁니까?"

김언혁은 넘실거리는 눈동자의 리듬을 연주해 보고 싶다는 생각을 했다.

"처음이라 좋아요."

입술의 움직임은 끔찍할 만큼 사랑스러웠다. 은새희의 처음을 전부 차지하고 싶다는 욕구가 머릿속을 쇄도했다. 아마도 처음일 게 차고 넘치겠지. 세상의 처음이란 처음은 모두 경험하게 해 주고 나면 나를 보며 웃을까. 웃는 얼굴을 절실하게 보고 싶으면서도 보고 나면 자신의 일생일대의 계획이 틀어질 것 같은 날카로운 예감이 위험 신호를 보냈다.

그러나 그럼에도 보고 싶었다. 꿈속에서는 매일 울고만 있어 달래 주다 깨고 나면 어김없이 창백한 새벽이었다. 새벽마다 몰래 자신을 훔쳐보던 눈길을 잠든 척 즐기던 게 습관이 됐는지 꿈을 꾸지 않아도 저절로 그 시간에 눈이 뜨였다.

꿈처럼 그 집에서 혼자 울고 있다고 생각하면 가슴이 굳어지곤 했다. 무의식적으로 차 키를 챙기는 자신을 마주할 때면 낯설고 황당한 기분에 입매가 경직됐다.

"아이고, 아가씨. 좀 도와줄 수 있을까?"

그때, 반대편에서 다가온 노부부가 카메라 사용법을 물어 왔다.

정성 들여 가르쳐 주고, 사진도 찍어 주고 나니 그대로 가려는 후안무치한 부부에게 정당하게 몫을 요구했다. 당황해하는 몸을 끌고 가 부부가 자리했던 곳에 선 채 렌즈 안에 포착되도록 바짝 당겼다.

긴장한 건지 닿은 팔이 미세하게 떨렸다. 그 떨림이 신열로 옮은 듯, 언혁은 중심이 뜨거워졌다. 황혼을 등진 언혁의 눈은 그보다 더 눈부신 빛 속을 유영했다. 언제나 악몽 같았던 바다가 우는 소리가 세이렌의 노랫소리처럼 감각을 몽롱하게 이완했다.

찰칵, 찰칵, 찰칵.

셔터 소리에 심장이 벌떡였다. 염치는 없어도 부부가 제법 잘 찍어 놓은 사진을 제 휴대폰에 옮겨 받았다. 사진 속 은새희의 얼굴은 생각한 대로 순간의 아련한 통증을 이겨 내지 못하고 감화되고 있었다.

넘쳐흐를 듯한 눈빛 뒤로 석양빛을 받아 금실처럼 흩어지는 머리카락. 사랑받지 못했기에 역설적으로 사랑에 목매달 애절함은 표정 곳곳 아득하게 묻어 있다. 이 또한 불합리한 생의 아름다움이다. 사랑스럽기에 가여울 수밖에 없는 얼굴.

Give me all your love……[1)]

바닷바람을 타고 날 것의 노랫말이 흘러왔다. 이 순간에 침수된 듯한 촉촉한 눈이 언혁을 적셨다.

"생……."

은새희는 그 말을 할 수 있어 감격스럽다는 듯 목소리를 떨었다.

"생일 축하해요……."

---

1) Alabama Shakes <Gimme All Your Love>

언혁은 가볍게 말했다.

"고마워."

그 순간, 새희의 눈매가 부드럽게 접히며 입꼬리가 포근하게 휘었다. 태어나 처음 웃어 보는 듯한 순결함이 그대로 언혁의 눈동자로 투영되었다. 그 순간이었다. 김언혁의 생은 완전히 뒤집히는 수준으로 극렬하게 뒤흔들렸다.

아무것도 닿지 않은 목이 한껏 졸리는 기분이 들었다. 그것은 고통이 아니라 한 번도 경험하지 못한 다른 감각처럼 느껴졌다. 죽음과 거리가 멀어진 까닭을 그제야 물밀 듯이 깨닫는다.

모친처럼 삶이 죽은 얼굴로 자신만 보면 살고 싶다는 듯 애절하고 간절해지는, 그 절박함에 도리어 내가 살고 싶어졌다는 것을.

"이렇게 웃는군."

이 여자를 가지려면 몇 년을 걸쳐 세워 놓은 계획은 물론, 제가 가진 모든 것을 버려야 할지도 모른다.

새희가 흐드러지게 웃었다. 김언혁은 결정했다.

버리지, 뭐.

* * *

철두철미하게 다져 온 계획을 처박는 건 처박기로 마음먹었으니 문제가 아니었다. 다만 그 귀여운 머리통에 박힌 신은석이라는 좀벌레를 말살 시켜야 했다. 거머리처럼 파고 들어가 은새희의 피와 살을 빨아 들이는, 그 토악질 나는 벌레를.

'있지, 은석 씨는 나랑 관계를 가질 때 꼭 문을 열어 놔. 그리고 하는 내내 문밖을 쳐다봐. 새희 씨가 언제 올라오나 하고…… 너무 귀엽지 않아? 애석하기도 하지만.'

주이진은 그저 웃긴다는 듯 지껄였다. 다른 여자를 대놓고 떠올리며 마누라 위에서 허리를 움직이는 정신 나간 남편의 짝으론 역시 제격이었다. 물론 그 마누라도 남편한테만 몸을 개방하는 건 아닐 테고 남편도 그걸 아무렇지 않게 여길 것이니 여러모로 환상의 부부였다.

신은석에 대한 첫인상은 그다지 인상 깊지 않았다. 회장이 열과 성을 다해 세척해 겉으로 보기엔 새것처럼 말짱했으나 그 눈빛은 녹이 슨 폐품이었다. 매장도, 재활용도 안 될 그 눈은 너무도 자연스러워 오히려 고집스럽게 보일 정도로 누군가를 외면하는 데 성실했다.

외면하는 방향 끝엔 항상 은새희가 벌을 받는 아이처럼 주눅 들어 있었다. 그만큼 열의 있는 외면이면 사실상 관심을 달라는 발악이었다. 그 음습하고 비루한 속내를 상대가 알아챌 일은 평생이 가도 없을 거라는 게 한 편의 비극이자 코미디였다.

관계란 오래되고 가까울수록 어느 지점에 고이기 마련이다. 신은석은 고이다 못해 썩은 물에서 익사 중인 반송장이었다. 빠져나갈 생각은 하지 않고 그 속에서 영원히 새희와 둘이서 헤엄치기를 바라고 있으니 썩어 문드러지는 것이 자명했다.

아프다는 말도 눈치를 보다 뱉지 못하고 삼키는 지경까지 이르게끔 신은석은 기꺼이 방조했을 것이다. 주이진이 특별히 아끼는 청초한 눈알을 뽑아도 성에 차지 않으리라.

자신의 낌새가 이상한 걸 누구보다 빠르게 알아차린 주이진은 염려하듯, 혹은 경고하듯 적당히 즐기라는 식의 말을 뱉곤 했다. 그래도 남편이라고 아내가 나서는 게 금실이 좋았다. 그렇다면 사이좋게 부부를 묶어 처분하는 쪽이 좋겠거니 생각 중이었다. 그러나 그보다 그의 발목을 묶고 있는 건.

‘어느 집?’

‘은석이 집…….’

은새희는 아직까지 그 벌레를 처량 맞게 본다. 딸의 천재성을 눈치채고 아예 싹을 자르려고 든 잘못된 엄마처럼. 미워해야 할 대상에 대한 미움이 현저히 부족하다.

알아먹지 못한다면 알아먹을 때까지 천천히 씹어 먹고 핥아 주면 된다. 그러나 너무 늦어지면 폐품의 눈이 뒤집힐 수도 있다. 정상적이지 못한 물건이니 비정상적으로 폭발할 거다. 그럼 자신도 비정상적인 방법으로 대처하면 되는 그리 어렵지 않은 일이지만 그 과정에서 아기는 다치면 안 되니까…….

“저, 김언혁 님. 집중 좀…….”

“음?”

김언혁은 가열하게 딴생각하던 사고를 현실로 잡아 왔다. 주변에 있던 수강생들의 눈이 이때다 싶게 그에게 다닥다닥 붙어 있다. 강사는 주의를 주듯 헛기침한 뒤, 시연을 이었다.

언혁은 능숙하게 요리하는 강사의 손에 언제 한눈팔았냐는 양 집중했다. 음식이 완성되는 과정을 눈으로 습득한 뒤 제자리로 돌아가 요리를 시작했다. 핏물을 빼고 기름기를 제거한 소고기를 끓는 물에 데치고 꺼냈다. 조림장이 냄비에서 끓을 동안 도마 위에 연잎을 펼쳤다. 새희의 말아 쥔 주먹 크기로 쪄놓은 찰밥을 연잎 중앙에 올렸다.

흠. 아직 아기라서 이 안에 든 콩이나 팥을 편식할지도. 그래도 건강식이니 살살 달래며 먹여 줘야겠다. 정 안 되면 일단은 좋아하는 맛 위주로 먹일까. 내일은 양식 요리 강습을 받을 예정이다. 메뉴를 다 배울 때까지 천천히, 유심히 정하면 된다. 일단, 그 쥐면 부러질 듯한 팔목에 만족스러울 만큼 살이 붙도록 먹이는 게 목적이니까.

"잘하시는데요."

점검하듯 다가온 강사가 슬쩍 칭찬했다. 언혁은 연잎의 양 끝으로 손가락을 찔러 넣어 말았다. 수줍은 색의 바깥 면이 안의 것을 뒤덮었다. 가지런한 모양으로 접은 뒤 찜기에 나란히 눕혔다.

"이 손으로 요리까지 잘하면 나중에 아내 될 분께 듬뿍 사랑받겠어요."

강사의 목소리는 어쩐지 들떠 있었다. 제가 해 준 것을 잘 먹는 거로 모자라 사랑까지 해 준다면야 고마운 일이었다. 언혁은 진심을 다해 말했다.

"그래 주면 좋겠군요."

강사의 목에 은밀하게 흐르는 식은땀을 응시하자 볼을 붉히더니 허둥거린다.

"아, 아롱사태는 오래 놔두면 질겨질 수 있으니 어서 조리는 것이…….”

김언혁은 라텍스 장갑의 끝을 반대편 손으로 잡아당겨 스르륵 벗겨 냈다. 언제 껴도 소름 끼치는 감촉을 환기하듯 물에 씻기고 냅킨으로 닦은 뒤 다시 착용했다. 결벽증은 들쑥날쑥하게 발현했다. 질기거나 미끄럽거나 하는 감촉이 손끝에 닿는 건 질색이지만 은새희가 썼던 것이라고 생각하면 흔쾌히 손가락 사이사이로 잡아넣는 게 가능했다.

강사는 그때까지도 망부석처럼 서서 언혁을 바라보고 있었다. 김언혁은 눈매를 느슨하게 했다.

“편애는 곤란합니다.”

“아, 네. 네…….”

강사는 실례했다는 듯 재빨리 옆의 수강생에게 도망쳤다. 은은한 연잎 향이 연기와 함께 피어올랐다. 김언혁은 완전히 그 향이 스미길 기다리며 휴대폰을 꺼냈다. 은새희의 사진으로 지루한 공백을 달랬다.

언제쯤 참지 못하고 내 집에 스스로 걸어올까…… 고심하며 신은석의 얼굴을 찜통에 찌는 상상을 겸했다.

* * *

은새희의 엄마가 고장 내고 신은석과 그 아비가 밟아 놓은 죽은 감정을 핥듯이 고쳐 갔다. 이제 새희는 언혁을 볼 때마다 곧잘 웃곤 했다. 눈꼬리는 살짝 올라갔지만 음울한 눈망울은 웃을 때면 어떤 슬픔도 머무른 적 없었던 사람처럼 맑고 환한 분위기로 바뀌었다.

자신의 일상생활에 불쑥불쑥 난입해 방해하는 그 웃음은 못 보면 못 보는 대로 하루가 무의미해졌다. 콘서트가 머지않았는데도 두 발은 고민도 없이 집을 나가곤 했다. 지금처럼 말이다.

김언혁은 차에 올라타 새희가 있는 곳으로 향하며 좀 전의 폰섹스를 되새겼다. 실수처럼 달콤하게 흘린 보고 싶다는 말에 뇌는 사고를 거치기도 전에 차 키를 손에 감았다. 액셀을 밟는 언혁의 입매는 부드럽게 이완되어 있었다. 흘낏 본 룸미러 속의 웃는 것과 다름없는 자신의 헐거운 얼굴이 꽤나 마음에 들었다.

그러다 문득 이렇게 차를 타고 가는 게 번거롭다는 생각이 치밀었다. 눈 돌리는 구석에 있으면 만지러 가기 편하고 만족스러울 것이다. 이를테면 자신의 침대라든가.

"흠……."

이미 그 귀여운 눈에 드리운 신은석의 그림자는 착실하게 지워지는 중이지만, 그래도 여간 심기 불편한 일이 아닐 수 없다. 억지로 데리고 가면 틀림없이 그 연약한 가슴에 걸리적거리는 죄책감이 남는다.

버림받았다는 트라우마 이상의 무언가가 새희의 밑바닥에 깔려 있었다. 그게 무엇인지는 차차 알아 가며 자신의 사랑으로 뭉개면 된다. 어떤 더러운 잔흔도 남지 않을 때까지 듬뿍 퍼부어서.

"어떻게……."

숨바꼭질하듯 방이 아닌 곳에 숨은 듯한 새희를 찾아 서재 문을 열자 하얀 얼굴은 상상도 못 했다는 듯 곧장 젖어 들며 감격했다.

차가운 가슴으로 한 걸음 더 파고드는 순정적인 얼굴이다. 문이 열린 것을 보고 기겁하는 표정을 눈에 넣으며 잡아당겨 정신이 녹아내리게 키스했다.

문밖에서 들려오는 주이진의 목소리를 들었을 땐, 이대로 들켜도 나쁘지 않겠거니 생각했다. 황급히 그를 테이블에 숨기는 새희의 노력이 가상해서 가만히 있었던 것뿐. 음란한 구도였기에 음란한 짓을 했다. 치마를 붙잡고 떠는 손가락 사이사이를 젖었을 속살처럼 핥았다.

즐거움이 토막 난 건 신은석이 나타난 순간부터였다. 단순히 수치스러움과 전쟁을 벌이던 얼굴은 즉시 다른 종류의 겁을 먹고 굳었다. 언혁은 그 변화를 바로 밑에서 관찰했다. 가기 싫다는 얼굴로 가야만 한다는 듯 처연하게 웃는 얼굴을 저도 모르게 끌어당겨 안았다.

"나를 보러 와 줘서 고마워요……."

그러나 결국 눈물 젖은 그 말만을 남겨 두고 떠났다. 앞으로도 이런 식으로 몇 번이고 날 포기하겠지. 나를 두고 네 생을 발기발기 찢은 그 남자에게 가기 위해…….

김언혁은 새희가 떠난 자리에 망연하게 서 있었다. 기껏 걸음한 보람도 없이 흡족스러울 만큼 그 얼굴을 보지도, 만지지도 못했다.

그럼 기다려야지. 네가 올 때까지. 언혁은 결정을 내리고 밤마다 은새희를 독차지할 질투 나는 시트 위를 손끝으로 비비적거렸다. 뇌리에 들어앉은 마지막으로 그를 향했던 슬픈 눈에 빼근해지는 목덜미를 주무르며 중얼거렸다.

"기다리기 너무 힘든데……."

* * *

"새희 씨는 은석 씨 말고 누구 사랑해 본 적 없어요?"

주이진이 따라 주는 와인을 은새희는 잔을 기울여 받았다. 본인은 능숙하게 보일 거라고 생각하며 행동한 것이겠지만 서툰 티가 났다. 덩그러니 맞은편에 혼자 앉은 얼굴이 위축되어 있었다. 언혁은 담배를 길게 빨았다가 뱉으며 그와 신은석 사이를 헤매는 눈동자를 주시했다. 그리고 역겨운 질문에 대한 새희의 답을 기다렸다.

"희한테는 나밖에 없었어."

질문보다 역한 답은 다른 데서 튀어나왔다. 그에 꾹 닫힌 분홍색 입술은 체념적이었다.

"김언혁, 너는 어땠어?"

주이진은 아슬아슬한 분위기를 즐기듯, 질문의 바통을 자신에게 넘겼다.

"바에서 새희 씨 처음 봤을 때, 어떻게 생각했냐구."

그 순간, 은새희의 시선을 포획했다. 김언혁은 절대 빠져나갈 수 없도록 눈빛을 질기게 엮었다.

"귀엽다고 생각했는데."

커다래지는 눈동자를 필터처럼 빨고 싶었다.

"처음 봤을 때부터 귀엽다고 생각했어."

녹슨 시선이 뺨에 닿는 것을 느꼈다.

"다른 남자 것이라는 게 아쉬울 만큼."

독성 짙은 침묵이 오가는 가운데, 언혁은 와인 잔을 감아쥔 가는 손이 떨리는 것을 발견했다. 끝내 못 견디겠다는 듯 말하는 새희의 연꽃 같은 뺨이 손처럼 떨렸다.

"저는…… 이만 들어가도 될까요?"

김언혁은 수락하길 기다렸다는 듯 벌떡 일어나 줄행랑치는 뒷모습을 관음하듯 눈으로 보며 담배를 물었다. 이 순간, 자신이 쫓아 들어가면 상황이 어떻게 흐를까. 그런 구미가 당기는 생각에 잠겨 있는데,

"희야."

"……."

"키스해 주고 가."

몸속에 흐르던 피까지 굳은 기분이었다. 은새희는 찰나 벽돌처럼 굳어 요지부동이었다. 김언혁도 다를 바 없는 상태였다. 이윽고 어떻게든 해야 한다는 강박에 사로잡힌 얼굴로 자신의 정제되지 않은 시선이 꽂혔다.

감당할 수 없다는 듯 움찔대면서도 조금씩 신은석에게 가까워지는 목을 부러트리고 싶었다. 타들어 가는 담배가 뇌의 심지마저 태웠다. 기어코 무릎을 굽혔다. 은새희의 입술은 차마 신은석의 입술에 닿지 못하고 뺨에 재빠르게 붙었다 떨어진다. 그런 새희의 손목을 잡은 신은석의 고개가 기울어진다. 그 상태로

은새희와 시선이 맞부딪혔다.

그때, 주이진이 와인 잔을 깨뜨리지 않았다면 그대로 일어나 담뱃불로 신은석의 눈알을 지졌을 것이다. 진심으로 그랬을 것이다. 허겁지겁 새희가 방으로 도망친 뒤 거실엔 칼바람 같은 정적이 내려앉았다. 주이진은 분위기를 전환하듯, 음악을 틀었다. 그 뒤 신은석이 보이지 않도록 등지고 선 채 제발 진정하라는 듯 눈빛으로 사정했다.

"미안해요, 은석 씨. 이 남자, 고약한 장난 치는 게 취미야. 성격 짓궂다고 내가 그랬잖아."

"장난?"

태연하게 속살거리던 빨간 입술이 굳었다. 언혁은 고개를 앞으로 쭉 빼서 러그에 앉아 있는 신은석을 대놓고 빤히 응시했다. 시선을 느낀 신은석이 돌아보았다.

"장난 같습니까?"

폐품 덩어리는 도발하듯 던진 말에도 작동을 멈춘 것처럼 잠잠했다. 이윽고 말했다.

"관심 없어. 희가 나한테 키스했으니까."

김언혁은 그 철옹성 같은 믿음을 부수고 싶은 불같은 충동에 순식간에 휩싸였다. 은새희를 고립시킨 세월로 제작된 저 가면을 짓이기고 나면 병신 같은 어린애가 울고 있을 것이다. 그 어린애의 목도 구둣발로 터트리고 싶다.

"안 되겠어. 나쁜 성격 그만 내보이고 나 좀 봐."

주이진은 제동을 걸듯 언혁의 팔을 붙잡았다. 장난스럽게 내뱉는 어조와 달리 표정은 짐짓 심각했다. 꼭 그 표정 때문이 아니라 이대로면 실수를 가장하고 계산 없이 무슨 짓이라도 저지를 것 같아 언혁은 잡아끄는 대로 몸을 일으켰다. 주이진은 아무 방이나 서둘러 들어가더니 문을 닫자마자 고개를 치켜들며 언성을 높였다.

"미쳤어? 너랑 은새희랑 뒹구는 사이라고 알리려고 작정했어? 은석 씨 알면 어떻게 나올지도 모르는데, 도대체 왜 이렇게 도발해! 내 입장은 생각도 안 해?"

"응."

"뭐?!"

"내가 왜?"

주이진은 순간적으로 말문이 막힌 듯 입술을 벌린 채로 굳었다. 김언혁은 두 팔을 마주 끼고 한쪽 어깨를 벽에 기댔다. 그리고 문가에 등을 붙이다시피 선 주이진을 시선으로 짓눌렀다.

"네 입장 따위 내 알 바 아니지."

"김언혁……."

"네가 나한테 뭐라고. 응?"

자존심이 상한 듯 파르르 떠는 얼굴로 어느 정도 염증이 가라앉았다. 주이진은 눈꼬리를 뾰족하게 세웠다.

"작작 해. 다른 사람처럼 보이는 거 알아? 그래 봤자 은석 씨 물건이야. 태정가에서 절대 안 놔줄 인형이라구."

"아니, 물건도 인형도 아니고 사람이야. 아직 아기라 덜 자랐을 뿐이고."

주이진은 정말로 낯선 사람을 보듯 언혁을 멀거니 응시했다. 뭔가를 돌이키듯 한참 생각하다가 마침내 하아, 깊은 한숨을 입술 사이로 내보낸다.

"그래, 좋아…… 하지만 새희 씨를 위해서라도, 생각 잘해. 은석 씨, 내가 보기엔 눈 뒤집히면 어디까지 미쳐 버릴지 모를 사람이야. 그 둘 단순한 사이 아니야. 신은석 눈에도 은새희가 있고 은새희 눈에도 신은석이 있어. 나야 애초에 허울뿐인 부부 타이틀을 원한 거지만 넌 아니라는 거잖아, 지금?"

그 눈은 내가 벗겨 내는 중이다. 언혁은 대수롭지 않은 얼굴로 기울어진 어깨를 천천히 바로 세웠다. 주이진은 멍한 목소리로 중얼거렸다.

"내가 알던 김언혁 맞는 거지?"

이내 빠르게 기세를 회복하고 미소를 입술에 걸었지만, 모양이 퍽 부자연스러웠다.

"좋아. 알았어."

주이진은 방문을 열며 먼저 나가라는 듯 손을 까딱였다. 생각을 정리할 시간이 더 필요한 듯했다. 방에서 나가자 거실엔 신은석이 없었다. 아쉽기도 하고 짜증스럽기도 했다.

김언혁은 소파에 앉아 남은 와인을 비웠다. 그걸로 모자라 와인 셀러에서 뽑아낸 와인들로 몸 안을 적셨다. 와인 향기가 머리칼에서까지 흐르도록.

그리고 주저 없이 새희의 방으로 향했다.

* * *

'신은석 눈에도 은새희가 있고 은새희 눈에도 신은석이 있어.'

언혁은 두 손가락에 끼운 마지막 퍼즐 조각을 관자놀이에 지그시 눌렀다. 당시엔 같잖은 말이라 넘어갔지만 곱씹을수록 심사가 비틀렸다. 입술이 뺨에 닿기 전에 신은석의 머리칼을 움켜쥐고 무릎으로 찍어 올렸어야 하는 건데. 진득하게 남은 아쉬움은 다음을 기약하는 다짐으로 변모했다.

빈 곳에 조각을 밀어 넣자 르네의 〈빛의 제국〉이 완성되었다. 어둠과 빛이 절묘하게 공존하는, 그래서 비현실적인 그림을 찬찬히 훑어 내렸다. 낮과 밤을 철저히 분리하고 사는 사람들을 현실에서 해방시키는 부조화가 그림의 매력이자 위안이었다.

빛에도 어둠에도 속하지 못하는 존재를 다독이는 오묘한 빛깔의 위로주 같은. 특별 주문한 만큼 퀄리티가 좋은 완성된 퍼즐을 바라보다 까닭 모를 충동에 그림 속 수면에 비친 가로등의 불빛을 갈고리처럼 움켜쥐었다.

순식간에 퍼즐 조각들은 흩어지고 그림은 붕괴되었다. 제 손으로 완성하고 망가뜨린 것을 보며 언혁은 근처에 둔 담배 케이스를 열었다.

"파도치는 바다야, 노래해 주렴. 커다란 어둠을 멀리멀리 쫓아 주렴……."

무의식적으로 흥얼거리다 멈칫했다. 무슨 노래지? 언뜻 되감기는 형편없는 음정에 눈썹을 구겼다. 그때, 조용한 휴대폰으로 눈길이 닿았다. 가져와 화면을 켰다. 높은 숫자로 기록된 흔적 중 은새희의 연락은 보이지 않았다.

"너무하다니까."

김언혁은 불붙인 담배를 빨아들이며 중얼거렸다. 잠은 잘 잤는지, 좋은 꿈을 꿨는지, 날 만나고 싶진 않은지 궁금한 것투성이인 자신이 불쌍해 죽겠다. 입술을 삐끔대며 담배를 피우던 모습이 신기루처럼 어룽거렸다. 저릿하게 적셔 오는 의욕이 입안의 혀를 마르게 했다.

JS 대표 이사 취임식 때문에 평소보다 배로 늘어난 연락을 건성으로 확인했다. 성의준의 말마따나 그 성도착증 환자를 대표로 앉히는 외조부의 속이 지금쯤 진창일 거다. 성적으로만 문제를 일으키는 수준이면 마지못해 참아 주겠지만 그 이상의 선을 넘으면 가차 없이 내칠 게 분명하다. 자신의 모친을 망설임 없이 지옥에 내팽개친 것처럼.

보기와 달리 청렴결백을 우선하는 노인이니 회사를 추문에 얽히게 하는 것만큼 뒤통수를 후려치는 최고의 방법은 없을 것이다. 자살을 계획한 게 2년이라면 아비와 외조부를 무너뜨리기 위한 결심의 시초는 10년 전이다. 문정태가 JS의 대표에 오를 날만 고대하고 있었다.

자살은 미래에서 빗겨 갔으나 자살로 이룩하려고 한 목표는 그대로 진행되어야만 했다. 하지만 그 전에 이루어야 할 시급한 목표가 생겼다. 김언혁은 담배를 물며 전화를 걸었다.

- 안녕, 자기?

주이진은 모욕당한 건 잊어버렸다는 양 장난스러웠다.

- 나 보고 싶어서 전화했구나?

"그럴 리가."

- 그래, 나도 보고 싶어.

끄떡없는 반응은 보여 주기용이었다. 신경 쓰지 않고 본론을 내뱉었다.

"신 회장은 지금 본가에 있나?"

갑작스럽게 굳어졌을 얼굴이 빤했다. 언혁은 담배 연기를 목소리와 섞어 흘려보냈다.

"좀 만나야겠는데. 나중에라도 방해하면 곤란하거든."

- 뭐? 그게 무슨…… 너 제정신으로 하는 말이야, 지금?!

"응."

- 농담하지 마. 아무리 미쳤다지만…… 그렇게 일을 크게 벌이겠다는 거야?

"아니, 크게 벌이지 않으려고 이러는 거야."

하지만 크게 벌여야 한다면 어떤 사고도 불사할 것이다. 신은석이 눈치채기 전에 내게 오게 해야 한다. 안전하고 안온하게 제 품에 가둔 채로 상대해야 걸리는 것이 없으리라. 어차피 들키는 것도, 내 품에 걸어 들어오는 것도 시간문제다.

성격답지 않게 횡설수설하며 일방적으로 전화를 끊은 주이진은 한참 뒤 다시 연락했다.

- 차라리 내가 얘기할게. 시간 좀 벌어 볼 테니까 은석 씨 모르게 데려가. 대신, 나중에 무슨 일이 일어나든 각오해. 거기까진 내

책임 아니니까.

어지간히도 초조한 목소리가 꽤 믿음직스러워 언혁은 긍정도, 부정도 하지 않았다. 눈가림용으로 주이진이 쇼를 해 준다니 그렇다면 그동안 대비책으로 공격할 수단을 몇 가지 더 만들어 놓는 게 좋을 것이다.

두 통의 전화가 끝난 뒤 담배를 꺼뜨리며 언혁은 피아노 의자에 앉았다. 손 풀기용으로 은새희의 파반느를 연주하고 공연 리스트 곡들을 차례로 연습했다.

예술적으로 누군가를 뮤즈로 삼는 일종의 신화적 사고와는 지금껏 거리가 멀었다. 그러나 그날 밤, 문가에 선 자신의 귀로 흘러 들어오던 누군가 어떻게든 살기 위해 지은 멜로디를 들었을 때 그 의미를 정확하게 체득했다.

물론 이젠 그 곡을 넘어 눈빛, 목소리, 숨소리에도 영감이 채워질 정도로 은새희는 손끝에 전율을 일으키는 유일한 자극이었다. 가끔은 주객이 전도되어 은새희를 정신에 가득 채우기 위해 피아노를 치기도 했다.

몇 시간을 내리 건반을 휩쓸고 나자 어느덧 태양이 저문 뒤였다. 선율이 구석구석 스민 육체를 씻어 내고 집을 나섰다. 당연히 자신의 뮤즈를 만나러 가기 위해서였다. 김언혁은 차에 오르자마자 걸려 오는 전화를 받았다.

- 연회장은 기자들로 쫙 깔렸습니다. 방금 막 취임사를 마치고 축하 인사를 받고 있습니다. 악수를 끊임없이 나누면서도 주위를 두리번거리는 게 누굴 찾는 것 같습니다.

나겠지. 언혁은 자신을 찾는 멍청한 사촌의 얼굴을 머릿속에서 구현할 수 있었다. 막중한 직책을 맡을 때마다 그를 의지해 온 사촌은 그 밑바닥엔 실상 열등감으로 꽉 찬 상태였다.

그러나 외려 그 열등감 때문에 더욱 언혁을 믿고 따르기도 했다. 외조부와 척지기 전에도 척진 후에도 사촌은 언혁의 별 차이 없는 당당한 태도를 불가해하면서도 부러워하곤 했다. 그때부터 이용 가치는 충분했다.

외조부의 괄시 속에서 미성숙하고 기생적으로 형성된 성격은 회사를 이끌어 갈 깜냥이 되지 못한다. 스스로도 그걸 알고 있기에 겉으론 허세 좋게 굴어도 점차 부담을 느끼고 끝에 치달으면 안 될 짓을 감행할 것이다.

그렇게 하도록 은근하게 부채질하는 건 어린아이 손에서 사탕 뺏는 일보다 쉬웠다. 난교 파티로 스트레스를 해소한 것이 그 증거 중 하나였다. 미성년자를 끌어들일 만큼 도 넘은 쓰레기 짓을 할 줄은 예상하지 못했지만 말이다.

"잘 살펴요. 특별히 누구랑 친밀한가 눈여겨보면서."

감시로 붙여 놓은 사람과의 전화를 끊고 카페로 가는 속도를 높였다.

불 꺼진 카페 앞에서 언혁은 담배를 물고 서 있었다. 연기가 유리를 스치며 흩어졌다. 못 나오는 날이면 어련히 먼저 연락하도록 교육해 놨는데 잊어 먹은 건가.

케이스에 담배를 지져 꺼뜨리고 전화를 걸었다. 신호음이 평소보다 길게 늘어졌다. 이윽고 통화가 연결되었는데도 말이 없다. 어디냐고 묻자 힘겨운 목소리로 말한다.

- 오늘은 못 만날 것 같아요.

"왜?"

- 그냥, 몸이 좀 안 좋아서요…….

뭔가 이상하다.

"그럼 더욱 안 만날 수가 없겠군요."

- 아, 안 돼요! 오지 마세요. 오지 마세요…….

울고 있다. 언혁의 입매가 싸늘하게 굳었다.

"어디야."

- 집, 집이에요…….

눈에 보이게 거짓말하는 이유를 짐작해 보는 순간, 등 뒤에서 차 문이 닫히는 소리가 났다. 날카롭게 돌아보자 희미하게 웃는 얼굴로 휘청이며 자신에게 오고 있는 새희가 보였다.

가로등 빛이 비치어 드는 얼어터진 얼굴을 보자마자 피가 차갑게 식었다. 천 개의 손이 목을 조르는 기분이었다. 날붙이로 심장을 깎아 내는 것 같은 감각에 피할 새 없이 점령되었다. 난생처음 느껴 보는 감각이었다.

* * *

은새희를 폭행한 범인은 뜻밖에도 자신의 휴대폰에 남은 흔적 중 하나로 알 수 있었다.

"오랜만이에요……."

여자는 정말로 와 준 것이 황송하다는 양, 한편으론 야속하다는 양 눈물이 글썽거리는 눈으로 언혁을 응시했다. 여전히 약은 끊지 못한 건지 불안정한 떨림과 갈급한 눈빛이 그대로였다. 약 때문이 아닌 듯도 했지만, 약이라고 치부했다.

"이 룸에서 신주한이라는 남자와 들어간 후에 심하게 맞고 나왔어요."

신주한…… 정실 태생이지만 사생아에게 밀려 인생을 시궁창에 처박은 태정가 둘째. 그 순간 태정을 진심으로 찢어발기고 싶었다. 개 같은 회장 유전자를 받고 나왔으니 인간이 아닌 개가 태어나는 것이다. 인두겁을 쓴 개라면 눈알이 터질 때까지 두들겨 팰 수 있다. 그러라고 태어난 특별한 인종이다.

여자는 흔들리는 눈으로 그날의 자세한 정황과 하루가 멀다 하고 바에 찾아오는 신주한에 대해 설명했다. 듣는 내내 비웃음도 나오지 않았다. 약물 중독에 섹스 중독. 언제 죽어도 이상치 않은, 하수도를 기어 다니는 벌레보다 못한 생이다. 벌레들이 판을 치는 세상이 조금 더 깨끗해질 수 있도록 일조하는 건 개인적으로나 사회적으로나 올바른 도리였다.

"내가…… 도와줄게요."

정보 입수가 끝나자 고맙다는 말을 건성으로 남기고 일어나 문을 여는 김언혁의 팔을 여자는 애처롭게 붙들었다.

"내가 뭐든 도와줄게요……."

김언혁은 차갑게 여자를 내려다보았다.

"그, 그 남자 죽이고 싶은 거잖아. 그죠? 그 여자 때려서 화났으니까. 나, 도와줄 수 있어요…… 그러니까……."

"집에 가서 잠이나 자는 게 좋겠군요."

여자는 갑자기 와락 울음이 넘치더니 마지막 힘을 쥐어짜 내듯 절박하게 가슴에 안겨 왔다.

"언혁 씨…… 나 그때부터 잠 한숨 제대로 잔 적 없어요. 제발, 이대로 가지 마세요. 사랑해요, 사랑해요……."

전화로 듣거나 다른 쪽으로 알아봤어야 하는데 급한 마음에 두 번 생각하지 않고 이 자리에 나온 게 실수였다. 김언혁은 처참하게 매달리는 가는 팔을 잡지도 않고 미동 없이 보기만 했다. 벌벌 떨던 여자는 고개를 들어 올려 언혁의 얼굴을 확인했다. 그 어떤 과거의 잔흔도 찾아볼 수 없는 차갑고 무정한 얼굴에 여자는 알아서 떨어져 나갔다. 김언혁은 열었던 문을 냉담하게 젖히고 발을 뻗었다.

"이렇게 사랑해 줬다가 버릴 거지?"

그때, 악에 받친 목소리가 등줄기를 긁었다. 언혁은 무심코 돌아보았다.

"내가 예언 하나 할까? 그 여자도 나처럼 망가질 거야."

저주하는 게 아니라 벌써 그 장면을 보았던 것처럼 여자는 확신에 찬 채 울어 댔다.

"당신은 여자를 병신으로 만드니까……."

"……."

"당신이 지나쳐 간 여자는 모두 폐허가 되니까……."

* * *

은새희는 베갯잇을 꼭 그러쥔 채 잠들어 있었다. 작게 숨을 내쉴 때마다 갸름한 턱 밑으로 흘러내린 머리카락이 하느작거렸다. 자세히 보면 희끄무레하게 멍이 남아 있는 얼굴을 언혁은 침대맡에 선 채 물끄러미 내려다보았다.

잠버릇처럼 우물거리는 입술 사이의 속살에 눈이 갔다. 허리를 숙이고 그곳에 혀를 집어넣었다. 단잠에 따끈하게 데워진 혀가 감겨 왔다. 머리칼을 귀 뒤로 넘겨 주며 솜보다 부드러운 살결을 어루만졌다. 잘근잘근 잠을 깨우지 않을 정도로 깨물다 아랫입술을 쪽 빨아 당기며 고개를 들었다.

쓰레기통에 나를 버려야 할 것 같다며 고해하듯 울었던 얼굴이 천사처럼 평온하다. 버림받은 고통만큼 신은석을 버리고 갔다는 트라우마에도 감금되었다는 걸 그 눈물지은 고백으로 파악했다. 두 번 다시 그런 얼굴을 하지 못하도록 지극정성으로 예뻐해 줄 것이다. 고통스러운 죄의식으로 다져진 과거는 자신과의 아늑한 시간으로 덮어 가면 된다.

드디어 내 집에 안착했다. 차분하게 제 발로 걸어오길 기다리려던 계획은 누군가 엉망으로 손댄 얼굴을 본 순간 불꽃처럼 타오르며 휘발되었다. 충동적인 결정이 그 어느 때보다 만족스러웠다. 새희의 콧잔등을 손끝으로 미끄러뜨린 뒤, 언혁은 집을 나갔다.

바람이 빨았다가 뱉은 듯한 축축한 새벽 공기를 가르고 차를 공격적으로 운전했다. 벌레들의 얼굴을 번갈아 떠올리며 액셀을 짓밟았다. 현란한 건물 앞에 차를 정차했다. 탕, 라이터를 열어 입에 문 담배에 불을 붙이며 언혁은 지하로 내려갔다.

입구에 쳐 놓은 안이 다 비치는 관음적인 휘장 사이로 담배 연기가 길을 그었다. 조명에 녹아든 언혁의 눈동자가 뱀처럼 음험한 각을 세웠다. 복도를 가로지르던 걸음이 정확히 6번 룸 앞에서 멈추었다. 언혁은 담뱃재를 문고리에 톡톡 턴 다음 발로 문을 걷어찼다.

한 치의 예상과 다름없이 신주한은 눈동자가 동공의 경계를 알 수 없을 만치 풀린 꼴로 열린 문을 꼬나보았다. 테이블을 손으로 짚으며 끌어 올린 어깨가 휘청 풀려 테이블에 엎어졌다가 다시금 일어나려고 가상할 정도로 애쓴다.

테이블과 바닥에 굴러다니는 술병들과 가루를 혐오하는 눈으로 훑으며 언혁은 천장 모서리에 달린 불 꺼진 CCTV를 응시했다. 이 술집은 암묵적으로 CCTV가 작동되지 않는다. 돈 많고 지위 높은 집안의 내놓은 자식들이 치는 사고를 미연에 방지하기 위함으로 그 부모가 압박을 넣은 것이다. 덕분에 어떤 사고가 일어나도 묻을 수 있는 곳이 되었다.

"누구야? 씨발, 아무도 들어오지 말라니까……."

김언혁은 놀라지 않도록 천천히 다가갔다. 희번덕거리는 눈알이 똑바로 주시하려고 노력해도 번번이 까뒤집혔다. 언혁은 술잔에 피우던 담배를 빠뜨렸다. 그리고 손수건을 꺼내 양주병의 입구를 감쌌다. 놈에게서 나는 역겨운 냄새 때문에 피부가 썩는 듯했다. 돌아가면 은새희의 목덜미에 코를 묻고 내도록 빨아 들일 것이다.

"도와주러 왔어."

"무어…… 뭐?"

"네 손으로 끝을 못 보는 것 같으니 도와주겠다고."

말이 끝나는 동시에 김언혁은 테이블로 양주병을 내리쳤다. 와장창 깨진 것의 조각 하나를 집어 고간을 조준했다. 사태를 파악 못 한 취한 눈은 "씨발, 꺼지라고!" 하며 닥치는 대로 주먹을 휘둘렀다. 그것을 고개를 가볍게 젖히며 피하고 언혁은 곧바로 유리 조각을 신주한의 자지에 내리찍었다. 느닷없는 취기를 뚫는 고통에 신주한의 눈이 홉떴다.

"아악!"

"고마울 텐데 웃어야지."

옷을 뚫고 살덩이를 찍은 유리 조각을 비틀자 신주한의 얼굴이 참혹하게 일그러졌다. 급격히 창백해지는 안색이 볼 만했다. 그야말로 찍 눌린 벌레처럼 바동거리는 머리칼을 거머쥐었다. 물론 유리 조각을 깊숙이 쑤셔 넣는 것도 잊지 않았다.

"미친, 누구, 야, 씨발…… 신…… 은석이냐? 아니, 아니야. 너 누…… 누구야!"

"웃으라니까."

그제야 누구인지 알아본 듯 신주한은 헐떡대며 이를 갈았다. 어디 마비가 온 사람처럼 안면 근육을 파르르 떨다 지껄인다.

"은새…… 희가…… 요, 물은 요물이야, 그치……?"

언혁은 한순간 돌변한 눈빛을 코앞에 들이밀었다.

"제대로 된 핏줄로 태어나고도 질 낮은 태생 때문에 뒷방으로 밀려나 관심 한 자락 못 받다니. 상심이 말도 아닐 거야. 약과 섹스를 친구 삼는 것도 이해해. 모친까지 죽게 만들어 놓고 이렇게 사지 건강하게 살아 있는 것 자체가 박수받을 일이야. 나라면 진작 자살했을 텐데 대단한걸."

신주한의 눈이 치명타를 입은 것처럼 극히 흔들렸다. 그 순간, 언혁은 유리 조각을 뽑았다. 피 냄새가 진동하는 아래를 보았다. 이 정도면 급히 처치하면 죽지 않는다. 물론 제 기능을 할지는 미지수였다. 언혁이 더러운 피가 튄 손가락을 손수건으로 세심하게 닦아 냈다.

신주한은 자지가 찍힌 것보다 언혁의 말에 충격을 못 벗어난 것처럼 보였다. 재미없게도 격하게 달려들지 않는 신주한의 뺨을 정신 차리라고 후려쳤다. 턱이 돌아가며 관절이 꺾이는 소리가 났다. 그대로 힘없이 비틀대며 엎어진 신주한의 뒤통수에서 모든 걸 포기한 듯 좌절이 뒤덮은 음성이 흘러나왔다.

"죽여, 그냥……."

더 이상 상대할 가치도 없었다. 언혁은 자신의 손수건을 테이블에 던지고 바를 나왔다. 신 회장은 과연 애물단지 아들을 위해 범인을 찾아내고 응징할까…… 아마 아닐 것이다. 신은석을 건드려야지 확실히 반응이 오겠지.

언혁은 곰곰이 생각하던 것을 관두고 차에 올랐다. 한시 빨리 오염된 몸을 씻고 세상모르게 자고 있을 새희의 부드러운 뺨에 어느 부위든 비비고 싶었다.

차바퀴는 마음만큼 빠르게 굴러갔다.

* * *

[씨발! 진짜 한 번만 더 장난치면 유서고 뭐고 맹세코 내가 널 먼저 죽인다.]

언혁은 의준의 메시지를 확인한 후 답신으로 화를 가라앉힐 수 있는 목욕하는 강아지 사진을 전송했다. 마음에 들었는지 득달같이 걸려 오는 전화를 아무 데나 던지며 러그 위에서 동그랗게 몸을 말고 누워 있는 새희의 등 뒤에 나란히 누웠다.

햇빛을 머금은 머리카락을 지근지근 씹는데도 움찔거리지도 않고 잠잠하다. 언혁은 러그를 손으로 짚으며 상체를 비스듬히 세우고 돌아누운 얼굴을 확인했다. 고사이 또 잠이 든 뺨에 입술을 문지르며 야무지게 손에 쥐고 있는 휴대폰을 집어 올렸다. 화면을 켜자 자신의 얼굴이 아닌 댓글이 나타났다. 언혁은 눈매를 가늘게 좁히며 시야에 들어오는 글자를 읽었다.

‘실력 좋으면 뭐 함? 프로 정신도 xx 없고 인터뷰도 맨날 거절하는데 xx 건방지고 얼굴빨에 피지컬 좋아서 xxx 빨아 주지 ㅋㅋ 더럽게 논다고 소문도 자자하던데 장관 아들이라 걸릴 일도 없을 듯 ㅋㅋ 인생 xx’

김언혁의 국내 투어 기사에 달린 댓글이었다. 그 밑으로 '말씀이 지나치신 것 같습니다. 죄송하지만 신고하겠습니다.' 친절하게 신고할 것이라고 예고하며 죄송하다고 달아 놓은 예의 바른 댓글은 누가 썼는지 알 만했다. 신고의 상세 사유를 고르던 중 잠이 든 듯했다.

언혁은 재밌게 읽고 난 뒤 창을 닫고 하얀 뺨을 깨물었다. 깨지 않고 미동 없는 뺨에서 솔솔 풍겨 오는 향기로운 체취에 그의 굳은 가슴이 아기의 것처럼 보드라워진다.

성의준에게 했던 자신의 말이 장난이었는지 진심이었는지 정확히 기억나지 않는다. 삶보다 죽음에 친밀하게 지냈던 생에 은새희는 변수처럼 나타나 모든 것을 뒤틀었다.

가끔은 이 못 견디게 귀여운 얼굴을 질리도록 보고 싶다가도 무덤에 같이 들어가고 싶기도 했다. 그 이중적인 충동을 부정하지 않으리라.

늘 완벽하게 균형을 이루었던 정신이 은새희를 만난 후부터 경계를 넘나들며 불안정해졌다. 그러나 어쩌면 이제야 제대로 된 균형을 맞춰 가는 것일지도 몰랐다. 언혁은 나른해지는 기분으로 부드러운 목덜미에 얼굴을 묻었다.

'그럴 수도 있지…….'

모친을 보여 주고 과거를 들려주자 그보다 슬픈 사람은 본 적 없다는 양 자신의 목을 껴안고 위로해 주던 모습은 얼마나 나약했던가. 더듬더듬 언혁이 했던 말을 그대로 돌려주며 다독이던 그 나약한 얼굴에 추는 한쪽으로 완벽하게 기울어졌다.

어쩌면 살아갈 명분은 네 미소를 보았던 순간이 아니라 그 밑바닥을 전전하는 어둠을 보았을 때 충족되었는지도.

"그럴 수도 있지……."

짙은 어둠으로 만났다면 서로의 빛이 되면 되는 일이다. 안간힘으로 굴러오다 바야흐로 내게 도착했으니 네 생의 종점은 나였다.

* * *

"장관님 도착하셨습니다."

지배인이 고개를 숙이며 미닫이문을 드르륵 열었다. 기골이 장대한 몸이 방에 들어서자 넓은 공간이 꽉 들어차는 느낌이었다. 부친은 먼저 식사를 시작한 언혁을 보고 이맛살을 찡그렸다.

"기다리지 않고."

"시장해서요."

마뜩잖은 기색으로 부친이 자리에 앉자 머리를 곱게 틀어 올린 여자가 들어와 부친의 화로에 불을 켰다. 이어 테이블 위에 새로이 그릇을 놓았다. 그 안에 든 포를 뜬 복어가 완전히 죽지 않아 꿈틀댔다.

"갓 잡은 복어입니다. 회로 말고 탕으로 끓여 드셔도 별미입니다."

육수가 담긴 냄비에 야채와 버섯과 함께 복어를 넣어 끓이다 가장 먹기 좋게 익었을 때 각자의 대접에 옮겨 주고 직원은 가슴에 손을 올린 채 허리를 숙이며 조용히 방을 빠져나갔다.

직원이 나가자 냄비에서 피어오르는 연기가 내는 소리가 들릴 만큼 장내는 조용해졌다. 화려하게 차려진 음식들을 자유롭게 젓가락으로 누비는 언혁을 부친은 뚫어져라 응시했다.

"7년 만이구나."

7년 만의 조우의 첫인사는 싱겁기 짝이 없었다. 마지막 만남은 언제였던가. 공연 대기실에 멋대로 찾아왔을 때였나. 언혁은 굳이 상기하려 하지 않으며 맑은 국물로 입가심했다. 제 연락을 받자마자 고매한 걸음을 행차하신 위대한 분의 얼굴은 우스꽝스럽게도 어떠한 감회에 잡혀 보였다.

"네 어머니 상태는 어떠냐. 여전한가."

"알면서 뭘 물어봅니까? 때마다 보고 받잖아요."

"……."

차기 대통령을 꿈꾸는 장관에게 모친만큼 눈에 거슬리는 존재도 없으리라. 하필이면 총리의 간음 동영상이 일파만파 퍼지며 정치인들의 성 추문이 수면 위로 드러난 때다. 비서와의 관계는 둘째 치고 그 뒤에서 아내를 집착과 구속으로 정신이상자로 만든 걸 알면 사건의 수위는 걷잡을 수 없어진다.

언혁은 깊은 숲속까지 차를 몰고 들어가 가열하게 섹스하던 사진 속 아버지의 군살 없는 등을 떠올렸다. 비서가 화끈한 건지 장관이 정신이 나간 건지 이 시기에 야외에서 위험천만하게 즐기다니 정말이지 참을성 부족한 불륜이었다.

"네가 아무리 나를 증오해도 넌 내 피를 이어받은 유일한 아들이다. 네 의사를 존중해서 멋대로 구는 걸 참아 준다는 걸 알아주면 좋겠구나."

"아들 한 명 더 만드시지 왜 얌전 빼면서 지냈는지 모르겠군요."

"김언혁."

참아 준다니…… 깜찍할 정도로 같잖은 표현이다. 참아 주는 게 아니라 아들이 손에 쥔 아비를 나락으로 떨어뜨릴 증거를 알고 있기에 함부로 건드리지 못하는 것이다. 차라리 솔직하기라도 하면 웃음이라도 날 것을, 저렇게 말하면 비대한 간이 쪼그라들게끔 진심으로 도끼라도 들고 위협하고 싶어진다.

"네 엄마 때문에 언제까지 골치 아파야 하는지. 지긋지긋하군."

젓가락을 쥔 언혁의 손등의 핏줄이 불거졌다.

"그 지경으로 만든 장본인이 뻔뻔하게 잘도 지껄이는군요."

"내가 주는 사랑에 먼저 치를 떤 건 네 엄마지."

"아하, 동료와 전화라도 하는 날엔 머리채를 붙잡아 방 안에 가두던 것도 사랑이다……."

언혁은 어린 아들을 바로 앞에 내버려 두고 강간하듯 어머니를 안으며 아버지가 짓던 표정을 그림으로 그릴 수도 있었다. 아주 선명하고 폭력적인 그림체로.

"그때 네 엄마를 두고 돌던 소문이 귀를 씻어 내야 하는 수준이었다. 동료라는 것들이 죄다 무대 뒤에서 끼고 놀았다는 양아치뿐이더군."

"그렇다고 방구석에 처박아 두고 옷을 벗겨 놓습니까? 사창가에서도 그렇게 안 놀 것 같군요."

"김언혁!"

부친이 주먹으로 내리친 테이블이 흔들거렸다. 언혁은 느른한 눈으로 힘준 주먹을 응시했다.

"먼저 연락하길래 생각을 바꿔 먹은 줄 알았더니…… 오만이 하늘을 찌르는구나."

부친의 눈이 시뻘겋게 달아올랐다.

"자그마치 이십 년이다. 이십 년을 아들과 반목하며 지냈어!"

"……."

"자식은 평생 가도 부부의 사정을 이해할 수 없지. 네 엄마를 생각하는 반의반만큼이라도 나를 생각해 봤다면 이렇게까지 삐딱하지 못할 거다."

그러니까 그 부부의 사정 따위 자식하곤 아무런 상관도 없는데도 분풀이 되는 여파로 자식은 감당 못 할 고통을 겪어야 하는 것이다. 가정 폭력은 그런 식으로, 자식의 잘못과는 별개로 부모의 감정적인 충동에 의해 일어나는 게 대부분이다.

한 번 언성을 높인 뒤 부친은 돌연 입을 다물고 식사에 전념했다. 은새희가 은근하게 아버지와 거리를 좁히길 바라는 것 같아 만나 봤으나 괜히 입맛만 버렸다. 문득 지금쯤 뭘 하고 놀고 있을지 참을 수 없이 궁금했다.

그때였다. "실례하겠습니다." 하는 목소리가 들린 뒤 미닫이문이 갑작스럽게 열렸다. 문을 연 사람은 직원이었으나 문턱에 선 사람은 샛노란 원피스 차림에 가르마를 타고 정갈하게 머리를 묶은 여자였다. 어디선가 본 것 같다고 생각하자마자 저 얼굴 그대로 TV에 나와서 중계하는 모습이 머릿속에 연상되었다.

아나운서는 언혁과 눈을 마주치고 쑥스럽다는 듯 눈을 내리깐 뒤 부친을 향해 알은체했다.

"오셨다는 얘기 듣고 인사드리려고 왔어요."

"그래, 접때 최 교수랑 한 번 봤었지. 아, 인사하지. 이쪽은 내 아들이네."

"네, 아…… 말씀만 들었는데 정말 미남이시네요. 안녕하세요."

김언혁은 다분히 연극 같은 이 상황에 어떤 반응도 하고 싶지 않았다. 자연스러울 것이라고 믿는 건지 부친은 제법 흡족스러워 보였다. 한숨을 내뱉기도 아까워 속으로 삼키며 의뭉스러운 얼굴을 하고 있는 여자에게 고개를 치켜들었다.

"안녕하세요."

여자는 단도직입적인 시선에 해체되는 것처럼 움찔움찔하더니 곧 사르르 웃었다.

"처음부터 손잡고 같이 들어왔으면 이따위 연극도 안 해도 되고 좋았을 텐데요."

부친과 여자의 얼굴이 동시에 굳었다. 김언혁은 냅킨으로 입가를 닦고 자리에서 일어났다.

"집에서 나만 목 빠지게 기다리는 여자가 있어서 가 봐야겠습니다."

시간 낭비만 했군. 재지 않고 문가로 걸어가자 그곳에 서 있던 여자가 압도되는 분위기에 찌그러진 것처럼 어깨를 움츠렸다. 뒤에서 모욕적인 얼굴을 하며 부들대고 있을 부친을 생각하니 그나마 기분이 나아지는 듯했다.

"언제까지 엇나갈 수 있다고 생각 말아라."

들려오는 날 선 목소리에도 언혁은 냉정한 걸음으로 발을 뻗었다.

"너에게도 감당하지 못할 순간이 올 거다. 안 올 것 같나? 반드시 올 거야. 그때 가서 후회해 봤자 너무 늦어. 너조차 어찌할 수 없는 순간이, 그 오만함으로 해결 못 할 순간이 오고야 말 거야!"

김언혁은 입꼬리를 차게 틀어 올렸다.

* * *

- 집에 없는 것 같은데?

공연 시작 10분 전이었다. 성나라의 말에 튀어 나가려는 자신의 다리를 찍어 눌렀다. 집에 없다고…….

"그럴 리가."

-내가 지금 정확히 십오 분째 문 앞에서 별짓 다 하고 있는데 아무 반응도 없어. 없는 거 맞다니까.

"그럴 리가 없는데."

- …….

곧 무대로 이동해야 합니다, 스태프가 말했다. 투어 첫 공연이다. 값을 지불하고 연주를 감상하러 온 관객들에게 영혼까지 내어 주는 시간이었다.

언혁은 직선상에 있는 거울 속 자신과 눈이 마주쳤다. 금방이라도 미쳐 날뛸 듯한 심정과 달리 표정은 무장한 것처럼 견고했다.

언젠가 저 표정마저 지키지 못할 거라는 예감이 들었다.

"그 주변 샅샅이 뒤져 봐."

전화를 끊고 구둣발을 내디디며 무대로 걸어 들어갔다. 어디로 갔을까…… 쉬는 타임마다 생각했던 것 같다.

김언혁은 앙코르까지 태연하게 끝마치고 쏟아지는 박수를 뒤로 한 채 정신없이 뛰쳐나갔다. 운전석에 앉아 질주했다. 제대로 된 사고를 하기 위해 노력했다. 성난 손짓으로 머리를 쓸어 올리자 왁스로 넘긴 머리카락이 흐트러졌다.

새끼손가락까지 걸며 약속했는데 이유 없이 그의 말을 어기고 집을 비울 리가 없다. 새희의 휴대폰은 꺼져 있었다. 분명 특별한 사유가 있다. 언혁은 어금니를 씹으며 속도를 올렸다.

그 집으로 향하면서도 그 집에 없으면 좋겠다는 생각을 했다. 신은석은 아직 귀국 전이고 주이진은 자신의 경고를 듣고도 섣불리 일을 저지를 멍청한 여자가 아니다. 그렇다면 제 의지로 갔다는 소린데…….

역시나 은새희는 그 집의 방 안에서 지금껏 본 적 없는 사늘한 얼굴로 서 있었다. 안도한 만큼 화가 머리끝까지 치솟았다. 그러나 무서워하지 않도록 인내심을 끌어 올려 표정을 다듬으며 손끝으로 뺨을 지분거렸다.

가출에 대한 벌로 행할 여러 가지 짓거리들을 생각하니 이성은 알아서 진정을 찾아갔다. 물론 자신의 손을 뿌리쳤을 땐 가슴 중앙을 화살촉이 날카롭게 꿰뚫는 것 같았지만, 뿌리치며 떠오른 은새희의 얼굴은 그보다 더 크나큰 고통에 저며지고 있었다.

"당신 결혼해?"

김언혁은 그 순간 부친이 자신 몰래 헛짓거리를 한 걸 알아차렸다. 미처 방심했다. 능구렁이 같은 작자가 여자를 불러들였을 때 단지 얼굴을 맞대게 하는 정도로 그치지 않을 것을 예상했어야 했다.

언혁은 자신의 실수를 후회했다. 그와 별개로 생경한 감정에 태워지고 있는 새희의 얼굴을 한순간 치밀하게 들여다보았다. 끊임없는 불안과 씨름하며 참아 두던 것을 터뜨리며 화를 내는 얼굴은 좋은 징조였다. 처음 보는 일면이었다.

여기서 더 끄집어내야 했다. 언혁은 일부러 무심한 태도를 취했다. 그러자 혼란과 배신으로 얼룩진 눈동자가 갈라졌다. 유독 색이 짙은 입술이 단호함을 품고 열렸다.

"하지 마, 결혼."

뺨으로 흘러내리는 눈물이 비장하게 반짝거렸다. 언혁은 자신을 가로막듯 내민, 그러나 실은 누구보다 애타게 잡아 주기를 바랄 손에 깍지를 끼고 부친에게 전화를 걸었다. 신랄하게 내갈기고 전화를 끊자 은새희의 얼굴에선 사랑스러운 독기가 모조리 빠져나간 뒤였다. 오해했다는 걸 알고 나니 저지른 짓이 실감이 나는 듯 어쩔 줄을 몰랐다. 그에 언혁의 입매는 느슨해졌다.

"미친 듯이 튀어 오느라고 기사 난 줄도 몰랐어. 놀랐어?"

사랑스러워서 미쳐 버릴 지경이다. 보들보들한 손등에 뺨을 기대며 반성하는데 새희의 눈에서 눈물이 쏟아져 내렸다.

"아, 아니야. 아니야…… 미안, 미안해요. 내가 잠시 미쳐서,

정신이 나가서…….”

김언혁은 손목을 끌어당겨 얼굴을 코앞에 두고 또 지극히 섬약해지는 눈동자를 관통했다.

“내가 다른 여자와 결혼하길 바라는 건가?”

은새희의 눈동자가 흔들렸다. 그것은 살아온 생애의 흔들림이었다. 극에 치닫고 나서야 마침내 마음속에 닫아 놓은 모든 문을 허물어뜨린다.

“아니. 싫어…….”

그의 마음까지 아늑하게 허물어뜨리는 발버둥 치는 목소리로…….

“나랑 같이 있자…….”

새희는 결국 말하고야 만 자신이 무참하다는 듯 고개를 떨구었다가 이내 용기를 내듯 천천히 들었다. 한순간 맥박이 뛰는 눈동자 속에 웃고 있는 자신이 보였다. 소년처럼 천진하게 웃는 자신의 얼굴은 생애 어디에도 존재한 적 없었다. 그러므로 은새희가 만든 것이었다. 은새희가 만들었으니 은새희의 것이었다.

김언혁은 움켜쥐는 손과 안아 달라는 말에 장소에 대한 불편을 제쳐 두고 원하는 대로 옷을 찢었다. 성급한 손놀림에 담배 케이스를 놓쳤다. 그 순간, 콘돔을 꺼내는 언혁의 손을 새희가 말리듯 잡았다.

“괜찮아요…….”

아마도 일생일대의 고백을 하기 위함으로, 그렇기에 가장 지워지지 않는 상처를 일부러 되새기려고 했다.

"왜냐면 나는……."

언혁은 그 고통스러운 사연을 말하게 하고 싶지 않았다. 그래서 가로막았다.

"아기는 하나면 충분해."

처음엔 긴가민가했었다. 처음으로 다리를 벌리고 콘돔을 꺼냈을 때 무언가 할 말 있다는 듯 입술을 달싹거리는 데에 이상함을 느꼈다. 두 번째 섹스에선 눈을 가린 채였는데도 콘돔을 찢는 소리를 들으며 턱을 내떠는 것을 보고 그것이 단순히 고양된 감정에 의한 게 아니라는 것을 눈치챘다.

가능성은 두 가지였다. 불임이거나 불임보다 더한 사연이 있거나. 전자가 아니라 후자인 건 지금에야 알아차렸다. 전자든 후자든 설령 임신이 된다고 해도 예뻐해 주는 데엔 문제없었다.

김언혁을 매료시킨 건 불완전하고 나약하고 그럼에도 불구하고 온 감정을 끌어모아 순간마다 그에게 뛰어드는 은새희 그 자체였다. 죽어도 그만인 얼굴을 하고서 나를 위해 살기로 기꺼이 약속하는, 굳은 가슴을 환하게 웃는 얼굴로 열어젖히며 죽음에 걸쳐 있던 정신과 육신까지 차지해 버린. 아기는 은새희로 충분했다.

"여기, 여기서 해요……."

은새희가 간절하게 요구하지 않았다면 진실로 역겨운 부부의 침실 방으로 올라가 뒹굴었을 것이다. 언혁은 자꾸만 2층을 살피는 새희의 아래를 혀로 녹이며 이성을 바닥으로 끌어 내렸다.

꺼리는 듯하더니 금세 쾌락에 승복하고 흐트러진다. 난간을 의지한 작은 손등이 하얗게 도드라졌다. 언혁은 안으로 들락거릴 때마다 깊고 뜨거운 숨결을 퍼트렸다. 그토록 혐오하는 마약을 해도 이보다 극락일 순 없을 거다.

뒤통수를 짓누르며 짐승처럼 흘레붙다 그를 돌아보는 두 눈과 마주쳤다. 완전히 마음을 풀어 헤친 얼굴에서 해사한 윤기가 흘렀다. 무슨 짓을 해도 결단코 받아들이겠다는 신실한 얼굴에 불현듯 관자놀이를 뾰족한 것으로 내리꽂는 감각이 일었다.

"내가 정말로 죽이려 들면 어쩌려고 그런 얼굴을 하지?"

"으, 하아, 괘, 괜찮, 괜찮아요, 죽여도……."

"정말?"

복종과 얌전을 바라는 자신의 성향을 배신하고 까닭 모를 불쾌함이 돋았다. 불쾌한 심정을 그대로 사나운 몸짓으로 드러내며 스스로 그 말을 반성하게끔 몰아붙였다. 은새희는 눈물을 방울방울 흘려 대며 순순히 죄송하다 했지만 어쩐지 그 순간의 싸늘함을 오래도록 파헤칠 것 같았다.

김언혁은 곧 기절할 것처럼 동공이 풀린 새희를 난간에서 떼어 내 중량을 완전히 떠안고 아래에서 쳐올렸다. 그리고 어느 순간부터 기척이 느껴지는 곳으로 시선을 박았다. 바닥에 드리운 그림자의 실루엣이 늘씬했다. 자존심이 상하니 제대로 훔쳐보진 못하고 들려오는 소리에 기막힌 표정을 짓고 있을 거다.

언혁은 끝내 정신이 나간 새희의 머리를 어깨에 파묻히도록 깊이 눌렀다. 그림자는 그곳에서만 바람이 부는 것처럼 얕게 흔들리더니 이윽고 사라졌다. 이걸로 그 독액 같은 가슴에 은밀하게 남은 자신의 이름이 지워졌으리라. 물론 안 지웠어도 별수 없는 일이다.

* * *

지겹도록 늑장을 부리며 기어가던 시간은 새희가 인생에 들어앉은 이후부터 녹듯이 사라져갔다. 알을 깨고 처음 나온 새처럼 맹목적인 눈으로 '언혁아…….' 하고 제 이름을 부르는 순간은 그냥 흘려보내야 한다는 게 지극히 아까울 만큼 매혹적이며 감명 깊었다.

그 아늑한 부름에 감겨들어 정신없이 물고 빨다 보면 문득 깨닫곤 했다. 끝 모르게 삼켜지고 있는 건 은새희가 아니라 김언혁 자신임을. 그리도 혐오하는 약물 중독자의 마음도 관대하게 이해할 수 있었다. 중간에 갈취당한다면 일상은 퍼석해지며 부작용처럼 광증이 도질 것이다.

이미 그러기를 벌써 두 번째였다. 첫 번째는 결혼 기사를 보고 새희가 가출했을 때였고, 두 번째는 주이진의 부름에 새희가 자신 몰래 신은석을 만나러 갔을 때였다.

증상은 점점 더 악화되고 있었다. 첫 번째까진 억제할 수 있었지만, 두 번째부턴 스스로를 통제하지 못한다는 걸 깔끔하게 인정했다. 세 번째는 자신이 어떤 식의 미치광이로 변모할지 가늠이 되지 않았다.

"그 사람 건들지 마! 하지 마! 하지 마!"

그 세 번째가 당도한 순간이었다. 옆구리가 찌그러진 차 안에서 언혁은 튀어 나갔다. 이마에서 눈가를 가로지르는 흉터가 있는 남자가 칼을 꺼내며 다가왔다. 귓불 옆에서 목덜미까지 몸체가 반쯤 드러난 뱀 문신이 남자의 신분을 짐작케 했다.

언혁은 덩치 뒤로 울부짖는 새희가 눈에 피가 들어간 탓에 잘 보이지 않아 눈매를 가느스름하게 뜨며 덤벼드는 남자의 손을 잡아 꺾었다. 날렵하게 휘두르는 발을 피하지 않고 정강이를 내어주며 그대로 잡은 손목을 뼈가 어긋나게 엄청난 힘으로 비틀었다. 남자가 우악스러운 신음을 내질렀다.

쨍그랑, 칼이 지면으로 떨어졌다. 언혁은 잠깐 단절됐던 시선을 재빠르게 새희에게 박아 넣었다. 비명도 못 지르고 울면서 남자의 험악한 손길에 조수석으로 구겨지고 있었다. 이성이 끊겼다. 내뻗는 위급한 걸음을 손목이 기괴하게 꺾인 남자가 가로막았다. 곧장 반대편 주먹이 날아왔다. 조준은 정확했지만, 속도는 아까보다 현저히 떨어졌다.

언혁은 비웃듯 턱을 까딱이며 피하고 남자의 광대뼈를 주먹으로 내리찍었다. 휘청이는 복부에 구둣발을 찔러 넣고 머리채를 잡아 보닛에 쾅! 처박았다. 그 순간 은새희를 납치한 차가 민첩하게 그를 지나쳐 갔다.

아침은 제대로 먹였던가…… 언혁은 차를 끝까지 주시한 채로 바닥에 있던 칼을 주워 남자의 뱀 꼬리에 쑤셔 넣었다. 쥐 새끼 같은 신음을 내며 바닥으로 고꾸라지는 남자를 두고 반파된 차에 올라탔다. 머릿속을 회 치는 듯한 고통보다 끌려가며 울던 아기의 얼굴이 뇌를 지배했다.

"데리러 가야지……."

달리는 내내 한 가지 생각뿐이었다. 데려와야 한다. 한시라도 빨리. 떨고 있을 테니까. 무서워하고 있을 테니까. 나를 기다리고 있을 테니까.

* * *

은새희를 끼고 다니며 잠시 감각이 둔해졌었나 보다. 좀 더 기민하고 빈틈없이 경계했어야 했다. 명백한 자신의 실수다. 피가 머리 꼭대기까지 역류했다. 눈이 뒤집힌 채로 신혼집으로 향하던 차는 한순간 경로를 틀었다.

그 집에 은새희가 없으면 신은석에겐 돌아갈 이유가 없다. 애당초 그런 쓰레기 같은 목적으로 결혼과 임신까지 해치운 새끼다. 맹렬히 치솟는 분노 때문에 관절까지 절절 끓었다.

일단 그 곱다란 눈부터다. 눈부터 시작해서 숨이 드나들 수 있는 기관들은 모조리 부서뜨리고 마지막은 모가지를 비트는 것이다. 은새희의 눈앞에서 직접.

아니, 아니지…… 가뜩이나 겁을 집어먹었을 텐데 그렇게까지 충격을 주어서는 곤란하다. 하지만 과연 절제할 수 있을지 자신은 없다. 자신하고 싶지도 않다.

경호원을 쓰러뜨리고 문고리를 박살 내고 신은석의 얼굴을 구둣발로 짓이기는 과정까진 나름 제정신이었다고 기억한다. 새희의 옷이 찢어져 있는 것보다 회복되지 못할 상처를 입은 표정에 가슴 한편이 차가워졌다는 것도.

자신이 얼마나 공들여 어르고 달래고 있는데 기껏 아물어 가는 곳을 다 헤집어 놨다. 아마도 저런 식으로 수십 번은 헐게 했겠지. 억지 쓰듯 핍박하는 행동에 멋대로 당위성을 부여하며.

그럼 안 되지. 은새희에게 과거를 빌미로 꼴사나운 불쌍한 척을 하며 매달리는 것도 그저 짓뭉개면 그만이었다. 스탠드를 손에 쥐고 신은석의 머리통을 내리치는데 언혁은 아무런 망설임도, 어떠한 흥분도 없었다.

불현듯 굳은 이유는 그런 그를 보고 새희가 비명을 질렀기 때문이다. 쳐다본 얼굴이 그러지 말라고 애원하고 있었기 때문에. 정작 저 자신은 애원하고 있는 줄도 모르는 얼굴로…… 거기에 한술 더 뜨듯 신은석이 키득댔다.

"희는…… 날 평생 지울 수 없어……."

아마도 그 순간부터.

"내가 알았는데…… 당신한테 돌아갈 것 같아?"

그 순간부터 눈에 뵈는 게 없어졌을 것이다. 도발하려고 작정한 말인 걸 알면서도, 보기 좋게 넘어가 흥분했다.

새희의 두 눈을 똑바로 쳐다보면서 머리통을 깬 건 실수였다. 물론 실수했다는 사실도 한참 시간이 흐르고 나서야 자각한 것이다. 그 순간엔 어떻게든 데리고 나가야 한다는 생각에 묶여 조급했다. 그 탓에 수용 가능한 범주의 충격을 넘어 공포에 떨고 있는 새희를 차분하게 기다리지 못했다.

"미안해요, 미안해요……."

싫다는 말은 차마 하지 못해서 겨우 흘리는 미안하다는 말이 채찍처럼 뒤통수를 후려갈겼다. 가는 어깨를 힘이 조절되지 않는 손으로 움켜쥐고 도망치는 눈빛을 끌고 왔다. 목소리는 그토록 떨리는데도 눈빛만큼은 완강했다. 어찌나 완강한지 언혁은 그 굳센 의지에 처음으로 두려움을 느꼈다. 강제로라도 원하는 말을 끄집어내고 싶었다.

네가 원해야지. 네가 원해야 해. 그러니까…… 데려가 달라고 해. 제발 데려가 달라고 해, 나한테…….

그러나 은새희는 끝까지 의사를 꺾지 않았다. 기어이 너를 망친 과거로 다시 추락하겠다는 듯. 머리통이 깨진 건 신은석이었지만 그도 다를 바 없었다.

가지 않겠다고 고개를 젓는 은새희가 한순간 세상에 존재하는 어떠한 것보다 질기고 독한 무언가로 보였다. 피떡이 되어 꿈틀거리지도 않는 신은석이 아니라 자신이 이곳의 황막한 패배자였다.

"그거 아냐?"

이토록 무력하게 굴복되는 기분 위에 놓인 적이 있었던가?

"넌 나를 너무 쉽게 포기해."

넌 나를 패잔병으로 만들어. 너무도 쉽게.

먼저 포기해 놓고, 마치 그에게 버려진 것처럼 울어 젖히는 새희를 처음으로 차갑게 응시했다. 그러나 한 걸음 외면한 순간 녹아 버린 차가움이었다.

우는 소리가 가슴을 찢었다. 어차피 이 가슴을 녹인 것도 그를 가장 먼저 내버리는 여자였다. 언혁은 그 여자를 마지막으로,

아니…… 다시 처음으로 돌아가 설득하기 위해 한쪽 무릎을 느슨히 꿇었다.

"정말 안 갈래?"

그에 또 해일처럼 일어나는 슬픔을 떠안고 우는 새희가 어쩔 수 없이 귀여웠다. 글러 먹은 지 오래된 눈먼 사랑스러움이다. 피아노를 못 치게 되는 것보다 이 얼굴을 보지 못하는 게 극악무도한 처형이었다. 차라리 그 뱀 문신한테 손가락을 잘렸다면 고집을 피우지 않았을까. 한두 개쯤은 내어 주는 게 좋았을까.

"안 돼, 안 돼! 나, 나를 때려요. 나를 때려……."

김언혁은 자신을 보호하려고 부둥켜안는 온기와 힘에 피식 웃었다. 사랑이 그악스러울 정도로 애절하고 다급하게 느껴져서 사랑 같지도 않았다. 이렇게 나를 사랑하는데도 신은석에게 매여 있는 여린 심장을 쥐어뜯고 싶다가도 이것에 속절없이 점령당했다는 걸 알기에 그마저 사랑스러웠다.

아, 그야말로 패잔병이군.

"이, 이 사람 그냥 가게 해 줘. 제발……."

"그럼…… 나한테 올 거야?"

그를 감싸고 있던 작고 부실한 집이 무너지는 것에 팔목을 저절로 붙들었다. 그 손을 미끄러뜨리며 은새희는 떠나갔다. 고통보다 더한 절망이 절망보다 더한 허무에 오장육부가 갈라 터졌다.

경호원의 나가라는 말이 자신의 귀에만 들리는 게 아닐 텐데 그리도 무정하게 다른 남자의 팔뚝을 붙들고 한 번을 돌아보지 않았다. 피에 가려 보이지 않는 신은석의 얼굴이 웃고 있는 것처럼 눈동자에 비쳐 들었다. 아마도 그건 허상이었을 것이다. 태어나 처음 겪어 보는 잔악한 패배감이 만들어 낸 허상.

그 자리에서 무사히, 누구 하나 죽이지 않고 일어난 건 기적적인 일이었다. 언혁은 자신을 돌아보지 않아도 돌아보고 싶어서 사무친다는 듯 안쓰럽게 떠는 등을 가만히 응시했다. 그의 눈빛을 보고 갑자기 덮쳐들기라도 할까 봐 긴장으로 굳은 여러 숨소리가 경계 태세를 취했다.

언혁은 순간적으로 다 제압하면 몇 분이 걸릴지 계산했다. 하지만 전부를 죽여도 저 고집 있는 귀여운 등은 뒤돌지 않겠지.

움직일 기미가 없던 발을 불시에 내뻗자 흠칫거리는 경호원들 사이를 지나쳐 갔다. 집을 나가 잔디를 짓밟고 찌그러진 차에 올라타기까지 동작은 조금 나른할 뿐 평소와 다름없었다.

그러나 도로 한가운데서 언혁은 차를 덜컥 멈춰 세웠다. 뒤차의 타이어 긁히는 소리와 클랙슨 소리가 공격적으로 날아왔다. 그 모든 게 슬로우 비디오처럼 느리게 감겼다. 언혁은 피부뿐만 아니라 내장까지 뜨겁게 들쑤시는 열기에 몸을 늘어뜨리며 고개를 돌려 조수석을 응시했다.

"낙지 먹으러 가야 하는데……."

사활을 걸고 추격한 결과는 공허였다. 의식이 뒤틀리듯 서서히 점멸했다. 마지막으로 느껴졌던 건 바지 속 진동이었다.

* * *

표류하던 의식이 부상했다. 새하얀 천장이 무지근한 시야를 메웠다. 음. 언혁은 사물과 배경을 느린 속도로 인지했다. 병원이었다. 제 발로 걸어 들어온 건지 어쨌는지 기억이 없었다.

"정신이 좀 드냐?"

삐딱한 목소리에 고개를 틀자 성의준이 혀를 차며 내려다보고 있다. 한층 누그러진 통증 탓에 눅신한 기분이었다. 그러나 공허함은 배로 불어났다. 언혁은 머리칼을 쓸어 넘기다 팔뚝으로 뚝뚝 침투하는 링거액을 멍하게 응시했다.

"미친 새끼야, 너 영화 찍고 돌아다니냐? 차가 왜 그 모양이야? 몸 상태는 또 왜 그렇고?"

"몇 시간이나 지났지?"

"네가 내 전화 받은 때가 네 시간 전이야."

통화를 했다고? 뒤죽박죽된 사고를 거슬러 가다 집어치웠다. 문득 셔츠 단추가 풀어 헤쳐진 것을 발견했다. 셔츠 깃이 한껏 벌려져 훤히 드러난 상체는 의식 없는 사이 알아서 의료인의 손길을 거친 듯했다. 의준이 말했다.

"애들 한바탕 난리 났었다. 나중에 사인이나 실컷 해 줘."

김언혁은 약 기운에도 근육이 불끈거리는 허리를 세워 앉았다. 아직도 뒷덜미가 뜨끈뜨끈했다. 성의준은 흘끗 주위를 둘러보더니 커튼을 차르륵 치고 침대 가에 걸터앉았다. 이어 은밀하게 낮아진 목소리로 묻는다.

"무슨 일인데."

계속해서 넋 놓고 있는 언혁의 눈동자를 의준은 낯설다는 듯 응시했다. 언혁은 망연한 목소리를 흘렸다.

"도둑맞았어."

"뭘?"

주어 없는 말에 의준은 눈살을 찌푸렸다가 스스로 주어를 유추하고 놀란 눈을 했다.

"성나라한테 들어서 대충 알아. 그쪽에서 드디어 눈치챈 거야?"

"보기 좋게 당했지."

"미쳤군……."

최악이라는 듯 고개를 절레절레 젓는 성의준이 표정이 짐짓 심각했다.

"이렇게까지 본격적으로 막은 거 보면 절대 안 내어 주겠다는 거잖아."

언혁은 품으로 손가락을 미끄러뜨리며 담배를 찾았다. "야." 병원이라고 경고하는 음성에 "필터만." 하고 케이스를 손끝으로 열어젖혔다. 뭐라도 씹어 물지 않고서는 제 뼈마디라도 부서뜨릴 것 같다. 삐딱하게 물고서 이마를 손바닥으로 짓누르자 성의준은 복잡한 심경이 녹아든 한숨을 내쉬었다.

"어쩔 거야. 보기 좋게 당했다면서."

"당한 건 갚아 주면 돼. 문제는 날 포기했다는 거지."

"널? 그 여자가?"

뭐라고 협박했을 건 분명하다. 당연히 그 협박의 주체는 자신일 것이고, 김언혁은 축축해진 필터를 잘근잘근 씹었다. 뭐라고 협박했을지도 어렵지 않게 추측 가능하다. 그에게 남은 협박거리라곤 하나밖에 없었다. 문제는 그게 징글징글하게도 위협적이라는 사실이다.

언혁은 문득 목 뒤가 빳빳해진 채로 시트에 나동그라진 휴대폰을 집었다. 순간 가슴이 서늘해지는 상상을 현실로 실현하는 연락은 없었다. 잠잠한 화면 속에선 새희가 행복하다는 듯 웃고 있다. 카메라 렌즈가 아닌 그를 향한 미소였다.

삶을 황홀한 빛으로 물들였던 미소가 이 순간 그악한 통증으로 발현했다. 언혁은 폭약 같은 숨결을 흘리며 고개를 약간 숙였다. 이윽고 다시 번쩍 들었을 땐, 그의 눈빛은 발톱까지 무장을 마친 뒤였다.

"2년 전이었나. 태정 비자금 의혹으로 특검까지 결성되었는데 흐지부지됐던 게."

"정권 바뀌면서 기세 좋게 대통령이 임명했다가 도리어 영부인 뇌물 공여와 맞물려서 맥 빠지게 흘러갔지."

그때 임명된 검사 후보 중 나가떨어진 게 위나현, 태정에서 억울하게 누명을 쓰고 쫓겨나 1인 시위를 벌이다 자살한 아버지를 둔 강성 검사다. 그리고 지금은 수상할 정도로 조용하다.

변심했다기엔 처절하게 눈빛을 번쩍이던 여자의 복수심이 신문 너머 고스란히 전이될 정도였다. 결과적으론 태정의 압력에 기도 펼치지 못하고 묻히게 되었지만. 그런 복수심을 갖고 평온한 시간을 보냈을 리가 없다. 언혁은 무표정하게 손가락으로 담배를 꺾었다.

"너…… 무슨 생각 하는 거야."

성의준의 눈이 불안하게 일렁였다.

"그 여자랑 죽을 자리까지 하나 더 만들라는 농담 같지도 않은 농담 칠 땐 언제고. 이렇게 당하고도 뭘 더 하겠다고? 죽으려는 네 계획은 어쩌고?"

"아니. 살 거야."

은새희를 살게 해 주고 싶으니까. 그러려면 그도 살아야 했다. 그가 살지 않으면 은새희는 미련 없이 따라 죽는다. 그리되도록 뜯어 고쳐 놨으니 책임지는 게 당연했다. 그 책임감으로도 살 가치는 차고 넘쳤다.

"아니, 씨발 그건 잘 생각하긴 했는데 아무리 그래도 그렇지, 여기서 뭘 더 어떻게……!"

"성의준 선생님, 안에 계세요?"

간호사가 커튼 밖에서 다급한 목소리로 부르자 의준은 작게 이를 간 뒤 꼼짝 말고 있으라고 외치고는 커튼을 거칠게 열어젖히며 뛰어갔다. 커튼이 젖혀지자 옆자리 침상에 누운 핏기 없는 혈색의 중년 여자와 간이 의자에 앉아 있는 마른 남자, 그리고 그 무릎 위에 앉은 여자아이까지 우울한 분위기의 가족이 보였다.

아이는 언혁과 눈을 마주치자 끔뻑거리더니 자그만 손을 휘휘 흔들었다. 언혁은 마주 흔들어 주며 저만할 때의 은새희의 모습을 상상했다. 아마 지금과 별 차이 없을 테다. 언혁이 한 손은 아이와 노닥거리는 데 쓰며 다른 한 손으로 휴대폰을 귀에 붙이고 전화를 걸었다. 신호음은 칼같이 넘어갔다.

- 그러잖아도 연락을 안 받으셔서 한 번 더 연락드리려던

참이었습니다. 오늘 오전에 문정태 측근 중 한 명이…….

"아니, 그것보다 감시자를 하나 더 늘리죠."

기계적으로 보고하는 음성을 잘라 냈다.

- 예? 어떤 사람을…….

"태정가 집안에 들일 사람으로."

감시자는 당황한 기색이었다.

- 태정가면…… 태정 그룹 말씀하시는 겁니까? 문정태와 관련된 겁니까, 아니면…….

"별개예요. 더 중요하고."

- 누굴 감시하는 겁니까? 아무리 그래도 그 집안에 직접 사람을 들여보내는 건 불가능합니다.

"거기 가정부라도 포섭해요. 마음 약하고 동정심 많은 쪽으로."

- 예?

"꼭 돈 때문이 아니라도 가여운 건 극진히 돌보고 싶을 만큼 연민이 넘치는…… 그런 사람으로."

* * *

교통사고를 명목으로 콘서트를 연기하고 보란 듯이 집에 처박혔다. 주이진의 공작으로 여태 묵인하고 있었겠지만, 더는 잠자코 두고 볼 수 없으리라. 아들이 도로 한복판에서 깡패를 보내 납치까지 감행했으니 뒷수습은 아비의 몫이었다.

언혁은 은밀히 양평에 가드들을 더 보내는 것 이외엔 별다른 행동을 보이지 않았다. 신 회장의 눈에 자신은 한탕 즐겼다가 빠진 사람으로 비춰야 했다. 밀회 상대가 그가 아니었다면 쥐도 새도 모르게 처리하고도 남았을 것이다.

윗대부터 뒤에서 사람 쓰는 걸로 유명한 집안이다. 태정이란 이름 아래 부당하고 부패한 기록들이 얼마나 축적되어 왔는가. 그러나 이미 흔적 없이 지워진 것들도 넘쳐 날 것이다.

- 밥을 먹어도 자꾸 토한다고 합니다. 매일 울고 싸우다 지쳐 쓰러지길 반복이라는군요.

은새희가 어떻게 지내는지 들을 때마다 가슴의 단면을 면도날로 썰어 내는 듯했다. 언혁은 담배를 물었다. 오늘만 해도 벌써 두 갑째다. 해소되지 못하는 초조함이 재떨이의 꽁초처럼 쌓여 갔다.

은새희를 뜯기고 난 뒤부터 사슬에 심장이 묶인 것처럼 하루하루가 흐르지 않고 목숨을 끊어 낼 듯 죄어들었다. 그러나 버텨야 했다. 버티지 않으면 이쪽의 수가 읽힌다. 그에게 새희가 무엇보다 절박한 걸 알면 곧바로 은새희는 유리한 협박 도구로 전락할 것이었다.

그전에 태정을 휘청이게 할 약점을 쥐고 신 회장과 협상을 마친 뒤 안전하게 건네받아야 했다. 그 집안과 신은석을 풍비박산 내는 건 그 후다.

- 연결이 되지 않아 삐 소리 후 음성 사서함에 연결됩니다.

휴대폰의 존재를 들켜 박살 났을 게 뻔한데 습관처럼 새희의 번호에 전화를 걸고 있다. 소파에 길게 누운 몸이 동면기에 들어간 파충류처럼 날연하기 짝이 없다. 의욕과 흥미라는 것을 깡그리 거세당한 기분이다. 듣고픈 목소리를 뱉어 내지 않자 실망한 팔모가지가 소파 아래로 축 늘어졌다.

"기껏 찌워 놓았는데……."

담배를 고무처럼 질겅질겅 씹으며 동그랗게 부풀었던 새희의 뺨을 떠올렸다. 그리움이 생각한 것보다 견디기 어려운 감정임을 경험 중이다.

바닥으로 떨어뜨린 휴대폰이 빗발치듯 울려 댔다. 먼젓번의 지각부터 시작해서 불의의 사고로 인한 콘서트 연기까지 연이은 악재에 에이전시는 자신 대신 속 끓기 바쁠 거다.

언혁은 휴대폰을 다시 들었다. 콘서트가 더는 미뤄지는 일은 없어야 한다. 목 빠지게 기다리는 관객들에 대한 예의 이전에 예정된 일정이 파기되는 건 그 자신도 원체 용납 못 하는 일이었다.

그러나 신념도, 긍지도 바싹 말라 가며 우는 은새희를 생각하면 모두 폐물보다 못하다. 언혁은 산처럼 쌓인 연락들을 제쳐 두고 성나라의 전화를 받았다.

- 알아봤어. 위나현, 부친 그렇게 죽은 뒤에도 혼자서 태정 열심히 들쑤시다가 2년 전에 돌연 검사직에서 나가고 지금은 변호사로 일하는 중이야.

예상외의 행적이다. 지쳐 그만두었다는 건가…… 언혁은 담배 연기를 뱉으며 말했다.

"변호사 사무실 어디지?"

- 송파구 쪽이던데…… 확인하고 알려줄게. ……근데, 어쩌려는 거야? 태정하고 정말 척질 거야?

걱정이 덕지덕지 묻은 목소리는 형제임을 피력하듯 성의준과 똑 닮았다.

- 이모부한테서 연락 왔었어. 걱정하는 척했지만, 우리 신문사에 압력 넣는 거였어. 당신 아들 도와 허튼 짓 하지 말라는 경고지. 너무 노골적이라서 허파가 뒤집힐 정도였다구.

은새희 앞에서 전화를 건 날 이후 부친의 연락이란 연락은 죄다 씹고 있으니 꼭지가 돌 만도 했다.

- 느낌이 안 좋아…… 그동안은 오빠를 원망하면서도 화해하고 싶어 한다고 생각했는데. 이러다 나까지 된통 당할까 겁나 죽겠어.

"그래도 넌 날 도와줄 거잖아."

- …….

성나라는 "하여튼……." 하며 새침하게 말꼬리를 흐렸다. 성나라가 속한 유선 일보는 독립운동가 집안 출신의 초대 사장 신조에 따라 어떠한 회유도 통하지 않는 투명하고 강성한 메이저 신문사다.

유일무이할 정도로 국민의 전폭적인 지지를 받고 있다 보니 그 누구도 함부로 손대기가 힘들어 비리를 저지르고 다니는 윗대가리들에겐 제일 골치 아픈 문젯거리였다. 그러므로 성나라의 투정은 엄살에 가까웠다.

- 태정 못 뜯어먹어 안달인 정치인보다 눈치 보는 작자들이 많을 만큼 태정은 명실상부 우리나라 거대 기업이야. JS는 뭐 논외로 치고, 지금껏 부정부패로 한번은 걸고넘어졌던 대기업 중 태정만 어떤 생채기도 없이 굳건했어.

음…….

언혁은 목을 울리며 담배 연기를 길게 내보냈다.

- 신 회장, 보통 인물 아니야. 전대 회장도 독종이었지만 그 독종한테 굴려져서 하는 짓이 두 배로 추악해. 유일하게 숨통 틔워 줬던 여자가 물에 빠져 죽은 뒤부턴 뒤늦게 찾아낸 정부 아들한테 자기 영혼을 내다 바쳤어. 그 눈엔 그 아들만 사람이고 나머지는 물건이야.

그러니까 그 아들을 회복 불능으로 침몰시키는 게 최상의 공격이겠지. 한 번 걱정하기 시작하자 폭격으로 퍼붓는 성나라의 잔소리를 멋대로 절단하고 담배를 재떨이에 내던졌다.

무감한 얼굴 각피를 쓸어내렸다. 빽빽한 눈알을 눈꺼풀 아래 닫아 놔도 잠이 오지 않는다. 은새희를 빼앗길 때 자신의 휴식과 수면마저 강탈당한 것이다.

언혁은 불면의 고통에 가닥가닥 쪼개지는 신경을 안간힘을 다해 견뎠다. 조금만 방심하면 무작정 튀어 나가 새희를 데리러 갈 것 같았기 때문에. 팔뚝을 피로한 눈매 위에 올리고 한숨을 퍼트렸다.

'미안해요, 미안해요…….'

마지막 그 얼굴만 떠올리면 분쇄기에 뇌가 갈리는 것 같다. 언혁은 결국 잠들지 못하고 새희를 녹화해 놓은 영상을 차례대로 재생했다. 그러나 아무리 화면 속 새하얗게 웃는 얼굴을 보아도 그 괴롭고 아픈 얼굴이 혼령처럼 따라다녔다.

* * *

"실물로는 처음 보는군. 앉게."

신 회장은 자연스럽게 턱짓하며 테이블 건너편을 가리켰다. 은테 안경 너머 눈알이 기름칠이라도 한 것처럼 반질거린다. 총천연색 회는 금방 썰어 낸 듯 빛깔과 육질이 훌륭했다. 고로 씹는 맛이 일품일 것이다. 언혁이 이빨로 짓이기고 싶은 건 싱싱한 횟감이 아니라 아들과는 딴판으로 번들거리는 저 눈이라는 게 퍽 안타까운 현실이었다.

누구를 통해서도 아닌, 신 회장은 직접적으로 언혁에게 연락을 넣은 뒤 아파트 앞으로 차까지 보냈다. 물론 그는 자신의 차를 타고 요정까지 왔다. 사이드미러에 비췄던 운전기사의 황망한 얼굴은 꽤 봐 줄 만했다.

김언혁은 여전히 문 앞에 선 채였다. 회장의 옆에 선 수행 비서가 대놓고 불만스러운 것을 보듯 눈살을 일그러뜨렸다. 회장은 눈썹 한 번 꿈틀거리지 않고 언혁을 응시하다 이내 한 손을 들어 까딱까딱했다. 그러자 비서가 발소리를 남기지 않고 신속히 방을 빠져나갔다. 문이 열렸다 닫히는 소리가 서로를 관통하는 공기의 틈을 갈랐다. 신 회장은 각진 턱을 치켜들었다.

"이만 앉아 주겠나? 우롱차가 식겠군."

김언혁은 그제야 매끄럽게 칼질한 동작으로 착석했다. 팔꿈치를 테이블에 괴고 물수건으로 손가락 사이사이를 감싸 올렸다. 신 회장은 언혁의 일거수일투족을 뚫어지게 관찰했다. 구태여 관찰하고 있다는 뜻을 감출 생각도 없는 것처럼 시선이 노골적이고 적대적이었다. 그가 아니었다면 뼈도 못 추릴 위압감이었다.

아들을 제왕의 자리에 앉히기 위해 어떠한 비열한 짓도 마다하지 않을 다 늙어 빠진 짐승의 부정父情이 눈물겨웠다. 그 부정에 은새희만 희생되지 않았다면 역사에 길이 남을 간악한 범죄를 저질렀다 해도 상관하지 않았을 것이다.

언혁은 여유작작한 눈으로 응수했다. 신 회장은 덮쳐들 듯한 눈빛과 달리 고저 없는 음성으로 말했다.

"듣자 하니 공연이 연기되었다던데. 안타깝게 되었군."

"곧 재개할 예정이니 안타까울 필요 없습니다."

찻잔을 들며 시선을 찔러 넣자 신 회장은 티 나지 않게 멈칫했다가 이내 교활하게 입매를 끌어 올렸다.

"하긴 별거 아닌 일이긴 하지."

"별거는 맞죠. 깡패 새끼한테 손가락이 잘릴 뻔했는데."

말장난 같은 어투에 늙은 낯짝이 싸늘하게 급변했다. 언혁은 아직 식지 않은 우롱차의 향을 천천히 음미하며 입안을 적셨다. 잔을 내려놓자 부닥치는 신 회장의 안광이 통렬하게 번뜩였다. 다시 보니 그리도 애지중지하는 아들과 닮은 듯도 했다.

"일전에 아들이 저지른 실례는 사과하겠네. 하지만 건방을 떠는 것도 유분수지. 그따위 태도는 그냥 두고 볼 수가 없군. 내가 이 자리에 자네를 부른 이유를 모르지 않을 텐데."

"모르는데요?"

"……."

"아, 사과는 받아들이죠."

아들이 저지른 실례…… 표현이 꼭 초등학생 자식의 사고를 대변하러 온 극성 학부모 같아서 웃겼다. 언혁은 손 틈새에 끼운 젓가락의 끝을 벌렸다.

회를 한 점 들어 권하듯 들어 올리는 그의 태도가 과히 불량스러워 신 회장은 불쾌한 기색을 금치 못했다. 언혁은 눈매를 휘며 입속에 젓가락을 집어 넣었다. 회는 씹을 새 없이 혀에서 살살 녹았다.

신 회장은 힘이 바짝 들어갔던 안면 근육을 서서히 풀었다. 이내 혀 차는 음성으로 중얼거렸다.

"아들이고 뭐고 학을 뗄 만도 하군……."

언혁의 젓가락질이 짧게 멈췄다가 다시 움직였다. 그 멈췄던 찰나 언혁은 부친과 회장이 비밀리에 만났음을 눈치챘다. 그걸 어련히 알아채라고 던진 말이었다. 그렇단 말이지…… 김언혁의 눈빛이 비릿해졌다.

"어릴 때부터 한번 맘에 든 장난감은 질리지도 않는지 종일 갖고 놀았다지. 새 걸 준비해 줘도 이미 모난 걸 기어이 망가트리고 나서야 손에서 놓아줬다던데."

신 회장의 눈이 독 바른 화살촉처럼 언혁을 눈동자를 긁었다.

"지금도 그런가?"

침묵 속에 칼이 있었다. 비유 너머 그의 속내를 벌려 보려는 의도가 너무도 확연하다.

"그건 장난감이니까요."

언혁은 태연하게 말했다. 신 회장의 가로진 입술이 의미심장하게 열렸다.

"그래, 장난감이지……."

그때였다. 옷 속에서 휴대폰이 진동했다. 언혁은 눈을 내려 화면을 확인했다. 감시자였다. 이 시간에 왜? 그러나 깊이 고민하기보다 "전화 좀 받고 오겠습니다." 하는 딱딱한 음성이 먼저 튀어 나갔다.

신 회장은 한층 관대해진 얼굴로 허락한다는 듯 턱을 까딱였다. 의심스러웠다. 의심스럽다고 생각하면서도 언혁은 조금은 거친 걸음으로 문을 열고 나갔다.

드르륵, 탁! 문을 여닫자마자 휴대폰을 귀에 붙였다. 대기하고 있던 직원이 자리를 피해 주듯 훌쩍 멀어졌다. 언혁은 주변을 다시금 확인하고 냉기 어린 목소리로 말했다.

"무슨 일입니까."

- 좀 전에 차를 타고 나갔다는 소식을 듣고 지금 뒤따라가는 중입니다.

김언혁의 얼굴이 얼었다. 차를 타고? 도망쳐 나온 건가? 열이 떨어졌다는 소식을 들은 게 엊그제다. 상황 파악이 쉽게 되질 않는다.

"신은석과 같이 나갔나?"

- 아닙니다. 그쪽에서 허락하고 보내 준 것 같긴 하지만…… 운전기사를 제외하곤 사람 한 명 붙이지 않았습니다. 아, 지금 막 도착하고 내렸습니다.

"거기가 어디지?"

감시자가 주소를 말했다. 언혁의 뺨이 굳었다. 그곳은 파반느였다.

- 혼자 내려서 카페 안으로 들어갑니다.

언혁은 손뼉으로 눈썹 뼈를 사납게 짓눌렀다. 일단 지켜보고만 있으라고 말한 뒤 전화를 끊었다. 온 감정이 휘몰아치는 표정을 한순간 지워 냈다. 문을 열고 들어가자 신 회장의 눈동자가 벼락같이 꽂혀 왔다. 무표정한 낯이었지만, 그의 표정 변화를 주시하고 있는 것이었다.

함정이다. 필시 함정이었다. 자신의 반응을 보겠다는 불 보듯 뻔한 의도다. 어떻게든 소식을 전해 듣고 있었다는 걸 알고 있었다는 건가. 아니면 이 또한 지금 확인하는 건가.

그건 중요치 않다. 은새희가 유용한 도구가 될지 말지 결정되는 순간이다. 언혁은 태연자약한 얼굴로, 아니 그렇게 보여야만 하는 얼굴로 젓가락을 들었다.

참아야 한다. 참을 것이다. 참으면 된다…… 그러나 손마디는 마비가 온 듯 굳어졌다. 그 카페에서 커피를 만들고 있을 하얀 얼굴이 온 신경을 압도했다. 못 본 지 며칠 째인지 셀 수도 없다. 도구고 뭐고 보고 싶어 내장이 뒤틀리는 것 같다. 언혁은 결국 젓가락을 놓았다.

"일이 있어 먼저 일어나야겠습니다."

그러자 신 회장은 유감이라는 듯, 작위적으로 안타까운 눈을 했다.

"아직 찬이 많이 남았는데 어지간히 급한 일인가 보군."

뭐라 지껄이는 목소리가 들리지 않는다. 언혁은 테이블을 짚으며 한쪽 다리를 세웠다. 그 순간이었다.

"한심하게도, 녀석과 다를 거 없는 짝이군…… 더러운 피에 홀려도 단단히 홀렸어."

실망스럽다는 듯 중얼거리는 목소리가 고막을 그었다. 일어나려던 자세 그대로 멈칫한 언혁은 말없이 신 회장을 쳐다보았다. 시선이 충돌했다. 언혁은 힘이 들어간 상체를 천천히 미끈하게 폈다. 그리고 우롱차가 조금 남은 잔을 들었다.

그것을 입가에 가져가지 않고 내던졌다. 와장창! 신 회장의 얼굴 바로 옆을 지나쳐 문틀에 부닥친 도자기 잔이 산산조각으로 깨어졌다. 신 회장은 기습적인 공격에 어딘가를 물어뜯긴 듯 실색한 표정이었다. 김언혁은 뒤늦게 분노로 점철된 눈에 대고 한 자 한 자 씹어뱉었다.

"네 아들이 병신인 건 병신 피를 타고 나서지."

"자네 미쳤나? 감히 이런 망발을……!"

"더러운 피는 너한테서 물려받은 거라고. 은새희가 아니라."

격앙되어 이글거리는 두 눈을 뽑고 싶은 걸 보니 신은석의 아비가 맞긴 맞았다. 김언혁은 자리에서 일어났다. 미닫이문을 벌컥 열어젖히자 소리를 듣고 몰려와 있던 직원들이 흠칫했다. 김언혁은 그들 사이를 지나쳐 복도를 걸어갔다.

건물 밖으로 나왔을 때 언혁의 걸음은 완전히 급박해져 있었다. 차에 올라타 시동을 걸었다. 머릿속은 갑작스러운 상황에 전에 없이 산만한 상태였다.

자신이 올 걸 알고 혼자 보냈든 아니든 어쨌든 일단 봐야겠다. 보고 난 뒤엔…… 독일로 보내자. 독일은 여기보다 안전하다. 수족처럼 부릴 사람도 많았다. 사실상 불안전한, 그야말로 충동이 낳은 급급한 계획이었다. 어쩌면 그것을 내심 알면서도 막무가내로 진행하고 있는 것이었다.

언혁은 감시자에게 전화를 걸었다. 느닷없는 지시에도 남자는 금방 당황을 감추고 충성스럽게 납득했다. 스스로 언혁의 개가 되길 자처했을 만큼 그에게 세상에서 제일 신실한 사람이었다. 아마도 죽으라면 죽는시늉도 정성 들여 해 줄 것이다. 그래, 그러니까 명령한 것 이상으로 은새희를 털끝 하나 상할 일 없이 잘 빼돌릴 것이다.

그러다 문득 중요한 것 하나를 상기했다. 또 싫다고 한다면. 가지 않겠다고 한다면 어쩔까…….

김언혁은 어금니를 딱딱 부딪쳤다. 초조하고 불안하게 들끓는 심리가 이제는 낯설지 않았다. 은새희가 또 진심으로 거부하면 어떻게 할지 자신할 수 없는 것 또한. 신경질적으로 머리를 쓸어 올리며 속도를 올렸다.

그러나 절제되지 않던 감정은 시야에 카페가 보인 순간부터 어쩐지 맥이 빠지듯 나른해졌다. 늘 주차하던 곳에 차를 세운 뒤 핸들에 손을 얹고 몇 초 정도 차창 너머 보이는 익숙한 건물을 바라보았다.

어쩌다가 이 지경까지 오게 되었는지 돌이킬 필요는 없다. 이미 이렇게 미쳐 버렸으니 끝 간 곳 모르게 끌려갈 뿐이다.

억울하지도, 우습지도 않다. 오히려 이보다 더 살아 있음을 확연히 느낄 수 없는 순간임을. 은새희를 만나고 품에 넣은 이후부터 일분일초마다 시간 속에 심장이 생겨난 것처럼…….

언혁은 선명한 심장 소리를 들으며 차에서 내렸다. 유리문을 열자 여러 시선이 자연스럽게 휘감겨 왔다. 줄 선 사람 뒤편으로 여리여리한 선의 몸이 오가는 게 보였다. 가냘픈 움직임에 어린애처럼 심장이 날뛰었다.

자신을 제대로 쳐다보지도 않았으면서 자신인 것을 즉각 알아차리고 눈에 띄게 굳은 반응엔 웃음이 나올 뻔했다. 일부러 안 보겠다고 눈길을 이상한 곳에 처박은 것도 아기다웠다. 어쩌면 한시도 빠짐없이 저렇게나 애쓸 수 있는지. 애달플 수 있는지. 사랑스러울 수 있는지.

"주문 안 받습니까?"

그래도 나를 봐야지. 내가 왔으니까 나를 봐야지, 새희야.

* * *

탕, 탕, 탕.

언혁은 담배를 입에 문 채 지포 라이터를 튕겼다. 소파에 먹힌 육체가 물에 젖은 빨래처럼 늘어져 있다. 술에 푹 담근 뇌 때문에 중추 신경이 뭉그러졌다. 시야는 흐리고 감각은 게을렀다. 손끝으로 튕기는 짓을 계속하다 휙 던졌다. 바닥에 떨어진 라이터가 핑그르르 돌다 멈춘다.

"보고 싶었어요……."

은새희의 말투를 따라 중얼거렸다. 꼭 사랑한다고 말하는 것 같았지. 깡마른 손목과 홀쭉한 뺨은 어떠했던가. 괴로워서 금방이라도 자멸할 것 같은 눈으로 이대로도 괜찮다고 말하는 목소리는 또 어땠고. 순간 신체 어딘가를 쥐어 비트는 것 같은 극심한 통증이 기습했다.

거부당하는 것에 몰아치는 감정은 분노도 실망도 아닌 이름 붙이기 어려운 것이었다. 신은석에게 가며 그를 돌아보던 은새희는 삶을 내버린 자의 얼굴을 하고 있었다. 내내 그 집에서 무수한 협박에 혼까지 팔아 치워 가며 지냈을 것이다. 협박의 중심은 분명 자신일 것이고.

그러니까 너는 날 버린 게 아니라 네 삶을 버린 거다. 오로지 나를 지키기 위해. 그 일념은 자신뿐만 아니라 신도 꺾을 수 없으리라.

어쩌면 은새희를 데려오는 데 가장 큰 복병은 은새희일지도 모른다. 나에게 죽어도 상처 주지 않겠다는 그 가련하고 질긴 결심이 무너뜨려야 하는 첫발이자 최종점일지도.

취한 고막은 느리게 진동 소리를 잡아냈다. 언혁은 무지근한 몸을 일으켰다. 산처럼 쌓인 재떨이에 담배를 지져 끄고 휴대폰을 찾아 두리번거렸다. 러그 위에 엎어져 있는 걸 한참 만에 발견했다. 그 옆으로 넘어진 술병이 안의 술을 게워 내고 있었다. 화면을 확인하며 쓰러진 술병을 들었다. 양평에서 온 연락이다. 술기운이 꼬리를 빼고 달아났다.

- 전화를 왜 이제야 받으세요. 좀 전에 덩치 큰 남자들이

들이닥쳐서는 경호원들과 싸우다 별장을 다 헤집더니 그대로 갑자기 가 버렸어요. 사모님은 무사하세요. 지금 주무시고 계시긴 한데 이게 무슨 날벼락인지…….

두 번 생각할 필요도 없다. 그쪽의 경고였다. 부친인가, 신 회장인가…… 이제 의미를 나눌 필요도 없나.

언혁은 픽 웃었다. 그러나 술병을 쥔 손끝은 미세하게 떨렸다. 울먹이는 주치의를 진정시키고 전화를 끊자마자 또다시 전화가 울었다. 성나라였다.

- 전화를 왜 이렇게 안 받아! 지금 오빠 물어뜯는 기사로 난리인 거 알아?! 미치겠어. 잠적 이유부터 연기된 공연, 몇 주 전 스캔들까지 죄다 엮여서 말도 안 되는 루머가 쏟아지고 있다구! 대놓고 평판 깎겠다는 거잖아. 어쩌면 이렇게까지 해. 미친 것 같아. 정말 미친 것 같아…….

이렇게 적극적으로 도발하며 경고할 수 있는 건 그를 꼼짝 못 하게 할 도구를 확실히 알아냈기 때문일 거다. 은새희도, 모친도 결국 그들에겐 언혁의 목을 졸라매기 위한 수단에 불과하다.

그다지 개탄스럽지 않았다. 목적을 이룩하기 위해서라면 한도 끝도 없이 잔인해질 수 있는 족속들. 그도 거기에 속했다. 언혁은 우두커니 선 채 목을 젖히고 술병을 기울였다. 남아 있는 술이 식도를 짜르르 타고 흘렀다.

모친이 찌른 옆구리가 욱신거렸다. 악다구니를 지르며 칼을 휘두르던 모친의 얼굴이 취한 시야로 나타났다. 그 얼굴은 곧 다른 얼굴로 뒤덮였다. 이 순간 가장 격렬하게 그리운 얼굴로.

그리하여 가장 고통스럽게 하는 얼굴로…….

결정해야 하는 순간이다.

- 듣고 있는 거야?

성나라의 목소리가 먼 곳에서부터 흩어지는 메아리처럼 머리를 울렸다. 언혁은 턱이 부서지도록 어금니를 꽉 깨물었다. 더는 물러설 곳도, 물러설 의지도 없다. 마지막 발을 내디뎌야 한다. 그곳이 평지든, 절벽이든 그보다 더한 악몽 속이든.

보고 싶은 얼굴은 하나였다. 그 하나를 가져오기 위해, 가진 걸 전부 내걸어야 하는 전쟁이다. 언혁은 술병을 벽에 내던졌다. 요란하게 깨지는 소리가 들리자 깜짝 놀란 목소리가 쏟아졌다.

간단했다. 승자가 되기 위해서는 죄다 내버리고 하나만 명심하면 되는 일이다.

"성나라."

이 전쟁에서 누구보다 잔인해져야 한다는 사실을.

"지금부터 내가 하는 말 잘 들어."

어쩌면 자신에겐 세상에서 제일 쉬운 일이기도 한…….

* * *

"형!"

언혁은 대기실 문을 벌컥 열고 들어오는 남자를 무심한 눈으로 응시했다. 남자는 불청객을 보는 듯한 그의 눈빛에 조금 당황한 기색으로 얼어붙었다. 언혁은 소심한 가슴이 더욱 한 줌이 되도록 차가운 태도를 유지하다가 이내 미끈하게 뻗은 다리를 시원하게 일으켰다. 문가에서 좀처럼 움직이지 못하는 남자를 맞이하듯 다가갔다.

"안녕."

그제야 안심한 문정태는 휘유, 숨을 내쉬며 장난스럽게 언혁의 어깨를 툭 쳤다. 그새 또 한껏 의기양양해져서는 걸어가 소파에 털썩 앉더니 다리를 방자하게 꼰다. 언혁은 그 모습을 귀엽게 응시했다.

"끝내주던데? 여자애들 눈이 반쯤 풀려서는…… 나야 클래식은 젬병이라 뭐가 뭔지 좆도 모르지만, 형 건 다르긴 달라? 역시 회사 자리 포기하고 건반 뚱땅 댈 만도 하다니까."

천박한 평에도 언혁은 그저 입술에 웃음기를 머금었다. 문정태는 흘끗흘끗 언혁의 표정을 살피며 씩 웃었다. 치켜세우는 듯하면서도 깎아내리고 싶어 하는 동경과 열패감이 어쩔 수 없이 드러난다.

평생 저렇게 어설프겠지. 어설픈 사람의 특징은 자신이 되고자 하는 완벽에 도달한 사람을 벤치마킹한다는 것이다. 그러나 대부분 흉내도 낼 줄 모르고 어정쩡한 상태에 그치게 된다.

그때 깨달아야 한다. 내가 잘못된 방식을 택했다는 걸. 그걸 깨달은 자와 깨닫지 못한 자로 나뉘어 삶의 궤도가 현저히 달라진다. 물론 문정태는 후자였다.

"그렇게 봐 줬다니 고마운걸."

"뭘. 형이 표 보내 준 김에 숨 좀 돌릴 겸 왔는데 잘한 것 같아."

"영광인데. 내 연주로 대표님 숨을 돌리는 게 가능했다니."

"취임식엔 오지도 않아 놓고…… 근데 요즘 형 왜 이렇게 이름이 안 좋게 오르내리는 거야? 어디 밉보이기라도 했어?"

흥미진진한 목소리다. 언혁은 "글쎄……." 하며 말꼬리를 늘였다. 문정태는 깍지를 낀 손으로 뒷머리를 받치며 흐응, 콧소리를 냈다. 언혁은 거울을 쳐다보았다. 정확히는 거울에 비치는 씰룩거리는 문정태의 입꼬리를. 일순 찢어 버리고 싶을 만큼 깜찍한 그것을 보며 건너편 소파에 앉았다. 김언혁은 고심하듯 손가락으로 턱 가를 툭툭 쳤다.

"그러잖아도 외조부님한테 도움 좀 받아 볼까 해. 아버지가 날 너무 미워해서."

"……그래? 사이 안 좋잖아? 할아버님하고도."

"이참에 거리를 좁히는 것도 나쁘진 않지. 후에 어떻게 될지 모르는 일이니까."

의미심장한 말은 작은 뇌에 비대한 상상력을 최대치로 불러일으키기에 더할 나위 없었다. 문정태는 속이 훤히 읽히는 불안한 얼굴로 교만한 자세를 서서히 풀었다. 언혁과 눈이 마주치자 아무렇지 않은 듯 웃었지만 역시나 어설펐다. 언혁은 모른 체하며 넌지시 물었다.

"지분은 확보하고 있나? 요즘 주주들이 JS 주식을 긁어모으느라 혈안이던데."

"응? 아, 그럼……."

"성과를 내야지. 알잖아, 발전이 없으면 핏줄이고 뭐고 길바닥에 내던질 사람이라는 거.”

“피도 눈물도 없는 분이시지…….”

문정태는 꼭 애처럼 주눅 든 말투로 말했다. 언혁은 위로하듯 상냥한 목소리를 냈다.

“넌 잘할 거야. 외조부는 내가 아닌 널 선택하셨으니까. 그렇지?”

틀림없이 그럴 만한 이유가 있을 거라고, 그렇게 다독이자 문정태는 안심하면서도 안심한 것 배로 불안해하는 얼굴이 되었다. 재밌는 소식이 들려올 날도 머지않았다.

“후…….”

그렇게 문정태를 골수까지 흔들어 놓고 내보내자 정적은 두통과 함께 찾아왔다. 지끈거리는 이마를 지압하듯 누르며 마지막 공연의 감회를 곱씹었다. 안타깝게도 어떠한 감동도 상기되지 않았다. 다만 피아노를 치며 쏟아 냈던 그 분노와 허무만큼은 어느 때보다 생생했으리라.

사상 최고와 최악의 평론이 함께 터져 나오는 공연이 될 거다. 어떻든 상관없었다. 공연은 그들의 눈가림용이었다. 백 퍼센트 속이지 못하더라도 적어도 의욕이 꺾였다고 생각하게 해야 했다.

언혁은 거울에 비친 자신과 시선을 교환했다. 잘 차려입은 남자는 가난하고 폭력적인 눈을 하고 있었다. 굶주림과 상실감을 억지로 덮어 놓은 얼굴이 타락한 악귀 같았다. 혹은…… 갓 버려진 고아 같았다. 이 얼굴을 본다면 길 가는 꼬마도 속아 넘기지 못할 거였다.

그때, 대기실 문을 누군가 똑똑 노크했다.

"들어가도 될까요?"

톤이 낮은 여자 목소리였다. 언혁은 걸어가 문을 열었다. 키가 크고 눈매가 삭막한 여자가 그를 올려다보았다.

"공연 잘 봤어요."

위나현이었다. 문이 열리자마자 위나현은 빠르게 안으로 들어왔다. 별로 놀라지 않는 언혁을 보고 얇은 입술을 벌린다.

"내가 올 걸 알았나 봐요?"

그동안 연락을 숱하게 거절한 여자는 털털한 태도로 소파에 털썩 앉았다. 언혁은 문을 닫은 뒤 천천히 그쪽으로 걸어갔다.

"거절하기 힘들었을 테니까요."

"자신감이 넘치시네……."

위나현은 피식 웃더니 건너편에 앉은 그를 뚫어지게 응시했다.

"뭐, 당신 얼굴만으로도 여기 온 보람은 있는 것 같네요."

탐색하듯 보는 눈이 입술에 닿았다. 긴 생머리를 손가락에 감으며 젖어 드는 얼굴이 이윽고 날카롭게 돌변했다.

"그래서, 계획이 뭐예요?"

* * *

'당신, 지금 위치가 너무 애매해요. 내가 왜 도중에 수사를 그만뒀는데. 일개 검사가 상대하기엔 태정은 너무 거대하고 강력했으니까. 그래서 포기했어요. 시시하다고 생각하라지. 그 지옥 속에서 몇 년을 제대로 먹지도, 자지도 못하고…… 사는

게 사는 게 아니었어.'

홀로 투쟁하던 세월을 상기하며 위나현은 넌더리를 쳤다.

'나도 사람이에요. 지쳐서 그냥 다 포기하고 사는데 뜬금없이 웬 이름만 들어 본 유명 인사가 나타나 긁어 대니, 요 며칠 잠도 설치고 얼마나 짜증이 나던지…… 뭐, 결국 이렇게 됐지만. 여하튼, 내 말의 요지는 당신 뒷배 좋잖아. JS면 그나마 태정과 견줄 만한데. 어떤 사정이든 그 사정보다 당신이 벌이려는 일이 더 위중한 거잖아. 아니에요?'

위나현은 냉철한 눈초리로 새겨 두듯 말했다.

'이건 아주 작은 둑 하나를 무너뜨리는 것뿐이에요. 이걸로 태정이 완전히 물속으로 가라앉는다는 어리석은 생각은 하지 않겠죠?'

알고 있다. 시간을 버는 것뿐이다. 그러나 흠집 하나 내려고 시작한 일 또한 아니다. 그렇게 말하자 위나현은 눈동자를 곧게 빛냈다.

'그렇다면 더더욱 이용할 건 이용해야죠.'

언혁은 술잔을 테이블에 놓았다. 이용할 건 이용해야 한다. 맞는 말이다. 해묵은 원한보다 지금 자신에게 비교할 수 없이 긴급한 건…….

그때, 홈 바 위의 휴대폰이 진동했다. 언혁은 관자놀이를 쥔 손으로 전화를 받았다. 감시자가 뭐라고 말했다.

- ……습니다.

"뭐?"

다시 말해 봐…… 언혁은 깨질 듯한 이마를 꾹꾹 누르며 취한 목소리로 보챘다.

- 자살 기도…… 하셨습니다.

살가죽을 후벼 파는 듯한 지악한 손길이 멎었다. 그대로 모든 것이 정지했다.

* * *

칼이 심장을 들쑤셨다가 나간 것 같다. 끊어진 기억 속 무언가를 사정없이 던지고 부수던 남자의 환영이 드문드문 떠오른다. 그것이 자신이라는 건 차후에 깨달은 사실이었다.

조각조각 났던 시야에 성의준이 황망한 얼굴이 떠다녔다. 상체를 뒤흔드는 팔심이 제법 현실 같다. 의식은 드릴로 뇌를 뚫는 듯한 두통을 몰고 돌아왔다. 어깨를 잡은 의준의 손을 옆으로 치웠다. 성의준의 어깨 너머 난장판이 된 집안을 무미건조한 눈으로 응시했다.

"미친 새끼야, 너 진짜 돌았냐? 꼴이 이게 뭔……."

"담배."

일어나지 않은 채로 손만 뻗어 요구하자 개보다 시끄럽게 짖어 댄다. 언혁은 눈매를 일그러뜨리며 뻐근한 몸을 일으켰다. 의준은 세상에 존재하는 욕이란 욕은 전부 내쏟으면서도 케이스와 라이터를 찾아 친절하게 손바닥 위에 올려 준다.

한 개비 꺼내 물자 찰칵, 불을 붙여 주기까지 하는 행동과 불일치되는 거친 언사를 언혁은 한 귀로 흘렸다. 불붙은 담배를 중지로 받치며 "고마워." 하고 잘라먹듯 말하자 성의준은 노려보았다.

"성나라가 너 완전 정신 나갔다고 성화더라. 불안해서 와 봤더니만…… 야! 씨발, 어디 가!"

목청을 울리며 내지르는 성의준의 목소리는 현관문이 닫히며 끊어졌다. 엘리베이터 거울 속에 비친 꼬락서니가 과연 성의준이 꽥꽥댄 게 이해될 만큼 가관이다.

헐렁하게 늘어진 셔츠 단추부터 채웠다. 흐트러진 머리칼을 쓸어 넘기며 주차장으로 가 운전석에 올라탔다. 언혁은 비치된 재떨이에 담배를 지져 끄고 주차장을 급히 빠져나갔다. 지난밤 끔찍이도 시달렸던 목소리가, 정확히는 목소리로 하여금 재생되는 장면이 전방을 주시하는 눈 위로 악랄한 잔상을 남겼다.

'욕실에서 타월로 목을 맸답니다. 다행히 큰일 나시기 전에 문을 열고 들어가 막았지만…….'

핸들을 쥔 손이 벌벌 떨렸다. 중간에 신호에 걸려 멈춰 섰을 때 언혁은 주먹으로 핸들을 내리쳤다. 하아, 하아, 거친 숨을 고르며 뒤통수를 시트에 밀어젖혔다. 살기와 파괴욕이 다스려지지 않는다.

'주이진이 집에 왔었다고 합니다. 둘이서 무슨 얘기를 나눴다고 하는데…… 그 직후에 벌어진 일이랍니다.'

주이진…… 주이진은 딱히 지금 은새희를 내몰 이유가 없다. 아이만 출산하면 다인 그 영악한 머리론 현재 그 아이의 최대의 적인 남편을 피하는 것이 제일 급선무일 것이다.

공연장에서 얼핏 본 듯도 한데. 와중에 저를 탐색하러 온 것이라면 그 정신머리 하나만큼은 인정해 줘야 했다. 그런데 왜 신혼집이 아닌 본가로 찾아갔을까. 신은석이 떡하니 은새희를 고문 중인 그 본가에…….

깨닫는 데 시간은 그리 오래 필요치 않았다. 신은석이 주이진을 불러들인 거다. 그를 탐색하러 온 주이진의 행적 또한 그와 연관 지을 수 있다. 은새희를 상처 주기 위해 다방면으로 활용하는 그 줏대 있는 고집에 피가 식었다.

덜떨어진 애 취급했던 전과는 다르다. 일분일초마다 스스로 삶을 죽일 방법을 강구하고 있을 새희를 생각하면 핏줄이 갈기갈기 찢어지며 심신이 곤두박질치는 듯했다. 더는 그곳에 내버려 둘 수 없다. 그렇게 죽어 가게 둘 수 없다. 언혁은 차갑기 그지없는 얼굴로 액셀러레이터를 밟았다.

언혁은 거대한 저택 대문 앞에 차를 멈춰 세웠다. 그의 차를 발견하고 안에서 고용인이 뛰어나왔다. 운전석에서 나오는 언혁을 알아본 집사가 눈을 휘둥그렇게 떴다. 정원을 거침없이 가르는 그의 등 뒤로 집사는 허겁지겁 따라붙었다.

"그간 격조하셨습니다, 도련님. 그런데 여긴 어쩐 일로…… 잠깐, 도련님!"

김언혁은 말리는 음성을 뿌리치고 집안으로 쳐들어갔다. 이십 년 만의 방문이었다. 언혁을 보자마자 고용인들은 기합이 들어간 것처럼 바짝 굳었다. 내부에 꽉 찬 공기는 집이 아닌 회사라고 일컬어도 될 만큼 사무적이고 차가웠다. 딸들은 재고 없이 내버리고 아들과는 끝내 사이가 결렬된 아버지가 서식하기엔 걸맞은 분위기였다.

잊히기 충분한 세월이 흘렀는데도 과거는 절로 되감겼다.

이혼하고 싶다고 어린 그를 데리고 어렵게 찾아온 모친에게 외조부가 칼날을 문 입으로 원색적인 비난과 참담한 좌절을 건네던 모습이 이곳에서의 마지막 기억이었다.

언혁은 곧바로 외조부가 있을 방으로 성큼성큼 걸어갔다. 문을 열어젖히자 안락의자에 몸을 길게 늘어트리고 눈을 감고 있는 외조부가 보였다. 방 안은 베토벤의 〈열정(Piano Sonata F minor op. 57 'Appassionata')〉의 도입부가 깔리고 있었다.

이윽고 눈꺼풀을 쳐들고 찌르듯이 쳐다보는 눈은 여든이 넘는 나이가 무색하게 명민하고 강성한 빛이 번뜩였다. 성성한 백발은 노쇠함이 아닌 결코 녹록지 않았던 세월을 보여 주는 표식이었다.

"이게 무슨 일이지?"

언혁은 다가갔다. 외조부는 뒤편으로 눈빛을 보냈다. 그제야 뒤꽁무니에 줄줄이 매달린 고용인들이 문을 닫으며 물러갔다. 방 온도는 거실보다 높은 편이었다. 짐승의 심장을 가졌는데도 추위는 타는 모양이다.

언혁은 기껏 단정하게 채웠던 셔츠 단추를 몇 개 끄르며 간이 소파에 편하게 앉았다. 제집처럼 거리낌 없는 태도를 바라보는 눈초리가 싸늘했다. 언혁은 극단적이며 비관적인 멜로디를 들으며 말했다.

"이왕이면 제가 친 걸로 틀어 놓죠. 그럼 더 반가웠을 텐데요."

"네놈이 미쳤구나. 여기가 어디라고 기어들어 와?"

"기어 오다뇨. 멀쩡히 걸어서 왔는데."

외조부는 베면 퍼런 피가 튈 것처럼 냉한 얼굴을 하고 있었지만 언혁은 알았다. 그는 화가 난 게 아니라 언혁을 철저하고 세밀하게 관찰하고 있었다. 의도와 속내를 파악해 보려는 눈길이 안면을 살뜰했다. 잠시간 서로를 시선 끝으로 모질게 후볐다. 이윽고 외조부는 도륙하는 눈빛을 거두어들이며 말했다.

"거두절미하고 본론부터 말하거라."

피차 내숭 떨 필요가 없다는 건 편했다. 언혁은 소파에 더 깊이 육신을 묻었다.

"검찰에 태정 비리 자료를 넘길 겁니다."

외조부는 별 반응을 보이지 않고 계속하라는 듯 경청했다.

"그런데 그 자료를 받고 싶으면 적어도 제 입지가 확실하다는 걸 증명하라고 해서요."

그러자 외조부가 조소를 터뜨렸다.

"후계자도 마다하고 별것도 아닌 예술로 벌어먹고 사는 네놈이 무슨 입지가 있지?"

"그러니까 만들어 달란 소리죠."

"뻔뻔하고 방만한 놈! 내가 널 예뻐했을 땐 그만한 이유가 있었다. 보란 듯이 엇나가서 나를 모욕 줘 놓고 이제 와 널 끌어줄 것 같으냐?"

"그럴 것 같은데요."

주름 깊은 강인한 눈가가 파르르 떨렸다. 언혁은 그 떨림에 느긋한 시선을 끼얹었다.

"아직 내가 탐이 날 테니까요."

아니었다면 이 방 안에 들어왔을 때부터 곧바로 사람을 불러 자신을 가차 없이 밖으로 내던졌으리라. 흥밋거리가 아니면 자비를 두지 않는 인물이다. 이 소파에 앉아 다리를 꼴 수 있다는 것만으로도 제안은 성공 궤도에 들어선 거나 다름없었다.

"문정태는 본성 자체가 의존적이고 그릇이 작은 인간입니다. 제 아비를 닮아서. 부전자전이라고 회삿돈에 손이나 안 대면 다행이겠군요. 미리 알아채고 내친 외숙부처럼 되지 않으란 법 있습니까."

"모르는 소리. 정태는 그렇게 어리석은 짓은 하지 않는다. 네 말대로 담이 작아 내 말이라면 껌뻑 죽는 녀석인데 함부로 모함하는군."

"모함이라니요. 저만큼 사촌을 끔찍이 생각하는 사람이 어디 있다고. 너무 서운한데…… 삼자대면이라도 할까요?"

"세 치 혀를 휘둘러 봤자다. 너는 이미 내가 준 천금 같은 기회를 걷어찼지. 내가 한 번 내 기대에 어긋난 물건을 재고할 것 같은가?"

이빨도 들어가지 않을 것만 같은 말과 달리 표정은 고심하듯 진지했다. 김언혁은 그 간극의 균형을 맞추어 주기로 했다.

"넘겨줘야죠. 자식들은 전부 나가리에 그나마 앉힌 손주는 성에 차지 않고 사위들하고는 틀어지고…… 흠, 둘째 사위하곤 딸보다 사이가 좋았으면서 꼭 그렇게 잔인하게 처리했어야 됐습니까?"

그 순간 외조부의 얼굴이 도끼에 찍힌 나무둥치처럼 쩍 갈라졌다.

"네가 그걸 어떻게……."

둘째 사위, 즉 성의준의 부친은 외조부의 왼팔과도 같은 수족이었다. 장녀보다 차녀를 먼저 수족과 결혼시킨 건 충성도 높은 수하에게 쥐여 주는 의미 있는 선물이자 족쇄였다.

부녀 사이가 완전히 갈라지게 된 계기인 이혼 뒤에도 이숙은 외조부의 사지 중 하나의 역할에 충실했다. 아마도 지금까지 건재했다면 JS 지분을 가진 대주주 중 한 명이 되었을 거다. 살아 있었다면 말이다.

아내가 가진 모든 걸 빼앗아 이혼한 뒤에도 극성맞게 들볶는 남편은 꼭 누군가를 연상하게 했다. 두고 볼 수가 없어 언혁은 모친의 자매를 손 닿지 않는 안전한 곳으로 피신시켰다. 성의준과 성나라가 그에게 마지막의 마지막까지 맹종할 이유였다. 그러던 어느 날이었다.

'언혁아…… 어쩜 좋으니.'

아무리 목줄을 거머쥔 개라도 덩치가 커지면 언젠가 주인을 물게 되길 마련이다. 이숙은 점차 외조부와 마찰하기 시작했고 그 과정에서 용납되지 않을 일을 저질러 완전히 눈 밖에 났다.

그 뒤로 하루가 멀다 하고 존재의 위협을 받던 겁에 질린 남자는 끝으로 전처이자 교사범의 딸에게 유일한 연락을 남기고 실종되었다. 그때 남긴 연락은 명백한 증거였다. 떠올리는 것만으로도 트라우마를 호소하던 여인은 더는 어떻게도 연관되고 싶지 않다며 묵인하길 원했고 그것은 완벽하게 언혁의 유서에 은닉되었다.

"간이 배 밖으로 나왔구나. 네가 지금 나를 감히 협박하는 건가?"

"그럴 리가요. 제 간은 잘 붙어 있습니다. 단지……."

살벌하게 부딪쳐 오는 눈에 대고 언혁은 퍽이나 신실한 목소리로 말했다.

"나를 예쁘게 봐 달라는 거죠."

외조부는 그다지 분노하지도, 불쾌하지도 않은 얼굴로 어깨를 앞으로 쭉 빼며 고개를 기울이는 언혁을 오래도록 주시했다. 그 눈은 앞서 주도면밀하게 수를 헤아리고 있었다. 그로부터 몇 겹의 침묵으로 두른 계산을 마치고 그가 물었다.

"태정을 건드리려는 이유가 뭐지?"

언혁은 짤막하게 답했다.

"죄가 많은 기업이니까요."

그게 다가 아님을 아는 눈빛이 명확했지만 파고들지 않는다. 어련히 뒤에서 알아볼 것이었다. 외조부는 천천히 안락의자에서 일어났다. 꼿꼿한 허리는 노년의 것이 아닌 것처럼 탄탄하기까지 했다. 속병과 불의의 사고만 없다면 앞으로 10년은 거뜬히 장수할 거다. 언혁은 실망스러운 기분으로 수명을 예측했다.

"나는 개한테 물린 적이 많아 이젠 그 이빨을 뽑기 전에는 기르지 않지. 넌 누군가의 개가 되기엔 독사눈을 하고 있어. 고작해야 내 뒤통수를 칠 게 아니라 기회가 된다면 내 목에 독니를 박아 넣을 놈이야. 그래, 네 뒷배가 되어 주는 값은 뭐로 받아야 하지?"

언혁은 자신의 코앞에 선 노인을 시선으로 치켜올렸다.

"내가 그 밑으로 들어간다는 사실 자체에 비싸게 감복해야죠."

오만불손한 한마디에 외조부는 처음으로 큰 소리로 웃었다. 진심으로 즐거운 듯한 웃음소리가 가슴을 할퀴었다. 언혁은 절로 핏대가 서는 관자놀이를 손바닥으로 쓸어 올렸다.

"그래, 나는 그럼 네가 내 밑으로 기어들어 올 때를 고대하고 있어야겠군."

작정한 대로 이루어졌는데도 언혁의 입매는 사늘하게 굳은 채였다. 간신히 표정을 관리하며 자리에서 일어났다. 외조부는 언혁이 앉았던 자리에 둔부를 깔며 품에서 금제 라이터와 담배를 꺼냈다.

여유가 깃든 태도는 어떠한 감정을 들끓게 했다. 이 순간 폭주해서는 안 되는 감정이었다. 언혁은 고개를 빳빳이 세운 채 인사 같지도 않은 인사를 내던지고 문가로 걸어갔다. 문을 열고 나가기 직전에 발이 멎었다.

"하나만 묻죠."

언혁은 어머니의 아버지를 돌아보았다.

"딸이 그리운 적은 없었습니까?"

찰칵, 외조부의 담뱃불이 붙었다. 연기로 가려졌다가 떠오른 얼굴은 진실로 의문스러운 빛을 띠었다.

"나한테 딸이 있던가?"

그길로 집을 나가 차에 오르자 여기까지 오는 길에도 흘러내릴 정도로 막대했던 살의가 이성을 지졌다. 언혁은 경련하는 손으로 핸들을 내리쳤다. 원맨쇼라도 하고 나온 더러운 기분이다.

아니, 다를 것도 없나. 이 집의 문턱을 넘었을 때부터 이토록 더러운 기분에 휩싸이게 될 건 예견한 일이다. 결국 내 발로 다시 들어와 그 밑으로 기어들어 간다. 기어들어 가는 게 맞았다. 어떤 명분을 대도 등신처럼 꼬리 내린 꼴이다.

그러나 후회하지 않는다. 당신이 몰락하는 꼴을 고고하게 관조하려 했지만, 아예 그 내부에서 차근차근 부서뜨리는 것도 나쁘지 않을 것이다. 그리고 그보다 중요한 건…….

언혁은 냉정함을 되찾고 차를 출발했다. 목적지는 양평이었다.

* * *

다 헤집어 놓았다던 별장 내부는 바람 한 점 분 적 없던 것처럼 정리되어 있었다. 언혁은 상주 중인 직원들을 전부 퇴근시켰다. 사람들을 토해 내자 넓은 공간은 싸한 공기가 휘돌았다. 언혁은 계단을 밟아 올라 목재 문을 열었다.

그는 잠이 든 모친 앞으로 다가갔다. 손가락으로 홀쭉하게 팬 뺨을 지분거리는데도 죽은 사람처럼 움찔거리는 기색도 없다. 비유가 아니라 죽은 사람이라고 봐도 무방했다. 마른 몸을 감싼 하얀 시트는 관을 장식한 백합처럼 보인다.

어떻게든 살려 놓고 살려 놓아도 죽음으로 내달리는 어머니. 그를 낳았고 그를 방치했고 그를 칼로 찔렀고 그를 잊어버린…….

'언혁아, 언혁아…… 내 아들, 사랑하는 내 아들. 엄마 좀 죽여 줘. 응?'

통제벽이 강해진 건 모친을 이곳에 보호라는 명목하에 가둬 놓았을 때부터였다. 제어되지 않는 무언가를 다룰 때마다 음험하고 과격한 본능이 발현했다. 내 밑에서 얌전하게 복종하는 얼굴은 일종의 안전장치였다. 몇 사람의 장송곡을 연주하게 될지 모를 자신의 폭주를 막기 위한.

때때로 상상하곤 한다. 바다로 뛰어들던 모친을 그대로 내버려 두었다면 어떠했을지. 그러나 현실이 아닌 가정에 시간을 할애하는 건 낭비적인 일이었다. 언혁은 선택을 했고 그 선택에 책임을 지고 있는 것이었다.

비록 그 선택에 청춘과 열정이 마모되었다 할지라도 후회하고 자빠져 있기에 삶은 어지간히도 길었고 목숨 줄은 지긋할 정도로 질겼다. 갑작스러운 사건 사고를 기대하며 살았음에도 신은 그의 생을 자비롭게 아꼈다. 아니, 끔찍이도 괴롭힌 건가.

어머니를 내려다보는 아들의 눈은 마찬가지로 죽은 자의 눈이었다. 언혁은 시선을 움직여 모친의 팔목에 감긴 머리끈을 내려다보았다. 머리핀으로 간호사를 공격한 다음 날 언혁이 선물한 것이었다. 그것을 미끄러뜨려 잡아 빼자 모친의 눈꺼풀이 올라갔다. 언혁은 침대 곁에 앉으며 물었다.

“잘 잤어?”

모친은 말없이 빤히 보기만 했다. 언혁은 오랜만에 그 얼굴을 자세히 관찰했다. 언젠가부터 피해 가듯 성의 없이 보던 얼굴엔 언혁을 낳은 증표 같은 것은 보이지 않았다.

언혁은 친탁도, 외탁도 거리가 먼 생김새였다. 그래서 한때는 어디 다른 부부의 품에서 빼어 온 게 아닌가 의문을 가지기도 했다. 태어나자마자 친자 검사로 바로 확인을 끝마쳤다는 걸 알게 된 건 그 직후였다.

언혁은 눈가를 찌르며 흘러내린 머리칼을 넘겨 주었다. 모친의 눈빛은 타다 만 연탄재처럼 어두웠다.

"언제 가?"

주어도, 목적어도 없어서 뜻을 유추해야 하는 물음이었다. 언혁은 "나?" 하며 고개를 삐딱하게 들이밀었다. 모친은 답은 듣지 않고 넋을 놓았다. 들락날락하는 정신으로 한참 혼란에 빠져 있더니 갑자기 허리를 일으키고 상태가 다급해진다.

발작하려는 건가. 소동을 미연에 방지하기 위해 언혁은 모친의 두 손에 깍지를 끼고 힘주어 당겼다. 손힘에 가슴팍으로 딸려 온 고개가 부산스럽게 도리질했다.

"난 갈 거야."

"어딜?"

"우리 아들한테 갈 거야."

아들을 코앞에 두고 아들에게 가야 한다고 하는 모친을 언혁은 슬픔이 응고된 눈으로 응시했다.

"당신 아들은 코 자고 있는데."

"아니야!"

"진짜야."

"아니야, 아니야, 아니야! 이 개 같은 놈! 쓰레기! 악마! 누구야?! 누구야! 너 누구야!"

펄쩍 뛰는 몸이 다부지게 달려들었다. 언혁은 손에 슬며시 힘을 뺐다. 그러자 곧바로 주먹질이 몸으로 쏟아졌다. 매섭게 내리치는 동작이었지만 때리는 주먹이 더 아플 것이었다.

어느 정도 직성이 풀리도록 뺨까지 내어 주며 맞아 주다가 언혁은 재빠르게 말라빠진 손목을 다시 잡아챘다. 모친은 느닷없이 내쏟은 기력이 달리는지 낯빛이 한층 창백해졌다. 언혁은 중얼거리듯 말했다.

"아들 이름이 뭔지는 알아요?"

모친은 헐떡댔다. 기대감이 전무한 혼잣말이었다. 모친을 시트에 눕히기 위해 팔로 등을 받쳐 안는 순간이었다.

"언혁이……."

그 순간 언혁의 눈은 몹시도 세게 흔들렸다.

"언혁이한테 데려다줘……."

이 목소리로는 너무 오랜만에 듣는 이름이었다. 어디쯤의 시간으로 당신은 나를 데리러 가려고 하나.

"우리 아들이 바다에 있어……."

그래, 거기였구나. 언혁은 입술을 끌어 올렸다. 언혁이 웃자 모친은 눈을 제법 말똥말똥 뜨더니 손으로 그의 입꼬리를 만졌다. 닿는 무력한 손길에 어느 한구석이 아닌 전신이 아렸다. 담담하게 빼낼 수 있다 여겼더니 존재 자체가 자신을 관통하고 있었다는 걸 이렇게 무상한 밤, 이름이 불리고 나서야 부질없이 깨닫는다. 언혁은 눈을 부드럽게 맞추며 물었다.

"정말 거기 갈래?"

"응."

"나랑 여기서 안 살고?"

"응!"

언혁은 아이처럼 대답하는 모친의 얼굴을 눈에 새기듯 오래 바라보았다. 그리고 말했다.

"알았어."

김언혁은 활짝 웃으며 "정말? 가자, 그럼!" 하는 모친을 보다가 그대로 끌어안았다. 살이 없는 마른 어깨가 턱에 부딪쳤다. 답답하다고 밀어내는 손짓에도 꽉 그러안고 있다가 이내 놓아주었다.

제 품에서 벗어난 모친의 눈이 예쁘게 반짝였다. 지금껏 무시하고 못 본 체했던 욕망을 실현해 줄 거란 걸 본능적으로 아는 것 같았다. 이 순간만을 무던히도 갈구해 온 사람임을 번번이 도외시한 자신을 무참히 찌르는 예쁜 눈으로.

그때, 목재 문이 거친 소리를 내며 열렸다. 숨 가쁘게 달려온 건지 허리를 굽히고 호흡을 고르던 성의준이 안정된 숨을 되찾기도 전에 빠르게 다가왔다. 왜 왔냐는 듯이 올려다보자 의준은 땀에 젖은 머리를 쓸어 넘긴 손바닥을 눈앞에 펼쳤다.

"내가 할 테니까 줘."

"이거 불법인데."

"씨발, 누가 몰라? 아무리 그래도 어떻게 네 손으로 하게 둬. 내놔."

김언혁은 물끄러미 의준을 올려다보며 그 손에 약병을 올렸다. 자신이 죽을 때 쓰려고 아주 오래전에 비밀리에 구해 놓았던 약이었다. 약병을 살펴보며 인상을 찡그린 의준이 하, 한숨을 내쉬었다. 심각한 이 기류와는 달리 모친은 해맑게 의준에게 이름을 물었다. 의준은 어색하게 입꼬리를 움찔거리며 언혁을 향해 말했다.

"열두 시에 네 아버지 불륜 스캔들 터질 거라고 하더라."

성나라는 똑똑하게 제 계획을 이행하고 있었다. 언혁은 고개를 끄덕였다. 의준은 언혁의 어깨를 힘 있게 쥐어 잡으며 모친을 쳐다보았다.

"이모. 의준이에요. 나 기억 안 나지?"

모친은 새초롬하게 눈만 깜빡였다. 의준은 약병을 흔들어 보였다.

"이거 마시면 심장이 굳으면서 혈관이 서서히 막혀요. 고통 없이 바로 갈 건데."

의사의 무시무시한 설명은 천진한 머릿속엔 입력될 리 없었다. 의준은 자괴감이 드는지 살짝 고통스러운 얼굴로 이마를 손으로 짓눌렀다. 이윽고 결심한 듯 표정은 차갑고 단단해졌다.

그 이후의 단계는 간단했다. 성의준은 침착하게 약을 물과 섞어 모친의 입가에 가져갔다. 모친은 그 순간에 거부도 의문도 없이 마치 기다린 것처럼 순종하는 얼굴로 약을 마셨다. 편안하게 누운 채로 올려다보는 눈이 스르르 감기는 모습을 보며 의준은 고개를 숙이고 눈물을 흘렸다.

언혁은 울지 않았다. 울고 있기엔 누군가의 오랜 염원이 드디어 빛을 발하는 순간이었다. 그렇기에 눈 한 번 깜빡거리지 않고 쳐다봐 주었다. 마지막이 되어서야 무척이나 평온하고 아늑해진 얼굴을 보여 주는 자신의 어머니를.

'우리 아들이 바다에 있어…….'

오랫동안 그를 괴롭힐 그 한마디를.

* * *

“어쩔 건데, 이제.”

성의준은 간만에 피우는 담배가 버거운지 연기를 내보내는 입술을 비틀었다.

“장례식을 열어야지.”

모친의 장례식을 열면 불륜 스캔들까지 터진 부친은 더욱 궁지에 내몰릴 테다. 어떻게든 기사 한 줄 실리는 걸 덮으려 들 건 물론이고 멋대로 안락사 약을 먹인 아들의 죄야 말할 것도 없이 은폐해 주리라.

제 손목에 감긴 머리끈이 담배 연기 사이로 눈동자에 비쳤다. 성의준은 도저히 독해서 못 피우겠다며 담배를 꺾어 버렸다. 언혁은 볼이 패도록 담배를 깊이 빨아들이며 별장을 올려다보았다.

곧 철거될 것을 상상하는 기분은 섭섭한 것도, 시원한 것도 아닌 어느 한쪽에도 치우치지 않은 묘한 것이었다. 모친이 죽었다는 사실은 이리도 담담하게 받아들였는데 어쩐지 이 건물은 꽤 긴 세월 머릿속에서 지워지지 않을 듯하다.

성의준은 물었다.

“왜 보내 드리기로 마음이 변한 거야?”

김언혁은 머리끈을 손목에서 잡아 뺐다.

“때가 되었으니까.”

자신은 아마도 지옥에 떨어질 것이다. 하지만 그보다 더 끔찍한 지옥에 새희가 갇혀 있으니 이보다 더한 짓도 눈 하나 깜짝 안하고 가능했다. 신의 처벌은 아기와 성에 찰 만큼 실컷 알콩달콩 노닥거린 뒤에나 일어날 머나먼 일이었다.

언혁은 머리끈을 바스러뜨릴 듯 손에 쥐고 차로 갔다. 모친의 죽음이 발견되는 건 내일 아침이어야 했다. 경고용으로 별장을 뒤집은 게 얼마 전의 일이니 밤사이 별일은 없을 거였다. 모친의 죽음 직후라 그랬을까. 어쩌면 그 순간엔 조금은 안일하게 생각했을지도 모른다.

그길로 언혁은 의준과 함께 서울로 향했다. 서울에 도착했을 즈음 부친은 화려하게 검색창을 장악하고 있었다. 문정태의 이름도 간간이 엎치락뒤치락하고 있었다. 기분 좋은 타이밍이었다.

언혁은 홈 바에 앉아 기사들을 일일이 하나씩 다 누르며 한 줄씩 정독했다. 그러고 있을 때였다. 전화가 울었다. 성나라였다.

- 오빠! 나, 나 그냥, 이모 얼굴 마지막으로 보고 싶어서 여기 왔는데⋯⋯ 별장 지금 불에 타고 있어! 누가 불 질렀나 봐. 미친 새끼들. 어떡해, 오빠, 어떡해⋯⋯.

언혁은 이상하게도 그리 놀라지 않았다. 순간 상체가 휘청거리고 주먹에 핏줄이 돋긴 했지만, 사고 소식을 전해 듣는 심경은 고요했다.

방화라⋯⋯ 정말이지 이 또한 기막힌 타이밍이다. 그쪽에선 언혁이 미리 모친을 편히 떠나보냈다는 걸 단연코 모르고 범한 사고일 것이다.

얼마나 그가 미웠으면 이렇게 과감한 범죄까지 일으켰을까. 누군가에게 직접적으로 풀지 못하는 증오의 화살을 죄다 이쪽으로 돌린 모양이다. 딱하게도 병신같이 간과한 건 이미 언혁이 미련을 깔끔히 버린 시점이라는 것이다.

- 119 부르긴 했는데…… 여긴 근방 소방서랑 너무 멀어서 금방 올지 모르겠어.

"성나라."

이름을 낮게 부르는 목소리에 성나라는 현명하게도 바로 무언가 감지한 듯했다. 잠깐의 경악스러운 침묵이 휘돌았다. 이어 나라는 사색한 심정이 밴 음성으로 악다구니했다.

- 미, 미쳤어. 진짜 미쳤어! 아무 말도 하지 마. 나, 난 못 해. 난 못 해!

"특종감이잖아."

- 김언혁!

대문짝만하게 뉴스에서 방화 소식을 전하면 신 회장도, 부친도 정수리에 철퇴를 맞은 것처럼 입을 떡 벌릴 거다. 특히 신 회장. 이 짓은 부친과 머리를 맞대고 계획한 느낌이 아니다. 충동적인 분풀이에 가까웠다.

분풀이로 사람 목숨을 불태울 줄 아는 인간 이하의 족속. 네 아들처럼 정신이 어떻게 될 정도로 절망할 줄 알았겠지. 그러나 잔악함은 언혁이 태어나 가장 먼저 갖춘 태도였다.

- 내가 어떻게 이걸 취재해…….

성나라는 울고 있었다. 언혁은 울지 않았다.

"네가 할 필요 없어. 네 동료들한테 넘겨주면 돼."

너도 이 소식을 들으면 울겠지. 나를 지키지 못했다고 울겠지. 그리고 상처받은 내게 달려올 거야.

"내가 세상에서 제일 불쌍한 사람이 되게 해 봐."

김언혁은 말하며 생각했다. 나는 정녕 지옥에 떨어질 것이라고. 가장 악랄하고 참혹한 지옥에.

* * *

- 지금 막 집에서 뛰어나와 택시를 탔습니다.

언혁은 심장이 도약하는 소리를 들었다. 전화를 끊자마자 사라진 상주를 찾는 연락이 빗발쳤다. 전원을 끄고 벽에 한쪽 어깨를 기댔다.

눈앞의 현관문을 두근거리는 마음으로 주시했다. 상박을 감싼 팔목은 긴장한 것처럼 살짝 떨리고 있었다. 손끝으로 팔뚝을 툭툭 치며 솟구치는 혈기를 다스리기 위해 힘썼다. 흥분을 잠재우기 위해 이전의 통화 내용을 돌이켰다.

'방화범 입단속은 잘 시킨 것 같더군요.'

'무슨 소린지 모르겠군.'

전화 너머 신 회장의 음성은 속아 넘어갈 만큼 태연자약했다. 언혁은 친절한 어조로 말했다.

'그 근처에서 묵고 있던 경호원들이 아니었으면 금방 놓쳤을 겁니다. 적어도 10년은 감옥에 썩어야 한대도 표정 하나 변하지 않더군요. 그래서 당신에 대해 이것저것 알려 주며 세월 바쳐 사명을 다한 심부름꾼의 말미가 어땠는지 상세히 알려 줬습니다. 그러자 사색이 되어서는 어린 아들을 부족함 없이 돌봐 주기로 약속했다고 질질 짜길래 말해 줬죠. 당신처럼 철석같이 믿고 빵에 들어갔다가 자살한 사람이 몇 트럭은 된다고.'

'…….'

'몇 트럭은 조금 과장한 거였지만, 뭐 덕분에 사주한 자의 정체를 술술 불었으니 다행이죠.'

'……이 뱀 같은 놈이…….'

이를 가는 표정을 직접 보지 못한다는 게 아쉬울 따름이었다. 선연하게 감지되는 늙은 짐승의 분노하는 떨림에 피가 돌았다. 언혁은 목소리에 칼을 박았다.

'이건 시작일 뿐이야.'

득실거리는 살기에 신 회장은 일순 기운이 눌린 듯 말이 없었다.

'그러니까 지금부터라도 날 달래 보라고.'

굴욕을 선물한 기억의 회상을 산뜻하게 끝마치고 언혁은 한층 차분한 마음으로 인고의 시간을 버텼다. 지금쯤 택시에서 내렸을까. 울며 달려오고 있을 텐데. 다치지 않게 천천히 걸어왔으면 하는 마음 반, 눈에 뵈는 것 없이 내달렸으면 하는 마음 반이었다. 아니, 전부 안아서 데려오고 싶은 마음보다 못했다.

첫 데뷔 무대를 앞뒀을 때도 이렇게 두근대지 않았다. 심장뿐만 아니라 신체 기관들이 맹렬히 격동했다. 은새희가 가까워졌다는 걸 막연히 느낄 수 있었다. 중력의 힘만큼 거대한 인력이 그를 휘감아 끌어당기고 있었다.

복도를 가로지르는 걸음 소리가 들렸다. 익히 아는, 물 위를 걷는 듯한 부드럽고 유약한 걸음걸이가 아닌 젖 먹던 힘까지 쥐어짜 물살을 헤치는 다급한 발소리였다. 넘어지겠다. 언혁은 저도 모르게 눈가를 휘며 웃었다.

음, 즐겁게 목을 울리며 속으로 숫자를 셌다. 일 초, 이 초, 삼 초가 되었을 때 도어락을 해제하는 소리가 경쾌하게 울려 퍼졌다. 그러나 비밀번호를 누르다 말고 혼자 또 무슨 시무룩한 갈등에 빠진 건지 도중에 뒷걸음질한다.

기념비적인 이 순간을 허탕해서는 안 될 일이다. 언혁은 시원하게 문을 열어젖혔다. 사랑해 마지않는 기절초풍하게 놀란 얼굴이 눈에 들어섰다. 잠시간 그 얼굴에서 흘러오는 수많은 밀어에 그간 온도를 잃고 살았던 몸이 단번에 몸살을 앓듯 뜨거워진다.

"안녕."

새희는 괜찮냐고 물었다. 괜찮냐고…… 문득 어떠한 감정이 자신을 허물어뜨렸다.

"아니."

괜찮지 않은 자신을 안아 달라고 팔을 벌리자 은새희는 뛰어들었다. 목을 감싸는 감촉과 울음소리, 보드라운 체취에 심장이 조여 들었다. 단절됐던 시간이 흘러가기 시작했다. 드디어 숨 같은 숨이 쉬어졌다. 가는 몸을 꽉 껴안아 안았다. 세차게 뛰어 대는 서로의 심장이 밀착했다.

"나한테 온 거야?"

"응……."

새희는 다짐하듯 연신 속삭였다.

"내가 지켜 줄게, 이제…… 아무 것도 당신을 건드리지 못하도록 내가…….”

그 한숨이 나올 만큼 연약한 목소리에 백기처럼 흔들렸던 건 나의 웃음이었던가, 가슴이었던가, 타락한 영혼이었던가…….

* * *

태정은 위나현이 넘긴 자료를 바탕으로 곧 검찰 조사에 들어간다고 했다. 그토록 찔러 대도 배신감이 느껴질 만큼 묵인하기 바빴던 검찰이 본격적으로 수사에 나선 건 분명 JS의 힘이 작용했기 때문일 거라고 위나현은 씁쓸한 목소리로 말했다. 이래도 실형을 받지 않을 확률이 높다는 말을 끝으로 통화를 종료했다.

언혁은 휴대폰 모서리로 턱 끝을 툭툭 쳤다. 이건 단초가 되는 첫 사건일 뿐이다. 감옥에 처넣진 못해도 회장직에서 끌어내리는 것 정도는 가능할 것이다. 어차피 장기전이 될 싸움이었다. 가장 급한 불은 껐으니 이 뒤부턴 빈틈없이 촘촘한 속도로 진행하면 되는 일이다.

방에서 거실로 나가자 새희가 침대에 누워 열 기운과 씨름하며 색색거리고 있었다. 언혁은 물수건으로 새희의 이마부터 발뒤꿈치까지 닦아 주고 이불 안으로 들어갔다.

언혁은 잠결에도 자연스럽게 안겨 오는 몸을 한 팔로 마주 안았다. 아파서 수척한 얼굴을 물끄러미 바라보다 입술을 겹쳤다. 따끈따끈하게 열이 오른 입술에선 귀여운 맛이 났다. 성가시게 지분거리자 새희가 눈을 힘겹게 떴다. 힘겨워하는 표정에 가슴 언저리가 아릿했다.

"언혁아……."

"응."

귀여워. 자신의 이름을 품은 멍한 목소리를 고막에서 꺼내 빨고 싶었다. 분홍색 입술에 뺨을 갖다 비비며 장난치는데 축축한 것이 닿았다. 새희가 얼굴을 한가득 적실 정도로 눈물을 쏟고 있었다. 언혁은 입매를 굳혔다. 아팠어? 하고 묻자 고개를 도리도리 젓더니 말한다.

"약속해 줘."

악몽이라도 꿨는지 슬픈 여운에 잠긴 표정이다.

"무슨 일이 있어도…… 절대로 무너지지 않는다고."

"……."

"아무것도 망칠 일 없을 거라고……."

애달픈 바람에 언혁의 눈빛이 어두워졌다. 꿈에서 내가 망가지기라도 했나.

"응? 약속하자……."

새희가 새끼손가락을 내밀었다. 언혁은 바들바들 떠는 손끝을 잠자코 바라보았다. 이 떨림의 근원은 그에 대한 죄책감이었다. 모친을 잃게 만든 것에 대해 속죄하고 싶은데 속죄할 수 없는 처지라고 비탄하는 것이다.

아예 각인되어 버린 그 죄의식이 날이 갈수록 깊어 가고 있어 고심 중이었다. 물론 처음부터 그토록 깊이 곪은 어둠이 깔려 있는데 완전무결하게 제 것이 될 거라 기대하지 않았다. 치유하는 과정 또한 즐거움이었다.

그러나 이건 예상치 못한 흐름이다. 아무래도 그 소식을 전해 들었을 때 충격이 너무도 강했던 듯싶다. 언혁은 아주 잠깐 다른 방식을 택했어야 했나 생각했다. 그러나 후회하지 않았다. 결국 무엇이든 희생하면서까지 이 결과를 얻어 냈을 것이다. 이 결과보다 만족스러운 선택지는 없었다.

언혁은 내민 손가락에 마주 손가락을 걸어 주었다. 잠투정 같은 약속에도 진심을 맹세했다.

"약속할게."

도장이라는 의미로 엄지에 입술을 부딪치고 가만히 응시하자 새희가 힘없이 웃더니 언혁을 따라 그의 엄지에 키스했다. 한결 편해진 얼굴 곳곳에 입술을 미끄러뜨리고 몸을 일으켰다.

"피아노 쳐 줄까?"

새희는 고개를 끄덕였다. 언혁은 침대에서 일어나 피아노로 갔다. 단 한 명의 관객을 위해 그 한 명이 고통과 슬픔으로 낳은 파반느를 연주했다.

돌아볼 때마다 무슨 말을 하고 싶은 것처럼 젖은 언어가 휘도는 눈과 마주쳤다. 그 말을 끄집어내려 했지만, 어느새 의식이 아늑히 침몰한 새희를 굳이 깨우지 않았다. 대신 더욱 부드럽고 따스하게 곡을 연주했다.

이제부턴 그 어떤 나쁜 악몽도 감히 찾아들지 못하게…….

* * *

“안녕…… 잘 다녀와.”

발목이 떨어지지 않게끔 가엽게 속삭이는 인사말을 남겨 두고 뒤돌았다. 다시 돌아보면 진실로 그 자리에 걸음이 박힐 것 같아 냉정히 집을 나갔다.

그러나 시동을 건 차 안에서 언혁은 쉽사리 액셀을 밟지 못했다. 벌써 떨어진 몇 분이 아까웠다. 도로 집으로 돌아가 새희와 침대에 처박히고 싶었다. 언혁은 몇 십 분은 더 미적거리다 강렬한 욕구를 겨우 억누르며 주차장을 느릿느릿 빠져나갔다.

이른 아침에 나선 건 만나기로 한 사람이 있기 때문이었다. 출국하기 전 마지막으로 보기엔 욕지기가 치미는 얼굴이었지만 얼마나 기가 팍 죽어 있을지 실제로 꼭 보고 싶어 자신이 잡은 약속이었다. 물론 주차장에서 뜸 들이느라 약속 시간은 한참 지난 뒤였다. 알고도 언혁은 여유만만하게 운전했다. 울려 대는 전화는 쳐다보지도 않고 무시하며 안전 속도를 유지했다.

김언혁은 아파트 입구에서 차를 멈춰 세웠다. 나라를 쥐락펴락하는 인사들이 사는 초호화 아파트는 들어가기 위해 신분증 검사를 마쳐야 했다. 뻔히 자신이 누구인지 알 텐데도 낯선 외부인처럼 절차를 요구하는 건 분명 심술 난 지시였다. 언혁은 얌전하게 신분증을 건네주고 안전한 사람임을 증명 받은 뒤 정문을 넘어섰다.

엘리베이터가 70층을 넘어갈 무렵, 그의 머릿속은 새희로 꽉 차 있었다. 입술을 한 번이라도 더 빨고 오는 건데. 미적지근한 후회가 남았다. 엘리베이터가 열리고 언혁은 복도 끝으로 가 노크 대신 벨을 눌렀다. 문은 아주 빠르게 열렸다. 부친은 험악한 표정이었지만 기대와는 달리 꽤 멀쩡한 얼굴로 언혁을 맞이했다.

언혁은 실망한 눈초리로 여태껏 싸늘한 침묵을 지키고 있는 부친을 지나쳐 안으로 들어갔다. 다른 사람이 더 있었다는 건 그때 알아차렸다.

엉거주춤한 자세로 거실 한복판에 선 여자는 비서였다. 언혁의 눈은 냉소를 머금었다. 대단하기도 하지. 혼자 좌절하고 있던 게 아니라 양껏 즐기고 있었다는 사실을 직접 확인하게 되자 기분이 몹시 지저분해졌다.

여자는 실제로 보니 완전히 닮은 건 아니지만 누군가를 떠올리게 하는 사연 있는 얼굴이었다. 언혁의 기분은 이제 진창에 처박혔다.

"새어머니라고 부를까요?"

여자는 모욕으로 붉어진 얼굴을 하더니 방에 있겠다며 후다닥 꼬리를 뺐다. 언혁은 냉담한 눈으로 비굴한 뒤태를 쫓아가다 마찬가지로 자신을 노려보는 중인 부친과 시선이 부딪쳤다. 다시 보니 마음고생을 심하게 겪은 상한 안색이 그나마 여기까지 온 걸음을 쓸모 있게 만들어 줬다.

모친의 장례를 치른 지 한 달 된 시점이었다. 사람들의 열화와도 같은 비난은 역시나 쉬이 사그라들었다. 그러나 그때 입은 타격에 부친은 여전히 칩거 중인 상태였다. 사퇴까진 못 갔지만 거대한 꿈은 한 수 접혔을 거였다.

"장인어른…… 아니, 그 야비한 노인네한테 붙었을 줄이야. 네 성정상 죽어도 그 짓만은 하지 않으리라 믿었건만."

언혁은 슬슬 자신의 맘에 드는 얼굴을 보여 주는 부친을 뚫어지게 주시했다.

"여자 하나 때문에 아비를 이렇게 나락으로 끌어다 놓다니…… 네 녀석이 이리도 등신 같을 줄은 몰랐지. 검찰에 태정 비리 자료를 넘긴 것도 너인 걸 안다. 도대체 어디까지 할 셈이지?"

"이게 끝일 것 같습니까?"

언혁은 차가운 눈으로 코트 주머니에서 무언가 꺼내 내밀었다. 부친은 언혁의 유서를 읽어 내려가기 시작했다. 곧이어 부친의 얼굴빛이 사색이 되었다.

"불륜은 빙산의 일각일 뿐이죠. 다른 건 고발하지 않은 걸로 아들 도리는 다한 것 같군요."

부들부들 떠는 손에서 유서를 빼앗아 다시 주머니에 넣었다.

"아, 걱정 마요. 이 유서는 안 쓰일 겁니다. 죽을 마음은 없어졌거든."

부친은 아들이 아닌 거대한 짐승을 보듯 눈빛에 증오와 두려움이 한데 섞였다.

"오늘 온 건 당신의 이런 얼굴을 보기 위함이니까 염려 놓아도 됩니다."

언혁은 손목시계를 흘끗 내려다보았다. 부정할 수 없는 패배자 얼굴을 한 부친의 어깨를 짚으며 한 걸음 지나쳤다. 현관문 문고리를 잡으며 말했다.

"지금처럼 추잡하게 뒹굴면서나 살아요. 날 건드릴 생각 하지 말고."

아…… 빠뜨린 말을 상기하고 언혁은 고개를 돌려 부친을 쳐다보았다.

"그리고 여자 하나 때문이 아니라……."

언혁이 부드럽게 말했다.

"이럴 땐 사랑 때문이라고 해야지."

그길로 부친의 아파트를 나와 공항으로 가는 기분은 산뜻하기 짝이 없었다. 언혁은 공항에 도착하자마자 새희의 새 휴대폰으로 전화를 걸었다. 아직 자는 건지 전화를 받지 않았다. 코트 깃에 찬바람이 감겨들었다. 올해 겨울 중 가장 기온이 떨어진 날씨라 했던가.

언혁은 담배를 피우기 위해 출국장 밖으로 나와 흡연 부스로 걸어갔다. 걸어가며 필터를 입에 물고 화면을 켰다. 검찰 조사를 받기 위해 기자들에게 둘러싼 채 나서는 신 회장의 사진을 감상했다.

감시자는 마지막으로 신은석이 그 집에 감금되었다는 소식을 전했다. 계획은 무질서하게 변경되었으므로 그 부부를 어떻게 묶어 처리할지 처음부터 골똘해야 했다.

언혁은 생각하다 말고 갤러리에 들어갔다. 끝도 없이 나열되는 은새희의 기록 중 일주일 전에 찍은 영상을 틀었다. 성나라와 아이스크림을 나눠 먹던 날이었다.

- 도대체 동영상을 몇 개나 찍는 거야? 아까도 찍었잖아!

언혁은 눈썹을 찡그렸다. 기껏 찍어 놓은 영상인데 성나라 목소리만 시끄럽게 쏟아졌다. 역시나 화면 속 자신도 성나라를 말없이 노려본 듯했다. 구시렁대는 볼륨이 줄어들었다. 새희는 화면을 보며 쑥스러운 듯 뺨을 붉혔다. 예쁘다. 언혁은 액정 위로 발갛게 익은 볼을 만지작거렸다.

- 그냥 내가 찍어 줄게. 줘 봐 봐. 어?

성나라가 휴대폰을 뺏어 가 그와 새희를 같이 화면에 담았다. 언혁이 고개를 기울여 귓가에 입을 맞추자 새희는 푹 젖은 눈으로 고개를 떨어뜨렸다. 성나라가 웃음을 터뜨렸다. 언혁은 렌즈를 향해 가까이 오라고 손가락을 까딱였다. 그의 의도를 알아챈 나라가 새희를 밀착해서 촬영했다. 깜짝 놀란 새희가 황급히 손으로 얼굴을 가리다가 결국 환하게 웃었다.

언혁은 재생 바를 당겨 그 모습을 반복해서 돌려 보았다. 온 감각이 그곳으로 쏠려 정말로 눈앞에서 은새희가 웃고 있는 것 같았다.

보고 싶었다. 언혁은 영상을 정지하고 다시 전화를 걸었다. 신호음을 들으며 고개를 든 그 순간. 그 순간이 되어서야, 언혁은 보고야 말았다. 너무도 늦게. 시야를 메운 말도 안 되는 장면을…….

입에 물고 있던 담배가 떨어졌다. 왜 네가 거기에 있지? 자신은 현실과 꿈을 구별하지 못하는 아둔한 인간이 아니었다.

그래, 아니었다. 그러니까 현실인 것이다. 현실이라고 저게…….

심장이 발광하기 시작했다. 언혁은 정확히 상황을 인지했다. 그러나 인지했을 땐 차는 끼어들 수 없을 만치 돌진한 후였고 은새희는 두 팔을 벌린 채 그것이 몸통을 날리길 기다리고 있었다.

눈이 마주쳤다. 눈이 마주치자 새희는 웃었다. 자신을 위해 죽는 게 기쁘다는 듯. 바로 전, 휴대폰 화면에서 본 것보다 더 예쁘게…….

안 돼. 그 얼굴은 배신이야.

나랑 살아야지.

나랑 살자.

나랑 살자, 제발…….

손톱 밑까지 창살이 꽂혀 들어 살점을 찢는 것 같았다. 정신이 나갔다. 미친 듯이 달려들었다.

"새희야!"

쾅! 은새희의 몸이 발사된 것처럼 높이 떠올랐고, 또다시 쾅! 보닛으로 추락해 유리창을 박살 냈다. 그리고 굴러떨어진 몸은 기이하게 뒤틀린 채로 피를 뿜었다.

언혁은 달려가 새희를 껴안았다. 어떠한 비명 소리도 울음소리도 들리지 않았다. 생명이 꺼져 가듯 파들거리는 아기의 작은 몸짓만이 심장을 발기발기 쥐어뜯었다.

새희는 숨을 헐떡이며 경련했다. 어느 곳이 마비된 것처럼 혹은 폭발한 것처럼 혹은 파괴된 것처럼…… 생애 모든 고통이 이 순간 그에게 몰아닥쳤다. 언혁은 공포와 절망으로 타들어 가는 목소리를 흘렸다.

"새희야……."

새희는 피로 범벅된 입술을 끔뻑거렸다. 언혁은 이를 악물며 고개를 내려 속삭이는 입술에 귀를 가져다 댔다.

"사랑해……."

'내가 지켜 줄게, 이제…… 아무 것도 당신을 건드리지 못하도록 내가…….'

언혁은 피가 끈적거리는 뒷머리를 감싸고 사지를 떨었다.

"새희야……."

'언혁아…….'

'사랑해…….'

그토록 다정하고 부드러운 목소리만 내게 남겨 두고. 그것만 남겨 두고…….

vol 3. 누구의 기도인가

Track. The sorrow of love

네가 잠든 순간부터
내 시간은 흘러가지 않아 고여만 있다.
살아 있다는 게 불행이다.

* * *

김언혁은 유럽 공연과 북미 투어를 성황리에 마치고 귀국했다. 새희가 잠든 지 225일째 되는 날이었다.

* * *

“언제 왔어?”

의준은 병실에 들어가자마자 보이는 미끈한 인형에 알은척했다. 너른 어깨는 바로 곁에 갈 때까지 꿈쩍도 하지 않았다. 의준은 무시에 달관한 얼굴로 간이 의자에 앉은 언혁을 내려다보았다. 입체적인 옆태는 그대로 정지되어 전시된 듯하다. 의준의 시선은 침대에 누운 새희에게 향했다.

혼수상태에 빠진 얼굴이라기엔 너무도 평온하고 아늑해 보여 언뜻 단잠에 든 것만 같았다. 은새희가 이렇게 의식을 찾지 못한 지도 벌써 반년이 넘는 시간이 흘렀다.

국내 최고라고 불리는 의료진이 장장 열두 시간을 매달린 뇌수술은 성공적으로 끝마쳤다. 보조로 들어간 의준도 내도록 침 한 번 제대로 삼키지 못할 만큼 살 떨리는 대수술이었다.

그러나 몇 주 뒤 폐와 복부의 손상으로 인한 기습적인 쇼크에 은새희는 다시 수술실로 들어가 일부 조직을 절제해야만 했다. 그 후에도 몇 번의 위험 고비를 더 넘겼다. 김언혁은 그때마다 촉박한 일정 속에서도 귀신같이 나타나 수술실 앞을 지켰다. 당시 병원 분위기는 초긴장 상태였다. 의준은 복도에 못 박힌 듯 서서 수술실 문을 쳐다보던 김언혁의 눈을 차라리 잊고 싶을 정도였다.

김언혁은 안정적인 수치를 기록 중인 바이탈 기계를 바라보다 침묵을 뚫고 말했다.

“둘이 있고 싶은데.”

의준은 볼을 긁적거리던 손으로 언혁의 어깨를 한 번 힘 있게 잡아 쥐었다가 병실을 조용히 나갔다. 언혁은 비로소 기계에서 새희의 얼굴로 눈을 돌렸다.

지금껏 봐 왔던 어떤 얼굴보다 고통 없이 편안해 보이는 얼굴에 죽은 신경이 반응했다. 어딘가 파이고 잘리고 지져지는 감각. 생고문이 따로 없는 이 감각을 감긴 눈을 볼 때마다 마주했다.

태어난 사명을 다하고 다른 곳으로 가벼이 떠나 버린 듯한 얼굴. 그는 모르는 새희의 의식이 안치된 세계를 할 수만 있다면 파괴하고 싶다. 그곳엔 내가 없을 텐데 왜 너는 그렇게 만족스러운 얼굴인지. 언혁은 시트 위로 삐져나온 새희의 팔목을 손끝으로 쓸었다.

"왜 아직도 꿈나라야."

내가 왔는데.

"약속도 지켰는데."

'약속해 줘…….'

'무슨 일이 있어도…… 절대로 무너지지 않는다고.'

'아무것도 망칠 일 없을 거라고…….'

새희는 악몽으로 먼저 이 순간을 체감했던 걸까. 그래서 그토록 슬프게 울었던 걸까. 그 약속은 그럼 하나의 방안이었나. 네가 잠든 시간 속에서도 나를 살아 움직이게 하기 위한.

'뇌 수술이 잘 끝난 것만으로도 기적이야. 하지만 언젠가 의식을 되찾는다 해도 후유증으로 어디를 어떻게 얼마나 시달릴지 장담할 수 없어. 정신만 멀쩡한 반신불수가 될 수도 있고, 지능이 퇴화했을 수도 있고, 평생 걷지 못하거나 손을 못 쓸 수도 있어.

솔직히 말하자면 이대로…….'

언혁은 끌어당기자 힘없이 딸려 오는 새희의 손등에 입술을 깊이 묻었다.

"괜찮아. 내가 다 해 주면 되니까."

그러니까 일어나. 일어나서…….

"나랑 놀자."

나랑 같이 있자. 나랑…… 제발.

* * *

'언혁아…….'

언혁은 들려오는 환청에도 놀라지 않고 현관으로 들어섰다. 온도에 따라 자동으로 가동된 에어컨 바람이 피부에 서늘하게 닿아 왔다. 단추를 쥐어뜯듯 벗어젖힌 셔츠를 아무 데나 내던지고 담배를 물었다.

베란다로 나가는 걸음으로 담배 연기가 하늘거리며 좇았다. 언혁이 난간에 팔꿈치를 얹었다. 휘황하게 펼쳐진 야경을 매캐한 시선으로 훑었다. 잔바람이 머리칼에 감겨들었다. 밤이 녹아든 강물은 유혹하듯 속삭거린다. 그를 부르는 새까만 강물을 바라보며 언혁은 담배를 깊숙하게 빨아 들였다.

계절은 언혁의 세상이 무너진 것과 별개로 일정한 속도로 찾아오고 떠나갔다. 그는 한 치도 자라지 못한 계절 속에 맺힌 멍울이었다. 화살 세례처럼 쏟아지는 햇빛 아래에서도 가슴이 시려 왔다.

기온이 아닌 부재에 의한 한기에 목 끝까지 얼어붙은 육신이다. 자고 일어나면 뼈마디가 한 겹씩 벗겨져 내리는 통증으로 하루를 시작한다. 하루를 시작한다는 사실에 가장 허무하고도 강렬한 고통이 병증처럼 정신을 씹어 댔다.

문득 신기하다. 네가 잠든 이 시간을 어떻게 견디고 있는지. 왜 견뎌야 하는지.

"And seemed the greatness of the world in tears…….”[2]

비극의 시조가 짙은 연기에 녹아내렸다. 언혁은 시선을 내려뜨렸다. 깜깜하고 아득한 그곳은 형언할 수 없을 만치 유혹적이었다. 이 높이면 의심할 여지없이 즉사다. 언혁은 순간 몹시도 끌렸다. 그러나 오래도록 내려다보다 이윽고 턱을 치켜들고 담배를 뱉어 냈다.

그는 차라리 눈을 감았다. 바람이 눈꺼풀 위를 노닐었다. 속눈썹을 훑으며 지나간 바람 속에 새희의 한숨이 깃들기라도 한 듯 따듯하게 느껴진다. 언혁은 다시금 눈을 떴다. 하늘에 떠오른 반달이 부드러운 웃음에 접힌 눈매와 닮은 것 같아 깊이 들여다보았다.

서서히 침략해 오는 그림자가 죽음의 기운인 걸 모르지 않는다. 모른 체할 생각도 없다. 은새희를 알기 전의 삶이 그저 심심한 것이었으면 새희가 잠들고 난 후의 삶은 삶으로서 그에게 일각도 작용하지 않고 있었다.

---

2) "그대와 함께 세상의 눈물이 모두 왔다."
<사랑의 슬픔> W.B 예이츠

이런 삶 같지 않은 삶을 은새희는 매 순간 견뎌 왔다. 그러다 그를 만났고, 사랑에 침몰했고, 기어이 그를 위해 일말의 주저도 없이 삶을 내던졌다.

그 때문일까. 언혁은 은연중에 느끼고 있었다. 새희가 깨어나지 않으리라는 걸. 그래서 그 긴 시간 그의 꿈속에 단 한 번도 찾아오지 않았다는 걸. 미련한 희망 따윈 얼른 버리라고 깨우쳐 주듯.

"너무하다니까……."

언혁은 담배를 벽에 비벼 끄며 난간에 등을 기댔다. 고개를 젖히자 블랙홀 같은 밤하늘이 시선을 빨아 당긴다. 갑자기 궤도를 이탈한 행성이 돌진해 어이없게 죽게 된다면 억울할까.

그러나 상상하자마자 발끝이 움찔거린다. 달려가 새희의 몸으로 떨어지는 운석을 막아야 했다. 아프게 둘 수는 없으니까. 비록 이제 아픔을 느끼지 못한다고 하더라도. 더는, 다시는, 죽어도…….

'사랑해…….'

언혁은 불시에 심장이 조여들어 가슴을 뜯어 낼 것처럼 움켜쥐었다. 너무나도 절절해서 그를 순식간에 절망시키는 기억에 손뼉으로 이마를 쓸어 올렸다. 불안정한 걸음걸이로 담배를 찾으러 거실로 걸어갔다. 급히 물고 빨아들이며 현실을 망각할 수 있는 수단을 찾았다.

만취하지 않고는 보낼 수 없는 밤이었다. 매 순간이, 정신을 흘려보내지 않고서는 도저히.

* * *

휴대폰이 극성맞게 우는 소리에 눈을 떴다. 언혁은 러그에 엎어져 있는 몸을 돌아누웠다. 부스스한 머리칼을 헤집어 올리며 시선으로 휴대폰을 찾아다녔다. 왜인지 침대 밑에 기어 들어가 있는 걸 는적거리느라 한참 뒤에 찾아냈다.

지독하게 울어 대는 발신인은 성나라였다. 통화를 연결했다. 다짜고짜 괜찮냐고 묻는 음성이 고막에 매달렸다. 그날 이후부터 성나라는 시시때때로 그의 상태를 점검하곤 했다. 그가 걱정되는 것 이상으로 트라우마에서 아직도 못 벗어나고 있는 것이었다.

'나 때문이야. 내가 늦잠만 자지 않았어도…… 나 때문에, 나 때문에…….'

불필요하며 불가해한 죄책감이었다. 그날 성나라가 잠들어 있지 않았다 하더라도 은새희는 어떻게든 자신을 만나러 왔을 것이다. 잘못된 선택을 한 건 자신이었다. 그러니 이 죄책감과 죄악감은 모두 자신의 몫이었다.

언혁은 대충 상대한 뒤 전화를 끊고 욕실로 들어갔다. 샤워 도중이었다. 뇌가 타들어 가듯 아프며 위장이 뒤흔들렸다. 한순간 모조리 게워 냈다. 이후 한 시간이 넘도록 물줄기를 맞고 서 있었다.

욕실에서 나올 때까지 조악한 두통은 계속됐다. 발치로 물기가 뚝뚝 떨어졌다. 언혁은 순간적으로 그것이 핏방울처럼 보여 눈을 가늘게 떴다. 밟고 지나가며 바닥에 내던져 놓았던 휴대폰을 들었다. 무심결에 비친 화면에 뜬 부재중 전화 기록들에 뒷덜미가 굳었다.

성의준의 연락이었다.

언혁은 그때부터 정신이 나가 버린 채로 바닥에 나뒹구는 옷을 대충 집어 입고 집을 뛰쳐나갔다. 핸들을 비트는 손이 경련했다. 가까스로 주차를 마치고 차에서 내리는 순간, 핀셋으로 관자놀이를 쑤시는 듯한 통증에 미간을 일그러뜨리며 손뼉으로 짓눌렀다. 그러나 머뭇거릴 새가 없었다. 언혁은 병원 복도를 한달음에 가로질렀다. 전신이 벌벌 떨리고 있었다.

특실 문을 벌컥 열어젖혔다. 아무것도 보이지 않았다. 침대 위는 비어 있었다. 목이 잘린 기분이었다. 빛이 노출된 필름처럼 눈앞이 암전했다. 검게 타는 망막으로 장면이 전환되듯 돌연 시야가 번뜩였다. 현실감각이 바닥을 치며 어지러워서 견딜 수 없었다.

언혁은 혼란스럽게 변해 버린 광경을 응시했다. 침대는 비어 있지 않았다. 새희가 자고 있었다. 그러나 확신할 수 없었다. 이것은 환영인가? 나의 바람인가? 다가가 확인해도 믿어지지 않을 듯하다. 언혁은 그 자리에서 한 발짝도 움직이지 못했다.

"김언혁!"

메아리 같은 환청이 확 선명해지며 어깨를 누르는 손힘을 그제야 인지했다. 성의준은 실색한 얼굴로 언혁의 상태를 확인하듯 아래위로 훑었다. 아직 마르지 않은 물기가 목을 타고 흐르고 있었다. 언혁은 성대가 찢겨 나간 목소리로 말했다.

"왜 전화했어."

"별거 아니야. 그냥 아침에 갑자기 체온이 좀 높아져서 전화했어. 금방 다시 원래대로 돌아왔고…… 너, 셔츠 깃 다 젖은 건 알고 있어?"

그렇다면 저게 환영이 아니란 거다. 언혁은 뒤늦게 사지를 마비시키는 공포에 묶여 있던 발을 뻗었다. 새희를 내려다보았다. 잠든 얼굴에 내려앉은 고요에 어마어마하게 안도하는 동시에 동일한 크기로 절망했다.

그는 머리카락을 잡아 뜯듯 움켜쥐고 휘청거렸다. 이윽고 나락으로 곤두박질치듯 무릎이 꺾였다.

"하아……. 씨발."

성의준이 달려와 무너진 어깨를 잡고 무어라고 소리쳤다. 들리지 않았다. 언혁은 거친 숨을 쏟아 냈다. 바닥을 짚은 손이 부들대며 손가락이 그악하게 말려 들어갔다. 손등 위 푸른 핏줄이 선연하게 도드라졌다.

괴로웠다. 괴로운 만큼 그리웠다. 그리운 만큼 지겨웠다. 네가 있음에도 없는 이 삶이. 어느 순간 네가 완전히 사라질까 봐 일분일초가 칼날 위인 이 삶이…….

* * *

김언혁은 눈을 떴다. 뒤통수에 닿는 감촉이 차끈했다. 욕실 타일에 뻗어 있는 몸을 늑장을 부리며 일으켰다. 기상하는 장소가 눈을 뜰 때마다 낯설다.

어제는 베란다였고, 그제는 현관이었던가. 어제와 그제가 바뀌었을 수도, 아예 틀려먹은 것일 수도 있다. 언혁은 제 기억을 신뢰하지 않았다. 그렇게 된 지도 매우 오래된 것 같았으나 그마저도 확실치 않았다.

그대로 물을 틀어 샤워한 후 대충 걸친 가운의 매듭을 조이며 욕실에서 나왔다. 부엌으로 가서 냉장고에서 꺼낸 생수를 병째로 들이켰다. 차가운 액체가 텁텁한 식도를 청소했다. 그러나 두통과 손 떨림은 사라지지 않았다. 허기가 지는 듯하면서도 입맛이 돌지 않아 식욕이 없었다.

문득 제대로 뭘 먹었던 때가 언제였는지 돌이켰다. 돌이키던 중에 사고가 샛길로 빠져 언혁은 멍하게 시간을 흘려보냈다. 정신을 차렸을 땐 담배를 물고서 피아노 의자 위에 앉아 있었다. 그 상태로 또 시간이 하염없이 잡아먹혔다.

어디선가 피아노 소리가 들려왔다. 담배 연기가 물러가자 건반 위에서 하늘하늘 미끄러지는 손가락이 나타났다. 언혁은 가느다란 손목을 타고 웃음을 머금고 있는 입술까지 단번에 훑었다. 눈이 마주치자 옆에 앉은 연주자는 미려한 선의 눈매를 휘었다.

웃고 있는데도 우는 것만 같은 처연한 미소였다. 아니, 그 반대이기도 했다. 뭐가 되었든 언혁은 눈을 뗄 수 없었다. 건반을 훑던 손가락이 그의 턱으로 조심스럽게 닿아 왔다. 더 이상 아무도 연주하지 않는데도 부드러운 연주 소리는 연이어 흘러왔다.

'괴로운가요?'

연주자는 안타까운 표정으로 물었다. 언혁은 대답하지 않고 물끄러미 움직이는 입술을 바라보았다.

'당신…… 괴로워?'

여자의 표정이 점점 더 슬퍼졌다. 그의 눈빛이 깊게 가라앉았다.

'언혁아…….'

새희가 눈물을 흘렸다. 언혁은 마침내 성대를 비틀어 대답했다.

"응."

너무나도…… 턱을 만지던 손이 목을 감싸 안았다. 언혁은 자신을 껴안은 어깨 위에서 숨을 내쉬었다. 그 숨에 새희의 머리카락이 하느작거렸다. 얼굴을 보고 싶었다. 그러나 만질 수 없었다. 만지면 깨져 버릴 것이었다.

그러니 가만히 이 순간에 잠식해 있을 뿐이다. 자신이 가공한, 가공했음에도 맘대로 연출할 수 없는 불투명한 환각 속에서…….

"……신 차리라고, 제발!"

누군가 멱살을 쥐고 미친 듯이 흔들어 댔다. 사색이 된 두 얼굴이 눈동자에 박혀 들자마자 은새희의 환영이 달아났다. 피아노 뚜껑은 그를 조소하듯 굳게 닫혀 있었다. 거짓이 사라지고 난 진실은 잔인하기 이를 데 없었다.

언혁은 어깨를 속박한 손을 뜯어냈다. 성의준은 태어나 본 것 중 가장 충격을 금치 못하는 얼굴이었다. 누가 남매 아니랄까 봐 같은 표정으로 그 옆에서 성나라가 입가를 손으로 막고 떨고 있었다.

"언제부터야……."

성의준이 거실 바닥과 테이블, 피아노 뚜껑 위까지 온 집 안을 나뒹구는 약물의 흔적을 믿을 수 없는 눈으로 응시했다.

"언제부터냐고, 이 미친 새끼야!"

귀청을 떼어 낼 듯한 목청에 언혁은 한쪽 귀를 막으며 눈살을 찡그렸다.

"몇 주째 연락은 안 되고 병원엔 찾아오지도 않고 해서 혹시나 찾아왔는데……."

김언혁은 그 말에 조금 놀랐다. 당장 어제 아침에 새희를 보고 왔다고 생각했다. 도무지 믿을 만한 기억이 존재하지 않는다. 어쩌면 이 또한 마약이 보여 주는 착란일지도 모른다. 언혁은 별안간 손을 들어 의준의 뺨을 잡아당겼다. 성의준은 그 손을 매섭게 뿌리치며 힐난하듯 노려보았다.

"약 같은 거 세상 누구보다 혐오하는 놈이…… 내내 이 지경이었던 거냐? 혼자 집구석에 처박혀서 정신 놓고 약이나 빨고 있었던 거냐고!"

성나라가 얼굴을 감싸 쥐고 울음을 터뜨렸다. 느닷없이 침입해서 드라마를 찍고 있는 두 사촌을 언혁은 매정한 눈으로 응시했다. 이딴 환영은 마약이 보여 줄 이유가 없었다. 그러므로 현실이었다.

현실인 걸 확신한 후부터 이 상황이 몹시도 지루해졌다. 그리고 목이 탔다. 언혁은 의자에서 일어났다. 샤워를 한 것까진 실제가 맞았는지 헐겁게 풀린 가운 매듭을 다시 조이며 부엌으로 걸어갔다. 성나라가 졸졸 따라와 눈물 자국을 찍었다.

"오빠, 오빠…… 미안해, 정말. 미안해, 내가……."

"그만."

차라리 성의준처럼 욕설이나 싸지르는 게 낫지, 괜한 죄책감에 뱉어 내는 사과는 들어 주기 신물이 난다.

"오빠…… 뭘 먹기는 해? 잠은 제대로 자고 있어? 오늘이 몇 월 며칠인 줄은 알아?"

언혁은 한 모금에 생수병을 반 넘게 비운 뒤 "글쎄." 하고 중얼거렸다. 그는 마저 남은 물을 해치우고 병을 우그러뜨렸다. 성의준은 직업을 전환할 모양인지 어디서 비닐봉지를 찾아와 보이는 족족 쓸어 담고 있었다.

언혁은 그 비닐에 물병을 던져 골인시키고 드레스룸으로 들어갔다. 옷을 갈아입고 나오자 슬그머니 오라비의 일에 동참한 성나라가 그를 보고 불안한 눈을 했다. 성의준도 경직했다.

"어디 가려고?"

"가야지."

새희한테. 환각 속에서도 한 자락의 희망 따위 보여 주지 않는 나의 무정한 아기한테…….

* * *

김언혁은 창문에 기대 담배를 피웠다. 성의준과 성나라가 형사처럼 온 집 안을 샅샅이 뒤져 약을 수거해 가고 덤으로 청소까지 해 주고 간 것도 벌써 몇 달 전의 일이다. 그들이 또 강제로 쳐들어올까 싶어 연락 하나는 꼬박꼬박 받고 있었으나 도어락 비밀번호는 그날 바로 바꿨다.

때문에 집 안은 다시 난장판이 되어 있었다. 범인은 자신이었지만 언혁은 시치미를 떼듯 새삼 둘러보며 눈썹을 구겼다. 그들의 소란이 한편으론 이해될 만큼 그에겐 상상도 못 할 일이긴 했다. 언혁은 지저분하고 흐트러진 걸 참지 못하는 걸 넘어 경멸했다. 그러나 지금 지저분하게 흐트러진 자신의 집안을 보고 있어도 아무런 생각도 들지 않았다.

금단 증상 때문에 근육통과 더불어 입속만 맹렬하게 타들어 간다. 약에 의존해야만 기준이 서는 나약한 정신을 그간 증오해 마지않았건만 자신이 딱 그 짝이었다. 그래서 언혁은 스스로를 증오했다.

그러나 환각에 빠져 병실에 누워 있는 새희를 방치하고 있었다는 사실엔 취한 와중에도 충격을 받았으므로 약을 끊어야 했다. 당장이라도 몽롱한 향기를 들이마시며 사지를 시체처럼 늘어뜨리고 싶었지만 언혁은 견뎠다.

아니, 견뎌야 했다. 약쟁이로 살다 단명할 수는 없지 않은가. 자칫 방심하다간 그래도 상관없다는 생각에 뒤덮일까 봐 각별히 주의하고 있었다.

언혁이 담배를 재떨이에 끄고 손을 씻었다. 몇 십 분을 씻었다. 이 또한 이상 증세 중 하나인지 강박적으로 손을 씻는 일이 잦아졌다. 무언가 검고 질긴 게 들러붙어 떨어지지 않는 기분에 한 번 사로잡히면 종일 살가죽을 벗겨 낼 강도로 손만 씻고 있기도 했다.

그때였다. 초인종이 울려 댔다. 언혁은 그 소리를 듣고 나서야 물을 잠그고 손수건으로 손가락 사이사이를 문지르며 인터폰 앞에 가 섰다. 화면 속에 와인색 슈트 차림의 여자가 보였다. 주이진이었다.

그는 문을 열지 않고 점점 초조해지는 얼굴의 주이진을 관망했다. 일부러 무시하고 있음을 알 텐데도 꿈쩍도 하지 않는 게 열어 줄 때까지 버틸 모양이다. 그럼 거기서 생을 마감하라지.

김언혁은 돌아섰다. 그 순간 바지에서 휴대폰이 진동했다. 언혁은 무심하게 떠오른 메시지를 읽었다. 그리고 굳었다. 곧바로 걸어가 현관문을 열었다.

"오랜만이야."

조금 살이 빠진 듯한 얼굴이 언혁을 마주했다. 현관문을 한 손으로 짚으며 말없이 길게 주시했다. 인사말이나 사이좋게 나누려고 문을 열어 준 게 아니다. 어련히 그 심정을 안다는 듯 주이진은 피식 웃더니 백에서 종이 뭉치를 꺼냈다.

"매정하긴. 자."

언혁은 이진이 건넨 것을 보기 편하게 들었다. 첫 장을 보는 그의 눈동자가 흔들렸다. 악필 중의 악필로 종이 위를 기어 다니는 건 틀림없이 음표였다. 악보를 쥔 손의 뼈마디가 하얗게 불거졌다.

"너한테 꼭 전해 주기로 새희 씨랑 약속했는데 알다시피 그동안 경황이 없었어."

그는 뒷장을 넘기지 못하고 굳은 채였다. 주이진의 시선이 얼굴을 훑는 것이 느껴졌다. 결국 언혁은 고개를 돌리며 악보를 시야에서 멀리 치웠다. 문득 약을 흡입하고 싶어 뱃속 깊은 곳에서부터 열기가 아우성쳤다. 언혁은 난자당한 듯한 음성을 휘날렸다.

"또?"

"응?"

"이걸 너한테 부탁하면서 또 뭐라고 했어."

그 순간을 떠올리듯 주이진의 얼굴이 아릿해졌다.

"그 사람이 사는 게 지루해 보일 때 꼭 전해 주라고……."

가파른 낭떠러지 밑으로 머리부터 처박히는 듯했다. 새희가 그 말을 하는 모습이 뇌리에서 감당하기 어려울 정도로 선명하게 재생되었다.

언혁은 살짝 숙이고 있던 상체를 태연하게 세우며 현관을 짚고 있던 손을 천천히 떼어 냈다. 그러나 뒤도는 순간 넘어질 듯 휘청거렸다. 놀란 주이진이 황급히 그를 받쳐 들었지만, 그의 중량에 이기지 못하고 같이 얽혀 바닥으로 무너져 내렸다. 열려 있던 문이 저절로 쾅, 닫혔다.

"김언혁……."

이진은 그가 쏟아 내는 위태로운 숨결만큼이나 위태로운 얼굴을 흔들리는 눈으로 응시했다. 부유하는 공기마저 응결된 것 같았다. 이진은 아슬아슬하게 겹쳐진 몸과 시선에 저도 모르게 입술을 사리물었다.

자신에겐 차갑고 신랄한 말만을 내뱉는 입술이 눈동자 속으로 아찔하게 파고 들어왔다. 무엇보다 이렇게나 무너질 대로 무너져 내린 김언혁의 모습 자체가 불가항력적인 자극이었다. 이진은 가까스로 정신을 차렸다. 그보다 먼저 김언혁이 정신을 차린 듯했지만 말이다.

"나가."

지옥에 파묻힌 얼굴로도 다시금 원래의 발도 못 붙일 시린 어조로 내뱉는 태도에 이진은 어쩐지 발끈했다. 제 편까진 아니라도 적이 되지 않으리라 믿어 끌어들였던 이 남자가 망친 모든 것이 모욕적으로 와닿았다. 속에서 무언가 화산처럼 뜨겁게 치밀어 올랐다.

"그거 아니? 나 너희 집에 처음 들어와 봐."

"나가라고 했어."

"네가 이렇게 무너진 것도 처음 보고."

"주이진."

"꽤 볼 만한 것 같기도 해. 네 이런 얼굴……."

김언혁은 무표정하게 독 오른 이진의 표정을 응시했다. 그는 관자놀이부터 머리뼈까지 손가락으로 쓸어 올리며 느지막이 몸을 일으켰다. 그리고 여전히 바닥에 주저앉아 있는 그녀를 싸늘하게 내려다보았다.

"그래서, 어때? 평생소원대로 형제들을 밀어내고 대표 자리에 앉은 소감은?"

주이진이 이를 악무는 것이 보였다.

"네가 검찰에 넘긴 비리 자료에 명주까지 얽혀 있어서 고맙게 됐지. 덕분에 쉬웠어."

"그래, 네 남편은 정신 병원에 수감돼서 홀로 독식할 수 있으니 욕심 많은 너에겐 더할 나위 없이 기쁜 일이지."

"……."

주이진이 뒤늦게 분에 찬 동작으로 일어섰다. 흐트러진 머리칼을 정돈하는 손길이 미세하게 떨렸다. 김언혁은 이진의 손목을 붙잡아 당겼다. 불길이 치솟은 눈동자가 맞부딪쳤다.

"애는 안타깝게 됐어."

순식간에 주이진의 얼굴이 엉망으로 망가졌다. 기형아를 출산했다는 소식은 무척 인상적이었다.

"네 죄에 대한 벌을 아기가 대신 받아서 유감이야."

진심이었다. 주이진은 한순간 폭발할 것처럼 부들대다가 이내 언혁의 손을 뿌리쳤다. 흥분한 숨을 고르듯 눈을 길게 감았다 뜨더니 이윽고 입꼬리에 삐딱하게 미소를 걸었다.

"글쎄. 그럼 네가 가장 벌을 받고 있는 거 아니겠어?"

주이진은 그 말을 끝으로 홱 뒤돌아 아파트를 나갔다.

벌이라……. 언혁은 그 말에 가슴 깊이 동감했다. 외조부가 그에게 준 기한은 2년이었다. 2년 안에 언혁은 모든 것을 정리하고 그 밑으로 들어가야 했다. 벌써 주어진 시간의 반이 지나가고 있다. 새희가 그 시간 안에 깨어나지 못한다면 자신은 아마도…….

김언혁은 악보를 들고 피아노 앞으로 갔다. 의자에 앉아 굳어터진 손목을 휘돌렸다. 얼마만의 연주인가. 그동안 자신이 피아니스트라는 것도 잊은 채로 살았다. 악보를 눈으로 먼저 훑았다. 차라리 차에 치여 박살 나는 게 낫겠다는 생각이 들 정도로 힘겹게 읽어 냈다.

언혁은 이 곡을 어떻게든 연주하고 싶으면서도 죽도록 연주하고 싶지 않기도 했다. 그러나 연주하지 않으면 새희가 피와 눈물로 지은 곡이 무용지물이 된다. 이 곡을 누구보다 원한 사람은 그였다.

김언혁은 집중하기 위해 눈을 감았다. 그 어떤 때보다 떨리는 손끝을 건반 위에 내려놓았다. 기억하다 못해 자신과 한 몸이 된 〈파반느〉의 앞부분을 연주하기 시작했다. 이 음에 얽힌 새희의 눈빛과 손짓과 냄새와 목소리에 이입하고 싶지 않은데도 송두리째 이입되었다.

그는 순식간에 음의 향연에 휘말렸다. 늘 허망하게 끊겼던 부분 뒤를 처음으로 이어 연주했다. 그러나 그 순간부터 도무지 제대로 연주를 이어 갈 수가 없었다. 온 마음이 갈가리 찢어지는 처절함이 손끝으로 전달되었다.

언혁은 어금니를 악물었다. 그러나 감정의 통제를 벗어나는 지점으로 그를 산산조각 낼 듯이 영혼을 바친 멜로디가 꽂혀 들었다.

'보고 싶었어요. 보고 싶었어요…….'

나를 그리워하고.

'나, 나는 괜찮아…… 이대로 살아도 괜찮아. 당신이 내게 선물해 준 기억만으로도 나는…….'

나를 밀어내고.

'내가 지켜 줄게, 이제…… 아무 것도 당신을 건드리지 못하도록 내가…….'

나를 지켜 내고.

'사랑해…….'

나를 사랑하는…….

마지막 구절을 휘젓는 언혁의 손가락이 결국 부서지듯 추락했다. 병증과도 같은 여운에 피가 빠져나갔다. 극악하게 내몰린

구석에서 이토록 절박한 음들을 끄적이고 목을 매러 간 거다.

이 곡은 새희의 유서였다. 오직 그에게만 남겨 놓은 죽음의 말로다. 새희의 유서를 손으로 말아 쥐고 언혁은 심장이 육신대는 육신을 내떨었다. 자신의 심장이 뛴다는 것에 가슴이 새까맣게 문드러졌다. 살아 있다는 사실에 말이다.

이마저 완성하고 잠들었으니 생에 남은 미련 한 점 없겠구나. 이미 잘게 분해되었던 희망이 부스러기도 흘리지 않고 갈려 나간다.

언혁은 악보를 다시금 찬찬히 들여다보았다. 조악한 필체에 늑골 속으로도 고통이 지나갔다.

"어쩐다."

언혁은 자신 없이 중얼거렸다.

"약속은 못 지킬 것 같은데……."

* * *

새희가 잠든 지 354일째 되는 날.

첫눈이 내렸다.

김언혁이 자살을 결심한 날이었다.

* * *

김언혁은 일어나서 아침 운동을 했고, 식사를 했고, 피아노를 쳤다. 별다를 거 없이 평연한 하루의 시작이었다.

그는 자신의 침대에 누워 있는 새희를 물끄러미 내려다보았다. 그리고 만년필을 내려놓았다.

* * *

눈이 쏟아붓고 있다. 언혁의 담뱃불에도 눈송이 하나가 닿았다. 난간 너머 세상이 그야말로 순백이다. 저토록 새하얗고 차가운 것에 뒤덮인 세상 속에서도 누군가는 화상을 입고 있을 것이다. 가혹하게 타오르는 태양 빛 아래에서도 눈시울이 시려 오듯.

어느 날의 뼈를 에이는 차가움이 어떤 이에겐 목 메이는 뜨거움이 되는, 이는 결국 삶의 온도를 망각시키는 고통이다. 단지 그립기만 했다면 어떻게든 버텨 냈으리라.

'당신은 여자를 병신으로 만드니까…….'

'당신이 지나쳐 간 여자는 모두 폐허가 되니까…….'

문득문득 떠오르는 저주는 예고 없이 숨골을 베고 갔다. 언혁의 시선이 흩날리는 눈발 사이를 거닐었다. 함께 보았으면 좋았을 것이다.

"준비 다 됐어."

베란다 문이 열리며 성의준이 통보했다. 언혁은 담배를 꺾으며 안으로 들어갔다. 새희가 잠든 침대 주위로 성의준을 포함한 의료진 몇몇이 긴장한 얼굴로 서 있다. 그들은 모두 새희의 죽음을 지켜볼 눈들이었다.

언혁은 일부러 의준에게 사람을 모을 것을 요청했다. 지금껏 뭇 시선을 피해 웅크리기만 하며 살아온 새희의 마지막 순간은 적어도 적적하지는 않았으면 하는 바람이다. 그러다 문득 그 바람이 우스워 입술이 비틀렸다. 아무리 찬란하게 꾸민다 한들 이 세상에 쓸쓸하지 않은 죽음이란 존재할 수가 없거늘.

김언혁은 거사를 치르기 전에 욕실로 들어갔다. 손을 깨끗하게 씻고 물기 없이 닦아 냈다. 욕실에서 나가자 성의준의 안색이 한층 곤란한 빛을 띠고 있었다. 체감하지 못했지만, 시간을 오래 잡아먹은 모양이다. 언혁은 별 미안한 기색 없이 침대 끝에 가로섰다.

새희는 그 결정을 번복하지 말라고 북돋워 주듯 안온한 얼굴이었다. 의식 없는 은새희를 병실에서 자신의 집으로 옮겨 왔을 때 의사들은 혹여 갑자기 쇼크가 오면 대처가 늦을 수도 있을 거라 걱정했지만, 그는 그다지 두려워하지 않았다.

이 생에서 새희는 스스로 죽지 않는다. 언젠가 확신한 그때부터 어쩌면 이날이 올 것을 예상한 걸지도.

이 막연한 기다림의 끝은 상이 아니라 벌이 될 것이다. 살아 있어도 살아 있지 않은 삶 속에서 기약 없이 기다리기에 자신은 너무도 오연하고 매정한 사람이었다. 끝 모를 부재를 견딜 바에야 차라리 나란한 죽음을 준비하는 그를 새희가 원망하지 않기를 바랄 뿐이다. 이미 원망하지 않는다고 확신했기에 결정할 수 있던 것이지만 말이다.

혼자 살아 있는 게 슬프다고 아이처럼 조르면 지옥의 문턱에서 팔을 벌리며 웃어 줄 여자였다. 그를 보자마자 미안하다며 얼굴을 적시고 목을 끌어안아 올. 그럼 나는 어찌할 수 없이 마주 웃으며 그 가는 몸을 껴안을 수밖에 없다. 그러니까 이 선택은 나의 이기심이며 나약함인 한편, 현명하며 합당한 마무리라고 볼 수 있다.

"김언혁."

낮은 부름에 언혁이 고개를 들었다. 의준은 뒷말 없이 가만히 응시해 왔다. 진정 재고할 생각은 없는 거냐는 눈빛이었다. 내려앉은 정적 속에서 의준은 그의 확고한 뜻을 읽어 냈다. 성의준은 곁의 조수에게 진행하라는 듯 신호를 보냈다. 여자는 스텐 트레이 안에 가지런히 누운 주사기를 꺼냈다. 성의준은 미치겠다는 듯 뒷머리를 손바닥으로 마구 털어 냈다.

"내가 너 때문에 가운 벗는 걸로 모자라 징역 살아야 할 짓을 두 번이나 저지른다."

성의준이 말끄트머리에 욕설을 읊조리는 그때였다. 쾅쾅! 느닷없이 현관문을 부서져라 두드리는 커다란 소리가 났다. 이어 고함이 고래고래 퍼부어졌다.

"문 열어! 문 열라고!"

모를 리 없는 음성이었다. 성의준이 가히 지은 죄가 있다는 양 난색을 보였다. 하여간 비밀 없는 사이좋은 남매였다. 성나라는 연이어 주먹으로 문을 세차게 때리며 날카로운 음성으로 소리쳤다.

"문 열란 말야! 이 미친 새끼. 김언혁, 너 정말 미쳤어?! 대체 무슨 자격으로…… 무슨 자격으로 네가 남의 생을 끝내. 어?!"

이러지도 저러지도 못하고 눈만 굴리던 성의준이 듣다 못 해 나가려는 듯 몸을 움직이는 걸 언혁은 눈빛으로 저지했다. 듣고 있어도 상관없는 내용이었다.

"이모를 그렇게 보낸 건 이해했어. 이모는 죽지 못해 사는 사람이 된 지 오래였으니까. 억지로 숨을 붙여 놓고 둘이 서로를 고문하듯 살고 있던 거였으니까! 근데 언니는…… 아직 모르잖아. 어찌 될지 아무도 모르는 일이잖아. 왜 멋대로 끝내려고 해. 오빠 생이 아니라 언니 생이라구!"

언혁은 그의 눈치만 보고 있는 의준의 조수에게 말했다.

"마취하세요."

성나라는 끄떡없는 무반응에도 굴하지 않고 아득바득 외쳤다.

"오빠가 신이라도 돼? 어쩌면 그렇게 오만해. 독단으로 언니를 죽이고 따라서 오빠도 죽고…… 그럴듯하게 미래를 내다본 것처럼 말하지만 솔직해져 봐! 사실은 편해지고 싶은 거지? 도저히 견딜 수 없어서 포기하는 거지? 단지 이 순간의 고통을 이기지 못해서 오빠는 언니를 데리고 죽으려는 거야!"

하얗고 마른 손목으로 주삿바늘이 부드럽게 꽂혔다. 언혁은 습관적으로 새희의 표정을 살폈다. 제가 나서서 죽이는 와중에도 삶의 기적을 꿈꾸는 스스로가 한심했다. 그럼에도 새희의 얼굴이 조금이라도 움찔하는 기색이 보일까 시선을 떨어뜨릴 수가 없었다.

"거기 있는 모두가 다 미쳤어! 성의준, 넌 의사도 아니야. 어떻게 이런, 이런…… 일을 아무렇지 않게……."

기어이 털썩, 바닥에 주저앉는 소리가 들리더니 애걸하는 울음소리가 문을 타고 넘어와 집 안을 울렸다.

"오빠…… 조금만 더 견뎌 봐…… 혹시 모르잖아, 제발……."

요란한 통곡에 분위기는 검은 장막이 드리운 것처럼 암담해졌다.

감정에 동화된 듯 울적해진 얼굴들 사이에서 언혁은 태연하게 다음 단계를 이행하라고 눈빛을 보냈다. 뒤늦게 정신을 차린 조수가 새로운 주사기를 들었다.

"이 주사를 놓으면 심장 박동이 멈출 겁니다."

설명을 마친 여자가 치켜든 주삿바늘이 그 순간 빛이 반사된 것처럼 망막에 날카로이 비쳐 들었다. 그는 바늘 끝이 서서히 손목으로 향하는 광경을 차분하게 지켜보았다.

일 분도 안 되는 시간 안에 새희는 떠날 것이다. 뒤따라 그도 갈 것이었다. 그래, 그렇게 형벌 같은 생을 끝내고…….

'아니, 싫어…….'

완전히 죽고서 다시.

'나랑 같이 있자…….'

다시…….

주삿바늘이 눈처럼 하얀 새희의 피부에 닿았다. 그래, 닿았다. 아니, 닿아서는 안 된다.

"멈춰……."

언혁의 입술이 떨렸다.

"멈추라고!"

와장창! 무언가 쓰러지고 깨어지며 주위에서 경악하는 비명이 터졌다. 너무도 순식간에 일어난 일이었다. 그는 자신이 무슨 행동을 취했는지, 취하고 있는지 전혀 인식하지 못했다. 바닥으로 떨어진 주사기를 밟고서 언혁은 무릎을 굽히며 앉았다가 다시 일어나 머리를 쥐어뜯었다가 핏발 선 눈으로 새희의 숨을 확인했다가 제정신이 아닌 것처럼 발작했다.

그 파괴적으로 흐트러진 모습에 지켜보는 이들은 숨소리도 내지 못하며 압도당했다. 내도는 공기가 폭력으로 보일 만큼 공간마저도 그의 고통에 휘청거리는 듯했다.

그렇게 폭렬한 몇 분이 흘러갔을까. 침대 시트에 얼굴을 처박고 헐떡이던 언혁이 마침내 천천히 얼굴을 들었다. 찰나 그의 선택으로 숨이 끊길 뻔했던 새희의 얼굴을 마주하자 김언혁은 자신이 얼마나 말도 안 되는 짓을 할 뻔했는지 자각되었다. 언혁의 입술에서 헐겁게 바람이 빠졌다.

널 죽이려고 하다니. 미쳐도 단단히 미쳤던 게 아닌가. 그런 게 가능할 리가 없는데.

"김언혁……."

성의준이 한없이 조심스럽게 다가왔다. 언혁은 그대로 침대에 털썩 앉아 새희의 이마를 손가락으로 부드럽게 쓸어 만지며 말했다.

"다 데리고 가. 문 뒤에 네 동생까지."

무슨 말이든 건네고 싶어 죽겠다는 얼굴을 하고서도 의준은 언혁의 말을 착실히 따랐다. 사람들이 가고 난 자리엔 가까스로 당도하지 못한 죽음의 여운이 목을 조르듯 떠다녔다.

언혁은 새희의 손바닥을 펼쳐 온기 없는 뺨에 붙였다. 더욱 깊이 밀착되도록 잡은 손등을 꽉 쥐고 얼굴을 기울였다. 너무도 당연한 것을 몸소 겪으려 들고 나서야 깨달은 자신이 죽이고 싶을 만큼 어리석을 뿐이다.

"새희야."

그러나 네가 죽지 않고, 너를 죽일 수 없다면 나 또한 살아야겠지. 네가 살아 올 때까지든, 죽을 때까지든 그 마지막 종결을 기다리는 수밖에 없다. 애초에 나에겐 그 수밖에 없었던 것이다. 너의 부재 이후 자살도 사치인 생이었으므로.

"피아노 쳐 줄까?"

그는 뺨에 닿은 손가락을 입술로 미끄러뜨리며 속삭였다. 답 없는 사랑에게 두어 마디 더 속삭였다. 내게 남은 건 불행과 비극뿐일지라도 너의 숨에 종교처럼 맹신하겠다고.

그리하여 살아 있겠다고. 살아 보겠다고.

* * *

나는 슬프도록 가볍게 걸었다. 앞서 걷는 엄마의 걸음을 흉내 내는 것이었다. 나비 무늬 원피스 자락이 춤을 추듯 나풀거렸다. 나는 그 모습이 간지러워 웃었다. 웃다가 엄마가 보이지 않아 울었다. 눈물이 흘러 강을 이루었고 그 강이 바다가 되었다.

나는 집채만 한 파도에 떠밀리다 해변가에 도착했다. 맨발로 모래사장을 거닐었다. 석양빛이 그네를 타듯 흔들리며 비추어 들었다. 걸어도 걸어도 발끝에 무늬처럼 새겨진 해의 번짐은 그대로였다.

나의 시간은 한없이 보류되었다. 나는 아무 곳과도 멀어지지도 가까워지지도 않았다. 그저 이대로 적막한 무덤이 될 것만 같았다.

'희야.'

어디서 부르는 것일까. 따듯한 음성이 물결처럼 옷자락을 휘감아 끌어당겼다. 나는 부름에 따라 돌아보았다.

'엄마한테 와야지.'

엄마는 열 걸음 정도 떨어진 해안에서 웃으며 팔을 벌리고 있었다. 먼저 간 줄 알았더니 언제부터 뒤에서 나를 좇고 있었을까. 엄마와 나의 간격 사이로 바람이 불었다. 그 바람을 타고 떠내려가듯 걸었다.

엄마의 품에 안겼을 때, 슬픔이 나의 목구멍까지 가득 적셨다. 엄마는 가만가만 우는 나의 머리를 쓰다듬어 주었다.

'우리 예쁜 희. 사랑하는 희…….'

엄마의 말마디마다 다정한 아픔이 흘러내렸다.

'그동안 얼마나 힘들었을까…….'

나는 엄마의 품에서 한참 울음을 삭였다.

'희는 너무 예쁘고 실수투성이라, 희를 아프게 하는 사람들이 많았을 거야.'

그랬던가. 그랬던 것 같다. 나를 아프게 하는 사람들은 몹시도 많았었다.

'미움만큼 일생을 좀먹는 감정은 없어. 엄마는 희를 자유롭게 해 주고 싶었어. 가녀린 생에 그늘이 끼게 하고 싶지 않았어…….'

엄마는 자신의 잘못된 선택을 고해성사하듯 속삭였다. 나는 듣고만 있었다. 듣고만 있는데도 내 생애 낀 그늘이 욱신거려서 몸 전체가 욱신거렸다.

'엄마가 데리러 오길 기다렸니?'

나는 그 물음에 고개를 적극적으로 끄덕거렸다. 엄마가 석양빛을 받아 아름답게 웃었다.

'그래, 그러면 같이 가자.'

엄마의 손이 작은 손을 감싸 쥐었다. 나는 엄마와 함께 어느 시절 위를 걸었다. 걷는 동안 나의 손발이 커지고 다리가 길어졌다. 이토록 커 가는 나의 옆에 엄마의 모습은 자로 잰 듯 변화가 없었다.

숱하게 걸었는데도 여전히 하늘은 노을에 물들어 있었다. 시간이 도돌이표 사이를 흐르는 것 같았다. 이제 그만 떠나고 싶었다. 엄마는 그런 나의 초조한 얼굴을 보더니 온화하게 웃었다.

'가도 되겠니?'

엄마는 마치 준비물을 확인하듯 물었다. 나는 곰곰이 떠올려 보았다. 내가 이 삶에 빠뜨린 것. 채우지 못한 것. 버리지 못한 것…….

그런 건 없었다. 빈집 같은 내 삶에 내가 아닌 다른 무엇이 남아 있을 리는 없었으므로. 나는 고개를 끄덕였다. 끄덕이다 말고 희미하게 흘러드는 음에 멈칫했다.

'피아노 소리…….'

엄마는 들리지 않는다는 듯 의문스러운 얼굴을 했다. 아니…… 그런 거짓말을 하고 있는 얼굴이었다. 나는 주위를 두리번거렸다. 아무도 보이지 않건만 멜로디는 점점 더 선명해지고 있었다.

수두룩하게 쏟아지는 선율에 태양이 조금씩 기울었다. 온 세상이 나의 눈을, 귀를, 영혼을 깨우기 위해 연주하고 있었다.

무뎌졌던 감각이 열리자 감정이 소용돌이쳤다.

왜 이제야 느낀 걸까. 이리도 찌르듯이 선명하거늘. 얼마나 오랫동안 당신은…….

'피아노를 치고 있어…….'

엄마는 나의 얼굴에 폭포수처럼 쏟아져 내리는 눈물을 바라보았다. 나는 엄마의 손을 놓았다.

'그 사람이 치고 있어…….'

내가 비어 버린 삶에서도 홀로 남아 나를 기다리고, 기도하며…….

'희야.'

엄마는 슬픈 미소를 지으며 물었다.

'정말 안 갈래?'

나는 다시 한번 부드럽게 내미는 엄마의 손을 쳐다보았다. 그리고 고개를 저었다.

'응.'

바람에 휘날리는 치맛자락이 엄마의 몸을 덮고 얼굴을 덮었다.

'안 갈래.'

새희는 환하게 웃었다.

* * *

새희는 눈꺼풀을 들어 올렸다. 깜빡, 깜빡. 두 번의 깜빡임에 모호한 시야가 명료해졌다. 몇 겹의 시간 동안 자신의 몸을 적신 눈빛과 감정이 깨어남으로써 속속들이 밀려들었다. 되뇌고 되뇌어도 모자랄 깊이와 무게의 애상이.

조금은 불확실하고 어지러운 상태로도 너무도 역력하게 느껴졌다. 마음 구석구석 누수가 일어난 것처럼 흘러내리는 이 기분을 당장 표현할 수 없어 안타까움이 범람했다.

익숙한 천장과 익숙한 감촉을 지나쳐 익숙한 그를 눈길로 찾았다. 느린 시선은 피아노 의자 위에 앉은 그를 마침내 발견했다. 팔을 뻗으면 닿을 거리보다 먼 거리였다.

창에서 넘어 들어온 빛살이 그의 외양을 탐했다. 너른 어깨, 탄탄한 허리, 절대 휘어지지 않을 듯한 곧은 자세까지…… 돌아보지 않아도 첫눈에 가슴을 뒤채게 하는 피아니스트의 뒷모습에 새희는 한 번의 횟수를 더하며 사랑에 빠졌다.

〈파반느〉는 들었던 연주 중 가장 부드럽게 연주되고 있었다. 지나치게 몰입하지도, 너무 가볍지도 않게 흐르는 자신의 곡이 그의 손에서 보듬듯 다정하게 피어났다. 그의 이름을 불러 자신을 돌아보게 하고 싶은 마음이 뒤편으로 물러났다.

새희는 잠시 그의 연주를 감상했다. 그러나 늘 멈추던 어느 구간에서, 그의 손가락이 멈췄다.

새희는 이진이 결단코 약속을 어기지 않을 사람임을 알고 있었다. 그가 이미 이 곡의 마지막까지 연주해 본 적 있다는 것도 어떠한 직감으로 알 수 있었다. 단지 그는 치지 못하고 있는 것이었다.

매끈한 어깨가 살짝 떨리는 것을 보았다. 가슴이 미어졌다. 새희는 힘겹게 팔을 들었다. 손끝으로 더듬는 그의 형체가 떨다 못해 경직했다. 그는 어떠한 기척을 느낀 듯했다. 어쩌면 새희가 눈을 떴을 때부터 느꼈을지도 모른다.

그러나 그는 돌아보지 않았다. 이미 이런 기대 어린 착각에 수없이 빠져들었다가 무참히 부서져 온 듯이…… 새희는 그를 돌아보게 하고 싶었다. 맨 처음 당신이 내 마음의 빗장을 풀어헤치며 들어온 그 순간처럼…….

"끝난 건가요?"

형편없이 쉰 목소리가 새어 나갔다. 그의 전신이 완전히 굳었다가 이윽고 천천히, 신중함을 장착하고 새희를 향했다. 절벽 같은 눈과 마주쳤다. 진실을 가늠해 보듯 바라보는 눈빛은 참을 수 없이 슬픈 눈이었다.

새희는 그의 슬픔을 녹여 주기 위해 울지 않고 웃었다. 그에 못 버티듯 김언혁의 눈매가 휘었다.

"아니."

그가 일어나 다가왔다. 다가와 침대에 앉았다. 새희의 손을 맞잡으며 세상에서 가장 다정하게 물었다.

"잘 잤어?"

새희는 그와 같은 목소리로 답했다.

"응."

김언혁은 새희의 손에 무너지듯 뺨을 묻었다.

"이제 그만 잘래……."

그에게 잡힌 손이 젖어 들었다. 새희는 감격이 맞닿은 순간으로 하얀 빛살을 들여보내는 창문 너머를 응시했다. 바람을 타고 들어온 햇빛이 노래를 부르는 것 같았다. 삶의 노래. 살아 있음을 축복하는 노래.

그토록 가난하고 음울했던 삶에 무심코 들어선 그를 사랑하느라 열렬했다. 열렬함 뒤에 빈약한 자신에 대한 죄책감이 수초처럼 자라나는 걸 억지로 외면했다. 결국, 감당할 수 없이 커진 그것을 떠안고 희생하듯 그를 떠났다.

성급했으므로 격렬했고, 어설펐으므로 맹목적이었다. 잠든 시간 동안 감히 헤아릴 수 없는 고통을 치르며 자신을 지켜 준 그를 보며 깨달았다. 너무도 아픈 방식으로 그를 사랑하고 있었다는 걸. 깨달은 뒤엔 맹세했다.

당신을 사랑하는 만큼, 나를 사랑하겠노라고. 그리하여 당신과 나의 다가올 삶, 지난 삶마저도 사랑할 것이라고…….

파반느 完

side track. carousel

희가 나를 처음 바라보던 눈을 기억한다.
나는 그 눈을 평생 잊을 수 없을 것이다.
그 눈을 지우지 못해 내 생은 버려진 것이다.
희에게서도, 나에게서도.

* * *

"만지면 아파?"

희가 팔목에 부풀어 오른 화상 자국을 조심스럽게 쓰다듬으며 물었다. 보통 때보다 흥분한 원장이 분을 이기지 못해 뜨거운 물을 부었을 때, 그 악마 같은 행동보다 반사적으로 자신을 보호하려고 달려든 희의 몸짓에 심장이 내려앉았다.

화장실로 달려와 서로의 팔과 다리에 급히 찬물을 쏟아부었지만, 폭력의 잔흔은 이미 선명하게 기록된 뒤였다. 희가 미약하게 건드리는 손길에도 피부가 따가웠다. 하지만 은석은 내색하지 않았다. 그보다 희의 다리에 남은 화상 자국이 더욱 보고 있기에 아팠다. 화장실 구석에 쪼그리고 앉아서 희가 하듯이 그곳을 쓸어 주었다.

"나한테 다 부었음 좋았을 텐데……."

희의 눈에 눈물이 고였다. 작고 하얀 손이 은석의 멍든 뺨을 어루만졌다. 그 손도 축축이 젖어 갔다. 서로의 상처를 어루만지며 이마를 맞댔다. 희도 같은 생각을 하고 있다는 건 말하지 않아도 알 수 있었다.

우리는 언제나 같은 생각을 하고 같은 감정을 나누고 같은 아픔을 동반했다. 다른 몸으로 태어난 하나의 영혼이라고 믿어 의심치 않았다.

"전화 받고 웃으면서 뛰어나갔으니까 돌아오면 기분 좋겠지?"

보육원 후원자 중 한 명의 전화였으리라. 그날엔 여느 때와 달리 언행이 관대해지는 사람이었다. 그렇다면 오늘치 고통은 이것으로 끝일 것이다. 운이 나쁘지 않다면 말이다.

"은석아, 돌고래 본 적 있어?"

"아니."

희가 돌연 씩씩한 어투로 물었다. 은석은 벌써 기분이 좋아지는 것 같아서 눈물을 삼키고 웃었다.

"우리 엄마가 말해 줬는데, 돌고래들은 원래 육지에서 살았대. 다리도 있었는데 물속으로 되돌아가면서 다리가 지느러미가 되어 버린 거래."

손을 쭉 펴서 돌고래가 물속을 헤엄치는 모습을 흉내 내는 희의 눈빛이 반짝반짝했다. 은석은 그 빛에 삼켜지고 싶다고 생각했다. 희가 사랑스러웠다.

"땅 위에서 사는 것보다 물속이 더 좋았나 봐."

"그럴지도 모르겠다."

물속은 따듯하고 아늑할 것 같으니까…… 은석은 돌고래를 실제로 본 적도, 어떠한 매체로 접한 적도 없어 상상하는 것조차 어려웠다. 그러나 아주 아름답고 윤이 나는 동물일 것 같았다. 희의 눈빛이 꼭 그러했기 때문이다.

"다음에 꼭 바다에 같이 가자."

희가 새끼손가락을 내밀며 말했다. 가슴이 벅차올랐다. 어째서 희와 함께하는 매 순간이 이렇게 벅차오를까. 은석은 내민 손에 자신의 손가락을 마주 걸었다.

"응. 같이 가자."

"꼭이야."

"응. 꼭이야."

희가 웃었다.

희가 나를 보며 웃었다. 그토록 하얗게…….

* * *

총성 같은 빗소리가 꿈을 갈랐다. 반사적으로 힘이 들어간 눈꺼풀 탓에 인조 안구를 삽입한 눈 주위가 미친 듯이 아파 왔다. 뒤이어 끔찍한 두통이 잠식했다. 은석은 고통스럽게 신음을 참으며 몸부림했다. 고통이 제법 잦아들었을 땐 온몸이 식은땀 범벅이었다.

은석은 그대로 멍하니 천장을 올려다보고만 있었다. 침대 끝에 누군가 앉아 있는 환영을 보았다. 환영임을 알기에 착각하지 않았다. 착각 속에도 존재하지 못하는 사람의 얼굴이 멀쩡한 눈 위로도 의안 위로도 떠다녔다.

눈물샘이 자극되자 또 한 번 고통이 덮쳐 왔다. 참고 참았던 신음이 기침처럼 튀어나왔다. 방문이 열리며 간호인이 들어왔다. 곧바로 진통제가 투여되었다.

은석은 축 늘어진 채로 끌려 나가듯 식탁 앞에 앉혀졌다. 먹지 않으면 먹여 주는 성가신 행위를 당해야 했으므로 차려진 밥과 국, 반찬들을 의미 없이 수저질했다. 반으로 줄어든 시야 탓에 수저를 몇 번이나 떨어뜨렸다. 자해 행위라도 할까 곁에서 지켜보는 조마조마한 시선들을 두고 식사를 무사히 마쳤다.

정신병원에서 퇴원하고 시간이 얼마나 흘렀는지 모르겠다. 그곳에 갇혀 살았던 때의 기억은 칼날로 벗겨 낸 것처럼 가물가물했다. 누군가의 절망하고 침통한 얼굴과 또 다른 누군가의 무거운 눈빛만이 몇 안 되는 뚜렷이 잔존하는 장면이었다. 그마저도 언젠가는 잊어버릴 듯하다.

상관없었다. 어차피 기억하고 싶은 건 단 하나의 얼굴이었다. 늘 그러했으니까. 늘 그것만이 생에 자신을 붙잡아 둔 거였으니까. 희는 몰랐겠지만.

'너는 단지 내게 상처를 준 게 아니야. 나는 네 방치에 내 삶을 빼앗긴 거야…….'

희는 내게 삶을 빼앗겼다고 했지만 나는 희의 삶을 가져 본 적이 없었다. 그것을 가지고 싶어서 그리도 긴 세월, 희를 지독하게 방치한 것이었는데.

"도련님, 비가 그쳤어요. 잠깐 산책이라도 하시겠어요?"

간호인이 상냥하게 물어 왔다. 은석은 거부하지 않았다. 경호원을 대동한 채로 젖은 잔디를 밟으며 정원을 거닐었다. 뺨에 스치는 바람이 제법 차가웠다.

바람이 차가운 계절이었다. 희가 목도리를 매어 주던 계절. 목도리를 손에 쥐고 다가오던 희의 표정, 움직임 하나하나를 전부 기억한다. 기쁜 듯, 슬픈 듯, 찰나에 영원을 꿈꾸는, 그러다 곧 희망이 물거품처럼 사라지고야 마는…….

연못 앞에 선 회장과 눈이 마주쳤다. 그쪽은 한참 전부터 은석을 보고 있었던 듯했다. 가까워지자 오히려 회피하듯 그는 고개를 돌려 버리더니 허공을 보며 말한다.

"바람이 차다. 외투라도 걸쳐."

퍽 아버지다운 걱정스러운 목소리였다. 곁에 있던 사람 중 한 명이 부리나케 집 안으로 들어갔다. 그 남자는 영리했다. 한쪽 눈을 잃은 아들을 마주할 때마다 아버지는 제 눈이 도려 나간 듯한 고통을 맛보게 될 것이다. 회사를 망치는 것보다 훨씬 깊고 압도적인 고통을 선사한 것이다.

물론 그 남자라면 회사를 망치는 것 또한 포기하지 않으리라. 그렇게 집요하고 잔인한 남자에게 희는 갔다. 그 남자를 지키기 위해 전속력으로 달리는 자신의 차 앞으로 뛰어들면서까지.

집 안으로 들어갔던 사람이 옷을 소중히 감싸 안고 달려 나왔다. 은석의 어깨 위로 코트가 걸쳐졌다. 바라던 대로 따듯하게 갖춰 입었는데도 부친은 가시밭 위에 서 있는 것처럼 고난스러운 표정이었다. 결국, 못 견디겠다는 듯 턱을 굳히더니 은석을 지나쳐 집 안으로 들어가 버린다.

한평생 흔들리지 않고 살아온 사람의 비틀거리는 걸음에서 그가 진정 자식을 사랑하고 있음을 그리하여 괴로워하고 있음을 느꼈다. 그러나 은석은 변함없이 그 사랑이 억지스러웠고 혐오스러웠다.

자신을 데려오지 않았어야 했다. 그랬다면 그의 힘을 빌려 희를 찾아내지도 않았을 것이고, 희를 데려와 헌 신발처럼 처박아 놓지도 않았을 것이고, 그냥 그 보육원에서 학대를 당하다 죽을 수 있었을 것이다. 나의 생은 그렇게 마감될 운명이었던 쪽이 나았다. 희에게도, 나에게도.

"도련님, 이제 그만 들어갈까요?"

은석은 인형처럼 순순히 따랐다. 상태가 이러니 회사 일은 차치하고 평범한 일상생활 자체가 불가능한 수준이었다. 누군가 말을 걸어도 대답하지 않았고, 시키지 않으면 먹는 것도, 씻는 것도, 자는 것도 하지 않았다. 아니, 하지 않는 게 아니라 아예

해야 한다는 기본적인 사고가 돌아가지 않았다.

살아가는 게 성가셨다. 성가신 걸 넘어서는 순간이 오면 습관처럼 자해했다. 자해를 할 때만큼은 무기력하지 않았다. 정신병원에서 나온 직후 자해가 심해지자 신 회장은 다시 입원시키는 방법 대신 희가 눈을 떴다는 소식을 전해 주었다.

거짓말이라고 생각했다. 눈앞에서 희가 돌고래처럼 튀어 올라 추락해 유리창을 박살 내고 피투성이가 된 채 굴러떨어지던 모습을 보았는데 그런 기적 같은 일이 일어날 리 없었다.

그 남자가 왜 자신의 다른 쪽 눈을 파러 오지 않는지 의문이었지만, 언젠가 찾아오리라 확신하며 기다리는 중이었다. 눈알뿐만이 아니라 아예 목을 그어 주면 고마울 것이라 생각하며.

그러나 희는 정말 깨어났다. 주이진이 보여 준 사진 한 장에서 희는 살아 숨 쉬고 있었다. 사람처럼. 아니, 사람답게…….

'잘 먹고, 잘 자고, 잘 웃고 있대요. 새희 씨.'

잘 먹고, 잘 자고, 잘 웃는 희. 그것은 은석이 너무나 원했던 희였다. 은석이 가장 가지고 싶었던 희였다.

* * *

"안녕, 내 남편."

몽롱한 정신 사이로 낯설지 않은 음성이 침투했다. 거실 소파에 앉아 창문 너머를 보고 있던 은석은 시선을 미끄러뜨렸다. 현관으로 이어지는 통로에 주이진이 서 있었다. 눈이 마주치자 웃더니 나비의 날갯짓 같은 걸음걸이로 다가온다.

"또 울고 있네."

눈물을 흘리지 않는데 왜 울고 있다고 말하는 건지.

"저녁 안 먹었죠? 나랑 나가서 먹어."

저녁? 벌써 저녁을 먹어야 하는 시간인 건가. 은석은 이끄는 손길에 따라 움직였다. 주차된 차 뒷좌석에 주이진과 나란히 올라탔다. 주이진은 종종 본가에 방문해 은석과 식사를 하거나 산책을 하거나 그게 안 되면 몇 마디의 대화라도 나누고 갔다. 망가진 남편에 대한 의무감이라도 느끼는 것처럼. 사실상 별거 중에 회사끼리 얽힌 관계가 복잡하므로 이혼이 불가한 상황일 뿐이건만 쓸데없이 성실했다.

부담스럽지도, 불쾌하지도 않았다. 그런 감정이라도 생길 여력이 있었다면 희를 한 번이라도 보러 갔을 것이다. 모든 것을 제쳐두고, 제 눈으로 보기 위해서. 잘 먹고, 잘 자고, 잘 웃는 희를. 단 한 번만이라도.

"양식 먹으러 가요. 스테이크가 일품이긴 한데 은석 씨는 고기가 입에 잘 안 맞으니까…… 대신 문어 요리는 괜찮죠?"

은석의 침묵에도 이진은 아랑곳하지 않고 차 안에서 혼자 끊임없이 말했다. 은석의 시선은 차창 밖 풍경들에 쓸려 나갔다. 아직 해가 지기 전이라 사람들이 움직이는 모습이 자세하게 눈에 들어왔다.

"새희 씨 소식 안 궁금해요?"

문득 치고 들어오는 물음에도 은석은 묵묵부답이었다. 희의 소식이 궁금한가? 아닌 게 맞을 것이다. 희가 이 세상에 살아 있다는 것만으로도 몸속 깊은 곳 어딘가를 갉아먹던 그악스러운 기운이 빠져나간 기분이었지만, 희가 어디서 어떻게 그 남자와 얼마나 즐겁게 사는지 따윈 듣고 싶지 않았다.

이 지경이 되어서도 어떻게 그럴 수가 있느냐고 누군가 묻는다면 뒤이어 답해 줄 수 있었다. 나는 여전히 희가 불행하길 바란다. 내 옆에서 행복하지 못한다면, 영영 결핍을 떠안고 불행했으면 좋겠다. 경악스러워도 어쩌겠는가. 희의 행복을 바란 건 희가 나를 버리고 가기 전까지. 딱 그때까지였으니.

"뭐야, 새희 씨를 언급해도 반응이 없네?"

주이진은 고심하듯 눈매를 좁혔다. 그러다 평연하게 물었다.

"그럼 우리 아기는?"

은석은 차에 탄 이후 처음으로 이진을 쳐다보았다. 주이진의 옆얼굴은 태연했다.

"농담이었는데 재미없었다, 그죠?"

은석은 아이를 한 번도 본 적이 없었다. 주이진이 출산을 할 적에는 정신병원에서 미쳐 있었고, 정신병원에서 나온 뒤에도 주이진은 아이의 머리카락 한 올도 보여 줄 생각 없다는 양 제집에 꽁꽁 감춰 두었다. 그렇게나 태정가 핏줄을 원해 놓고, 피가 섞인 것도 부정할 것처럼 보호와 경비가 삼엄했다. 아이가 정상이 아니라는 사실을 은석이 알게 된 건 그리 얼마 되지 않았다.

"때로는 말이에요, 은석 씨."

조금 지친 것처럼 정면을 향해 있던 주이진의 고개가 은석을 향해 돌아갔다.

"삶이 너무 길다는 생각이 들어……."

목소리에 탄환이 꽂혀 있는 것만 같았다. 이어 조용해진 차가 빨간불에 멈춰 부드럽게 멈춰 섰다. 은석은 다시 차창 밖으로 시선을 향했다. 차도 너머 인도를 따라 많은 사람들이 걸어 다녔다. 웃고 있는 사람, 음악을 듣고 있는 사람, 뛰어가는 사람, 주머니에 손을 넣고 있는 사람, 바빠 보이는 사람, 머리가 긴 사람, 짧은 사람…….

한 사람에 머물지 않고 은석의 시선은 자유롭게 옮겨 갔다. 그러던 순간이었다. 바람처럼 스쳐 가던 은석의 눈길이 어느 사람에게 징처럼 박혔다. 순간 지구가 거꾸로 회전한 느낌이었다. 귀신을, 아니 귀신보다 더한 것을 본 것처럼 은석의 몸이 커다랗게 떨렸다.

희였다. 머리가 많이 길었고, 다리를 살짝 절고 있었지만…… 분명 희였다. 희의 몸을 감싸 안 듯 함께 걷고 있는 그 남자도 있는 걸 보면 희가 틀림없었다.

"문 열어……."

"예?"

"문 열어!"

갑작스러운 고함에 깜짝 놀란 기사가 숨을 들이켰다. 상황 파악이 안 된 이진도 무슨 일이냐며 당혹스럽게 은석의 팔을 잡았다. 은석은 그 손을 뿌리치며 눈에 칼을 세운 채 열라고 소리를 질러 댔다. 서슬에 잡아먹힌 기사가 저도 모르게 문을 열었다. 곧바로 차 문을 열어젖힌 은석이 용수철처럼 튀어 나갔다.

"희야!"

"은석 씨!"

이미 초록 불로 바뀐 도로를 가로지르자 빵! 빵! 클랙슨이 제정신이냐는 듯이 울려 댔다. 은석은 무시하고 소리를 질렀다. 희는 들리지 않는지 건물 입구로 향하고 있었다. 빠르게 지나가는 차들이 앞길을 방해했다. 미쳐 버릴 것 같았다. 정말이지 미쳐 버릴 것 같았다.

"희야!"

은석은 아이처럼 울며 희를 불렀다. 그러나 희는 돌아보지 않았다. 웃고 있었다. 너무나도 환하게. 그 남자에게 안전하고 안온하게 감싸진 채로. 한 번도 불행해 본 적 없었던 사람처럼…….

"가지 마……."

눈물이 터져 나오자 고통이 들이닥쳤다. 참을 수 없는 고통이었다. 은석은 눈가를 움켜쥐고 헐떡이며 걸어갔다. 클랙슨 소리에 고막이 나갈 것 같았지만 멈추지 않았다. 멈출 수 없었다. 희가 저기 있는데. 고개만 돌리면 눈이 마주칠 텐데.

"나 여기 있어……."

희야, 나 여기 있어…… 한 번만, 한 번만 돌아봐.

그러나 은석은 결국 고통을 이기지 못하고 그 자리에 주저앉았다. 은석의 우는 소리가 시끄러운 차 소음에 섞여 들었다. 그 뒤에서 그 모습을 무어라 형용할 수 없는 표정으로 지켜보던 이진은 순간 진동하는 휴대폰을 확인했다. 이윽고 하, 기막힌 한숨을 내쉬고 은석에게 다가갔다.

"은석 씨, 일어나요."

예쁘고 불쌍하고 끔찍한 나의 남편.

"당신 여기 있는 거, 새희 씨는 몰라……."

죽을 때까지. 그 남자가 모르게 할 테니까.

"희야……."

더 이상 보이지 않는 희를 은석은 하염없이 부르며 울었다. 고통도 막을 수 없는 그리움이 목구멍까지 들어차 은석을 부풀어 오르게 했다. 터질 듯한 그리움이었다.

이 그리움을 떠안고서 남은 생애를 살아갈 수 있을까? 아니, 살아갈 수 없다. 그럼 죽을 수는 있을까? 아니, 그럴 수도 없다. 희가 있는 세상에서 죽으면…… 죽고 난 뒤의 세상 속엔 희가 없을 테니까.

'은석아. 돌고래 본 적 있어?'

'아니.'

아파서, 그리워서, 또 아프고, 그리워서…… 은석의 눈물은 멈추지 않았다.

'다음에 바다에 같이 가자.'

'응.'

'꼭이야.'

'응. 꼭이야.'

Special track. For your anemone

피아니스트 김언혁, 은퇴 발표

피아니스트 김언혁이 은퇴를 선언했다. 작년, 다사다난한 스캔들 속에서 순회공연을 화려하게 마쳤던 그의 갑작스러운 은퇴 선언은 세계 각지의 팬들에게 큰 충격과 아쉬움을 남겼다.

그의 은퇴 이유에 관해서는 아직 뚜렷하게 밝혀진 바가 없으나 그가 마지막으로 응한 인터뷰에서 "청중의 욕구를 충족시키는 연주는 완벽해야 한다. 연주자는 무대가 아닌 심판대 위에 오르는 것이다."라고 밝힌 적 있기에 그의 음악적 이상과 극도의 완벽주의자적 성향이 크게 부딪친 게 아닐까 추측하고 있다.

일각에서는 그가 JS 그룹 문종수 회장의 후계자로 내정되어 더는 피아니스트 활동이 불가하다는 추측도 나오고 있다.

올해 연말, 서울 아트홀에서 그의 마지막 고별 공연이 예정되어 있으며 수익금은 전부 유기 동물 보호 센터에 기부될 예정이다.

* * *

"어서 오세요. 오전에 전화 주셨던 분 맞으시죠?"

모니터를 바라보며 집중하는 얼굴이었던 여자가 새희를 발견하고 카운터에서 걸어 나왔다. 고개를 끄덕이는 새희를 여자는 상담실로 이끌었다. 둥근 테이블 위로 가습기가 돌아가며 물이 떨어지는 소리가 났다. 새희는 의자에 앉으며 여자가 건네주는 따뜻한 녹차를 두 손으로 받았다.

여자는 친절한 어투로 이것저것 물으며 편안한 분위기를 만들었다. 종이 위에 끄적인 새희의 엉망인 필체를 유심히 들여다본 여자가 연필을 쥔 자세를 고쳐 주며 짧게 몇 마디 첨언했다. 여자의 가르치는 태도와 목소리, 새희를 바라보는 적당히 사무적이고 신중한 눈빛까지 다 마음에 들었다. 굳이 다른 곳을 더 가 볼 필요는 없을 듯했다. 새희는 그 자리에서 신청서를 작성했다. 인적 사항을 꼼꼼히 채워 넣는 새희를 바라보며 강사가 말했다.

"수업은 주 2회, 요일은 고르시면 되고요. 50분 정도 진행될 거예요. 시간대는 오후 2시, 5시, 8시 이 중에 자유롭게 오시면 되세요."

"월요일, 수요일로 할게요."

"오늘부터 시작하시겠어요?"

"아니요, 다음 주부터⋯⋯ 아, 지금 결제할게요."

차 안에서 기다리고 있는 그를 상상하니 마음이 약간 조급해졌다. 따라 들어오고 싶어 하는 그를 겨우 달래 놓고 온 터라 입술이 말랐다. 새희는 그가 손에 꼭 쥐여 준 카드를 내밀고 먹기 좋게 식은 녹차를 단숨에 비웠다.

강사는 새희가 적어 낸 신청서를 흘끗 확인하고 컴퓨터에 이름과 나이와 주소지를 옮겨 적었다. 이름을 잘못 확인한 듯, 화면에는 '은새희'가 아니라 '은세희'로 입력되어 있었다. 그러나 강사가 자리에서 일어나며 타이밍을 놓쳐 새희는 말을 하지 못했다.

배웅하려고 입구까지 따라온 강사가 문을 당겨 열어 주며 말했다.

"그럼 세희 씨, 다음 주부터 뵐게요."

웃는 얼굴은 빈틈없이 싹싹했지만, 새희는 우뚝 멈춰 섰다. 머뭇거리다 이윽고 입을 열었다.

"저기⋯⋯ 선생님."

"네?"

"세희가 아니라 새희예요."

강사는 이해를 못 했는지 고개를 갸웃거렸다. 새희는 부드럽게 미소 지었다.

"어이가 아니라 아이."

* * *

악필 교정 학원에서 나와 한정식집에서 언혁과 저녁을 먹은 뒤 집으로 돌아왔다. 그는 집에 들어서자마자 새희를 안고 욕실로 들어갔다. 피부가 흐물거릴 때까지 따뜻한 물로 채운 욕조 안에서 그와 노닥거렸다. 그가 잔뜩 사다 놓은 욕실 장난감들은 유아용임에도 불구하고 민망스러울 만큼 갖고 노는 재미가 있었다. 노란 오리가 꽁지를 흔들어 대며 물 위를 재빠르게 달렸다. 새희는 그것을 보며 웃었고 그는 그렇게 웃는 새희를 느슨한 눈으로 구경했다.

김언혁은 새희의 머리를 말려 주었고, 빗겨 주었고, 로션을 발라 주었다. 뒤이어 새희도 그를 똑같이 따라 했지만, 영 엉성했다. 언혁의 얼굴을 어색하게 문지르는 손짓에 "이쪽도." 하며 오른쪽 뺨을 들이미는 그가 귀여웠다.

높은 콧대와 매끄러운 피부는 보아도, 보아도 심장이 터져 나갈 것 같았다. 탐닉하는 눈을 눈치챈 그의 눈빛이 야릇해졌다. 금방 씻고 나왔는데 목덜미가 끈적거리는 듯했다. 키스할 것처럼 다가온 그의 입술은 이마와 코끝에 짧게 부딪힌 뒤 떨어졌다.

이어 그는 꿇어앉듯 앉아 있는 새희의 다리를 보고 발목을 당겨 쭈욱 펴게 했다. 접지 말라는 듯 새희의 콧방울을 툭 치고 일어난 그가 찜질 팩을 데워 왔다. 종아리 밑으로 따끈따끈한 팩을 받치고 다리를 힘을 조절해서 주물렀다. 낮과 밤을 가리지 않고 새희의 다리에 저보다 신경을 곤두세우고 심혈을 기울이는 그의 모습이 이제는 익숙하게 느껴질 정도였다.

"오늘은 한 번도 안 저렸어?"

"응."

1년이 넘는 시간 동안 잠들어 있다 깨어난 직후 새희의 다리는 신경이 석고처럼 굳어서 움직이지 않았다. 새희는 다리를 못 쓰게 된 것에 대한 슬픔보다 그의 짐이 되었다는 사실에 절망했었다.

다시 걸을 수 있게 된 건 재활 운동을 한 지 4개월이 넘어섰을 때부터였다. 반년을 투자한 끝에 마침내 버팀목에 의지하지 않고도 두 발을 내디딜 수 있게 되었고, 가볍게 뛰는 것도 가능해졌다.

그가 있었기에 견뎌 낼 수 있는 시간이었다. 새희의 다리가 쓸모없게 되었음에도 살아서 움직인다는 것만으로 황홀해 죽겠다고 일분일초마다 속삭이는 그의 눈빛이 아니었다면 결단코 그 공포스러운 시간을 감내하지 못했으리라.

"우리 케이크 사 온 거…… 지금 먹자."

이대로 놔두면 동이 틀 때까지 자신의 다리만 주무르고 있을지도 모를 그의 관심사를 전환했다. 잊고 있었다는 듯 턱을 든 그가 현관 앞에 던져 놓다시피 놔둔 케이크 상자를 들고 주방으로 갔다. 새희는 샤워 가운을 여미고 걸어가는 그를 흘끔거리며 덕분에 뜨끈하게 말랑해진 다리를 조몰락거렸다.

김언혁은 트레이 위에 케이크 조각을 예쁘게 접시에 담아 가져왔다. 호텔 제과점에서 사 온 망고 생크림 케이크였다. 새희가 요즘 푹 빠져 있는 디저트라 외출만 했다 하면 꼭꼭 사 오고 있었다.

새희는 순식간에 한 조각을 먹어 치웠다. 곧바로 두 번째 조각을 포크로 썰 듯이 베는 새희를 그가 물끄러미 바라보았다.

긴 손가락이 새희의 머리카락을 귀 뒤로 넘겼다. 우물거리는 볼에도 손끝이 스쳤다. 지그시 닿아 오는 눈길이 케이크를 둘러싼 크림보다 달았다. 포크를 그에게 내밀자 그의 입술이 착하게 벌어졌다. 케이크를 삼킨 그의 턱이 천천히 움직였다. 이윽고 최악이라는 듯 웩, 하는 인상으로 장난스럽게 그가 미간을 찌푸리며 혀를 내밀었다. 새희가 웃었다.

"맛있는데…… 한 입 더 줄까?"

"응."

그래도 또 달라고 냉큼 입을 벌리는 그 때문에 더 큰 소리로 웃었다. 이후 세 번을 더 그를 먹여 주고 자신도 양껏 먹으며 두 번째 조각까지 빠르게 해치웠다. 새희가 한 조각만 더 먹을까 말까 고민하는 새 그가 뺏어 가듯 트레이를 들어 올렸다.

"더 먹으면 배탈 나."

그러나 새희가 아쉬움이 뚝뚝 묻어나는 눈으로 쳐다보자 그는 단호한 태도를 밀고 나가지 못했다. 언제나 이럴 때마다 제대로 금지하지 못해서 물러지기 일쑤였다. 결국, 새희는 세 번째 조각마저 얻어 냈다. 만족스레 먹는 중 이상하게 뺨이 근지러워 포크를 쥔 손으로 긁으니 뭉글거렸다. 손끝에 크림이 묻어 나왔다. 너무 자연스럽게 닿아 와 몰랐었다. 새희는 그를 빤히 응시했다. 시치미를 떼는 잘난 얼굴에 봐주지 않고 크림을 손가락으로 찍어 묻혀 버렸다.

그도 당하지 않고 크림으로 범벅된 얼굴을 새희의 허리를 붙잡고 뺨에 비벼 댔다. 피하려고 도리질하는 새희의 입에서 웃음소리가 끊이질 않았다. 이토록 간지럽고 평화로운 하루하루였다.

아, 단 한 가지 달라진 점이 있다면. 그는 더 이상 새희의 앞에서 피아노를 치지 않는다.

* * *

- 언니, 여기 너무 추워! 와, 말하는데 입김 나오는 것 좀 봐!

나라의 목소리가 와들와들 떨렸다. 포근한 이불 속에 다리를 넣고 찹쌀떡을 집어 먹고 있던 새희는 괜히 미안해지는 기분이었다. 나라는 취재 때문에 강원도에 내려가 있었다. 다리가 회복된 이후 바빠진 나라의 얼굴을 보기가 힘들었다. 단추 많은 코트와 털장갑을 끼고 동동거리고 있을 나라를 상상하니 마냥 귀여워서 웃음이 나왔다.

- 나 올라가면 내가 전에 말했던 디저트 가게 같이 가. 갓 구운 와플 위에 진한 녹차 아이스크림 얹어 주는데 진짜 죽여. 천국의 맛이라니까.

"응."

맛있겠다…… 이에 쫄깃쫄깃 달라붙는 찹쌀떡을 삼키며 새희는 생각했다.

- 아니다. 그러지 말고, 한번 내려오지? 나 온 김에 엄마랑 좀 있다 갈 건데 김언혁이랑 같이 와서 놀다 가.

말하고 보니 좋은 생각이라는 듯 나라가 한층 고양된 목소리로 부추겼다. 나라 어머니의 얼굴이 흐릿하게 떠올랐다. 덩달아 장례식에서 오열하던 모습이 머리끝에 따라왔다. 문득 명치 부근이 뻐근해지는 것 같아 새희는 바로 답을 하지 못했다. 대신 나라가 종알거렸다.

- 그러고 보니까 김언혁은? 방해 안 하는 것 보니까 옆에 없는 것 같은데?

김언혁은 나라와 통화만 하면 작정하고 새희의 옷 속에 얼굴을 집어넣거나 머리카락 끝으로 뺨에 그림을 그리거나 귓속말을 해대며 심술궂은 장난을 걸어 댔다. 그러는 그를 상상하니 또 금세 웃음이 났다.

"아까까지 러닝머신 위에 있다가 좀 전에 씻으러 들어갔어."

그는 전보다 운동을 자주 했다. 새희의 식사에 신경 쓰는 만큼 그 자신의 끼니도 잘 챙겼고, 담배와 술을 끊었다. 반드시 건강하게, 오래오래 살 거라고 신에게 과시하는 것처럼.

나라와 통화를 마무리할 무렵, 그가 욕실에서 나왔다. 휴대폰을 귀에서 떼는 새희를 바라본 그가 다가와 침대에 앉았다. 어깨를 끌어당기며 뺨에 입술을 비비는 그에게서 좋은 냄새가 났다. 뺨에서 미끄러진 입술이 혀를 찾았다. 키스는 길지도, 짧지도 않았다. 그의 혀가 새희의 아랫입술을 노곤하게 문질렀다. 새희는 아득한 음성으로 말했다.

"나라가 강원도에 내려와서 놀자고 했어."

"싫은데."

즉각적인 거절에 새희는 작게 웃었다. 그는 새희의 어깨에 턱을 얹고 오연한 눈매로 올려다보았다. 이토록 사소한 몸짓에 여전히 긴장한 숨을 떠는 자신이 새삼스럽지 않았다.
“나는 가고 싶은데…….”
“나랑도 잘 안 놀아 주면서 너무한걸.”
칭얼거림과는 거리가 먼 말투로 칭얼거리며 그가 새희가 얄밉다는 듯 뺨을 쪽쪽 물어 댔다. 악필 교정에, 내년에 볼 수능 준비로 새희는 요즘 자고, 먹는 시간을 제외하면 책과 노트와 강의를 보기 바빴다. 그는 그 열중하는 모습이 탐탁지 않은 듯 적극적으로 방해하곤 했다. 물론 진지하게 대학을 가기 위해서라기보단, 그간 포기해야 했던 것들을 하나하나씩 도전해 보기 위함이었다.
그는 이러다 하기 싫으면 때려치워도 된다 했고, 평생을 그의 돈을 쓰고 놀고먹어도 좋다고 했다. 내심 그러길 바라는 것 같기도 했다. 그 본심을 구태여 숨기지도 않았다.
“음? 너무하잖아.”
“아, 읏, 자, 잠깐…….”
어느새 목 밑으로 내려온 입술이 음탕하게 살 위를 기었다. 구렁이 담 넘어가듯 그는 새희에게서 잘 놀아 주겠단 약속을 받아 낸 뒤에도 불온한 손과 입술을 거두지 않았다. 빗장뼈 근처를 혀로 눅진하게 비빌 때부터 동그랗게 솟아오른 젖꼭지로 그의 손끝이 닿았다. 김언혁은 부푼 걸 놀리듯 옷 위로 살짝살짝 누르다가 단박에 셔츠를 잡아 벌렸다. 이로써 몇 벌째 그의 셔츠이자 새희의 잠옷 단추가 튕겨 나갔을지 모를 일이었다.
훅 드러난 가슴이 달아올라 발갰다. 턱 끝으로 젖꼭지를 문지르는 눈빛이 점액이 흐를 것만치 끈적했다. 사고에 들러붙은 그 눈빛에 꼼짝도 하지 못하는 새 아무도 모르게 허벅지를 타고 내려갔던 손이 질척하게 기어올라 아래로 미끄러져 왔다.

새희는 젖은 머리 사이로 손가락을 집어넣고서 열 오른 숨을 내쉬었다. 어떠한 계기도 없이 당연하게 시작된 진득한 행위는 그의 머리가 다 마를 때까지 계속되었다. 김언혁은 삽입 없이 입과 손으로 새희를 두어 번 느긋하게 절정에 오르게 했다.

녹아 버린 듯한 시간이 지나고 그는 새희의 젖은 아래를 닦아 주고 난 뒤 옷을 갈아입었다. 새희도 그의 외투를 껴입고 그의 모자를 썼다. 그리고 그와 고양이 밥을 주러 나갔다.

* * *

김언혁이 밥을 챙겨 주는 이름 없는 고양이는 새희와 사이가 서먹했다. 곁에 가면 도망가지는 않았으나 손을 뻗으면 훌쩍 멀어졌고, 그가 부를 땐 다가오면서 새희가 부를 땐 들은 척도 하지 않았다. 그러다가도 손에 간식을 쥐고 있으면 언제 경계했느냐는 양 꼬리를 살랑거리며 다가와 먼저 머리통을 비비적거렸다. 물론 간식을 다 먹고 나면 쌩하니 모른 체했다. 그 제멋대로인 구석도 눈길을 뗄 수 없을 만큼 사랑스러웠다.

새희는 사료와 간식까지 양껏 챙겨 먹은 뒤 그의 손등을 골골 소리를 내며 할짝거리는 고양이의 꼬리에 닿을 듯 말 듯 손가락을 쭈뼛거렸다. 김언혁은 문득 쭈그리고 앉아 있는 새희의 자세를 보더니 몸을 일으켰다. 갑작스러운 움직임에 놀란 고양이가 풀쩍 뛰어올랐다.

그가 새희의 앞에 등을 보이고 무릎을 굽혀 앉았다. 부끄러움을 느끼는 과정은 진작 뛰어넘었을 정도로 이미 수차례 업혀 본 등이었다. 새희는 그의 목을 끌어안으며 체중을 실었다. 그가 가볍게 일어났다. 고양이는 알 수 없는 눈빛으로 이쪽을 보더니 야옹, 하고 울었다. 새희는 한 손을 흔들었다. 몇 초간 눈길이 오갔다. 이윽고 무시하듯 작은 머리통을 휙 돌리며 고양이는 도도한 발걸음으로 멀어졌다.

"나도 재회하고 모른 척 내외했던 녀석이야."

인사를 무시당한 새희를 그가 위로했다. 새희는 모자를 거꾸로 돌려 쓰고 미끈한 목에 입술을 묻었다. 그가 춥냐고 물었다. 고개를 저으며 하늘을 올려다보았다. 악필 교정 연습에 매진한 탓인지 떠다니는 구름이 죄다 글자 모양처럼 보였다.

새희는 그의 등에 손가락으로 글자를 썼다. 그의 이름을 꾹꾹 눌러 썼다. 새희가 가장 좋아하는 자음과 모음의 조합이었다. 김언혁, 김언혁…… 빼곡히 글자를 채워 넣는 동안 그는 천천히 걸었다. 새희가 등에 그의 이름을 쓰기 편하도록.

가끔은 잊어버리게 될 만큼, 혹은 너무나 자각하게 될 만큼 자신의 몸이 이전과 다르다는 걸 깨닫는다. 일상생활에 지장이 있어서가 아니라, 어떤 충격도 닿지 못하도록 온 신경을 기울이는 그 때문이었다.

새희는 주먹을 말아 쥐고 다시금 그의 등에 뺨을 기댔다. 손끝이 간질거리는 건, 미처 쓰지 못한 물음이 맴돌아서일까. 가슴에 박힌 돌처럼, 평소에는 인식하지 못하다가도 한 번 의문에 사로잡히면 내내 묵직한 통증을 느껴야만 했다.

통증의 끝에는 아침에 눈을 뜨며 일어나는 새희를 내려다보는 그의 표정이 머릿속을 헤집었다. 긴 잠에서 깨어난 이후 새희는 그가 자는 얼굴을 본 기억이 없었다. 언제나 그는 새희를 쳐다보고 있었다. 얕게 잠에 빠졌을 때는 그 눈빛에 함몰되고 있다는 걸 아스라이 느낄 수 있을 정도로.

“언혁아.”

“응.”

왜 피아노를 치지 않아? 새희는 사무치는 물음을 삼켰다. 그는 불러 놓고 말이 없는 새희에게 장난스럽게 머리를 뒤로 젖혔다. 콩, 아프지 않게 부딪친 부분을 쓰다듬었다가 새희는 그의 목을 감은 팔에 힘을 주었다.

* * *

김언혁은 새희를 학원에 내려다 준 뒤, 그의 외조부에게 갔다. 은퇴를 선언한 이후부터 그는 자주 남자에게 불려 갔다. 그럴 때마다 그는 무척이나 기분이 좋지 않아 보였다. 좀 전에도 차 안에서 전화를 받고서 가슴이 서늘해질 만치 날 선 표정을 했던 그였다.

언혁은 덩달아 심각해진 새희의 뺨을 양껏 깨문 뒤에야 조금이나마 풀린 인상으로 곁을 떠났다. 그렇게 기분 나쁜 상대면 그냥 가지 않으면 안 되냐고 묻는 새희에게 지금은 미래를 대비하는 포석 단계라는 의미심장한 말 한마디를 남기고서.

완벽하게 짐작할 수는 없었지만, 그가 준비 중인 미래는 전과는 비교할 수 없이 철저하고 계산적일 것 같았다. 그 미래 속에 자신이 속해 있다는 게 불현듯 신기하기도 했다.

새희는 학원으로 들어갔다. 강사와 인사를 나누고 자리에 앉자 책상 너머 다양한 연령대의 시선들이 고삐 풀린 말처럼 달려들었다. 새희는 부담스러운 태도로 고개를 숙이고서 연필을 쥐었다.

왜 저렇게들 쳐다보는 건지. 혹시 걸음걸이 때문인 건가…… 회복했다지만, 정상적인 걸음걸이에 비교하면 어딘가 불편한 모양새임이 티가 나는 건 어쩔 수 없었다. 괜스레 위축된 발가락이 오므라들었다. 수업에만 집중하기 위해 부러 의연하게 턱을 당겼다. 그러나 한 획을 그을 때마다 거듭 손에 힘이 들어갔다. 주변을 지나치게 의식해서이기도 했고, 이미 습관이 든 자세로 돌아가려고 하기 때문이기도 했다. 강사님이 다가와 손가락 자세를 교정해 주었다. 새희는 식은땀을 흘리며 뻣뻣하게 글자를 써 내려갔다.

"새희 씨, 잠깐만."

수업을 마치자마자 가방을 챙기고 허둥지둥 일어서려는 새희의 어깨를 잡고서 강사가 속닥였다. 강사는 다른 사람들이 다 빠져나갈 때까지 기다린 뒤 새희에게 무언가를 내밀었다.

"새희 씨 연필 쥐는 자세가 유독 안 고쳐지는 것 같아서 자세 잡힐 때까지만 이거 끼우고 글씨 연습해요."

연필에 끼우는 교정 도구였다. 새희는 받으며 감사하다고 말했다.

"요즘 새희 씨 어느 기획사 연습생 아니냐고 학생들이 어찌나 물어보는지."

분위기가 어색해서 농담 겸 덧붙이는 말이겠거니 생각했다. 가능하면 다들 친해져 보라고 부드럽게 권유하는 강사와 멋쩍게 인사를 나누고 건물을 나갔다. 데리러 오겠다고 했던 그의 차가 보이지 않았다. 그에게 전화를 걸었으나 받지 않았다.

지금까지 학원으로 데려다주는 것도, 데리러 오는 것도 그는 한 번을 거른 적이 없었다. 김언혁은 언제나 새희의 스케줄을 최우선으로 두고 일과를 진행했다. 그래서 새희는 계속 기다렸다. 그렇게 삼십 분이 넘도록 그 자리에서 그를 기다렸지만, 김언혁의 차도, 연락도 감감무소식이었다. 다행히도 가방에 지갑이 있었다. 새희는 마지막으로 그에게 전화를 한 번 더 건 다음 받지 않는 걸 확인하고 택시를 잡았다.

집에 도착해서 몸을 씻고 새희는 강사가 준 교정 도구를 끼운 연필로 글씨를 반듯하게 써 내려갔다. 그 뒤 노트북으로 인터넷 강의도 연달아 시청했다. 그러는 동안에도 그의 연락은 없었으나 새희는 그다지 걱정스럽지 않았다. 열 번 중에 한 번 있을까 말까 하는 경우였지만 별일 없이 돌아올 것이라는 예감 같은 것이 있었다.

예감이 아니라 확신이었다. 왜 그렇게 확신하느냐고 묻는다면 설명할 길은 요원했다. 그저 그가 자신에게 돌아올 거라는 사실은, 당연한 섭리처럼 느껴지는 것이었다. 당장 하늘이 무너져 내려도 그는 그 무너진 하늘을 업고서 저에게 올 사람이었으니까.

책상에 앉았다 싶으면 치근거리는 그 때문에 늘 난감했는데 막상 방해하는 그가 없으니 공부하는 시간이 지루하기 짝이 없었다. 새희는 책을 덮었다. 실없이 건드려 본 TV도, 게임도 다 재미가 없었다. 심심한 시선 끝에 걸린 건 쓸쓸해 보이는 피아노였다.

그가 피아노를 치지 않는다는 걸 의식하지 못했을 때까진 멋모르고 연주했었다. 그런 자신을 보는 그의 얼굴에 드리워진 표정에 함부로 의미를 붙이기 전까진…….

뚜껑을 열자 죄 없이 방치된 하얀 건반이 드러났다. 새희가 손끝으로 건반을 쓸어내렸다. 손톱 밑에 깔린 음들이 예쁘게 울었다. 새희는 인력에 끌어당기는 것처럼 미끄러지듯 의자에 앉았다. 끔찍이도 오랜만이었다. 어떻게 참을 수 있었나 싶을 정도로 벌써 숨결이 떨렸다.

눈을 감자 적막 속에서 전율이 되살아났다. 단지 건반에 닿은 것뿐인데 바닥없는 늪으로 빨려 들어가는 기분이었다. 지독하게 달콤한 늪.

속절없이 건반 위에서 춤을 추기 시작한 손가락은 새희를 여백없이 집어삼켰다. 곳곳에 남은 갈증을 닮은 감정들이 널뛰고 있었다. 발버둥 칠수록 선명해지는 이 감각을 필시 그도 소지하고 있으리라. 사실은 안다. 왜 그가 피아노를 치지 않는지. 그는 아마도…… 턱 끝으로 눈물이 떨어졌다.

다리가 회복된 지 얼마 되지 않았을 때였을 것이다. 하필이면 그가 자리를 비운 시간, 하필이면 새희는 그의 서재를 흥미롭게 돌아다니고 있었다. 그리고 하필이면 책장 깊이 꽂혀 있는 자신의 악보를 찾아냈다. 그것을 기쁘게 끄집어 당기며 딸려 나온 건 그의 유서였다.

새희가 잠든 시간 동안 그가 어떻게 지냈는지, 구구절절 적혀 있지 않아서 오히려 뼈저리게 짐작할 수밖에 없는 한 줄 한 줄을 읽는 내내 새희는 터져 나오는 울음을 막을 수 없었다. 그에게 들키지 않도록 그것들을 제자리에 두었으나 가슴을 찢는 울음이 지나간 얼굴은 숨길 수 없었다.

한발 늦게 이유를 추궁하는 눈빛인 그의 목을 껴안으며 새희는 결국 또 울었다. 사랑한다고 속삭이며 울자 그의 몸은 굳었던 것 같다. 그날 끝까지 운 이유를 들키지 않을 수 있었던 건, 새희의 울음 섞인 고백에 그도 무언가 절감한 것처럼 멍해졌기 때문이리라.

새희는 아직 턱없이 모자라 떨리는 손으로 피아노 뚜껑을 닫았다. 그가 치지 못한다면 자신도 칠 수 없었다. 눈물로 흠뻑 젖은 얼굴을 소매로 닦아 냈다.

슬퍼하기만 하려고 깨어난 게 아니다. 건강하게, 행복하게, 오래오래 그와 살기 위해 엄마의 손을 놓고 그에게 돌아온 것이다. 신도 그것을 허락했을 테니까. 허락하지 않았더라도 상관없다. 허락되지 않은 세상 속에서도 그와 살아 숨 쉴 수 있다면 그것으로 충분했다.

다시금 씩씩해진 얼굴로 새희는 창밖을 쳐다보았다. 하늘은 석양이 드리우기 전 색을 띠고 있었다. 그가 없는 집 안에서 암울한 생각에 잡아먹히고 싶지 않았다. 새희는 고양이 간식을 챙겨 들고 아파트 밖으로 나갔다.

"고양아……."

사료 그릇과 물그릇을 놔둔 곳에서 그가 하는 것처럼 휘파람도 불어 보고, 혀를 차 보기도 했지만, 고양이는 나타나지 않았다. 새희는 허탈하게 간식을 만지작거렸다. 사료와 물은 절반이 넘게 줄어들어 있었다. 알아서 챙겨 먹고 어딘가를 부지런히 돌아다닌다는 사실에 가슴이 뿌듯해졌다.

그때 어디선가 야옹, 하는 소리가 들려왔다. 새희는 퍼뜩 턱을 들었다. 저 앞쪽에서 작은 발을 내디디며 다가오는 고양이의 모습이 시야에 들어섰다. 새희는 안녕, 하고 웃었다. 고양이는 시니컬한 인상으로 어느 정도 가까워지다 멈춰 서더니 새희를 빤히 쳐다보기만 했다.

새희는 들고 있는 스틱 간식을 흔들었다. 대번에 눈빛이 바뀐 고양이가 아까와는 다른 울음소리를 내며 쪼르르 달려왔다. 새희는 입구를 뜯어 끝을 눌러 짰다. 분홍색 혀가 허겁지겁 밀려 나오는 액상을 할짝거렸다. 새희의 무릎에 양발을 짚고서 먹는 데 열중하는 코끝이 말도 못 할 정도로 앙증맞았다. 잘 먹고 다녀서 그런지 동그랗게 부푼 몸도 귀여움에 한몫했다.

"맛있니?"

새희는 간식을 주는 틈을 타 잽싸게 고양이의 머리를 쓰다듬었다. 이럴 때만 허용해 주는 걸 알지만 그래도 심장이 사르르 녹았다. 스틱이 홀쭉해질 때까지 힘껏 쥐어짠 뒤에도 고양이는 아쉬운지 혀를 날름거렸다.

새희는 이제 멀어지겠거니 생각하며 털에서 손을 뗐다. 그러나 믿기지 않게도 그 손에 고양이는 애교를 부리듯 머리통을 비볐다. 새희는 엉겨 오는 고양이를 얼떨떨하게 어루만졌다. 기적적인 순간이었다.

사진을 찍어야겠다는 아주 좋은 생각이 번뜩 스쳤으나 휴대폰을 가져오지 않았다는 걸 깨달았다. 새희는 대신 그가 하듯이 고양이의 머리통과 등허리, 엉덩이 부근까지 열렬하게 만져 주었다.

고양이와 놀다 보니 시간 가는 줄 몰랐다. 어느새 해가 능선 끄트머리에 걸려 있었다. 다리가 살짝 저려 왔다. 새희는 아쉬움이 가득한 손길로 고양이의 턱을 간지럽히며 일어났다. 안녕, 하고 손을 흔들자 이번에는 무시하지 않고 눈을 빛내며 응시했다. 고양이는 따라올 것처럼 뒤를 따르다 어느 순간 유유히 제 갈 길을 떠났다.

깔끔하게 정비된 산책로 코스를 느린 걸음으로 빠져나왔다. 어째서인지 끝나는 길목에 덩치 큰 남자들이 서성거리고 있었다. 무슨 사건이라도 났나 싶어 어리둥절한 얼굴의 새희와 눈이 딱 마주친 남자의 안색이 바뀌더니 쏜살같이 달려왔다. 그러고 보니 안면이 익었다. 김언혁의 사람이라는 걸 상기한 건 남자가 급히 누군가에게 전화를 건 뒤 "찾았습니다." 하고 말했을 때였다.

새희는 남자와 함께 아파트 입구로 갔다. 그 주변을 압도하는 분위기의 남자가 휴대폰을 쥔 손을 늘어뜨린 채 서 있었다. 어째서인지 서 있는데도 곧 바닥으로 처박힐 것만 같은 위태로운 느낌이었다. 분명 다가온 기척을 느꼈을 텐데도 그는 새희를 쳐다보지 않았다. 새희가 코앞에 서서 그를 부르자 그제야 허공 어딘가를 헤매던 시선이 새희의 눈동자로 떨어졌다.

"산책 갔다 왔어?"

김언혁은 아무렇지 않은 목소리로 물었다. 그러나 새희의 눈은 아래를 향했다. 그는 신발을 신고 있지 않았다.

* * *

그와 함께 현관을 들어서던 새희는 멈칫했다. 습격이라도 당한 것처럼 거실이 아수라장이 되어 있었다. 그 광경을 보고 굳은 새희를 알면서도 그는 태연하게 배가 고프지 않냐고 물었다.

새희는 떼어지지 않는 입술로 겨우 괜찮다고 대답하며 엉망이 된 거실을 떨리는 걸음으로 가로질렀다. 그리고 피아노 의자 밑에 엎어져 있는 휴대폰을 집어 들었다. 모르는 번호로 수많은 부재중 기록이 남아 있었다. 모르는 번호였지만 그라는 건 단박에 알아차릴 수 있었다. 그의 휴대폰에 문제가 생겼던 것임을 예측할 수 있었다. 그는 이것을 확인했을까? 이걸 보고 정신없이 뛰쳐나간 걸까. 신을 신는 것도 잊은 채로…….

그때, 주방에서 와장창 깨지는 소리가 났다. 새희는 서둘러 주방에 갔다. 발치에 깨진 유리 파편 중 하나가 그의 발등을 스친 건지 피가 흐르고 있었다. 그가 차갑게 말했다.

"오지 마."

새희는 못 들은 것처럼 멍하니 그에게 다가갔다.

"오지 말라고 했어!"

날카로운 언성에 새희는 깜짝 놀라 멈추어 섰다. 그는 폭발하기 직전의 얼굴이었다. 목 뒤가 오싹했다. 어쩔 줄 모르는 표정의 새희를 발견한 그가 한숨을 흘렸다. 오가는 침묵은 화열 같았다.

그는 유리 조각들을 전부 치운 다음 침울한 기색으로 그의 눈치를 살피는 새희를 지그시 응시했다. 그가 새희를 들여다보는 만큼 새희도 그를 들여다보았다. 그는 지금 억지로 끈을 조여 맨 포장에 실패한 상자 같았다. 포장지 안 속내가 불가피하게 노출되는…… 그렇다면 자신은 어떤 형태로 보여지고 있을까.

그대로 그와 주방을 등지며 나왔다. 그가 방 안에 들어간 기회를 놓치지 않고 새희는 서둘러 구급상자를 뒤졌다. 그의 눈동자를 닮은 검은색 니트 차림으로 갈아입고 나온 김언혁의 팔목을 붙잡아 러그에 앉혔다. 새희의 눈빛을 읽은 그가 한쪽 무릎을 세우며 그곳에 턱을 얹었다. 러그 위로 향한 다친 발등에 새희는 소독약을 묻힌 솜을 톡톡 두드렸다. 이 와중에도 그는 발도 참 잘생겼다는 생각이 들었다.

연고까지 꼼꼼히 바르고 고개를 들자 그의 눈길이 부딪쳐 왔다. 미치도록 깊고도 짙은 눈동자였다. 사람을 말려 죽일 수도, 적셔 죽일 수도 있는. 그러나 저 눈이 얼마나 슬퍼질 수 있는지, 어디까지 가난해질 수 있는지 알고 있었다. 그걸 알고 있다는 사실이 새희를 서럽게 했다.

가만히 보고 있는 시간이 길어질수록 새희의 눈시울이 일렁거렸다. 그가 전하려 하지 않아도 눈빛 속에 많은 말들이 침잠되어 있었다. 언제부터 가라앉았을지 모를. 그의 옷깃을 붙잡고 엉엉 울고 싶게 만드는 말들이…….

"기다렸는데…… 오지 않아서 택시 타고 먼저 집에 들어왔어. 휴대폰을 놔두고 나간 줄 몰랐어. 고양이랑 논다구…… 미안해."

새희는 저도 모르게 입을 열었다. 눈 밑이 뜨거워지고 있었다.

"괜찮아. 네 잘못이 아니야."

김언혁은 아이한테 하듯 부드럽게 말했다.

네 잘못이 아니야…… 그 말이 참 아프게 느껴졌다. 이대로 그 아픔을 그도, 자신도 계속 묵과해도 괜찮을까? 아니, 그럴 수는 없다. 앞으로 남은 생애를 그렇게 아프게 살 수는 없었다.

"언혁아."

최대한 아무렇지 않게 물으려고 노력했지만, 새어 나온 목소리는 벌써 형편없이 젖어 든 채였다.

"왜 피아노를 치지 않아?"

김언혁의 얼굴 위론 어떠한 변화라고 부를 만한 동요가 일어나지 않았다. 기어이 새희가 수면 위로 끌어 올린 비극과도 같은 비밀이 분위기를 어둡게 가라앉혔다.

새희의 뺨으로 눈물이 흘러내렸다. 그 눈물을 보는 그의 눈동자에도 희미하게 고통스러운 기운이 드리우기 시작했다. 그가 어떤 변명을 청산유수로 지어내도 새희가 믿지 않으리라는 걸, 진실로 그가 치지 못하는 이유를 진작부터 예견하고 있었다는 걸 그도 분명 짐작한 것이었다.

새희는 젖은 숨을 들이쉬었다. 그의 손이 다가와 뺨을 훑었다. 눈물은 그의 손등을 타고 흘렀다.

"우리 엄마는 아빠의 다리가 차 사고로 잘려 나간 이후로 피아노를 치지 못했어."

김언혁의 얼굴이 급속도로 얼어붙었다.

"당신한테도 내 다리가…… 그런 의미야?"

나를 보면…… 지옥이 떠오르는 거야? 그래서 그 곡을, 그 유서와 함께 처박아 둔 거야? 버릴 수는 없어서 그렇게 다시 찾지 않을 곳에…….

"아니."

김언혁은 전에 없이 흔들리는 눈으로 소리 내어 우는 새희를 부서져라 끌어안았다.

"아니야……."

아니라고 몇 번이고 부정하며…… 새희의 어깨를 틀어쥔 그의 악력이 점점 더 거세어졌다. 새희는 울면서 그의 등을 마주 안았다. 우는 소리가 커질수록 그의 몸도 뜨거워지는 착각이 들었다. 절박하게 맞붙은 몸끼리 거친 심장 박동을 주고받았다.

새희는 고개를 비틀어 그의 시선을 찾았다. 엉망으로 울고 있는 자신보다 더욱 슬퍼 보이는 그의 입술에 키스했다. 혀를 밀어 넣자 그의 혀가 갈급하게 닿아 왔다. 키스는 난폭하면서도 서글펐다.

오랜 잠에서 깨어난 이후 그와 몸을 섞은 날은 섞지 않은 날보다 비교할 수 없이 많았다. 그러나 전처럼 새희를 벼랑 끝까지 끌고 가는 섹스는 그 수많은 날 중에서 단 한 번도 없었다.

새희는 흥분해서 몰아붙이다가도 한순간 자제하듯 눈빛에서 힘을 빼는 그를 몇 번 목격했다. 얼마 되지 않은 횟수였지만, 단지 그의 연기가 뛰어나 들키지 않았을 뿐 그는 몇 번이고 그런 식으로 자신의 본능적인 욕망을 짓씹었으리라. 그럼에도 불구하고 도저히 사그라들지 않는 그의 내면 안에 깊숙이 밴 가학적이고 지배적인 성향을…….

새희는 절제하는 그를 폭발시키고 싶었다. 그의 뺨과 턱을 쓸어내리며 간절히 애원하는 표정을 지었다. 이대로 나를 굴복시키고, 함락시켜 달라는 염원을 온몸으로 뿜어냈다.

찰나 김언혁의 미간이 일그러졌다. 곧이어 표정을 돌이킨 그가 눈빛을 달리했다. 매서운 동작으로 팔을 올린 그는 새희의 뒷머리를 움켜쥐고 뒤로 당겼다.

"세이프 워드는……."

그렇게 말하는 도회적인 얼굴이 왜 그리도 괴로워 보이는 건지.

"잘못했어요. 다시는 안 그럴게요."

너무나도 쉬운 말이었다. 실수로 흘릴 수밖에 없는, 금기어로 사용하기엔 무척이나 가볍고 흔한 말…… 그러나 새희는 알 것 같았다. 사실은 아주 오래전부터, 어쩌면 새희가 눈을 뜨기 전부터 그는 내내 그 말을 듣고 싶어 했음을.

새희가 알겠다는 뜻으로 고개를 끄덕이자 검은 눈동자에 날카로운 섬광이 튀었다. 머리칼을 쥔 손이 다시 앞으로 세게 잡아당겼다. 입술을 찢을 듯이 가르고 들어온 혀가 점막 구석구석을 찔렀다.

단번에 고통을 야기시키는 사나운 접촉을 반가워할 새도 없었다. 김언혁의 다른 손이 엉덩이를 붙잡고 일으킨 뒤 그 틈으로 무릎을 집어넣었다. 그의 몸 위로 비스듬히 기댄 자세가 되자마자 옷 위로 가슴이 깨물렸다. 새희는 작게 비명을 질렀다.

"대답은 무조건 소리 내서 하라고 했었는데."

"읏, 하아…… 미, 미안……."

"미안?"

삐딱한 음성에 침이 넘어갔다. 김언혁은 잔인하도록 차가운 얼굴을 하고서 안듯이 잡고 있던 새희를 밀어냈다. 급작스럽게 떠밀린 새희는 두 손으로 바닥을 짚고서 다리를 펴고 일어서는 그를 올려다보았다.

"이따위 건방진 태도로 괴롭혀 달라고 칭얼대면 짜증 나지."

질렸다는 듯, 한 걸음 두 걸음 단호하게 멀어지는 그를 새희는 허겁지겁 일어나 막아섰다.

"죄송해요……."

하마터면 다시는 안 그럴게요, 라고 말할 뻔한 입술을 깨물었다. 그는 새희의 다리부터 얼굴까지 훑어 올렸다. 흥분했다기보단 어딘가 비틀려 보이는 잘 빚은 얼굴에 외줄을 탄 것처럼 초조해졌다. 새희는 다시 무릎을 꿇고 부들거리는 손으로 그의 바지 지퍼에 손을 댔다. 그러자 그가 뇌까렸다.

"싫어."

김언혁은 지퍼를 내리려는 새희의 손을 탁, 잡고서 엄청난 힘으로 끌어당겼다. 전신을 휘청거리며 일어난 새희는 그대로 그의 악력에 끌려가 무언가에 등이 부딪혔다. 피아노란 걸 눈치채는 순간 그가 손을 뻗어 뚜껑을 열었다. 그리고 새희를 뒤돌게 했다. 갈 곳 잃은 양손이 건반을 짚으며 불협화음이 울렸다.

그는 피아노 의자를 발로 차서 끼익, 저 멀리 밀려나게 하고 중앙으로 자리 잡았다. 연주하기 좋은 자세였다. 동시에 섹스하기 좋은 자세였다. 꺼림칙한 예감에 새희의 두 눈이 흔들렸다.

"연주해."

예상을 빗나가지 않는 명령이었다. 그는 발목까지 오는 긴 스커트를 거꾸로 잡아 올려 새희의 입술 사이로 밀어 넣었다. 엉겁결에 치마를 깨물고서 새희는 그의 하체가 뒤쪽에 닿아 오는 것을 느꼈다.

바지 지퍼가 내려가는 소리가 들리고 이어 뜨겁게 부푼 것이 속옷에 문질러졌다. 그다지 특별할 거 없는, 삽입으로 향하기 전 평범하다면 평범한 과정이었는데도 미칠 정도로 수치스러웠다.

그가 의도한 것일 테니 당연했다. 새희에게 피아노는 태어난 이래 한 번도 빠짐없이 가장 성스럽고 지극한 것이었다. 그러니까 말하자면 성당의 성모상 앞에서 음란하고도 불결한 행위를 나누는 것이나 진배없는 것이다.

김언혁은 길고 긴 성기의 끝으로 팬티 안을 비집었다. 놀리듯 빙글빙글 돌리며 새희의 허리를 낮추는 동작이 간결한 듯하면서 느적느적했다. 원한 건 자신이었지만, 막상 모욕과 수치로 범벅된 상황에 던져지자 새희는 정신을 차리지 못했다.

이에 물린 스커트 자락이 숨소리를 따라 떨렸다. 그가 새벽이 질투할 관능적인 목소리로 연주하라고 다그쳤다. 다그치며 손가락에 팬티 끈을 걸어 주르륵 미끄러뜨렸다. 휑하니 드러난 아래는 충분히 끈적끈적했다. 그곳으로 뭉툭하고 찐득한 살덩이가 녹일 만치 치댔다. 새희는 할딱이며 건반을 짓누르고 있던 손끝을 세웠다.

"연주해……."

새희는 젖은 눈으로 그제야 손가락의 위치를 확인했다. 돌기 근처를 맴돌다 귀두로 쿡 찌르듯 움직인 그의 것이 완전히 밀착해서 잘게 비벼졌다. 새희는 치덕거리는 소리를 들으며 연주를 시작했다. 불안정한 첫 음이 울려 퍼진 순간, 그의 것이 강하게 치고 들었다.

"아! 하아……!"

타액에 젖은 스커트 자락이 입술 끝에서 흘러내렸다. 그는 봐주지 않고 허리를 퍽퍽 부딪쳤다. 두 손으로 겨우겨우 연주를 이어 가던 새희는 결국 한 손은 악보대를 붙잡은 채 다른 손으로 더듬더듬 야만스러운 선율을 흘려보냈다. 스타카토처럼 자꾸만 끊기는 음이 외려 외설적으로 들려왔다.

그의 헉헉대는 숨소리와 자신의 신음도 그 속에 섞여들어 〈파반느〉는 가제에 빗대어 표현하길 죽은 왕녀의 것이 아닌 육체의 갈망에 굶주린 자들을 위한 것으로 타락했다.

"으, 으응, 아, 너무, 빨라서…… 연주를 못, 못 하겠……."

갑자기 극점으로 전속력으로 박는 그를 견딜 수 없어 결국 새희의 얼굴은 건반 위에 무너져 내렸다. 뺨에 깔린 건반들이 난잡하게 진동했다.

그때, 그가 무릎을 굽히며 새희의 허벅지 뒤로 손을 넣더니 부지불식간에 번쩍 들어 올렸다. 갑자기 공중으로 두 발이 뜬 새희는 놀란 채로 밑에서 위로 푹푹, 처박혔다. 희고 검은 건반들이 사람들의 눈자위 같았다. 다리를 활짝 벌린 채 성기가 들어갔다 빠져나오는 광경을 몇 쌍의 눈앞에서 보여 주고 있는 끔찍한 기분이었다.

"흐읏, 아, 안 돼……."

더 버티지 못하고 오므리려고 하자 그가 목을 깨물었다. 깨물린 부분에서부터 발끝까지 경련이 일어났다. 다리에도 그 감각이 고스란히 전달되며 발끝이 휙 쳐들렸다. 순간 멈칫한 김언혁은 욕설을 내뱉으며 새희를 피아노 의자에 떨어뜨리듯 눕혔다.

새희는 눕혀진 것도 모르고 완전히 흐려진 눈으로 자신의 몸 위에서 미친 것처럼 움직이는 그를 쳐다보았다. 김언혁은 파격적인 흥분에 사로잡힌 눈이면서도 한편으론 흔들리는 눈이었다.

새희는 그를 도발하듯 손을 뻗어 뺨을 만졌다. 뜨겁게 맥동하는 피부에 아래가 솔직하게 젖어 들었다.

"나를, 나를 좀…… 어떻게든 해 줘요, 제발……."

아직도 그 눈엔 해갈되지 않은 욕구가 존재했다. 연약해진 새희의 몸을 세상의 무엇한테서도 털끝 하나 상하지 못하게 보호하고 싶으면서도 제 손으로 으스러뜨리고도 싶은, 그 양극으로 대립하는 욕망. 그의 성향. 그의 본능.

그가 스스로를 제어하지 못하도록 새희는 헐떡거리며 부추겼다. 비이성적으로 치닫는 눈빛은 시시각각 짙어졌다. 점점 자유로워지는 듯하면서도 사형선고를 받는 것 같기도 한…….

마침내 김언혁의 손이 목으로 감겨 왔다. 그토록 기다렸음에도 엄습해 오는 공포를 막을 도리가 없었다. 매혹적인 학살자처럼 그는 손가락 마디마디에 힘을 실었다. 새희의 눈자위가 부들부들 떨렸다.

그의 허리 짓은 자비 없이 포악해졌다. 몸은 본능적으로 이 고통에서 달아나고 싶어 했다. 그러나 새희는 벌벌 떨리는 입술을 이로 씹어 대며 참아 냈다.

"……말해."

김언혁은 새희가 학대하다시피 괴롭히는 입술을 보며 탁한 목소리를 뱉었다.

"그만하라고 말해."

잘못했다고, 다시는 안 그러겠다고 말해. 그의 눈빛이 애원하고 있었다. 새희는 고통스러운 신음만 흘려 댈 뿐이었다.

"그만하라고 말하라고!"

머리가 어지럽고 숨이 동날 것 같았다. 김언혁은 제정신이 아니었다. 차오른 눈물이 얼굴에 빗금을 그으며 흘러내렸다. 새희는 꺽꺽대는 숨 사이로 어떠한 말을 중얼거렸다. 몹시도 힘겹게 뱉은 그 말을 알아들은 그가 등 뒤에 칼이 꽂힌 사람처럼 우뚝 정지했다. 목을 조르는 힘이 일시에 줄어들었다. 아래에 박힌 성기도 움직임을 멈췄다.

새희는 즉시 고개를 돌리며 기침을 쏟아 냈다. 기침이 다 멎었을 때도 그는 정지되어 있었다. 어느 장면 안에 갇혀 도무지 재생되지 못하는 것처럼…….

"사랑해……."

새희는 정확한 목소리로 다시 말했다. 김언혁은 낭떠러지로 밀려나듯 뒷걸음질하다 이윽고 바닥으로 무릎을 처박았다. 이어서 무언가 거대한 것이 밀려오는 것처럼 두 손으로 머리를 감쌌다.

새희는 손으로 의자를 짚으며 허리를 일으켜 세웠다. 그리고 떨리는 그의 머리칼을 쓰다듬었다. 비로소 참아 온 모든 것을 토해 낼 수 있는 순간이었다.

"미안해. 너무 오랫동안 누워 있어서."

그를 지키기 위해 죽음으로 뛰어들었던 그 순간이 그에게 지워지지 않는 트라우마가 될 줄 알았다면 나는 다른 선택을 했을까? 아니, 절대 아니다.

"미안해. 유서 같은 곡을 주고 곁을 떠나서……."

몇 번이고 그를 위해 죽을 것이고,

"약속할게."

또 몇 번이고 되살아나 저 때문에 다친 영혼의 그를 사랑할 것이다.

"오래오래, 건강하게 살겠다고. 당신과 함께."

새희는 허리를 숙여 그의 머리를 두 팔로 끌어안았다. 절망적인 자세로 시간이 멈춘 것만 같이 굳어 있던 그의 팔이 이내 새희의 몸을 단단히 휘감았다. 허리를 옥죄는 힘이 강인한 만큼 심장이 맹렬하게 뛰었다.

그가 새희를 새장 속에서 꺼내어 준 것처럼 새희도 그의 벽을 부수어 줄 것이다. 이는 살아가야 하는 수많은 이유 중 하나일 뿐이었다.

* * *

새벽녘, 새희는 피아노 소리에 잠을 깼다. 푸른 새벽빛이 유난히 그림처럼 비추어 드는 곳으로 시선이 홀리듯 향했다. 누구보다 새벽과 잘 어울리는 남자의 뒷모습이 보였다. 귓가에 스미는 음이 친밀한 듯 새로웠다.

새희는 다시 눈을 감았다. 아름다운 꿈이 찾아들 것 같았다.

* * *

조악한 필체가 조금씩 다듬어지고 있었다. 열을 못 맞추고 들쑥날쑥하던 자음과 모음이 제법 나란해졌다. 새희는 뿌듯한 기분으로 연필을 내려놓았다. 교정 기구가 없어도 더는 연필을 틀린 자세로 쥐지 않았다. 손안에 글씨를 숨기듯 고개를 처박고 둥글렸던 상체도 반듯하게 편 채였다. 자신이 여태 글을 쓸 때마다 웅크린 애벌레 같은 자세를 취했다는 걸 강사의 지적을 받으며 깨달았다. 교정되고 있는 건 단순히 글씨만이 아니었다.

"저기……."

빠뜨린 게 없나 책상 위를 확인하고 가방 지퍼를 채우던 새희는 얼굴 위로 드리운 그림자와 목소리에 고개를 들었다. 학원에서 새희가 어쩌다 고개만 돌렸다 하면 눈을 마주치던 여자애였다. 늘 카랑카랑한 목소리로 웃다가도 왕방울만 한 눈으로 새희를 호기심 있게 쳐다보았던. 몸매에 딱 맞춰 터져 나갈 듯한 교복 명찰에는

'전소혜'라는 이름이 정갈한 필체로 쓰여 있었다.

"진짜 연예인 지망생 아니야?"

"네? 아닌데……."

새희는 말꼬리를 흐렸다.

"왜 존댓말 해? 말 놔! 어디 학교 다녀? 난 Y 정보고. 글씨가 개발새발이라 아빠가 강제로 학원 끊었어. 그래도 되지도 않는 공부 시키는 것보단 글자나 써 재끼는 게 나아서 참고 다니는 중."

"난 학교 안 다녀."

애초에 고등학생이 아닌데…… 나이를 말해 주려는 순간 여자애가 박수를 짝! 쳤다.

"와, 안 그렇게 생겼는데 너도 꼴통인가 보네?"

새희는 꼴통이라는 말에 조금 충격을 받았다.

"소혜야, 전소혜. 네 이름은 새희지? 강사 컴퓨터로 몰래 봤지."

소혜는 새희가 말을 붙일 틈도 주지 않고 입가를 손으로 가리기만 했을 뿐 전혀 줄어들지 않은 목소리로 재잘거렸다.

"여기 안 그래도 애새끼들 아니면 나이 많은 아재들밖에 없어서 짜증 났거든. 너한테 진작 말 걸고 싶었는데 맨날 고개를 숙이고만 있어서. 아무튼, 잘됐다. 지금부터 뭐 해? 나랑 밥 먹어 주면 안 돼? 혼자 먹기 싫은데 남자 친구는 나랑 다른 학교라 두 시간 뒤에 마친대."

소혜는 제발, 하고 두 손을 모으며 간절한 눈빛을 보냈다. 때마침 휴대폰이 울렸다. 계속 눈빛을 쏘는 중인 소혜를 바라보며 새희는 외투 주머니에서 휴대폰을 꺼내 전화를 받았다.

- 끝났어?

"응."

그가 새로 산 휴대폰은 전의 것보다 음질이 좋아 목소리가 더 선명하게 와 닿았다. 전의 것은 무슨 일이 있었던 건지 박살이 났다고 했다. 그는 자세히 상황을 설명해 주지 않았지만, 새희는 그의 외조부와 충돌이 있었겠거니 짐작 중이었다. 이따금씩 그의 벗은 몸에 생겨 있는 상흔과 입술에 맺힌 피딱지를 볼 때면 새희는 언젠가 그의 외조부를 꼭 한 번 때려 줄 기회가 오길 무척이나 진심으로 기도하곤 했다.

- 30분 정도 늦을 거야. 따듯한 데 들어가 있어.

소혜는 전화 도중에도 양손으로 눈꼬리를 꾹꾹 누르며 우는 척을 하고 있었다. 마냥 부담스럽지 않은 건 왠지 모르게 그녀가 나라와 비슷한 느낌이기 때문이었다.

"그럼 나 친구랑 밥 먹고 있을게."

뭐라고 지칭할 말이 없어 친구라고 표현하자 소혜가 빙그레 웃었다.

- 벌써 친구도 사귀었어?

"응."

그는 대단하다는 듯 칭찬하는 말투였지만, 서운한 목소리였다. 새희는 그 간극이 사랑스러웠다.

- 다 먹고 전화해. 데리러 갈게.

"응."

- 응.

그가 자신의 말투를 흉내 내며 전화를 끊었다. 그의 전화를 기다리며 전전긍긍하던 시절이 떠올랐다. 이제는 잠시 숨을 고르고 기억을 거슬러 가야 할 정도로 지난날이 되어 버린.

그리 오랜 시간이 지났거늘 감정은 오히려 더 애틋하고, 더 감미로웠다. 설렘도 사랑처럼 쌓여 가는 걸까? 아무리 높게 쌓여도 그가 새희를 대하는 태도에 차분하고 의연해질 날은 오지 않을 것이었다. 그는 언제까지나 도시의 네온사인 같은 사람일 테니까. 낮보다 밤이 어울리는. 그러나 그 어둠 속에서 가장 화려하게 빛나는…….

잠깐의 전화를 받고 끊는 동안 새희의 표정을 세세히 주시하고 있었던 소혜는 이윽고 확실히 알았다는 듯이 말했다.

"남자 친구지?"

이어 간질거린다는 듯 코끝을 찡그렸다.

"되게 사랑하는구나?"

새희는 소혜의 얼굴을 마주 보면서 처음으로 웃으며 고개를 끄덕였다.

"맞아."

* * *

소혜와 간 곳은 학원 근처 소혜 또래의 학생들이 붐비는 파스타 가게였다. 루꼴라가 잔뜩 올라간 치즈 피자와 해물 로제 스파게티가 나왔다. 맛이 없는 건 아니었지만, 지금껏 언혁이 새희를 데리고 다닌 식당들과 비교하면, 아니, 그의 요리와 견주어도 그다지 감동을 주지 못하는 맛이었다.

문득 새희는 자신의 입맛이 몹시도 까다로워진 것을 자각하고 속으로 반성했다. 워낙 미식가인 그와 분에 넘치는 삼시 세끼를 함께하다 보니 입맛이 그를 닮아 버린 모양이었다. 굳이 닮고 싶지 않은 부분은 왜 이렇게 쉽게 닮게 되는 건지. 새희가 진실로 닮고 싶은 그의 모습은 함부로 흉내도 낼 수 없는데 말이다.

이를테면 천 피스가 넘는 퍼즐을 몇 시간 만에 맞추어 버리는 집중력이라든가, 인터넷 강의 강사들보다 새희의 수능 과목 공부를 이해하기 쉽게 가르쳐 주는 해박함이라든가. 어떤 분야에서건 한 번 흥미가 생기면 전문가 수준으로 빠르게 감각을 익히는 영리함이라든가…….

"어디 살아? 아, 파스타 맛있다. 그치."

소혜는 먹으면서도 수다 떨기에 바빴다. 새희는 속사포처럼 날아오는 소혜의 질문에 성심성의껏 답하며 파스타 면을 포크로 돌돌 말았다.

"내가 대화 엿들었는데 너한테 말 걸어 볼까 고민하는 아저씨 많더라. 조심해."

"왜 나한테 말을 걸고 싶어 해?"

새희는 진심으로 궁금해서 물었다. 소혜는 순간 포크를 확 쳐들어 새희의 얼굴을 가리켰다.

"왜긴! 얼굴 보고 껄떡대려는 거지. 너 이상한 헛소문 퍼트리는 것도 그 찌질이들일걸? 막 무슨, 이미 데뷔 한 번 했다가 망하고 조용히 다시 준비 중이라느니. 나이는 먹을 대로 먹어 가지고 유치하게 소설을 쓰고 있어."

흥분해서 눈을 부라리며 말하다가 소혜는 슬쩍 새희의 눈치를 보더니 히히, 멋쩍게 웃었다.

"사실 조금 믿기도 했지만. 근데 진짜 아깝긴 하다. 왜 연예인 안 해?"

엉터리 같은 말이라 듣고 바로 잊어버렸건만, 정말로 사람들은 자신의 얼굴에 관해 관심이 그득한 듯했다. 거울을 들여다보고 싶지 않았던 생이었다. 눈, 코, 입이 달렸으니 사람 얼굴인 것이고, 우울하고 창백한 인상이라 다들 두 번 보고 싶지 않을 얼굴이라 여겨 온 게 다였다.

여전히 의문스럽지만, 그래도 한번 생각해 본다면…… 연예인은 평생을 사람들의 시선과 관심 속에 살아야 하는 직업이었다. 그렇게 소란스럽고 반짝반짝한 존재는 되고 싶지 않았다. 굳이 빛나야 한다면 자신보다는…….

거기까지 생각하다 말고 새희는 고개를 젓고 오렌지 에이드에 꽂힌 빨대 끝을 잡고 마셨다. 소혜는 어깨를 으쓱하더니 또다시 대화의 주제를 전환했다.

"태어나서 파마 한 번도 안 해 봤지? 보니까 딱 알겠어. 파마하면 이미지 바뀔 것 같은데. 너무 생머리라 살짝 다운되어 보이기도 하니까. 머리카락이 가늘어서 컬은 굵은 걸로 해야겠네."

새희의 헤어스타일부터 시작해서 발동이 걸린 것처럼 온갖 미용 정보를 연설하기 시작한 소혜의 말을 새희는 강의보다 더 집중하며 들었다. 수첩에 적지 못한 게 아쉬울 정도로 대단한 강좌를 들려 준 소혜와 식사를 마치고 자리에서 일어났다. 계산대 앞에서 새희가 지갑을 꺼내며 말했다.

"계산은 내가 할게."

"아니야, 내가 먹자고 했잖아. 내가 낼래."

"너는 아직 학생이잖아."

"아, 뭐래. 늙은이처럼 말하고 있어."

킥킥 웃는 소혜에게 새희는 주민등록증을 보여 줬다. 단박에 소혜의 얼굴이 돌처럼 굳었다. 왜 진작 말하지 않았냐며 볼이 빨개져서 울상을 짓는 소혜의 얼굴 위로 나라가 스쳐 가서 새희는 그저 웃었다.

소혜는 어색하고 무안하게 존댓말도 반말도 아닌 인사를 건네고 사라졌다. 이다음부턴 자신이 먼저 학원에서 소혜에게 말을 걸어야겠다고 다짐하며 새희는 가게에서 이어진 거리를 쭉 따라 걸었다.

좀 전에 나눈 대화 탓인지 괜스레 길거리에 있는 사람들이 자신을 쳐다보는 것 같다는 당치도 않는 착각에 사로잡혔다. 생각은 연결고리처럼 소혜의 한마디 한마디를 상기시켰다. 유난히도 뇌리에 깊이 박힌 한마디는 다운되어 보인다는 자신의 머리였다.

운명처럼 맞은편 골목에 빙글빙글 돌아가는 사인볼이 눈에 들어왔다. 쇠뿔도 단김에 빼라는 속담을 얼마 전에 배웠다. 새희는 턱을 당기고 건너편 미용실로 직진했다. 단비 미용실이라는 글자가 대문짝만하게 인쇄된 문을 밀고 들어갔다. 내부를 채우고 있던 탈취제 향기가 훅 끼쳐 왔다.

소파에 앉아 다리를 꼬고 지루한 표정으로 티브이를 보고 있던 원장이 새희를 버릇처럼 위에서 아래로 쓱 훑어 내리고는 일어났다. 키가 크고 허리가 잘록했으며 짙은 눈 화장이 돋보이는, 개성 넘치는 인상의 중년 여자였다.

"아이고, 예쁘게도 생겼네. 공주, 머리하러 왔어?"

"아, 그, 파마하려고……."

"응, 알겠어. 여기 앉아요. 가방이랑 외투는 벗어서 이리 주고."

새희는 외투를 벗어 어깨에 멘 가방과 함께 건네주고 의자에 앉았다. 곧이어 목에 둥그렇게 가운이 둘리고, 의자가 펌프질에 쑥쑥 위로 올라갔다. 거울 속에서 삐딱하게 고개를 기울이며 원장님이 물었다.

"어떻게 해 줄까?"

긴장되는 질문이었다. 지금껏 미용실에서 새희는 무언가를 요청해 본 적이 없었다. 단지 은석이 원하는 길이로 자르기만 하면 되었으니까. 아까 소혜가 뭐라고 했던가. 새희는 필사적으로 기억을 헤집었다. 그러다 생각해 냈다.

"굵게……."

"굵게? 빠글빠글하게 해 달라는 소리지?"

새희가 고개를 끄덕였다. 원장은 오케이, 하고 접수했다는 듯 외치고 머리를 감으러 가자고 손짓했다.

그때, 벗어 놓은 외투 속에서 휴대폰이 울었다. 새희는 그제야 그에게 전화하는 것을 깜빡했다는 걸 알아차렸다. "받아도 돼요." 하고 원장이 말했다. 새희는 가운 차림으로 달려가 주머니에서 휴대폰을 꺼내 전화를 받았다. 새희가 뭐라고 하기도 전에 그가 한결 딱딱해진 목소리로 말했다.

- 어디야.

새희가 바로 대답을 못 하자 그가 그사이를 못 참고 한 번 더 어디냐고 물었다. 새희는 어쩐지 부끄러워서 작게 말했다.

"단비 미용실."

- 어디?

"단비 미용실……."

김언혁은 의외의 장소에 조금 놀란 건지 잠깐 말이 없었다.

"머리를 좀, 바꿔 보려고……."

새희는 소심하게 덧붙였다. 정적이 흐른 뒤 그는 "그랬어?" 하고 답했다. 한결 부드러워진 목소리였다. 샴푸대 뒤에서 대기 중인 원장 쪽으로 자꾸 눈길이 갔다. 새희는 통화를 다급히 마무리 지으려고 했다.

"머리 다 하고 전화할게."

- 음? 구경하러 가야겠는데.

"아니야, 오래 걸릴 거야."

실은 그 이유보단 그가 거울 속에서 자신을 주시하고 있을 모습을 상상하니 수줍고 창피했다. 그는 새희의 목소리에 실린 당황을 느끼고는 심술이 발동한 건지 어조를 더욱 느슨하게 했다.

- 그럼 오래 구경하면 되지.

"구경하는 거 지루할 텐데……."

- 널 보는 건데 왜 지루하지?

원장의 눈치를 보는 와중에도 가슴이 떨렸다. 하지만 속 편히 떨리고 있을 때가 아니었다. 그는 확실히 오지 말라는 말은 못 하고 쩔쩔매는 새희의 태도를 애간장이 녹아들 때까지 즐기다가 "변신하고 전화해." 하며 평상시처럼 장난스럽게 통화를 끝마쳤다.

새희는 던지다시피 휴대폰을 소파 위에 내려 두고서 잰걸음을 놀렸다. 마른 수건을 목에 감고서 기다란 의자에 드러눕자 곧바로 쏟아지는 미온수가 머릿속 사이사이를 적셨다. 능숙하게 두피를 씻겨 내는 손길이 시원했다.

"애인이 머리하는 거 보고 싶어 했나 보네. 오라 하지, 왜."

막 배부르게 식사를 마친 뒤이기도 하고, 부드러운 마사지 같은 손길에 순간 잠기운이 몰려왔던 새희는 자칫 흘려들을 뻔한 질문을 자각하고 정신을 확 차렸다. 그러나 제대로 들었음에도 어색한 웃음으로 대답을 무마했을 뿐이었다.

새희의 머리를 드라이기로 바짝 말려 준 후 콧노래를 흥얼거리는 원장을 새희는 흘끔흘끔 쳐다보다 용기 내어 가능하다면 최대한 빨리해 달라고 부탁했다. 얇고 진한 눈썹이 호선을 그리듯 높이 들렸다.

"공주, 그럼 파마 약 세게 들어간다?"

약하게 들어가는 것과 세게 들어가는 것의 별 차이점을 모르는 새희는 괜찮다는 얼굴을 했다.

파마가 진행되는 내내 원장은 막역한 사이에서나 나눌 법한 본인의 가정사와 인생사를 아무렇지 않게, 꼭 남의 이야기처럼 풀어놓았다. 오랫동안 새희의 머리를 담당했던 미용사는 말 한마디 붙이지 않고 자신의 몫을 완벽하게 끝마치기 바쁜 사람이었다. 그와는 달라도 너무 달라 솔직히 당황스럽기도 했지만, 때마다 겪어 온 숨 막히는 분위기를 떠올리면 지금은 분에 넘치도록 편안했다.

새희는 어깨선을 넘어 가슴을 거뜬히 덮을 정도로 자라난 머리 길이를 보며 새삼 어떠한 감정이 차올랐다. 문득 거울 속에 흰 얼굴이 비치는 것 같아 황급히 줄기처럼 뻗어 가는 회상을 잘라 냈다. 원장이 빗어 내린 머리카락을 돌돌 말아 올려 고무줄로 고정하며 새희의 이름을 물어 왔다.

"은새희예요. 세가 아니라 새. 어이가 아니라 아이……."

새희는 착각하지 않도록, 미리 알려 주었다. 자신의 이름 속에 숨겨진 사소하지만 중요한 트릭 같은 것도 빠뜨리지 않고.

"얼굴처럼 예쁜 이름이네."

새희는 얼굴보다 이름이 예쁘다는 소리를 들을 때 훨씬, 정말이지 훨씬 기분이 좋았다. 꼭 자신이 살아온 인생이 예쁘다고 말해 주는 것 같았다. 그래서 좋았다.

* * *

새희는 픽픽, 기울어지던 머리통을 들어 올렸다. 풍차같이 생긴 기계는 여전히 새희의 뒤에서 열기를 내뿜으며 돌아가고 있었다. 깜빡 졸음을 이기지 못한 사이 새희의 옆자리에 손님이, 그 옆자리에는 손님의 친구인 듯한 중년의 여인들이 앉아 원장과 함께 시끌벅적하게 수다를 나누고 있었다.

깔깔거리는 웃음소리가 제법 컸는데도 이상하게 시끄럽다는 생각이 들지 않았다. 새희는 저렇게 친근하고 정다운 분위기의 사람들을 보고 있는 것이 좋았다. 그들의 즐거움이 전염되는 듯한 느낌이 좋아서였다.

그 순간, 기계가 삑삑 신호음을 냈다. 여자의 머리를 매만지던 원장이 "잠깐만." 하고 외치고는 다가와 기계의 코드를 뽑고 뒤편으로 밀었다. 그리고 새희를 보며 키득댔다.

"공주야, 헤드뱅잉 잘하더라. 아줌마가 말 너무 많이 시켜서 피곤했지?"

"아, 아니요……."

새희가 숫기 없이 부정하자 어째서인지 미용실에 있는 모든 사람이 다 같이 한바탕 웃음을 터뜨렸다. 새희는 순식간에 토마토처럼 얼굴이 붉어졌다. 원장은 낄낄거리며 말아 놓은 새희의 머리를 풀기 시작했다. 다 풀기도 전에 옆자리의 여자들이 잘 나왔다느니, 어려 보인다느니 아낌없이 칭찬을 퍼부어 댔다. 듣다 보니 정말 그런 것도 같아서 새희의 기분도 들뜨기 시작했다.

다 푼 머리를 헹구어 낸 후 드라이기로 말려 놓자 새희의 머리는 둥실둥실 떠 갈 것처럼 부풀어 올랐다. 아유, 잘됐네! 하며 갑자기 지켜보던 사람들이 또 다 같이 박수를 보내서 새희는 민망스럽게 목덜미를 긁었다. 손등에 닿는 부스스한 생머리가 아닌 라면처럼 꼬불꼬불한 감촉이 아직은 신기하고 낯설어서 새희는 거울 속의 자신에게서 눈을 떼지 못했다.

새희의 머리에 한마디씩 칭찬을 얹으며 자연스럽게 대화의 장이 열린 미용실 안이 소란스러웠다. 새희는 어느새 분위기에 동화되어 슬그머니 대화에 섞여 들었다. 그래서 미용실 문이 소리 없이 열리며 누군가 들어왔다는 사실을 뒤늦게 알아차렸다. 새희는 옆자리 이모가 건네준 귤을 까서 먹다 말고 눈을 커다랗게 떴다.

김언혁이었다. 검정 슈트 위에 검은색 코트를 걸친, 그는 온통 무채색으로 둘러싸여 있음에도 불구하고 단번에 공간의 분위기를 반전시키고 눈길을 화려하게 잡아끌었다. 시선을 느리게 미끄러뜨리던 그의 눈이 무심결에 새희에게 닿고도 지나치다 멈칫하고는 되돌아왔다. 약간이지만 그의 눈동자가 흔들린 듯한 착각이 일었다.

"……."

숨 막히는 침묵이었다. 새희는 그에게 자신 없이 물었다.

"이상해?"

김언혁은 그제야 입술 끝에서 바람을 내보냈다.

"아니."

이윽고 그가 흥미진진한 얼굴로 옆에 서서 새희의 머리를 구경했다. 근래 본 눈빛 중 가장 탐구열이 반짝거리는 눈빛이었다. 김언혁의 등장 이후 기운에 눌려 조개처럼 입을 다문 미용실 사람들은 새희를 구경하는 그를 목을 빼고 구경했다. 그는 뽀글뽀글한 새희의 머리카락을 양 갈래로 잡아 아이처럼 장난치며 입꼬리를 매끄럽게 휘었다.

"강아지가 됐네."

좋다는 평인지 모르겠으나 그렇다고 나쁜 평은 더욱 아닌 것 같아서 만족스럽게 여기기로 했다. 김언혁은 새희의 가운을 벗기고 소파 위의 외투를 가져와 입혀 주었다.

그가 양털 재킷의 단추를 잠가 주는 동안 세 사람 중 그를 유일하게 알아본 듯한 여자가 슬쩍 그를 알은척했다. 김언혁이 가볍게 긍정하자 그를 몰랐던 두 사람까지 합세하여 떠들썩하게 사인을 요청했다. 그가 한 손을 들어 공중에 그려 보이며 펜을 가져오라는 제스처를 취했다.

"또 와요, 잘 가요!"

그가 열어 준 문밖으로 나서기 전에 새희가 뒤돌아보았다. 어찌나 배웅을 극진하게 해 주는지 밖으로 따라 나올 기세였다. 새희는 허리를 꾸벅 숙였다. 마지막까지 그들의 손에 들린 사인 세 장이 열렬하게 팔락거렸다.

* * *

일요일 오전 10시, 새희는 잠옷 차림으로 김언혁과 피아노 의자에 앉아 젓가락 행진곡을 치고 있었다. 거실 바닥에는 풀다 만 수학 문제집과 프렌치토스트와 우유와 퍼즐 조각이 너저분하게 흐트러져 있었다. 정리되지 않은 이 시간이 귀여운 선율을 타고 삶의 일부로 반듯하게 기록되고 있었다.

김언혁은 왼편 구간을 한 손으로 연주하며 다른 한 손으로는 새희의 머리를 잡아당겨 입술에 비비며 장난스럽게 굴었다. 머리를 바꾼 그 날부터 그는 한시도 새희의 머리를 가만두질 못했다.

단순한 멜로디를 예고 없이 변주하는 그를 따라 새희도 글리산도3)의 박자를 변형했다. 좀 더 약동적이고 경쾌한 음악으로 연주가 바뀌자 새희의 어깨가 가벼이 흔들렸다.

김언혁의 고개가 리듬이 스민 어깨 위로 기울어지며 귓가에 입술이 붙었다 떨어졌다. 새희의 웃음소리가 음표처럼 날아들었다. 그 뒤에도 그와 여러 곡을 연주한 뒤 새희는 먼저 의자에서 내려왔다.

그가 공연 곡 리스트를 차례로 연습하는 동안 새희는 먹다 남긴 토스트를 베어 물었다. 수학 문제집을 응당 풀어야 했지만 영 손이 가지 않아 토스트를 우물대며 빈 곳이 몇 군데 남지 않은 그의 퍼즐을 기웃거렸다. 그러다 늘 그래 왔듯이, 모든 것을 잊어버리고 들려오는 그의 연주에 젖어 들었다.

피아니스트로서 마지막 발자취를 앞둔 그의 일상은 전과 다름없이 적당히 나른하고 적당히 활동적이었다. 특별히 연습을 더 하는 것도 아니었고, 우울해하지도 않았고, 그렇다고 미리 홀가분해 보이지도 않았다.

오히려 공연 날이 다가올수록 가슴이 두근거리도록 심란해지는 사람은 새희였다. 티를 내지 않으려고 애쓰고는 있었지만, 이미 그에게 들켰으리라 생각하고 있었다. 어떤 이유에서인지 그런 새희의 기분을 파고들지 않는 그의 심정이 궁금하면서도 새희는 그가 파헤치지 않는다면 끝까지 모른 척할 심산이었다.

---

3) 피아노나 현악기 따위에서, 비교적 넓은 음역을 급속히 미끄러지듯 연주하는 방법.

그의 연습이 끝났을 무렵 시간은 한 시를 넘어가고 있었다. 하나의 일정이 끝나자마자 어김없이 그는 새희의 무릎 뒤에 팔을 얹고서 다리를 부드럽게 주물렀다.

매일 반복되는 이 시간의 좋은 점 하나는 비스듬하게 아래로 향한 그의 옆얼굴을 맘껏 훔쳐볼 수 있다는 것이었다. 물론 그러다 훔쳐보는 걸 들키는 경우가 파다했지만, 실은 그것마저도 좋은 점에 포함되어 있었다.

역시나 이번에도 들키고야 말았다. 그는 불현듯 짓궂은 표정으로 새희를 낚아채고서 침대에 쓰러지듯 누웠다. 김언혁은 규칙적이고 청결한 생활 못지않게 침대에서 빈둥거리는 일도 선호했다.

한창 강의에 열중하는 중이었던 새희를 꼬드겨서 침대로 쓰러뜨린 횟수는 손에 꼽을 수 없을 만큼 잦았다. 조금의 반항도 없이 넘어가 버리는 자신도 완전히 무고하다고 주장할 수 없긴 했다.

"귀여워."

새희의 얼굴 옆에 팔꿈치를 괴고서 내려다보는 그의 눈빛에 사지가 녹작지근했다. 뺨 위로 입술이 내려왔다. 그 순간 베개 밑에서 휴대폰이 진동했다. 그는 새희의 얼굴 곳곳에 입술을 찍으며 휴대폰을 끄집어냈다.

핸드폰을 손에 들고 나서도 새희의 턱과 목을 깨물며 느긋하게 굴던 그가 화면을 확인했다. 혹시나 그의 외조부일까 조마조마했던 새희는 그의 표정을 보고 한숨을 놓았다. 새희의 콧등을 검지로 간지럽히며 그가 전화를 받았다.

"안녕."

꽤 친근한 사이인 듯싶었다.

"나? 침대에서 놀고 있는데."

누구지? 그가 이토록 다정한 말투를 쓸 만한 상대가 누가 있나 곰곰이 생각해 보았다. 그러고 보니 휠체어를 타고 다니던 시기에도 이와 같은 통화를 한 적이 있었다. 물어볼 타이밍을 놓쳐 상대를 알아내진 못했었다.

"응. 내 옆에 누워 있어."

점점 더 궁금증이 짙어졌다. 새희가 궁금해하는 표정을 짓자 그는 받아 보라는 듯 휴대폰을 새희의 귀에 가져다 댔다. 새희는 무척이나 당황했지만 엉겁결에 전화를 받았다.

"여, 여보세요?"

- 언니!

"……명아?"

정말이지 꿈에도 예상치 못했던 상대에 새희는 너무 놀라 눈을 큼지막하게 떴다. 언혁이 그런 새희의 표정이 재밌다는 듯 픽 웃으며 뺨을 손가락으로 꼬집었다.

- 언니 이제 안 아파?

"으응…… 명아야."

- 언혁이가 언니 안 아프면 집에 놀러 가도 된다 했어! 놀러 가도 돼?

명아가 너무나 자연스럽게 그의 이름을 입에 담아서 이상하다는 생각이 들 새도 없었다. 새희는 여전히 얼떨떨하다는 눈으로 그를 바라보았다. 새희의 기막힌 심정을 아는지 모르는지 그는 태평하게 곱슬곱슬한 머리카락을 자근자근 씹으며 장난만 치고 있을 뿐이었다.

새희는 생각보다 빨리 이 깜짝 파티 같은 상황을 받아들일 수 있었다. 받아들이고 나니 반갑고 그리운 마음이 물씬 밀려들었다.

"응, 명아야. 놀러 와."

* * *

차에서 내린 명아가 "새희 언니!" 하며 아파트가 울리도록 신나게 외치며 달려와 안겼다. 뛰어드는 힘에 휘청 흔들린 몸을 뒤에 선 그가 잡아 주었다.

새희의 허리를 꼭 붙든 명아가 고개를 번쩍 들어 올리고 씩 웃었다. 오랜만에 보는 명아는 키가 훌쩍 자라 있었고, 동글동글한 안경을 쓰고 있었다. 제법 어엿한 초등학생 티가 나는 명아의 인상은 똘똘하기 그지없었다.

차창이 내려간 운전석에는 선주가 타고 있었다. 선주는 그와 새희를 향해 고갯짓으로 인사를 해 보였다. 명아만큼 반가운 사람이었지만, 명아처럼 순수하게 반가움을 나눌 수 없는 사람이었다. 그 사실이 문득 가슴을 시리게 만들었다. 새희는 명아의 머리칼을 쓰다듬으며 선주를 쳐다보았다.

"연락하지 말라 해도 말을 안 듣더라. 생일 파티 기억나지? 그때부터 쭉 나 몰래 연락하고 지냈던 모양이야. 안 믿어지지?"

생일 파티…… 선주와 가람과 함께 명아의 생일 파티를 준비하던 하루의 기억이 펼쳐졌다. 풍선을 불고, 케이크 초를 꽂고, 생일 축하 노래를 부르고, 마지막엔 그가 깜짝 등장한…….

특별하고도 소중한 기억은 상기하며 슬픔이 덧씌워졌다. 새희와 같은 기분에 잠긴 건지 선주의 표정 한편에도 슬픔이 드리웠다. 선주는 새희의 얼굴이 아닌 옷 언저리로 시선 끝을 배회했다.

"미안해. 바쁠 텐데, 괜히."

"아니에요. 저도 명아 보고 싶었어요."

"그랬니?"

선주는 웃었다. 그늘진 웃음이었다.

"현명아, 딱 두 시간만 놀다 오는 거야."

명아는 응! 하고 활기차게 대답했다. 선주는 두 시간 뒤에 데리러 오겠다며 다시 한번 미안하다는 표정을 하고는 운전대를 잡았다. 이어 떠나가는 차를 망연히 바라보는 새희를 그가 물끄러미 보았다.

그때, 갑자기 명아가 손가락으로 새희의 머리를 가리키며 말했다.

"언니, 마법 소녀 메리 같다!"

그게 뭐냐고 물으니 만화에 나오는 주인공이라고 했다. 새희는 언니처럼 머리가 뽀글뽀글하다고 설명하는 명아의 왼손을 잡았다. 그러자 명아는 오른손을 그에게 내밀었다. 당연히 잡아 줄 거라는 믿음이 강하게 느껴지는 태도였다.

김언혁은 그 믿음을 배반하지 않고 작은 손을 부드럽게 감싸 쥐었다. 명아가 볼을 방싯거리며 웃었다. 명아가 웃어서 새희도 웃었다. 그렇게 셋이서 사이좋게 집으로 들어갔다.

명아는 작은 발로 부지런히 집 안을 쏘다녔다. 고양이 장난감을 발견한 명아가 이건 뭐야? 하고 물으며 가져와서 새희는 웃음을 터뜨렸다.

김언혁은 주방에서 요리 중이었다. 새희는 종이와 색연필을 가져와 명아와 러그에 엎드리고 누워 그림을 그렸다. 명아는 새희를 그리는 듯 종이에 그려진 여자의 곱슬머리가 구름처럼 뭉실뭉실했다.

새희는 흐뭇하게 바라보다 자신의 머리가 저 정도로 심하게 부풀었나 싶어 자못 진지하게 그림을 살펴보았다. 명아는 분홍색 색연필로 새희의 입술을 칠했다. 꼼꼼하게 색을 채우다가 문득 떠오른 듯 말했다.

"새희 언니 보고 싶다고 하면 엄마가 이제 언니 못 본다고 해서 울었어."

시무룩한 목소리를 들으니 덩달아 뭉클했다. 새희는 명아의 머리를 어루만졌다.

"언니랑 싸웠냐고 하니까 아니라고 다 엄마 잘못이라고 엄마가 울어서 나도 울었어."

선주는 은석을 위하여 새희를 배신한 그날 밤 잠들지 못했으리라. 그런 사람이라 은석은 선주를 골랐던 것이고, 그런 사람이라 새희도 더욱 상처받은 것이었다. 그러니까 원망해야 할 사람은 선주가 아니었다.

명아는 김언혁이 생일날 명아에게 선물한 전자 기기로 그와 연락을 주고받다가 초등학교에 입학하면서 휴대폰이 생긴 뒤부터 선주 몰래 휴대폰으로 연락을 나눴다고 했다. 끝내 발각되고 말았지만, 결국 이렇게 만나게 되었으니 이 작은 아이가 새희를 만나기 위해 그토록 오랜 시간 애썼다는 뜻이었다.

좋아하는 것도, 싫어하는 것도 즉흥적으로 변하는 게 이상하지 않은 어린아이인데, 새희의 어디가 얼마나 좋아서 잊지 않고 그리워해 준 걸까.

"나는 언니가 좋아."

명아가 콧잔등에 색연필 자국을 묻히고서 웃었다. 새희는 그 부분을 손가락으로 문질러 지워 주며 따라 웃었다.

"나도 명아가 좋아."

은석이 선주를 처음 보았던 그때, 선주의 배 속에는 명아가 있었다. 그리고 그 당시 새희의 배 속에도 아이가 있었다. 떠나보내지 않았다면 아이는 명아와 같은 나이로 같은 세상 속에서 자라났으리라. 그 사실을 안 이후부터 새희는 명아가 유독 사랑스럽고 애틋하게 보였다.

언젠가 새희는 용기를 내어 그에게 말했던 적이 있다. 너무 늦었을지도 모르지만, 이미 불가능하다는 판정을 받은 몸이지만, 병원에 다녀 보고 싶다고. 아이를 가지고 싶다고…… 그러자 그는 일 초도 고민하지 않고 전과 같이 대답했다.

'아기는 하나면 충분해.'

새희는 고집을 부릴 수 없었다. 그 말 때문이 아니라, 그 말을 하기 전 그의 눈 위로 찰나, 그 자신도 모르게 스치고 간 깊은 슬픔을 엿보았기 때문에. 자신은 어떤 의학의 기술로도 아이를 가질 수 없는 몸이 되어 버렸다는 걸 안 것이다.

알아챘다는 걸 그는 눈치채지 못하도록 필사적으로 모른 척 했지만, 그 밤 소리 없이 베개를 적시는 새희의 몸을 열어 그는 위로하듯 사랑을 쏟아부었다. 뜨겁게 닿아 오며 부딪치는 그 순간에 새희는 모든 미련과 슬픔을 묻었다.

"맛있는 냄새 난다!"

얼마의 시간이 지나고 주방에서 식욕을 돋우는 냄새가 흘러왔다. 그가 부르기도 전에 명아는 주방으로 강아지처럼 달려갔다. 새희도 그 뒤를 웃으며 천천히 따라갔다. 딱 맞게 등장한 듯 테이블엔 식기까지 가지런히 세팅되어 있었다.

명아와 새희는 얼굴에 색연필 흔적을 매단 채로 의자에 앉았다. 테이블 위에 차려진 음식들 위로 피어오르는 고소하고도 달콤한 냄새 때문에 입 안 가득 침이 고였다.

명아가 잽싸게 숟가락을 쥐고 눈앞의 치즈 요리를 퍼 올리려다가 흠칫 눈치를 보고는 다시 얌전히 내려놓았다. 누군가 먼저 먹기를 기다리는 자세였다. 꼬르륵 소리가 옆에 앉은 새희의 귀로 희미하게 들려왔다.

새희는 웃음을 삼키며 몽글몽글한 계란이 예쁘게 덮인 오믈렛을 얼른 한 입 떠먹었다. 그 모습을 확인한 명아가 아쉽게 놓았던 숟가락을 재차 쥐고 열성적으로 움직이기 시작했다.

김언혁은 머그잔을 들고 와 각자의 자리에 내려놓았다. 팔목을 걷어 올린 녹색 니트와 매끈한 허리에 둘린 끈 묶인 앞치마

차림이 다정하고 섹시해 보여 자꾸 눈길이 갔다. 그는 명아의 머그잔 손잡이를 톡톡 치며 물었다.

"사과? 포도?"

"포도!"

우렁차게 외치는 입가가 소스로 범벅이었다. 그가 부드러운 눈으로 냉장고에서 포도 주스를 꺼내 명아의 머그잔에 따라 주었다. 새희의 취향은 묻지 않아도 알고 있을 텐데 명아한테 하듯 똑같이 질문했다. 사과 주스라는 대답을 듣고 따라 준 그는 새희의 옆자리에 앉았다.

식사 내내 새희와 언혁은 명아의 이야기를 들었다. 학교생활은 재밌지만, 수학과 영어는 정말 싫다고 인상을 찌푸리며 말하는 명아의 말에 새희도 깊이 동감했다. 반장까지 도맡아 일 년 동안 학급을 야무지게 책임지고 공부도, 노는 것도 열심히 즐긴 명아가 장하고 대단했다.

후식으로 예쁜 접시에 딸기의 꼭지를 따고 씻어 온 김언혁은 앉자마자 새희의 입속에 하나를 넣어 주었다. 명아의 입에는 새희가 넣어 주었다. 딸기를 오물거리던 명아는 별안간 중요한 게 생각났다는 듯 "아!" 하고 외쳤다. 그러고는 언니에게만 말하겠다며 새희의 옷자락을 잡아당겼다.

김언혁은 섭섭하다는 눈빛이었지만, 명아는 단호했다. 입가를 두 손으로 가리고 새희에게 귓속말할 준비를 하는 명아의 얼굴에 그가 불쑥 귀를 가져다 댔다. 명아가 까르르 웃으며 그의 어깨를 밀었다. 실망한 기색으로 밀려난 그는 딸기가 몇 개 남지 않은 접시를 보고 일어나 냉장고로 걸어갔다.

그사이 재빨리 명아가 새희에게 이리 오라며 손짓했다. 이쯤 되니 무슨 말을 할지 정말 궁금해져서 새희는 소원대로 고개를 기울여 주었다. 명아는 숨을 한 번 고르고 안경도 바르게 추어올리더니 속닥거렸다.

"나 보이프렌드 바뀌었어."

새희는 헉, 하고 놀란 척을 했다.

"사실 1학년 여름방학 때 민석이랑 헤어지고 유빈이랑 사귀었는데 가을 소풍 가서 찼어. 새 보이프렌드 이름은 준수야."

민석이고, 유빈이고, 준수고 새희는 아무도 모르지만, 세기의 스캔들을 듣게 된 사람인 양 감탄했다. 명아는 흥분한 건지 속닥거리는 것도 잊고 새 남자 친구 준수에 대해 열변을 토했다.

"준수랑 스물네 살 되면 결혼하기로 했어."

"너무 계획이 급한 거 아닐까?"

"아니야. 준수는 다른 애들이랑 달라."

확신하는 표정이 자못 심각할 정도였다. 한 번도 본 적은 없었지만, 준수가 대단히 매력적인 남자애임은 틀림없다고 생각하는 새희의 귀에 명아가 불현듯 어떤 말을 속삭였다. 외국말이었다.

새희는 무슨 뜻이냐고 물었다. 명아는 키득거리며 준수는 자신의 이것이라고 했다. 왜인지 몹시도 알고 싶어서 새희는 계속 뜻을 말해 달라고 졸랐다. 간지럼을 태우자 허리를 비틀며 자지러지던 명아가 이윽고 항복하듯 색색거리며 말했다.

"내 사랑."

언혁이가 가르쳐 준 거야. 뒷말을 속닥이다 말고 명아가 "아 참!" 놀라며 딸기를 씻는 중인 그의 등을 슬쩍 돌아보았다.

"언혁이가 비밀이라 했었는데……."

새희는 어렵지 않게 기억 속 반짝이는 어느 장면을 꺼내 볼 수 있었다.

그때부터 나는 그의 사랑이었구나. 자신이 모르는 순간에도 사랑을 심어 두었던 그의 뒷모습을 새희는 사랑이 빛나는 눈동자로 바라보았다. 그리고 명아에게 부탁했다.

"다시 한번 말해 줄래?"

명아는 귀여운 발음으로 속삭였다.

meine liebe.

내 사랑.

내 사랑…….

* * *

명아를 데리러 온 사람은 선주가 아닌 가람이었다.

"오랜만이야, 누나."

운전면허도 없었던 것으로 기억하는데 차 운전석에서 내리는 동작이 자연스러웠다. 명아는 헤어지기 아쉽다는 듯, 새희의 다리를 붙잡고 올려다보다가 가람이 부르자 이윽고 "빠빠이." 하며 손을 흔들고 차에 올라탔다. 집을 나서기 전 언혁과 새희에게 몇 번이나 또 놀러 와도 된다는 약속을 받아 내서 그런지 꽤 얌전한 작별이었다.

뒷좌석 문을 닫아 주고 돌아보는 가람은 여전했다. 강인하고 세련된 얼굴, 혈기 넘치는 옷차림, 사람을 도전적으로 쳐다보는 눈빛까지 전부.

"……근데 누나 머리가 왜 그래?"

도저히 그냥 넘어갈 수 없다는 듯, 가람은 다 제쳐 두고 먼저 물어보았다. 새희는 쑥스럽게 침묵했다.

새희가 입을 다문 것을 본 가람이 피식 웃고는 곁에 선 김언혁을 응시했다. 남다르게 삐딱한 태도를 보이는 가람과 달리 그는 길가의 돌을 보듯 무심한 눈길이었다. 그걸 스스로 깨달은 듯, 가람은 또 한 번 킥 웃음을 터뜨리고 다시 새희를 쳐다보았다.

"현선주가 부탁한 게 아니라 내가 오고 싶어서 왔어. 누나 어떻게 지내는지 궁금해서."

가람의 목소리가 시원스러웠다.

"카페 내일부터 공사 들어갈 거야."

머리카락 끝을 만지작대고 있던 새희의 표정이 달라졌다.

"마지막으로 한 번 안 가 볼래?"

'마지막'이라는 단어에 심장이 고동쳤다.

"누나 내 소원 하나 들어줘야 하잖아."

가람은 매력적으로 웃어 보였다.

* * *

김언혁은 절대 가지 못하게 할 것 같은 얼굴로 놀랍게도 다녀오라고 했다. 그러나 조수석 문을 잡고서 닫아 주지 않고 뻗장대는 바람에 새희는 어이없는 표정을 한 가람과 그를 당황스럽게 번갈아 봐야 했다. 명아는 그저 새희와 더 오래 있을 수 있는 게 기쁜 듯 뒷좌석에서 엉덩이로 방방 뛰었다.

곤란하게 그대로 몇 시간이고 버틸 것 같았던 그는 다행스럽게도 그리 길지 않은 시간 내에 차 문을 닫아 주었다. 물론 닫기 직전 불쑥 상체를 들여 넣어 새희의 뺨에 키스하는 것도 잊지 않았다.

"의외네. 하루 종일 감금해도 모자랄 눈빛을 하고는."

차를 출발시킨 가람이 중얼거렸다. 새희는 백미러에 비친 그가 사라질 때까지 시선을 떼지 않았다. 그때, 갑자기 명아가 뾰족하게 소리쳤다.

"외삼촌, 언니한테 꼬리 치지 마. 언니 보이프렌드는 언혁이야."

"너 그런 나쁜 말은 어디서 배운 거야?"

가람은 황당해했다. 흥, 명아는 콧방귀를 뀌고 천하의 불한당 보듯 가람을 노려보았다. 그러다 얼마 안 가 조용해졌다. 너무 조용해서 뒤돌아보니 명아는 고개를 푹 숙인 채 곤히 잠들어 있었다. 미워할 수가 없다는 듯 가람은 고개를 절레절레 흔들며 웃었다. 새희의 입술에도 같은 뜻의 미소가 감돌았다.

* * *

카페에 도착했을 무렵, 아예 시트에 누워 단잠에 빠진 명아를 가람이 뒷좌석을 돌아보며 소리 내어 깨웠다. 눈을 비비며 일어난 명아는 창밖을 확인하고 물었다.

"왜 집이 아니야? 언니 우리 집 가는 거 아니야?"

"아닌데? 나랑 데이트하러 온 거야."

"싫어!"

잠기운이 넘실거리던 목소리가 대번에 쩌렁해지자 가람은 웃으면서도 어이없어했다. 씨근거리는 명아에게 가람은 진정하라는 듯 말했다.

"사실은 데이트가 아니라 내가 부탁할 게 있어서 언니가 도와주기로 했어. 그러니까 넌 잠시만 차 안에 있어. 알았지?"

"싫어, 나도 내릴래."

퉁명하게 내뱉고 안전벨트를 푸는 명아의 코앞으로 가람은 불쑥 자신의 휴대폰을 들이밀었다.

"너, 엄마가 잠금 걸어 놔서 휴대폰에 게임 하나도 없지? 얌전히 기다린다고 약속하면 내 걸로 게임하게 해 줄게."

그러자 언제 심술을 부렸냐는 양 명아는 초롱초롱한 눈빛으로 약속했다. 휴대폰을 건네받고 얌전해진 명아를 두고 가람은 차에서 내렸다. 그 뒤 보닛을 빙 둘러 와 조수석 문을 열어 주었다. 훅 밀려드는 서늘한 공기를 들이쉬며 새희는 천천히 발을 내디뎠다.

아직 날이 밝아 켜지지 않은 가로등을 지나쳐 걸었다. 새희의 발자국이 수도 없이 찍혔던 길이었다. 감회 어린 표정으로 유리문 앞에 섰지만, 그 너머로 보이는 카페 내부는 텅 비어 있었다. 굳은 듯이 서 있는 새희 대신 가람이 문을 열어 주었다.

새희는 다시금 발을 뻗으며 안으로 들어갔다. 일곱 개의 둥근 원탁도, 작은 조명들도, 작업대와 카운터…… 카페를 이루는 모든 것이 사라져 있었다. 허망하게 휘돌던 시선은 특별한 공간 속에서도 가장 특별했던 곳으로 망설이다 마지막으로 당도했다.

"인테리어 정리는 진작 끝냈었는데……."

가람의 목소리에 집중하기 어려웠다. 하얀색 피아노가 그 자리를 지키고 있다는 것이 믿기지 않았다. 새희는 유일하게 남아 있는 추억의 증표로 다가갔다. 먼지 쌓인 피아노 뚜껑을 주저 없이 열었다. 그러나 단지 그뿐, 새희는 그 이상의 행동을 이어 가지 못했다.

"그게 처치 곤란이었지."

어느새 등 뒤에 선 가람이 자신의 코트를 벗어 피아노 의자에 깔았다. 새희는 일렁이는 눈으로 가람을 쳐다보았다. 앉으라고 손짓하는 가람의 뜻을 거절하지 않고 코트 위에 앉았다.

새희의 외로움이 가득 묻어 있는 건반들이 방치되어 너절한 빛을 띠고 있었다. 긴 시간 아무도 돌보지 않은 악기는 어린 시절의 새희와 닮아 있었다. 누군가의 눈에 띄기 전까지 존재감은 한없이 불투명하기만 한…….

"연주해 줄래?"

가람은 직선으로 물었다. 그 부탁은 새희의 마음을 투명하게 울렸다.

"그 모습을 그림으로 그리고 싶어."

"……."

"그게 내 소원이야."

그림에 담기기에 그다지 아름답지 않은 모습일 텐데, 가람은 꽤 간절한 눈빛이었다. 새희가 길게 고민하지 않고 고개를 끄덕이자 가람은 빠르게 나가더니 차에서 화구통과 이젤을 이고 왔다. 접이식으로 축소된 이젤을 먼지 쌓인 바닥에 설치하고 도화지를 올리는 동작이 상당히 매끄러우면서도 냉정해 보였다.

벽 구석에 쌓아 놓은 상자를 가져와 의자 삼아 앉고서 가람은 새희를 주시했다. 숨소리도 소음이 될 만큼, 고요해진 공간 속에서 가람의 시선만이 카메라 렌즈처럼 날카롭게 빛났다.

새희는 어색하고 불편해서 쉽사리 연주를 시작하지 못했다. 그런 새희를 면밀히 관찰하던 가람이 긴장 풀라는 듯, 가벼운 말투로 말했다.

"스케치만 할 거라서 얼마 안 걸릴 거야. 편하게 연주하면 돼."

재촉하지 않고 기다려 주는 가람에게 미안해서라도, 더 굳어 있을 순 없었다. 새희는 먼지가 잔뜩 낀 듯한 목을 작게 소리 내어 가다듬고 건반 위로 손을 올렸다. 그리고 주위를 둘러보았다. 아무것도 없어 황막하고 공허한 공간. 새희는 지워져 버린 것들을 상기했다. 부드러운 커피 향이 가득 차고, 가람이 싫어하는 옛날 노래의 가사 없는 멜로디가 흘러나오고, 명아가 빙글빙글 돌아가는 의자에 앉아 장난을 치면 선주가 혼을 내다 말고 웃는다.

파반느. 이곳의 이름으로 자신의 곡의 가제를 정했다. 일탈하듯 벌인 일이 행복을 선사하고, 시련을 불러오고, 그를 자신의 운명에 가져다주었다.

새희의 손가락은 이제 누군가 태엽을 풀어 버린 인형처럼 저절로 움직이고 있었다. 더 이상 가람의 시선이 느껴지지 않았다. 연필이 종이를 스치는 소리가 파반느의 선율 위로 올라탔다. 연주를 하는 건지, 꿈을 꾸고 있는 건지 알 수 없을 정도로 혼몽을 헤매는 기분이었다.

시선은 줄을 매달아 끌어당기는 것처럼 유리문 너머로 향했다. 어둠을 가르고 그의 그림자가 그보다 먼저 방문하면 새희의 가슴은 도리어 빛을 본 것처럼 환해진다.

그가 자신이 모르는 순간에도 사랑을 심어 둔 것처럼, 돌이켜보면 자신의 모든 순간도 모서리가 꼭꼭 접혀 있었다. 억지로 접어 놓아야 했던 그 부분에는 하염없이 토해 내고 싶었던 감정들이 얼룩처럼 묻어났다. 중죄 같았던, 고통 같았던, 열병 같았던…… 그것을 사랑이라고 부른다는 걸, 나는 언제 알았던가?

파반느의 마지막 음을 내려놓았을 때, 가람은 무력하게 완전히 압도당한 얼굴로 새희를 관람하고 있었다. 그것을 알지 못한 채 새희는 다음 곡을 연주했다. 이곳에서, 이 피아노로 연주했던 곡들을 하나하나 떠올리며 새희의 인생에서 너무도 반짝거리는 순간들을 음으로 되살렸다.

순식간에 시간은 폭포수처럼 흘러가 버렸다. 새희는 손목이 저려 와 부득이하게 연주를 멈추어야 했다. 이렇게 많은 곡을 쉬지 않고 연주한 건 처음이었다. 가람이 관찰하고 있다는 것도 중간부턴 망각했을 만큼, 몰입했었다.

이런 몰입이 그가 아닌 자신도 가능한 것이었음을, 깨닫게 되어 조금은 신기하고 뭉클한 기분이었다. 물론 무대 위의 그에 비하면 턱없이 모자라기 짝이 없지만, 그래도 나도 할 수 있다는 것이…….

다시 연주를 이어 가려는 새희를 가람은 손을 들어 제지했다. 새희는 건반에서 손을 떼고 고개를 갸웃거렸다.

"완성했어?"

"아니."

그럴 리가 있겠냐는 듯, 가람은 웃더니 와서 보라는 듯 턱짓했다. 새희는 다가가 상자 위에 앉은 가람의 옆에 섰다. 이젤 위의 도화지 속에는 피아노를 치고 있는 새희의 옆모습이 세세한 부분은 비워진 채로 구도만 스케치 되어 있었다. 한 가지 의외인 점은, 아직 눈, 코, 입이 그려지지 않은 새희의 얼굴이 건반이 아닌 정면, 그러니까 그림을 보고 있는 자신을 향해 있다는 것이다.

"사실은 이 핑계로 완성할 때까지 만나 달라 하려고 했는데."

가람의 손이 가슴까지 고불고불하게 늘어뜨린 새희의 머리카락 끝을 살며시 쥐었다.

"그랬다가는 영원히 못 지울 것 같아서."

의미를 알 수 없는 말을 뱉은 적 없는 사람처럼 가람이 단정하게 웃고는 머리카락을 놓아주며 그대로 일어났다. 그사이 키가 더 큰 걸까. 전보다 더 고개를 들어 올려야 하는 듯했다.

"누나 사고 소식 듣자마자 현선주는 카페 영업 중지했어. 소유주가 정신병원에 들어가는 바람에 제대로 정리도 못 하다가…… 사실 나도 자세한 내막은 몰라. 내일부터 드디어 공사 들어간다더라고. 가구점으로 바뀔 거래."

"……."

"어떻게든 일주일만 미루자고 바짓가랑이에 매달리려 그랬는데."

가람은 하아, 하고 긴 한숨을 내쉬더니 턱을 떨어뜨렸다. 이내 고개를 번쩍 들어 올려 새희와 마주치는 눈이 살가웠다.

"다리는 걸을 때 아프진 않고?"

"응."

"다행이다."

살가운데도, 많은 일이 거쳐 가서 그런 걸까. 몹시도 먹먹하게 전해져 왔다.

"누나 애인은 내가 어떤 용기도 낼 수 없을 거라는 걸 한눈에 알아본 거겠지?"

새희는 알 듯 말 듯 한 말을 가만히 들어 주었다. 가람은 "아, 존나 재수 없다니까." 하고 별안간 욕을 하더니 종국에는 픽 웃었다. 그러고 잠시 정적이었다.

새희는 정적 속에서 이별의 시간이 다가옴을 느꼈다. 그래서 급하게, 꼭 해 두어야 할 것 같았던 말을 한껏 힘을 실은 목소리로 말했다.

"가람아, 나 점장님 원망하지 않아."

"……."

"점장님도, 너도, 명아도 다 내겐 고맙고 소중한 사람들이야."

가람은 진심이 전달되길 바라는 새희의 간절한 얼굴을 귀엽다는 듯 바라보았다.

"다리가 부러진 고양이였는데 이젠 난로 앞의 강아지 같네."

가람의 손이 어깨를 토닥이듯 살며시 닿았다.

"알아, 누나."

"응."

"누나는 늘 그랬잖아."

그 말에 담긴 감동이 새희를 미소 짓게 했다. 가람은 새희의 웃는 얼굴을 문득 아쉬운 얼굴로 바라보다가 유난히도 흐릿한 목소리로 중얼거렸다.

"……이루어진다는 속설 따위 비웃었는데."

곧바로 표정을 바꾼 가람은 경쾌한 어조로 말했다.

"그림은 완성하고 명아 통해서 보내 줄게."

"응."

"이 뒤부턴 기억에 의존해서 그리는 거라 기대에 못 미칠지도 몰라."

"괜찮아."

"어쩌면 내가 선물해 주지 않고 가질 수도 있어."

"……."

"그래도 괜찮아?"

"아니, 나 선물해 줘."

새희가 꼭, 하고 강조하자 가람이 크게 웃음을 터뜨렸다. 가람은 앉아 있을 때처럼 다시 새희의 머리카락을 부드럽게 쥐고 들어 올려 그 끝에 조심스럽게 입 맞췄다. 어떠한 불순한 의도도 느껴지지 않는 오히려 슬프고도 경건한 입맞춤이었다.

"불행해 보였던 만큼 이젠 행복하게 살아, 누나."

그것이 가람의 마지막이었다.

* * *

겨울의 양양은 공기는 차가웠지만, 햇볕은 따스했다. 그의 손을 잡으며 차에서 내린 새희는 고개를 들어 낡지 않은 초여름의 기억을 눈 위로 펼쳐 보며 주위를 둘러보았다.

김언혁은 저 멀리 푸르게 뻗어 있는 바다를 바라보는 새희의 옷깃을 여며 주는 데에 집중하고 있었다. 출발하기 전 집에서 직접 매어 준 보드라운 목도리가 새희의 콧잔등까지 덮도록 정돈해 준 다음 그는 손을 내밀었다. 새희는 그 손을 주저 없이 단단히 맞붙잡았다.

식당을 향하는 새희의 발걸음은 날아갈 듯 가벼웠다. 시야에 들어선 유리문 너머 잰걸음을 놀리며 다가오는 여인의 모습이 보였다. 금일 휴무라고 문에 붙여 놓은 종이가 잔바람에 나부꼈다. 나라의 어머니가 기다리고 있었다는 듯, 안에서 문을 활짝 열어 주었다.

"왔니? 새희 양도 어서 와요."

김언혁은 허리를 꾸벅 숙이려는 새희의 손을 잡아 흔들며 잔망스럽게 인사했다. 비슷한 경험만 벌써 몇 번째인데, 통 익숙해지지 못하고 곧이곧대로 난처해하는 새희를 향해 그녀는 웃으며 다정하게 따라 손을 흔들었다.

지난번에 앉았던 평상으로 무심코 걸어가는 새희의 어깨를 감싸고 빙글 돌린 그의 팔이 의자가 있는 테이블로 몸을 이끌었다. 그와 나란히 의자에 앉는 사이 훈훈한 난방 때문에 꽁꽁 싸맨 몸이 금세 뜨끈해졌다.

눈치 빠른 그는 새희의 목도리와 외투부터 제일 먼저 벗기고 차례로 그 자신의 윗옷도 벗어 가지런히 개켜 놓았다. 숨 쉬듯 자신을 신경 쓰는 그에게 새삼스럽게 고마워, 하고 속삭이자 그는 그래? 하며 심술궂은 반응을 보이더니 불쑥 다가와 코끝을 살짝 깨물었다. 새희는 손바닥으로 깨물린 부근을 슬그머니 문질렀다. 아까보다 더 발긋하게 열이 오른 몸이 알게 모르게 의자 위에서 달싹였다.

그런 두 사람을 여인은 맞은편에서 부드러운 눈으로 보고 있었다. 김언혁은 문득 시선을 그녀에게 돌리더니 달라진 점을 찾듯이 오래 탐구했다. 어찌나 골똘히 바라보는지, 옆에서 그 눈빛을 힐끔거리는 새희는 괜히 제 심장이 두근두근 뛰었다. 이윽고 그는 발견한 특이점을 말했다.

"귀여워졌네."

"얘는, 어른한테……."

민망하다는 듯, 여인은 헛기침하며 볼을 붉혔다. 그러나 비록 많이 짓궂긴 했지만, 그의 표현대로 어딘가 모르게 전과 달리 들뜬 기운 같은 것이 그녀에게서 느껴졌다.

수줍은 비밀을 가슴에 품은 소녀의 얼굴 같다고 해야 할까. 그렇기에 그 이유가 그와 자신의 방문 때문이 아니라는 건 새희도 못내 확신할 수 있었다. 그가 일부러 "그렇지?" 하며 다 들리게 새희의 귀에 대고 공감을 바라자 그녀는 창피스러워 죽겠다는 듯, 언혁을 꾸짖었다. 그때였다.

"나 왔다!"

요란스럽게 문이 열리며 나라가 바리바리 짐을 싸 든 채 등장했다. 새희는 너무나도 반가워서 나라와 눈이 마주치기도 전에 활짝 웃었다. 나라는 손에 쥔 캐리어와 어깨에 멘 가방을 빠르게 내팽개치고 하아, 커다란 한숨을 내쉬었다. 이어 혼잣말을 분풀이하듯 쏟아 냈다.

"드디어 끝났어. 망할 놈의 히키코모리 인터뷰! 그 사회성 바닥인 천재 화가 인터뷰 딴다고 몇 날 며칠을 돌섬에서, 씨. 아바이 순대가 내 식도에 아직도 들러붙어 있는 것 같아…… 앞으로 몇 년간 순대는 입에도 안 댈 거야."

지긋지긋하다는 듯 몸을 부르르 떤 나라가 별안간 반색하더니 그와 새희가 있는 쪽으로 뛰듯이 걸어왔다.

"기다린 지 얼마 안 됐지? 나 그래도 언니 보고 싶어서 택시에서 내려서 달리기까지 했는…… 뭐야?"

종알종알 떠들며 무심한 표정의 언혁에게 메롱, 혀를 내밀고 뒤이어 새희를 쳐다본 나라는 일순 자신의 눈을 의심하듯 눈매를 찌푸렸다. 웃고 있던 새희는 나라의 물음표가 가득한, 경악이라고 칭해도 좋을 만한 뜨악한 얼굴에 입꼬리가 넌지시 내려갔다.

"언니…… 머리가 왜 그래?"

"……왜? 이상해?"

"어? 아, 아니. 아니야. 그, 아주 예쁜…… 양 같아. 그냥 스타일이 확 바뀌어서 놀라서. 엄마, 나 배고파. 음식 다 해 놓았지?"

새희가 의기소침하게 묻자 나라는 갑자기 돌변한 얼굴로 어영부영 칭찬하며 급급히 대화의 마무리를 지었다. 그녀의 모친을 끌고 도망치듯 주방으로 들어가 버린 나라의 뒷모습을 새희는 심란하게 응시했다. 날이 갈수록 머리에 대한 자신감이 낙하하고 있었다. 김언혁은 나라가 양 같다고 한 머리끝을 아무도 모르게 손으로 만지작거리고 있는 새희의 머리를 함께 어루만졌다.

"귀엽다니까, 메리."

새희는 뺨으로 뺨을 누를 것처럼 다가붙은 그의 얼굴을 흘끗거렸다. 명아가 새희를 만화 캐릭터와 닮았다고 말한 이후 그는 종종 애칭처럼 그 이름으로 새희를 불렀다. 그럴 때마다 간지럽기도 하고, 낯부끄럽기도 해서 새희는 때마침 두 사람이 자리를 비워서 다행이라고 생각했다.

잠시 후, 진수성찬을 한가득히 카트에 담아 끌고 온 나라는 음식을 차리려는 그녀의 모친을 몸통으로 밀었다. 떨떠름히 밀려난 그녀 대신 나라가 부지런히 음식을 테이블 위로 옮겼다. 마지막 그릇을 가져다 놓은 건 언혁의 손이었다.

나라는 차려진 테이블 위를 보고도 어정쩡하게 서 있는 모친의 옆구리를 팔꿈치로 쿡 찔렀다.

"얼른 가 봐. 곧 해 떨어지겠어."

"음식 모자라면……"

"아, 충분해. 충분해. 차린 것도 다 못 먹어. 얼른 가서 재밌게 노세요."

그녀는 발길이 떨어지지 않는다는 듯, 문으로 가면서도 계속 뒤돌아보다 마침내 어렵사리 식당을 나갔다. 나라는 피식 웃으며 테이블 중앙을 차지한 버너의 스위치를 힘 있게 돌렸다. 곧이어 파란 불꽃이 탁 켜졌다.

물곰탕이 보글보글 끓을 동안 새희는 언혁과 서로의 손을 물수건으로 꼼꼼하게 닦아 주었다. 그 모습이 눈꼴사납다는 듯, 혹은 애틋하다는 듯 상반된 감정이 묻어나는 눈빛으로 쳐다보며 나라가 말했다.

"우리 엄마 연애한다. 무려 4살 연하남이랑."

그리 알려 주는 나라의 표정이 몹시도 편안해 보였다.

"이제 좀 그늘에서 벗어난 것 같아서, 나도 마음이 가벼워."

엄마의 기구한 팔자를 가장 가까이서 지켜보며 아파해 온 나라의 마음을 새희도 공감할 수 있었다. 김언혁은 전해 들은 소식에도 별 반응을 보이지 않았다. 무관심한 얼굴로 수저를 건넬 뿐이었다.

그것을 받아 드는 나라의 눈빛에서 새희는 표현할 수 없는 고마움을 엿보았다. 그러나 굳이 언급하지 않는 건 그는 그 고마움에도 무정할 남자라는 걸 분명 알기 때문이었다. 나라는 분위기를 전환할 겸, 밝은 목소리로 외쳤다.

"오늘 같은 날, 술이 빠지면 섭섭하겠지?"

나라가 냉큼 일어나 냉장고에서 들 수 있는 만큼 술병을 한가득 품에 안고서 흐트러짐 없는 걸음으로 가져왔다. 그사이 생선 가시를 완벽하게 발라 낸 그가 살점을 새희의 앞 접시에 놓았다. 그리고 테이블 위 술병들을 흘끔 보며 새침하게 말했다.

"술은 입에도 못 대."

"웃기고 있네. 작정하고 놀러 온 거면서 빼지 마. 우리 집 걸어서 5분 거리야. 노는 건 내일부터 놀고, 오늘은 마셔야지."

소주와 병따개로 뚜껑을 힘차게 날려 버린 맥주를 유리잔에 콸콸 부으며 나라는 어쩐지 오싹한 느낌이 들 만큼 입꼬리를 바짝 올렸다. 나라가 손에 쥔 유리잔을 손목 스냅을 이용해 흔들어 젓히자 액체가 회오리쳤다. 새희는 생전 처음 보는 진귀한 광경에 감탄했다. 새희와 눈이 마주친 나라가 흐뭇한 미소를 짓다가 이내 토끼 눈을 뜨며 놀랐다.

"아, 참. 언니 술 마셔도 괜찮나?"

분명 새희의 신체에 관한 질문인데 나라의 시선은 언혁을 향했다. 새희조차도 그의 눈치를 봤다. 그는 아직 젓가락도 쥐지 않은 새희의 빈손을 쳐다보았다. 새희는 눈길에 못 이겨 젓가락을 쥐었다. 그러자 그가 다른 반찬도 앞에 놓아 주며 느른히 의중을 물었다.

"마시고 싶어?"

새희는 모르겠다고 고개를 저으려다가 그냥 고개를 끄덕였다. 나쁜 이유로 술기운에 잠식된 적은 있어도, 기분 좋게 취해 본 적은 없다고 봐도 무방했다. 그가 술을 끊고 난 이후 새희도 자연스럽게 술에 입을 댈 일이 전무해졌다.

저와 반대로 술이 없으면 무슨 재미로 사냐는 말을 입에 달고 사는 나라를 이해해 보고 싶었다. 새희가 다시 한번 표정으로 마시고 싶다는 의사를 강력히 피력하자 김언혁은 "그럼 마셔." 하고 선선히 용납했다. 도리어 나라가 정말 괜찮겠냐는 듯이 그에게 걱정스러운 눈빛을 보냈다.

"대신 내가 허락하는 잔까지만."

새희는 엄중하게 선을 긋는 그를 향해 약속하듯 고개를 지긋이 끄덕였다. 비로소 나라는 흥 오른 얼굴로 섞은 술잔을 새희에게 내밀었다. 술은 입에도 못 댄다고 했던 그도 나라가 제조한 잔을 그런 말을 한 적이 언제였냐는 양 흔쾌히 받았다.

세 개의 유리잔이 짠, 부딪쳤다. 시원하게 꿀꺽꿀꺽 들이켜는 나라를 따라 새희도 유리잔을 기울였다. 쿵, 내려놓은 나라의 잔은 말끔하게 비어 있었으나 새희는 반이 남은 채였다.

새희는 급습하는 알코올의 쓴맛에 인상을 썼다. 그나마 몇 번 마셔 보았던 와인과는 전혀 다른 맛과 향이었다. 새희는 입 안의 쓴맛을 몰아내듯 수저로 국물을 연이어 떠먹었다. 나라가 킥킥 웃다가 돌연 한 손으로 턱을 괴고 눈빛을 똘망똘망하게 빛냈다.

"아, 언니처럼 귀여운 남자랑 연애하고 싶다."

새희는 그가 몰래 앞 접시에 담아 놓은 꼬막 무침을 젓가락으로 슬쩍 밀다가 나라를 바라보았다. 나라는 웃는 얼굴로 소주병을 들어 마찬가지로 비워진 그의 잔에 술을 따라 주었다. 그도 나라의 잔을 채워 주었다. 동시에 구석으로 밀려난 새희의 꼬막 무침을 천연덕스럽게 다시 중앙으로 밀었다.

“나는 좀 귀엽고 사랑스러운 남자가 좋더라. 몸까지 귀여운 건 용서 못 하지만.”

술을 홀짝 들이켜며 크, 탄성을 뱉은 나라는 짐짓 단호한 말투로 말했다. 새희는 나라의 몸에 밴 말투나 행동이나 짓는 표정 같은 것이 참으로 귀여웠다. 귀여운 사람은 자신이 아니라 나라였다. 나라는 예의 그 귀여운 표정으로 무심코 언혁을 길게 바라보다 갑자기 억울하다는 듯 눈매를 치켜들었다.

“하 씨, 너무 자주 봤어. 괜히 눈만 높아져서는…… 오빤 책임지고 나한테 남자 소개시켜 줘야 해! 독일 친구 중에 한 사람으로!”

“얼마든지.”

“무슨, ‘얼마든지.’야! 새희 언니 관련된 일 아니면 열에 아홉은 연락 무시하잖아!”

김언혁은 대꾸하지 않고 마시자는 듯 흥분한 나라의 잔에 자신의 잔을 한가롭게 부딪쳤다. 골 난 나라의 표정과 달리 유리가 내는 마찰음은 맑기 그지없었다. 말을 말자는 듯, 나라가 술을 거칠게 들이켰다. 새희도 그들의 속도를 맞추기 위해 남은 잔을 비웠다. 여전히 써서 이맛살을 찌푸려야 했다.

“언니는 계속 학원 다니고 있어?”

“응. 이제 많이 고쳐졌어.”

“수능 공부에, 악필 교정에…… 언니도 바쁘겠다.”

“그래서 나랑 잘 안 놀아줘.”

그가 일러바치듯 끼어들어 말하자 나라가 웃음을 터뜨렸다. 이제 잘 놀아 주는데…… 새희는 조금 억울했지만, 반박하지 않았다.

정말로 그가 그렇게 생각한다면 더 그와 붙어 있으면 되는 일이었다. 그가 좋아하는 표현처럼, 알콩달콩. 그리고 새희가 좋아하는 표현처럼, 오래오래.

두 사람이 주거니 받거니 술을 기울이는 동안 새희는 음식을 양껏 집어 먹었다. 잘 자고, 잘 먹고, 잘 웃으며 지내서 그런지 앙상하던 새희의 몸은 살이 건강하게 붙은 상태였다. 체중이 늘어나며 식사 시간도 길어졌다. 그가 제일 만족스러워하는 변화였다.

송이버섯이 올라간 돌솥 밥을 숟가락으로 삭삭 긁어 발갛게 양념이 됐지만 먹기 좋을 정도로 매콤한 생선찜을 올려 한입에 먹었다. 야들야들한 생선 살과 살짝 진밥의 차진 식감이 씹는 내내 기분이 고양될 정도로 맛이 좋았다.

나라는 누구보다 이 순간을 즐기며 식사 중인 새희의 잔을 긴 시간 만에 다시 채워 주고 현란하게 섞어 주었다. 새희는 삼키기 아쉬운 것을 한 모금과 함께 넘겼다. 술잔을 입술에서 뗀 새희는 의문스러운 얼굴을 했다. 쓴 것은 동일했지만, 어째서인지 목 안으로 넘어갈 때 느낌이 이전보다 시원했다. 혀끝에 감도는 맛이 묘하게 단 것 같기도 했다.

"어? 뭐야! 빨리 왔네?"

착각인가 싶어 남은 것을 조금씩 맛보다가 바닥까지 마셔 버린 새희는 잔을 내려놓고 식당 안으로 들어오는 사람을 쳐다보았다. 의준이 점퍼 주머니에 양손을 찔러 넣고 휘적휘적 걸어 들어오고 있었다.

이로써 이 자리에 모이기로 한 모든 사람이 등장했다. 일일이

인사하는 것도 귀찮다는 듯 차례로 턱짓하던 의준은 새희와 눈이 마주치더니 걸음을 멈추었다. 그리고 나라가 그랬던 것처럼, 눈매를 좁히며 한참을 긴가민가하게 쳐다보다가 이윽고 안도의 한숨을 내쉬었다.

"씨발, 놀래라. 다른 여자인 줄 알았네. 웬 사자가 있나 했어."

"……."

"……파격적이고 매력 있다는 말이었습니다."

칭찬을 급조하며 나라의 옆에 앉는 의준을 보며 새희는 서울로 돌아가자마자 머리를 풀어야겠다고 굳게 다짐했다. 언혁은 시무룩한 심경이 고스란히 파악되는 새희의 얼굴을 바라보고 픽 웃다가 돌변해서 의준을 힐난하는 눈으로 주시했다. 의준은 시선을 피하며 급하게 술잔을 찾았다. 나라가 의준의 잔에 소주를 가득 부어 준 뒤 깨끗한 새희의 잔을 발견했다.

"언니, 잔 비었네? 소주 부어 줄까?"

"난…… 섞어서 부탁해."

나라가 내가 좀 잘 타지, 하며 신나게 소주병과 맥주병을 들었다. 나라의 표현을 빌려 황금 비율로 제조된 잔을 들고서 실없이 웃던 새희는 그대로 김언혁과 눈이 마주쳤다. 그는 제동을 걸까 말까 고민하는 눈빛이었다. 지금껏 케이크 조각을 뺏어 가려는 그와의 오랜 신경전 덕분에 훌륭하게 다져진 표정 연기로 새희는 아쉬움을 진득이 표했다.

그때, 나라가 건배하자며 잔을 들어 올렸다. 결국 네 개의 잔이 사이좋게 부딪쳤다. 새희는 고개를 뒤로 젖히며 술잔을 시원스레

들이켰다. 넘어지기라도 할까 놀란 언혁의 손바닥이 새희의 머리통을 황급히 받쳤다.

하여간 그는 걱정이 많아도 너무 많았다. 새희는 안전하게 빈 잔을 테이블에 내려놓고 괜찮다며 웃었다. 미치도록 잘생긴 얼굴은 심정이 복잡해 보였다. 나라는 한 방울도 남지 않은 새희의 잔을 확인하고 감탄했다.

"언니 잘 마신다."

"고마워."

뭘 그런 걸 고마워하냐며 까르르 웃는 나라를 새희는 갑자기 껴안고 싶었다. 또 실없이 웃음이 나왔다. 어쩐지 모든 게 달콤하고 부드러워 보였다. 케이크 속에 들어온 기분이었다.

"올케언니 다쳤다는 발목은 이제 좀 괜찮아? 뭐, 하긴. 다 낫지도 않았는데 오빠가 여기 올 리가 없지."

"말도 마라. 득달같이 따라온다는 거 겨우 말리고 온 참이니까."

왜? 하고 물었던 나라는 문득 새희에게 시선을 고정한 채 자신들의 대화에는 털끝만큼의 관심도 보이지 않는 언혁을 발견하고 깨달았다는 듯이 킥 웃었다. 키득대던 나라는 뺨이 발그스름해진 새희를 보며 흥미를 끌 듯 양손으로 뺨을 감싸고 눈을 깜빡깜빡했다.

"언니, 재미있는 거 하나 알려 줄까?"

새희는 지금도 충분히 재미있었지만, 힘차게 고개를 끄덕였다.

"우리 오빠 와이프가 언니 옆에 앉은 남자 열성 팬이라 연주회란 연주회는 다 따라다녔잖아. 성의준이 거기서 올케언니한테 꽂혀 가지고는, 쪽팔리게 김언혁 이름 팔아서 데이트 신청해서 족족 차이면서도 따라다니다가 기어이 결혼 성공했고."

"닥쳐라……."

무뚝뚝하게 내뱉는 의준의 귀 끝이 약간 붉었다. 나라는 아랑곳하지 않고 말을 이었다.

"아직도 그래서 김언혁 만나는 자리엔 절대로 안 데려와. 쳐다보는 눈빛이 다르다고. 우리 엄마 아들 징그러운데 좀 귀엽지?"

"씨발, 저 자식이 일부러 내 속 긁는다고 시연이한테 장난 거니까 그렇지……."

의준은 언혁을 흘겨보며 메밀전을 질겅질겅 씹었다. 별 뜻 없이 그런 의준을 멍하니 보고 있던 새희의 앞 접시로 그가 메밀전을 모조리 가져다주었다.

의준이 헛웃음을 치며 젓가락을 내려놓고 빈 잔을 들었다. 자동으로 나라가 술병을 들자 새희도 은근슬쩍 그 사이로 잔을 내밀었다. 짙은 눈길에 뺨이 따끔거렸으나 새희는 꿋꿋하게 잔을 들었다. 나라는 웃음을 참는 얼굴로 새희의 잔에 맥주를 반만 따라 주었다.

"언니, 밤은 길어. 우리 천천히 가자. 천천히."

새희는 애교스럽게 한쪽 눈을 찡긋하는 나라와 둘이서 건배했다. 술이 술술 들어가는 새희를 지켜보던 김언혁은 관자놀이를 손끝으로 누르며 의준과 빠르게 시선을 교환했다. 의준은 피식 웃으며 걱정하지 말고 놔두라는 듯이 손동작했다.

그는 한숨을 흘리며 새희의 볼을 꼬집었다. 새희는 꼬집힌 채로 웃었다. 기분이 좋았다. 너무나 좋았다. 계속 좋아지고 있었다.

"올해도 곧 끝이네……."

나라는 허탈하다는 듯 중얼거렸다. 새삼 한 해를 되짚어 보듯, 말이 없다가 돌연 새희를 빤히 바라보고는 씩 웃는다. 영문을 모르는 새희가 따라 웃었다. 웃는 나라의 눈동자에 애잔하고도 감동스러운 빛이 일순 깃들었다는 건 조금 어지러워지기 시작한 새희의 눈으로는 알아챌 수 없는 사실이었다.

나라의 말처럼 밤은 길었기에 새희는 천천히, 아늑하게 취해 갈 수 있었다. 어느덧 나라의 볼도 사과처럼 달아올랐고, 의준의 눈빛도 날연히 풀어졌다. 그들보다 배로 물렁해진 상태로 새희는 자신의 허리를 팔로 감싸듯이 받치고 있는 그를 평소와 달라진 점이 없나 꼼꼼히 살펴보았다.

하지만 그는 똑같았다. 젓가락질조차 우아한 몸가짐도, 새희를 바라보는 다정한 듯 염려하는, 결국은 사랑스러워서 그 어떤 금지도 하지 못하는 다디단 눈빛도…….

"그러니까 왜 굳이, 그 개 같은 영감탱이 밑으로 들어가야 했느냐는 말이야. 차라리 자회사를 차리는 게 낫지. 한때 그럴 계획도 있었잖아?"

언혁의 입술에서 맴돌던 새희의 시선이 나라에게 돌아갔다. 좀 전부터 나라는 그의 외조부를 안주 삼아 물고 뜯으며 술잔을 족족 비우고 있었다. 의준은 열이 올라 더운지 점퍼를 벗어 의자에 걸어 놓았다. 새희는 뜨끈뜨끈한 뺨을 손등으로 꾹꾹 누르며 나라의 불평불만을 경청했다.

"그 미친 영감…… 수틀리면 골프채부터 들 텐데, 그 성질머리

어떻게 견디고 있는 거래."

"맞아 줘야지."

"돌았어!"

"숙주가 되어야 뼛속까지 무너뜨릴 수 있어."

경악하는 나라의 표정을 보니 새희는 옅어질 만하면 새로운 것을 달고 오는 그의 육체가 눈에 아른거렸다. 지금도 벗겨 보면, 복근 위에 덜 빠진 멍이 새겨져 있을 것이다.

김언혁은 대번에 울상으로 변한 새희의 턱 끝을 쥐고 들어 올렸다. 그러한 부당한 손찌검으로 결단코 훼손될 수 없을 듯한, 강건한 눈빛이 새희의 속상한 마음을 다독였다.

"아직 날 시험하고 있으니까, 신뢰를 얻으려면 몸이라도 내어 줘야지."

"……잘못 들으면 되게 위험해지는 말인 거 알지?"

하여간, 저 눈빛이랑 말투가 문제야. 나라는 힐난을 덧붙이며 소주병을 들었다가 텅 빈 것을 확인하고 팔꿈치로 의준의 어깨를 찔렀다. 의자에 한쪽 팔을 걸치고 한가로이 늘어져 있던 의준은 귀찮다는 듯 인상을 쓰면서도 일어났다. 나라는 느릿느릿하게 움직이는 뒤통수에 대고 막걸리도 잔과 같이 가져오라는 한마디까지 옴팡지게 쏘아붙였다.

나라가 술잔에 막걸리를 섞기 시작한 이후부턴 케이크 속에 들어온 것 같은 기분이었던 새희는 이젠 아예 자신이 케이크가 된 것 같았다. 흐늘거리는 팔로도 끝까지 술을 받아 자신의 잔을 거듭 챙겨 든 새희의 얼굴을 그의 손이 감쌌다. 이어 힘을 주어

당기자 고개가 그를 향해 돌아갔다.

그의 눈빛이 검사하듯 새희의 눈동자를 더듬었다. 새희는 집중하느라 더욱 짙어진 그의 눈동자와 우뚝한 콧대에 참을 수 없어 그의 입술에 입술을 짧게 붙였다 뗐다. 그는 진심으로 놀란 듯 굳었다. 바로 앞에서 그 모습을 관람 중이었던 나라가 웃음을 터뜨렸다.

"언니이. 기분 좋으니까 나 노래 한 곡 부를게."

웃음을 그친 나라가 깜찍하게 말했다. 새희는 응, 하고 기쁘게 답했다. 뜨겁게 쏟아지는 그의 눈빛에도 새희는 그저 웃으며 제 뺨을 감싼 그의 손을 떼어 내어 짝짝, 박수를 쳤다. 그 곁에서 지랄하고 있다는 얼굴을 하고 있는 의준은 나라도, 새희도 하등 신경 쓰지 않았다. 나라는 아주 능숙한 자세로 숟가락을 들어 입술 앞에 갖다댔다.

"멀어져 가는 저 뒷모습을 바라보면서……"4)

나라의 목소리는 카나리아처럼 맑고 고왔다. 새희는 서정적인 리듬에 어깨를 까딱였다. 들어 본 적 있는 노래였다. 새희의 입술이 기억을 되살리듯 음을 따라 자그맣게 흥얼거렸다. 김언혁은 눈 하나 깜짝하지 않고 자신의 손을 붙잡은 채로 노래하며 살랑대는 새희를 바라보고 있었다.

"흐르는 그 세월에 나는 또 얼마나 많은 눈물을 흘리려나……."

나라의 노래가 끝나자 새희는 재차 그의 손으로 박수를 힘껏 보냈다. 나라는 새희의 열렬한 호응이 마음에 든다는 듯 손가락으로 브이 자를 그려 보였다.

---

4) 나미 〈슬픈 인연〉

"아직도 나는 옛날 노래들이 너무 좋은 거 있지…… 언니도 한 곡 해."

나라는 새희에게 숟가락을 넘겨주었다. 자신이 음치라는 사실을 까맣게 잊고서 무심코 받아 든 새희는 얼른 머릿속으로 부를 곡을 선정했다. 예전이었다면 이런 경우, 부를 수 있는 곡이 없어 당황했으리라. 하지만 지금 새희는 옛날 노래는 물론이거니와 최신 유행가도 제법 알 정도로 대중 매체를 흔히 접하고 있었다. 나라처럼 새희도 옛날 노래들을 유독 좋아했다. 그중 가사가 특히 마음에 들어 좋아하는 노래를 고르고 새희는 목을 가다듬었다.

"먼 옛날 어느 별에서 내가 다시 세상에 나올 때……"[5]

새희가 한 소절을 부르자마자 나라와 의준의 얼굴이 석상처럼 굳었다. 그것을 알 턱이 없는 새희는 노래에, 분위기에, 술기운에 심취해 목청껏 노래를 불렀다.

그에 배로 괴로워진 청중의 상황을 역시나 모르는 채로 새희는 음률에 맞춰 상체를 느릿느릿 흔들며 김언혁을 바라보았다. 그가 너무나도 감미로운 표정을 하고 있어 자신감이 한가득 충족된 새희가 마지막 소절까지 행복하게 열창했다.

"아낌없이 아낌없이 사랑을 주기만 할 때 백만 송이 백만 송이 백만 송이 꽃은 피고……."

"그만…… 피어도 될 것 같다."

두 남매는 어쩐지 혼이 빠져나간 사람처럼 의자에 축 늘어져 있었다. 차마 두 귀를 막을 수는 없어 그 근처를 배회하고 있던

---

5) 심수봉 〈백만 송이 장미〉

손으로 나라는 황급히 "잘 들었어, 언니." 하고 냅다 뱉으며 새희의 손에서 수저를 빼앗듯 가져갔다.

내심 몇 곡 더 부르고 싶었던 새희는 순식간에 마이크를 강탈당한 허망한 손으로 머쓱하게 목덜미를 긁적거렸다. 김언혁은 살짝 의기소침해진 새희의 뺨을 쓰다듬으며 "잘 불렀어, 메리." 하고 칭찬했다. 그의 목소리가 웃고 있었다.

"……술 계속 마실까?"

왜인지 술이 좀 깬 듯, 큰 충격이 지나간 또렷한 눈동자로 나라는 다시금 분주히 술병을 들었다.

빈 병들로 테이블 하나가 거의 채워질 즈음, 새희는 연체동물처럼 그에게 기대 흐물거리고 있었다. 나라와 의준도 꽤 취한 듯 보였으나, 언혁은 무서울 정도로 그대로였다. 아, 아닌가. 까만 눈빛이 촉촉해진 것 같기도 했다. 꼭 우수에 젖은 것처럼. 입술로도 부족해서 눈동자에도 키스하고 싶게끔 가슴을 달아오르게 했다.

그러나 키스할 수 없는 곳이었기에 새희는 꾹 참고 웃느라 바쁜 나라와 의준에게로 시선을 돌렸다. 그들은 누군가의 성대모사를 하며 박장대소하고 있었다. 연예인에 대해선 여전히 무지한 새희는 잘 모르지만 다들 웃으니 따라 웃었다.

의준의 차례가 끝났는지 이번에는 나라가 쩌렁쩌렁한 목소리로 어떠한 발언을 연설하듯 외쳤다. 연예인이 아닌 정치인을 따라 하는 것 같았다. 그에 의준이 테이블을 쾅쾅 치며 웃어 댔다. 심지어 김언혁도 바람 빠지는 듯한 소리를 흘렸다.

뭔지도 모르고 따라 웃고 있는 새희를 뒤늦게 발견한 나라가 적극적으로 관심을 끌었다.

"언니, 내가 신기한 거 보여 줄까?"

나라가 한 손으로 코를 틀어쥐고 숨을 크게 들이쉬었다가 입을 크게 벌리자 병뚜껑 따는 소리가 또렷하게 울렸다. 사람의 입에서 났다기엔 믿을 수 없는 소리였다.

새희는 무척이나 신기해했지만, 의준은 질리도록 봐 온 건지 시큰둥한 반응이었다. 나라가 모션을 곁들여 다시 한번 보여 주자 새희는 자지러졌다. 나라는 세상 뿌듯한 눈으로 새희의 웃음이 갈무리될 때쯤 가볍게 물었다.

"언니는 뭐 개인기 할 줄 아는 거 있어?"

"나? 나는…… 숨 오래 참기."

갑자기 분위기가 숙연해졌다. 어쩌다 그런 개인기를 가진 게 된 것이냐고 아무도 새희에게 묻지 않았다. 서둘러 대화는 다른 화제로 넘어갔다.

나라는 귀여운 데다 정말 재밌는 사람이었다. 새희는 나라가 무슨 말만 했다 하면 눈에 눈물이 맺힐 정도로 웃느라 정신이 없었다. 그래서 언혁이 그런 자신을 어떤 시선으로 지켜보고 있는지 몰랐다. 그것만 모르면 다행일 텐데, 실은 뭐에 숨넘어가도록 웃고 있는지 웃다가도 까먹는 지경에 이르렀다.

그러던 새희가 어느 순간부터 멍하게 어딘가를 바라보았다. 나라는 새희의 눈앞에 손바닥을 휘휘 저었다.

"언니이. 취했구나? 어딜 보고 있는 거야. 나랑 이야기 중이었잖아."

"밖에…… 눈 오는 거 아니야?"

"으응? 눈이라니."

"눈 오는 날에…… 엄마가 날 두고 갔는데."

"뭐라구? 안 들려."

작게 속삭인 그 말을 알아들은 언혁이 새희의 얼굴을 감쌌다. 그가 무어라고 속삭이며 새희의 얼굴을 감싼 손을 어깨로 미끄러뜨렸다. 무슨 말인지도 모르겠지만, 갑자기 참을 수 없이 웃겨서 새희는 하하! 하고 웃었다. 김언혁의 표정이 좀 굳어진 것 같기도 했다.

"언니…… 깨어나서 정말 다행이야. 정말 아직도 그 지옥 같은 때만 생각하면……."

정신을 놓은 건 나라도 마찬가지였다. 갑자기 꺼이꺼이 울기 시작하는 나라를 의준은 "씨발, 이 진상 또 시작이네……." 하며 짜증스럽게 노려보았다.

그때였다. 유리문 너머를 빤히 응시하고 있던 새희가 벌떡 일어났다. 너무나도 갑작스러워서 언혁은 손에서 새희의 몸을 미끄러지듯 놓치고야 말았다.

"눈 온다!"

그리고 순식간에 식당 밖으로 뛰어가는 새희를 의준이 반사적으로 막기 위해 팔을 뻗었지만, 새희는 쏜살같이 지나쳐 갔다. 언혁은 상황을 파악하고 새희를 빠르게 뒤쫓았다.

호기롭게 뛰쳐나간 새희는 식당 밖으로 몇 걸음 가지도 못하고 언혁에게 붙잡혔다. 김언혁은 제일 먼저 새희의 다리를 조심스럽게 만지며 확인한 다음 붙잡힌 뒤에도 알 수 없는 혼잣말을 종알대고 있는 입술을 손으로 꼬집었다.

"놀랐잖아."

"나 꼬막 무침 안 먹고 밥 밑에 넣었어."

새희는 고심하다 아까부터 마음에 걸렸던 비밀을 비장하게 알려 주었는데 뜻밖에도 김언혁은 피식 웃었다. "알아." 하고 답한 그가 완전히 취해서 몸을 가누지 못하는 새희를 능숙한 동작으로 등에 업었다. 새희는 넓고 탄탄한 등에 뺨을 비볐다.

다시 식당에 들어오자 의준 또한 엉엉 울어 대는 나라를 둘러업은 뒤였다. 이마에 힘줄이 돋아난 의준은 동병상련인 언혁을 향해 뇌까렸다.

"씨발, 다시는 이렇게 술 먹지 말자. 어?"

* * *

새희는 몹시도 목이 말라 눈을 떴다. 시야를 장악한 배경이 낯설어서 잠시간 꿈을 꾸는 듯했다. 따듯한 색의 벽지, 기다란 나무 탁자 위에 늘어선 꽃병들. 새희의 몸은 솜이불에 포근하게 감싸진 채로 침대 위에 가로누워 있었다.

점차 또렷해지는 시선 끝에 협탁 위에 놓인 물이 가득 담긴 유리컵이 보였다. 꼭 새희가 일어나자마자 갈증에 시달릴 것을 알고 준비해 둔 것 같았다.

새희는 꿀꺽꿀꺽 물을 들이켜며 여기가 어디인지, 어쩌다 이곳에 들어오게 된 것인지 떠올리려고 노력했다. 새희가 열심히 머리를 굴려 보는 사이, 문을 열고 누군가 들어왔다.

김언혁이었다. 그는 새희의 손에서 빈 컵을 받아 옆으로 치웠다. 잘 잤느냐는 인사 대신 얼굴을 부드럽게 맞댔다. 밖에 나갔다 온 건지 그의 뺨이 무척이나 차가웠다. 그 차가움이 마음에 들어 새희는 한참 동안 얼굴을 맞대고 있었다.

그러고 있으니 서서히 간밤의 기억이 선명해졌다. 흥겹게 술을 타 주던 나라의 얼굴, 시큰둥하다가도 이따금 흥분해서 육두문자를 내갈기던 의준의 얼굴, 그리고 한결같이 자신만을 주시하던 언혁의 얼굴도…… 세세한 상황까지 상기하려고 집중하자 불현듯 눈매가 찌푸려질 정도로 엄청난 두통이 몰려왔다. 그 순간, 언혁이 물었다.

"속은 어때."

"엄청 답답해……."

"바람 쐬러 갈까?"

"응."

그가 말하자 맞닿은 뺨이 낮게 진동했다. 이내 서로의 얼굴이 떨어지고, 김언혁은 옷걸이에서 새희의 외투와 목도리, 새희의 것이 아닌 장갑과 털모자까지 들고 왔다. 바람 한 점 들지 않도록 차림을 꼼꼼하게 여며 준 뒤 그는 눈과 코만 빼꼼 드러난 새희의 얼굴을 가만히 응시하다 입술이 닿을 만치 살에 지분거렸다.

갈수록 어지럽다 못해 뜨겁고 지끈지끈한 머리를 부여잡는 새희의 손바닥에 그가 무언가를 쥐여 주었다. 빨대가 꽂힌 초코우유였다.

한 손에 초코 우유를 쥔 새희가 침대 밖으로 발을 내디디려고 하기 무섭게 김언혁이 등을 내보이며 무릎을 접었다. 거절하고 걸을까 싶었지만, 내심 업히고 싶었던 새희는 순순히 그의 목에 팔을 감았다.

그에게 업혀 방을 나서자 거실 소파와 바닥에 각각 널브러져 있는 나라와 의준이 보였다. 그제야 이곳이 그들의 집이겠거니 생각이 들었다. 새희가 잠들었던 곳이 나라의 방이었다는 것도.

그나마 소파 위에서 두꺼운 이불을 덮고 잠든 나라와 달리 바닥에서 끙끙 앓는 소리를 안쓰럽게 흘리는 의준을 언혁은 자연스럽게 발로 밀며 지나쳐 갔다. 그대로 대문을 열고 나가려는 그의 옷을 새희가 잡아당겼다. 혀를 찬 김언혁은 근처에 있는 담요를 집어 의준의 몸에 던지듯 덮어 주었다.

"눈이다……."

집에서 나오자마자 새희의 코끝으로 작은 눈송이가 떨어졌다. 그 순간, 그가 갑자기 웃어서 새희는 의아해졌다. 김언혁은 이유를 말해 주지 않고 새희의 몸을 좀 더 단단히 받치고 걸을 뿐이었다.

쌓이지 않고 옅게 흩날리는 눈이었다. 새희는 쪼르륵, 초코 우유를 마시며 하늘 아래 나부끼는 눈송이를 올려다보았다. 초코 우유의 양이 반으로 줄어들었을 무렵, 해변가에 도착했다.

젖은 모래를 너른 보폭이지만 한만한 걸음걸이로 걷는 그의 등이 따듯했다. 그래서 조금도 춥지 않았다. 여전히 머리는 어지럽고 속은 울렁거리는데도, 기분만은 내리는 눈처럼 보드랍고 포근했다.

새희는 까닭 없이 웃음이 나왔다. 웃는 것도 죄를 짓는 것만 같아 삭막한 얼굴을 숙이고 지내던 시절이 이제는 정말로 까마득했다.

"왜?"

새희가 계속 웃자 그가 물었다.

"그냥……."

새희는 들뜬 목소리로 소곤대며 빨대 끝을 잘근거렸다. 괜스레 어깨 너머로 손을 뻗어 그의 입가에 빨대를 가져다 댔다.

"한 입 줄까?"

"응."

단 걸 싫어하는 걸 알면서 꼬박꼬박 그에게 권하는 자신도, 그에 꼭 달라고 하는 그도 유치한 한 쌍이었다. 하지만 기꺼이 초코 우유를 한 모금 마시는 그가, 등 뒤라 보이진 않지만, 틀림없이 코끝을 찡그렸을 그가 좋았다. 너무나 좋아서 마구 웃음이 나왔다.

나를 다시 웃게 한 사람. 바로 이 해변에서, 새희의 웃는 얼굴을 보며 그가 지었던 불가사의한 표정이 눈에 선했다. 새희의 입꼬리를 만지작거리며 한순간 끌어당겨 안았다가 다시 떼어 내어 얼굴을 확인하고, 또다시 끌어안고…….

"옛날에는 바닷속에 들어가고 싶었어."

급작스럽게 고백하는 새희의 목소리는 눈이 녹아든 것처럼 촉촉했다.

"사는 게 너무 죄스러워서 차라리 바닷속에 들어가고 싶었는데."

들려오는 대꾸는 없었지만, 그가 자신의 이야기에 몰두하고 있음을 새희는 당연하게 알았다.

"당신과 처음 본 바다가 너무 푸르고 예뻤어……."

그러니까 당신은 나를 살게 한 사람이야. 그 한마디까지 내뱉고 싶었지만, 울컥하고 치밀어 오르는 무언가 때문에 새희는 입술을 앙다물었다. 대신 그의 목을 힘껏 부둥켜안았다. 그날의 감정까지 떠밀려 와 대책 없이 흐를 것 같은 눈물을 꾹 참았다. 이렇게 행복한 순간 흘리기엔 아까운 눈물이었다.

새희의 고백이 끝난 뒤에도 언혁은 한동안 아무 말도 하지 않았다. 딱히 어떠한 답을 원하고 한 말도 아니었기에 새희는 신경 쓰지 않고 그의 걸음마다 부드럽게 흔들리는 자신의 몸을 조금 더 그에게 밀착시켰다. 두근두근, 안정적으로 뛰는 심장 박동이 고스란히 느껴지길 바랐다.

그 순간이었다.

"나한텐 그 바다가 네 눈 속에 있었어."

낮게 잠긴 목소리로 전해 오는 그 말속의 진심에 새희는 잠시 멍해 있었다. 이윽고 응…… 하는 감격 비슷한 긍정이 목에서 밀려 나왔다. 뿜어져 나오는 하얀 입김이 봄볕처럼 따스하게 느껴졌다. 눈이 내리는 겨울인데도, 새희의 마음속엔 꽃이 활짝 피어 있었다. 겨울을 닮은 그와 있을 때면, 봄날처럼 언제나.

"여기 자주 오고 싶어."

새희는 뺨으로 흘러내린 눈물을 재빨리 손등으로 훔쳐 내며 활기찬 목소리로 말했다. 곧바로 수락할 줄 알았던 그는 어쩐지 마뜩잖다는 기색이었다. 새희가 의문스럽게 고개를 앞으로 쭉 빼며 싫냐고 묻자 그는 진지하게 조건을 내걸었다.

"술은 멀리하겠다고 약속하면."

"……나 실수 많이 했어?"

새희가 분명하게 기억하는 마지막 순간은 막걸리 병을 신나게 흔들어 대던 나라의 모습이었다. 혹시 무례한 실수라도 했나 싶어 심히 불안한 새희의 속내를 쉬이 짐작했을 거면서도 그는 또다시 나직하게 웃음만 흘렸다.

새희는 지난 밤 자신이 저지른 일을 부디 알려 주길 바라는 마음으로 그의 어깨에 턱을 꾹꾹 눌렀다. 음…… 하고 뜸 들이던 그가 마침내 입을 열었다.

"노래도 부르고, 개인기도 보여 주려고 하고, 마지막엔 잡기 놀이도 했는걸."

"내가?"

왜 그랬지……?

새희는 화끈 달아오르는 얼굴을 목도리 속에 감췄다. 취하니까 장기가 많아지던데, 기어코 덧붙이는 언혁의 놀림에 새희의 귀는 붉게 타올랐다. 이어 새희는 맹세하듯 중얼거렸다.

"이제 안 마셔야겠다……."

그 씁쓸하면서도 다디달았던 맛과 둥실둥실 떠오르는 기분이 아쉽기도 했지만, 다음날 기억하지 못하는 자신의 부끄러운 과거가 남는다는 건 민망스러운 걸 넘어 무서운 일이었으므로.

두 번 다시 과음하지 않겠다고, 아니 금주하겠다고 새희가 약속한 이후 눈송이가 눈에 띄게 더욱 굵어졌다. 이만 산책을 끝낼 시간이었다.

돌아온 길을 다시 되돌아 걷는 그의 걸음은 느긋한 듯하다가 점차 성큼성큼 시원스러워졌다. 물론 새희가 바다를 구경하기엔 문제없을 만큼 조금의 힘든 기색도 없는 탄탄한 등이었다.

"언혁아."

"응."

"사랑해."

"……."

흰 눈이 아득하게 추락하는 바다를 바라보며 새희는 선명히 말했다. 이번에도 그의 침묵은 길었고, 새희는 답을 바라지 않았다. 그러나 아까보다 침묵은 더 길어졌고, 새희는 그 침묵 속에 오직 그만이 간직한 고통을 느꼈다.

"그래."

마침내 그는 모호한 목소리로 어렵게 긍정을 속삭였다. 그래도 괜찮았다. 사랑한다는 말에 굳어 버리는 마법에 영원히 걸려 있을 그일지라도, 괜찮았다.

"사랑해……."

새희는 그의 등에 뺨을 깊숙이 기대며 바다를 응시했다. 눈이 내리는 바다도 노을에 젖은 바다만큼이나 아름다웠다.

* * *

그렇게 사흘의 시간을 내어 놀러 온 양양의 둘째 날 아침부터 새희는 거하게 술병이 났다. 때문에 남은 날 동안 새희는 꼼짝도 못 하고 누워 있어야 했고, 언혁은 그런 새희를 보살펴야만 했다.

마지막 날, 서울로 올라가는 차 안에서 기운 없이 축 늘어진 채로 새희는 정말이지 다시는 술을 안 마시겠다고 맹세하고 또 맹세했다.

* * *

새희는 고양이가 먹을 사료와 간식을 챙긴 뒤 현관을 나섰다. 문을 열고 나가기 전 김언혁은 새희의 머리를 묶어 주었다. 생머리를 찬찬히 빗겨 주는 손길에선 은근히 아쉬움이 묻어났다.

서울로 올라오자마자 망설임 없이 파마를 푼 새희의 결단을 그는 말리지 않았지만, 종종 그 머리가 그리운 듯 자신의 휴대폰에 저장된 사진을 오랫동안 감상하곤 했다. 대신 이렇듯 새희의 머리를 다시 빗질할 수 있게 된 데에는 더할 나위 없이 만족스러운 태도를 보였다.

나날이 늘어 가는 그의 기술로 예쁘게 머리를 묶고서 새희는 그가 이름 붙인 고양이 쉼터로 갔다. 그곳에는 이제 밥그릇과 물그릇뿐만 아니라 보온 방석과 자그마한 지붕이 달린 집도 있었다. 고양이가 망가뜨린 장난감도 풀숲 곳곳에 포착되었다.

"고양아!"

새희는 고양이를 큰 목소리로 부르며 사료 그릇을 확인했다. 배가 고프지 않았던 모양인지 조금도 줄어들지 않은 채였다.

그와 하릴없이 나타나길 기다렸지만, 고양이는 통 얼굴을 보이지 않았다. 실은 며칠 전부터 보이지 않는 상태라 걱정이 이만저만이 아니었다. 오늘은 이대로 돌아가지 않고 고양이를 찾아보기로 결정했다.

"고양아, 밥 먹어야지."

산책로를 두 바퀴나 돌며 애타게 찾아다녔지만, 고양이는 보이지 않았다. 실망스럽게 그와 벤치에 앉아 하는 수 없이 돌아가야겠다고 생각할 때였다. 어디선가 미약하게 야옹, 하고 우는 소리가 들렸다. 동시에 들은 듯 그와 눈이 마주쳤다. 소리가 들리는 쪽으로 걸어가자 울음소리가 점점 크게 들려왔다. 익숙한 울음소리가 아닌 훨씬 더 가냘프면서도 구슬픈 소리라 예감이 좋지 않았다.

울음소리는 화장실 건물 뒤편, 사람이 다니지 않는 길로 두 사람을 이끌었다. 마침내 한쪽 구석에서 울고 있는 새끼 고양이를 발견했다. 부들부들 떨면서도 도와 달라는 듯 소리를 지르는 새끼고양이의 몸은 삐쩍 말라 있었다. 그리고 그 옆에는 성체의 고양이와 새끼 고양이 두 마리가 미동 없이 누워 있었다.

가까이 다가서려는 새희의 앞을 그가 재빨리 막아섰다. 하지만 지금껏 애타게 찾아다니던 아이라는 걸 새희도 이미 알아본 뒤였다. 그는 자신이 충격을 크게 받을까 싶어 보지 않길 바란 듯했으나 새희는 꽤 담담하게 죽음을 받아들이고 있었다. 비록 손과 목이 떨려 오는 건 어쩔 수 없었지만.

잘 먹고 다녀서 몸이 통통해진 줄 알았는데 임신을 한 것이었다. 일찍 알아채지 못한 자신에 대한 한심스러움이 슬픔만큼이나 커다랗게 덮쳐 왔다.

김언혁은 곁에 앉아 죽은 아이를 물끄러미 바라보았다. 그의 등이 음울해 보였다. 야옹, 보다 삐약에 가깝게 울어 대는 홀로 남은 새끼 고양이의 겁먹은 눈빛이 가슴을 아프게 했다. 차분하게 여길 수 있을 줄 알았건만, 조금씩 눈물이 차올라 결국 새희는 손바닥에 얼굴을 묻고서 소리 없이 울었다.

김언혁은 집에서 상자를 가져와 어미 고양이와 죽은 새끼들의 시체를 거리낌 없이 옮겼다. 상자를 들고 걷는 언혁의 뒤를 걷는 것이 서툰 새끼 고양이가 기어가는 모양새로 부지런히 좇으며 서럽게 울어 댔다. 꼭 우리 엄마를 데리고 어딜 가느냐는 것처럼…….

그 가여운 것을 도무지 외면할 수 없어 새희는 조심히 고양이를 들어 올려 품에 안았다. 신기하게도 동물 병원으로 가는 차 안에서 아기 고양이는 울지 않고 조용했다. 온기를 찾듯 새희의 무릎 위에서 작은 몸을 꼼지락대며 덜덜거리는 고양이의 모습을 본 그가 히터를 최대로 올렸다.

도착하자마자 급히 차에서 내려 들어간 동물 병원의 수의사는 상자 속 어미 고양이의 시체를 살피더니 외상이 보이지 않으므로 뭔가를 잘못 먹어 죽었을 확률이 높다고 했다.

먼저 죽은 어미 고양이의 곁에서 추위를 견디지 못하고 새끼 둘은 동사했다는 말을 듣자 살아남은 아이가 너무나도 안쓰럽고, 각별하게 느껴졌다. 절절한 목소리가 저도 모르게 튀어나왔다.

"어디 다른 아픈 데는 없는지…… 확인해 주실 수 있나요?"

잠시 후, 건강 검진을 마친 수의사는 오래 굶고 추위에 방치되어 지금 몸 상태가 많이 약해졌을 뿐, 특별한 이상은 없다고 했다. 자상한 인상의 수의사의 품에 안긴 아기 고양이는 다시 또 모든 게 두렵고 억울하다는 듯 울어 대고 있었다.

이 아이는 어떻게 할 것이냐고 수의사가 물었다. 새희는 그의 얼굴을 쳐다보았다. 김언혁은 아무 말 없이 깊은 눈으로 마주 보았다. 전적으로 새희의 의견을 따르겠다는 뜻임을 모르지 않았다. 새희는 길게 고민하지 않고 대답했다.

"우리가 데려갈게요."

* * *

고양이의 이름은 독일어로 사랑을 뜻하는 리블링이라고 지었다. 그러나 언혁도, 새희도 무의식적으로 리블링이라는 이름보다 아가라고 부르는 횟수가 잦았다. 동물 병원에서 데려올 적만 해도 눈도 제대로 못 떴던 리블링은 이제 또랑또랑한 눈빛으로 탐구심 넘치게 울타리 쳐 놓은 자신의 구역을 넘어 집 안 곳곳을 탐방하고 싶어 했다.

아직 물 섞은 분유를 먹여 줘야 하고, 배변도 사람이 유도해 줘야 해결할 수 있지만, 저를 부르는 소리만큼은 찰떡같이 알아듣고는 기특하게 야옹거렸다. 분명 천재 고양이인 것 같다고 생각해서 새희가 언혁에게 진지하게 귀띔하자 그 역시 진지하게 그런 것 같다고 수긍했다. 하지만 섭외 요청이 들어와도 방송 출연은 시키지 않기로 했다.

리블링이 가족이 된 이후부터, 거실에는 고양이 용품이 하나둘씩 늘어 갔다. 그뿐만 아니라 언혁은 고양이에 관한 서적들도 왕창 사들여 정독하느라 퍼즐은 그의 관심사에서 뒤편으로 밀려났다.

새희가 러그에 배를 깔고 엎드려 공부하면 김언혁은 그 등에 책을 놓고 읽었다. 리블링은 그런 두 사람 근처에서 관심을 달라는 듯 울어 대다가 꼭 새희의 몸 위를 등산하려고 시도했다.

워낙 힘없는 앞발이라 그가 몰래 도와줘야지만 가능한 일이었지만, 여하튼 올라타고 나면 어찌나 당당하게 등을 쏘다니는지, 그럼에도 그 무게가 얼마나 솜털처럼 가벼운지…… 새희는 책에 얼굴을 묻고 리블링이 눈치채지 못하도록 작게 웃을 수밖에 없었다.

어느새 또 새희의 등에서 코를 박고 잠이 든 리블링을 그가 러그 위에 살며시 내려놓았다. 새희는 눈앞의 자그만 머리통을 검지와 중지로 살살 쓰다듬었다.

어미 고양이는 단 한 군데도 하얀 부분이 없는 새까만 고양이였는데, 리블링은 네 발만 양말을 신은 것처럼 하얬다. 그래서 김언혁은 요 며칠 집 근처에서 흰색 고양이들을 분주히 수색하고 다녔지만, 아직까지 리블링의 괘씸하고 무책임한 아빠는 찾지 못했다.

"자장자장, 우리 아가."

새희는 자장가를 속삭이며 리블링의 보송보송한 털을 어루만졌다. 금방 목욕한 것처럼 윤기 나고 보드라운 이 털을 처음 발견했던 모습으로 치환하면 금방이라도 눈물이 날 것 같았다.

엄마와 형제들을 잃고 홀로 삶과 죽음의 경계에서 아등바등했을 이 작고 연약한 생명이 이제는 언혁과 새희의 가족이었다. 가족…… 입술에 품으면 따듯해지고 가슴에 새기면 뭉클해지는 단어였다. 한때는 아프고 황량하기만 했던 단어였다는 게 믿을 수 없을 정도로.

김언혁은 리블링 전용 이불을 들고 와 덮어 주기 전 코끝에 입을 맞췄다. 입맞춤을 받자 리블링은 기지개 켜듯 다리를 쭉 펴며 하품을 하고는 발라당 누워 다시 잠에 빠져들었다.

그는 말랑한 발바닥 젤리에도 입술을 비비고 곧장 이불을 덮어 주었다. 새희도 그를 따라 분홍색 코에 입을 맞추려고 고개를 숙이는 순간 그가 날쌔게 자신의 뺨을 가져다 댔다. 리블링의 털만큼이나 기분 좋은 피부에 입술이 닿았다.

김언혁은 틈을 놓치지 않고 웃고 있는 새희의 입술에 고개 각도를 바꾸며 혀를 밀어 넣었다. 그리고 능청스러운 동작으로 새희의 팔에 깔린 책을 저 멀리 밀어 버렸다.

김언혁의 눈빛은 예고 없이 짙어졌다. 티셔츠 안으로 파고든 그의 손이 날개뼈를 지분거렸다. 새희의 몸은 쉽사리 뒤집혔다. 그는 자신의 아래에 있는 새희의 얼굴을 마주 보며 가슴을 움켜쥐었다. 커다란 손아귀에 잡힌 가슴이 뭉개지듯 몰캉댔다. 나른한 한숨이 나왔다. 새희는 괜스레 잠든 리블링을 흘끗 살피며 소곤거렸다.

"아가…… 옆에서 자는데."

"어느 아가?"

그는 콧날로 새희의 뺨을 부드러이 그으며 얄궂게 물었다. 김언혁은 뺨처럼 발그레 달아오른 새희의 귓불을 머금었다. 축축하면서도 따듯한 혀가 연한 살을 빨아 당기는 소리에 머릿속이 열기로 차올랐다.

귀를 적신 혀는 다음으로 가쁜 숨을 내뱉는 입술을 집어삼켰다. 입술 전체를 통째로 빨아 당기다가 새희의 숨소리가 다급해지자 잠시 물러나듯 타액이 흐른 입꼬리를 다정하게 핥아 준다.

그에 안심한 새희가 호흡을 고르는 찰나, 그는 깜짝 놀랄 만큼 거칠게 덮쳐 들었다. 그의 완력에 목이 꺾이듯 넘어가며 팔이 허우적거렸다.

"목에 손."

아침에 새희의 얼굴을 밟은 리블링을 꾸짖을 때의 목소리로, 그는 입술을 핥으며 속삭였다. 언젠가 심장이 터져 버린다면 필시 그 이유는 그의 이런 면모 때문일 것이다. 새희는 가슴처럼 떨리는 눈가를 질끈 감았다가 다시 뜨며 두 팔을 뻗어 목덜미를 감싸 안았다.

김언혁은 새희의 입속에서 혀를 계속 움직이며 가슴을 만지던 손을 아래로 내렸다. 피부를 스치는 손가락에 의도적으로 여운을 남기듯 끝에 힘을 실었다. 작은 불꽃이 닿는 것처럼 그가 닿는 부분들이 뜨겁고 저릿했다.

바지 속으로 들어갈 듯이 허리춤을 맴돌던 그의 손은 다시금 빠르게 올라와 가슴을 사정없이 주물렀다. 말려 올라간 티셔츠 밑으로 기다란 손가락 사이에 삐져나온 젖꼭지는 발딱 솟아 있다.

김언혁은 발칙하고 귀여운 것을 보듯 뚫어지게 쳐다보았다. 그리고 일부러 짓궂게 젖꼭지만을 피해 가며 유륜을 손톱으로 빙글빙글 돌렸다. 따끔한 듯, 간지러운 듯 쾌락이 경계선에서 오갔다. 새희는 촉촉해진 눈으로 그를 보며 입술을 빠끔거렸다. 그는 비스듬히 고개를 기울였다.

"빨아 줄까?"

"으응……."

"빨아 달라고 말해야지."

김언혁은 새희를 괴롭히고 싶어 죽겠다는, 그보다 더 집요하고도 과격한 속내를 다정한 눈빛으로 숨겼다. 그 달콤한 위장에 언제나 맥없이 속아 넘어가는 새희였다.

"빠, 빨아 줘……."

"어디를."

"가슴…… 가슴 빨아 줘……."

겨우 소리 내어 부탁했는데도 그의 혀는 가장 빨아 주길 바라는 곳 근처만 눅눅하게 기어 다녔다. 더 정확하게 짚어서 말하길 요구하는 그의 목덜미를 새희는 애원하듯 더듬거렸다.

"젖꼭지 빨아 줘……."

미처 깜빡했다는 듯, "아." 하고 작위적인 탄성을 낸 그는 그제야 젖꼭지를 쪽쪽, 소리를 내며 빨아 먹었다. 새희는 아이처럼 제 젖가슴을 빠는 그의 얼굴을 수치와 희열에 젖은 눈으로 바라보며 신음했다.

혼탁한 정신 사이로 바지 지퍼가 내려가는 소리를 들었다. 그는 새희의 바지와 속옷도 함께 잡아 미끄러뜨리듯 벗겨 냈다. 희게 드러난 두 다리의 발목을 그가 틀어쥐었다. 화상 자국 위로 새희 스스로 만든 흉터를 그는 혀로 핥은 뒤 바짝 당겨 하체가 맞붙게 했다.

허벅지에 단단하게 젖은 욕망이 노골적으로 비벼졌다. 넣은 것도 아닌데 벌써 전율이 오는 듯한 느낌에 새희의 눈매가 흐드러졌다. 완전히 풀린 눈동자 안에 팔을 교차시켜 티셔츠 밑단을 잡아 벗어 던지는 그가 비쳐 들었다.

그의 어깨처럼 직각으로 팬 쇄골에 새희의 눈길이 밀착했다. 김언혁은 복부에 올라붙은 성기를 한 손으로 쓸어 올리며 새희의 번들거리는 아래를 주시했다.

“벌려야지. 박기 좋게.”

그 저급한 말에 주르륵, 애액이 흐르는 것이 느껴져서 참담했다. 허리를 움칠거리며 머뭇거리던 새희는 불가항력적인 얼굴을 하고서 양손으로 음부를 조심스럽게 감쌌다. 이어 당기듯 벌리자 찐득하게 붙었던 살이 떨어지는 소리가 났다. 그도 들었을 그 소리를, 보고 있을 그 광경을 선연하게 자각할수록 물고 빨렸던 젖꼭지가 근질거렸다.

활짝 벌어져 물기로 흥건한 아래로 당장 넣을 것처럼 굴어 놓고, 그는 불현듯 거친 기세로 새희의 골반을 잡고 어깨 위로 끌어당겼다. 허리가 붕 뜨며 음부에 그의 코와 입술이 묻혔다. 새희가 숨을 들이켠 순간, 김언혁은 내리뜬 눈을 반짝이고 곧이어 미친 듯이 빨아 먹기 시작했다.

“으응! 흣, 아, 읏!”

눈앞으로 스파크가 튀었다. 새희는 교성을 지르며 러그를 쥐어뜯었다. 게걸스럽고 상스러운 혀 놀림에 단숨에 고양된 신음이 쏟아져 나왔다. 그는 한숨마저 그 안에서 토해 내는 것 같았다. 새희의 동공이 뒤로 넘어갈 것처럼 부들거렸다. 쾌감이 지나쳐서 고문처럼 느껴지고, 신음하는 목소리는 점점 더 높아졌다.

김언혁은 정말로 새희의 안을 먹어 치워 버릴 것처럼 입술과 혀를 깊이깊이 파고들며 도리질 쳤다. 새희는 정신이 날아가 버릴 것 같아서 다리를 버둥거렸다. 그러던 순간이었다. 별안간 솜털까지 쭈뼛 설 정도의 짜릿함이 온몸을 관통했다. 이윽고 막아 놓은 둑이 무너진 것처럼 애액이 터져 나왔다.

마침내 그의 하관이 새희의 속살에서 떨어져 나갔다. 눈에도 튄 건지 한쪽 눈가를 찡그리며 잔뜩 젖어 반짝이는 아랫입술을 혀로 핥는 그를 새희는 멍하니 응시했다.

“하아……. 아!”

극적인 여운에 잠겨 들어 몽롱해지기 무섭게 그는 새희의 골반을 다시금 잡아 내린 뒤 너무나도 급작스럽게 성기를 푹, 박아 넣었다. 새희는 온몸을 팔딱이며 경악 같은 흐느낌을 냈다.

가볍게 새희의 등을 감싸 일으킨 그가 아래에서 위로 성기를 소름이 끼치도록 빠르고 깊게 쑤셔 넣었다. 새희는 울어 대며 그의 허리에 다리를 감았다. 습한 숨소리를 흘리며 허리를 움직이던 언혁은 문득 엄중하게 말했다.

“하아, 다리 아프면 말해야 해, 음?”

“흐응, 응, 아! 아!”

"아기야."

우습게도 그 순간 리블링이 잠결에 반응하듯 야옹, 하고 작게 울었다. 그는 픽 웃으며 "너 말고." 하고 중얼거린 뒤 새희의 턱 끝을 쥐고 재차 알아들었느냐고 물었다.

새희는 세차게 흔들리면서도 고개를 끄덕끄덕했다. 그러나 그는 소리 내어 대답하지 않았다고 혼나야겠다며 새희의 몸을 뒤집어엎었다.

순식간에 새희는 고양이처럼 엉덩이를 높게 치켜든 자세가 되었다. 내쉬는 끈적한 숨에 러그가 젖어 들었다. 잠시 뒤 자신에게 덮쳐들 고통을 상상하며 새희는 고개를 뒤로 했다. 눈이 마주친 순간 언혁은 한쪽 눈썹을 들어 올리며 새희의 엉덩이를 짝! 때렸다.

"으응!"

맞은 부분에 연속해서 따끔한 감각이 터졌다. 동시에 다른 한 손이 축축한 곳을 무도하게 헤집었다. 새희는 바르작거리며 달뜬 숨을 토해 냈다. 그의 손가락이 돌기를 문지르다가 내벽을 긁어 올렸다. 고인 물을 퍼내는 듯한 찌걱찌걱한 소리와 함께 새희의 몸은 더욱 크게 요동쳤다.

짝! 지끈거리는 피부에 쉴 새 없이 고통이 일었다. 새희는 고개를 돌릴 힘마저 잃어 얼굴을 처박은 채로 울음을 터뜨렸다.

"우리 집 아기들은 여길 때려 주는 걸 너무 좋아하지."

곤란하다는 듯 한숨 쉬는 목소리라 너무도 부끄러웠다. 그의 말처럼 여실히 반응을 내보이는 몸 때문에 수치심은 하늘 높이 치솟았다. 새희가 울먹이는 걸 알아챈 그가 손가락을 난폭하게 쑤시며 부러 천진함을 흉내 내는 목소리로 물었다.

"왜, 아니야?"

"흐읏, 읏……."

"대답 자꾸 까먹지."

"으, 으응! 응, 조, 좋아해……."

좋아해, 좋아해…… 속삭일수록, 저열한 욕망 속으로 날개를 달고 추락했다. 기어이 가누지 못하고 흐트러지는 몸을 그의 팔이 민첩하게 받쳐 주었다.

등에 맞붙은 그의 육신도 열기로 뜨겁다는 사실에 한편으로 안도했다. 이렇게 뇌가 녹아 버릴 것만 같은 열락에 잠긴 사람이 자신뿐만이 아니라는 것에 조금은…….

그러나 그 잠시의 안정도 가당찮다는 듯, 새희의 상체를 안전벨트처럼 가로지른 팔이 몸을 휘끈 뒤로 젖혔다. 가슴을 쥐어짜듯 움켜쥐는 악력에 새희는 비명을 질렀다.

새희의 비명이 멈추지 못하도록 젖꼭지를 극렬하게 괴롭히며 그는 엉덩이 골 사이로 마찰하던 성기를 잡아 찔러 넣었다. 일순 뒷골이 짜릿하게 울릴 정도의 쾌락이 폭발했다.

"아읏……!"

김언혁은 새희의 어깨에 이를 박아 넣으며 커다란 성기를 위로 쑤셔 박았다. 새희는 안달하며 쪼개지는 듯한 몸을 뒤흔들었다. 그러나 새희의 몸을 압박한 팔뚝은 쇠창살처럼 단단했다. 그의 손에 잡힌 젖꼭지가 뜯겨 나가도 이상하지 않았다.

정면에 보이는 벽장이 액체처럼 흘러내리는 착각을 현실과 분간할 수 없는 지경이었다. 빠듯하게 처넣고 빼는 속도는 과연 가능한가 싶을 만큼 끝을 모르고 격해졌다. 탁한 신음 소리가 새희의 교성 위로 섞여 들었다.

"으, 으읏, 그만, 그만, 제발, 더, 못, 못 하겠…… 읏, 아!"

새희의 울음에 애원이 섞이기 시작했다. 그는 들리지 않는 것처럼 콱, 뿌리까지 집어넣은 채로 성기 끝을 둥글렸다. 찐득하게 내벽을 할퀴는, 진저리쳐지도록 생생한 느낌에 그저 흐느낄 도리밖에 없었다.

그가 깨문 어깨가 젖꼭지처럼 얼얼했다. 김언혁은 전혀 수그러들지 않는 기세로 들썩이는 목덜미와 귓바퀴, 반대편 어깻죽지까지 흡혈하듯 빨아 들였다. 그만해 달라는 애원도 음성으로 갖추기 어려워 성대를 긋는 울음만이 질질 새어 나왔다. 그럴수록 흥분한 언혁의 숨소리가 고막에 퍼트려졌다.

"하아……."

안쪽에 깊이 치달은 성기가 부풀며 사정이 임박했다고 느꼈을 때, 언혁은 나란히 무릎 꿇은 몸을 포개어 박고 있던 자세로 번쩍 일어났다. 부지불식간에 공중으로 떠오른 새희의 중량을 손쉽게 떠안은 그가 거칠게 박아 올렸다. 들어가는 깊이가 말도 안 되게 깊어졌다. 철퍽철퍽, 굵고 기다란 성기가 완전히 밑으로 빠져나갔다가 추진력 있게 꽂혀 들었다. 숨이 넘어갈 것처럼 새희는 껄떡거렸다. 어떻게 이런 자세로, 이런 강도로…….

사정을 감내하면서까지 극한으로 새희를 몰아붙이는 그에게서도 억눌린 숨소리가 퍼졌다. 그 순간, 닿아 있는 언혁의 목울대가 꿈틀거렸다. 지금이야말로 사정할 줄 알았건만 그는 새희의 다리를 놓아주었다. 이어 바닥에 넘어질 듯하던 새희의 몸을 바로잡아 돌리고서 목을 눌러 꿇어 앉혔다.

새희는 하도 울어서 빨개진 눈을 더디게 들어 올려 그를 쳐다보았다. 엉망으로 젖고 흐트러진 자신과 달리 그는 땀조차 매끄럽게 흐르는 조각 같은 상반신 밑으로 헐겁게 풀린 바지 속에서 성기를 오만하게 꺼내 든 채였다. 그 상반된 입장에 수치와 경탄이 심장을 가파르게 뛰게 했다. 김언혁은 딱딱한 성기로 자신을 올려다보는 새희의 뺨을 가벼이 툭툭 두드렸다.

"눈."

새희는 순순히 눈을 감았다. 이내 끈적하고 비릿한 정액이 눈꺼풀 위로 포물선을 그리듯 부드럽게 뿌려졌다. 속눈썹을 적시고 진득하게 흐른 그것이 입술을 타고 떨어졌다. 새희는 느릿하게 눈을 떴다. 질척하게 젖은 눈매를 손으로 비비다 허락 없이 닦은 것을 알고는 허둥지둥 눈치를 살피자 그는 턱 끝으로 아래를 가리켰다.

그의 시선을 따라가자 바닥에 흘린 정액을 발견했다. 멍청하게 바라만 보고 있다가 위압적인 그의 눈빛에 반항하는 기색 없이 엎드렸다. 그러자 그는 리블링의 시선을 끌 때처럼 혀를 튕기는 소리를 내며 새희가 자신을 보게 했다.

"바닥은 지지야."

새희는 그제야 자신이 핥아야 하는 곳이 그의 미끈한 발등 위임을 알아차렸다. 스스로 놀랄 만큼 망설이는 시간은 존재하지

앉았다. 새희는 엉금엉금 기어가 고개를 숙이고서 그를 흘끔 올려다보았다. 그는 어서 해야 할 일을 하라는 듯 다분히 사무적인 표정을 하고 있었지만, 그 눈빛의 기저에는 비이성적인 흥분이 빈발하고 있었다.

그래서 이 모든, 인간으로서 마땅히 치욕스러운 행위를 감당할 수 있었다. 새희는 서서히 턱을 당겨 내렸다. 아름다운 그의 손과 다르게 날카롭게 빚어진 발을 천천히 바라보다 혀를 내밀어 그의 발등을 부드럽게 핥아 올렸다. 혀끝에 닿는 정액은 미지근하고 진했다. 그 맛이 가슴에 낙인처럼 새겨질 정도로.

깨끗하게 혀로 닦은 뒤 새희는 열망 어린 눈을 하고 고개를 들었다. 김언혁은 입가에 지독히도 다정한 미소를 걸고서 한 손을 뻗어 새희의 턱 끝을 어루만졌다.

"세상에서 제일 착하다니까."

그의 아낌없는 칭찬에 새희는 이상하게 눈물이 펑펑 쏟아졌다. 그는 새희의 젖은 뺨을 사랑스럽다는 듯 손바닥으로 간지럽혔다. 그러다 목덜미를 당겨 집어삼키듯 입을 맞추었다.

새희가 그의 등을 끌어안지도 못하고 혼이 나갈 듯한 키스가 길어질 때였다. 새희는 별안간 다리에 닿는 부드러운 감촉에 화들짝 놀라며 밑을 쳐다보았다. 언제 깨어난 건지 리블링이 심심하다는 듯 앞발로 새희의 다리를 꾹꾹 누르고 있었다. 여느 때처럼 몇 시간이 몇 분처럼 삽시간에 흘러가 버렸다는 걸, 또 이렇게 뒤늦게 깨닫는다.

새희가 리블링을 두 손으로 안아 드는 순간에도 그는 새희의 빰에 쪽쪽, 입술을 문지르고 있었다. 김언혁을 빤히 보던 리블링이 통통한 앞발로 그의 입술을 턱, 붙잡았다. 김언혁은 잠깐 눈매를 가늘게 하더니 그대로 입을 벌려 앙증맞은 발을 덥석 삼켜 버렸다.

곧바로 기겁해서 앞발을 잡아 빼는 리블링의 뒷덜미를 그가 움켜쥐고 새희에게서 떼어 냈다. 대롱대롱 흔들리는 리블링과 언혁은 그 상태로 눈빛으로 서로의 뜻을 주고받았다. 이내 그는 단호하게 대화를 일단락했다.

"안 귀여워. 방해꾼이야."

그리고 그는 걸어가 울타리를 쳐 놓은 공간에다 리블링을 내려놓았다. 항의하듯 우는 소리는 언혁이 등을 몇 번 쓸어 주자 금세 조용해졌다. 돌아오는 그의 뒤편으로 담요에 풀썩 옆으로 누운 리블링의 작은 배가 오르락내리락하는 것이 보였다.

그사이 속옷을 챙겨 입고 있던 새희는 박혀 드는 그의 삐딱한 시선에 무릎 위로 팬티를 올리기 직전 굳었다.

"왜 입지?"

나른하게 다가붙은 그는 새희의 무릎에 걸린 팬티에 손가락을 걸었다.

"아직 다 예뻐해 주지 않았는데."

그렇게 주르륵 밀려 내려간 속옷 다음으론 새희의 몸이 그의 팔에 안겨 들었다. 또다시 폭풍처럼 몰아칠 것 같은 정사에 긴장하며 몸이 움츠러든 것이 무색하게 언혁은 새희를 아기처럼 안고 거실을 산책하듯 여유롭게 돌아다녔다. 어리벙벙하던 새희는 "뽀뽀." 하며 혀를 내미는 그의 감미로운 태도에 긴장을 풀고 웃었다.

혀에 입술을 갖다 대자 그는 날름 핥은 다음 쪽 소리가 나게 입술을 붙였다 뗐다. 그 뒤에도 그는 뽀뽀나 키스나 볼을 비비는 행위 같은 간지러운 요구를 해 댔다. 물론 새희는 하나도 거절하지 않고 요구하는 족족 들어주었다. 그러나 그는 이윽고 들어주기 힘든 것까지 원하는 데에 이르렀다.

"노래 불러 줘."

"그건 안 돼……."

"왜?"

"나는 음치잖아."

"누가 그래."

그가 그랬는데…… 새희가 머쓱하게 입을 다물자 그는 코끝으로 입술 사이를 문질렀다. 새희는 간질거림을 이기지 못하고 그의 목을 답삭 껴안아 얼굴을 묻었다. 김언혁은 팔로 받쳐 든 새희의 몸을 요람처럼 살살 흔들며 꼬드기듯 귓가에 속삭였다.

"귀여우니까 괜찮아."

"그냥 다른 거 계속하면……."

김언혁은 문득 말이 없어졌다. 새희가 의아하게 고개를 들어 그를 쳐다보자마자 그는 자신이 뭉뚱그려 표현한 '다른 거'를 모조리 얼굴에 쏟아부었다. 새희는 별안간 물고 빨린 뺨과 입술이 얼떨떨해서 부은 눈을 깜빡거렸다. 김언혁은 그렇게 비벼대고도 다시 또 새희의 뺨에 입술을 지분거리며 보챘다.

"듣고 싶어."

"……."

"나한테만 들려 줘."

"……."

"음? 나한테만."

"……무슨 노래 불러 줄까?"

나라가 꼭 대가리 깨고 싶은 사람 앞에서만 노래 부르라고 했었는데…… 그의 대가리는 죽어도 깨고 싶지 않았지만, 그가 너무나도 원했기에 그리고 그런 그에게 새희는 너무나도 약했기에 결국 용인하고 말았다.

김언혁이 원하는 노래는 다행스럽게도 그나마 가장 자신 있는 노래였다. 태어나 가장 많이 부른 노래이기도 했다.

"달빛 서린 백사장에 두 손 마주 잡고 걸어가네."

김언혁은 노래하는 입술을 혀로 핥았다. 새희는 정말로 감미로운 얼굴을 하고 있는 그에게 힘입어 좀 더 자신 있게 노래를 불렀다.

"무서운 밤이 쫓아온다. 쏟아지는 별을 등지고 뛰어가자."

입술에서 목으로 그의 혀가 내려오는 동안 새희의 노랫소리는 잔바람에 이듯 살랑거렸다.

"파도치는 바다야, 노래해 주렴. 커다란 어둠을 멀리멀리 쫓아 주렴……."

산들산들 거실을 다니던 그는 발이 걸린 척 의도적으로 새희를 안은 채로 부드러이 침대에 쓰러졌다. 하지만 새희는 노래하는 것을 그만두지 않았다. 그가 새희의 다리를 벌리며 목을 아찔하게 물었다. 김언혁은 성기를 녹녹하게 풀린 안으로 밀어 넣었다.

새희는 자신의 위에 자리한 그를 보며 노래하다 어쩐지 몹시도 눈이 부셔 눈을 감아 버렸다. 그게 마음에 들지 않는다는 듯 그의 입술이 눈꺼풀 위에 내려앉았다. 흐트러진 숨을 노래에 섞어 보내며 새희는 다시 눈을 떴다. 눈을 뜨니 그가 있었다. 그 사실에 가슴 깊이 빛이 들어찼다.

"파도치는 바다야, 노래해 주렴. 멀고 먼 아침을 데려와 주렴……."

* * *

선물 같은 나날들이 이어졌다. 리블링은 건강하게 자라났고, 표면적일지라도 언혁과 외조부의 사이가 완화되어 가며, 새희의 글씨도 점점 더 바른 모양을 갖췄다.

눈물보단 웃음이, 슬픔보단 기쁨이, 불행보단 행복이 발끝에 따라붙는 나날이라고 할 수 있었다. 그러니까, 하루하루가 선물이라고 부르기에 조금도 모자랄 게 없었다.

- 오랜만이에요, 새희 씨.

그러므로 그가 자리를 비운 아침, 어떤 마음의 준비도 없이 모르는 번호로 걸려 온 전화를 받았을 때도, 새희는 뜻밖의 불행을 마주한 것처럼 당황하지 않았다. 비록 그 대상이 그녀일지라도.

- 나 번호 잘 알아내죠?

주이진이었다.

* * *

리블링을 혼자 놔두고 외출할 수 없었으므로 이진은 집으로 방문했다. 언혁이 있었다면 절대로 허락하지 않았겠지만, 새희는 인터폰 화면에 나타난 이진을 담담한 눈길로 쳐다보았다. 그리고 주저하지 않고 걸어가 문을 열었다.

“고마워요. 빨리 열어 줘서.”

새희는 예감하고 있었다. 한 번쯤은, 이진을 다시 만나게 될 것임을. 운명은 필연적으로 그녀와의 재회를 이끌 것이라고.

“마냥 세워 둘까 봐 겁났는데, 누구처럼.”

얼마 만인지 셀 수 없을 만큼, 긴 공백을 지나고 만난 이진은 변화한 점이 몇 군데 있었다. 우선 아름답게 물결치던 긴 머리카락이 쇄골을 겨우 덮을 정도로 짧아졌으며, 굴곡이 확실한 몸매는 살이 많이 빠져 몸집이 가냘프게 줄어든 느낌이었다. 대신 윤기 나는 피부와 화려한 옷차림은 그대로였다.

이진은 캐시미어 장갑을 우아하게 벗으며 거실로 들어섰다. 리블링을 발견한 이진이 어머, 하며 신기한 감탄사를 냈다. 낯선 이를 경계하며 털을 쭈뼛 세운 리블링은 이진이 점점 가까워지자 꼬리를 빼고 쿠션 밑으로 쏙 들어가 버렸다. 노골적인 경계와 외면에 이진은 짧게 웃음을 터뜨렸다.

두 사람은 볕이 잘 들어오는 다이닝 룸으로 들어가 둥근 테이블 의자에 앉았다. 이진은 차를 가져다주려고 일어서는 새희에게 사양하는 손짓을 해 보였다.

잠시간 침묵이 감돌았다. 이진에게서 넘어오는 향기가 전과 달랐다. 도발적이고도 유혹적인 향이 아닌 울창한 푸른 숲을 연상시키는 향이 의외로 그녀와 썩 잘 어울린다고 무심결에 생각할 때였다. 이진이 말했다.

"다 잊고 알콩달콩 잘 사는 와중에 갑자기 등장해서 퍽 난처하죠? 내가 악몽 같을 텐데."

새희는 아니라고 고개를 저으려다가 어딘가 공허한 듯한 이진의 미소를 보고 가만히 있었다.

"고양이는, 어쩌다 키우게 됐어요?"

어미와 형제가 죽어 홀로 남은 아이를 데려왔다고 말하자 이진의 미소가 조금 슬퍼졌다.

"그래요? 불쌍하네."

어째서일까. 불쌍하다고 중얼거리는 이진의 얼굴이 순간 더 측은하게 보였던 이유는.

"음…… 새희 씨가 들으면 기뻐할 만한 소식이 뭐가 있으려나."

새희가 익히 잘 아는, 짓궂은 표정을 보자 머리 위로 지난날이 쏟아졌다. 그 괴로울 만치 절절했던 모든 과거가 매듭지어진 후에 이진을 마주 보고 있는 이 순간의 현실이 새삼스러운 결말로 와닿았다.

"회장님은 우울증을 심히 앓으시다가 공황장애까지 진단받아 약물 치료 중이에요. 원인은 짐작이 되죠?"

"……."

"너무 약한가?"

새희가 그럴듯한 반응을 내보이지 않자 김빠졌다는 듯, 이진은 손끝으로 턱을 톡톡 두드렸다. 하지만 새희에겐 기쁘지도, 그렇다고 당연히 안타깝지도 않은 소식이었다.

새희의 삶과 더불어 은석의 삶까지 망친 장본인이었지만, 특별히 벌을 내리고 싶다거나 세상에서 가장 불행해지길 기도한 적은 맹세코 없었다. 자신이 천사처럼 하해와도 같은 선심을 가졌다는 것이 아니다. 누군가가 고통받길 바라며 사는 삶. 그런 삶을 사는 것 또한 고통임을 새희는 알았다.

때때로 망각되지 않은 외롭고 불행했던 시절이 예보 없는 흐린 날처럼 덮쳐들곤 했다. 그럴 때면 새희는 피아노를 쳤다. 그리고 피아노를 치는 자신을 구경하는 언혁을 바라보았다. 그렇게 제 삶의 날씨는 언제 흐려졌었냐는 듯 다시 맑아졌다.

원망도, 억울함도 사랑으로 말미암아 묻을 수 있었다. 그를 만나기 전까지 얼룩덜룩해진 세월을 깨끗하게 씻어 낼 순 없지만, 온갖 슬픈 상흔을 단 채로도 새희는 얼마든지 행복할 수 있었다. 자신은 그럴 자격이 있었다.

그러니까 미워하는 것보다, 행복해지는 쪽에 사활을 걸고 싶었다. 굳이 애쓰지 않아도 더할 나위 없이 행복했으므로 어제보다 오늘이, 오늘보다 내일이 이보다 더 좋을 수 없는 순간에 지나지 않았고, 지나지 않을 것이었다.

이진은 또렷하게 빛나는 새희의 눈망울을 약간은 버거운 듯 바라보았다.

"새희 씨는 모든 걸 묻어 버렸어도, 그 남자는 아니겠죠."

"……."

"묻어 버렸다면 그토록 역겨워하는 외조부 밑으로 제 발로 기어들어 갈 리가 없을 테니까."

이진의 목소리가 돌연 날카로워졌다.

"그 간교스러운 늙은이도 나이가 드니 총기가 흐려진 건지, 아니면…… 알면서도 갖고 싶은 장기 말이었다든가. 제 아버지를 눈 하나 깜짝 안 하고 바닥으로 끌어내린 인간인데 외조부라고 다를까."

어쩌면 그의 어둡고 음습한 부분만큼은 새희보다 이진이 더 깊이 헤아리고 있을지도 모른다는 생각이 들었다.

"지금이야 때가 아니니 꼿꼿한 목으로도 비위를 맞춰 주고 있겠지만, 기회가 오면 모조리 갈아엎고 찢어 버리겠죠. 그 남자의 회사는 물론이거니와 태정까지."

"……."

"어쩌면…… 나까지 무너뜨릴지도 모르고."

이진은 무서워 죽겠다는 듯 어깨를 떨며 피식 웃었다. 하지만 진심으로 그런 때를 대비하고 있다는 것처럼 태도는 의연하고 차가웠다.

"그러지 않을 거예요."

새희는 기억하는 것보다 더 갸름해진 이진의 턱을 바라보며 그녀가 확신하는 미래를 부정했다. 이진은 새희가 부정한 말이 전체가 아닌 마지막 한마디임을 쉽게 알아차린 듯했다.

"왜?"

이진의 얼굴에서 표정이 사라졌다.

"나는 그보다 더한 벌을 받고 있어서?"

그녀의 아이가 살아가는 데 고달픈 결함을 가지고 태어났다는 걸 들었을 때, 새희는 결단코 통쾌함을 느끼지 않았다. 오히려 그 순간 느꼈던 감정은…….

이진은 마치 얼음으로 무장한 것처럼, 얼굴에 냉기를 품고서 말했다.

"난, 내가 벌 받고 있다고 생각하지 않아요, 새희 씨."

"……."

"아픈 아이를 낳았다고 여자로서, 인간으로서 인생이 실패했다고 생각하지도 않고."

싸늘하게 가시가 돋친 이진의 목소리에 새희는 그녀가 그렇게 말할 수 있기까지 얼마나 많은 고통과 좌절의 수련을 겪어야 했는지 조금이지만 짐작할 수 있었다.

"내 아이의 앞날에 감히 그 어떤 장애물도 놓이지 않게 해 줄 엄마가 되어 주기 위해서라도 나는 이 자리를 지켜야 하거든."

새희는 이진의 눈에 칼날처럼 반짝이는 독기가 섬뜩하지 않았다.

"은석 씨는 없느니 못 한 아빠라서 버리려고 했는데……."

문득 번뜩거리던 눈빛은 구멍 뚫린 풍선처럼 기력이 서서히 빠졌다.

"이상하게 남편을 보면 아이에 대한 연민과 애정이 배로 샘솟아서. 은석 씨를 너무 많이 닮아서 그런가."

"……."

"정신은 나갔어도 워낙 예쁜 건 맞으니까. 그쵸?"

이진의 입에서 나온 은석의 이름에도 새희는 동요하지 않았다. 그것을 알아본 이진의 눈매가 가느스름해졌다.

"내가 더 미워요, 은석 씨가 더 미워요?"

새희는 대답하지 않았다. 이진은 또다시 웃으며 새희가 처음으로 마주한 색다른 그녀의 얼굴을 지워 냈다. 또다시 정적이 찾아들었다. 새희는 왠인지 지금의 침묵이 한층 거북스러웠다. 아마도 이 침묵이 끝나면 기어코 이진이 내뱉을 말이 어떠한 것일지 예측하였기 때문일지도.

"은석 씨는…… 삶을 잃어버린 채로 살고 있어요."

새희는 그 이상 쏟아질 자신이 모르는 은석의 불행을 막고 싶었다. 그래서 급히 저지했다.

"더 듣고 싶지 않아요."

이진은 장난스럽게 "끝이었는데?" 하고 반박했지만, 새희는 끝이 아니었음을 알고 있었다. 이진도 구태여 말하지 않겠다는 듯 눈썹을 한번 까딱할 뿐이었다. 그 천연덕스러운 모습을 바라보다 새희는 불쑥 물었다.

"후회하나요?"

예상치 못한 질문인 듯, 이진은 한동안 말이 없었다. 한참 뒤에 그녀는 거짓 한 점 없는, 그렇기에 절대로 의심 따윈 할 수 없는 얼굴로 대답했다.

"내가 여기서 후회한다고 말하면…… 너무 이도 저도 아닌 꼴이 되는 거잖아?"

후회한다는 건지, 하지 않는다는 건지 모호한 답변이었다. 하지만 새희는 차라리 그녀가 이렇게나 솔직하게 속내를 드러내어 다행이라고 생각했다. 딱히 후회한다는 말을 듣고 싶어서 한 질문도 아니었으므로.

대답을 끝낸 이진은 물 한 잔만 달라고 부탁했다. 갑작스러운 타이밍이긴 했지만, 새희는 의아해하지 않고 일어나서 미지근한 물을 머그잔에 담아 왔다. 건네주고 돌아서는 새희의 손목을 이진이 붙들었다. 이진은 새희의 다리를 쳐다보고 있었다.

"다리는…… 괜찮아요? 걷는 데 무리는 없어요?"

새희는 그녀의 정수리를 내려다보며 고개를 끄덕였다. 이진은 새희의 손목을 놓아주지 않고 머그컵을 테이블에 올려놓았다. 그러고 말을 이었다.

"내가 예전에 한 말 기억해요?"

"……."

"앞으로도 난 당신한테 미안할 일을 계속하겠지만, 사과는 하지 않겠다고."

기억한다. 그 말을 충고가 아닌 적선하듯 자신에게 뿌려 더욱 아프게 박힌 말이었다.

"미안하다는 말, 당신은 원하지 않는다는 거 알면서도 왔어요."

새희의 손목을 잡은 이진의 손이 떨리기 시작했다.

"아이가…… 많이 아파요."

새희는 그제야 확실하게 깨달았다. 이진이 굳이 새희의 휴대폰 번호를 알아내어 직접 만나러 온 이유를…….

"사실은 벌 받고 있다고 생각해."

고개를 숙여 얼굴은 보이지 않았지만, 반짝거리며 아래로 떨어지는 무언가가 보였다.

"내 벌을…… 아이가 대신 받고 있다고 생각해."

"……."

"미안해요, 새희 씨……."

새희는 이진이 진심으로 자신에게 잘못한 것을 뉘우치기에, 저지른 모든 짓을 후회하기에 미안하다고 하는 것이 아니라는 걸 알았다. 새희가 그 본심을 충분히 짐작할 걸 알면서도 그녀가 덮어 두고 사과하고 있다는 것도 알았다. 아이의 아픔에 기인하는 엄마의 죄를 덜기 위해. 단지 그 이유로. 그렇기에 외려 더욱 절절했고, 더욱 고통이었고, 더욱 벌이었다.

새희는 떨고 있는 이진을 아무 말 없이 바라보았다. 한참이나 바라보다가, 마침내 담담한 목소리로 말했다.

"아이…… 많이 사랑해 줘요."

괜찮다는 말도, 용서한다는 말도 하지 않았다.

"아이는 죄가 없으니까……."

그저 부디 아이가 아프지 않기를 간절히 바랐다.

* * *

김언혁의 공연이 일주일 앞으로 다가온 날이었다.

"언니 머리가 펴졌다!"

차가 서기도 전에 명아가 차창을 열고 새희의 머리를 가리키며 소리쳤다. 이내 차가 멈추자마자 명아는 문을 열고 웃으며 달려왔다. 두 손엔 가람의 그림을 소중히 안아 든 채로.

운전석에서 내려 다소 거리를 두고 선 선주와 새희는 몇 마디의 데면데면한 인사를 나누고, 명아에게서 둥그렇게 말린 종이를 건네받았다.

전처럼 명아에게 주의를 단단히 주고 선주가 올라탄 차가 멀어지는 것을 바라본 뒤 새희는 명아의 손을 잡고 아파트로 들어갔다. 엘리베이터에서 내려 새희가 문을 열 때까지 종알거리던 명아는 거실에 들어서자마자 눈을 빛내며 미리 전화로 소개받은 리블링을 찾아다녔다. 새희가 손가락으로 가리킨 곳으로 후다닥 뛰어가는 명아의 자그마한 뒤태에 설렘이 한가득해서 웃음이 나왔다.

리블링은 용감하게도 지금껏 혼자만의 힘으론 단 한 번도 오르지 못했던 사이드 선반 위에서 책들과 어깨를 나란히 하고 있었다. 그러나 올라갈 때의 패기는 잃어버린 건지 내려가지 못해 앞발을 위태롭게 떨고 있었다. 그 모습을 귀여워하며 선반 앞에 풀썩 주저앉은 명아를 본 리블링은 매섭게 털을 세우더니 그러나 전혀 위협이 되지 않는 모습으로 얇고 높은 울음소리를 냈다.

새희는 가람의 그림을 지척에 내려놓고 리블링을 두 손으로 들어 올렸다. 러그에 내려놓으니 곧장 새희의 다리에 애교스럽게 달라붙는 리블링을 명아는 너무나 만지고 싶어 하는 표정이었지만 리블링의 예민한 경계에 함부로 만지지 못하고 우물쭈물했다.

새희는 둘의 사이를 좁혀 주기 위해 러그에 앉았다. 그리고 쭈뼛거리는 명아의 손가락을 잡아 새희의 무릎 위로 잽싸게 올라온 리블링의 등에 가져다 댔다. 명아가 눈을 동그랗게 떴다.

"여기, 이렇게 등을 쓸어 줘. 살살."

"이렇게?"

"응. 소중하고 예쁘다는 듯이."

명아는 곧잘 이해하고 리블링의 털을 부드럽게 어루만졌다. 점차 진정되는 모양인지 커다래졌던 리블링의 동공이 가늘어지더니 얼마 안 가 갸르릉 소리를 내며 평온하게 앞발을 그루밍했다.

그제야 명아의 얼굴에 함박 미소가 들어찼다. 새희는 마주 웃어 주며 얌전해진 리블링의 귀에 입을 맞췄다. 새희를 따라 반대쪽 귀에 뽀뽀한 명아가 히히대다가 문득 물었다.

"언혁이는?"

"와플 재료 사러 갔어. 명아가 전화로 먹고 싶다고 그랬잖아."

그래서 우리 다 같이 만들 거야. 추가로 속닥이는 말에 명아는 박수를 치려다가 리블링이 놀랄까 싶었는지 손뼉을 조용히 마주 대기만 했다. 기쁨이 순수하게 번지는 얼굴을 보고 있노라니 새희의 마음에도 행복이 너끈히 차올랐다.

그새 쏟아지는 관심이 성가셔졌는지 무릎에서 내려와 사뿐사뿐 돌아다니는 리블링의 꽁무니를 열성적으로 좇는 명아를 뒤로 하고, 새희는 아까 내려놓았던 가람의 그림을 집어 들었다. 마지막으로 보았던 가람의 얼굴을 떠올리며 말아 둔 종이가 혹여라도 손상되지 않게 조심스럽게 펼쳤다. 크고 하얀 종이 안엔 피아노 의자에 앉아 그림 밖을 응시하는 여자가 있었다. 그 여자를 친밀한 듯 친밀하지 아니한 시선으로 마주 보고 있을 때였다.

어느 틈에 리블링을 두 팔로 안아 가둔 명아는 호기심 가득한 태도로 새희의 어깨에 붙어 같이 그림을 들여다보았다. 이어서 "언니다." 하며 반가워했다. 놓아 달라고 버둥거리는 리블링의 발을 붙잡고도 "언니야!" 하고 친히 가르쳐 주는 명아에게 새희는 물었다.

"내가 이렇게 생겼어?"

"응!"

기어이 가둔 팔 안에서 가볍게 쏙 빠져나간 리블링을 명아가 아이고! 탄성을 내며 또다시 뒤쫓았다.

새희는 햇빛을 머금은 듯한 따듯한 색감과 어우러진 그림 속 여자의 맑은 눈빛과 생기 있는 입술, 가느다란 어깨와 건반 위로 단정하게 내뻗은 팔이 아름답다고 생각했다. 그 생각을 힘들이지 않고 받아들였다.

"내가 이렇게 생겼구나."

더불어 무엇보다도 조금도 슬퍼 보이지 않는 여자를 아니, 자신을 부정하지 않고 받아들였다.

시간 가는 줄 모르게 그림을 바라보던 새희는 벌떡 일어나 피아노로 걸어갔다. 끓어오르는 욕구를 주체할 수가 없었다. 의자에 앉아 뚜껑을 열어젖혔다. 여느 때보다 사랑스러워 보이는 건반들을 손끝으로 쓸자 소리를 들은 명아가 조르르 달려왔다.

기대감 어린 눈으로 의자 주위를 맴돌던 명아는 새희가 연주를 시작하니 환하게 웃었다. 도망칠 땐 언제고 저에 대한 관심이 사라지자 피아노 밑까지 부지런히 걸어온 리블링이 야옹야옹 울었다. 명아가 리블링을 다부지게 안아 들고 조용히 하라는 듯 쉿, 뾰족한 귀에 속삭인 뒤 함께 연주를 경청했다.

새희는 부드러운 선율에 몸을 실었다. 작은 나룻배를 타고 강가를 흘러가듯. 그러다 거세어진 물살에 휘말리듯 파격이 덮쳐드는 순간이 오면 새희의 허리는 굽어들었다. 그리고 굳어지는 턱, 가냘프게 떨리는 속눈썹. 절정마다 반복되는 자신의 모습도 그 그림의 모습처럼 아름다울까?

만약 그렇다면 더는 바라지 않을 만큼 만족스러울 것 같았다. 정말 그렇다면 지금 이 순간 새희를 보고 있는 명아와 리블링의 눈에도, 그동안 새희의 연주 뒤에서 머물렀던 모든 이들의 눈에도 그토록 아름다웠다는 뜻일 테니까.

페달을 거침없이 밟으며 연주하는 새희의 머리칼이 바람에 흔들리는 깃발처럼 나부꼈다. 명아는 마지막 음을 내려놓기 무섭게 또 연주해 달라며 제자리에서 폴짝폴짝 뛰었다. 덩달아 영문도 모른 채로 명아의 품에서 이리저리 들썩이는 리블링이 귀여워 힐끗거린 새희는 즉흥적으로 떠오르는 곡을 연주했다.

기분처럼 발랄하고 경쾌한 멜로디에 맞춰 명아가 춤을 추기 시작했다. 어째서인지 반항 없이 안겨 있는 리블링의 꼬리가 살랑살랑 움직였다. 새희는 그들을 바라본 채로 손가락을 즐겁게 물결쳤다.

명아의 웃는 얼굴이 찬란했다. 그래서일까, 새희의 눈가가 조금씩 떨려 왔다. 그러나 단순히 그 이유만이라고 치부할 수 없게끔, 극심한 현기증에 눈앞이 핑그르르 돌았다.

왜 이러는 거지. 이유를 자문해 볼 시간조차 주어지지 않았다. 시야가 흐릿해지는 건 한순간이었다. 피가 통하지 않는 것처럼, 뻣뻣하게 마비된 새희의 몸이 뒤로 넘어가며 의자에서 굴러떨어졌다.

기절할 듯 놀란 명아의 목소리가 얼굴에 퍼부어지는 것을 희미하게 느꼈다. 정신이 흐려지는 동안에도 새희는 부딪친 머리의 통증보다 돌처럼 굳어 버린 신체에 충격을 벗어나지 못한 채였다. 그 순간 현관문이 열리는 소리가 명아의 커다란 울음소리 사이로도 언뜻 귀를 스쳤다.

마지막으로 보았던 건, 양손에 가득 쥔 무언가를 놓치고 달려오는 김언혁의 얼굴이었다. 너무도 차갑게 얼어붙어, 공포에 질린 것처럼 보이는 얼굴이라 새희는 가슴이 미어지듯 아팠다.

* * *

"검사 결과 특별한 이상은 없어. 뇌진탕 검사도 정상이고."

새희는 정신이 들었지만, 들려오는 의준의 목소리에 눈을 뜨지 않았다. 그 옆에는 분명 언혁이 의준의 말을 경청 중일 것이었다.

"수술 후유증이야. 내가 말했었잖아. 워낙에 큰 수술이라 언제 어떻게 후유증이 발현할지 모른다고. 일시적인 게 아니라,"

"나가서."

김언혁은 의준의 말을 차갑게 잘랐다. 의준의 한숨 소리가 병실을 채웠다. 이어 걸어가는 소리가 들렸다. 문이 열리고 닫히는 소리까지 듣고 나서야 새희는 눈꺼풀을 들어 올렸다. 제일 먼저 열 손가락을 쥐었다 폈다 하며 그것이 되는 걸 확인한 후 발끝도 까딱거렸다.

모든 관절이 제대로 움직이는 것을 확인했을 때였다. 문이 열리며 김언혁이 혼자서 병실로 들어왔다. 몸을 일으켜 앉아 팔을 쭉 뻗고 있는 새희와 눈이 마주친 그는 다정히 물었다.

"잘 잤어?"

새희도 그와 같은 태도로 답했다.

"응."

다가온 그가 새희의 뺨에 입을 맞추며 불편한 데는 없냐고 물었다. 새희는 그의 목을 껴안는 것으로 답을 대신했다. 기억 속 그의 마지막 표정을 지우기 위해 슬퍼지려는 마음을 가다듬었다. 그러다 뒤늦게 명아가 생각났다. 새희는 그의 목에 뺨을 댄 채로 물었다.

"명아는?"

"집에 데려다줬어."

"많이 놀랐겠다."

"병원에 따라오겠다는 걸 겨우 말렸지."

새희는 나중에 꼭 통화해서 안심시켜 줘야겠다고 생각했다. 아니다. 잊지 말고 지금 당장 걸어야겠다. 그의 목에서 얼굴을 떼어 내 휴대폰을 찾아 두리번거리던 새희는 문득 자신을 바라보고 있던 언혁의 눈빛 속에 발이 빠진 사람처럼 침잠했다. 그 자신도 그런 눈빛을 하고 있다는 걸 모르는 것 같았다. 어쩌면 알아도 무장할 수 없는 부분이었으리라.

"언혁아."

"응."

김언혁의 목소리는 평소와 다른 점을 찾아낼 수 없을 만큼 똑같이 다정했지만, 그러한 다정함이 새희의 가슴을 무너지게 했다.

휴대폰을 찾느라 시트 위를 헤매고 있던 두 손으로 그의 뺨을 감쌌다. 새까만 눈동자가 느리게 미끄러져 왔다. 손에 잡힌 얼굴을 코끝이 살포시 맞닿도록 조금 더 당겨 왔다. 서로의 숨결이 온전히 느껴질 만큼 가까워진 상태로 새희는 속삭였다.

"괜찮아."

"……."

"나 괜찮아……."

미동 없는 그의 입술에 입술을 겹치며 다시 한번, 떼어 내며 또 한 번 속삭였다. 가만히 속삭임을 듣던 그가 새희의 손등을 손바닥으로 감싸 쥐었다.

"그래."

대답하는 그의 나직하게 흘러나온 불안정한 음성에 새희의 속눈썹이 너울거렸다. 그와 함께하여 매 순간이 찬란한 세상인데, 가끔은 그 빛이 너무도 눈부셔서 눈물이 날 것 같았다. 새희는 울지 않기 위해 애쓰며 곧은 목소리를 냈다.

"나는 또 오늘처럼 당신을 놀라게 할지도 몰라."

굳이 그가 의준과 숨어 말하지 않아도, 새희는 자신의 몸이 얼마나 약해졌는지 누구보다 잘 알고 있었다.

"그래도 괜찮아. 꼭 일어날 테니까."

그래도 괜찮았다.

"당신 혼자 기다리게 두지 않을 거야."

이런 해프닝 쯤, 아무렇지 않을 수 있도록 지독히도 평온하고 달콤한 일상으로 뒤덮으면 되는 일이다.

김언혁은 조금도 두렵지 않다는 듯 당돌하게 눈을 반짝이는 새희를 대견스럽게 바라보며 머리칼을 어루만졌다. 새희는 손가락을 쭉 펼쳐 미끈한 아랫입술의 굴곡을 따라 매만졌다.

"만약에, 정말 만약에……."

"만약은 없어."

그는 불길한 말을 방지하듯, 칼같이 가로막았다. 그러나 새희는 고개를 저으며 꿋꿋이 말을 이었다. 새희의 고집스러울 정도로 강직한 태도에 그는 여전히 부정하고 싶은 얼굴이었지만 거듭 부정하지 않았다.

"그러니까 정말로 만약에…… 혹시라도 내가 또 당신을 기다리게 한다면……."

김언혁의 눈빛이 흔들렸다.

"그땐 기다리지 말고, 나랑 같이 떠나도 돼."

혼자 남아 사랑을 기다리게 하는 일. 그 일이 얼마나 그에게 잔인한 고문인지 이제 알았으니 다시는 그렇게 이기적으로, 버거운 약속만을 남기고 기약 없이 자신을 기다리게 둘 수는 없었다.

그의 유서를 읽었을 때 가장 먼저 떠오른 다짐이었다. 그의 트라우마를 자극할까 마음 한편에 심어 두기만 했던. 하지만 이런 경우가 자주 발생한다면, 그로 인해 그가 때마다 지옥을 떠올려야 한다면, 그 전에 꼭 새겨 놓고 싶었다.

더는 당신 혼자 남겨질 일은 없을 거라는 걸. 차라리 그와 함께 죽는 것을 기꺼이 택하겠다고.

“물론 그럴 일은 없을 테지만.”

새희는 단정하며 웃었다. 기어코 뺨으로 흘러내린 눈물을 그의 눈이 조용히 더듬었다. 새희가 정말로 그런 슬픈 끝을 예감해서 하는 말이 아니란 것 정도는 그가 충분히 알아줄 것이라 믿어 의심치 않았다. 김언혁은 웃는 건지 우는 건지 점점 분간이 어려운 새희의 젖은 뺨을 이로 살짝 물었다 놓아주었다. 그리고 놀리듯 말했다.

“리블링이 들으면 섭섭하겠는데.”

역시나 언제나처럼, 긴장한 새희를 순간 맥 빠지게 만드는 짓궂음과 교만이 깃든 말투였다. 새희는 미처 가라앉히지 못한 울음이 밴 목소리로 웃었다.

“그럴 일은 일어나지 않을 거니까 괜찮아.”

절대적인 신뢰를 담은 눈빛으로 다시금 단정 짓는 새희를 언혁은 눈물을 멈출 수 없을 만큼 각별한 시선으로 바라보았다. 새희는 그 눈빛에 보답하듯 한 자 한 자 힘주어 말했다.

“당신과 오래오래, 행복하게 살다가 한날한시에 같이 죽을래.”

“…….”

“그러니까 괜찮아.”

그렇게 말하고 새희는 활짝 웃었다. 그 미소를 부러 넋을 놓고 감상하던 언혁은 꽤 오랜 시간이 흐른 후, 아까와는 다른 어조로 말했다.

"그래."

더는 무엇에도 얽매이지 않겠다는 듯, 명확하게.

"괜찮아."

* * *

"처음엔 연필 쥐는 자세도 영 고쳐지질 않아서 애먹었는데."

강사는 그렇지 않았냐며 동의를 구하듯, 새희를 향해 웃어 보였다. 이어 감탄스러운 눈으로 테이블 위에 펼친 노트 속 빼곡히 나열된 글자들을 내려다보았다.

"이렇게 빨리, 획 끝 모양까지 바르게 교정된 건 새희 씨가 처음이에요."

새희는 쑥스러웠지만, 칭찬을 기쁘게 받아들였다. 그 뒤에도 강사와 사사로운 이야기를 몇 분쯤 더 나누다 살갑게 인사를 마치고 상담실을 나갔다. 같이 저녁을 먹기로 한 근래 부쩍 친해진 소혜를 포함한 학원 친구들이 유리문 너머에서 손을 익살스럽게 흔들어 댔다. 새희는 웃으며 다가가다가 이내 깜빡한 것을 상기하곤 얼른 상담실로 돌아갔다.

강사는 나갔던 새희가 다시 들어오자 의아하게 고개를 기울였다. 새희는 메고 있던 책가방을 열었다. 깊숙한 곳에 고이고이 넣어 둔 것을 꺼내 두 손으로 건넸다. 김언혁의 공연 표임을 확인한 강사는 눈을 휘둥그렇게 떴다.

"세상에. 나 이런 거 공짜로 받아도 되는지 모르겠네."

언혁과 인사를 나눈 경험도 몇 번 있었으므로 당연히 그녀는 새희와 언혁의 사이를 알고 있었다.

"시간 괜찮으시면 보러 가세요."

"없는 시간 내어서라도 가야지. 고마워요."

정말로 기꺼워하는 듯한 표정에 새희는 보람을 느꼈다. 그리고 새희가 이런 기분을 느낄 수 있도록 먼저 생각해서 배려해 준 언혁이 고마웠고, 자랑스러웠다.

"꼭 보러 가세요."

새희는 조금은 뻔뻔한 말투로 바꾸었다.

"잊지 못할 시간으로 남을 거예요, 분명."

하지만 몇 번이고 과시하고 싶은 진심이었다.

* * *

공연 당일, 아침 일찍 일어난 새희는 드물게도 늦잠을 자는 그의 얼굴을 맘껏 오래 구경하고 침대에서 내려왔다. 어쩐 일로 늘 먼저 일어나 침대 아래에서 야옹거리는 리블링도 은신처에서 꼬리로 얼굴을 가린 채 잠들어 있었다.

새희는 그와 리블링의 잠을 깨우지 않기 위해 살금살금 주방으로 걸어갔다. 오늘만큼은 자신이 근사한 아침을 차리고 싶었다. 어깨 너머로 배운 것도 배운 것이라고 나름대로 자신 있게 앞치마를 찾아 매고 요리를 시작했다.

그러나 다부지게 각오한 것이 무색하게 그릇이 와장창 깨지는 소리에 언혁이 머리에 까치집을 지은 채로 금방 주방에 나타났다. 다행히 다친 곳이 없는 걸 확인한 그는 벌로 새희의 머리를 양 갈래도 아닌 세 갈래로 묶어 버렸다. 우스꽝스러운 머리를 한 채 새희는 그가 아침을 준비하는 동안 소란에 덩달아 깨어난 심통 난 리블링과 놀아 주었다.

김언혁이 만든 아보카도 샐러드와 새우 크림수프로 아침을 든든하게 해결한 후 욕실에서 함께 씻고 나왔다. 시간상 그리 여유롭지 않은데 두피까지 꼼꼼하게 머리를 말려 주는 그를 새희는 곁눈질했다.

벌써부터 세차게 두근거리는 마음을 감추기가 힘든 새희와 달리 언혁은 곧 마지막 공연을 앞둔 사람인 것이 의심될 정도로 평소와 같은 나른한 분위기였다. 그러나 외려 그런 모습이기에 컨디션이 좋다는 뜻이기도 했다.

하지만 이제 정말 가야 할 시간이었다. 곧 리블링을 돌봐 주기로 한 도우미도 방문 예정이었다. 새희는 늑장을 부리는 그의 팔목을 잡아당겼다. 질질 끌려오던 그는 돌연 피아노 앞에서 발걸음을 멈춰 세웠다. 작정하고 움직이지 않자 꿈쩍도 하지 않는 그에게 새희는 초조한 눈빛을 보냈다.

"이제 정말 나가야 해."

김언혁은 읽을 수 없는 눈빛으로 새희를 바라보며 뚜껑 위를 짚고 있던 손을 움직여 열었다. 새희는 드러난 건반과 그를 당혹스럽게 번갈아 보았다.

"한 곡만 쳐 주면."

농담이 아닌 건지 정말로 쳐 줄 때까지 버틸 태세였다. 새희는 그의 고집을 꺾을 기량이 없었다. 머뭇거릴 시간에 한시라도 빨리 치는 게 낫다고 판단했다. 서둘러 의자에 앉은 새희의 어깨 위로 그의 두 손이 사뿐히 내려앉았다. 힘이 바짝 들어갔던 어깨는 그의 손길에 잠재워진 마음처럼 평온을 되찾았다.

얼른 연주를 끝내고 나가야겠다는 생각을 고쳐먹었다. 어쩌면 집을 떠나기 전, 새희의 연주를 꼭 들어야만 하는 그만의 특별한 이유가 생겼을 수도 있으니까. 또 그게 아니면 어떤가. 누군가를 위해, 특히나 그를 위해 연주할 수 있다는 사실은 축복 같은 일이었다.

새희는 축복하는 심정으로 손가락을 건반에 올렸다. 어깨 위를 감쌌던 김언혁의 손은 연주가 시작되자 자연스레 물러났다. 다각도로 휘감겨 오는 시선을 만끽하며 공간을 채우는 선율에 몰입했다. 부드러운 음도, 힘찬 음도, 슬픈 음도 모두 거리낌 없이 표현했다.

후반부로 흐를수록 고통스러운 기억을 상기시키는 자신의 곡이지만, 새희는 그마저 사랑하게 된 지 오래였다. 이젠 무언가를 밀어내는 일보다 사랑하는 일이 쉬웠다. 그런 삶을 살아가고 있는데 행복하지 않을 리가 없었다.

"더 연주해 줄까?"

그의 부탁대로 한 곡의 연주를 끝마치고도 새희가 먼저 물었다. 언혁은 새희의 입술에 번진 미소를 바라보았다. 기다란 손가락이 건반에 놓인 얇은 손가락을 부드럽게 쥐었다.

"아니."

김언혁의 눈빛 속에 황홀이 깃든 사랑이 있었다.

"충분해."

* * *

나라는 언혁이 리허설 준비로 한창일 무렵 뜬금없이 나타났다. 새희가 무대 위에서 조율사를 비롯한 사람들과 대화를 나누는 그를 사탕을 까먹으며 한가로이 구경할 때였다. 어디선가 튀어나온 나라를 발견한 새희는 눈을 크게 떴다. 마찬가지로 새희를 본 나라는 도리어 한참 찾았다는 듯, 씩씩거리며 한달음에 달려왔다.

"뭐야, 진짜! 대기실에 있는 줄 알았는데 없어서 한참 찾았잖아."

알 수 없는 불만을 잔뜩 품은 상태로 나라는 불시에 관객석에 앉아 있던 새희의 팔목을 잡아 일으켰다. 새희는 어리둥절하게 나라의 힘에 딸려 일어났다. 혼란스러운 상황 가운데 이쪽을 응시하는 짙은 시선이 느껴졌다.

맹렬히 의문을 표하는 새희와 틀림없이 눈이 마주쳤는데도 그는 쳐다만 볼 뿐, 어떠한 리액션도 취하지 않았다. 마치 기다려온 순간인 것처럼 그를 향해 무어라고 소리치는 나라에게 턱만 까딱여 보였다. 끝끝내 영문을 모르는 표정을 짓는 새희를 향해서는 잘 다녀오라는 듯, 태연히 한 손을 흔들어 보였다.

"뭐 하러 가는 거야?"

새희는 여전히 의문이 가득한 얼굴로 물었다. 나라는 대답 대신 알쏭달쏭한 미소만 지었다. 나라는 콘서트홀 뒤쪽의 대기실이 아닌 따로 마련된 대기실로 새희를 데리고 들어갔다. 아무도 없을 줄 알고 무심코 들어선 새희는 환영하듯 반기는 얼굴에 화들짝 놀랐다.

서글서글한 인상의 여자는 새희에게 다짜고짜 팔뚝에 걸치고 있던 드레스를 보여 주었다. 눈꽃처럼 새하얀 민소매 드레스를 흘끔거리기 무섭게 여자는 바로 갈아입기를 권유했다. 떨떠름하게 손사래 치는 새희가 뒷걸음질하지 못하도록 나라는 단단히 막아선 채 여자의 의견에 적극적으로 합세했다.

불같은 강권에 도대체 뭐가 뭔지 모르겠지만, 새희는 마지못해 바꿔 입었다. 끝자락이 바닥에 닿을 만큼 기장이 긴 롱드레스였다. 단아하게 파인 네크라인 밑으로 실크 소재의 치맛자락이 화사하게 퍼졌다. 몸에 달라붙으면서도 불편하지 않고 매끄럽게 감싸 주는 감촉이었다. 한눈에 봐도 값비싼 옷이었지만 입으니 그 느낌이 더욱 확연했다.

"아니, 뭐야. 언제 하늘에서 천사가 내려온 거야?"

나라가 입을 손으로 막으며 유난을 떨었다. 새희는 너무 민망스러워 왜 내가 이걸 입어야 하느냐고 늦은 감이 다분한 시기에 반문했지만, 가볍게 묵살 당하고 거울 앞 의자에 앉혀졌다.

턱 끝을 살포시 검지로 들어 올리는 여자의 얼굴을 확인한 새희는 또다시 놀랐다. 드레스로 실랑이를 벌인 여자가 아니었기 때문이다. 하지만 어색할 새 없이 피부에 닿는 브러쉬가 얼굴 곳곳을 보드랍게 쓸었다.

“언니, 좀 참아. 나 오늘 이런 역할로 불려온 거니까. 김언혁 말을 그대로 읊어 주자면, 아기가 부끄럼이 많아서 불편하지 않도록 아는 사람이 옆에 있어 줘야 한다네?”

“그러니까 왜?”

“아직도 눈치 못 챘어?”

나라가 키득거렸다. 여자가 브러쉬로 광대뼈 부근을 톡톡 치자 새희의 뺨이 살굿빛으로 물들었다. 나라는 그 변화를 사랑스럽다는 듯 바라보았다. 그 눈빛이 일순 가슴을 뭉클하게 할 만큼 진실되게 느껴져서 새희는 더 이상 다소 불평스러운 의문을 제기하지 못했다.

메이크업을 마치자 자꾸 어디서 튀어나오는 건지 새로운 여자가 등장하여 새희의 머리를 손질했다. 얼마 안 가 부스스하게 흘러내리던 머리가 단정하게 정돈되었다. 영 익숙해지지 않는 눈길로 자신의 장밋빛 입술을 바라보던 새희는 찰칵찰칵, 옆에서 분주하게 사진을 찍는 나라를 부담스럽게 흘깃거렸다.

그때였다. 시간을 확인한 나라가 곧 시작이라며 허겁지겁 새희의 어깨 위에 퍼 숄을 걸쳐 준 뒤 대기실을 나갔다. 새희는 드레스 자락을 잡은 채로 조심조심 걸어갔다. 걸음마다 마주치는 뭇사람들의 시선이 나라와 별 다르지 않은 것 같아 기분이 이상했다.

새희와 나라는 나란히 VIP석에 앉았다. 공연이 시작되기 직전 그의 얼굴을 한 번 더 보고 싶었지만 그럴 시간이 부족했다. 새희는 텅 빈 무대 위 웅장한 피아노를 긴장한 눈으로 지켜보았다.

고별 공연이기 때문인 걸까, 기대되는 마음 한편으론 가슴이 벌써 시큰거렸다. 왼쪽 가슴을 손바닥으로 지그시 누르자 심장이 쿵쿵 뛰는 게 느껴졌다. 다분히 벅차오르는 한숨을 내쉰 순간, 박수 소리가 폭죽처럼 쏟아져 나왔다. 무대 옆에서 김언혁이 걸어 나왔다. 새희는 매일 눈을 뜨고 감을 때마다 보는 그를, 감격이 뚝뚝 묻어나는 눈길로 응시했다.

정중하고도 냉엄하게 허리를 숙였다가 일어서는 김언혁과 눈이 마주친 것을 확신했다. 새희는 입술을 벌리며 웃었다. 왁스로 매끈히 넘긴 머리카락 아래 빚어진 원래도 화려한 이목구비는 메이크업 때문에 입체적인 것을 넘어 실존하는 사람처럼 느껴지지 않을 정도였다. 물론 김언혁의 연주는 반론할 여지없이 훌륭했지만, 세계적으로 센세이션을 일으키는 데엔 그의 외양도 일조했다는 걸 누구도 부정할 수 없을 것이었다.

김언혁의 마지막 무대를 처음으로 연 곡은 바흐의 〈골드베르크 변주곡〉이었다. 불면증에 시달리던 러시아 대사를 위하여 하프시코드로 작곡한 곡인 만큼, 선율은 맑고 간결하나 기교가 많은 곡이었다.

변주할 때마다 증가하는 음정에 그의 기교는 화려하게, 그러나 튀지 않게 섞여들었다. 핀 조명을 받은 그의 날카로운 눈매와 콧대가 반짝거렸다. 악상 기호가 없는 음악이기에 그의 개성과 해석이 고스란히 드러날 수밖에 없었다. 연습할 때마다 템포와 프레이징이 달라졌던 곡은 역시나 무대 위에서 또 다른 방식으로 연주되었다.

너무 빠른 부분과 너무 느린 부분을 명확하게 대조하며 연주하는 그로 인해 교차되는 역동과 관조가 곡을 살아 숨 쉬게 했다. 새희는 그새 그의 표현이 더욱 풍부해지고, 발전했다는 것을 알아챘다. 소름이 돋은 팔목을 만지작거렸다. 이 무대가 그의 마지막이라는 사실에 지극히 좌절하고 싶을 만큼 은퇴를 눈부시게 장식할 길이 남을 연주였다.

미친 듯이 심취하다 보니 순식간에 1부가 막을 내렸다. 새희는 찬사와도 같은 박수갈채를 받으며 무대 옆으로 사라지는 그를 눈으로 좇는 내내 여운으로 떨리는 가슴을 한 손으로 쓸어내렸다. 필시 같은 심정으로 긴 한숨을 내쉬며 의자에 등을 파묻고 있던 나라가 갑자기 벌떡 일어나더니 새희의 팔목을 덥석 잡았다. 오늘만 나라의 손에 몇 번이나 잡혔을지 모를 팔목이다.

"왜?"

"15분 인터미션이잖아. 보러 가자."

전혀 그럴 마음이 없었던 새희는 나라의 계속된 칭얼거림에 못 이기고 조용히 홀을 빠져나왔다. 대기실로 가는 동안 새희는 새삼 긴장으로 터질 것 같은 숨을 문 앞에서 몰아쉬었다. 나라는 노크도 하지 않고 벌컥 문을 열어젖혔다. 턱을 젖히고 물을 마시고 있던 그와 눈이 마주쳤다.

김언혁은 생수병을 입술에서 천천히 떼어 내며 새희를 시선으로 훑어 올렸다. 새희는 드레스 자락을 꼭 쥐고서 이미 발갛게 물든 뺨을 한층 더 붉히며 그에게 다가갔다. 김언혁은 쑥스럽고, 긴장되고, 설레어서 눈을 피하는 새희의 턱을 손에 쥐고 들어 올렸다.

"예쁘다."

담백하지만, 술렁이는 가슴을 잠재우는 칭찬이었다. 새희는 수줍게 입꼬리를 올렸다.

"그게 끝이야? 예쁘다 한마디론 부족하잖아. 하늘에서 잘못 내려온 천사가 따로 없는데."

잠깐 존재를 잊고 있었던 나라가 억울하다는 듯 큰 목소리로 반박했다. 새희는 나라를 말렸다. 그는 부끄러워 죽을 것만 같은 새희의 얼굴을 재미있다는 듯 바라보며 "그런가?" 하고 놀렸다.

그렇게 몇 분은 더 이어질 것 같았던 나라의 불평은 왜인지 한순간 뚝 끊겼다. 그리곤 그만 돌아가야겠다며 인사하듯 새희를 향해 손을 흔들었다. 새희는 반사적으로 그 손을 잡았다.

"같이 가."

나라는 웃더니 새희의 손을 부드럽게 잡아 뺐다.

"언니가 있을 곳은 바뀌었잖아."

따듯하면서도 명확한 눈빛에 새희는 아무 말도 할 수 없었다. 나라는 그대로 웃으며 홀가분히 떠났다. 그때였다. 가야 할 시간이라는 스태프의 말에 김언혁은 나라가 놓은 새희의 손을 잡았다. 새희는 그의 손에 떠밀려 가듯 걸었다. 언혁의 등을 바라보며 걷는 새희의 얼굴은 어지럽게 흔들리고 있었다.

어쩌면 이 아름다운 드레스를 입었을 때부터, 아니면 꽃잎 같은 색으로 입술이 물들었을 때부터, 그것도 아니면 나라가 눈치채지 못 했냐고 웃었을 때부터…… 자신에게 일어날 일을 예감했던 건지도 모른다. 알면서도 믿을 수 없어 속으로 끊임없이 도리질했던 건지도.

"은새희 연주자님은 여기서 잠시 대기할게요."

스태프의 말은 겨우 다잡고 있던 새희의 평정심을 갈기갈기 찢어 놓았다. 김언혁은 새희의 손을 놓고 마이크를 건네받았다. 이어 당당하고 기품 있게 어둠 속에서 빛이 쏟아지는 무대로 걸어 나갔다. 박수 소리가 들려오자 새희는 심장이 터져 버릴 것만 같아서 손으로 입을 틀어막았다.

"2부 시작 전에 말씀드립니다."

김언혁의 목소리는 그럼에도 아닐 거라 의심하는 귓가로 똑똑히 박혀 들었다.

"사전에 공지하지 않아 당혹스러우실 수 있겠지만, 2부 첫 무대는 제가 아닌 다른 사람이 연주합니다. 연주할 곡은 공연 프로그램에 소개되지 않은, 세상에 처음 선보이는 연주자의 자작곡입니다."

새희는 언혁의 말을 경청 중인 관객석을 두려운 눈으로 바라보다 고개를 떨구었다.

"시간이 아깝지 않은 무대가 될 거라 약속드립니다."

김언혁의 확신하는 눈빛이 조명에 반사됐다. 그리고 그는 다시 새희가 있는 어둠으로 걸어 들어왔다. 그 누구도 예측하지 못한 상황에 청중은 웅성거렸다. 새희는 견딜 수 없어 두 귀를 막고 몸을 떨었다.

김언혁은 이제 나가셔야 된다고 말하는 스태프에게 눈빛으로 양해를 구하며 멀어지게 했다. 이윽고 그는 새희의 뺨을 부드럽게 감싸 쥐고 들어 올렸다. 새희의 두 눈은 이제 불안을 넘어선 공포로 후들거리고 있었다. 새희는 울 것처럼 말했다.

"안 돼. 안 돼…… 왜 말도 없이 이런 일을 준비한 거야."

"미리 말했다면 넌 거절했을 테니까."

단정 짓는 언혁의 말을 부정할 수 없었다. 다른 누구도 아닌, 세계적인 피아니스트인 김언혁의 마지막 공연은 국내뿐만 아니라 각국에서 주목을 받고 있었다. 갑작스러운 은퇴에다 공연 장소 선정 때문에 불만도 섭섭지 않게 나왔을 정도였다. 그렇기에 당연히 그가 주인공이어야 하는 무대에 자신이 선다는 건 말도 안 되는 일이다. 새희는 절대로 응하지 않았을 것이었다.

"네가 끝까지 거절하면 난 강제하지 못했을 거고."

그러니까 몰래 준비한 것이다. 이 엄청난 일을.

"당신의 연주를 들으러 온 사람들인데…… 실망하고 욕할 거야."

"그럴 리가. 찬사가 쏟아질 거야."

마치 미래를 내다본 것처럼, 언혁은 확신하며 말했다.

"난 못 해."

"아니, 할 수 있어."

"아니야. 못 해."

"할 수 있어."

"아니……"

"하고 싶잖아."

확신이 깃든 눈매가 다정하게 휘어졌다.

"연주하고 싶잖아. 수많은 사람 앞에서."

새희는 그동안 차오르고 차올라도 막연하게 흘려보냈던 자신의 욕망을 그의 목소리로 듣자 기어이 눈물이 흘러나왔다. 당신은 거기까지 눈치챘던 거구나. 나조차도 자신할 수 없어 파고들지 않았던 나의 깊은 바람을…….

그의 손가락이 멈추지 못하고 흐르는 눈물을 문질렀다. 새희는 자꾸만 밀려드는 두려움을 기어코 언급했다.

"만약에…… 연주하다가 전처럼 몸이 마비되면……."

김언혁은 아무렇지 않은 얼굴로 응수했다.

"그럴 수도 있지."

언젠가 새희의 죄를 덜어내 주었던 것처럼. 정말로 아무렇지 않게…….

"맞아. 그럴 수도 있지……."

그래, 맞아. 그럴 수도 있다. 그리고 그럴 가능성이 그렇지 않을 가능성보다 훨씬 적다는 걸 새희도 알고 있었다. 새희는 드디어 두려움을 몰아내고 웃었다. 마저 눈물을 닦아 주며 언혁은 재촉하지 않고 새희가 완전히 진정되길 기다렸다.

어느 정도 감정이 갈무리된 듯했지만, 여전히 새희는 무대로 나가지 못하고 있었다. 이 한 걸음에 요구하는 용기가 너무도 어마어마했다.

그 순간, 언혁이 입을 열었다.

"새희야."

새희는 멈칫하고 그를 바라보았다.

"사랑해."

순간 모든 것을 잊은 것처럼, 새희의 얼굴이 멍해졌다. 김언혁은 웃으며 새희의 뺨을 어루만졌다.

"이제 빛 속에서 살아, 내 사랑."

그 자유로운 한마디로부터 새희는 마침내 겁과 두려움을 완벽히 벗어던질 수 있었다.

아, 이제야 알 것 같았다. 새희를 아무도 보지 못하는 자신의 품에서 보호하고 싶어 하는, 사실은 그보다 더 폐쇄적이고 은밀한 그의 내면. 그것으로 이루어진 자신의 본능을 버리면서까지 그는 새희가 욕망을 펼치길 바란다는 걸.

설령 이 때문에 언혁의 입장이 성가시게 되더라도. 새희를 안전하고 안온하지 못한 상황에 불가피하게 노출해야 할지라도. 그렇게 그도 자신의 세상을 부수었다는 걸.

새희는 퍼 숄을 어깨에서 밀어냈다. 바닥으로 스르륵 떨어진 그것을 쳐다보지 않았다. 더는 망설이지 않고 무대를 향해 걸어갔다. 어둠을 벗어나기 직전, 새희는 재빠르게 되돌아가 그의 얼굴을 감싸고 입을 맞췄다. 짧지만 더할 나위 없이 강렬한 입맞춤을 끝내고 새희는 활짝 웃었다.

그리고 다시, 그가 있는 어둠 속에서 빛으로 한 발 내디뎠다. 절대로 자신의 것이 될 수 없을 것 같았던 박수 소리가 귀를 쨍하게 만들었다. 새하얀 드레스에 조명이 쏟아졌다. 새희는 피아노로 걸어가며 더는 파반느가 아닌, 언혁이 지어 준 곡의 새 이름을 입으로 속삭였다.

〈당신의 아네모네를 위하여(For your anemone).〉
그리하여 수많은 사람의 아네모네를 위하여.
새희는 세상으로 나간다.

Secret track. Testament

죽음만을 고대한 내 생에 윤기를 돌려놓고 잠든 네 얼굴이 야속하다.

너를 닮은 흰 눈이 퍼붓는데 내 숨은 까맣게 썩고 있다.

알아. 이건 너의 잘못이 아니지.

단 한 번도 너는 내게 잘못이었던 적 없으니.

내가 아닌 누구에게도.

그저 견디기엔 고문 같은 바람이 끊이질 않는다.

그곳에서 울지 말고 나를 받아 주기를.

다음 생엔 늦지 않게 전부 쥐여 줄게.

지키지 못한 약속도 그 생에서.

알았지? 내 사랑.

내 사랑…….